Brenda Clarke wurde in Bristol, England, geboren. Nach dem Schulabschluß war sie 12 Jahre lang im Arbeitsministerium beschäftigt. 1969 begann sie erstmals zu schreiben, als sie sich nur noch ihrer Familie widmete. Seitdem hat Brenda Clarke eine stattliche Reihe von Romanen geschrieben, die sie in England inzwischen sehr bekannt gemacht haben.

Deutsche Erstausgabe

Titel der Originalausgabe »All Through the Day«

Umschlaggestaltung Adolf Bachmann, Reischach
Umschlagillustration Marion und Doris Arnemann, Hamburg
Satz IBV Satz- und Datentechnik GmbH, Berlin
Druck und Bindung Elsnerdruck, Berlin
Printed in Germany 5 4 3 2 1
ISBN 3-426-01415-7

Brenda Clarke:
Zeit der Ginsterblüte

Roman

Aus dem Englischen von Helga Dede

Knaur

ISBN 3-426-01415-7 980

Prolog

1878

1

Das Hochmoor brannte. In der Ferne kräuselten sich die Rauchschwaden von sengendem Stechginster und Heidekraut in einen Aprilhimmel, der durchsichtig und in sanftem Lichte strahlend wie ein seidiger Schleier über die Landschaft gespannt war. Dann und wann sah man jenseits der uralten Grenze von Wald und Weideland, jenseits der Felsschlucht, die sie Ash Ridge nannten, und dem Hochland dahinter ein kurzes Aufflackern, getrübt von grauen Wolken.

Am Fuße des Steilufers lag verträumt das Dörfchen Ashcombe in der warmen Frühlingssonne. Mit seiner Granitkirche und den dicht aneinander gedrängten Häusern hatte es sich seit dem Mittelalter kaum verändert. Die Gestalt des Bäckers, der auf seiner Nachmittagsrunde in der Ferne mit dem Lieferwagen von der Hauptstraße zum Judwell Hill abbog, erschien lautlos und unwirklich; wie Spielzeug, das jene längst entschwundenen Riesen zurückgelassen hatten, von denen man sagte, sie seien die Ureinwohner des Dartmoors gewesen.

Der Pfad entlang des Steilufers lag einsam und verlassen, wurde nur hier und dort von dem zarten Schimmer der Ginsterbüsche belebt, die sich mit ihren goldenen Blüten hinter den kantigen schwarzen Felsspitzen in Reihen dahinzogen. Heidelbeerblüten schmiegten sich in rosa leuchtenden kleinen Büscheln an glänzend grüne Blätter. Smaragdgrüne Moospolster im schwarzen Granit ließen die Kerben und Mulden erkennen, die der Regen in den Fels gewaschen hatte. Ein Rabe durchbrach die Stille mit einem Krächzen, das bis in den Norden und die staubgrauen Höhen davongetragen wurde. Als das Schweigen wieder zurückflutete, schien es tiefer als zuvor.

Plötzlich lag ein Donnern in der Luft, von Pferdehufen, aus weiter Ferne zunächst und nur schwach zu hören. Wie Fledermäuse aus der Hölle kamen die Tiere von Westen herangestürmt.

Die drei Reiter waren einander so ähnlich, daß die Blutsverwandtschaft sichtbar wurde. Doch waren sie auch wieder zu verschieden, um als Brüder gelten zu können. Jeder von ihnen hatte das schwarze Haar und die tiefblauen Augen der Kelten. Der mittlere Reiter war untersetzt, mit kurzem, kräftigem Hals und der blühenden Gesichtsfarbe, die man so oft an den Angelsachsen wahrnehmen kann. Sein Cousin, der eine halbe Pferdelänge hinter ihm ritt, war von höherem Wuchs, von dunklerer Hautfarbe, und seine Augen ähnelten mehr dem Blau des Himmels als dem der Kornblumen.

Das eindrucksvollste Bild jedoch bot ihr Anführer. Die kräftige Gestalt saß so locker im Sattel, als wäre sie ein Teil des Pferdes. Der Mann hatte einen dunklen Teint, tiefschwarzes Haar und Augen, die wie Saphire leuchteten. Das Auffallendste an ihm war sein üppiger Bart, der in zwei glänzende Spitzen gedreht war, was seinem Träger ein fast satanisches Aussehen verlieh.

Silas Hunnicutt war achtundzwanzig Jahre alt und wollte alsbald heiraten. Tags zuvor hatte er noch mit seiner zukünftigen Braut zu Abend gegessen und keinen anderen Gedanken im Kopf gehabt als die bevorstehende Hochzeit. Er hatte mit seinem Schwiegervater über die Leidenschaft der Frauen für Kleider und Brautjungfern gelacht. Insgeheim hatte er sich dabei Gedanken über die Vergrößerungen und Verschönerungen von Ashridge Abbey gemacht, die er, dank Sarahs mehr als großzügiger Mitgift, würde vornehmen können. Später war er von Okehampton durch das Moor nach Hause gefahren, leicht angetrunken, angenehm müde und reif für die Nachtmütze und das Bett. Er hatte bis spät in den nächsten Morgen hinein geschlafen.

Gegen Mittag war er von seinem Diener geweckt worden. Soeben war ein Knecht von High Tor herübergeritten gekommen und hatte Neuigkeiten gebracht...

Eine halbe Stunde später hatten sie zwei Stallburschen ausgeschickt – einen zur Mellyn Farm und den andern nach Crossing Gates –, um eiligst Silas' Cousins herbeiholen zu lassen. Unter diesen Umständen war es wichtig, die Stärke der Hunnicutts zu demonstrieren.

»Mörder-Bastarde! Heuchlerisches Methodistengesindel!« hatte er geschrien. »Sie werden noch merken, daß sie meinen Neffen nicht umbringen können, ohne dafür zu büßen!«

»Still, Sir, still«, hatte ihn Mrs. Meade, die Haushälterin, angefleht. »Sie können nicht Menschen des Mordes beschuldigen, ohne einen Zeugen oder einen Beweis zu haben. Es war ein Unfall, wie der Bursche Ihnen gesagt hat.«

»Ich hab's so sicher wie die Hölle gewußt, daß es mit dem verfluchten Testament meines Schwagers Schwierigkeiten geben würde. Eine Anstiftung zum Mord, genau das ist es gewesen! Mein Vater hatte ganz recht, als er versuchte, meine Schwester von der Ehe mit diesem Methodistenparvenü abzubringen.«

Silas Hunnicutt war sieben Jahre alt gewesen, als seine um zehn Jahre ältere Schwester von zu Hause fortgelaufen war und gegen den Willen der Familie Edgar Read geheiratet hatte. Die Erschütterung und der Kummer hatten Mrs. Hunnicutt ins Grab gebracht – zumindest pflegte Silas' Vater dies stets zu behaupten –, und die kurze Ehe brachte auch Martha ein Jahr später ins Grab. Sie starb bei der Geburt Edwards.

Und nun war Edward, kaum 20 Jahre alt, auch tot.

Der Weg bog nach links ab und führte sie weg von dem Steilufer und den rauchig-dunstigen Weiten. Der Pfad wurde beschwerlicher, war mit Büscheln von Heidekraut und breitblättrigem Gras bedeckt. Ein Krähenschwarm stieg kreischend und krächzend in die Lüfte, und Silas' Brauner scheute einen Augenblick. Fluchend verkürzte Silas die Zügel und bewahrte so das Tier vor dem Straucheln. Ein paar hundert Meter weiter führte der Weg neben einer flechtenübersäten Erle erneut durch eine Biegung, und sie sahen ihr Ziel vor sich liegen: die Tore von High Tor und den weißgewaschenen Lattenzaun, der den Besitz anstelle einer Mauer umgab.

Die Tore, die auf den Wallabrook Hill ausgerichtet waren, standen offen. Eines schwang sogar noch in seinen Angeln, als hätte sich derjenige, der zuletzt hindurchgegangen war, in rasender Eile befunden. Das wird heute ein schönes Kommen und Gehen gewesen sein, dachte Silas grimmig.

»Laß sein!« rief er seinem Cousin Jake Hunnicutt über die Schulter hinweg zu, als dieser absteigen und das Tor schließen wollte. Er gab seinem Pferd die Sporen und trieb es zum Galopp an.
Der Weg wand sich um das Haus herum, von der Rückseite zu seiner Vorderfront, vorbei an Ställen, die mit ihrem frischen Anstrich ungenutzt wirkten. Sie lagen zwischen Ackerland, das zur Hügelseite hin noch nicht bearbeitet und mit hochgewachsenem Gras, Gestrüpp, Heidekraut und wilden Blumen bedeckt war.
Silas galoppierte an den seitlichen Fensterreihen des Hauses entlang und war erneut beeindruckt von der dreisten neumodischen Häßlichkeit High Tors. Die steilen, kompromißlosen Linien dieser granitenen Ungeheuerlichkeit stießen ihn ab. Von den Erkerfenstern in Erdgeschoß und erstem Stock abgesehen, stand das Haus mit seinem abgeschrägten grauen Schieferdach unerschütterlich wie ein Klotz im Wind. Außer seiner Lage und der atemberaubenden Aussicht auf ansteigende Hügel und bewaldete Täler am Ende der Schlucht besaß es nichts Anziehendes.
Über fünf Generationen hinweg waren die Reads die Dorfkrämer gewesen, bis Edgar Reads Vater seinen Instinkt für das Kaufmännische entdeckte. Ashcombe wurde ihm zu klein für seine Begabung, und so zog er nach Newton Abbot. Dort kaufte er sich, mit dem Geld der Methodisten im Rücken, ein größeres Geschäft, dann ein weiteres und schließlich eines in Exeter. Zwei weitere folgten in Torquay, bevor er seine Fühler nach Taunton und Bristol ausstreckte. Dabei erging es ihm wie Midas: Alles, was er anpackte, wurde zu Gold. Als er fünfzig war, dehnte sich seine Ladenkette, die Wessex County Stores, weit über den Westen und ins südliche England hinein. Stanley Read war ein äußerst wohlhabender Mann geworden.
Es blieb jedoch sein innigster Wunsch, eines Tages nach Ashcombe zurückzukehren und dort ein Haus zu bauen, das seinem Wohlstand und neuerworbenen Status angemessen wäre. Ein Haus, das am anderen Ende der Ash-Ridge-Schlucht liegen sollte – der Abbey entgegengesetzt. Ein Haus, das dem jahrhunderte-

alten Anspruch der Hunnicutts, die Herren des Dartmoors zu sein, die Stirn bieten würde.
Aber Stanley Read starb an einem Schlaganfall, bevor er mehr hatte tun können, als das notwendige Land zu erwerben. Es blieb seinem Sohn Edgar vorbehalten, die Träume des Vaters mit diesem scheußlichen grauen Kasten zu verwirklichen, den er passenderweise High Tor nannte, denn an einen Felsturm erinnerte er tatsächlich.
Vor dem Haupteingang standen Pferd und Wagen von Doktor Merridew. Als die drei Cousins absaßen, trat er plötzlich aus dem Haus; seine Miene war zerquält. Clara Read hatte ihn hinausgeleitet, und nun blieben beide, in leises, dringliches Gespräch vertieft, am oberen Treppenabsatz stehen. Den angestrengt lauschenden Hunnicutts gelang es, Bruchstücke ihrer Unterhaltung aufzufangen.
»... ein Unglücksfall. Ein reiner Unglücksfall...« sagte Clara.
»Meine liebe Mrs. Read, beruhigen Sie sich... Ich versichere Sie, niemand wird an etwas anderes denken.«
»Niemand?« fragte Silas. Er kam so geschwind und leichtfüßig näher, wie man es einem Mann von seiner riesigen Statur kaum zugetraut hätte. Über die Schulter rief er in befehlendem Ton: »Jake, bleib bei den Pferden. Joss, du kommst mit. Ich werde vielleicht einen Zeugen brauchen.«
Der Ton von Silas' Stimme ließ Clara Read zusammenfahren. Angst flackerte in ihren Augen auf. Im nächsten Moment hatte sie sich wieder im Griff, und ihre weichen Gesichtszüge glätteten sich wieder. »Silas! Gut... gut, daß du so rasch gekommen bist. Es ist ein entsetzliches Unglück für uns alle. Ich weiß, wie dir jetzt zumute ist.«
»Komm mir nicht mit diesem frommen Geschwätz.« Silas sah über Claras ausgestreckte Hand hinweg. »Ich will meinen Neffen sehen, den ihr beide, du und dieser Bastard von deinem Bruder, ermordet habt!«
»W-wie können Sie es wagen, Sir!« Doktor Merridew atmete schwer. Er begann zu schimpfen. »Wie können Sie es wagen, in solch einem Ton mit einer Lady zu reden!«

»Wie ich es wagen kann?« Silas wandte sich an den unglückseligen Doktor, dessen Hängebacken vor Schreck zitterten. »Ich wage es, Sir, weil nur vier kurze Monate nach dem Tod meines Schwagers auch Edward tot ist und sein Halbbruder alles erben wird. Um Himmels willen, Mann, können Sie denn nicht sehen, was sich vor Ihrer Nase abspielt? Diese gierige Person und ihr willfähriger Bruder haben meinen Neffen die Treppe hinuntergestoßen.«
»Ich glaube, es ist besser, du sprichst etwas leiser, Silas. Dies ist eine sehr schwerwiegende Beschuldigung«, wies ihn Clara Read kühl zurecht. »Wenn ihr euch hereinbemühen würdet, du und Mr. Jocelyn Hunnicutt, dann werdet ihr hier einen Polizeiwachtmeister aus Exeter vorfinden. Vielleicht möchtest du deine Anklage vor ihm wiederholen. Mr. Jake kann ebenfalls hereinkommen, wenn er möchte. Ich lasse einen Knecht holen, der nach den Pferden sieht.«
»Ich würde meine Pferde niemandem aus diesem verdammten Haus anvertrauen«, hob Silas an, um damit weitere Beleidigungen einzuleiten. Doch sein Cousin Joss stieß ihm in den Rükken.
»Um Himmels willen, sei ruhig, Si. Laß uns wenigstens erst hören, was Mrs. Read zu sagen hat, bevor wir voreilige Schlüsse ziehen.«
Clara trat zur Seite, um die beiden Männer hereinzulassen. »Ein sehr kluger Rat, Silas«, sagte sie, »hoffentlich nimmst du ihn an. Auf Wiedersehen, Doktor. Haben Sie Dank, daß Sie so schnell gekommen sind.«
Doktor Merridew tätschelte ihre Hand. »Eine traurige Angelegenheit. Eine sehr traurige Angelegenheit, meine liebe gnädige Frau. Ich wünschte nur, ich könnte Ihnen noch etwas sagen... etwas für Sie tun.«
Er starrte die beiden Hunnicutts an, mit einem Blick, in dem sich Empörung mit Besorgnis mischte. Wenn er sich nicht sehr täuschte, dann kündigte sich Ärger an. Nun, er hatte getan, was er konnte. Er hatte vor dem angereisten Beamten wiederholt, was er bereits einen Tag zuvor dem Dorfpolizisten erzählt hatte:

daß Edward Read seit seinem zwölften Lebensjahr ein hartnäckiger Schlafwandler gewesen war. Und daß nur eine unglückliche Fügung schuld daran sein konnte, daß er so bald nach dem Tod seines Vaters die Treppe hinuntergestürzt war und sich das Genick gebrochen hatte.

Der Polizeibeamte, ein kleiner Mann mit grauen Koteletten und gelblichem Haar, das bereits dünn zu werden begann, hatte eine gewisse Unzufriedenheit erkennen lassen. Doktor Merridew hatte sich beeilt, ihn zu beschwichtigen.

»Die Familie ist erst vor fünf Monaten aus ihrem früheren Heim in Newton Abbot in dieses Haus gezogen. Ich glaube, es muß kurz vor Weihnachten gewesen sein... Ja, denn ich erinnere mich noch an meinen Gedanken, daß man an dem Haus sechs Jahre gebaut hatte und Mr. Edgar Read gerade noch genauso viele Wochen darin leben konnte. Eine Ironie des Schicksals, wie das Leben mit uns glücklosen Sterblichen so gern sein grausames Spiel treibt.«

»Nichts Auffälliges, nehme ich an, beim Tod des alten Mr. Read, Doktor?« Der Polizeimeister hatte Doktor Merridew mit seinen sanften, häßlichen Spürhundaugen angeschaut.

»Guter Gott, nein! Überhaupt nichts. Dafür lege ich meine Hand ins Feuer. Eine verschleppte Erkältung verwandelte sich in eine Lungenentzündung. Mrs. Read hat ihren Gatten aufopfernd gepflegt.«

Ja, dachte Doktor Merridew, als er seinen Wagen bestieg und die Gegenwart Jake Hunnicutts mit steifem Kopfnicken zur Kenntnis nahm, er mußte doch eigentlich so ziemlich jeden Verdacht, den der Beamte gehabt haben konnte, zerstreut haben. Trotzdem wurde er von Unruhe gequält. Er konnte seine Gedanken nicht von dem Testament lösen, das ihm kurz zu Gesicht gekommen war. Edgar Read hatte sein gesamtes Vermögen und allen Besitz seinem Sohn Edward aus der Ehe mit Martha Hunnicutt vermacht. Daran war jedoch die Klausel gebunden, daß alles Ellis, dem Sohn aus zweiter Ehe mit Clara Hawkes of Totnes, zufiele, wenn Edward vor Erreichen der Volljährigkeit stürbe.

Die zweite Mrs. Read war eine Stütze der Methodistengemeinde, so wie alle Mitglieder ihrer Familie und der ihres späteren Gatten. Und wie auch Doktor Merridew und die halbe Bevölkerung von Devon und Cornwall. Obgleich deren Toleranz schwarz und weiß, braun und gelb, Juden, Mohammedaner und Buddhisten einschloß, machte sie halt vor der katholischen Kirche, gegen die die Pfarrer von den Kanzeln wetterten. Gleiches galt auch für jede andere Glaubensrichtung, die eine Neigung zur Hochkirche verriet.

Und die Hunnicutts waren katholisch.

Doktor Merridew preßte die Lippen zusammen, bis fast alles Blut aus ihnen gewichen war. Seiner Auffassung nach war Katholizismus jeglicher Spielart gleichzusetzen mit lascher Moral und Lastern unaussprechlicher Art. Als er das Tor von High Tor passierte und seinen Wagen in Richtung Wallabrook Hill lenkte, gab es für ihn keinen Zweifel, daß die Hunnicutts einer schutzlosen, rechtschaffenen Methodistenwitwe jeden Ärger bereiten würden, wenn sie nur konnten. Sobald er das Dorf erreicht hatte, wollte er sich mit dem Geistlichen besprechen. Er hatte ohnehin versprochen, Reverend Peter Culverhayes von Edwards Tod in Kenntnis zu setzen.

Mit einem Peitschenhieb trieb er seine träge Stute vorwärts und dachte darüber nach, welches Glück es doch für Mrs. Read bedeutete, sich in solch schwieriger Zeit auf ihren Bruder Alfred stützen zu können.

Alfred Hawkes war ein kleiner, untersetzter Mann und fünf Jahre jünger als seine Schwester. Er war jetzt achtunddreißig und seit vier Jahren Witwer. So hatte er sofort eingewilligt, als Edgar Read ihn und seine Adoptivtochter Rose eingeladen hatte, nach High Tor zu ziehen.

Über diese Entscheidung war er doppelt froh gewesen, als Edgar im Januar so unerwartet starb. Nicht daß Alfred von dem frühen Tod des Schwagers überrascht gewesen wäre; in seinen Augen waren die Reads zu schwächlich, um alt zu werden. Er hatte gehofft, daß Claras Sohn, sein Neffe Ellis, nach der Seite der Hawkes schlagen würde. Aber Ellis war dünn und blaß wie sein

Vater und sein Halbbruder, der jetzt mit gebrochenem Genick oben im ersten Stockwerk lag.
Silas mußte den gleichen Gedanken gehabt haben, denn er bemerkte gehässig: »Welch ein Glück für euch, daß das Genick meines Neffen so mager war! Habt ihr beide es ihm schon gebrochen, bevor ihr ihn die Treppe hinuntergestoßen habt? Oder habt ihr darauf vertraut, daß der Sturz ihn schon töten würde?«
Silas, Joss, Clara und Alfred standen im Frühstückszimmer. Aus leuchtender Höhe strömte durch die beiden großen Erkerfenster die Aprilsonne herein, als ob sie mit ihrem Licht das Kaminfeuer verspotten wollte. Das Zimmer mit seiner abscheulichen Sitzgarnitur aus Mahagoni, die leuchtend grün ausgepolstert war, schien peinlich genau ausgefegt worden zu sein. Offensichtlich war das Leben weiterhin in seinen wohlgeordneten methodistischen Bahnen verlaufen, dachte Silas ärgerlich.
Alfred schob seine Daumen in die Westentaschen und schob die Unterlippe vor. Seine Augen funkelten wütend.
»Hören Sie, Hunnicutt, ich halte Ihnen Ihren Kummer zugute, obgleich Sie als Onkel wenig Interesse an dem Jungen gezeigt haben. Doch ich gestatte Ihnen nicht, weiterhin Anschuldigungen dieser Art vorzubringen. Behaupten Sie noch ein einziges Mal, Clara und ich hätten bei Edwards Tod die Hand im Spiel gehabt, dann werde ich Sie vor den nächsten Richter bringen. Dort können Sie das dann ja wiederholen. Auf Verleumdung steht eine saftige Strafe. Oder denkt ihr Hunnicutts immer noch, daß ihr über den Gesetzen dieses Landes steht?«
»Si, um Gottes willen, hüte deine Zunge«, sagte Joss rauh. »Ich bin genauso an der Wahrheit über Edwards Tod interessiert wie du. Er war schließlich ein halber Hunnicutt, und das will etwas heißen. Aber du kannst nicht ohne jeglichen Beweis solche Behauptungen aufstellen.«
»Hör auf Mr. Jocelyn«, riet Clara, »er hat mehr Verstand als du, Silas.«
Silas drehte sich langsam um und schaute ihr voll ins Gesicht. Er blickte sie auf eine Weise an, daß Clara unwillkürlich einen Schritt zurücktrat.

»Möchtest du mir drohen?« fragte er sanft. Diese ruhige Stimme wirkte furchterregender als alles Lärmen und Schimpfen zuvor. »Wagt ein hochgekommener Niemand wie du, einen Hunnicutt of Ashridge zu bedrohen? In alten Zeiten hättest du, wenn wir vorbeiritten, bloß nicht zu knicksen brauchen, und wir hätten dich auspeitschen oder einlochen lassen.«
»Diese alten Zeiten sind, Gott sei Dank, längst vorbei!« entgegnete Clara wütend. Sie war so gereizt, daß sie allmählich ihre Beherrschung verlor. Doch innerhalb weniger Sekunden hatte sie sich wieder in der Hand.
Hinter Silas' Rücken kam vom Türeingang her eine Stimme. »Sie erheben sehr schwerwiegende Anschuldigungen, Sir. Noch dazu schreien Sie, daß das ganze Haus Sie hören kann. Ich schlage vor, Sie wiederholen Ihre Anklagen offiziell in meiner Gegenwart oder Sie entschuldigen sich bei Mrs. Read.«
Silas fuhr herum. »Wer zum Teufel sind Sie?« fragte er.
»Sergeant Hannaford von der Polizei in Exeter. Und es kostet Sie nichts, höflich zu bleiben. Darf ich wissen, Sir, wer Sie sind?«
»Ich bin ein Hunnicutt of Ashridge, ein Onkel des toten Jungen. Seine Mutter war meine Schwester. Ist Ihnen der Wortlaut des Testamentes, das mein verstorbener Schwager hinterlassen hat, bekannt, Sergeant?«
»Das ist er, Sir. Mrs. Read ist vollkommen aufrichtig gewesen. Sie hat mir eine Kopie des Dokumentes gezeigt.«
»Geschickter Schachzug. Aber dumm warst du noch nie, nicht wahr, Clara? Sonst hättest du es wohl kaum geschafft, dir Edgar unter der Nase von einem halben Dutzend Damen wegzuangeln, die alle nur sein Geld wollten.«
Alfred öffnete seinen Mund, um zu widersprechen, doch der Sergeant bedeutete ihm zu schweigen.
»Sir, ich muß Sie erneut darum bitten«, sagte er in mildem Ton, »nicht so beleidigend zu werden.«
»Nun denn, beabsichtigen Sie, dieses Gaunerpärchen festzunehmen? Herr im Himmel, Mann! Dieses Testament hat ihnen einen handfesten Grund geliefert, meinen Neffen umzubringen. Claras Sohn erbt alles.«

Sergeant Hannaford betrachtete Silas nachdenklich, mit seinen wasserblauen Augen blinzelnd.
»Mr. Hunnicutt, in Anbetracht der Umstände bin ich zu gewissen Zugeständnissen bereit. Aber was diese haltlosen Anschuldigungen betrifft, werde ich Sie nicht noch einmal warnen. Sie dürfen versichert sein, daß ich meinen Vorgesetzten sehr ausführlich Bericht erstatten werde.« Er wandte sich Clara zu. »Ich werde mich jetzt verabschieden, Ma'am.« Und während er ihr die Hand entgegenstreckte: »Vielen Dank für Ihre Hilfsbereitschaft; Ihre und die von Mr. Hawkes.«
»Das ist... alles?« fragte Alfred. »Sie wollen gehen?«
»Das ist alles, Sir. Wie ich bereits sagte, werde ich einen Bericht schreiben. Und Sie können mit den Vorbereitungen für die Beerdigung fortfahren.«
Alfreds leichtes Zögern und der drohende Blick, den Clara ihm zusandte, waren Silas nicht entgangen. Sergeant Hannaford aber schien nichts bemerkt zu haben. »Sergeant«, sagte Silas, »ich fordere Sie auf, die beiden festzunehmen!«
Der Sergeant seufzte matt, während er seinen schäbigen Bowler aufsetzte. »Mrs. Read, möchten Sie gegen diesen Mann Anklage erheben?«
»Nein, natürlich nicht. Ich weiß, wie sehr Mr. Hunnicutt Edward gemocht hat. Ja, wir alle hingen sehr an ihm. Welch ein schrecklicher, schrecklicher Verlust.« Clara brach in Tränen aus, und Alfred legte ihr den Arm um die Schultern.
»Jetzt sind wir soweit!« Silas' Worte klangen wie ein Peitschenknall. »Das beweist, was für eine Lügnerin sie ist!« Silas versperrte dem Sergeant den Weg zur Tür. »Niemand mochte meinen Neffen. Er war bösartig, niederträchtig und ritt die Pferde zu Schanden. Er war ein Dieb, ein Lügner und Betrüger. Aber er war der Sohn meiner Schwester, und ich möchte, daß seine Mörder vor Gericht gestellt werden.«
Der Sergeant maß Silas mit Blicken, in denen nun offene Feindseligkeit lag. Jim Hannaford hatte sich während seiner langen Polizeikarriere einen fast legendären Ruf erworben, was seinen Instinkt für Kriminalfälle betraf. Und dieser Instinkt sagte ihm

jetzt, daß Edward Reads Tod ein Unfall war. Zum Mord gab es ein Motiv, das war richtig. Doch es existierte nicht der geringste Beweis, keine Spur davon.

»Wenn Sie offiziell Anklage erheben möchten, Sir, dann können Sie mich nach Exeter begleiten und mit meinem Inspektor reden.«

»Nein, das möchte er nicht!« fuhr Joss Hunnicutt dazwischen. Flüsternd fügte er hinzu: »Um Gottes willen, Si, hör auf, dich wie ein Narr aufzuführen.«

»Ein Narr! Du weißt ebenso gut wie ich...«

»Sei still!« Joss packte seinen Cousin bei den Schultern und schob ihn durch die geöffnete Tür in die Halle hinaus; die Tür zog er mit dem Fuß hinter sich zu.

»Hör zu, Si! Dieser Sergeant ist zu der Überzeugung gelangt, daß Edwards Tod ein Unfall war. Und vielleicht war es tatsächlich so. Wir wissen nichts, was ihn dazu bewegen könnte, seine Meinung zu ändern. Auf jeden Fall werden seine Vorgesetzten ihm eher Glauben schenken als dir. Du kannst Clara nicht leiden: das ist der Hauptgrund für deinen Verdacht.«

»Ich hab' gleich gesagt, ich hätte Jake mitnehmen sollen.« Silas kochte vor Wut. »Du redest wie ein altes Weib.«

Joss, der sich diese Beleidigung von keinem anderen Mann hätte sagen lassen, grinste bloß liebevoll. »Du hast mich mitgenommen, weil du weißt, daß ich deinem Temperament die Zügel anlege, bevor es dich in Schwierigkeiten bringt. Jake ist genau der gleiche Hitzkopf wie du. Ihr beide wärt gemeinsam im Gefängnis gelandet. Wegen Beleidigung einer Amtsperson, wenn nicht wegen Schlimmerem. Du verläßt dich darauf, daß ich dich an die Kandare nehme und die Zügel straff anziehe. Ich werde jetzt wieder hineingehen und den aufgebrachten Sergeant beschwichtigen, während du nach oben gehst und dem Toten die letzte Ehre erweist. Das wird einen guten Eindruck machen. Schlagen wir sie mit ihren eigenen Waffen, hm?« Joss gab seinem Cousin einen freundlichen Schubs in Richtung Treppe. »Nun geh schon. Ich werde alleine erheblich besser zurechtkommen. Vielleicht bringe ich sogar einen Funken Wahrheit ans Tageslicht.«

Silas starrte noch ein paar Sekunden wütend vor sich hin, dann hellten sich seine finsteren Gesichtszüge auf, und er deutete sogar ein Lächeln an. »In Ordnung. Aber sperre Augen und Ohren auf, damit dir nichts Verdächtiges entgeht. Ich könnte schwören, daß die beiden bei Edwards Tod die Hand im Spiel hatten.«

Er drehte sich um und stieg die Treppe hinauf. Er nahm immer zwei Stufen gleichzeitig und bewegte die Füße lautlos über den dicken Teppich. Wo Edwards Zimmer lag, wußte er, und so wandte er sich oben im Treppenhaus nach links und dann noch einmal nach links, den Treppenabsatz entlang, der in die Eingangshalle hineinragte. Gerade hatte er haltgemacht und hielt den Türgriff zum Schlafzimmer seines Neffen in der Hand, da traten direkt unter ihm Clara, Alfred und Sergeant Hannaford aus dem Frühstückszimmer. Ihre Stimmen drangen zu ihm empor, und er verharrte auf seinem Platz.

»Sie sind sehr liebenswürdig gewesen, Sergeant.« Das war Alfred, in schwülstigem, salbungsvollem Tonfall. Er zeigte genau das richtige Maß an Ehrerbietung: genug, um durchblicken zu lassen, daß er den Sergeant für einen gescheiten Mann hielt, der sich von niemandem würde sagen lassen, wie er seine Arbeit zu verrichten habe; der seine eigenen Schlüsse ziehen und sich darin nicht beirren lassen würde; der nicht zulassen würde, daß man seine Entscheidung in Frage stellte.

»Und wir können mit den Vorbereitungen für die Beerdigung fortfahren?« fragte Clara, als ob sie ihr Glück noch gar nicht fassen könnte. Sie wollte dafür sorgen, dachte Silas, daß Edward nicht nur tot, sondern auch verbrannt war. Dann konnte sie auf High Tor für ihren Sohn regieren. Immer noch klang ihre Stimme von aufrichtigem Kummer ergrifffen.

»Es gibt keinen Grund, Ma'am, weshalb Sie das nicht tun könnten.«

Der Sergeant wurde unter dem vorstehenden Treppenabsatz sichtbar. Seinen abgenutzten Hut hatte er bis an die Ohren gezwängt. Der Mann ist ein Dummkopf, dachte Silas verächtlich. »Wenn Sie mich jetzt entschuldigen wollen. Ich muß mich beeilen, sonst verpasse ich meinen Zug.«

Clara und Alfred begleiteten den Sergeant zur Tür und sahen zu, wie er den Ponywagen bestieg, den sie ihm zur Verfügung gestellt hatten, um damit zur Bahnstation in Lustleigh zu fahren. Dann schlugen sie die riesige Eichentür zu. Clara blieb einen Augenblick stehen und preßte Rücken und Handflächen gegen die Tür. Sie schloß die Augen, als ob sie plötzlich von einer Last befreit worden wäre.
»Gott sei Dank, das ist vorbei.« Das bebende Flüstern in der Halle wurde klar und deutlich zum Treppenabsatz emporgetragen, wo Silas stand, als sei er in Stein gemeißelt.
Weder Clara noch ihr Bruder hatten ihn bemerkt. Alfred sagte leise: »Nur ruhig, mein Mädchen. Ruhig. Es war ein Schock für dich, aber du mußt dich jetzt zusammennehmen. Um Ellis' willen. Und Mr. Jocelyn Hunnicutt wartet noch darauf, mit uns zu sprechen.«
Silas sah, wie Clara die Augen bei diesen Worten wieder aufschlug. Plötzlich war sie auf der Hut, wie ein Tier, das die Gefahr wittert. Sie strich ihr graues Wollkleid vorne glatt.
»Natürlich. Wie dumm von mir, das zu vergessen. Wo ist Silas?«
»Hinaufgegangen, um dem Jungen die letzte Ehre zu erweisen. Jedenfalls sagt das sein Cousin.«
»Er wird wohl eher herumschnüffeln und nach Spuren suchen, die seinen Verdacht erhärten könnten«, sagte Clara bissig.
»Nun, er wird keine finden«, beschwichtigte sie Alfred. »Komm und laß uns mit Joss reden. Vielleicht können wir doch noch ein vernünftiges Wort aus ihm herausbekommen.«
Sie verschwanden im Frühstückszimmer, und Silas hörte, wie sich die Tür hinter ihnen schloß. Mit einer halben Umdrehung der Türklinke öffnete er die Schlafzimmertür, blieb erneut stehen und dachte über das nach, was er oben gehört hatte. Aus jedem Wort konnte man ein Schuldbekenntnis und zugleich das Gegenteil heraushören. Leise fluchend stieß er die Tür auf und ging hinein.
Der Raum lag in völliger Dunkelheit; schwere pflaumenfarbene Samtvorhänge waren vor die Fenster der Erkernische gezogen

worden, um das Tageslicht fernzuhalten. Silas durchquerte das Zimmer und zog sie ein wenig beiseite. Die Nachmittagssonne, die sich bereits über den schmalen Moorstreifen am Horizont neigte, teilte den Raum in zwei Hälften und beleuchtete die Gestalt, die ausgestreckt auf dem Bett lag.

Niemand hatte bisher die Zeit gefunden, den toten Jungen aufzubahren. Sie hatten Edward einfach in seinem Nachthemd auf die zerwühlte Bettdecke gelegt. Die Augen waren geschlossen, aber sein Unterkiefer hing schlaff herunter, und an einem Ohr klebte ein Rinnsal von getrocknetem Blut. Eine häßliche Quetschung an der linken Wange und eine weitere an der linken Schläfe hoben sich bläulich von dem wächsernen Gesicht ab. Der Kopf lag in einem unnatürlichen Winkel zum Körper, und die ganze Gestalt bot einen kläglichen Anblick.

Silas hatte sich nichts aus seinem Neffen gemacht – nur wenige Menschen hatten Edward Read gemocht –, aber jetzt fühlte er, wie allmählich die Wut in ihm hochstieg.

Silas blickte auf seine Uhr, die er immer bei sich trug: drei Uhr. Nicht spät, wenn man bedachte, daß sie Sergeant Hannaford aus Exeter hatten herholen müssen, daß der seine Ermittlungen angestellt hatte und bereits wieder gegangen war. Jemand mußte, noch bevor es richtig hell war, mit dem Frühmorgenzug, dem Milchzug, nach Exeter gefahren sein. Aber warum? Warum waren Clara und Alfred so ängstlich besorgt gewesen, die Repräsentanten der Justiz im Hause zu haben? Warum hatten sie nicht gewartet, bis Constable Hay einen übergeordneten Beamten eingeschaltet hätte?

Die Gedanken wirbelten durch Silas' Kopf. Was ihm fehlte, war ein Beweis. Ein Beweis, daß Alfred Hawkes und Clara Read ihren Stiefsohn vorsätzlich in den Tod getrieben hatten. Aber es gab keinen. Daß Edward seit Jahren geschlafwandelt hatte, entsprach völlig der Wahrheit. Doktor Calvert und Doktor Merridew würden es beide bestätigen können...

Aus der Erkernische erklang ein gedämpftes Niesen und ließ Silas herumfahren. Er riß die Augen auf. Hinter den Vorhängen, die nur halb aufgezogen waren, stand jemand. Rasch und leicht, wie ein Panther auf Beutezug, hatte Silas mit drei geschmeidigen Schritten den Raum durchmessen. Mit einem Ruck riß er die Vorhänge zurück. Ein kleines Schluchzen wurde hörbar, und jemand versuchte, an ihm vorbeizukommen. Aber Silas war schneller. Er packte den Jungen bei den Schultern und starrte auf das entsetzte Gesicht von Ellis Read herab.

»Was zum Teufel treibst du hier?«

Der Junge wand sich, doch er gab keine Antwort. Silas wiederholte die Frage: »Ich will wissen, was du hier treibst! Antworte mir!«

Silas schüttelte das Kind. Es war, als ob er nur Haut und Knochen in der Hand hielte. Ellis Read war genauso zart und dünn, wie sein Vater und sein Halbbruder gewesen waren: ein bläßlicher Junge mit rotblondem Haar, ebensolchen Wimpern und seltsam leuchtenden blauen Augen.

»Ich... ich wollte Edward sehen«, stotterte er hervor.

»Weshalb? Jungen von dreizehn Jahren treiben sich für gewöhnlich nicht neben Leichen herum.«

»Ich... ich... ich mochte Edward gern«, platzte er zwischen zwei Versuchen, das Schluchzen zurückzuhalten, heraus.

»Niemand mochte ihn gern. Edward war einer von denen, die einer Fliege genüßlich die Flügel herausreißen, anstatt sie mit einem Schlag zu zerquetschen. Er liebte es, andere leiden zu sehen.«

»Er... er war nicht immer s-so. Er konnte n-nett sein. Zu mir war er n-nett.«

»Inwiefern?«

»Er hat mir immer G-Geschichten erzählt. Wenn ich in unserem früheren Haus Alpträume hatte, durfte ich immer in seinem Bett schlafen. Er verstand, daß ich n-nicht umziehen wollte. Er wußte, wie sehr ich dieses Haus hasse. Und als Vater starb, sagte Edward, ich solle mir keine Gedanken machen. Er versprach mir, für mich zu sorgen.«

Silas sah auf das verquollene Gesicht mit seinen schmalen Nasenlöchern und blutleeren Lippen herab und versuchte, den Edward, den er gekannt hatte, mit dem Bild, das Ellis von ihm ent-

warf, in Einklang zu bringen. Vielleicht hatte sein Neffe tatsächlich eine zweite, angenehmere Seite gehabt.
»Und deshalb bist du hier? Weil du ihn gern gemocht hast?«
»Ich... ich wollte ihn noch einmal sehen. Ich... ich wollte ihm sagen, daß es mir leid tut.«
»Leid tut? Was meinst du damit? Was tut dir leid?«
Mit einem raschen Blick aus hellen, weit geöffneten, furchtsamen Augen schaute Ellis zu Silas empor. Dann blinzelte er und versuchte, den Blick zu senken.
»Ich... ich weiß es nicht.«
Der Griff um seine Schultern wurde so fest, daß es schmerzte. Ellis hatte das Gefühl, seine Knochen würden zermalmt.
»Was verursacht dir Gewissensbisse? Antworte mir, du erbärmliches kleines Bürschchen! Antworte mir!« Als immer noch keine Antwort kam, fuhr Silas fort: »Du hast etwas gesehen, stimmt's? Du hast gesehen, wie deine Mutter und dein Onkel Edward die Treppe hinuntergestoßen haben. Du hättest ihn warnen können, aber du hast es nicht getan! Du hättest ihn retten können. Du hättest laut rufen können, aber du wußtest, daß du alles erben wirst, wenn er stirbt. Das ist es, nicht wahr? Das ist die Wahrheit, stimmt's? *Stimmt's?*«
Ellis war wie hypnotisiert von dem stechenden Blau der Augen über ihm. Silas' Stimme war ein einziges Dröhnen in seinen Ohren, das keinen Sinn ergab. Er war wie versteinert und vermochte weder, sich zu rühren, noch, einen Laut hervorzubringen. Dabei hätte ein Schrei genügt, um ein halbes Dutzend Bedienstete herbeieilen zu lassen. Verschwommen fragte er sich, ob er wohl ohnmächtig würde.
Die Schlafzimmertür wurde aufgestoßen, und eine kühle weibliche Stimme fragte: »Ellis, mein Lieber, bist du hier?«
Die letzten Worte erstarben Rose Hawkes auf den Lippen, als sie den Vorgang vor ihren Augen begriff. Ruhigen Schrittes trat sie ein. »Ellis, deine Mutter sucht nach dir. Als wir dich nirgendwo fanden, dachte ich mir, du könntest vielleicht hier oben sein.« Rose vermied sorgfältig, mit ihrem Blick die Gestalt auf dem Bett zu treffen. Nun richtete sie ihre Augen auf Silas. »Ihr Cousin

fragt nach Ihnen, Mr. Hunnicutt. Er meint, es sei an der Zeit, uns zu verlassen.«

Rose war Alfreds Adoptivtochter. Ihre Eltern waren beide innerhalb von vierzehn Tagen an Scharlach gestorben, als Rose noch ein Baby war. Alfred und seine frisch angetraute Frau hatten ihr ein Zuhause gegeben. Rose war ein Jahr älter als Ellis und hing zärtlich an ihm. Sie war ein hübsches, selbstbewußtes Mädchen, und Silas' Basiliskenblick vermochte sie nicht im geringsten zu erschüttern.

Ellis bedurfte keiner weiteren Aufforderung, um durch die Tür zu flitzen, die Rose ihm offen hielt; er machte sich wie ein verschrecktes Kaninchen, das in den nächsten Bau hastet, davon.

»Du dummes Weibsstück mußt deine Nase in alles stecken«, fuhr Silas das Mädchen voller Wut an. »Ich hatte fast schon die Wahrheit aus ihm herausgeholt.«

»Mr. Hunnicutt, ich weiß nicht, wovon Sie reden«, antwortete Rose höflich. Ihre grauen Augen unter der blonden Haarwelle blickten kalt. »Und bitte dämpfen Sie Ihre Stimme. Sie befinden sich in einem Trauerhaus und in der Gegenwart des Toten.«

Einen langen Augenblick schauten sie einander abschätzend an, dann drängte sich Silas an ihr vorbei, das Gesicht verzerrt vor Wut und Enttäuschung.

Am Fuß der Treppe standen Clara, Alfred und ein weiterer Mann, in dem Silas Reverend Peter Culverhayes, den Methodistengeistlichen aus dem Dorf, erkannte. Joss lehnte lässig am Türrahmen des Frühstückszimmers. Gleichwohl machte er ein bekümmertes Gesicht.

»Was war das für ein Geschrei?« fragte Alfred.

»Es war nur Mr. Hunnicutt, der sich danebenbenommen hat«, antwortete Rose kühl, während sie hinter Silas die Treppe hinunterging. Beim Anblick des Geistlichen hellte sich ihr Gesicht auf, und sie rannte eiligst an Silas vorbei, beide Hände zur Begrüßung ausgestreckt.

»Oh, Mr. Culverhayes, wie freue ich mich, daß Sie da sind!«

»Mein liebes Kind. Mein liebes, liebes Kind. Welch ein fürchterlicher Schlag. Was für ein tragisches Unglück für Sie alle. Und

daß es so schnell nach Mr. Reads Tod passieren mußte. Welchen Kummer müssen Sie ertragen. Ich habe mich gleich auf den Weg gemacht, nachdem ich von Doktor Merridew erfahren hatte, was geschehen ist.« Seine Augen, die von einem tiefen, samtenen Braun waren, schauten Silas mißbilligend an. »Mr. Hunnicutt, ich glaube, es ist Zeit, daß Sie gehen. Sie sind hier nicht länger erwünscht.«
»Das glaube ich gern«, fauchte Silas. »Aber ich frage mich, was Sie das angeht, Mr. Culverhayes. Stecken Sie Ihre neugierige Methodistennase in Ihre eigenen Angelegenheiten!« Er wandte sich Clara zu. »Ihr werdet mich niemals überzeugen können, daß du und dein Bruder unschuldig am Tod meines Neffen seid. Doch ich habe keinen Beweis in der Hand. Ihr hattet das Glück, daß Edward schlafwandelte. Mein Gott, das hat es euch sehr leicht gemacht, nicht wahr? Ein schönes Beispiel dafür, wie der Teufel für die Seinen sorgt. Aber glaube nicht, die Sache sei damit aus der Welt, Clara! Solange ich lebe, werde ich meinen Fuß nie mehr in dieses Haus setzen. Und niemand aus diesem verfluchten Haus wird meinen Boden jemals betreten dürfen. Von nun an ist jeder Read ein Feind der Hunnicutts, und ich werde alles tun, was in meinen Kräften steht, um dir und den Deinen zu schaden.« Silas schritt zum Ausgang und zog die schwere Tür auf. Joss folgte ihm auf dem Fuß.
»Sagt nicht, ich hätte euch nicht gewarnt!« schleuderte er ihnen über die Schulter zu.
Und damit waren die beiden verschwunden.

Teil 1

1902

1

Emily Culverhayes war sechzehn Jahre alt und langweilte sich sehr. Sie war ein äußerst verwöhntes junges Mädchen – diese Ansicht vertraten zumindest die Damen aus der Methodistengemeinde in der Green Street.
»Sie wird geradezu ermuntert, frech und schnippisch zu sein«, beklagte sich Mrs. Meredith-Lewis bei ihrer Freundin Mrs. Smythe.
»Das kommt daher, daß sie ein Einzelkind ist«, antwortete Mrs. Smythe mit einem mißbilligenden Naserümpfen.
»Sie liest zuviel.«
»Zuviel von diesem romantischen Unsinn.«
Die beiden Damen waren nicht die einzigen, die den Erziehungsstil von Rose und Peter Culverhayes kritisierten. Sowohl in Manchester, wohin man Peter kurz nach der Hochzeit versetzt hatte, als auch in Southend, wo er gewirkt hatte, bevor er nach West Kensington gekommen war, hatte die Tochter des Geistlichen Mißfallen erregt. Die Culverhayes waren sich dessen bewußt, aber sie weigerten sich, von ihren Grundsätzen abzulassen.
In einem Punkt allerdings blieben sie streng. An Sonntagen wurde nichts anderes gelesen als die Bibel. Emily fand diese Vorschrift für gewöhnlich ein wenig lästig, aber heute erschien sie ihr nahezu unerträglich.
Es ist einfach nicht fair, dachte sie. Sie kam gerade vom Morgengottesdienst nach Hause und warf ihren Mantel auf das Bett. Den Hut schleuderte sie daneben. Dann wusch sie sich die Hände und brachte ihr Haar in Ordnung. Gleich würde sie zum Mittagessen hinuntergehen. Als sie die Bürste weglegte, beugte sie sich vor und starrte ihrem Spiegelbild entgegen. Was für ein Glück war es doch, daß sie die grauen Augen und das honigfarbene Haar ihrer Mutter geerbt hatte. Das war eine aufregendere

Zusammenstellung als die üblichen blauen Augen, die man sonst bei blondem Haar sah. Sie hielt ihr kleines, scharf geschnittenes Kinn ein wenig schräg und bewunderte die goldenen Ohrringe, für die sie sich jüngst die Ohrläppchen hatte durchstechen lassen. Auch wenn Eitelkeit Sünde war, wäre es albern gewesen, nicht einzugestehen, daß sie hübsch war.

Aber was nützte ihr das hübsche Gesicht? Wer in der Green Street wußte es denn schon zu schätzen? Das gesellschaftliche Leben in West Kensington war so beengt. Während der allwöchentlichen Bibelstunde oder des Gemeindetreffens warfen ihr ein oder zwei junge Männer schmachtende Blicke zu. Mr. Claridge, der die Jungenschar leitete, bewunderte sie offenkundig; aber er hatte einen abgebrochenen Vorderzahn und rötliches Haar. George Jones, der für einen Hungerlohn als Schreiber in einer Kanzlei arbeitete, teilte jeden Freitagabend seine Sahnebonbons mit ihr, die er für zweieinhalb Pennies erstanden hatte.

Aber sonst, was gab es sonst?

Das Leben war so stumpfsinnig! So enttäuschend! So langweilig!

Jemand klopfte an die Schlafzimmertür.

»Miß Em'ly! Das Essen ist fertig.«

»Dankeschön, Amy, ich komme schon.«

Emily folgte dem kleinen »Mädchen-für-alles« die Treppe hinunter und glitt auf ihren Essensplatz. Peter machte sich daran, die Hammelkeule zu zerlegen.

Rose blickte stirnrunzelnd auf ihre Tochter. »Ich wünsche, daß du nicht einfach verschwindest, Emily. Wie du weißt, erwarte ich von dir, daß du mir beim Tischdecken hilfst. Amy und ich haben schon genug zu tun; und heute besonders, wo wir den Besuch von Cousin Ellis vorbereiten müssen. Er trifft morgen hier ein.«

»Wann wird er ankommen?« fragte Emily, nachdem das Tischgebet gesprochen war und sie den ersten Hunger gestillt hatte.

»Um sechs Uhr läuft sein Zug in Paddington ein.« Rose seufzte gefühlvoll. »Es wird schön sein, Ellis nach all den Jahren wiederzusehen.«

Emily konnte sich nur noch verschwommen an Cousin Ellis erinnern. Vor langer Zeit hatte sie jeden Sommer zwei herrliche Wochen auf Dartmoor verbracht. Sie hatte mit Cousin Ellis' Kindern in dem riesigen Garten frei herumlaufen dürfen: mit Wesley, mit John, der im gleichen Alter war wie sie, und mit den Zwillingen Whitefield und Dorset, die ein Jahr jünger waren. Louise vermochte Emily sich kaum noch vorzustellen, denn sie hatte sie nur ein Mal gesehen, damals noch ein winziges Baby. Christina schließlich hatte sie nicht mehr kennengelernt, denn Cousine Constance war bei Chrissies Geburt gestorben, und Emilys Besuche in High Tor hatten ein Ende gefunden.

Nun, nach all den Jahren, hatte Cousin Ellis plötzlich seinen Besuch angekündigt. Er hatte öfter aus geschäftlichen Gründen in London zu tun; aber zum ersten Mal, seit man Peter in die Green Street versetzt hatte, wollte er dem Pfarrhaus einen Besuch abstatten.

»Weshalb hat er gebeten, uns besuchen zu dürfen; was glaubt ihr?« forschte Emily nach. Sie reichte ihren Teller vor, um sich noch eine Fleischscheibe auflegen zu lassen, und hoffte dabei, niemand würde bemerken, daß sie ihren Kohl nicht gegessen hatte.

»Ich weiß es nicht«, gestand Rose. »Vielleicht möchte er etwas mit uns besprechen.«

»Es wird höchste Zeit, daß Ellis wieder heiratet«, bemerkte Peter. Er legte das Fleischmesser nieder und gab Emily den Teller zurück. »Seit Tante Claras Tod im letzten Jahr fehlt den Kindern nicht nur die Mutter, sondern auch noch die Großmutter, mein Liebes. Für die Jungen ist es nicht so schlimm; die sind die meiste Zeit im Internat. Aber zwei kleine Mädchen von zehn und elf Jahren brauchen mehr als die Fürsorge einer Haushälterin.«

Rose nickte zustimmend. »Ich muß zugeben, meine Gedanken bewegen sich in die gleiche Richtung. Ich würde ihn gern noch einmal glücklich verheiratet sehen.«

Reverend Peter Culverhayes schürzte seine Lippen. »Natürlich können wir nicht von ihm erwarten, daß er noch einmal jemanden so liebgewinnt wie Constance. Ich erinnere mich noch, daß wir alle es für sehr unvernünftig hielten, so jung zu heiraten – Ellis war ja erst neunzehn Jahre alt. Aber die beiden hingen aneinander. Er wird nie wieder jemanden so lieben, wie er Constance geliebt hat.«

»Nein, das wohl nicht. Doch Ellis ist inzwischen siebenunddreißig und über diese Art romantischer Liebe hinaus. Die Frau, die er sich zu einer zweiten Ehe aussuchen würde, müßte natürlich ebenfalls gereift sein. Sie müßte auch verstehen, daß Ellis nicht mehr in der Lage ist, ihr diese Art von Zuneigung entgegenzubringen.«

Emily hörte nur mit halbem Ohr hin, während sie ihren Reispudding in nachdenklichem Schweigen verzehrte. Wenn ihre Eltern recht behielten und Cousin Ellis erneut an eine Heirat dachte, warum sollte dann nicht sie Mrs. Ellis Read werden? Zuerst hatte sie den Gedanken nicht ernsthaft in Erwägung gezogen; es war mehr einer ihrer Tagträume gewesen, mit denen sie sich die Langeweile vertrieb. Doch je mehr sie darüber nachdachte, um so mehr fragte sie sich, warum eigentlich nicht? Zwar war Cousin Ellis einundzwanzig Jahre älter als sie, das stimmte wohl. Aber was machte das schon? Es war bekannt, daß ältere Männer sehr nachsichtig mit ihren jungen Ehefrauen waren. Und Cousin Ellis war reich, wirklich sehr reich...

Emily sah nervös zu ihrem Vater hinüber. Papa wäre entsetzt, wüßte er, worüber sie nachdachte. Er würde sie als käuflich verdammen. Bei Mama war sie nicht so sicher.

Aber, vielleicht würde sie sich in Cousin Ellis verlieben – und er sich in sie. Es waren schon merkwürdigere Dinge passiert.

Am folgenden Abend, als die Eltern zum Bahnhof gegangen waren, um Cousin Ellis abzuholen, legte Emily den marineblauen Rock und die einfache weiße Bluse, die sie tagsüber getragen hatte, beiseite. Statt dessen schlüpfte sie in ein tiefbraunes Samtkleid, das ein Mieder mit abgenähten Biesen und einen hohen, schmeichelnden Kragen besaß, dessen Ecken mit Spitzen eingefaßt waren. Es stand ihr gut; ein Umstand, dessen sie sich sehr bewußt war.

Doch alle Mühe war vergebens. Cousin Ellis hatte sie bei seiner Ankunft flüchtig auf die Wange geküßt und danach nicht mehr beachtet.
Montags gab es zum Abendessen immer den Bratenrest vom Sonntag, kalt aufgeschnitten; dazu Gewürzgurken und hinterher Obstkompott mit Vanillesoße. Emily dachte, Cousin Ellis müßte sich nach einem komfortablen Restaurant sehnen, doch dieser schien gar nicht zu bemerken, was er aß. Er redete mit Papa über den Krieg in Südafrika und die bevorstehende Kapitulation der Buren, über die näherrückende Krönung König Edwards, über das geplante Leitungskabel nach Übersee und über Balfours politischen Erfolg beziehungsweise Mißerfolg. Emily langweilte sich, wie immer. Ein wenig interessanter wurde es, als Mama nach Cousin Ellis' Familie fragte.
»Sind alle Kinder wohlauf, Ellis, mein Lieber?«
»Ja. Ja, ich glaube schon. Louise hat eine Erkältung, wie mir Mrs. Shapley berichtet. Der Doktor befürchtet, es könnten die Masern sein. Davon einmal abgesehen, geht es allen gut. Wesley schreibt mir, daß er nicht vorhat, in Oxford zu studieren. Er möchte gleich ins Geschäft einsteigen.«
»Darüber solltest du dich freuen.«
»In gewisser Weise, ja.«
Die Unterhaltung erlahmte von neuem. Bis Ellis schließlich mit erzwungener Munterkeit sagte: »Und dies ist also die kleine Emily. Ich hätte sie nicht mehr wiedererkannt, aber das ist auch kein Wunder. Als ich sie zum letztenmal gesehen habe, war sie sechs.«
Emily bedachte ihn mit einem bezaubernden Lächeln und blickte ihn hinter langen honigfarbenen Wimpern an. So alt war er gar nicht, dachte sie sich. Zwar wurde sein Haar an der Stirn ein bißchen dünn, aber Cousin Ellis sah auf seine Art noch recht gut aus. Er wirkte vielleicht ein wenig asketisch. Die hellblauen, beinahe farblosen Augen schienen auf eine interessante Weise entrückt zu sein.
»Cousin Ellis.« Mit einem gewinnenden Lächeln wandte sich Emily dem Gast zu. »Hast du *Der Hund von Baskerville* von Co-

nan Doyle gelesen? Es ist die neueste Sherlock-Holmes-Geschichte. Gerade heute habe ich die letzte Fortsetzung gelesen. Es war furchtbar aufregend.«
Bedauernd schüttelte Ellis den Kopf. »Zum Lesen bleibt mir nicht viel Zeit, fürchte ich... Ich dachte, Conan Doyle hätte Sherlock Holmes sterben lassen?«
»Es gab solch einen Aufschrei unter den Lesern«, erklärte Emily, »daß er ihn wieder zum Leben erwecken mußte.« Sie war sich sicher, daß es ihr jetzt doch noch gelungen war, Ellis' Aufmerksamkeit zu erregen.
»Du bist eine Verehrerin von ihm?«
»Seine früheren Geschichten habe ich nicht gelesen«, gestand Emily, »allerdings mußte ich die eine natürlich lesen, die im Dartmoor spielt. Ich habe es immer sehr gemocht.«
Ellis' Hand, die auf dem Tisch ruhte, zitterte leicht. Emily konnte auf dem Handrücken rote Härchen, fein wie Seidengespinst, erkennen. Für einen Augenblick fühlte sie sich davon abgestoßen.
»Das Moor ist ein rauher Ort«, sagte er und wechselte unvermittelt das Thema.
Damit hatte er sich ihr wieder entzogen. Sein kurzes Interesse an ihr war verschwunden, und er sprach nun mit Rose. Emily hätte schreien können vor Wut. Sie aß das Birnenkompott mit der Vanillesoße auf und schob den Teller fort. Vor lauter Enttäuschung begann sie, mit den Füßen auf den Boden zu tippen.
Schließlich war das Essen beendet, und sie alle erhoben sich vom Tisch. Rose läutete nach Amy, die den Tisch abräumen sollte. Gemächlich begab man sich in die halbdunkle Diele, auf deren abgetretenem Linoleumboden fadenscheinige Vorleger wie traurige kleine Inseln lagen. In einer dämmrigen Ecke hingen Hüte und Mäntel wie einsame Gespenster herum.
»Zeit fürs Bett, Emily«, sagte Rose bestimmt. »Es ist schon halb zehn. Sage Cousin Ellis gute Nacht.«
Obwohl sich Emily innerlich dagegen auflehnte, noch wie ein Kind behandelt zu werden, wußte sie nur allzu gut, daß es keinen Sinn hatte zu widersprechen, wenn ihre Mutter in diesem Ton

mit ihr redete. Sollte sie einmal heiraten – *wenn* sie überhaupt je heiraten würde –, dann würde sie jeden Abend so lange aufbleiben, wie sie wollte. Emily reckte sich auf die Zehenspitzen und küßte Ellis' kalte Wange. Ihr war bis zu diesem Zeitpunkt gar nicht aufgefallen, wie groß er wirklich war; groß und schlaksig, so daß sie mit ihren Ein-Meter-fünfundfünfzig klein neben ihm erschien.

»Gute Nacht, Cousin Ellis. Wir sehen uns hoffentlich morgen früh. Ich habe mich schon so lange auf deinen Besuch gefreut.«

Ellis blickte sie in leichter Verwunderung an. Dazu hatte er auch allen Grund – hatte er doch in der Woche zuvor ein Treffen lediglich mit Rose und Peter vereinbart. Dennoch sah man ihm deutlich an, daß er sich geschmeichelt fühlte und Emily, wie es schien, zum ersten Mal eingehend betrachtete. Er sah ihr honigfarbenes Haar, die grauen Augen mit dem dichten Wimpernkranz und die gutentwickelte Figur, die verriet, daß sie bereits mehr eine Frau als ein junges Mädchen war, auch wenn man sie noch um halb zehn ins Bett steckte.

Als Emily den Treppenabsatz auf halber Höhe erreicht hatte, blieb sie stehen. Sie hörte ihre Mutter sagen: »Ellis, mein Lieber, Peter und ich nehmen an, daß es einen Grund für deinen Besuch gibt.«

Emily vernahm die Antwort, kurz bevor sich die Wohnzimmertür hinter ihnen schloß.

»Ich möchte, daß ihr mir helft, eine Frau zu finden, Rose. Zehn Jahre allein zu sein ist lange genug.«

2

Nachdenklich blickte Maxwell Hunnicutt auf die geschlossenen Tore von High Tor. Man hatte die Pforte in eine graue Steinmauer eingelassen, die den ursprünglichen Lattenzaun ersetzte. Durch die Gitterstäbe konnte er die Auffahrt entlangblicken, die sich zwischen Blumenbeeten zu dem quadratischen grauen Granitsteinhaus dahinschlängelte. Er fragte sich im stillen, ob es von

innen genauso kalt und abscheulich aussehen mochte wie von außen.
Noch nie in den einundzwanzig Jahren seines Lebens hatte Max das Grundstück jenseits der Pforte betreten. Die Reads waren die Feinde der Hunnicutts: Silas hatte ihn dazu erzogen, sie zu hassen. Solange er ein Kind war, hatte er die Anordnungen seines Vaters niemals in Frage gestellt. Dann hatte er erst ein Internat besucht und anschließend in Cambridge studiert. In diesen Jahren war er kaum zu Hause gewesen. Doch als er schließlich endgültig nach Ashridge Abbey zurückkehrte, begann er, den Sinn des Ganzen zu hinterfragen. Hätten ihn die älteren Read-Jungen nur ein wenig unterstützt, so hätte er sich wohl Silas widersetzt und den Versuch unternommen, die Fehde zu schlichten. Die Reads jedoch schienen entschlossen zu sein, den Streit fortzusetzen.
Saladin, Max' Pferd – er war ein dunkelbrauner Fuchs, und Max hing mit jeder Faser seines Herzens an ihm –, tänzelte unruhig hin und her. Er wollte weiterziehen. Max tätschelte ihn freundlich.
»Ruhig, Junge, ruhig. Ich weiß, du willst nach Hause. Es geht auf die Mittagszeit zu, nicht? Aber du hast die Schlucht entlang einen so schönen Galopp gehabt, daß du dich jetzt auch ein bißchen gedulden können mußt.«
Saladin warf geringschätzig seine Mähne zurück. Das schwache Aprillicht ließ Saladins glänzendes Fell funkeln wie Seide und Perlmutt. Er schnaubte ein wenig und blähte die Nüstern. Im nächsten Augenblick traf ein Stein sein rechtes Vorderbein, und er wieherte auf vor Schmerz. Ungestüm drehte sich Max im Sattel um.
»Wer war das?« fragte er mit vor Wut zitternder Stimme. Seine Augen spähten nach dem Angreifer. Von den beiden Söhnen, die Silas hatte, war Max derjenige, der seinem Vater äußerlich am meisten glich. Er hatte das gleiche schwarze Haar, die dunkle Haut, die kühn geschwungene Nase und die leuchtenden dunkelblauen Augen. Er besaß die gleiche hochgewachsene Gestalt, war jedoch magerer als Silas.

»Du spionierst uns aus, Max Hunnicutt«, kreischte eine schrille weibliche Stimme.
Max sah auf. Rittlings über der Mauer saßen die beiden kleinen Read-Mädchen. Unter ihren Schürzen bauschten sich die Unterröcke, und die kräftigen Beine waren von warmen gerippten Wollstrümpfen umhüllt. Ihre Knopfstiefel waren an den Spitzen abgestoßen.
Offensichtlich war es Christina, die Jüngere, gewesen, die den Stein geworfen hatte. Einen zweiten hielt sie mit der Hand umklammert, bereit, ihn jeden Augenblick herunterzuschleudern.
»Wenn du diesen Stein wirfst«, stellte ihr Max in Aussicht, »dann ziehe ich dich von der Mauer herunter und verdresche dich mit der Reitpeitsche.«
Zögernd hielt das Kind inne. Es war sich nicht sicher, ob Max Ernst machen würde oder nicht.
»Das traust du dich nicht«, sagte Christina schließlich angriffslustig.
»Du kannst es ja ausprobieren«, war die gelassene Antwort.
Louise zischte wütend: »Wage nicht, Chrissie anzurühren. Meine Brüder werden dich verprügeln.«
Max schaute die beiden bloß ärgerlich an, denn irgendwie erregten die kleinen mutterlosen Geschöpfe sein Mitleid. Dann sah er aus einem Winkel seines Auges, wie Chrissie langsam ihre Hand hob. Ohne zu überlegen, schnellte er in seinen Steigbügeln hoch und packte ihr mageres Handgelenk mit hartem Griff. Fast wäre Chrissie von der Mauer gekippt.
»Du hast mich verletzt«, schrie sie gellend auf. Doch der Schreck war das Schlimmste.
Louise beugte sich von ihrem gefährlich hohen Sitz herunter und schlug Max immer wieder ins Gesicht.
Die Albernheit und Würdelosigkeit seiner Lage ließ Wut in ihm aufsteigen. Er war eindeutig im Nachteil: ein erwachsener Mann gegen zwei kleine Mädchen.
Max hörte, wie sich die Tore quietschend öffneten. Im nächsten Augenblick wurde er nach hinten gerissen und verlor die triumphierende Chrissie aus dem Griff. Voller Freude rief das Mäd-

chen: »Gib's ihm, Wes! Gib's ihm!« Max wurde aus dem Sattel gezogen und fand sich im nächsten Augenblick auf der Erde wieder; er starrte in die blassen, verzerrten Gesichtszüge von Wesley Read.
Wesley, der ältere von Ellis' Söhnen, war für die Osterferien nach Hause gekommen. Hinter ihm stand John, der zweite Bruder. Beide Jungen hatten die blasse Gesichtsfarbe ihres Vaters und das helle, rotblonde Haare. Während John jedoch schlaksig wie Ellis war, hatte Wesley mehr den kräftigen Körperbau seiner Großmutter Clara geerbt.
Max befreite sich aus Wesleys Griff und faßte nach Saladins Zügel. Sein erster Gedanke war, das Pferd zu beruhigen; sein zweiter war der mörderische Wunsch, es Wesley Read heimzuzahlen.
»Er hat uns ausspioniert«, kreischte Chrissie von der Mauer herunter. »Außerdem hat er mich am Arm verletzt.«
»Ich werde dir die Abreibung deines Lebens verpassen, Hunnicutt«, tobte Wesley. »Oder bist du zu feige, um mit mir zu kämpfen? Umherschleichen und herumschnüffeln, das liegt dir wohl mehr? Genauso wie deinem gichtigen alten Vater.«
»Sei ruhig, Wes«, bat John. »Chrissie hat einen Stein geworfen. Wir haben sie doch gesehen.«
»Du hast gehört, was sie sagt. Dieser lausige Papist hat uns ausspioniert.«
Max zügelte seinen Zorn. »Ich entschuldige mich dafür«, sagte er kalt. »Ich hätte nicht so hinüberstarren sollen. Das war ungeschickt, aber es steckte keine böse Absicht dahinter. In diesem Punkt mußt du mir Glauben schenken, Wesley.«
Wesley schnaubte. »Erhebe deine Fäuste, Hunnicutt, und kämpfe wie ein Mann.«
Max seufzte und schaute an seinem Gegenüber herunter. »Du hast gegen mich nicht die geringste Chance, das weißt du. Ich möchte nicht prahlen, aber in der Schule war ich im Boxen der Beste meiner Gruppe.«
»Laß gut sein, Wes«, riet John.
Wesleys Entschlossenheit geriet ins Wanken; aber er hatte sich

vor seinen Schwestern zu weit vorgewagt, als daß er jetzt noch klein beigeben könnte, ohne sein Gesicht zu verlieren. Außerdem lag Max Hunnicutts Schulzeit einige Jahre zurück. Er, Wesley, hatte den Vorteil seiner Jugend und seines Körperbaus.
»Feigling«, höhnte er. »Du hast bloß Angst vor mir.«
Ohne ein weiteres Wort zog Max den Mantel aus und warf ihn dem ruhig grasenden Saladin über den Sattel. »Du sehnst dich ja geradezu danach, verdroschen zu werden, Wesley«, sagte er.
Wesley grinste. Der Anblick des zarten weißen Seidenhemds, das Max trug, hatte ihm sein Selbstvertrauen zurückgegeben. Der Mann war ein Dandy. Auch Wesley legte seine Jacke ab und warf sie John zu.
»In Ordnung«, sagte er und ballte die Hände zu Fäusten.
Den Schlag, der ihn zu Boden streckte, hatte er nicht einmal gesehen. In der einen Sekunde grinste er noch Max Hunnicutt ins Gesicht, in der nächsten lag er auf der Straße, alle viere von sich gestreckt. Himmel, Bäume und Sonne wirbelten vor seinen Augen.
Mit einem Schulterzucken nahm Max seinen Mantel auf, nickte John zu, der neben seinem Bruder kniete, bestieg Saladin und trottete langsam in Richtung Wallabrook Hill davon.
Er verspürte keine Genugtuung. Die so schäbige kleine Szene, an der er hatte teilnehmen müssen, erfüllte ihn mit Widerwillen. Es war kein Ruhmesblatt, einen eingebildeten Tölpel wie Wesley Read niedergeschlagen zu haben, der von der Boxkunst nicht die geringste Ahnung hatte. Außerdem schätzte er den jungen John Read trotz des Altersunterschiedes von sieben Jahren sehr. Wäre nicht dieser sinnlose Streit gewesen, hätten sie Freunde sein können.
Auf der Kuppe des Wallabrook Hill zog er die Zügel an und schaute in die Gegend. Er liebte diese Landschaft mit ihren endlosen Weiten, dem klaren Himmel, dem Purpurrot ihrer Bergheiden und dem Amethystgrün ihrer Wälder. Am Fuß des Hügels ließ das glitzernde Wasser des Wallabrook den Lauf des Flüßchens erkennen; klar und funkelnd floß es über die Felsblöcke dahin.

Als Max den Hügel wieder hinunterritt, kam ihm Wesleys Stichelei in den Sinn. »Papist« hatte er ihn genannt. Max lächelte in sich hinein. Wesley war der Wahrheit näher gekommen, als er ahnen konnte. Max hatte die feste Absicht, eines Tages in die römisch-katholische Kirche einzutreten. Nichts hatte ihn in den letzten Jahren mehr faszinieren können als der Gedanke, Buckfast Abbey an seinem ursprünglichen Platz wieder aufzubauen. König Cnut hatte die Abtei im Jahre 1018 gegründet, doch zu der Zeit, in der sich die englische Hochkirche von Rom löste, hatte man sie geplündert und teilweise zerstört. Die kleine Gemeinschaft französischer Benediktiner, die sich 1882 auf Buckfast niedergelassen hatte, erfüllte Max mit einem Gefühl göttlicher Vorsehung, dem Beweis eines lebendigen Gottes, der stets in ihm war und ihn umfing. Seine tiefe religiöse Überzeugung entsprang der Wahrnehmung des Schönen, das ihn umgab. Max haßte die Protestanten mit ihrer kargen Lebensweise. Das Leben war da, um gelebt zu werden. Es war voll von Klängen, Farben und Bewegung.

Max ritt durch das Dorf nach Hause, den Judwell Hill hinauf. Er verspürte großen Frieden und das Gefühl, ein Teil dieser Landschaft zu sein. Als er die Tore von Ashridge Abbey passierte, lächelte er. Dies war sein Fleckchen Land.

Ashridge Abbey war ein weitverzweigtes Gebäude. Es war auf dem Fundament eines ehemaligen Zisterzienserklosters errichtet worden, einer der zahlreichen religiösen Gründungen, die verstreut im Moor lagen. Zunächst hatte das Haus die reine Kreuzform beibehalten. Doch über die Jahrhunderte hinweg war hier ein Zimmer hinzugefügt worden, dort ein Nebengebäude; man hatte ein Treibhaus errichtet und einen Trakt für die neuen Küchen angebaut. Die Zeit hatte ihre Spuren auf dem grauen Stein hinterlassen; und wie er jetzt durch Efeu und Rankpflanzen hindurchschimmerte, besaß er eine Färbung, wie sie nur das Alter verleiht.

Im weitläufigen Garten sah man die Ruinen des Refektoriums dieser ehemaligen Abtei und – noch wohlerhalten – die riesige Scheune, in der die Äbte von Ashridge ihr Gemüse und Getreide aufbewahrt hatten, das ihnen die Bauern als zehnten Teil jeder Ernte überließen. Inzwischen benutzte man die Scheune für den alljährlich stattfindenden großen Ball, den die Familie Hunnicutt im Winter zu geben pflegte.

Ein Stallknecht wollte ihm zu Hilfe eilen, doch wie immer bestand Max darauf, Saladin persönlich zu versorgen. Dann begab er sich in die Bibliothek, wo sich die Familienmitglieder jeden Tag vor dem Mittagessen einfanden.

Silas hatte seinen gichtkranken Fuß auf einen Stuhl gelegt. Als Max das Zimmer betrat, schaute er hoch. »Wo bist du gewesen?« fragte er gereizt.

»Ich habe einen kleinen Ausritt die Schlucht entlang unternommen.« Max schlenderte zu einem Beistelltisch hinüber und schenkte sich einen Whisky ein. »Das habe ich dir schon vorhin gesagt, bevor ich losritt.«

Max ließ den Blick durch das Zimmer schweifen, um zu sehen, wer sonst noch da war. Sein Bruder Warren lag hingelümmelt in einem Sessel. Sein dunkles Gesicht zeigte den üblichen mürrischen Ausdruck. Auf der breiten Ledercouch saß Sarah Hunnicutt und versuchte, ein Gespräch mit Barbara Clyde aufrechtzuerhalten, die man für heute eingeladen hatte. Barbara war die Nichte von Joss Hunnicutts Frau, die einzige Tochter von Samuel und Rhoda Clyde. Die Clydes besaßen die Leat Farm in der Nähe von Princetown. Barbara war ein siebzehnjähriges Mädchen von quälender Schüchternheit. Bei ihren Eltern fühlte sie sich nicht allzu wohl; und so verbrachte sie soviel Zeit wie irgend möglich auf Crossing Gates. Dies war seit Weihnachten ihr zweiter Besuch. Auf Silas' Betreiben hin pflegte Sarah sie bei solchen Gelegenheiten immer auch nach Ashridge Abbey einzuladen.

»Ich begreife nicht, warum wir sie ständig einladen«, hatte Sarah sich an diesem Morgen beim Frühstück beschwert. »Schwieriges Mädchen. Sagt nicht ein Wort.«

»Wir laden sie ein, weil Sam Clyde viel Geld besitzt und Barbara das einzige Kind ist«, hatte Silas sie angeschnauzt. »Wir wollen doch hoffen, meine Liebe, daß einer deiner Söhne soviel Verstand besitzt und das Mädchen eines Tages heiratet.«

Max hatte den Plan seines Vaters längst durchschaut. Doch falls der sich darauf verließ, daß sein Erbe ihm gehorchen würde, so war das ein Irrtum. Barbara war zwar ein recht hübsches Mädchen, aber Max bevorzugte Frauen, die auch ihren Verstand zu gebrauchen wußten.
Sarah, die wieder einmal keine Antwort von ihrem Gast erhielt, schaute nervös in den Raum.
»Wo ist Julia? Sie müßte längst hier sein. Das Essen wird in einer Minute fertig sein.«
Wie auf ein Stichwort wurde die Tür zur Bibliothek geöffnet, und Max' Schwester trat ein. Sie war ein Mädchen von achtzehn Jahren. Der Rest der Familie sprach von ihr meist als der »armen Julia«; sie hatte es oft zu hören bekommen. Es schien sie nicht weiter zu bekümmern, ebensowenig der Umstand, daß sie von beiden Elternteilen äußerlich nur die schlechten Züge geerbt hatte. Sie war häßlich in dem Maße, wie ihre Brüder wohlgestaltet waren: ein großes, grobknochiges Mädchen mit glattem schwarzen Haar und bläßlicher Gesichtsfarbe. Jegliche Empfindsamkeit verbarg sie hinter einem herzlichen und burschikosen Wesen. Sie ritt und jagte wie ein Mann und interessierte sich sehr für die neumodische Kampagne, mit der man das Frauenstimmrecht erstreiten wollte. Wenn sie ging, tat sie das mit weit ausholenden Schritten. Das einzige, was mit ihrem Äußeren ein wenig versöhnte, war ihre angenehme, wohlklingende Stimme. Sowohl Silas als auch Sarah hatten sich seit langem mit dem Gedanken abgefunden, daß die »arme Julia« niemals einen Mann finden würde.
»Tut mir leid, daß ich so spät komme«, entschuldigte sich Julia. Sie durchquerte das Zimmer, um der zurückweichenden Barbara die Hand zu schütteln. »Ich war in den Ställen, Dragonfly hat einen wunden Fuß. Dabei sah ich zufälligerweise, daß Saladin am linken Vorderbein eine leichte Schramme hat, Max. Für mich einen Sherry; sei so lieb.«
Max erfüllte ihren Wunsch und antwortete: »Ja, ich weiß. Ich habe Bowden bereits Anweisungen erteilt. Deshalb halte dich aus der Sache raus, Julia; sei so lieb.«

»Wie ist es passiert?«
»Eines der Read-Mädchen hat einen Stein geworfen.«
»Verflucht und zugenäht, diese verdammte Familie«, schrie Silas auf. In der Hitze des Gefechts hatte er seinen kranken Fuß vergessen und ihm mit dem Stock einen kräftigen Hieb versetzt. Im nächsten Augenblick ließ er den Stock aus der Hand fallen, begleitet von einem Schwall von Flüchen, der Barbara das Blut in die Wangen trieb. Niemals würde sie sich an die unverblümte Ausdrucksweise auf Ashridge Abbey gewöhnen können. Die drängenden Einladungen Sarah Hunnicutts nahm sie nur an, um Onkel Joss und Tante Jennifer einen Gefallen zu erweisen. Die beiden waren die einzigen Menschen, die ihr in ihrem bisherigen, an Liebe armen Leben Zuneigung geschenkt hatten.
»Du hast der kleinen Gans hoffentlich die Fresse zerschlagen«, sagte Warren.
Max entgegnete kühl: »Es ist nicht meine Art, mich mit zehnjährigen Mädchen abzugeben. Jedenfalls«, fügte er mit einer gewissen boshaften Genugtuung hinzu, »habe ich Wesley Read niedergeschlagen.«
»Alle Achtung«, schrie Julia, so laut sie nur konnte, und Warren stimmte ein großes Hallo an.
Silas brummte: »Das Beste, was ich heute zu hören bekomme.«
Selbst Sarah lächelte beifällig.
Es sind echte Barbaren, dachte Barbara mit leichtem Schaudern.
»Es ist aufgedeckt, Madam«, meldete Mrs. Brownlow, die Haushälterin.
»Max, ich habe einen Auftrag für dich«, verkündete Silas, als sie alle am Eßtisch Platz genommen hatten. Geräuschvoll schlürfte er die Suppe in sich hinein. »Ich möchte, daß du nach London fährst.«
Max hob die Augenbrauen und wartete höflich, bis sein Vater die Rede fortsetzte. Worauf wollte das alte Schlitzohr hinaus?
»Ich möchte, daß du dich mit einer Mrs. Caroline Ormerod anfreundest. Sie hat in der Brook Street ein Haus gemietet. Sie ist die Witwe von Fernley Ormerod.«

Max sah verwirrt aus. »Entschuldigung, Vater. Ich verstehe nicht ganz.«
»Sie hält einige Anteile an den Wessex County Stores. Ich möchte herausbekommen, ob sie vielleicht an einem Verkauf interessiert wäre.«
»Warum nimmst du nicht Kontakt zu Richard und Dobson auf?«
»Das habe ich bereits getan. Sie haben ihre Anweisungen. Aber du könntest vielleicht einen intimeren Einfluß ausüben.« Silas lächelte listig, während er sich in seinem Stuhl zurücklehnte. Eines der Mädchen stellte ihm einen neuen Teller hin, und er bediente sich großzügigst mit Seezunge.
Max runzelte die Stirn. »Bitte, Vater, ich mag ein wenig beschränkt sein, aber ich wäre dir für weitere Einzelheiten dankbar.«
»Edgar Read und Fernley Ormerod waren Freunde«, brachte Silas dumpf hervor. Sein Mund war vollgestopft mit Fisch. Er spülte ihn mit einem Schluck Wein hinunter und fuhr fort: »Die beiden waren so ein richtiges heuchlerisches, Psalmen singendes Methodistenpaar. Fernley besaß Anteile an den Wessex County Stores. Jetzt gehören sie seiner Witwe.«
»Fernley Ormerod ist demnach tot, Vater?«
»Himmel noch mal, Junge. Er könnte wohl kaum eine Witwe haben, wenn er nicht gestorben wäre. Seit über einem Jahr ist er tot.«
»Aber wie kommst du darauf, daß ich Einfluß auf Mrs. Ormerod nehmen könnte?« fragte Max forschend. Er tappte nach wie vor im dunkeln.
»Weil Caroline Ormerod erst siebenundzwanzig ist; so, wie ich mir das zusammenreime, wird sie ganz versessen darauf sein, die drei Jahre nachzuholen, die sie damit verbracht hat, einen alten, kranken Mann zu pflegen. Man sagt, sie bringe das Geld schneller durch, als eine Ente mit den Füßen paddelt. Sie wird vielleicht froh sein, ein paar ihrer Aktien verkaufen zu können. Ich rechne auf dich, Max, laß mich also nicht im Stich.«
»Vater, Richards und Dobson werden für dich sicher tun, was in

ihrer Macht steht. Davon abgesehen kann ich mir nicht vorstellen, daß Ellis Read es zulassen würde, daß du dich in sein Geschäft einkaufst; selbst wenn die Lady bereit wäre, ihre Anteile zu veräußern.«
»Guter Gott! Hältst du mich für so dumm, es unter meinem eigenen Namen zu machen?« Silas sandte ein mehr als deutliches Blinzeln zu der bestürzten Barbara. »Sam Clyde und ich haben eine kleine Vereinbarung getroffen.«
»Laß mich dabei lieber aus dem Spiel, Vater.« Max lächelte dem Dienstmädchen, das ihm gerade eine Scheibe Lammkotelett aufgelegt hatte, dankend zu.
»Ich gehe für dich nach London«, meldete sich Warren freiwillig. »Ich habe nichts dagegen, mich mit Caroline Jessup« – er schickte einen lüsternen Seitenblick in die Runde – »anzufreunden. Nach allem, was ich von solchen Frauen je gehört habe...«
»Warren, das reicht«, unterbrach ihn seine Mutter. »Wir haben einen Gast«, fügte sie hinzu, indem sie auf Barbara deutete.
»Du!« Silas schnaubte verächtlich. »Du würdest uns garantiert jede Möglichkeit zunichte machen. Was Frauen betrifft, besitzt du nicht das geringste Fingerspitzengefühl.«
»Einen Augenblick, Vater«, sagte Max, »damit wir uns richtig verstehen: Mrs. Ormerod ist, war Caroline Jessup?«
»Sie ist die Urenkelin von Kate Jessup.« Silas grinste. »Und sehr schön dazu, wie man es bei Frauen dieser Art ja häufig hat.«
Max wurde unschlüssig. Vor vielen Jahren hatte er Caroline Jessup einmal gesehen und seitdem niemals wieder vergessen. Damals mußte er ungefähr elf Jahre alt gewesen sein und sie siebzehn. Cousin Jake hatte ihn zum Gänsemarkt nach Tavistock mitgenommen. Sie waren kaum angekommen, da geriet ihm dieses herrliche Geschöpf mit üppigen Brüsten und vollen Hüften, das sich wie eine Königin bewegte, ins Blickfeld.
Er lächelte seinem Vater gehorsam zu. »Nun gut. Wenn du es wünschst, Vater, dann werde ich für dich nach London gehen. Aber versprechen kann ich nichts. Vielleicht gefalle ich der Lady nicht. Doch *sollte* sie mit dem Gedanken spielen, die Anteile zu verkaufen, werde ich dich benachrichtigen, sobald ich kann.«

3

»Peter, ich muß mit dir reden.«

Rose Culverhayes betrat das Arbeitszimmer ihres Mannes, der gerade seine Sonntagspredigt vorbereitete. Rose störte ihn dabei sehr selten. Daß sie es jetzt tat, machte deutlich, wie beunruhigt sie war.

Mit einem Seufzer legte Reverend Peter Culverhayes den Federhalter nieder. »Nun, meine Liebe, was gibt es denn?«

»Es handelt sich um Emily«, antwortete Rose. Sie wählte einen Sitzplatz, von dem aus sie den rußbeschmutzten Baum im Garten sehen konnte. Nichts schien in London jemals so zu wachsen, wie es sich gehörte. »Emily und Ellis. Heute abend führt er sie in die Oper aus.«

Ihr Gatte nahm den Federhalter wieder auf. »Meine Liebe, zwar halten viele unserer Glaubensrichtung das Theater – jedes Theater überhaupt – für einen Ort der Sünde. Aber wir waren uns doch immer darin einig, daß wir nicht zu diesen Menschen gehören. Die Oper sollte in die Bildung eines jungen Mädchens mit einbezogen sein. Aus naheliegenden Gründen können wir sie nicht selbst dorthin begleiten; so bin ich Ellis ausgesprochen dankbar, daß er sich erboten hat, das zu tun. In der vergangenen Woche hat er an Emily so viel Anteil genommen.«

»Genau diese Anteilnahme, wie du es nennst, beunruhigt mich. Wie du weißt, ist er mit der erklärten Absicht nach London gekommen, nach einer Frau Ausschau zu halten.«

»Meine liebe Rose, sei nicht albern. Ellis und Emily? Allein der Gedanke daran ist absurd. Er ist doch mehr als doppelt so alt.«

»War das je ein Hinderungsgrund für einen Mann?«

»Ich kann mir einfach nicht vorstellen«, antwortete Peter ruhig, »daß Emily etwas anderes in ihm sieht als einen Onkel; einen älteren Onkel. Ich glaube, du tust unserer Tochter unrecht. Natürlich, wenn sie sich ernsthaft in Ellis verlieben sollte...«

»Was dann?« fragte Rose. Sie registrierte sehr genau, daß ihr Mann allmählich seine Meinung zu ändern begann.

»Dann, nun, dann würde ich natürlich die ganze Angelegenheit einer... einer ernsthaften Betrachtung unterziehen. Es wäre dumm zu leugnen, daß dies eine sehr vorteilhafte Heirat wäre. Ellis – da müssen wir einmal ganz nüchtern denken – ist ein wohlhabender Mann.«

»Er ist ebenso«, antwortete Rose in scharfem Ton, »ein Witwer mit sechs Kindern, von denen das älteste in Emilys Alter ist. Außerdem sind sie miteinander verwandt.«

»Nein, mein Liebes, das sind sie nicht. Alfred Hawkes war nicht dein wirklicher Vater. Nein, nein! In dieser Hinsicht gibt es keine Bedenken. Doch momentan ist diese Frage noch sehr theoretisch.«

»Vorhin sagtest du noch, der bloße Gedanke daran sei absurd.«

Reverend Peter Culverhayes flüchtete sich in würdevolles Schweigen.

»Du weigerst dich also, mit Emily zu reden?«

»Ich war mir nicht darüber im klaren gewesen, daß du mich darum gebeten hattest, mein Liebes. Darüber hinaus ist bisher nichts vorgefallen, worüber ich mit ihr reden müßte.«

»Mit wem über was reden?« fragte Emily, während sie das Arbeitszimmer betrat. »Entschuldige, Papa. Ich weiß, daß du jede Störung haßt, wenn du an deiner Sonntagspredigt schreibst. Aber ich wollte dir mein neues Kleid vorführen.«

Emily sah, wie ihre Mutter heimlich zugeben mußte, hinreißend aus. Sie trug Enzianblau, das mit ihrem lichten Liebreiz vollkommen harmonierte. Daß das Kleid offenkundig selbstgeschneidert war, beeinträchtigte seine Anmut nicht im geringsten.

Emilys wacher Blick wechselte zwischen Rose und Peter; sie fühlte, daß sie der Gegenstand ihrer Unterhaltung gewesen war. Sie lächelte in sich hinein. Seit Cousin Ellis' Ankunft hatte ihr Leben eine so interessante Wendung genommen. Während der letzten Woche hatte er sie zum Tee bei Gunter's eingeladen; er hatte sie zum Mittagessen in seinen Club gebeten; und heute abend würde er sie ins Theater ausführen. Das Leben hatte sich ihr plötzlich geöffnet: weit hinaus über die engen Grenzen von West Kensington und die noch viel engeren der Methodistengemeinde in der Green Street.

Ellis seinerseits war sich nicht ganz sicher, was plötzlich mit ihm geschah. Dieses junge Mädchen, das im selben Alter war wie sein ältester Sohn, verwirrte ihn auf eine Weise, die er nicht erwartet hatte. Von den Reizen eines jungen Dings verführt zu werden und in eine unüberlegte Ehe hineinzugleiten war das letzte, was er beabsichtigt oder gar gewünscht hatte. Doch Ellis war ein Mann heftiger Gefühle und starken sexuellen Verlangens, trotz seines ruhigen Äußeren und seiner nüchternen Umgangsformen. Seine Frau, so innig er sie geliebt hatte, hatte mit ihm weder die Erregung noch die Freude am sexuellen Geschehen geteilt. Wenn sie miteinander schliefen, blieb sie immer unbeteiligt. Er erwartete, daß Emily da wohl anders sein würde.
Zunächst hatte Ellis mit sich gerungen. Er versuchte, sich einzureden, daß er Emily lediglich als die Tochter seiner Cousine ins Herz geschlossen habe; daß sie für ihn nichts anderes sei als die Tochter von Rose, mit der er aufgewachsen war. Nach einigen schlaflosen Nächten mußte er sich jedoch eingestehen, daß er mit Emily ins Bett gehen wollte. Er war nicht in sie verliebt, doch hatte er sie sehr gern. Er würde ihr ein guter Ehemann sein und sie lehren, eine gute Ehefrau zu werden. Unbehagliche Gedanken wegen seiner Kinder, die sich einer Stiefmutter, die kaum älter war als sie selbst, widersetzen könnten, rang er unbarmherzig nieder.
Ellis war Emily ins Arbeitszimmer gefolgt und stand wartend in der Tür. Lachend und Abschiedsküsse verteilend huschte das Mädchen von einem Elternteil zum anderen.
»Ich weiß, daß du gut auf sie achtgeben wirst, Ellis.« Rose versuchte vergeblich, seinen Blick einzufangen.
»Natürlich. Ich danke euch, daß ihr mir die Ehre gestattet. *Die Zauberflöte* war immer eine meiner Lieblingsopern.« Er streckte Emily eine Hand entgegen. »Jetzt müssen wir gehen, mein Liebes. Sonst kommen wir zu spät.«

Covent Garden, das Opernhaus, war für Emily ein Märchentraum. Die glitzernden Kronleuchter, der Plüsch, die herrlich gekleideten Frauen, deren Juwelen in allen Regenbogenfarben leuchteten, die eleganten Männer: von alldem hatte sie bisher nur in Büchern gelesen. Sie saß neben Ellis im Parkett und fühlte sich unglaublich erwachsen.

Die Oper selbst bedeutete ihr wenig. Die Geschichte kam ihr kindisch und irgendwie albern vor.

Am Ende jedoch war die Geschichte unwichtig geworden. Emily war hingerissen von der Musik; sie fand sich auf eine Weise berührt, wie sie es beim gesprochenen oder geschriebenen Wort nie erlebt hatte. Die Musik zauberte Bilder hervor und rief Träume wach, von denen Emily bisher nichts geahnt hatte. Eine neue Welt eröffnete sich ihr. Ein Leben, das neben dem Alltag gedieh, ein Teil davon war und doch eine unendliche Erweiterung.

Nach dem ersten Akt fiel unter tosendem Applaus der Vorhang, und alles war wieder so, wie es immer war. Ihre neuen Schuhe waren zu eng, und sie war schrecklich durstig.

»Cousin Ellis«, bat sie, »könnte ich wohl etwas zu trinken bekommen?«

Sie bahnten sich den Weg ins Foyer, wo Ellis sich um eine Limonade bemühte und Emily eine Weile sich selbst überließ. Zwei junge Männer waren soeben eingetreten. Die Verspätung schien sie nicht allzusehr zu bekümmern. Der kleinere war ein strohblonder Wuschelkopf mit einem Engelsgesicht, der alle Anzeichen schlechter Laune verriet. Emily nahm ihn kaum wahr. Der größere jedoch erregte sofort ihre Aufmerksamkeit. Er hatte schwarzes Haar, leuchtendblaue Augen und sah ein wenig hochmütig aus. Er ging so nah an ihr vorbei, daß das rote Futter seines Opernmantels ihr Kleid streifte. Plötzlich schien er zu bemerken, daß sie ihn die ganze Zeit anstarrte. Er wirbelte herum und schaute sie an.

Einen Moment lang begegneten sich ihre Blicke. Dann verneigte er sich und wäre wohl seiner Wege gegangen, wäre nicht im selben Augenblick Ellis mit der Limonade zurückgekehrt. Ellis starrte ihn an, während der junge Mann einfach an ihm herunterschaute.

»Hunnicutt.« Ellis' Stimme klang rauh. »Wie geht es Ihnen?«

»Danke gut, Sir«, entgegnete Max förmlich. »Und Ihnen?«
Auf beiden Seiten war Befangenheit zu spüren. Max blieb einen Augenblick stehen in der Erwartung, daß Ellis ihn der jungen Dame vorstellen würde. Aber Ellis rührte sich nicht. So nickte er bloß und machte schwungvoll auf dem Absatz kehrt.
»Wer war das?« forschte Emily, als Max außer Hörweite war.
»Max Hunnicutt«, antwortete Ellis grimmig. »Ich darf wohl annehmen, daß deine Mutter dir von dieser Familie erzählt hat.«
»Ist das die, mit der wir in Streit leben? Oh, Cousin Ellis, wie schrecklich aufregend das ist.«
Ellis jedoch beachtete sie nicht. »Ich frage mich, was er in London zu tun haben mag«, sagte er und schaute der entschwindenden Gestalt hinterher.

Max legte seinen Abendmantel ab und schlenderte im Kielwasser seines Freundes auf eine der Logen zu.
»Bist du sicher, Monty, daß Mrs. Ormerod heute abend an der Gesellschaft deiner Cousine teilnehmen wird?«
Der Ehrenwerte Charles Montgomery antwortete: »Das jedenfalls hat man mir gesagt. Aber sei nicht ungehalten, mein lieber Junge, wenn sie nicht anwesend sein sollte. Du weißt, wie oft weibliche Wesen ihre Meinung ändern. Du hast unsere Freundschaft ohnehin schon einer Belastungsprobe unterzogen, indem du mich heute abend hierhergeschleppt hast. Opern kann ich auf den Tod nicht ausstehen. All dieses verdammte Gekreische.«
Max lachte. »Komm, sei nicht so, Monty. Gib dich nicht spießiger, als du ohnehin schon bist. Du kannst dich ganz nach hinten in die Loge setzen und ein Nickerchen halten.«
Lady Letitia Traill war entzückt, ihren Cousin und dessen Freund in ihrer Loge zu sehen. Sofort lud sie die beiden zu dem Fest ein, das sie für den Rest der Nacht geben wollte.
»Wir gehen hinterher ins Carlton Grill«, verkündete sie. »Ist nun jeder mit jedem bekannt? Caroline, mein Liebes, darf ich dich mit meinem Cousin, dem Ehrenwerten Charles Montgomery – seine Freunde nennen ihn Monty – und mit Mr. Maxwell Hunnicutt bekannt machen?«

Sie war wie früher. Die warme Hautfarbe, der üppige Mund, das in Locken aufspringende Haar über der hohen, ruhigen Stirn – alles war genauso wie in seiner Erinnerung. Ebenso die herrliche Figur. Die großen, samtbraunen Augen hoben sich und blickten ihn lange und forschend an. Dann fragte sie: »Von den Hunnicutts of Ashridge?«
»Ja.« Max küßte die dargebotene Hand und fügte hinzu: »Ich habe Sie schon einmal gesehen. Vor vielen Jahren, auf dem Gänsemarkt in Tavistock. Ich habe immer an Sie als eine der schönsten Frauen gedacht, die ich jemals gesehen habe.«
Ihre Augen suchten sein Gesicht zu ergründen. Natürlich, sagten sie, weißt du alles von mir; das mußt du zwangsläufig, denn du bist im Moor zu Hause. Was hast du damit vor? Kann ich dir mit meinem Geheimnis vertrauen?
Max lächelte beruhigend. »Darf ich mich neben Sie setzen?« Er zog einen der kleinen, reichverzierten goldenen Stühle heran. Mit halber Gebärde gab Caroline ihre Zustimmung.
»Seid jetzt alle ruhig.« Lady Letitia ließ ihre feine Stimme in voller Lautstärke erklingen. »Das Orchester stimmt sich bereits ein. Der zweite Akt muß jeden Augenblick anfangen.«
In der Oper erloschen langsam die Lichter. Max setzte sich so zurecht, daß er eine gute Sicht auf die Bühne hatte. Als aber der Vorhang sich hob und den Blick auf den heiligen Palmenhain freigab, da dachte Max nicht an Sarastro, Tamino oder Papageno. Er dachte an die sonderbare Geschichte der Caroline Ormerod, geborene Jessup.

Ein Jahrhundert zuvor hatte Napoleon Bonaparte den Befehl erteilt, künftig keine Kriegsgefangenen mehr auszutauschen. Den Franzosen bedeutete dies kein Problem. Als Napoleon die Grenzen seines Landes immer weiter ausdehnte, hatte er eine Reihe von Grenzfestungen errichtet, die nun nicht mehr gebraucht wurden. In diesen schrecklichen, monströsen Gebäuden wurden jetzt die unglücklichen Gefangenen zusammengepfercht. Die Engländer ihrerseits besaßen nur ihre Zivilgefängnisse und die berüchtigten Sträflingsgaleeren. Beides war bereits überfüllt.

Als der Krieg andauerte, mußte man für die Kriegsgefangenen eigene Häuser bauen; eines davon wurde im Dartmoor errichtet.
Als England dann den Krieg gegen seine früheren Kolonien führte, wurden auch Amerikaner, die man auf den Kaperschiffen der Yankees gefangengenommen hatte, dort untergebracht. Die Amerikaner jedoch fanden sich – ganz anders als die Franzosen – nicht mit ihrer Gefangenschaft ab. Als Folge davon breitete sich unter Block vier des Dartmoor-Gefängnisses ein wahres Labyrinth an Gräben und Tunneln aus. Daß die meisten entkommenen Sträflinge sehr schnell wieder eingefangen wurden, schreckte die übrigen in keiner Weise ab.
In der Nacht des dreizehnten November 1813 gelang es Tom Pickersgill aus Seattle und Washington Davis aus New York auszubrechen. Durch einen Tunnel, an dem sie mehr als sechs Monate gegraben hatten, gelangten sie ins Freie. Washington Davis war Neger.
Tom Pickersgill wurde schon am nächsten Tag wieder eingesperrt. Insgeheim war er erleichtert, denn er hatte schnell begriffen, daß das Moor im Winter ein feindlicher Ort war.
Washington Davis hingegen kämpfte sich verbissen immer weiter in die Richtung, in der, wie er glaubte, Plymouth lag. Tagsüber versteckte er sich, und nachts lief er weiter. Tatsächlich jedoch bewegte er sich nach Norden, hin zum Great Mis Tor und zur entlegenen Farm der Jessups.
An jenem eiskalten Novembermorgen, als Washington Davis mehr tot als lebendig durch die Küchentür taumelte, war Kate Jessup allein auf der Farm. Zu Tode erschrocken, gab sie ihm Essen und warme Kleidung. Mit der Zeit hatte sich der Amerikaner genügend erholt, um sich eines überwältigenden Verlangens bewußt zu werden. Man hatte ihn vor beinahe neun Monaten ins Gefängnis gesperrt; zuvor war er über ein Jahr auf hoher See gewesen. In all der Zeit hatte er keine Frau besessen. Mit gezücktem Messer zwang er Kate, sich auszuziehen, und vergewaltigte sie auf dem Küchenboden.
Bevor Washington davonlaufen konnte, kehrten der alte Jessup

und seine beiden Söhne heim und fesselten ihn. In einem wahnwitzigen Versuch zu entkommen, tötete er einen der Soldaten, die ihn ins Gefängnis zurückbringen sollten. Drei Wochen später hängte man ihn auf. Am selben Tag erkannte Kate, daß sie schwanger war.

Johnny Jessup kam im darauffolgenden August zur Welt: dunkelhäutig, braunäugig und mit krausem Haar. Die Familie nahm ihn gleichmütig als einen der Ihren an. Sie alle waren zu sehr damit beschäftigt, dem wenigen unfruchtbaren Ackerboden das Nötigste, was sie zum Leben brauchten, abzuringen. Sie hatten keine Zeit, sich hinzusetzen und mit dem Schicksal zu hadern.

Als Johnny herangewachsen war, kannte man ihn im ganzen Dartmoor. Wo immer er auftauchte, wußte man, daß er »Kate Jessups schwarzer Bastard« war. Erst mit fast dreißig heiratete er eine seiner Cousinen. Das Paar hatte eine Tochter, Vera. Vera ihrerseits heiratete den Enkelsohn einer der Brüder ihrer Großmutter und brachte 1875 Caroline zur Welt: ein kräftiges, gesundes Kind, das eine Schönheit zu werden versprach.

Trotz ihres Aussehens und des Umstands, daß ihr negroider Erbanteil nur noch sehr gering vorhanden war, war es für Caroline praktisch unmöglich, außerhalb ihrer Familie einen ehrbaren Mann zu finden. Doch sie hatte sich entschieden geweigert, einen ihrer Cousins zu heiraten. Sie war nach Plymouth gegangen, hatte ihren Stolz bekämpft und eine Stelle als Hausmädchen angenommen.

Fernley Ormerod war sie begegnet, als sie eines Nachmittags am Hoe entlang spazierenging. Man hatte ihn in seinem Rollstuhl nach draußen gefahren, damit er frische Luft schnappen konnte. Während die Krankenschwester entschlüpft war, um sich mit ihrem jungen Mann zu treffen, hatte Caroline neben ihm gesessen und verständnisvoll seine Klagen und Leidensbekundungen angehört. Sechs Monate später waren die beiden verheiratet.

Caroline hatte Fernley ihre Vorfahren nicht verschwiegen. Sie war der Meinung, er sollte die Wahrheit am besten von ihr selbst erfahren. Er war hocherfreut gewesen, wußte er doch, daß eine solche Heirat all seine Verwandten, die er von ganzem Herzen

verabscheute, quälen würde. Am Tag der Hochzeit änderte er sein Testament und bestimmte Caroline zur alleinigen Erbin. Inzwischen – in diesem April 1902 – war aus Caroline Ormerod eine reiche Witwe geworden. Darüber hinaus besaß sie ein großes Aktienpaket der Wessex County Stores, das sich vielleicht als der wertvollste Besitz erweisen mochte.
Als Monostatos mit seiner Arie *Alles fühlt der Liebe Freuden* begann, wandte Caroline den Kopf und begegnete erneut Max' Augen. Rasch blickte sie wieder zur Seite, doch sie dachte: Er sieht außergewöhnlich gut aus. Ihr Leben schien plötzlich voll verlokkender Möglichkeiten zu sein. Zufrieden lehnte sie sich in ihrem Stuhl zurück.

Emily lehnte sich in eine Ecke der Mietdroschke, die Hände im Schoß zusammengefaltet.
»Das war wundervoll, Cousin Ellis«, flüsterte sie hingerissen. »Es hat mir so gut gefallen. Vielen, vielen Dank, daß du mich mitgenommen hast.«
Gerührt von ihrer Dankbarkeit, beugte Ellis sich vor und ergriff ihre Hand.
»Emily...« Er zauderte. Sein Verstand sagte ihm deutlich, daß er im Begriff stand, einen großen Fehler zu begehen. Doch die Rundung ihrer Brüste, ihre hübschen weißen Arme und Schultern, ihr Körper dicht neben dem seinen brachten alle Vernunft zum Schweigen.
»Emily«, begann er von neuem, »willst du mich heiraten?«
Jetzt, wo die Frage wirklich ausgesprochen war, fühlte auch Emily Zweifel in sich hochsteigen. War sie wie Esau, der das Recht des Erstgeborenen für ein Linsengericht verkauft hatte? Dann dachte sie an High Tor, an Dartmoor, daran, wie langweilig ihr Leben in West Kensington verlief. In drei Jahren würde man ihren Vater wieder versetzen. Vielleicht an einen Ort, der noch trostloser wäre. Wenn bis dahin kein anderer um ihre Hand angehalten hätte, was würde dann aus ihr werden? Für eine alleinstehende Frau waren die Möglichkeiten sehr eng und beschränkt.

Von panischem Schrecken erfaßt, erwiderte sie den Druck von Ellis' Fingern.
»Willst du?« wiederholte er. »Willst du mich heiraten, Emily?«
»Ja, Cousin Ellis. Wenn du mich nimmst.«

4

»Du glaubtest doch wohl, ich würde dich erpressen wollen, oder?« sagte Max. Er hatte sich im Bett aufgesetzt und beobachtete, wie das Mailicht des späten Nachmittags fahl durch die Schlafzimmervorhänge drang. Neben ihm richtete sich Caroline Ormerod auf. Sie streckte die Arme über den Kopf wie eine schöne, schnurrende, gelbbraune Katze.
»Oft habe ich mich gefragt, warum du es nicht tust«, antwortete sie. »›Verkaufe mir deine Anteile, oder ich sage allen, wer du wirklich bist: ein ehemaliges Dienstmädchen, eine Farmerstochter, eine Frau, in deren Adern Negerblut fließt.‹ In Amerika, glaube ich, nennt man das, was ich bin, eine Oktoronin.«
»Du bist das, was man in jeder Sprache eine verdammt begehrenswerte Frau nennt«, entgegnete Max. Er rollte sich zu ihr hinüber und saugte an ihren Brustwarzen.
Caroline schob ihn weg und erhob sich. Das durch die Vorhänge gedämpfte Licht verlieh ihrer wunderbaren Haut einen grünlichen Schimmer. Sie schlüpfte in einen elfenbeinfarbenen Satinmantel. Darüber legte sie einen Frisierumhang aus Spitze.
»Max, ich muß dir ein Geständnis machen. Ich habe Fernleys Makler die Erlaubnis erteilt, die Kaufhausaktien an Ellis Read zu verkaufen. Er hat einen reellen Preis geboten, und Fernley hätte es so haben wollen.«
Sie wartete ab, versuchte, sich gegen den Ausbruch zu wappnen, der – da war sie sicher – unvermeidlich folgen würde. Die Haut über Max' Wangenknochen spannte sich, er spannte die Lippen zusammen, und die Arme, die er hinter seinem Kopf verschränkt hielt, zuckten krampfartig.
»Das ist es, du Närrin«, dachte sie. »Das ist das Ende.«

Doch anstelle des Wortschwalls voller Kränkungen, den sie erwartet hatte, sagte Max mit schleppender Stimme leichthin: »Ich denke, ich habe es selbst herausgefordert. Du glaubtest, ich benützte dich, und das ist deine Rache.«
Caroline antwortete kühl: »Das hat nichts mit Rache zu tun. Mit dir und mit mir allerdings hat die Entscheidung schon etwas zu tun. Ich wollte herausfinden, was dann noch bleibt zwischen uns.«
»Und was bleibt zwischen uns, mein Liebes?« Max' Stimme gab seine Gefühle nicht preis.
»Ich weiß nicht. Das ist etwas, meine ich, was du mir sagen wirst.«
Plötzlich brach Max in Gelächter aus. »O Gott«, sagte er. »Ich stelle mir gerade das Gesicht meines Vaters vor, sollte ich mich jemals dazu entschließen, ihm die Wahrheit zu sagen. Er glaubte, ich bräuchte dich bloß ins Bett zu ziehen, um von dir alles zu bekommen, was ich bloß will. Statt dessen hast du deine Anteile an Ellis Read verkauft, um meine Liebe auf die Probe zu stellen. Armer Vater. Bei Frauen hat er sich noch nie ausgekannt.«
Caroline schaute ihn lange an. Dann sagte sie ruhig: »Ich hoffe, ich bin nicht so verrückt zu glauben, du könntest dich in mich verliebt haben, Max.« Sorgfältig jede Spur von Hoffnung in der Stimme unterdrückend, fügte sie hinzu: »Du hast dich doch nicht zufällig in mich verliebt?«
Das Lachen erstarb in seinem Gesicht. »Nein, mein Liebes, das habe ich nicht. Das habe ich dir fairerweise von Anfang an erklärt. Und bevor du jetzt irgendwelche Schlüsse ziehst: Es hat nichts mit deiner Jessup-Abstammung zu tun. Wäre ich in dich verliebt, so wäre das völlig gleichgültig. Das mußt du mir glauben, Caroline.«
Sie versuchte ein Lächeln, doch ihr Mund fühlte sich an, als wäre er aus Holz. »Das ist schon in Ordnung so«, sagte sie, »denn ich bin auch nicht in dich verliebt.« Was für eine Lügnerin ihr Stolz doch aus ihr machte! Sie strich ihm über das Haar und murmelte: »Möchtest du, daß ich deine Geliebte werde?«

Er gluckste. »Ich dachte, das wärst du bereits.«
»Ich meine auf Dauer.«
»Wo würdest du gerne leben wollen?«
»In dem Haus in Torquay, das Fernley mir hinterlassen hat. Es gefällt mir dort. Das andere in Plymouth ist verkauft.«
Max strich ihr die dunklen Locken aus dem Gesicht. »Ich bin ein selbstsüchtiges Ekel, Caroline, aber ich begehre dich wie nichts auf der Welt. Trotzdem solltest du dir überlegen, was du dafür alles aufgibst.«
»Du sehnst dich wirklich nach mir?«
»Ich sagte dir bereits, ich begehre niemanden so sehr wie dich.«
»Doch nicht genug, um mich zu heiraten.« Es war eine Feststellung, keine Frage.
»Wahrscheinlich gehöre ich gar nicht zu denen, die heiraten wollen.« Vor seinen Augen erschien das Bild eines jungen, kühlen Gesichts mit funkelnden grauen Augen. Wo, um alles in der Welt, hatte er es gesehen?
Caroline zögerte. Sie hatte nicht damit gerechnet, sich so in jemanden verlieben zu können, wie sie sich in Max Hunnicutt verliebt hatte.
Als sich ihre Augen an jenem Abend im Covent Garden zum ersten Mal begegnet waren, hatte sie sich gleich zu ihm hingezogen gefühlt. Anfangs war es sein gutes Aussehen gewesen, das sie faszinierte, dann, als sie ihn näher kannte, seine Persönlichkeit. Sie entdeckte eine Stärke in ihm, einen Edelmut und eine Liebenswürdigkeit, die die zynische Haltung, die er der Welt präsentierte, Lügen straften. Er war ein tief religiöser Mensch, wie sie zu ihrem größten Erstaunen feststellte; allerdings nicht in der strengen puritanischen Weise, die sie als christliche Frömmigkeit kennengelernt hatte. Er liebte die Wärme und Farbigkeit, Liturgie und Zeremonie der anglikanischen Hochkirche und der katholischen Kirche.
Wie sehr sie ihn liebte! Er brachte ihr Herz zum Schmelzen und ließ ihr Blut in Fieberhitze durch den Körper pulsieren. Sie wäre ihm gefolgt, auch wenn sie für ihn tatsächlich etwas hätte aufgeben müssen. Doch was besaß sie schon hier in London? Sie ba-

lancierte ständig auf Messers Schneide, lebte in fortwährender Angst, als ehemaliges Dienstmädchen und Urenkelin eines Negers entlarvt zu werden. Sie hatte nichts zu verlieren und konnte vielleicht alles gewinnen. Es war schließlich schon vorgekommen, daß Männer sich in ihre Mätressen verliebt und sie geheiratet hatten.

Ellis und Emily wurden am 30. Juni in der Methodistenkirche in der Green Street getraut. Der Vater der Braut hielt den Gottesdienst. Keines der Kinder war anwesend. Emily fand dies ein wenig seltsam, doch sie glaubte den Entschuldigungen, die in den Briefen standen. Nach der Trauung gab es einen Empfang. Anschließend fuhren sie und Ellis in die Flitterwochen nach Bournemouth.

»Du hast vielleicht Nerven! Kommst hier frech wie Oskar hereinspaziert! Zum Teufel, Junge! Bei dieser Aktiengeschichte habe ich mich fest auf dich verlassen.«
Silas Hunnicutt pochte auf die Schreibtischplatte. Durch das Fenster des Arbeitszimmers flutete die strahlende Julisonne und überzog den abgetretenen Teppich mit einem goldenen Schimmer.
Max blickte mitfühlend auf seinen Vater. »Vater, ich bedaure, dich enttäuscht zu haben. Mrs. Ormerod hat es vorgezogen, die Anteile an Ellis Read zurückzuverkaufen.«
»Zur Hölle damit! Du hast mir alles vermasselt! Ich glaubte, ich könnte mich auf dich verlassen. Ich dachte, daß du einem verdammten Niggerweib überlegen wärst.«
Max erstarrte. »Ich würde es begrüßen, wenn du von Mrs. Ormerod in einem andern Ton sprechen würdest. Sie ist kein ›Nigger‹, wie du das nennst. Einer ihrer acht Urgroßeltern ist zufälligerweise ein Schwarzer gewesen. Das ist alles.«
»Zufälligerweise«, äffte ihn Silas wütend nach. »Mit was für einem gezierten Mist kommst du mir daher?«
Sarah betrat das Arbeitszimmer. Sie machte ein ängstliches Gesicht.

»Silas! Denk an die Dienstboten. Man kann dich im ganzen Haus hören.«
»Die Dienstboten können mich mal«, brüllte Silas. »Ihr Sohn, Madam, hat mich im Stich gelassen.«
Sarah sandte Max einen forschenden Blick zu.
»Und noch was«, fuhr Silas unbesänftigt fort. »Es ist mir zu Ohren gekommen, daß du diesem Niggerweib eine Wohnung in Torquay eingerichtet hast. Habe ich dir dazu die Erlaubnis erteilt?«
»Das Haus gehört zum Besitz Fernley Ormerods, und Caroline hat es geerbt.« Max erhob sich. »Vater, mir mißfällt der Ton, in dem du von einer Lady sprichst, für die ich die reinste Hochachtung empfinde. Ich sehe keinen Sinn darin, unsere Unterhaltung fortzusetzen. Wenn du mich jetzt entschuldigen würdest. Ich bin draußen, falls du mich brauchst.«
Der Garten war prächtig zu dieser Jahreszeit. Max ging den Weg entlang, der zu den Ruinen des Refektoriums führte. Sein Zorn verflog allmählich.
»Träume nicht in den Tag hinein!« Julias durchdringende Stimme unterbrach seine Gedanken. Seine Schwester versetzte ihm einen herzhaften Schlag auf den Rücken, der ihn zusammenzucken ließ. »Komm mit zu den Ställen. Warren hat ein neues Pferd gekauft. Mir kommt es so vor, als hätte es ein Hinterteil wie eine Gans.«
»Wenn Warren es gekauft hat, dann hat es das vermutlich auch«, antwortete Max ergeben. »Warren könnte mit dem, was er von Pferden alles nicht versteht, ohne große Mühe mehrere Bände füllen.«
»Versuch doch, ihm das auseinanderzusetzen«, lachte Julia.
Sie schlenderten auf die Ställe zu. »Übrigens, weißt du schon, daß Ellis Read wieder geheiratet hat?«
»Wieder geheiratet? Jemand Besonderen?«
»Kommt darauf an, was du unter Besonderen verstehst. Im Dorf spricht man von nichts anderem. Die zweite Mrs. Read ist so eine Art Cousine von ihm. Offensichtlich ist sie noch so jung, daß sie seine Tochter sein könnte. Man munkelt, sie sei erst

sechzehn Jahre alt. Warren sagt, er habe schon immer gewußt, daß Ellis Read ein schmutziger alter Mann ist.«
Doch Max hegte keinerlei Interesse an der Meinung seines Bruders. Die schwer zu fassende Erinnerung, die ihn seit einigen Monaten verfolgte, nahm plötzlich Gestalt an. *Die Zauberflöte;* Covent Garden; das Mädchen, das neben Ellis Read gestanden hatte...

5

Freudlos saß Emily an ihrem Fensterplatz im Frühstückszimmer und schaute über das Tal, das schwarz vor Regen war.
Die fernen Anhöhen des Moores waren verwischt, und der scharfe Wind, der aus Nordosten blies, gab einen ersten Vorgeschmack auf den Winter.
Im Haus war alles still. Ellis war nach London gefahren, um sich mit seinen Aktionären zu treffen. Emily wußte nicht, wann er zurückkehren würde. Die Jungen waren im Internat, und die Mädchen saßen im Schulzimmer, wo ihnen Miss Brewer, die Gouvernante, Unterricht erteilte.
Chrissie und Louise leisteten ihr ohnehin kaum Gesellschaft. Von Anfang an hatten sie Emily als Eindringling betrachtet und ihre Gefühle deutlich gezeigt. Seit dem Tode der Großmutter hatte man bei ihnen die Zügel schießen lassen. Mrs. Shapley, die Haushälterin, hielt dies für Miss Brewers Verantwortungsbereich; und Miss Brewer, eine sanfte, schüchterne Frau unbestimmten Alters, suchte sich das Leben so angenehm wie möglich einzurichten.
Emilys anfängliche Versuche, von den Stieftöchtern Gehorsam zu verlangen, waren mit Wutanfällen und Tränen beantwortet worden. Emily hatte sich hilfesuchend an ihren Mann gewandt. Zum ersten Mal in seinem Leben mußte Ellis sich mit häuslichem Gezänk auseinandersetzen. Er hatte beiden Töchtern den Hintern versohlt. Doch in erster Linie hatte sich sein Unmut gegen Emily gerichtet.
»Constance«, ließ er sie kühl wissen, »ist mit den Kindern allein

zurechtgekommen. Ich habe an anderes, Wichtigeres zu denken.«
Emily kochte vor Wut. Sie hatten ihren ersten Streit. Es blieb eine unbefriedigende, einseitige Angelegenheit. Emily tobte und schluchzte, während Ellis unbeweglich sitzen blieb, Ärger und Abscheu im Gesicht. Als sie einhielt, um Luft zu holen, ging er nach oben, packte einen kleinen Koffer und sagte, die Erregung nur mühsam unterdrückend: »Ich werde die nächsten Tage in Newton Abbot verbringen, in dem Apartment, das zu meinem Büro gehört. Wenn ich wieder zurück bin, mein Liebes, wirst du sicher in besserer Stimmung sein.«
Eine Woche später kehrte er heim, küßte sie liebevoll und verhielt sich so, als ob nichts vorgefallen wäre. Emily unternahm erneut den Versuch, den Gegenstand ihres Streites zur Sprache zu bringen, doch Ellis reagierte mit eisiger Abwehr. Emily war klug genug, daraus den Schluß zu ziehen, ihn in Zukunft mit ihren Erziehungsproblemen nicht zu behelligen. Sie hatte nicht lange gebraucht, um herauszufinden, daß er in jeder Beziehung – außer im Bett – ein kühler, zurückhaltender Mann war, der jeglichem Gefühl mißtraute.
Gegen Ende Juli, als die vier Jungen nach Hause in die Sommerferien kamen, wußte Emily, welche Regeln zu beachten waren, um an Ellis' Seite ein bequemes Leben führen zu können. Im Bett durfte er mit ihr machen, was er wollte. Sie war sorgfältig darauf bedacht, ihn nicht mit häuslichen Streitereien zu belästigen, und niemals, unter gar keinen Umständen, machte sie ihm eine Szene. Als Gegenleistung gab er ihr ein meist großzügiges Taschengeld, erlaubte ihr, reiten zu lernen, und überließ sie sich selbst mit einem Vertrauen, das geradezu naiv war. Manch anderer Mann hätte ernsthafte Vorbehalte gegen Emilys wachsende Freundschaft zu ihrem Stiefsohn John gehabt.
Wesley behandelte sie gelegentlich mit einer Überheblichkeit, die seine Abneigung deutlicher kundtat als all die Widerspenstigkeit und Wutanfälle seiner Schwestern. Die beiden kleineren Jungen, Whitefield und Dorset, nahmen sie einfach nicht zur Kenntnis. Sie war für deren Leben ohne jede Bedeutung. Doch

John ritt mit ihr aus oder ging mit ihr spazieren und erklärte ihr die umliegende Landschaft.
Dann war John ins Internat zurückgekehrt, und die sechs Wochen hatten sich seither mühsam dahingeschleppt. Mrs. Shapley führte mit drei Dienstmädchen und einer Küchenhilfe das Haus und kochte. Für Emily gab es absolut nichts zu tun; nicht einmal mit Plänen für eine Zimmerrenovierung hätte sie sich beschäftigen können. Ellis wünschte, daß alles genau so blieb, wie es seit Constances Zeiten war. Die Tage zogen sich endlos dahin. Besonders so ein Tag wie heute, wo es regnete und regnete...
So gegen vier Uhr klarte es ein wenig auf. Emily überlegte gerade, ob sie ihren Mantel anziehen und vor dem Nachmittagstee noch einen Spaziergang machen sollte, als sie draußen auf dem Kies Räder knirschen hörte. Sie rannte zum Fenster und schaute hinaus. Es war ein Pony mit einem Einspänner, den das Hotel Bovey Tracey den Eisenbahnreisenden zu ihrer Bequemlichkeit zur Verfügung stellte. Die vermummte Gestalt, die ein wenig steif herunterstieg, war Ellis. Emily rannte in die Halle, um ihn zu begrüßen.
»Ellis! Das ist aber eine Überraschung. Ich hätte dich frühestens morgen zurück erwartet. Komm in die Bibliothek. Ich werde schon mal nach dem Tee läuten und Mrs. Shapley sagen, daß sie Feuer machen soll.«
Die unerwartete Wärme ihrer Begrüßung rührte ihn. Er ging nach oben, um die durchnäßte Kleidung abzulegen. Als er sich zu Emily in die Bibliothek gesellte, knisterten bereits die Holzscheite im Kamin, und auf einem niedrigen Tisch nahe der Feuerstelle war das Teeservice gedeckt. Es war schön, wieder zu Hause zu sein. Ein Gefühl, das er in den letzten zehn Jahren nicht mehr gekannt hatte; er hatte auch nicht damit gerechnet, es noch einmal zu erleben. Die letzten paar Tage in London waren sehr geschäftig gewesen; er benötigte eine Ruhepause. Er und Emily sollten miteinander Ferien machen, um die Stimmung der Flitterwochen, damals in den vierzehn Tagen in Bournemouth, wieder einzufangen. Ellis beugte sich über den Tisch.

»Was hältst du davon, wenn wir für ein oder zwei Tage nach Torquay fahren?« fragte er. »Ich glaube, das würde uns beiden guttun – bevor der Winter kommt. Wir könnten dann gleich Onkel Alfred einen Besuch abstatten.«
Emily setzte die Teetasse ab, ihre Augen leuchteten. Ihr war jede Abwechslung willkommen.
»Ja, Ellis«, seufzte sie. »Das wäre schön.«

Sie mieteten ein Haus, von dem aus sie eine schöne Sicht auf die Sandbank von Torquay hatten. Drei angenehme Tage verbrachten sie damit, in der Stadt und am Hafen umherzuwandern. Oder sie saßen einfach am Fenster und schauten auf das ständig sich verändernde Meer. Später wußte Emily, daß diese drei Tage wahrscheinlich die glücklichsten waren, die sie je mit Ellis verbracht hatte. So zufrieden miteinander waren sie später nie wieder. Durch den Streit am letzten Abend tat sich ein Riß zwischen ihnen auf, den beide schwer überbrücken konnten. Am Donnerstag nachmittag gingen sie Onkel Alfred in seinem Pflegeheim besuchen. Er hatte inzwischen große Schwierigkeiten mit seinem Gedächtnis und wußte zunächst nicht, wer Emily war.
»Ein hübsches Kind. Ein hübsches Kind«, sagte er abwesend und tätschelte ihre Hand.
Die Zeit war nicht spurlos an Alfred vorübergegangen. Der einst so stämmige Körper war ausgemergelt, und die Haut hing lose über seinen Knochen wie ein alter Anzug, der ihm zu groß geworden war. Sein Gesicht war abgehärmt, und sein Blick wanderte ziellos durch das sonnige, gelbgestrichene Zimmer. Nach kurzer Zeit hefteten sich seine Augen auf Ellis. »Schlimme Geschichte. Schlimme Geschichte«, erklärte er heiser. Er hatte die Angewohnheit angenommen, alles zweimal zu sagen. »Wir hätten nicht ...«
»Schon gut, Onkel Alfred«, unterbrach ihn Ellis rasch und legte die Hand des alten Mannes in seine. Sie war dürr und verwelkt wie ein Blatt. »Du brauchst dir keine Sorgen mehr zu machen.«
Alfred starrte seinen Neffen geistesabwesend an. Dann nickte er mit dem Kopf. »Alles längst vorbei, hm? Alles längst vorbei.«

»So ist es«, antwortete Ellis beschwichtigend.
»Wer ist das?« fragte Alfred plötzlich mürrisch, Emily seine Aufmerksamkeit zuwendend.
»Ich bin Roses Tochter, Großvater.« Emily beugte sich nieder und küßte ihn. Seine Augen waren rot umrändert, und die Nase lief. Für einen Moment wurde sie von Panik ergriffen: Die Aussicht, alt zu werden, hatte etwas Furchterregendes.
Bevor sie ihn verließen, hellte sich Alfreds Geist noch einmal kurz auf. Es schien, als ob ihr Besuch all seine Willenskraft herausgefordert hatte.
»Rose«, murmelte er, »hat diesen Burschen, diesen Prediger geheiratet – wie hieß er doch gleich?«
»Peter Culverhayes, Großvater. Ich bin ihre Tochter, Emily.«
»Ja, natürlich. Jetzt erinnere ich mich wieder.«
»Ich bin verheiratet, Großvater. Mit Ellis.«
»Ellis...« Erneut schien Alfreds Verstand abzuschweifen. »Ellis und Edward Read...« Mit aller Kraft suchte er seine Gedanken in die gewünschte Richtung zu lenken. »Deine Mutter, mein Liebes, ist nicht meine leibliche Tochter. Habe sie adoptiert, als sie noch ein Baby war.«
»Ja, Großvater, ich weiß.«
»Ihr richtiger Name war – Hunstrete. Rose Hunstrete. Es gibt da einen Cousin; Jethro Hunstrete lebt irgendwo in der Gegend von Moretonhampstead.« Alfreds Blick wechselte zu Ellis hinüber. »Roses einzige Angehörige... Bekannte und Verwandte des Kindes. Man müßte – man müßte...« Die Stimme verlor sich, und er blickte hilfesuchend auf seinen Neffen.
»Ist schon gut, Onkel, mach dir keine Sorgen.« Ellis lächelte beruhigend, obgleich das, was ihm der Onkel soeben mitgeteilt hatte, für ihn eine vollständige Überraschung bedeutete. Er hatte keine Ahnung gehabt – und Rose vermutlich auch nicht –, daß sie neben ihrer Adoptivfamilie noch irgendwelche Verwandten besaß. Bis zu diesem Augenblick hatte Alfred immer allen zu verstehen gegeben, Rose stehe völlig allein in der Welt.
Ellis hätte gerne Näheres erfahren, aber der alte Mann war in seinem Stuhl bereits eingenickt. Eine Krankenschwester steckte

ihren Kopf durch einen Türspalt und sagte: »Die Besuchszeit ist vorbei, bitte.«
Als sie draußen standen, wandte sich Emily aufgeregt an Ellis. »Mama hat niemals davon gesprochen, daß sie noch Angehörige besitzt. Richtige Blutsverwandte. Oh, Ellis –«, sie griff freudig erregt nach seinem Arm, »– glaubst du, daß wir diesen Jethro Hunstrete ausfindig machen könnten? Wenn er in der Nähe von Moretonhampstead lebt, dürfte das doch nicht so schwer sein.«
»Wir werden sehen, mein Liebes. Wir werden sehen.«
Emily drückte seine Hand. »Unbekannte Verwandte. Wie romantisch! Gerade wie in einem Roman.«
Als sie die Promenade erreicht hatten, begann es zu regnen. Eines dieser plötzlichen Herbstgewitter ließ sie schutzsuchend unter ein überstehendes Dach eilen. Dort stand bereits ein weiteres Paar.
Emily schüttelte sich die Regentropfen vom Kleid. »Du meine Güte«, jammerte sie, »mein Hut ist ganz verdorben.«
»Ich werde mir wahrscheinlich eine Erkältung holen«, sagte Ellis verdrießlich. »Ich bitte um Entschuldigung, Madam«, fügte er hinzu. Versehentlich war er der anderen Frau auf den Fuß getreten. Er zog seinen Hut. Plötzlich hielt er inne und balancierte den Hut weiterhin in der Luft, wo ihm der Regen von der Krempe floß. »M-Mrs. Ormerod, nicht wahr?« stammelte er.
Caroline lächelte und streckte ihre Hand aus. »Mr. Read, wie geht es Ihnen?«
Ellis drückte den Hut wieder auf seinen Kopf und berührte kurz ihre Hand. Sein beunruhigter Blick schwenkte zu ihrem Begleiter hinüber.
»Mr. Read.« Max zog seinerseits den Hut und lächelte.
Ellis hatte von den Gerüchten über Max Hunnicutt und Caroline Ormerod gehört. Nun standen sie ihm also in schamloser Unbekümmertheit gegenüber. Sie besaßen nicht einmal den Anstand, ihre Affäre geheimzuhalten. Aber das war typisch für einen Hunnicutt, dachte Ellis. Es war widerlich, wie er seine Geliebte vor allen ehrbaren Bürgern zur Schau stellte – noch dazu eine mit Negerblut in den Adern; was das Schlimmste war.

Ellis fröstelte. »Komm Emily, wir müssen weiter.«
»Aber es regnet doch noch«, widersprach sie. Ihre Augen begegneten denen von Max Hunnicutt, und sie erkannte in ihm den Gentleman aus der Oper wieder.
Er verbeugte sich leicht und sagte: »Mrs. Read, nehme ich an. Als wir uns das letzte Mal begegneten, sind wir uns leider nicht offiziell vorgestellt worden. Ich hoffe sehr, daß Ihr Gatte das Versäumnis jetzt nachholen wird.«
»Emily! Sofort kommst du mit! Das ist ein Befehl!« Ellis faßte sie am Arm und zerrte sie förmlich unter dem Dach hervor.
»Ich weigere mich, bei dem Wetter nach Hause zu gehen«, fauchte sie und wand sich frei. »Du bist nicht ganz bei Trost. In einer Minute wird es aufklaren. Ich habe nicht vor, mir mein neues Kostüm zu ruinieren. Mein Hut ist ohnehin nicht mehr zu retten.«
Erregt stürmte sie unter das Dach zurück und schüttelte sich ärgerlich wie ein Hund.
Max Hunnicutt grinste. »So mag ich's gern«, sagte er. »Eine Frau, die weiß, was sie will.«
Emily starrte ihn an. »Ich weiß sehr genau, wer Sie sind, Mr. Hunnicutt. Heben Sie sich deshalb Ihre Komplimente für diejenigen auf, die sie zu schätzen wissen.«
Caroline fragte: »Max, möchtest du mich nicht vorstellen?«
Er zuckte hilflos mit den Schultern. »Wie kann ich das tun, mein Liebes, wenn ich selbst der Dame noch gar nicht offiziell vorgestellt worden bin?«
»Ach ja.« Caroline wandte sich an Emily und streckte ihr die Hand entgegen. »Sollen wir es ohne die Gentlemen tun? Ich bin Mrs. Caroline Ormerod.«
»Und ich bin Mrs. Ellis Read.«
Als die beiden Frauen einander die Hand schüttelten, stellte Max belustigt fest, daß beide von spontaner Abneigung gegeneinander erfaßt waren.
Es entstand eine peinliche Pause. Beide Frauen sahen verlegen aus. Max hingegen schien die Situation offensichtlich zu genießen.

»Ich muß jetzt gehen«, sagte Emily, nachdem eine kleine Weile verstrichen war. »Der Regen hat scheinbar aufgehört. Auf Wiedersehen, Mrs. Ormerod. Ich freue mich, Sie kennengelernt zu haben.«

Über Max sah sie betont hinweg. Sie trat unter dem Dach hervor und machte sich, vor Nässe triefend, auf den Heimweg. Die Haushaltshilfe, die sie zusammen mit der Villa gemietet hatten, sagte ihr, daß der gnädige Herr sich oben im Schlafzimmer befinde und die Kleider wechsle.

Ellis hatte seinen Schlafrock angezogen. Als er Emily hereinkommen hörte, schaute er sich um. Mit zwei Schritten war er bei ihr und schüttelte sie so heftig, daß ihr die Zähne durch den Kopf zu rasseln schienen.

»Nie wieder«, schrie er, »wirst du mich vor aller Augen bloßstellen! In Zukunft wirst du das tun, was ich dir sage!« Er ohrfeigte sie links und rechts und stieß sie auf das Bett.

Emily war wütend und verängstigt zugleich. Wenn ihre Eltern miteinander Streit hatten, dann war das eine Angelegenheit voller Würde, bei der höchstens einmal eine Tür zugeschlagen wurde. Niemals hatte ihr Vater seine Frau auch nur angerührt. Solch ein Benehmen hätte er erniedrigend gefunden.

Emily lag auf dem Bett. Ihre Wangen brannten, und sie zitterte heftig. Doch sagte sie kein Wort. Sie fühlte sich geschändet. Entschuldigen würde sie sich nicht. Sie hatte nichts getan, was eine derartige Behandlung gerechtfertigt hätte.

Nach einer Ewigkeit, wie es schien, sagte Ellis frostig: »Verzeih mir. Ich hätte dir nicht weh tun dürfen. Aber ich verlange Gehorsam. Und ich möchte nicht, daß du dich mit solchen Leuten anfreundest.«

»Wenn du dageblieben wärst, hättest du leicht feststellen können, daß ich mich wohl kaum ›angefreundet‹ habe. Es war töricht, im Regen nach Hause zu gehen. Doch Max Hunnicutt und ich...«

»Ich spreche nicht allein von Max Hunnicutt, obgleich der schon übel genug ist. Ich rede von Mrs. Ormerod. Sie ist nicht nur eine unmoralische Person, die den einen Mann nur wegen seines Gel-

des geheiratet hat und jetzt mit dem anderen in aller Öffentlichkeit zusammenlebt. Sie ist außerdem – erblich belastet.«
»Erblich belastet?« wiederholte Emily verdutzt.
»Sie ist die Urenkelin von Kate Jessup.« Als er sah, daß Emily immer noch nicht begriff, umriß er ihr in groben Zügen die Geschichte der Familie Jessup. »Du siehst also«, sagte er abschließend, »es wäre wirklich nicht sehr schicklich, wenn du mit dieser Frau Umgang hättest.«
Emily sah ein, daß die gesellschaftlichen Normen geachtet, die Anstandsformen gewahrt werden mußten. Aber hatten sie nicht in der Sonntagsschule immer gelernt, daß man den schwarzen Mann wie einen Bruder zu lieben hatte? Alles war sehr verwirrend. Sie ging zum Waschtisch hinüber, um ihre geröteten Wangen mit Wasser zu kühlen.
Ellis trat hinzu und stellte sich hinter sie. Er schlang seine Arme um ihre Taille; langsam tastend glitten die Hände an ihr empor und umfaßten ihre Brüste.
»Zieh diese feuchten Kleider aus«, flüsterte er. »Du wirst dich erkälten.«

6

Der Schaffner tippte an seine Mütze. »'n Abend, Mr. Hunnicutt. Kalter Tag heute. Der Zug wartet schon, Sir. Bahnsteig zwei.«
Max nickte ihm zu und gab ihm zum Dank ein Dreipennystück. Der Schaffner tippte erneut an seine Mütze und steckte die winzige Silbermünze in eine Innentasche seiner Jacke. Er war stets ein Gentleman, dieser Mr. Max Hunnicutt.
Max fand ein leeres Erste-Klasse-Abteil und setzte sich in einer Ecke zurecht. Er hoffte, für die kurze Reise nach Lustleigh das Abteil für sich alleine behalten zu können. Als der Zug zwei Minuten später aus dem Bahnhof von Newton Abbot hinausdampfte, war niemand erschienen, der sein Alleinsein hätte stören können.
Tuckernd fuhr der Zug in Richtung Norden. Das Kinn in die Hand gestützt, betrachtete Max durch das Fenster die friedlichen

Winterfelder und den Kanal von Stover. In der Ferne stieg aus dem Kamin eines Bauernhauses trichterförmig Rauch durch den dichter werdenden Nebel.
Max war in Buckfast gewesen. Einer der Mönche unterwies ihn in der römisch-katholischen Glaubenslehre.
Max lehnte sich zurück, vergrub seine Hände in die Manteltaschen und streckte seine langen Beine unter den gegenüberliegenden Sitz. Er schloß die Augen und überließ seinen Körper dem Schaukeln des Zuges. Der Zug hielt in Teigngrace und Heathfield und ratterte dann weiter zur nächsten Haltestelle, nach Bovey Tracey. Jetzt kam vor Lustleigh nur noch Pullabrook, und niemand hatte bisher das Abteil betreten und seinen Frieden gestört. Max tat einen zufriedenen Seufzer und schob seine Hände noch tiefer in die Taschen. Türen wurden zugeschlagen, und die Lokomotive stieß einen Dampfstrahl aus. Der Bahnsteigschaffner ließ seinen Pfiff ertönen. Langsam setzte sich der Zug in Bewegung...
Jäh wurde die Tür zu seinem Abteil aufgerissen, und ein Schaffner rief: »Schnell, Miss! Hier hinein!« Jemand wurde in das Abteil hineingeschoben und landete in einem Durcheinander von spitzenbesetzten Unterröcken und Stiefeln mit Perlknöpfen auf Max' Schoß. Eine damenhafte Stimme sagte: »Verflucht und zugenäht!«
Max schob die Spitzen beiseite. Die Unmutswelle, die ihn erfaßt hatte, verflüchtigte sich, als er sah, welch hübsche Frau da hereingestürzt war. Und diese Frau war keine Unbekannte.
»Gestatten Sie mir, Ihnen zu helfen, Mrs. Read«, murmelte er galant.
»Sie!« Emily errötete. Sie fühlte sich verärgert und belästigt. Hastig erhob sie sich von seinem Schoß und ließ sich in der gegenüberliegenden Ecke nieder. Durch das Fenster starrte sie den entschwindenden Lichtern von Bovey Tracey hinterher.
Max' Wunsch, allein zu sein, war plötzlich verflogen. Es war lächerlich, wie ihn der Anblick von Emily Read beunruhigte; lächerlich, weil er eine der schönsten und begehrenswertesten Frauen zur Geliebten hatte. Caroline war sanft, zärtlich und reif.

Dieses Mädchen hier war so herb wie ein unreifer Apfel. Dennoch hatte sich sein Puls während der beiden früheren Gelegenheiten, als er in ihrer Nähe war, beschleunigt.
»Haben Sie damals wieder gut in Ihr Quartier zurückgefunden?« forschte er, nachdem sie eine Weile geschwiegen hatten.
Emily wandte ihm den Kopf zu. »Ja, danke«, entgegnete sie knapp.
Sie nahm ihre unterbrochene Beschäftigung wieder auf und betrachtete die verschwimmende Landschaft. Doch als Max aufstand und die Gaslampen anzündete, war es sinnlos, weiterhin so zu tun, als bewundere sie die Aussicht. Sie schaute hoch und begegnete Max' ironischem Blick. Sie errötete leicht.
Max suchte verzweifelt nach einem Gesprächsstoff. Nie zuvor war ihm das Reden so schwergefallen.
»Besitzen Sie noch das schöne enzianblaue Kleid, das Sie in der Oper trugen?« fragte er schließlich. Und als Emily mit dem Kopf nickte, hörte er sich zu seinem Erstaunen sagen: »Tragen Sie es an unserem Silvesterball.«
»Ich *verstehe* nicht ganz!« platzte Emily überrascht heraus.
Max lächelte. Plötzlich war er ungezwungen. »Ich möchte Sie und Ihren Gatten zu dem Ball einladen, den wir immer am Silvesterabend in der Scheune der alten Abtei zu geben pflegen. Dieses Jahr wird es, einer Laune meiner Schwester zufolge, ein Maskenball werden. Werden Sie kommen?«
Er machte sich über sie lustig! Eine andere Erklärung konnte es für seinen absurden Vorschlag nicht geben. Er konnte nicht ernsthaft der Meinung sein, Ellis würde je seinen Fuß auf Ashridge Abbey setzen. Wie konnte er es wagen, sie zum besten zu halten – so, als ob sie ein Schulmädchen wäre!
Wütend blickte sie ihn an.
»Ich hege keinen Zweifel, Mr. Hunnicutt, daß es Sie belustigt, eine schutzlose Frau zu quälen. Vermutlich würden Sie das nicht wagen, wenn mein Mann oder einer meiner Stiefsöhne mich begleiten würden.«
In Max' Augen funkelte es. Offensichtlich las die junge Mrs. Read zu viele romantische Geschichten.

»Ich versichere Ihnen, daß dies mein voller Ernst ist. Diesen dummen Streit habe ich immer bedauert. Ich würde mich freuen, wenn wir unsere Bekanntschaft erneuern könnten.«
»Sie wissen sehr gut«, entgegnete Emily giftig, »daß weder mein Mann noch Ihr Vater dem jemals zustimmen würden. Sie *machen* sich über mich lustig, und das werde ich mir nicht länger gefallen lassen.« Der Zug verlangsamte für seinen Zwischenhalt in Pullabrook. Sie stand auf und strich ihre Röcke glatt. »Wenn Sie mich entschuldigen wollen. Ich werde mir einen anderen Wagen suchen.«
Sie stieg in den Nebel hinaus, und Max war wieder allein. Leise fluchte er vor sich hin. Das hatte er eindeutig falsch angefaßt. Was war bloß mit ihm los? So ungeschickt war er doch sonst nicht. Seine Freude war für diesen Tag verflogen. Die gehobene Stimmung, in der er den Zug bestiegen hatte, war gleichzeitig mit Emily verschwunden.

Kurz vor Weihnachten statteten Rose und Peter High Tor einen Besuch ab. Über die Feiertage jedoch konnten sie wegen Peters seelsorgerischer Pflichten nicht bleiben. Die Jungen waren aus dem Internat gekommen, und die Mädchen zeigten sich von ihrer besten Seite. Eine jede wetteiferte um die Aufmerksamkeit von Cousine Rose.
»Es scheinen liebe kleine Dinger zu sein«, bemerkte Rose zu Emily. Ihre Tochter zog bloß die Augenbrauen in die Höhe, sagte aber nichts weiter dazu. »Ach, ist es schön, wieder hier zu sein«, fuhr Rose fort. »Ich bin schon seit einer Ewigkeit nicht mehr auf High Tor gewesen.«
Am vorletzten Tag ihres Besuches nahm Ellis sich einen Tag frei. Das war noch nie vorgekommen!
»Rose, Peter, Emily«, sagte er beim Frühstück, »laßt uns heute alle nach Moretonhampstead fahren. Ich möchte euch dort mit jemandem bekanntmachen. Mit zwei Leuten, um genau zu sein.«
Sie waren alle verblüfft, doch Ellis wollte kein weiteres Wort verraten, bevor sie nicht im Zug saßen. Dort konnte Rose ihre

Neugier nicht länger bezähmen und sagte: »Bitte gib uns einen Hinweis, worum es sich ungefähr handelt, Ellis.«
»Ich werde es dir sagen, wenn wir dort angekommen sind«, antwortete er geheimnisvoll. »Bis dahin, meine liebe Rose, solltest du einfach die Aussicht genießen.«
Sie erreichten Moretonhampstead zur Mittagszeit. Dort wartete Ellis, bis das Mittagessen im »White Hart« beendet war. Die Kellner hielten sich in der Nähe des Tisches auf und schienen nur darauf zu warten, ihn abräumen zu dürfen. Da verkündete Ellis: »Es ist mir gelungen, Jethro Hunstrete ausfindig zu machen.«
Rose und Peter schauten verdutzt, doch Emily rief: »Oh, Ellis! Wie aufregend! Denk doch, Mama, unsere ureigensten Angehörigen.«
»Verzeihung«, sagte Rose, »ich verstehe nicht ganz. Wer ist denn dieser Jethro Hunstrete?«
»Unser Cousin, Mama. Großvater Alfred hatte Ellis und mir davon erzählt, als wir ihn im Oktober in Torquay besucht haben.«
»Hunstrete«, murmelte Peter nachdenklich. »Ich kann mich noch gut daran erinnern, Rose, daß mir dein Vater bei unserer Hochzeit sagte, der Name deiner Eltern sei Hunstrete gewesen.«
»Ja... ja, das stimmt. Wie dumm von mir«, antwortete Rose unbestimmt. »Weißt du, ich habe mich immer als eine Hawkes gefühlt. Aber Vater hat mir nie erzählt, daß ich noch einen leiblichen Angehörigen besitze.«
»Nein – und dieser Gedanke scheint ihm keine Ruhe gelassen zu haben«, entgegnete Ellis. »Ich nehme an, er hat euch letzten Montag bei eurem Besuch nichts davon erzählt?«
Peter schüttelte den Kopf. »Er war nicht in dem Zustand, sich überhaupt noch an etwas zu erinnern, fürchte ich. Sein Verstand schwindet rapide.«
»Genau. Damit hatte ich gerechnet. Seine lichten Augenblicke werden immer seltener. In einem solchen Augenblick hat er im letzten Oktober Emily und mir erzählt, daß du Cousins besitzt, Rose. Hauptsächlich, um Emily einen Gefallen zu tun, habe ich nach ihm gesucht und herausgefunden, daß er ein kleines, aber

angesehenes Geschäft besitzt. Eine Mietstallung hier in Moretonhampstead. Er ist Witwer und hat ein Kind. Es ist ein Sohn, ungefähr in Emilys Alter, und er heißt Martin.«

»Und... und wir werden ihn jetzt besuchen?« fragte Rose verwirrt. Nachdem sie sich ihr Leben lang immer als eine Hawkes betrachtet hatte, sah sie sich plötzlich um einen Cousin der Familie Hunstrete bereichert. Sie war sich nicht sicher, ob ihr die Vorstellung gefiel.

»Jawohl«, sagte Ellis, und Rose lächelte zweifelnd.

Sie bemühte sich, Interesse vorzutäuschen. Schon allein deshalb, weil Emily ganz offensichtlich den Gedanken höchst aufregend fand.

Die Mietstallung war ganz leicht zu finden. *Hunstrete and Son* stand über der Tür.

Jethro und Martin Hunstrete empfingen ihre Besucher im Wohnzimmer des anliegenden kleinen Häuschens. Ellis hatte ihnen einen Brief geschrieben, in dem er ihren Besuch angekündigt hatte, und Jethro hatte für diesen Nachmittag die Stallung geschlossen. Alles war sauber und ordentlich, wie Rose erleichtert feststellte. Jethro erläuterte, daß eine Nachbarin zweimal in der Woche zum Kochen und Saubermachen komme.

Er war ein großer Mann in der Blüte seiner Jahre. Hineingezwängt in seinen besten Sonntagsanzug, schüttelte er verlegen der Reihe nach alle Hände. Dann schob er einen Jungen von siebzehn Jahren nach vorne und stellte ihn als seinen Sohn Martin vor. Emilys erster Eindruck von Martin Hunstrete fiel merkwürdig unvorteilhaft aus. Trotz seines angenehmen Äußeren und tadellosen Benehmens fühlte sie zunächst eine tiefe Abneigung. Er hatte etwas Hinterhältiges an sich. Als sie fortgingen, hatte sie jedoch ihre Meinung über ihn vollständig geändert. Bereits nach einer halben Stunde empfand sie ihren hochgewachsenen Cousin mit dem gelockten Haar, der die gleichen grauen Augen hatte wie sie selbst und Rose, als einen liebenswürdigen Gesellschafter. Er war vielleicht ein wenig ungehobelt, aber wenigstens niemand, dessen man sich schämen mußte.

Während der Heimreise blieb Rose sehr still. Sie beteiligte sich

nicht an der allgemeinen Unterhaltung, bis Ellis sie fragte: »Nun, Rose, was sagst du zu deinen Cousins?«
Sie zögerte. »Ich . . . ich weiß nicht recht. Der Besuch war ja nur kurz. Da ist es schwer, etwas zu sagen.« Dann fiel ihr ein, daß Ellis dieses Treffen zu ihrer Überraschung vorbereitet hatte. Vermutlich hatte er erwartet, sie würde entzückt und dankbar sein. So bemühte sie sich jetzt, ihn nicht zu enttäuschen. »Es war sehr lieb von dir, Ellis, mein Guter, daß du das arrangiert hast. Die beiden Männer scheinen sehr nett zu sein. Und ich bin natürlich glücklich zu wissen, daß ich jemanden habe, der wirklich mit mir verwandt ist. Es war bloß eine ziemliche Überraschung, das ist alles.«
Sie bemühte sich, ihrer Stimme einen warmen Klang zu geben, doch es gelang ihr nicht. Ellis zeigte sich deutlich von ihrem Verhalten verletzt. Emily jedoch machte das Zögern ihrer Mutter wieder wett. Sie unterdrückte ihre unbestimmten Ahnungen und sprach glücklich davon, die Hunstrete-Cousins Weihnachten einladen zu wollen.
Das aber ging Ellis zu schnell. »Mein Liebes, ich bin der Meinung, wir sollten sie erst näher kennenlernen, bevor du Einladungen nach High Tor erteilst. Weihnachten ist schließlich ein Familienfest. Für die beiden genauso wie für uns.«
»Gut«, lenkte Emily ein, »dann laden wir sie für Neujahr ein.«
Ellis schüttelte den Kopf. »Das, mein Liebling, wird leider auch nicht möglich sein. Sofort nach Weihnachten werde ich nach Holland fahren müssen.« An Peter gewandt, fügte er hinzu: »Es gibt da ein paar Probleme bei der Lieferung unseres Edamer Käses.«
»Du willst damit sagen, daß du Neujahr unterwegs bist?« fragte Emily, plötzlich aufgebracht.
»Das ist bedauerlich, aber nicht zu vermeiden, mein Liebes. Außerdem hast du ja die Kinder.«

Emily schlenderte ins Gesellschaftszimmer hinüber, wo ihre Stiefkinder sich entweder zu unterhalten versuchten oder in unverhohlener Langeweile aus den Fenstern starrten. Ein anhaltender Regen hatte die letzten Schneereste weggewaschen. Whitefield und Dorset spielten mit ihrem Weihnachtsgeschenk, das sie von Emily und Ellis erhalten hatten: einem Tisch-Fußball-Spiel. Chrissie und Louise lagen auf dem Kaminvorleger und spielten mit ihrem neuesten Geschenk von Rose und Peter, einem Brettspiel, das *Durch die Welt mit Nelly Bly* hieß. John saß an einem Fenster und las H. G. Wells' *The First Men in the Moon;* Wesley stand am anderen Fenster und starrte mürrisch in den Garten hinaus. Er wandte sich um, als Emily eintrat.

»Ekelhafter, scheußlicher Tag!« erklärte er. »Das ist vielleicht eine Art, Silvester zu feiern. Hier eingesperrt und keine Menschenseele zur Gesellschaft.«

John lachte gutmütig. »Hör auf, Wes! Wir zählen wohl gar nicht! Der einzige, der fehlt, ist Vater.«

»Um Vater mache ich mir die wenigsten Gedanken.« Wesley warf sich in den Lehnstuhl, der nahe am Feuer stand. »Wenn er nicht da ist, macht's sogar mehr Spaß. All diese christliche Frömmigkeit und dieser Trübsinn.«

»Ich glaube nicht, daß es sich gehört, so von deinem Vater zu reden, Wesley«, tadelte Emily ihn, »besonders nicht in meiner Gegenwart.«

»Verzeih mir, liebe Stiefmutter. Ich vergaß deine Anwesenheit. Und – wie gefällt dir dein erster Silvesterabend auf High Tor?« Wesley stieß mit den Fersen gegen das Stuhlbein. »Was könnten wir bloß zu unserer Unterhaltung tun? Warum geben wir niemals einen Ball wie die drüben auf Ashridge?«

»Zu diesem Ball war ich eingeladen«, sagte Emily und hörte auf, sich die Hände am Feuer zu wärmen.

Jeder im Raum drehte ihr den Kopf zu. Selbst Dorset und Whitefield hielten mitten im Spiel inne.

»*Du* warst eingeladen?« fragte Wesley.

»Ja, von Max Hunnicutt.« Emily war hocherfreut über das Interesse, das sie erregte. Nun stand zur Abwechslung einmal sie im Mittelpunkt. »Letzten Monat bin ich ihm im Zug begegnet«, fuhr sie fort, »auf dem Weg von Bovey nach Lustleigh. Er lud mich ein zu dem Maskenball, den sie heute abend geben.«

»Was hast du geantwortet?« flüsterte Louise.

»Ich habe selbstverständlich abgelehnt. Ich wußte, daß euer Vater die Einladung niemals annehmen würde, und habe natürlich nicht im Traum daran gedacht, allein hinzugehen. Das wäre höchst ungehörig.«

»Du meinst wohl«, grinste Wesley, »Vater würde dich unter gar keinen Umständen gehen lassen; aber du wünschst, du könntest es tun. Gib's zu. Du langweilst dich zu Tode.«

»Unsinn!« erklärte Emily. »Außerdem wollte mich Max Hunnicutt sicher nur auf den Arm nehmen«, fügte sie hinzu.

Mittlerweile war es dunkel geworden. Man zog die Vorhänge vor und schloß die Winternacht aus. Louise und Chrissie entschieden sich, ins Schulzimmer hinaufzugehen und dort zu spielen, bis sie ins Bett mußten. Dorset und Whitefield verzogen sich, um ihren eigenen Interessen nachzugehen. John widmete sich wieder seinem Buch, und Wesley fuhr fort, gedankenvoll dreinzuschauen. Emily hob das zurückgelassene Brettspiel auf und begann, alles sauber in die Schachtel einzuordnen.

Plötzlich begann Wesley: »Ein Maskenball, sagtest du?«

»Was bitte?« Emily, an die die Frage gerichtet war, war überrascht. »Oh – ja. Mr. Hunnicutt hat es als eine Laune seiner Schwester bezeichnet.«

Wesley beugte sich in seinem Lehnstuhl vor. »Wir haben in der Schule *Romeo und Julia* aufgeführt. Ich habe nie geglaubt, daß mir dieser Plunder noch einmal zugute kommen würde. Aber er bringt mich auf eine phantastische Idee. Wir sollten zu diesem Fest gehen. Wenn wir maskiert sind, wird uns niemand erkennen.«

»Du bist nicht ganz richtig im Kopf«, sagte John und nahm das Buch wieder zur Hand, das er beiseite gelegt hatte.

»Wir haben keine Masken«, protestierte Emily. Sie gab sich nur ungern so abweisend wie John, denn sie sehnte sich nach einer kleinen Abwechslung.

»Wir machen uns selbst welche. Auf dem Dachboden liegt in einem Koffer ein altes schwarzes Kleid von Mutter. Daraus können wir uns die Masken schneiden.«

»Wes, sei kein Narr«, bat John. »Außerdem kenne ich dich. Du gehst da bloß hin, um Streit anzufangen.«
»Warum nicht? Ich bin Max Hunnicutt noch etwas schuldig dafür, daß er mich niedergeschlagen hat.«
Emily biß sich auf die Lippe. »Wenn du vorhast, dich anstößig zu benehmen, Wesley, dann komme ich auf keinen Fall mit.«
»In Ordnung. Ich verspreche, daß ich es nicht tun werde. Ich möchte nur die Gesichter der Hunnicutts sehen, wenn wir um Mitternacht die Masken abnehmen.«
»Aber wie kommen wir dort hinein?«
»Guter Gott! Alle Welt geht am Silvesterabend zu Hunnicutts großem Ball in der Scheune. Glaubst du, sie würden uns hineinlassen, wenn sie wüßten, wer wir sind? Aber wie sollten sie das ahnen? Wir sind alle nicht zu erkennen.«
»Mit einem solch verrückten Plan will ich nichts zu tun haben«, erklärte John. »Und du solltest dich bezähmen, Emily, wenn du noch einen Funken Verstand besitzt. Vater wäre fuchsteufelswild, wenn er je dahinterkäme.«
»Aus welchem Grund sollte er dahinterkommen?« schnauzte ihn Wesley an. »Es sei denn, du sagst es ihm. Die Kinder werden schon im Bett sein, und Mrs. Shapley sagen wir, daß wir Freunde besuchen gingen.«
»Ich gehe nicht und damit basta! Die ganze Idee ist lächerlich.«
»Du hast bloß Schiß«, höhnte Wesley. »Aber du, meine liebe Stiefmama, du kommst mit, nicht wahr?«
Emily zögerte. Sie spürte, daß es nicht richtig war, aber das Leben war in letzter Zeit so ereignislos gewesen. Und man *hatte* sie eingeladen. »Ich gehe, wenn John mitkommt«, sagte sie. Johns Gegenwart würde dem Abenteuer einen Anstrich von Ehrbarkeit verleihen.
»Das ist ungerecht, Emily, daß du mir den Schwarzen Peter zuschiebst«, beschwerte sich John.
Mit einem tiefen Gähnen stand Wesley auf. »Ihr beide müßt wissen, was ihr wollt. Ich gehe auf jeden Fall. Jetzt verziehe ich mich auf den Dachboden, um nach dem Kleid zu suchen. Emily, würdest du mir bitte deine Schere leihen?«

Als er gegangen war, herrschte ein unbehagliches Schweigen. Dann versuchte Emily, John zu überreden. »Wir müssen ihn wirklich begleiten, John. Schon um darauf zu achten, daß er sich benimmt. Du und Ellis, ihr seid die einzigen, auf die Wes überhaupt hört.«

John schaute in ihr gespanntes Gesicht. In ihren Augen flackerte schon so etwas wie Enttäuschung auf, weil sie die erneute Weigerung schon vorausahnte. Er besaß nicht das Herz, sich zu entziehen. Und sie hatte recht: Wenn er dabei wäre, um Wes zurückzuhalten, würde der sich wahrscheinlich nicht trauen, einen Streit anzuzetteln. Mit einem Seufzer schloß er das Buch.

»Also gut«, sagte er. Er lächelte voller Zweifel, als Emily aufgeregt aus ihrem Sessel sprang. »Aber ich tue es äußerst ungern.«

7

Barbara Clyde fühlte sich elend. Wenn sie wenigstens schön gewesen wäre, dann hätte sie solche Situationen wie heute abend mit mehr Selbstbewußtsein meistern können.

Sie war immer quälend schüchtern gewesen, und das Leben zu Hause war nicht dazu angetan, ihr mehr Selbstsicherheit zu geben. Ihre Mutter war eine riesige, gebieterische Frau, und ihr Vater ein kleiner, aufbrausender Mann. Die Folge davon waren erbitterte Streitereien, unzählige Ehekräche und das ständige Übel gegenseitiger Beschuldigungen. Der einzige Zufluchtsort in einer feindlichen Welt war für Barbara das Haus von Onkel Joss und Tante Jennifer.

Jennifer Hunnicutt war Rhoda Clydes jüngere Schwester. Da sie keine eigenen Kinder hatte, widmete sie sich ihrer unglücklichen Nichte und lud sie so oft als möglich nach Crossing Gates ein. Es verstand sich von selbst, daß Barbara sie zum Neujahrsfest besuchte und zum Ashridge-Ball begleitete. Jennifer und Joss glaubten, ihr damit eine Freude zu bereiten. Jahr für Jahr bemühte sich Barbara nach Kräften, vor ihrer Tante und dem Onkel zu verbergen, wie sehr sie dieses Ereignis fürchtete.

Silas und Sarah begrüßten ihre Gäste in der strahlend hell erleuchteten Empfangshalle. Dann wurden diese von einem Dienstmädchen nach oben geleitet, wo sie ihre Mäntel ablegen konnten. Danach blieb es jedem selbst überlassen, wie er zur Scheune gelangen wollte: entweder durch das verschachtelte alte Haus oder aber – wenn man mutig der Nachtluft begegnen wollte – durch den Garten.
»Komm, mein Liebes«, sagte Tante Jennifer freundlich, »laß mich die Bänder deiner Maske festbinden. So! Wenn du jetzt das gleiche bei mir tust, können wir uns auf den Weg zur Scheune machen.«
Die alte Scheune bot wie jedes Jahr einen malerischen Anblick. Der Boden, der lediglich aus festgetretener Erde bestand, war mit blankgeputzten Strohmatten ausgelegt. Girlanden aus Stechpalme und Mistelzweigen waren um die Balken gelegt. An der einen Seite stand ein gewaltiger Weihnachtsbaum, in dem es silbern und golden, smaragdgrün und rubinrot funkelte. Mit seinen tausend aufleuchtenden kleinen Lichtpunkten zog er aller Augen auf sich. An der gegenüberliegenden Scheunenseite spielte ein Orchester, das eigens aus London angereist war, den Walzer »An der schönen blauen Donau«.
In diesem Jahr verliehen die Masken dem Fest einen zusätzlichen Reiz. Die Leute taten alle so, als ob sie einander nicht erkannten; in einigen Fällen kam es sogar zu einer echten Verwechslung. Warren hatte kaum die Scheune betreten, als ihm dieses Durcheinander schon auf die Nerven ging.
»n' Abend, Cousin Jennifer. Cousin Joss. n' Abend, Miss Clyde. Gerade beginnen sie mit dem nächsten Walzer. Geben Sie mir die Ehre?«
Barbara blickte unsicher umher; doch Onkel Joss strahlte, und Tante Jennifer nickte ermutigend. So fügte sie sich in Warrens Umarmung.
Warren war ein unbeholfener Tänzer. Er besaß kein Gespür für den Rhythmus und trat seiner Partnerin ständig auf die Zehen. Nach zwei Runden in der überfüllten Scheune nahm Barbara seinen Vorschlag, ein wenig nach draußen zu gehen, dankbar an.

Der Regen vom Nachmittag hatte für einen milden Abend gesorgt. Doch Barbara, die aus der Hitze der Scheune heraustrat, fröstelte plötzlich. Sie zitterte. Warren umfaßte ihre Taille: So stellte er sich eine innige Umarmung vor.

»Hab' mir gedacht«, sagte er, »s' is Zeit zu heiraten. Was sagst du dazu, hm? Wie wär's mit uns beiden?«

»D-dich heiraten?« Barbara zitterte und fürchtete den Boden unter den Füßen zu verlieren. Der Vorschlag kam einfach zu unerwartet.

»Das habe ich doch gerade gesagt, nicht?« Für einen Augenblick klang Ungeduld in Warrens Stimme an. Dann beruhigte er sich wieder. »Würde dem alten Herrn mächtig gefallen.«

Dem Vater einen Gefallen zu tun mochte wohl kaum ein guter Grund für einen Heiratsantrag sein, durchfuhr es Barbara. Ebensowenig sollte man ihn aus diesem Grunde annehmen. Der Gedanke, ihrem Vater eine Freude zu bereiten, war kein ernsthafter Grund, ja zu sagen.

Sie machte sich keine Illusionen darüber, weshalb Warren um ihre Hand anhielt. Es war einzig ihres Geldes wegen; sie war die Alleinerbin der Leat Farm mit deren gesamtem Besitz. Gleichviel, eine Heirat würde sie wenigstens von zu Hause wegbringen.

Aber die Hunnicutts! Wie sollte sie sich in diese Familie einfügen?

»Nun«, fragte Warren lässig, »was sagst du dazu?« Ohne ihre Antwort abzuwarten, fuhr er fort: »Um Mitternacht geben wir unsere Verlobung bekannt; wenn wir alle aufs neue Jahr anstoßen und unsere Masken ablegen.«

»Ich habe euch gleich gesagt, daß es ganz leicht sein wird«, sagte Wesley. Er zog sich die schwarze Seide vor den Augen zurecht und zerrte an dem ausfransenden Ende eines Baumwollbändchens. »Wir müssen noch nicht einmal durch das Haus gehen. Legt eure Mäntel und die anderen Sachen unter den Sitz vom Einspänner.«

Es war tatsächlich einfacher, zum Hunnicutt-Ball vorzudringen, als Emily sich vorgestellt hatte. John war immer noch unglücklich. Verlegen stand er in der Scheune neben einer der riesigen Türen und bereute, mitgekommen zu sein. Ihm war ungemütlich heiß hinter dem breiten schwarzen Seidenband, mit dem er den oberen Teil seines Gesichtes bedeckt hatte. Wesley und Emily hatten sich einem der Kreise angeschlossen, die sich für die Lanciers aufstellten.

Julia Hunnicutt kam herangestürmt. »Sie tanzen nicht. Das kann ich nicht zulassen! Ihr Männer könnt nicht herumstehen, wenn es noch Ladies gibt, die beim Tanz nicht mitmachen.« Vorsichtig schaute sie hinter den Schlitzen ihrer Maske hervor. »Ich weiß nicht, wo ich Sie hintun soll. Die meisten Leute kann ich erkennen, aber Sie nicht. Nein! Verraten Sie mir nichts! Dann macht der Maskenball erst richtig Spaß. Wird sterbenslangweilig, wenn man von jedem weiß, wer er ist. Ich werde um Mitternacht nach Ihnen Ausschau halten. Bis dahin müssen Sie tanzen. Wen nehm' ich bloß für sie...? Ah! Genau die Richtige. Barbara! Dieser Gentleman möchte gerne mit dir tanzen. Ihr könnt euch dort drüben am anderen Ende aufstellen. Keine Widerrede. Und jetzt fort mit euch beiden!« Entschlossenen Schrittes ging Julia davon, um sich an ein anderes glückloses männliches Wesen heranzupirschen, das so aussah, als wolle es sich ins Haus davonstehlen und nach einer flüssigen Erfrischung suchen.

John und Barbara blieben allein zurück. Beide lächelten matt. Barbara war ganz betäubt von der Vorstellung, mit Warren verlobt zu sein. Sie hatten es noch nicht offiziell bekanntgegeben; doch Sarah und Silas hatten es erfahren und von ganzem Herzen ihren Beifall kundgetan; ebenso Tante Jennifer und Onkel Joss. Dann war Warren mit ein paar alten Kumpanen verschwunden und hatte Barbara in der lauten und überfüllten Scheune sich selbst überlassen. Es war zum Ersticken warm von der Hitze der sich drängenden Ballbesucher. Ihr pochte der Kopf von dem unaufhörlichen Getöse, und sie war den Tränen nahe. Es machte ihr keinen Spaß, mit diesem jungen Mann zu tanzen, der nicht viel älter als ein Schuljunge war.

John seinerseits sah ein Mädchen, das nur wenig älter war als er

selbst. Dem Mädchen war offensichtlich unbehaglich zumute, und es schien ihm unbehaglich zu sein wegen irgendeiner Besorgnis. Die schlanken Finger hatte es so krampfartig ineinander verschlungen, daß die Knöchel weiß hervortraten.
»Es ist sehr heiß hier«, sagte John freundlich. »Möchten Sie draußen ein wenig spazierengehen, anstatt zu tanzen? Ich nehme an, es wird im Haus ein kaltes Büfett geben. Ich sehe zu, daß ich uns etwas zu trinken besorgen kann.«
Eine Viertelstunde später gesellte er sich wieder zu Barbara. Sie stand noch dort, wo er sie zurückgelassen hatte: im Schutz der Ruinen der alten Abtei. John reichte ihr ein großes Glas eiskalter Limonade.
»Lassen Sie uns hier Platz nehmen«, schlug er vor und zeigte auf die unvollständige Treppe. Sie stiegen die Treppe bis zu deren Endpunkt hinauf, wo sie durch die blinden Fenster flüchtig ein fahles Sternenlicht wahrnehmen konnten. John zog zuvorkommend seinen Mantel aus und breitete ihn für Barbara auf dem Boden aus.
Von der Scheune drang gedämpft der Lärm herüber. Allein und in ihrer luftigen Höhe entspannten sich die beiden jungen Leute allmählich, und Barbara brach, überwältigt von ihren angestauten Gefühlen, in Tränen aus.
John war zwar verlegen, doch anders als die meisten Jungen in seinem Alter hatte er nicht den Wunsch, davonzulaufen. Er legte Barbara den Arm um die Schultern und wartete geduldig, bis sie sich beruhigt hatte. Sanft löste er die Bänder ihrer Maske und nahm auch seine eigene ab.
»Gleich wird es Ihnen besser gehen«, flüsterte er.
»E-es tut mir so leid«, stieß Barbara hervor. Sie kramte aus ihrer Abendtasche ein Taschentuch hervor und schneuzte kräftig hinein.
»Wollen Sie mir sagen, was Sie so betrübt? Oder ist es etwas Persönliches?«
»E-es ist sehr persönlich, fürchte ich.« Und damit begann sie erneut zu weinen, überwältigt von seiner unerwarteten Freundlichkeit.

Nach einer Weile wurde sie ruhiger und wandte sich, noch immer schniefend, ihm zu. Ihre Augen waren vom Weinen angeschwollen, und aus ihrem Knoten hatte sich im Nacken eine Haarsträhne gelöst. Sie wußte, daß sie entsetzlich aussehen mußte. Doch war ihr das zum ersten Mal in ihrem Leben gleichgültig. Dieser Junge war zu freundlich, um davon überhaupt Notiz zu nehmen.
»Es tut mir leid«, wiederholte sie. Dann keuchte sie: »Warum! Sie sind... Sie sind John Read, nicht wahr?«
»Ja.« John fühlte sich beschämt. Und bevor er wußte, wie ihm geschah, hatte er ihr offenbart, wie er dazu gekommen war, den Ball auf Ashridge besuchen zu müssen. Von da war es nur noch ein kleiner Schritt, diesem stillen Mädchen auch andere persönliche Dinge anzuvertrauen. Und dieses stille Mädchen beherrschte die schwierige Kunst, zuhören zu können.
Barbara erzählte ihm wiederum einiges von sich: Einzelheiten von ihrem Leben mit den Eltern auf der Leat Farm, von der John nur vom Hörensagen wußte. Sie erzählte ihm Dinge, die sie nie zuvor einem menschlichen Wesen anvertraut hatte, und sie erfuhr dafür Zuneigung und Verständnis wie noch nie.
Ohne es richtig wahrzunehmen, lehnte sich Barbara gegen Johns Schulter; als sich sein Arm um ihre Taille schob, fühlte sie sich keineswegs beunruhigt. Und als er versuchsweise einen schnellen Kuß auf ihren Lippen landete, verspürte sie nichts von dem Widerwillen, den sie sonst empfand, wenn jemand sie zu berühren versuchte. Nicht einmal, als sich seine Hand in den tiefen Ausschnitt ihres Mieders hineintastete, seine Finger ihre Brust zu erkunden suchten...
Es war John, der sich auf einmal, heftig errötend, zurückzog. »Wir müssen zur Scheune zurückgehen. Man könnte dich vermissen«, sagte er. »Werden wir uns wiedersehen?«
Mit einem tiefen Schuldgefühl dachte Barbara an Warren. Sie war mit ihm verlobt. O Gott! Was hatte sie bloß getan? Ungeschickt stand sie auf.
John zog seinen Mantel an. Das unvermittelte Ende ihrer kurzen Bekanntschaft verwirrte ihn ein wenig.

»Werden wir uns wiedersehen?« wiederholte er.
Anstelle einer Antwort küßte Barbara ihn, zu ihrer beider Erstaunen, leidenschaftlich auf den Mund. Im nächsten Augenblick rannte sie zur Scheune hinüber, aus deren weit geöffneten Türen ihr die Sicherheit des lärmenden Balls, der Wärme des Lichtes entgegenströmten.

Max hatte gerade einen Tanz beendet und geleitete seine Partnerin zu ihrem Platz zurück.
Halb elf. Noch eineinhalb Stunden bis Mitternacht. Noch nie hatte sich ein Ball auf Ashridge so dahingeschleppt wie dieser.
Max lehnte sich gegen die Wand, um Atem zu holen. Seinen Pflichten hatte er nun wohl Genüge getan.
Er fragte sich, was wohl Caroline heute abend tun mochte. Alleine das neue Jahr begrüßen zu müssen war eine trübselige Angelegenheit. Er bedauerte sehr, nicht bei ihr sein zu können. Doch war die Anwesenheit der gesamten Familie beim Silvesterball Tradition, und alle hatten sich zu fügen. Das hatte er ihr erklärt. Sie hatte ihm keine Vorwürfe gemacht. Hätte sie es getan, hätte er sich nun besser gefühlt.
Max ließ seine Augen über einen Kreis wandern, zu dem sich die Tänzer formiert hatten. Dann über den nächsten, wo ein Mädchen in einem enzianblauen Kleid... Max bahnte sich einen Weg durch die Zuschauer in der Ecke des Saales, bis er so nahe wie möglich bei den Tänzern stand. Die Dame in Enzianblau machte vor ihrem Partner einen Knicks und entfernte sich. Offenkundig suchte sie jemand.
»Einsam, Mrs. Read?« fragte Max.
Emily fuhr herum. Ihre klägliche Maske, die nicht mehr war als ein abgerissenes Stück Stoff mit Schlitzen für die Augen, war ein wenig verrutscht. Sie gab Emily ein verwegen einäugiges Aussehen.
»Mr. Hunnicutt! Ich... ich habe Sie beim Wort genommen, wie Sie sehen.«
»Genau so war es ja auch gemeint, Mrs. Read.« Er lächelte fragend. »Ihr Mann ist auch mitgekommen?«

»Nein. Er... er ist zur Zeit verreist.«
Max verstand vollkommen. »Ich darf annehmen, Sie sind nicht allein erschienen?«
»Nein. Ich... also, Mr. John Read ist mitgekommen.«
Max' Gesicht bekam einen weichen Zug. »John ist mehr als willkommen. Nun, wo Sie jetzt also gekommen sind, würden Sie mir die Ehre eines Tanzes geben?«
»Lassen Sie uns aber bitte auf den nächsten Walzer warten. Würden Sie mir in der Zwischenzeit einen Gefallen tun?«
»Alles, was in meiner Macht steht.«
»Würden Sie mir die Ruinen der alten Abtei zeigen? Ruinen«, flüsterte Emily, »sind so romantisch.«
Max bot ihr seinen Arm und lächelte bedauernd.
»Ich warne Sie, erwarten Sie nicht zuviel. Thomas Cromwells Leute haben auf Ashridge ganze Arbeit geleistet. Und in den letzten Jahrhunderten haben die Leute aus der Gegend die Arbeit vollendet, indem sie die übriggebliebenen Steine nach und nach abgetragen haben.«
Der Boden war noch weich vom Nachmittagsregen. Doch ein leichter Wind hatte den schlimmsten Matsch bereits trockengelegt. Die Überbleibsel des Refektoriums hoben sich in tiefstem Schwarz wie gestochen gegen die umgebende Dunkelheit ab. Emily war hingerissen.
Wehmütig klang die Melodie eines Walzers von der Scheune herüber.
»Unser Tanz«, sagte Emily zu Max, wandte sich ihm zu und reichte ihm ihre Hand.
Ihre Finger berührten die seinen, und er verspürte das unsinnige Verlangen, sie fest zu umschließen. In einer plötzlichen Regung preßte er sie gegen seine Lippen. Was war los mit ihm? War es möglich, daß er sich in diesen Naseweis von sechzehn Jahren verliebt hatte, der mit dem größten Feind seines Vaters verheiratet war?
Er hörte durch das Gras jemanden näher kommen. Eine Stimme – Wesleys Stimme – sagte: »Nimm die Hände weg von meiner Stiefmutter, Hunnicutt. Du lausiger, niggergeiler Wüstling!«

Mit überraschten Gesichtern wandten sich Emily und Max dem Neuankömmling zu. Bevor noch einer der beiden Gelegenheit hatte, sich von der Überraschung zu erholen, hatte Wesley mit seiner Linken Max einen Kinnhaken versetzt und ihn zu Boden gestreckt.

»Wesley! Hör auf damit! Benimm dich! Du hast es versprochen!« Emily packte ihren Stiefsohn beim Arm, während dieser mit einem zufriedenen Grinsen an den Fingerknöcheln seiner linken Hand lutschte.

Verschiedene Gäste, die die Scheune verlassen hatten, um etwas frische Luft zu schnappen oder im Haus etwas zu essen, fanden sich bei ihnen ein.

»Großer Gott!« rief jemand aus. »Das ist Wesley Read.«

Danach ging alles sehr schnell. Bis Max sich vom Boden erhoben hatte, waren Warren und John erschienen. Wenig später gesellten sich die älteren Hunnicutts und Julia dazu.

»Was, zum Teufel, geht hier vor, Max?« wollte Silas wissen.

Emily wünschte, der Boden würde sich öffnen und sie verschlingen. »Was ist geschehen? Wer hat dich niedergeschlagen?«

»Ich war's«, antwortete Wesley frech. Er hatte seine Maske abgenommen. Das Licht aus dem Haus im Hintergrund gab sein Gesicht klar zu erkennen. »Ihr liederlicher Sohn küßte meine Stiefmutter.«

»Er hat mir die Hand geküßt«, widersprach Emily. Doch ihre Worte gingen in Silas' Brüllen unter.

»Warren! Joss! Vertreibt diese Eindringlinge sofort von meinem Besitz!«

»Augenblick mal, Vater. Augenblick!« protestierte Max.

Aber Warren hatte John bereits gepackt, mit einem Arm seinen Hals umschlossen und ihm mit dem Knie in den Rücken gestoßen. John schrie auf vor Schmerz und versuchte, sich zu befreien.

»Laß ihn los!« fuhr Emily dazwischen. Sie eilte ihrem Stiefsohn zu Hilfe und zerrte an Warrens Hand. Warren schlug mit seinem linken Arm um sich und versetzte ihr dabei einen Schlag auf die Wange, der sie gegen Max taumeln ließ.

John sah rot. Wie ein Esel trat er nach hinten aus und lockerte damit die Umklammerung seines Angreifers. Er wand sich frei, drehte sich blitzschnell um und schlug Warren auf die Nase, die sogleich zu bluten begann und Warrens Abendgarderobe beschmutzte.

»Wage es nicht noch mal, sie zu berühren, du großer, ungehobelter Tölpel!« schrie er.

Genau in diesem Augenblick verliebte sich Emily in John. Diese Szene war für immer in ihr Gedächtnis eingebrannt: die langen, riesigen Schatten, die Scharen der livrierten Diener in den Küchenfenstern, die verstreut herumliegenden Ruinen und im Hintergrund, so beständig wie Urwaldtrommeln, die murmelnden Geräusche aus der Scheune und die Musik, die die Luft mit goldenen Klängen durchdrang.

»Hört sofort auf!« befahl Sarah. »Silas! Beherrsche dich! Gäste! Denk daran!« Sie wandte sich an Emily. »Bitte verlassen Sie uns. Sie und Ihre Stiefsöhne.«

Emily wand sich vor Verlegenheit unter diesem verächtlichen Blick. Dies erboste sie weit mehr als Silas' Schimpftiraden oder Warrens rauhe Behandlung.

»Keine Sorge«, giftete sie. »Ich werde mich nicht so erniedrigen, auch nur einen Augenblick länger zu verweilen. Das also ist die Gastfreundschaft der Hunnicutts.«

»Die Gastfreundschaft...«, hob Silas an. Doch Max unterbrach ihn, indem er die Stimme seines Vaters übertönte.

»Vater, ich versuche die ganze Zeit, dir zu sagen, daß ich Mrs. Read zu diesem Ball eingeladen habe. Nachdem ihr Gatte auf Reisen ist und sie nicht allein kommen konnte, ersuchte sie ihre Stiefsöhne, sie zu begleiten.«

Die Verteidigung, die Max zu ihrer Anwesenheit hervorbrachte, entflammte Emilys Zorn noch mehr. Denn sie wußte, es war nur die halbe Wahrheit.

»Sie brauchen nichts zu rechtfertigen, Mr. Hunnicutt! Solange ich lebe, werde ich nie wieder einen Fuß auf diesen Boden setzen. Alles ist wahr, was ich je über Ihre Familie gehört habe. Sie alle sind anmaßend, unverschämt und gewalttätig. Sie sind... Sie sind…« Vergeblich suchte Emily nach einem Wort, das ihre Gefühle verdeutlichen könnte. »Sie sind *unerträglich!*« war das Beste, was sie zustande brachte.

John nahm Emily bei der Hand. Warren war keine Bedrohung mehr; der fluchte und versuchte, sein Nasenbluten zu stillen. »Laß uns nach Hause gehen«, sagte er. »Es war albern von uns, überhaupt hierherzukommen.« Er schaute seinen Bruder an. »Ich hoffe, du bist zufrieden, Wes.«

Wes grinste. »Mehr als zufrieden.« Er schürzte seine Lippen in Max' Richtung. »Das wird euch Hunnicutts lehren, daß ihr nicht einfach an High Tor herumschnüffeln und unschuldige Leute angreifen könnt. Mich schlägt niemand nieder und kommt ungestraft davon.«

»Kümmere dich um Emily«, wies John seinen Bruder an. »Ich werde unterdessen Mulberry und Dobbin aus den Ställen holen.«

Während sie mit Wesley wartete, bemühte Emily sich verzweifelt, Haltung zu bewahren.

John kehrte zurück. Zusammen mit Wesley spannte er Mulberry zwischen die Deichseln des Einspänners.

»Diesmal fahre ich«, sagte John. »Du kannst auf Dobbin reiten.« Damit überließ er seinem Bruder den Grauen und half Emily in den Wagen.

Seine Hand schob sich in ihre und drückte sie verständnisvoll. »Mach dir keine Sorgen wegen Vater«, flüsterte er. »Du wirst sehen, alles kommt in Ordnung.«

Teil II

1905–1906

8

Als sie die St.-Peters-Kirche erreichten, spürte Caroline, wie sich eine wachsende Erregung in Max ausbreitete. Sie fühlte es an der Anspannung seines Armes, und wenn sie den Kopf wandte, konnte sie es am Glanz seiner Augen sehen. Wie die Könige im Mittelalter war Max auf eine Pilgerfahrt gegangen.
Genau vor zwei Monaten, im März, nach der Geburt ihres ersten Kindes, Irwin, hatte er sie gefragt: »Hättest du Lust, mit mir nach Rom zu fahren?«
Sie lag noch im Bett. Überall im Zimmer standen Sträuße mit den ersten Frühlingsblumen, die er ihr geschenkt hatte, um die Geburt ihres Sohnes zu feiern. Max zog sich einen Stuhl an die Bettkante und nahm ihre Hände in die seinen. Draußen kreisten die Möwen und schrien klagend über den Strand. Die Wellen schwappten düster in den kalten, nassen Sand. Der Winter dauerte lang in diesem Jahr. Selbst im Süden weigerte er sich, seine Herrschaft abzutreten.
»Es könnten unsere Flitterwochen werden, Caroline.«
Ihr Herz schlug so heftig, und sie fürchtete vor Freude umzukommen. Dann blickte sie in seine Augen, und der Glücksrausch fiel jäh in sich zusammen. Max war so wenig in sie verliebt wie eh und je.
»Ich fahre gerne mit dir nach Rom, Max. Aber ich möchte dich nicht heiraten. Das habe ich dir schon früher erklärt.«
»Aber jetzt liegen die Dinge anders. Wir haben einen Sohn. Du möchtest doch nicht, daß ihm die anderen Kinder auf der Straße ›kleiner Bastard‹ hinterherrufen.«
»Das wird kaum passieren.« Zynisch fügte sie hinzu: »Wir beide zusammen können ihm alle Ehrbarkeit kaufen, die er braucht.«
Max hatte das Thema nicht weiter verfolgt, und Caroline hatte ein Kindermädchen für den kleinen Irwin eingestellt und sich neue Garderobe ausgesucht.

Nach dem Abendessen waren sie fortgefahren, um das Kolosseum und das Forum bei Mondschein zu sehen. In Rom gab es so viele Plätze, die man gesehen haben mußte, daß sich Caroline von der Bürde der Geschichte erdrückt fühlte. Max hingegen war völlig in seinem Element. Für ihn war alles, was er sah, so erhebend, daß es ihr unmöglich war, ihm ihre Bedrücktheit zu vermitteln.

Vor dem Theatrum des Marcellus stiegen sie aus der Droschke und gingen zu Fuß den kleinen Weg über den Ponte Fabricio zur Tiber-Insel. Dabei sagte Max ganz ruhig: »Ich bin katholisch geworden.«

»Katholisch? Du meinst römisch-katholisch?«

Der Anblick ihres entsetzten Gesichtes ließ Max schmerzlich lächeln. »Du siehst aus, als ob ich dir gerade verkündet hätte, ein Hottentotte geworden zu sein.«

Caroline dachte im stillen, daß er ebensogut das hätte werden können. Vor langer Zeit hatte sie jeglichem Glauben abgeschworen. Doch der strenge Protestantismus, in dem sie erzogen worden war, hatte immer noch beträchtlichen Einfluß auf ihre Weltanschauung. Ein Mißtrauen gegenüber der römisch-katholischen Kirche war für sie so selbstverständlich wie das Atemholen.

»Wann hast du das getan?«

»Zu Jahresbeginn.«

»Wissen deine Eltern davon?«

»Ich habe es ihnen erzählt. Sie waren natürlich nicht sehr erfreut.«

»Deshalb wolltest du nach Rom fahren, nicht wahr?« fragte sie. Sie bemühte sich, es nicht wie eine Anklage klingen zu lassen. »Und das ist der Grund, weshalb du mich heiraten wolltest. Unsere Verbindung sollte in den Augen der Kirche rechtmäßig werden.«

»Ich wollte, daß unser Kind als Katholik erzogen wird, ja.«

»Danke«, sagte sie wütend. »Jetzt verstehe ich sehr genau, wieviel dein Vorschlag wert war. Komme mir nicht hinterher! Ich fahre jetzt zurück ins Hotel.« Sie rannte zurück zur Droschke

und zum Droschkenkutscher, der geduldig sein Pferd auf und ab führte.
Max machte keinen Versuch, sie aufzuhalten. Eine Stunde später kehrte er ins Hotel zurück und fand sie in ihrem Bett. Sie tat, als ob sie schliefe. Leise zog er sich aus, legte sich neben sie und strich ihr zärtlich über das Haar.
Caroline schnellte hoch. Das Haar fiel ihr wie eine Wolke über die Schulter herab. Die dunklen Augen blitzten ärgerlich auf. »Rühr mich nicht an, Maxwell Hunnicutt! Rühr mich nicht an!«
Halb lachte und halb weinte sie. Sie wußte nicht, weshalb sie weinte: War es, weil Max sie nicht liebte oder weil ihr Gefühl sie warnte, er könnte in jemand anderen verliebt sein?
Er wartete, bis sie ruhiger war, bevor er versuchte, sie in die Arme zu schließen. Doch schließlich gelang es ihm, sie ohne Widerstand in die Geborgenheit seiner Umarmung aufzunehmen. Sie weinte sich an seiner Schulter aus.
»Du... du liebst mich nicht«, schluckte sie.
»Ich bin dir zutiefst ergeben, Caroline. Und ich möchte, daß du meine Frau wirst. Ich frage dich noch einmal: Willst du mich heiraten?«
Verzweifelt wünschte sie sich, »ja« zu sagen. Wenn sie verheiratet wären, würde er vielleicht versuchen, sie zu lieben. Aber ihr Stolz, dieser glühende Stolz der Jessups, die sich von niemandem eine Gnade gewähren ließen, der ganze Generationen vor ihr gegen Verletzungen und Schicksalsschläge gewappnet hatte, ließ sie nicht nachgeben.
Sie hob ihr tränennasses Gesicht zu ihm empor und schlang einen Arm um seinen Nacken.
»An dem Tag«, sagte sie, »an dem du mir aufrichtig versichern wirst, daß ich dir mehr bedeute als alles andere auf der Welt, werde ich dich heiraten. Vorher nicht.«
Einen Moment lang glaubte sie, er würde aus dem Bett springen und sie verlassen. Doch dann sah sie, wie der Ärger in seinen Augen der Ehrerbietung wich. Er küßte sie, und sie umschlangen einander; verloren sich in die körperliche Ekstase, die sie beide

zu so vollendeten Liebhabern werden ließ. Bald darauf, als sie erschöpft nebeneinander lagen, flüsterte er Koseworte in ihr Haar.
Doch es waren noch immer nicht die magischen Worte: »Ich liebe dich.«

»Hast du also endlich heimgefunden«, brummte Silas. »Du warst wahrhaftig lange genug unterwegs. Wir haben bereits September, und du bist seit Mai nicht mehr zu Hause gewesen. Wo warst du?«
»In Rom, Vater, und dann in Florenz.« Max ging zum Büfett, wo das Frühstücksgedeck ausgebreitet war. Den unfreundlichen Empfang seines Vaters nahm er gelassen hin. Sein Vater war einer von denen, die mehr zu bellen als zu beißen pflegten. Er bediente sich mit gebackenen Bohnen, Eiern, Frühstücksspeck und Tomaten. »Letzte Nacht bin ich zurückgekommen, als ihr schon alle im Bett lagt. Guten Morgen, Mutter. Warren. Wo ist denn Julia? Hat sie verschlafen?«
»Sie ist in London.« Sarah knabberte an ihrem gebutterten Toast. »Irgend so ein Treffen. Frauenstimmrecht.«
»Auf mein Wort«, bellte Silas. »Mit meinen Kindern bin ich einmalig schlecht bedient.« Er schluckte seinen Haferbrei hinunter. »Der eine Sohn ist ein Papist. Meine Tochter ist eine Schrulle mit verbohrten Ideen, und der andere Sohn ist ein Feigling. Ich weiß nicht, über wen ich mich am meisten ärgern soll. Doch, ich weiß es. Du bist es, Warren. Julia und Max stehen wenigstens zu ihren Überzeugungen. Aber du bist jetzt seit drei Jahren mit Barbara Clyde verlobt und bist der Heirat noch nicht einen Schritt näher gekommen. Junge, nagel sie fest! Sag ihr, sie soll aufhören, Ausflüchte zu machen.«
»Es ist nicht mein Fehler, daß ich nicht verheiratet bin«, entschuldigte sich Warren wehleidig. »Ich kann nichts dafür, daß Barbaras Mutter gestorben ist. Wir konnten nicht im Trauerjahr heiraten.«
»Barbaras Trauerjahr war letzten April bereits seit einem Jahr vorbei«, führte Silas aus. »Was also hindert dich noch?«

»Das ist nicht so einfach zu erklären. Sie möchte ihren Vater nicht im Stich lassen.«
Silas schnaubte verächtlich. »Ich hatte bisher nicht den Eindruck, daß sie sehr an Sam hing.«
»Jetzt, wo er allein ist, fühlt sie sich für ihn verantwortlich.«
»Quatsch«, kommentierte Silas knapp. »Wenn je ein Mann in der Lage war, für sich selbst zu sorgen, so ist es Sam Clyde.«
»Jemand muß sich auch um die häuslichen Belange der Farm kümmern«, führte Warren ins Feld. »Es geht dabei weniger um Clyde. Man muß auch für die Dienstmädchen und Knechte sorgen.«
»Sam Clyde ist doch wohl Manns genug, mit einer Haushälterin fertig zu werden. Jetzt, wo im Dorf Meavy House zum Verkauf angeboten wird, wärst du ein Narr, wenn du nicht zupacken würdest, denn es ist spottbillig. Spiel nicht länger den Drückeberger, Junge, und rücke deiner jungen Dame den Kopf zurecht.«
Warren nickte. Er wünschte sich nichts mehr, als Barbara ›den Kopf zurechtzurücken‹. Die versteckten Hinweise und Anspielungen seiner Freunde auf seine lange Verlobungszeit war er leid. Und Meavy House wäre tatsächlich ein günstiger Kauf. Doch Barbara war so schwer zu fassen. Manchmal hatte er den Eindruck, daß sie über den Tod ihrer Mutter beinahe erleichtert gewesen war: hatte er ihr doch eine Gnadenfrist gewährt, die sie dankbar angenommen hatte. Selbstverständlich hatte er sich damit abgefunden, daß das Trauerjahr eingehalten werden mußte: sechs Monate in völligem Schwarz und weitere sechs Monate in Halbtrauer, wo man Grau, Lila und Weiß tragen durfte. Als Barbara jedoch im April des Vorjahres wieder begann, ihre alten Farben zu tragen, hatte er fest damit gerechnet, daß sie den Hochzeitstag bestimmen würde.
Es gab, besonders in letzter Zeit, Augenblicke, da beschlich Warren das unangenehme Gefühl, daß Barbara ihn gar nicht heiraten wollte. Natürlich mußte dies ein völlig abwegiger Gedanke sein. Es gab keine bessere Partie als einen Hunnicutt of Ashridge Abbey.

Warren stand auf, ging zum Büfett und bediente sich zum zweiten Mal mit Schinken und Eiern. Allmählich legte er ein wenig Gewicht zu. Doch er tröstete sich mit dem Gedanken, daß Frauen Männer mit ein bißchen Speck auf den Rippen lieber mochten. So sagten wenigstens die Mädchen aus Mrs. Prossers Etablissement in einer abgelegenen Straße in Exeter, wo er ein alter und hochgeschätzter Kunde war. Sein Vater hatte recht. Für wen, zum Teufel, hielt sich Barbara eigentlich, daß sie ihn so lange hinhielt? Sie war ein unscheinbarer kleiner Niemand, den er nicht ein zweites Mal angeschaut hätte, wäre da nicht Sam Clydes Geld gewesen. Noch diesen Nachmittag würde er zur Leat Farm hinüberreiten und mit Barbara die Angelegenheit bereinigen.

Im Oktober 1905 kam Emilys erstes Kind zur Welt: Es war ein Junge mit blauen Augen und rotblondem Haar. Ein winziges Stückchen menschlichen Lebens, das ganz nach seinem Vater kam. Ellis entschied, das Baby auf den Namen James taufen zu lassen.

Emily mochte den Namen nicht. Viel lieber hätte sie das Kind Peter genannt, nach ihrem Vater; doch Ellis war von seinem Entschluß nicht mehr abzubringen.

»Der Name ist doch hübsch«, sagte John, als er sich über die Wiege beugte, um seinen Halbbruder zu betrachten. »Ich verstehe gar nicht, warum du ihn nicht magst.«

Morgen würde er, nach den langen Ferien, wieder nach Oxford zurückkehren. Emily, die das Wochenbett gerade erst verlassen hatte, kam es so vor, als ob sie von ihm überhaupt nichts gesehen hätte. Allerdings spielte dies auch kaum eine Rolle; in letzter Zeit wollte es ihr nicht mehr gelingen, aus ihm klug zu werden. Er war so geistesabwesend. Ungeduldig wartete sie auf seine Besuche, doch sie bedeuteten stets eine gleichbleibende Enttäuschung für sie.

Obwohl sie sich beide ihre Liebe nie eingestanden hatten, war Emilys Zuneigung zu John in den letzten drei Jahren eher größer geworden. Sie war überzeugt davon, daß er ihre Liebe erwiderte.

Sie hätte nicht genau sagen können, worauf diese Überzeugung beruhte; doch ein gelegentlicher Blick, ein Wort oder eine Berührung der Hand überzeugten sie, daß er sich ihrer Gefühle deutlich bewußt war und genauso empfand wie sie.
In dieser Zeit entdeckte Emily, daß sie schwanger war. Es kam ihr vor, als ob ihre Liebe zu John damit beschmutzt worden sei: ein Frevel, den Ellis an ihrem Körper verübt hatte. Immer, wenn John zu Hause war, schlich sie nur noch im Haus umher und schämte sich, ihm unter die Augen zu treten. Während der ganzen neun Monate sagte sie sich, wie sehr sie dieses ungewollte Kind haßte. Als ihr jedoch die Hebamme ihren Sohn in den Arm legte und ihr aus einem verrunzelten, affenartigen Gesichtchen große blaue Augen vertrauensvoll entgegenblickten, erschien er ihr als das allerliebste Baby auf der ganzen Welt. Sie war überrascht, solch ein starkes mütterliches Gefühl in sich zu entdekken.
Sie war viel eher auf den Beinen, als der Arzt für vernünftig hielt; doch im Bett zu liegen und sich wie eine Kranke behandeln zu lassen war ihr lästig geworden. An einem Nachmittag im Spätoktober unternahm sie ihren ersten Ausflug ins Dorf. Die Einkäufe waren erledigt, und sie befand sich schon auf dem Heimweg, als sie an der Kreuzung von High Street und Church Lane stehenblieb.
Plötzlich kam ihr in den Sinn, daß sie noch nie ein anderes Gotteshaus als die Methodistenkirche gesehen hatte. Sie besaß nicht die geringste Vorstellung, wie es in einer anglikanischen Kirche aussehen mochte. Anstatt weiter den Wallabrook Hill hinaufzugehen, machte sie in einer plötzlichen Regung kehrt und ging den anderen Weg entlang, der zur kleinen Kirche von St. Alphège führte.
Sie wußte nicht genau, ob die Kirche an einem Wochentag überhaupt geöffnet war, und mußte feststellen, daß das große zweiflügelige Portal tatsächlich verschlossen war. Zufälligerweise fand sie jedoch, nachdem sie das Gebäude zwischen all den Grabsteinen einmal umrundet hatte, eine Seitentür, die nur lose eingeklinkt war. Emily stieß sie auf und trat ein.

Zunächst sah sie nur Farben: das Leuchten von buntem Glas und das Glitzern von blankpoliertem Messing. Dann nahm sie eine ehrwürdige Schönheit wahr, die von den Wänden mit ihrem rohen Gestein auszustrahlen schien.

Wäre Emily zufällig auf einen heidnischen Tempel gestoßen, hätte sie kaum entsetzter sein können. Sie war die kargen Methodistenkapellen gewöhnt mit ihren weißgetünchten Wänden, dem durchsichtigen, schmucklosen Glas und den ungepolsterten Kirchenstühlen, denen selbst das Betkissen fehlte. Diese Kirche erschien ihr als Gipfel der Gottlosigkeit. Wie sollte man ungestört zu Gott beten können, wenn das Auge so vielen Ablenkungen ausgesetzt war?

Emily drehte sich um und wollte gehen. Beunruhigt stellte sie fest, daß von diesem Ort etwas Magisches ausging. Die Sinne wurden in einer Weise gereizt, die einen ganz anderen Gott beschwor als den furchterregenden Jehova des Alten Testaments: einen Gott, der nicht nur mit dem Höllenfeuer drohte, der nicht nur Strafe und Vergeltung verhieß, sondern ein Liebender war, ein Vater, ein Freund. Diese Entdeckung erschreckte sie, so als ob jemand an den tiefsten Grundsätzen ihres Glaubens gerüttelt hätte. Sie wandte sich ab und lief den Mittelgang hinunter. Ihre Röcke fegten den staubigen Boden entlang. Sie rannte zur Seitentür neben dem Taufstein – und rannte geradewegs in die Arme von Max Hunnicutt.

9

Seit jenem unglückseligen Silvesterball vor drei Jahren hatte sie Max Hunnicutt nicht mehr gesehen. Es gab keinen Grund, warum sich ihre Wege hätten kreuzen sollen, und beide waren eifrig bemüht, jeglichen Kontakt miteinander zu vermeiden. Emily schauderte es heute noch, wenn sie an Ellis' Zorn dachte, als ihm ihr Streich zuletzt doch noch zu Ohren gekommen war. Wesley und John hatte er verprügelt. Doch zu ihr hatte er gesagt: »Du übst einen schlechten Einfluß auf meine Kinder aus,

Emily. Von Roses Tochter hätte ich das nicht erwartet.« Die Kluft, die sich in Torquay zwischen ihnen aufgetan hatte, war breiter geworden.

Emily hatte Max nicht hereinkommen hören und war zu Tode erschrocken. Für einen Augenblick schien er wie aus dem Erdboden gewachsen – wie jene mythischen Krieger, die der Drachensaat entsprossen waren.

Er schien ebenso verblüfft und verwirrt zu sein. »Mrs. Read«, sagte er, »was ... was tun Sie denn hier?«

»Das gleiche könnte ich Sie fragen, Mr. Hunnicutt«, entgegnete sie. Sie hatte ihre Gelassenheit wiedererlangt. »Soviel ich weiß, sind Sie inzwischen römisch-katholisch geworden.«

»Ich? Ich wollte von meiner Schwester ein paar Blumen abgeben. Ich glaubte, ich könnte den Vikar hier antreffen.«

»Und ich kam aus reiner Neugier«, gestand sie. »Ich wollte wissen, wie es in einer anglikanischen Kirche aussieht.«

»Und wie sieht es aus?« fragte er.

Emily schaute sich um und holte tief Luft. »Wie Teufelswerk«, antwortete sie.

Statt empört oder beleidigt zu sein, wie sie gehofft hatte, lachte er bloß. Das Ärgerlichste an ihm war, daß man nie genau wußte, wie er reagieren würde.

»Sie sind noch sehr jung, Mrs. Read«, sagte er.

»Ich bin neunzehn Jahre alt und Mutter dazu«, hielt sie ihm wütend entgegen.

»Dann verhalten Sie sich auch so«, war die verärgerte Antwort.

Bevor sie sich Einhalt gebieten konnte, war ihre Hand emporgeschossen und hatte ihn geohrfeigt. Er packte sie am Handgelenk und hielt es so fest, daß sie glaubte, es würde brechen. Nur mit äußerster Mühe gelang es ihr, einen Schmerzensschrei zu unterdrücken.

»Tun Sie das nie wieder«, sagte er mit einer Stimme, die rauh vor Spannung war, »oder es würde Ihnen leid tun.«

»Was würden Sie tun?« höhnte sie. »Mich niederschlagen wie Wesley? Sie scheinen es bloß mit Frauen und kleinen Jungen aufnehmen zu können, Mr. Hunnicutt.«

Max ließ ihren Arm los und trat zur Seite, um sie vorbeigehen zu lassen. »Als Sie klein waren, hätte Ihnen jemand mal eine Tracht Prügel verabreichen sollen, meine Liebe. Das hätte Ihnen äußerst gut getan.«
Ohne ihn einer Entgegnung zu würdigen, schwebte Emily an ihm vorbei. Doch auf ihren Wangen brannten zwei leuchtendrote Flecken. Sie haßte ihn! Wie konnte er es wagen, ihr so etwas zu sagen! Diese ganze Familie war überheblich und ungehobelt. Kein Wunder, daß Ellis sie so wenig mochte.
Rasch schritt sie den Kirchengang hinunter, durch das Friedhofstor und die Church Lane entlang. Erst an der Schmiede blieb sie stehen, um Atem zu schöpfen. Ihr Herz pochte wie wild, und sie hatte weiche Knie. Aber das rührte natürlich daher, daß sie sich so beeilt hatte. Als sie den Gruß des Schmiedes erwiderte, merkte sie plötzlich, daß ihr Hut schief saß und sie die Handschuhe nicht übergezogen hatte. Sie brachte ihr Äußeres in Ordnung und bemühte sich, mit schicklicheren Schritten den langen Weg zum Wallabrook Hill hinaufzusteigen. Ein Max Hunnicutt konnte sie nicht aus der Fassung bringen!

»Wir sollten uns nicht so nahe am Dorf treffen«, beschwerte sich Barbara weinerlich. »Das haben wir noch nie getan.«
John zuckte mit den Schultern. »Wenn uns jemand sieht, um so besser. Es wird Zeit, daß wir alles öffentlich eingestehen. Wie weit bist du mit Warren gediehen?«
»Gar nicht. Du weißt, daß ich nichts unternommen habe. Oh, ich wünschte, ich wäre tot.«
»Sei nicht albern«, antwortete John aufmunternd. »Barbara, du mußt ihm sagen, daß du ihn Weihnachten nicht heiraten wirst. Tu es schnell. Die Hochzeit ist bereits in zehn Wochen.« Er schwieg einen Moment und fügte dann anklagend hinzu: »Du hättest schon längst mit ihm brechen müssen. Du hast mir wieder und wieder versprochen, es zu tun. Statt dessen hast du dich von ihm einschüchtern lassen. Du hast dich zwingen lassen, den Hochzeitstag festzulegen, nachdem es dir fast drei Jahre lang gelungen war, ihn hinauszuschieben.«

»Ich konnte nicht anders.« Barbara kramte in ihrer Handtasche nach einem Taschentuch. Sie zog es hervor und betupfte die Augen. »Mutters Tod kann ich nicht länger als Entschuldigung benutzen. Warren hat darauf bestanden, in Vaters Gegenwart darüber zu sprechen. Ich habe gewußt, daß Vater mich nicht unterstützen würde. Er hätte nie gesagt, daß er mich braucht. Nicht, seitdem Miss Fitte damit begonnen hat, ihn jeden Tag anzurufen.«

»Barbara, hör auf herumzujammern und hör mir zu. Du bist Warren gegenüber zu keiner Entschuldigung verpflichtet. Sage ihm und deinem Vater die Wahrheit: daß du mich heiraten wirst, wenn ich in drei Jahren aus Oxford zurückkomme. Gib Warren seinen Ring zurück, und die ganze Sache ist erledigt.«

»Du hast gut reden«, erwiderte sie gekränkt. »Du bist weit weg, dich geht das Ganze nichts an. Du mußt ja nicht die nächsten drei Jahre mit Vater zusammenleben. Oder dir von Onkel Joss und Tante Jennifer sagen lassen, wie undankbar du bist.«

Es gelang John nur mühsam, ruhig zu bleiben. »Um Himmels willen, Babs. Weshalb sollte dir irgend jemand Vorwürfe machen? Meine Familie ist genauso gut gestellt wie die Hunnicutts. Vielleicht sogar besser, ich weiß es nicht. Sobald ich meinen Abschluß in Oxford habe, werde ich zu Vater und Wesley ins Geschäft eintreten. Wir brauchen nicht einmal in Ashcombe zu leben. Ich darf wohl sagen, daß Vater mich auch anderswo brauchen wird.«

»Verstehst du nicht? Wenn ich dich heirate, würde mir mein Vater das niemals verzeihen.« Aus Barbara sprach nunmehr die höchste Qual. »Ihr seid Methodisten. Wir gehören der anglikanischen Hochkirche an. Er würde mich hassen, wenn ich einen Freikirchler heirate. Und ich nehme an«, schloß sie scharfsinnig, »daß auch dein Vater nicht überglücklich wäre.«

»Gut.« John klang erbost und war es auch. »Aber diese Hindernisse können wir gemeinsam überwinden.«

»Wir werden aber nicht zusammen sein, das ist es ja gerade«, jammerte Barbara. »Du wirst in Oxford sein. Vater wird mir das Leben so schwer wie möglich machen.«

John legte tröstend den Arm um sie. Er blickte auf ihr fleckiges Gesicht und fühlte sich, wie immer, von diesem einsamen Mädchen seltsam berührt. Sie brauchte ihn. Sie stützte sich auf sein Verständnis in einer weiten, feindlichen Welt. Sie hatte niemanden, an den sie sich hätte wenden können. Und sie liebte ihn. Ganz gleich, welches Unheil sie in ihrem Leben anrichtete, er war verpflichtet, für sie dazusein und die Dinge ins rechte Lot zu bringen.

Er wartete, bis sie mit dem Weinen aufgehört hatte, bevor er weitere Einwände vorbrachte.

»Hör zu, Barbara. Wenn du nach Ashridge zurückgehst, dann sprich mit Warren unter vier Augen. Sage ihm die Wahrheit. Dann packst du deine Kleider zusammen und verlangst, nach Hause gebracht zu werden.«

»Nein!« In einem Anfall von Angst klammerte sie sich an ihn. »Solange ich auf Ashridge Abbey wohne, schaffe ich das nicht.«

»Du mußt es Warren heute noch sagen.«

»Ich verspreche dir ehrlich, daß ich ihm schreiben werde, sobald ich zu Hause bin.« Barbara machte sich von John los. »Ich muß gehen. Länger kann ich nicht fortbleiben.«

»Gut. Aber vergiß nicht, du hast *versprochen*, daß du Warren schreibst.«

»Ich vergesse es nicht.« Barbara reckte sich zu einem Kuß empor und entfernte sich dann rasch in Richtung Judwell Hill. Als sie ein kleines Stück zurückgelegt hatte, wandte sie sich um, winkte ihm und rief: »Ich verspreche es.«

Zur Antwort hob John die Hand. Aber er war voller Zweifel. Würde sie wirklich den Mut finden, wie sie gesagt hatte?

Chrissie und Louise kamen in die Küche gestürmt, wo Mrs. Shapley den Weihnachtskuchen mit einer Zuckerschicht überzog und Emily mit der kleinen Betty Watcombe besprach, wieviel Pasteten zu backen waren.

»Ooh! Ist vom Zuckerguß was übrig?« kreischte Chrissie. Mit einem nachsichtigen Lächeln reichte ihr Mrs. Shapley die Schüssel.

»Ich auch!« verlangte Louise. »Sei nicht so gierig, Chrissie. Iß nicht alles auf.« Sie nahm ihre Wollmütze und den Schal ab und schüttelte sie aus. »Es schneit leicht.«
Emily schaute zum Fenster hinaus, wo ein paar weiße, fedrige Flocken auf der Fensterbank klebten. »Vielleicht bekommen wir doch noch Schnee zu Weihnachten. Wäre das nicht wunderbar?«
»Nicht, wenn wir einschneien.« Chrissie schlug einen überlegenen Ton an. »Einen richtigen Dartmoorwinter hast du nie kennengelernt. Der kann schrecklich sein.«
Chrissie begann mit ihren dreizehn Jahren Anzeichen einer Schönheit zu entwickeln, die sie zu einer bereitwilligen Zielscheibe der Jungen in ihrem Dorf werden ließ. Ihr Benehmen jedoch war so abstoßend wie immer. Louise andererseits war freundlicher geworden und zur allgemeinen Überraschung ganz vernarrt in James.
»Hör nicht auf Chrissie«, sagte sie jetzt zu Emily. »Eingeschneit zu werden kann ein richtiger Spaß sein. Vorausgesetzt, man hat genügend Vorräte.« Sie öffnete die Tür zur Speisekammer und spähte auf die beladenen Regale.
»Junge Dame, du kommst da raus«, befahl Mrs. Shapley. »Kein Vorwand, sich beim Essen rumzutreiben und was zu stibitzen. Ihr beiden Mädchen eßt mehr, als eure Brüder gemeinsam vertilgen. Und du hast uns noch nicht erzählt, wie es bei der Hochzeit war. Standst du nahe genug, um alles sehen zu können?«
»Wir standen vor dem Portal«, sagte Chrissie und leckte sich den restlichen Zuckerguß von ihren klebrigen Fingern. »Niemand hat uns bemerkt. Die Braut sah aus, als ob sie weinen wollte.«
»Das würdest du auch, wenn du Warren Hunnicutt heiraten müßtest«, kicherte Louise. »Ich frage mich, warum sie nicht Max genommen hat.«
Chrissie ging um den Tisch herum, um sich ein Stück Marzipan zu nehmen, das heruntergefallen war, als Mrs. Shapley den Kuchenrand zurechtschnitt. »Ich glaube nicht, daß Max sie gefragt hat. Nur so ein fettes Schwein wie Warren Hunnicutt würde ein Mondgesicht wie Barbara Clyde heiraten.«

»Chrissie!« warnte Emily scharf. »Hüte deine Zunge! So etwas sagt man nicht.«
Chrissie schnitt ein Gesicht und streckte hinter dem Rücken ihrer Stiefmutter die Zunge heraus. Mrs. Shapley tat so, als hätte sie nichts gesehen. »Jedenfalls«, fuhr Chrissie fort, »hat Max Hunnicutt eine Geliebte. Er hat ihr ein Haus in Torquay gemietet.«
Ein entsetztes Schweigen folgte. Dann fragte Emily ruhig: »Und was, bitte, gehen dich solche Dinge an?«
»Ich habe gehört, wie Wes mit John darüber sprach.« Chrissie warf den Kopf nach hinten. Wie immer genoß sie es, im Mittelpunkt zu stehen. »Sie hat mit Max Hunnicutt ein Baby, das im selben Alter wie James ist.« Sie runzelte die Stirn. »Heißt das, daß sie am Ende doch verheiratet sind? Ich dachte, man kann keine Kinder bekommen, wenn man nicht verheiratet ist?«
»Diese Unterhaltung ist jetzt weit genug gegangen«, schimpfte Mrs. Shapley, bevor Emily sich eine geeignete Antwort überlegt hatte. »Von dieser Art Gesprächen habe ich in meiner Küche jetzt genug. Ihr beiden Mädchen geht und helft euren Brüdern, das Gesellschaftszimmer zu schmücken.«
Dieses Ablenkungsmanöver zeigte die gewünschte Wirkung. Louise und Chrissie verschwanden, um Whitefield und Dorset zu helfen, Lampions und Papierketten aufzuhängen.

Beim Abendessen, als sich die Familie ausnahmsweise einmal vollständig im Eßzimmer versammelte, kam das Gespräch wieder auf die Hunnicutt-Hochzeit. Ellis hatte eine schlimme Erkältung. So hatte er gemeinsam mit Wesley das Büro frühzeitig verlassen und den Sechs-Uhr-Zug nach Lustleigh genommen. John war aus Oxford gekommen. Whitefield und Dorset waren aus dem Internat für die Weihnachtsferien heimgekehrt.
»Wir haben die Hochzeit gesehen«, verkündete Chrissie. Sie bediente sich großzügig vom Kartoffelbrei, den es zusammen mit gekochtem Schinken und eingelegten Zwiebeln gab.
»Ich dachte, ich hätte dir gesagt, daß du in der Nähe der Kirche nichts zu suchen hast!« erklärte Ellis ungehalten.

»Emily, was sagst du dazu? Wie konnte das passieren?«

Emily blickte auf ihre jüngere Stieftochter, die sich bemühte, ein Grinsen zu unterdrücken. Chrissie hatte sich vorgenommen, absichtlich für Ärger zu sorgen.

»Es konnte passieren, mein lieber Ellis, weil deine Töchter nicht zu bändigen sind. Chrissie zumindest. Ich habe auf sie überhaupt keinen Einfluß.«

»Du bist ihre Mutter. Dies unterliegt deiner Verantwortung.«

»Ach, Vater, um Himmels willen!« John schob seinen Teller beiseite. Das Essen war unberührt geblieben. »Laß Emily in Ruhe. Du weißt sehr genau, daß Chrissie weder auf sie noch auf Miss Brewer hört. Oder du wüßtest es, wenn du dich mehr für deine Kinder interessiertest.«

Ellis' blasses Gesicht färbte sich rot. Insgeheim mochte er John von allen seinen Söhnen am liebsten. Von ihm vor allen anderen zurechtgewiesen zu werden war nicht nur kränkend, sondern schmälerte auch seine Autorität.

»Was willst du damit sagen?« fragte er beleidigt. »Oxford hat deine Manieren nicht gerade verfeinert.«

»Tut mir leid, Vater. Aber ständig hackst du auf Emily herum wegen irgendwelcher Dinge, für die sie nichts kann.«

»Sollte ich einmal deinen Rat benötigen, wie ich meine Frau zu behandeln habe...«, begann Ellis, als er von einem der Dienstmädchen unterbrochen wurde.

»'tschuldigung, Sir, aber Mrs. Shapley läßt sagen, ein Gentleman hat geläutet, der Sie dringend sprechen möchte. Sie sagte ihm, daß Sie beim Abendessen wären, aber er wollte warten. Sie hat ihn ins Frühstückszimmer gesetzt. Bitte, Sir.«

»Wer ist es denn?« Ellis klang finster. »Wie heißt er?«

»Hat Mrs. Shapley nicht gesagt, Sir. Glaube nicht, daß sie ihn gefragt hat.«

»Also wirklich!« Widerwillig warf Ellis seine Serviette hin. »Wie oft habe ich dieser Frau schon gesagt, daß sie Besucher nach ihrem Namen fragen soll! Emily...«, fuhr er seine Frau an, hielt jedoch mit einem Seitenblick auf John inne. »Oh, nichts. Ich finde schon alleine hinaus.«

Steifbeinig verließ er den Raum, und es gab ein fast hörbares Aufseufzen der Erleichterung. Emily erhaschte Johns Blick und lächelte ihm dankbar zu. Er lächelte zurück. Doch Emily fand, daß er krank aussah. Er arbeitete zuviel in Oxford und aß nicht richtig. Sie und Mrs. Shapley würden sich Mühe geben, ihn ein wenig aufzupäppeln.

Das Mädchen kam ins Zimmer zurück. »Bitte, Ma'am, der Master sagt, Sie sollen so schnell wie möglich zu ihm ins Frühstückszimmer kommen.«

»Ich? Oh – ja, ist gut, Jenny.« Emily war überrascht, denn sie war der Meinung gewesen, der Besucher sei irgendein Geschäftsfreund von Ellis.

Im Frühstückszimmer war es kalt; sie ließen das Feuer immer gegen Mittag ausgehen. Emily fröstelte, als sie die Tür hinter sich zuzog. Dann starrte sie voller Erstaunen auf Martin Hunstrete, der sich vom Stuhl erhob, um sie zu begrüßen.

Seit jenem ersten Besuch vor drei Jahren hatte sie ihre Cousins nur sehr selten zu Gesicht bekommen. Im Frühjahr 1903 hatten Vater und Sohn ein Wochenende auf High Tor verbracht. Im Herbst desselben Jahres hatten Emily und Ellis Moretonhampstead einen zweiten Besuch abgestattet. Im darauffolgenden Januar hatten sie Jethro zufällig einmal in Newton Abbot getroffen. Das war alles. Die erhoffte Vertrautheit hatte nie so recht aufkommen wollen. Emily erkannte jetzt, daß sie diese Entwicklung ebenso zu verhindern gesucht hatte wie Ellis. Irgend etwas war an den Hunstretes, das sie nie richtig gemocht hatte. Immer jedoch, wenn sie einem von ihnen gegenüberstand, schienen ihre Vorurteile wie weggeblasen. Besonders Martin besaß einen mächtigen entwaffnenden Charme.

Emily streckte ihre Hand aus. »Martin, wie schön, dich zu sehen. Was führt dich so spät am Abend zu uns?«

Martin ergriff die dargebotene Hand und drückte sie, bis es weh tat. »Ich habe gerade Ellis davon erzählt. Wir – das heißt Vater und ich – stecken in Schwierigkeiten.«

Emily betrachtete ihren Cousin verblüfft. »Schwierigkeiten? Was für Schwierigkeiten?«

Der Griff um ihre Hand wurde noch fester. »Vater ist heute morgen verhaftet worden.«
»Verhaftet?« wiederholte sie betäubt. »Weshalb?«
»Vor ein paar Wochen ist einer unserer Nachbarn, Abel Tucker, ermordet worden. Seitdem hat die Polizei ständig bei uns herumgeschnüffelt. Jetzt sagen sie, Vater habe es getan. Heute morgen ist ein Inspektor aus Exeter mit einem Haftbefehl gekommen.«
»Aber... aber warum?«
»In der Nacht, in der er getötet wurde, hatte Tucker uns besucht. Er schuldete uns Geld, das wir brauchten, und es kam unglücklicherweise zu einem Streit. Die andern haben es gehört. Aber niemand«, fügte er bitter hinzu, »hat Abel Tucker fortgehen sehen.«
»Du hast es gesehen.«
»An diesem Abend war ich nicht zu Hause.« Ihr Cousin fuhr sich mit der Hand durch sein dichtes, dunkles Haar. Seine Qual war offenkundig. »Zu allem Unglück war ich ausgegangen.«
»Was hat dein Vater gesagt?« fragte Ellis. Zum ersten Mal, seit Emily das Zimmer betreten hatte, meldete er sich zu Wort.
»Er sagte keinen Ton, Cousin Ellis.« Martin machte ein verstörtes Gesicht. »Als sie ihn verhafteten, stand er nur da und sagte kein Wort. Bitte verzeiht, daß ich zu euch gekommen bin. Aber ich wüßte niemanden, an den ich mich sonst wenden könnte.«
Emily sagte spontan: »Oh, Ellis, wir müssen alles tun, was in unserer Macht steht.«
Widerwillig antwortete ihr Mann: »Natürlich. Du sagst, Martin, dein Vater sei in Exeter eingesperrt. Na gut. Ich werde ihn morgen als allererstes besuchen gehen. Diese Nacht solltest du besser bei uns verbringen.«
»Ich danke Ihnen, Sir. Ich sagte der Polizei, daß ich hierherkommen würde. Ich habe den Inspektor gewarnt, daß ich einflußreiche Verwandte besäße.«
»Was das anbelangt...«, begann Ellis. Doch er wurde von Mrs. Shapley, die das Zimmer betrat, unterbrochen. »Nun, Mrs.

Shapley, was gibt es denn? Und bitte, versuchen Sie doch daran zu denken, vorher anzuklopfen.«
Die Haushälterin warf verächtlich den Kopf zurück. »Es ist dieses gräßliche Telefondings«, sagte sie in unheilverkündendem Ton. »Mit Leuten zu reden, die gar nicht da sind, ist wider die Natur, wenn Sie mich fragen.«
»Sie sind da, Mrs. Shapley, am anderen Ende der Leitung.« Ellis erkannte, daß er die Haushälterin nur noch mehr verwirrte. So fragte er sie betont geduldig: »Wer ist der Anrufer?« Der ruhige Abend, den er sich versprochen hatte, war rasch dahingeschwunden.
»Ich habe ihn nicht gefragt.« Mrs. Shapleys Ton ließ deutlich werden, daß gottesfürchtige Menschen so wenig wie möglich mit diesem neumodischen Teufelszeug zu tun haben wollten.
Ellis, dessen Lippen schmal wurden vor Zorn, entschuldigte sich und verließ den Raum. Cousin und Cousine blieben zurück und schauten einander zwischen den eindringenden Schatten an.
Emily lächelte nervös. »Ich weiß gar nicht, warum dich Ellis hier in dem Zimmer ohne Feuer gelassen hat«, entschuldigte sie sich. »Laß uns ins Gesellschaftszimmer gehen, dort ist es wärmer. Oder – hast du schon zu Abend gegessen? Wir waren gerade mitten dabei.«
»Das tut mir leid ... ich hätte daran denken müssen ... es ist nur, weil ich so durcheinander war. Bitte verzeih mir, Cousine Emily.«
»Da ist nichts zu verzeihen. Du konntest es ja nicht wissen. Bist du mit dem Zug gekommen?«
»Nein. Ein Nachbar ist nach Newton Abbot gefahren. Da bat ich ihn, in seinem Einspänner mitfahren zu dürfen.«
Ihre gezwungene Unterhaltung endete in Schweigen. Emily wollte gerade zum zweiten Mal vorschlagen, hinüber ins Gesellschaftszimmer zu gehen, als Ellis zurückkam. Sein Gesicht war kalkweiß. Einen Augenblick blieb er in der Tür stehen und bemühte sich, die richtigen Worte zu finden.
»Was ist denn?« fragte Emily. »Ellis, was ist geschehen?«
Ihr Mann schluckte. »Das war die Polizei aus Exeter. Martin, ich

bedaure, dir mitteilen zu müssen, daß dein Vater tot ist. Er hatte in seinem Mantelfutter ein Taschenmesser einschmuggeln können. Er hat sich die Pulsadern aufgeschnitten.«

Das also war Paris, die romantischste Stadt der Welt; die Stadt der Liebenden, die Stadt der Sünde. Barbara Hunnicutt jedoch nahm nichts von alledem wahr. Weder die weite Fläche der Champs-Élysées noch das Wasser der dahinrauschenden Seine. Weder die hochgewachsene Erhabenheit des Eiffelturms noch die zeitlose Gegenwart von Notre-Dame. Alles war der unwirkliche Wirrwarr eines Traums. Oder eines Alptraums. Denn sie war verheiratet, sie befand sich auf ihrer Hochzeitsreise, sie war Mrs. Warren Hunnicutt. Und sie wußte, daß sie genausogut hätte tot sein können.

Sie hatte alles verpfuscht. Wie sie die Nächte fürchtete! Von Warren geliebt zu werden war schlimmer als alles, was sie sich je vorgestellt hatte. In einem Bett mit ihm schlafen zu müssen machte sie ganz krank. Jedesmal, wenn seine Hände ihren nackten Körper berührten, wünschte sie sich, tot zu sein.

Aber eines erhielt sie am Leben: ein kurzer Brief, den ihr eines der Mädchen am Hochzeitsmorgen heimlich zugesteckt hatte. Er lautete: »Wenn du mich je brauchen solltest, laß es mich wissen, und ich komme sofort. Wie immer, John.« Die Nachricht lag nun verborgen auf dem Boden ihres Koffers. Wenn sie und Warren nach Hause zurückgekehrt waren, würde sie einen sicheren Ort dafür finden. Zerreißen konnte sie den Brief nicht: Es war der einzige Schlüssel zum Glück, den sie noch besaß.

10

Emily war erneut schwanger. Sechs Monate nach James' Geburt erwartete sie bereits das zweite Kind! Ellis hatte wirklich nur an sich gedacht.

Sie hatte sich auf den Frühling und den Sommer gefreut. Diese Jahreszeiten liebte sie im Dartmoor am meisten. Rose, der es ge-

sundheitlich nicht gutging, verbrachte Ostern auf High Tor, und Emily hatte zahlreiche Ausflüge mit ihr geplant.
Jetzt war alles verdorben: Emily fühlte sich jeden Morgen viel zu müde und zu elend, um noch Freude zu haben an dem, was sie tat.
Rose bestand jedoch darauf, daß Emily ein gewisses Maß an Bewegung beibehielt. Jeden Nachmittag brachen sie zu einem Spaziergang entlang der Felsschlucht auf, vorausgesetzt, es regnete nicht. Trotz ihres Ächzens und Stöhnens liebte Emily diese Gesundheitsgänge und ergötzte sich an der Landschaft. Jedes Jahr im März und April brannte man das Moor ab, und der stechende, beißende Geruch von brennendem Stechginster und Heidekraut kündete stets den nahenden Sommer an.
Sie betrachtete die Bäume; noch ruhten sie, doch das neue Leben drängte aus ihnen hervor: ein dünnes braunes Ästeskelett, das bald in eine grüne Wolke verwandelt sein würde. Sie sah die über Felsbrocken fließenden Bächlein, die bandbreiten Nebenflüsse des Wallabrook, die in der Sonne des lichten Frühlingstages funkelten. Sie hörte das fröhliche Gurgeln eines Brachvogels und wußte, daß sie hier zu Hause war.
Dann wurde ihr plötzlich bewußt, daß ihre Mutter sie nach den Hunstretes fragte.
»Du und Ellis«, sagte sie gerade, »habt euch in der ganzen Angelegenheit sehr zurückhaltend geäußert.«
»Können wir einen Augenblick haltmachen?« fragte Emily. »Mein Rücken beginnt zu schmerzen.« Sie lehnte sich gegen einen Felsvorsprung, der sich über den Rand der Schlucht erhob. Schafherden weideten auf dem windzerzausten Gras.
»Wir haben uns eigentlich nicht zurückgehalten«, entgegnete Emily. »Es ist einfach so, daß es über die ganze Sache nicht mehr zu berichten gibt, als wir dir in unseren Briefen ohnehin mitgeteilt haben. Ich denke, Jethros Selbstmord kann als Schuldgeständnis gewertet werden. Die Polizei ist offensichtlich der gleichen Meinung, denn der Fall ist jetzt abgeschlossen. Ellis hat die Beerdigung organisiert, und Martin ist so lange bei uns geblieben, bis ihm Ellis eine Arbeit in Torquay besorgt hatte.«

»Er wollte die Mietställe nicht weiterführen?«
»Nein. Weil man dort über sie klatschte, wollte er aus der Gegend von Moretonhampstead so schnell wie möglich verschwinden. Er hat die Ställe verkauft und besitzt damit ein kleines Eigenkapital. Allerdings nicht genug, um unabhängig zu sein. Ich glaube, er hat sehr darauf gehofft, auf High Tor bleiben zu dürfen. Doch Ellis meinte, das sei nicht möglich, und verschaffte ihm eine Stelle als Ladengehilfe in unserem neuen Geschäft in Torquay.«
Rose schaute zweifelnd. »Ich kann mir nicht vorstellen, daß Martin sich dazu besonders eignet. Er kam mir eher ein wenig eitel vor, und ich kann mir nicht vorstellen, daß er mit einer Arbeit als Verkaufsgehilfe besonders glücklich ist. Sicher wird er einen Groll gegen Ellis hegen.«
Emily verteidigte sich. »Ich sehe nicht ein, weshalb. Er hat keine besonders gute Bildung genossen, auch wenn er sehr aufgeweckt ist. Ellis hatte nicht den Eindruck, daß er ihm einen Posten in seinem Büro in Newton Abbot anvertrauen konnte. Und in diesem Falle bin ich ausnahmsweise seiner Meinung.«
Emily löste sich von dem Felsvorsprung und nahm ihre Mutter beim Arm.
»Komm«, sagte sie, »laß uns nach Hause gehen. Wenn wir flott gehen, sind wir noch rechtzeitig da, um mit deinem Enkel Tee trinken zu können.«

Caroline Ormerod saß an ihrem Schreibtisch. Vor ihr lag ein Stoß eingegangener Rechnungen. Auf der anderen Seite stand mit trotzigem Gesicht ihre Haushälterin, die zugleich auch für sie kochte.
»Ich weiß nicht, was Sie mit ›verplempern‹ meinen, Madam. Wollen Sie etwa behaupten, ich stehle?«
»Ich behaupte, daß Sie und dieser Schwager von Ihnen, der unser Haus mit Vorräten versorgt, eine Menge für sich selbst abzweigen. Wir können unmöglich alle Lebensmittel, die uns auf diesen Listen berechnet werden, verbraucht haben. Also haben entweder Sie, Mrs. Drummond, die überzähligen Waren mit nach

Hause genommen, oder aber sie sind nie hier angeliefert worden.«

»Das ist eine niederträchtige Unterstellung, wenn ich mal so sagen darf, Madam. Ich bin eine anständige, hart arbeitende Frau.«

»Sie sind weder das eine noch das andere.«

»Also, wenn das so ist!« Die Haushälterin lehnte sich vor. Ihre Hände lagen auf der Schreibtischplatte, und ihr Gewicht ruhte auf einem mächtigen Armpaar. »Dann möchte ich Ihnen mal sagen, meine feine Lady, daß ich diese Stelle hier aus reiner Herzensgüte angenommen habe. Niemand anders würde bei Ihnen arbeiten wollen.«

»Und weil ich Ihnen erheblich höhere Löhne zahle, als Sie vermutlich woanders bekommen könnten«, entgegnete Caroline kalt.

Mrs. Drummond holte tief Luft. »Ich kam, weil ich es für meine Christenpflicht hielt. ›Elsie, geh da nicht hin‹, hat mich meine Schwester beschworen, ›das ist ein Haus der Sünde.‹ Das waren ihre Worte. Und ich habe so manches Mal daran denken müssen, wenn Mr. Hunnicutt zu jeder Tag- und Nachtstunde kam und ging, wie es ihm gefiel. Aber Elsie Drummond ist niemand, der über seine Mitmenschen zu Gericht sitzt. Leben und leben lassen ist meine Devise, solange die anderen auch mich gewähren lassen. Doch wenn man mich eine Diebin und Lügnerin nennt, dann kann ich nicht länger ein Auge zudrücken, wie Sie vielleicht sagen würden. Wenn Sie mich jetzt entlassen«, sagte sie mit plötzlicher Gehässigkeit, »brauchen Sie nicht zu glauben, daß ich über das, was hier vorgeht, meinen Mund halten werde. Man wird in der ganzen Stadt über Sie reden.«

»Das tut man bereits«, antwortete Caroline verächtlich. »Hier haben Sie einen Monatslohn anstelle eines Zeugnisses, Mrs. Drummond. Ich möchte, daß Sie mitsamt Ihren Habseligkeiten innerhalb einer Stunde verschwunden sind.«

»Wenn ich gehe, gehen Ellen und Rosie auch. Und was wird dann aus Ihnen?«

»Bitte gehen Sie«, forderte Caroline eisig, »oder ich hole die Po-

lizei und lasse Sie mit Gewalt entfernen.« Verärgert stellte Caroline fest, daß sie zitterte.
Sie saß noch immer an ihrem Schreibtisch, als eine Stunde später das kleine Kindermädchen, Cissie Spry, ängstlich den Kopf durch die Tür steckte.
»Bitte, Madam, Mrs. Drummond und Ellen und Rosie haben ihre Taschen gepackt und sind gegangen. Nur ich bin noch da. Oh, Madam! Was sollen wir bloß tun?«
Dumpf hallten die Worte des Mädchens in Carolines Kopf nach. Max würde diesen Abend hier sein. Was sollte sie bloß tun? *Was sollte sie bloß tun?* Sie, Caroline Jessup, die auf einer Farm zur Welt gekommen war und als Hausangestellte gearbeitet hatte, konnte sich so etwas fragen? Sie würde ihr Seidenkleid ausziehen, das Haus vom Keller bis zum Dach saubermachen, einkaufen gehen und das Essen vorbereiten. Beinahe hätte sie vergessen, was für eine verdammt gute Köchin sie war.

Es hatte schon früh zu regnen begonnen an diesem Tag, und die dahinziehenden Wolken spiegelten sich in den Pfützen auf dem Weg. Für Juni war es entschieden zu kalt. Martin stapfte um das große Haus herum; Unzufriedenheit nagte an ihm. Seit jener ersten Begegnung mit seinen reichen Cousins hatte er auf etwas Besseres gehofft. Aber vergebens!
Nachdem die Reads zum ersten Mal Moretonhampstead besucht hatten, hatte Jethro zu ihm gesagt: »Nutze deine Chance gut, Martin, mein Junge, und du wirst eines Tages einen guten Posten in der Firma erlangen.«
Einen guten Posten in der Firma! Daß er nicht lachte! Ein Jammer, daß sein Vater nicht mehr am Leben war, um das noch mit ansehen zu können. Er hatte nie die Gelegenheit gehabt, sein Können unter Beweis zu stellen. Er hatte Jethro die Schuld gegeben; Jethro hatte ihm die Schuld gegeben. Selbst in dem Entsetzen über die Verhaftung seines Vaters konnte Martin nicht anders, als zu denken, daß dies seine Chance war. Er stand nun völlig allein da, und Ellis Read würde sich sicher für ihn verantwortlich fühlen.

Das war zwar der Fall, aber nur in sehr begrenztem Maße. Ellis hatte seinen Einfluß lediglich dazu benutzt, Martin die Stelle eines Ladengehilfen im kürzlich eröffneten Zweiggeschäft in Torquay zu beschaffen. Martin war wütend und verletzt gewesen. Sie hatten ihn abgeschoben wie ein Bündel alter Kleider für den Wohltätigkeitsbazar.
Seine Lage wurde noch dadurch verschlimmert, daß Mr. Lewin und die anderen Verkäufer ihn nicht mochten. Sie wußten von seinen Verbindungen zu Ellis und betrachteten ihn als einen Spion. Bei jeder nur möglichen Gelegenheit versuchten sie, ihn loszuwerden: Sie schickten ihn mit Pferd und Wagen davon, die Waren auszuliefern. Als Martin sich heute morgen beschwert hatte, nun müsse mal jemand anders an der Reihe sein, hatte Mr. Lewin geantwortet, er solle nicht frech werden.
Der nächste Halt war eine riesige freistehende Villa auf dem Weg nach Babbacombe. Sie gehörte Mr. und Mrs. Stanley Briggs. Mrs. Briggs war beträchtlich jünger als ihr Gatte und sah Martin immer mit hungrigen Augen an.
Heute, nachdem er die Kisten hineingetragen und auf dem Küchentisch abgestellt hatte, stand sie wieder da und schaute ihn an, die Hände in die Hüften gestemmt. Sie war eine dünne, flachbrüstige Frau von etwa 35 Jahren, mit dunklem Haar und bläßlicher Haut.
»Ihre Rechnung liegt in der obersten Kiste«, machte Martin sie aufmerksam und vermied es dabei sorgfältig, ihrem Blick zu begegnen. Er bewegte sich zur Küchentür hin.
»Sie haben's immer mächtig eilig fortzukommen, stimmt's?« fragte Mrs. Briggs. Sie kam um den Tisch herum und setzte sich auf die Kante. Sie streckte eine Hand aus und befühlte seine Schulter. »Ich mag Männer mit Muskeln.«
Martin entfernte sich, so daß sie gezwungen war, ihre Hand abgleiten zu lassen.
»Ich muß zusehen, daß ich weiterkomme, Mrs. Briggs. Ich habe noch andere Bestellungen auszuliefern.«
Sie stand auf und trat einen Schritt näher. »Sie brauchen nicht scheu zu sein. Mr. Briggs ist nicht zu Hause und wird erst abends

heimkehren.« Sie lächelte und enthüllte dabei ihre gelblichen Zähne. »Wenn man den ganzen Tag hier so allein ist, fühlt man sich einsam.« Sie legte die Arme um seinen Hals und drückte ihren Körper eng gegen Martins. »Na komm, wie wär's mit uns beiden?«

Martin zerrte an ihrem Handgelenk. »Ich trau' mich nicht, Mrs. Briggs. Es ist mir nicht soviel wert, daß ich dafür meine Stellung aufs Spiel setzte.«

»Wer soll davon erfahren? Ich werde kein Wort darüber verlieren, wenn du es nicht tust.« Die Frau ließ ihre Hand zwischen seine Beine gleiten. Dann begann sie, seine Hose aufzuknöpfen. Sie zwinkerte ihm zu. »Wenn es noch etwas gibt, was ich mag, dann ist das ein wirklich starker Mann. Ich habe gewußt, daß du mich nicht enttäuschen würdest.«

Martin fluchte leise und trat einen Schritt zurück. Langsam schob er sich zur Tür. Er versuchte, die Hose wieder zuzuknöpfen, während Mrs. Briggs ihr Bestes tat, um ihn daran zu hindern. Sie tastete seinen Körper ab und küßte hungrig seinen Mund. Ihr Atem war unangenehm, und auf ihrer Nase saß ein Mitesser. Martin unterdrückte ein Schaudern.

Einen Augenblick später ließ sie ihn los und fragte: »Was ist los mit dir? Habe ich die Pest, oder was? Ich dachte, ihr Laufburschen wärt immer für einen kleinen Scherz zu haben.« Sie legte ihren Kopf schief und fügte gehässig hinzu: »Schau her, Schätzchen, du tust besser, was ich dir sage. Mr. Briggs hat Einfluß auf deine Firma: Er ist einer der Teilhaber. Wenn es mir einfallen sollte, ihm zu sagen, daß du unverschämt geworden bist, kann er dafür sorgen, daß du deine Stelle so schnell wie dies hier verlierst.« Und sie schnippte mit ihren Fingern unter Martins Nase.

Voller Abscheu starrte er sie an. Laufbursche, also wirklich! Sie hatte ihn einen Laufburschen genannt. Diese häßliche, abgemagerte alte Kuh! Seine Handflächen schwitzten, und vor seinen Augen war ein roter Nebel. Geräuschwellen drangen wie von weit her an ihn heran und hämmerten unbarmherzig durch seinen Kopf. So etwas hatte er schon einmal erlebt, und jemand war

dabei getötet worden. Er mußte da herauskommen, solange es noch Zeit war. Bevor ein weiteres Unglück geschah.
Er öffnete die Küchentür und saugte die Düfte aus dem sommerlichen Garten in sich auf. Allmählich war er wieder Herr seiner Sinne. Doch er mußte seinen verletzten Stolz retten.
»Sagen Sie Ihrem Mann«, beschimpfte er Mrs. Briggs, »daß der Laufbursche Sie nicht haben wollte, Sie dumme alte Hexe!«
»Hinaus!« schrie sie, die Lippen schmal vor Wut. Sie nahm eine Kanne vom Abtropfbrett und warf sie ihm hinterher. »Hinaus! *Hinaus!* Du wirst noch von mir hören!«

Emily saß auf der Terrasse, als John um die Hausecke gebogen kam. Er war so mit sich selbst beschäftigt, daß er sie nicht sah. Gestern war er aus Oxford zurückgekehrt, aber er schien sie beinahe zu meiden. Emily dachte, daß er abgespannt und dünn aussah. Unter seinen Augen hatte er tiefe Schatten.
»John! Komm her und setz dich einen Augenblick.« Sie faßte ihren Rock, um ihm neben sich Platz zu machen. Er zögerte, und sie fügte hinzu: »Bitte. Leiste mir ein wenig Gesellschaft.«
Seit drei Monaten war sie schwanger, und man konnte ihren Zustand langsam erkennen. Widerwillig nahm John Platz. Er preßte sich in die Ecke des Gartenstuhls.
»Wo bist du gewesen?« fragte Emily.
»Im Dorf unten. Ich mußte mir etwas kaufen.«
Ihre Liebe zu John quälte Emily regelrecht.
Leichthin sagte sie: »Wenn ich gewußt hätte, daß du ins Dorf gehst, wäre ich gerne mit dir mitgekommen.«
»Ich bin zu Fuß gegangen. Das wäre für dich zuviel gewesen, in dieser Hitze und bei deinem Zustand.«
»Hast du jemanden getroffen, den du kennst?« Sie haßte es, wenn John auf ihren Zustand anspielte. Sie wollte nicht, daß er sie sich mit seinem Vater im Bett vorstellte.
»Was meinst du mit jemanden, den ich kenne? Ich habe hier mein ganzes Leben verbracht. Ich kenne jeden im Dorf.«
Der Tadel trieb ihr das Blut in die Wangen. »Ich wollte sagen, hast du jemanden – Bestimmten getroffen?«

»Wen würdest du jemand Bestimmten nennen?«
In sorgfältiger Gleichgültigkeit schaute Emily über das sonnendurchflutete Tal. »Oh, zum Beispiel die neue Mrs. Hunnicutt.«
Es entstand eine Pause, bevor John fragte: »Wie kommst du auf Barbara?«
»Ich dachte, ich hätte euch an einem Nachmittag vorigen Jahres zusammen gesehen.«
»Ach, daher. Ja, ich habe mich einige Male mit Barbara getroffen. Sie tut mir leid. Sie ist ein nettes Mädchen und sehr unglücklich.«
»Dann hätte sie nicht Warren Hunnicutt heiraten dürfen. Niemand hat sie dazu gezwungen.« *Und ich hätte nicht Ellis Read heiraten sollen!*
John erhob sich. »Du solltest nicht über sie zu Gericht sitzen, Emily. Du kennst nicht alle Begleitumstände. Sie hat kein glückliches Leben geführt.«
»Eine Menge Frauen führen ein unglückliches Leben«, entgegnete sie spöttisch. »Aber sie laufen nicht umher und suchen nach einer Schulter, an der sie sich ausweinen können.«
Johns Gesicht blieb ausdruckslos. Er hatte die Augen gegen das blendende Sonnenlicht zusammengekniffen. »Du würdest es vielleicht nicht tun«, sagte er schließlich, »aber nicht alle Frauen besitzen deine Kraft. Dir wird das Leben nie etwas anhaben können, Emily, denn du würdest es nicht zulassen. Du bist die geborene Siegerin. Du solltest Mitleid mit denen haben, die es nicht sind.«
Bevor sie sich zu dieser unerwarteten Sicht ihrer selbst äußern und diese übertriebene Einschätzung ein wenig abschwächen konnte, kamen Pony und Wagen vom Hotel in Bovey Tracey um die Ecke gefahren. Neben dem Fahrer saß Ellis. Emily und John blinzelten erstaunt. Es passierte selten genug, daß Ellis vor Samstag abend um zehn Uhr heimkam.
»Ellis! Was für eine nette Überraschung.« Emily eilte auf ihn zu und gab ihm einen Kuß auf die dargebotene Wange. »Wie schön, daß du so früh zu Hause bist.«
Ellis erwiderte pflichtschuldigst ihren Kuß, doch sein Gesicht

blieb hart. Er bezahlte den Fahrer und wartete ab, bis dieser davongefahren war, um dann mürrisch zu sagen: »Meine liebe Emily, ich habe einen höchst unangenehmen Tag hinter mir. Neben anderem erhielt ich die Mitteilung, daß man deinen Cousin entlassen hat. Mr. Lewin, der Geschäftsführer der neuen Zweigstelle in Torquay, schrieb es mir. Der Brief kam heute morgen. Normalerweise ist solch ein Zwischenfall natürlich zu belanglos, um für mich von Interesse zu sein. In Anbetracht aber der – hm – Beziehung, die zwischen Martin und mir besteht, hielt Mr. Lewin es für das beste, mich zu benachrichtigen.«

»Was hat Martin getan?« fragte Emily, ohne daß es sie besonders interessiert hätte.

»Es ist keine sehr erbauliche Geschichte, und ich würde dir die Einzelheiten lieber in unserem Zimmer unter vier Augen erzählen. Ich möchte sicher sein, daß Christina und Louise mich nicht hören können.«

Emily unterließ es, ihn darauf aufmerksam zu machen, daß seine Töchter nicht solche Unschuldslämmer waren, wie er glaubte. Sie folgte ihm ins Haus und die Treppen hinauf in ihr Schlafzimmer. Ellis verschloß sorgfältig die Tür. Er senkte die Stimme zu einem Flüstern.

»Es handelt sich um Mrs. Briggs, eine unserer geschätztesten Kundinnen. Ihr Mann besitzt außerdem Aktien von uns. Dein Cousin liefert ihr jede Woche die Lebensmittel ins Haus.«

»Und?« trieb Emily ihn nach einer Pause an, obgleich sie halb erahnte, was kommen würde.

»Mrs. Briggs bezichtigt Martin, daß er versuchte – hm – versuchte, sie zu vergewaltigen.«

»Aber was sagt Martin dazu? Streitet er alles ab?«

»Offenkundig weigert er sich, überhaupt etwas zu sagen. Als Mr. Lewin ihn holen ließ, stand er bloß da und grinste höhnisch. Mr. Lewin hatte natürlich keine andere Wahl, als ihn zu entlassen.«

»Aber Martin könnte unschuldig sein«, widersprach Emily. »Du hast nur das Wort von Mrs. Briggs.«

Mißbilligend betrachtete Ellis seine Frau. »Ich kenne Stanley

Briggs seit etlichen Jahren. Ein gutes Gemeindemitglied. Seine Gattin kann unmöglich jener Sorte Frauen angehören, an die du jetzt denkst. Du setzt mich sehr in Erstaunen, Emily.«

»Von Martin hast du nichts gehört?«

»Nein, und ich möchte es auch nicht. Ich habe ihm jedoch an seine Unterkunft in Torquay geschrieben und ihm deutlich gesagt, was ich von seinem Benehmen halte. Und daß er sich äußerst glücklich schätzen kann, daß Mrs. Briggs ihren Gatten nicht zur Polizei gehen lassen wollte. Ich habe ihm mitgeteilt, daß wir ihn auf High Tor nie wieder zu sehen wünschen. Damit ist für mich die Angelegenheit beendet und dieses Kapitel abgeschlossen. Wie der Vater so der Sohn: ein Paar verfaulte Äpfel. Es war ein Fehler, mich je von dir überreden zu lassen, sie ausfindig zu machen.« Ellis schauderte. »Ich werde jetzt ein Bad nehmen, Emily. Ich fühle mich beschmutzt. Ich möchte diesen absolut widerwärtigen Zwischenfall vergessen. Wir werden die Erinnerung an die Hunstretes, an Vater und Sohn, vollständig aus unserem Gedächtnis streichen.«

11

Mrs. Brownlow öffnete die Tür zum Arbeitszimmer und deutete ruckartig mit dem Kopf hinein.

»Sie warten besser hier«, sagte sie. Sie betrachtete Martin vom Kopf bis zu den Füßen, sah seinen fadenscheinigen, schlecht sitzenden Anzug und die abgenutzten, heruntergetretenen Schuhe. »Ich sage Mr. Hunnicutt, daß Sie hier sind. Wie war noch gleich Ihr Name?«

»Hunstrete. Martin Hunstrete. Ich möchte Mr. Silas Hunnicutt sprechen.«

»Er ist hier der Herr. Ich habe nicht angenommen, daß Sie jemand anderen gemeint haben. Wenn es der Fall wäre, dann sollten Sie es sagen.«

»Es ist nicht der Fall.«

»Dann ist alles in Ordnung.«

Die Haushälterin ging hinaus und schloß die Tür hinter sich. Martin blieb unbehaglich in der Mitte des Zimmers stehen. Menschen dieser Art setzten ihn immer in Verlegenheit. Er hatte genausoviel Recht, Silas Hunnicutt einen Besuch abzustatten, wie jeder andere. Es ärgerte ihn, wenn man so tat, als hätte er es nicht.
Er sah sich im Zimmer um. Er blickte auf den verschossenen, abgetretenen, aber offensichtlich kostbaren Teppich, die bronzene Schale mit den Chrysanthemen und den gehämmerten Silberkrug, in dem Margeriten standen. Da standen ein chinesischer Lackparavent, ein mit Intarsien ausgelegtes holländisches Schreibpult, und eine glänzende Schüssel, angefüllt mit Apfelsinen. Vor dem Fenster stand ein Tisch aus Walnußholz, der Raum für die Knie ließ und mit Elfenbein ausgelegt war. Auf der anderen Seite des Kamins standen zwei gewaltige Armlehnsessel aus Leder.
Der erste Eindruck, den Martin von dem Zimmer gewann, war, daß es abgenutzt aussah wie er selbst. Er konnte es nur mit der kecken Pracht auf High Tor vergleichen, wo es polierte Mahagonimöbel gab, unechte Samttapeten und absurde chinesische Ornamente. Doch ein zweiter Blick sagte ihm, daß viele dieser Gegenstände wirklich alt waren, daß sie langsam über die Jahrhunderte angesammelt waren und jedes ein Teil der Geschichte der Hunnicutts darstellte. Das Zimmer besaß etwas, das man nur mit Format bezeichnen konnte; und Format beunruhigte ihn immer.
Die Tür ging auf, und eine Stimme fragte: »Wer, zum Teufel, sind Sie? Ich kenne keinen Martin Hunstrete.«
Anstatt ihm die Fassung zu rauben, nahm diese Begrüßung Martin schlagartig seine Befangenheit. Einem wie Silas Hunnicutt war er gewachsen.
Er drehte sich um und sah vor sich einen Mann in den Fünfzigern, der sich auf einen Spazierstock mit Silberspitze stützte. Er hatte graues Haar und einen grauen Bart, den er wichste und überraschenderweise in zwei satanischen Spitzen enden ließ.
»Nun?« schnauzte Silas. »Ich habe Sie gefragt, wer Sie sind!«

Martin grinste. »Genaugenommen, Sir, haben Sie mich gefragt, wer, zum Teufel, ich bin.«
Silas, der die Tür halb offen gehalten hatte, bereit, den Eindringling hinauszuwerfen, zögerte, schloß sie dann und kam weiter ins Zimmer.
»So?« sagte er, schon weniger giftig. »Und was ist die verdammte Antwort?«
»Ich habe bereits Ihrer Haushälterin meinen Namen genannt, Sir. Martin Hunstrete.«
»Das sagte sie mir, aber so aus dem Stegreif kann ich mich an niemanden mit diesem Namen erinnern.« Silas legte eine vielsagende Pause ein, aber Martin gab keine weiteren Erläuterungen. »Also, fahren Sie fort. Fahren Sie fort. Sagen Sie mir, weshalb Sie gekommen sind.«
»Könnten Sie sich vorstellen, daß wir uns hinsetzen, Sir? Ich bin den ganzen Weg von Lustleigh zu Fuß hergekommen und bin jetzt müde.«
»Verdammte Frechheit!« röhrte Silas, aber er nickte zu einem der Armsessel hinüber und ließ sich selbst unter Schmerzen in den anderen hinab. »Also los«, sagte er, als er sich zurechtgesetzt hatte, »heraus mit der Sprache und dann hinaus mit Ihnen, in dieser Reihenfolge.«
»Ich bin ein Cousin zweiten Grades von Mrs. Ellis Read, Sir, und ich brauche Arbeit. Ich dachte, Sie wären vielleicht willens, mich einzustellen.«
»Kommen Sie mir nicht mit solchem Quatsch, mein Junge«, schnaubte Silas. »Emily Reads Mutter besitzt keine Verwandten. Deshalb hatte Alfred Hawkes, dieser aufgeblasene Trottel, sie ja adoptiert.«
So knapp er konnte, erläuterte Martin ihm die Zusammenhänge. Silas lauschte mit wachsendem Interesse.
»Haben Sie aufgelesen und dann wieder fallen lassen, nicht wahr? Das sieht Ellis Read ähnlich. Weshalb hat man Sie aus diesem Geschäft entlassen? Sie sagen mir besser gleich die Wahrheit, denn ich werde sie ohnehin rausfinden, seien Sie sich dessen gewiß.«

»Die Frau von einem der Aktienbesitzer hat mich beschuldigt, daß ich bei einer Warenauslieferung versucht hätte, sie zu vergewaltigen.«

»Haben Sie es getan? Ich wiederhole es noch einmal: Sie tun gut daran, mir gleich die Wahrheit zu sagen.«

»Ich habe sie nicht angerührt. Sie hat mich eingeladen, mit ihr ins Bett zu gehen, aber ich wollte nicht. Mir sind die hübschen Frauen lieber. Und der Arsch einer Kuh sieht besser aus als der von Mrs. Briggs.«

Silas wieherte vor Lachen und schlug sich auf die Schenkel. »Bei Gott, ich hoffe bloß, Sie haben dies auch dem mondgesichtigen Methodistenbastard gesagt! Allmählich gefallen Sie mir, junger Hunstrete. Nun sind Sie also auf Arbeitssuche.«

»Ja, Sir, das bin ich.«

»Und warum sind Sie dann zu mir gekommen?«

»Sir, jeder weiß von dem Streit. Im ganzen Moor ist es allgemein bekannt.«

»Tatsächlich? Und Sie glauben, es würde Ihren Verwandten die Fassung rauben, wenn ich Sie einstellen würde?«

»Das wird es mit Sicherheit. Doch Sie werden sehen, daß ich ein guter und ergebener Arbeiter bin. Ich würde Sie nicht enttäuschen.«

Eine kurze Weile saß Silas schweigend da und strich sich seinen Bart. Irgendwie kam ihm der Name Hunstrete bekannt vor; in seiner Erinnerung verband er etwas Unangenehmes damit. Er hatte den Namen kürzlich irgendwo gelesen... es war nichts Gutes gewesen; er konnte sich nicht mehr daran erinnern. Dieser junge Mann war ihm sehr sympathisch, und das allein zählte.

»Also gut«, sagte er, »ich werde Ihnen Arbeit geben. Zunächst einmal sind Sie Mädchen für alles. Hier ein bißchen, da ein bißchen. Sie helfen dem alten Treadgold und dem jungen Frank Olver in den Gärten und gehen Bowden in den Ställen zur Hand. Später vielleicht werden wir für Sie eine eigene Ecke finden. Fünf Shilling die Woche für den Anfang. Das ist mein Angebot. Schlagen Sie ein oder lassen Sie's sein.«

»Ich schlage ein, Sir.« Martin erhob sich. »Wann soll ich anfangen?«

»Warum, Vater? Warum hast du den jungen Hunstrete eingestellt?«
Sarah feierte ihren vierundfünfzigsten Geburtstag. Die Familie hatte sich nach dem Essen im Gesellschaftszimmer eingefunden: Silas, Sarah, Max und Julia. Dazu Warren und Barbara, die an diesem Abend von Meavy House heraufgekommen waren.
Die Mahlzeit war nicht allzu glücklich verlaufen. Silas gebärdete sich unerträglich selbstzufrieden und verlangte ihrer aller Beifall zu einem Schachzug, der dazu angelegt war, Ellis Read auf das äußerste zu reizen. Max jedoch war immer ärgerlicher geworden.
»Was meinst du damit, warum ich den jungen Hunstrete eingestellt habe?« Silas blickte auf seinen älteren Sohn. Wein und Portwein bei Tisch hatten sein Gesicht gerötet. Die blauen Augen funkelten gefährlich. »Du bist kein Dummkopf, Max. Warum wohl, glaubst du, habe ich es getan?«
»Um Ellis Read zu ärgern; das hast du deutlich zum Ausdruck gebracht. Es ist allerdings nicht genau das, was ich wissen wollte. Warum hast du einem Mann eine Beschäftigung angeboten, der so erpicht darauf ist, seine eigene Familie zu verraten? Bedeutet dir Treue denn gar nichts mehr?«
»Welche Treue schuldet er Ellis Read?« rief Silas aus. »Dieser Mann hat seiner Entlassung zugestimmt, ohne je nachgeforscht zu haben, ob die Geschichte dieser Frau der Wahrheit entspricht oder erlogen ist.«
»Das ist richtig. Ich bin auch der Meinung, daß das ein Fehler war. Aber der junge Hunstrete hätte auch anderswo Arbeit finden können. Er hätte nicht unbedingt zu dir kommen müssen.«
»Eine Arbeit finden ohne Zeugnisse? Pfff! Der Bursche hatte doch genausoviel Chancen wie ein Schneeball in der Hölle. Ich war seine einzige Hoffnung, das hat der junge Hunstrete gewußt. Er trägt schließlich einen Kopf zwischen seinen Schultern. Der Bursche ist ganz nach meinem Geschmack. Wenn das

Schicksal ihn niederzwingt, stellt er sich nicht in die Ecke und greint. Er rappelt sich selbst wieder hoch und ergreift die Gelegenheit beim Schopf.«
»Hunstrete...«, sagte Sarah, die ruhig darauf gewartet hatte, sich Gehör verschaffen zu können. »Kommt mir bekannt vor. Hab' den Namen kürzlich irgendwo gehört. Oder gelesen. Nein. Ich weiß nicht, wo ich ihn hintun soll. Ist mir im Augenblick entfallen.«
Barbara saß unglücklich neben Warren auf dem Sofa und wünschte, alle hielten den Mund. Schon die bloße Gegenwart ihrer angeheirateten Verwandtschaft verursachte ihr Kopfschmerzen.
Warren versetzte ihr einen Rippenstoß. »Um Himmels willen«, zischte er aus dem Mundwinkel heraus, »tu wenigstens so, als ob es dir gefällt. Wir feiern Mutters Geburtstag und keinen verdammten Leichenschmaus.«
Barbara bemühte sich, ein Lächeln zustande zu bringen, aber es scheiterte kläglich.
Nachdem man Religion und Politik gestreift hatte, war das Gespräch wieder zu seinem Ausgangspunkt zurückgekehrt.
»Es ist mir egal, was du davon hältst, Max«, rief Silas aus, »Martin Hunstrete wird demnächst bei uns einziehen. Und damit, mein Junge, ist die Angelegenheit für mich erledigt!«

Heiligabend erschien der Postbote erst spät auf High Tor. Die Familie saß bereits beim Frühstück, als der Postmann an diesem Morgen erleichtert mit seiner letzten Lieferung in die warme Küche hineinstapfte. Mrs. Shapley schenkte ihm Tee ein, und Betty Watcombe reichte dazu süße Pastetchen. Jenny Ryder hatte unterdessen den Stapel Briefe und Weihnachtskarten genommen und ins Frühstückszimmer getragen.
Als sie an Wesleys Stuhl vorbeikam, zwinkerte er ihr verstohlen zu, und Jenny unterdrückte ein Grinsen. Allem Anschein nach hatte die Familie das Frühstück beendet. Die riesige, in Leder eingebundene Bibel mit dem Messingschloß lag aufgeschlagen vor Ellis. Soeben hatte er aus der Heiligen Schrift den Abschnitt,

der für den heutigen Tag bestimmt war, vorgelesen. Er blickte hoch, als Jenny sich neben seinem Stuhl zu schaffen machte.

»Post, Sir.«

»Was für mich dabei?« fragte Chrissie, die nicht zu bändigen war.

Emily versuchte, sich ihrer Stieftochter bemerkbar zu machen. Sie fühlte sich nicht gut; das Baby, das sie erwartete, hatte den Geburtstermin bereits seit einer Woche überschritten. Heute, am Tag aller Tage, vermochte sie keine Unstimmigkeiten zu ertragen.

»Bitte Herr«, betete sie, »laß die Ferien ohne Zwischenfälle vorübergehen.«

Seitdem Martins Treuebruch bekannt geworden war, hatte ihr Ellis ständig Vorwürfe gemacht; nicht offen, aber in Andeutungen. Martin war ihr Cousin, und deshalb war sie einer verschlungenen Logik zufolge dafür verantwortlich, daß Martin auf der Abbey Arbeit angenommen hatte. In Wahrheit war es natürlich Ellis, der sich in einer Situation, die Takt und Zartgefühl erfordert hätte, ungeschickt verhalten hatte; sie jedenfalls konnte nichts dafür, dachte Emily voller Groll.

Allerdings, das mußte sie widerwillig eingestehen, hatte Ellis Grund zur Klage. Martin war auf der Stelle und ohne Bezahlung entlassen worden. Silas überschüttete nun Ellis seinetwegen mit Briefen, in denen er verlangte, daß man entweder eine Untersuchung zu der Aussage von Mrs. Briggs anberaume oder aber Martin den Lohn von vier Wochen anstelle eines Zeugnisses ausbezahle. Silas drohte mit einem Prozeß. Obgleich man die Ernsthaftigkeit seiner Drohungen bezweifeln konnte, stellten sie doch eine Quelle ständigen Ärgers dar, und man verschwendete damit kostbare Zeit... Ja, gab Emily zu, Ellis hatte allen Grund, sich zu beschweren; aber es war höchst unfair, den Zorn an ihr auszulassen.

Mit einem dumpfen Schlag schloß Ellis die Bibel und wandte seine Aufmerksamkeit dem Briefstoß zu. Er begann, die Karten auszuteilen. »Zwei für dich, Dorset. Drei für Wesley. Eine für dich, Whitefield. Der Rest, meine Liebe, ist für uns, glaube ich.

Nein, wart mal. Hier ist eine Karte für dich, John. Die Handschrift einer Dame, wenn mich nicht alles täuscht.«
John nahm den Umschlag entgegen und betrachtete die Anschrift. Eine leichte Röte durchzog sein Gesicht.
»Nur... nur die Schwester von einem der Jungs auf dem College.« Er ließ den Brief eiligst in der Jackentasche verschwinden und hoffte nur, daß sein Vater nicht den hiesigen Poststempel bemerkt hatte. Emily hatte ihre wachsamen Augen auf sein Gesicht gerichtet, und John war sich dessen voll bewußt. Zum Teufel mit Barbara! Wie konnte sie so dumm sein?
Aus dem Stapel der Weihnachtsgrüße öffnete Ellis einen Brief, der an ihn gerichtet war, und starrte auf den einzelnen Briefbogen, den er mit zitternder Hand hielt. Dann warf er den Brief zur Seite und ließ seine Faust krachend auf den Tisch niedersausen. Ängstlich wandten sich ihm alle Augen zu.
»Silas Hunnicutt! Wieder hat er mir geschrieben! Diesmal nicht in mein Büro, sondern hierher. Hierher! Als ob er ganz sicher sein wollte, daß er mir auch das Weihnachtsfest verdirbt. Das ist reine Schikane, genau das ist es!« Ellis' Stimme schwoll hysterisch an.
»Vater, nimm doch einfach keine Notiz von ihm«, bat John.
»Wie kann ich keine Notiz von ihm nehmen, wenn er mich unaufhörlich mit seinen Briefen belästigt und seinen Drohungen, mich vor Gericht zu bringen.«
»Dann laß ihn dich vor Gericht bringen«, entgegnete John ruhig. »Er kann dir keinen Schaden zufügen, wenn du dir sicher sein kannst, daß du im Recht bist.«
»Er kann mir sehr wohl schaden, indem er meinen Namen zum Tagesgespräch werden läßt. Glaubst du, das würde meinem Geschäft besonders gut bekommen? Man würde von der Verbindung Martin Hunstretes zu deiner Stiefmutter erfahren. Diese ganze Geschichte um Jethros Verhaftung und Selbstmord würde in den Zeitungen erscheinen, zumindest hier in unserer Gegend. Und du behauptest, Silas Hunnicutt könnte mir keinen Schaden zufügen!« Ellis war aufgesprungen und zitterte am ganzen Körper. In seinem Mundwinkel hatten sich kleine Speicheltröpfchen

angesammelt. »Was weißt du schon davon. Du sitzt weit weg in Oxford. Frag Wesley! Er wird's dir erzählen! Frag ihn!«
Wesley, solchermaßen zum Zeugen berufen, blickte unbehaglich auf seinen Vater. Ellis, der ganz außer sich war, weckte so etwas wie Geringschätzung in ihm; doch er zermürbte ihn auch. Manchmal fragte sich Wesley, ob sein Vater noch bei klarem Verstand war, wenn es um Silas Hunnicutt ging.
Glücklicherweise wartete Ellis Wesleys Antwort nicht ab, sondern fuhr fort: »Und ich weiß, wem ich das zu verdanken habe! Martin Hunstrete höchstpersönlich. Deinem Cousin, meine liebe Emily! Deinem Cousin!«
Ellis zeigte theatralisch mit dem Finger auf seine Frau. Zu jeder anderen Zeit hätten solche Mätzchen sie eher verärgert denn aus der Fassung gebracht; aber heute konnte sie es nicht ertragen. Sie schob rasch den Stuhl zurück und eilte aus dem Zimmer; die Treppen hinaufstolpernd, ging sie in den Schlafraum, den sie mit Ellis teilte. Sie zog den schweren Wintermantel aus dem Garderobenschrank, band sich ein Tuch um den Kopf und zog die pelzbesetzten Handschuhe an.
Zwar sah sie draußen den Nebel, der vom Tal emporstieg, aber sie war zu wütend, um sich über irgend etwas Sorgen zu machen. Nicht einen Augenblick länger würde sie bleiben und die Zielscheibe für Ellis' ungerechtfertigte Anklagen abgeben. Sie weigerte sich entschieden, die kleine, unterwürfige Ehefrau zu sein, die Ellis so gerne haben wollte. Sie würde irgendwohin gehen – ganz gleich, wo, wenn es nur weit genug von diesem Haus entfernt war.
Als Emily den Treppenabsatz erreicht hatte, kam Ellis aus dem Frühstückszimmer und fragte in scharfem Ton: »Wo gehst du hin?«
Sie gab keine Antwort. Sie öffnete die Vordertür und rannte hinaus. Die Tür blieb offen. »Emily!« schrie Ellis. »Ich befehle dir, stehenzubleiben. Denke an deinen Zustand.«
Emily beachtete ihn nicht weiter und rannte seitlich am Haus entlang. Den Weg zum Tor kürzte sie über die Grasflächen ab. Ellis, der stets so besorgt um seine Gesundheit war, würde si-

cherlich erst einmal einhalten und einen Mantel anziehen, bevor er das Haus verließ, um ihre Verfolgung aufzunehmen. Bis die anderen bemerkt hätten, was geschehen war, würde sie schon einen guten Vorsprung haben.

Ein schwacher, weißlicher Dunst umspielte ihre Füße und berührte ihre Wangen und Lippen mit feuchtkalten Fingern. Doch die Sichtweite reichte noch völlig aus, als sie sich den Abhang des Wallabrook Hill hinunter begab und entlang der Felsschlucht weitermarschierte.

Eine gesegnete Stille berührte sanft alles, was sie umgab. Das Grün des Sumpfmooses leuchtete wie Smaragde. Ein Vogel erhob sich mit traurigem Flügelschlag und kreiste hoch droben über ihrem Kopf. Ganz leise, gedämpft durch die Entfernung und den Nebel, drangen die ersten Glockenschläge von St. Alphège an ihr Ohr, die den Heiligen Abend einläuteten.

Emily fühlte sich frei wie schon seit Jahren nicht mehr. Selbst der Gedanke an John und ihre sehnsüchtige, unerwiderte Liebe fiel von ihr ab. Sie war allein und unabhängig; einsam in dieser ursprünglichen Landschaft, die nur aus Granit, Wolken und Heidekraut bestand: nur sie und ihr ungeborenes Kind...

Sie wußte nicht mehr, wie lange sie schon unterwegs war oder wie weit sie gegangen war, als der Nebel wie eine Decke niederkam und alles vor ihren Augen verhüllte. Emily blieb, plötzlich aus ihren Gedanken gerissen, stehen. Der Gedanke, daß sie weder wußte, wie nahe sie dem Rand der Felswand war, noch, in welche Richtung er lag, hatte sie aufgerüttelt. Sie war über das Moor landeinwärts gegangen, und der Steilhang zum Ashridge lag einige hundert Meter weit weg zu ihrer Linken. Doch jetzt, da sie nichts mehr sehen konnte, fehlte ihr auch jeglicher Orientierungssinn. Sie wußte nicht mehr zu sagen, ob sie sich soeben, im ersten panischen Schreck, herumgedreht hatte, oder ob sie noch immer in die Richtung schaute, die sie eingeschlagen hatte.

Tastend streckte Emily eine Hand aus und machte unsicher einen Schritt nach vorne. Eine riesige Gestalt tauchte vor ihr auf, steife Finger langten nach ihrem Haar, streiften ihr Tuch und ihr

Gesicht. Emily schrie auf. Dann erkannte sie, daß es der Stumpf einer Eiche war, die der Sturm beschädigt hatte und deren verbogene Äste Regen und Frost verunstaltet hatten. Sie wich zur Seite, doch nur, um auf einen Felsblock zu prallen, der mit Flechten und Moos bedeckt war. Dankbar lehnte sie sich dagegen. Ihr klapperten die Zähne, teils vor Kälte, teils aus einem namenlosen Entsetzen heraus. Was sollte sie tun? Würde sie erfrieren, wenn sie niemand fand?
In diesem Augenblick spürte sie die erste Wehe. Sie stieß einen Schrei aus und krümmte sich. Nach wenigen Augenblicken hatte der wilde, packende Schmerz nachgelassen. Emily richtete sich keuchend auf. Der Schweiß lief ihr den Körper hinunter.
Sie konnte doch nicht in den Wehen sein! Nicht hier! Lieber Gott, bitte nicht hier! Doch wenn sie richtig darüber nachdachte: Hatte sie nicht schon in der letzten halben Stunde seltsame Krämpfe und Schmerzen gehabt, die sie bloß der ungewohnten Anstrengung hatte zuschreiben wollen?
Erneut quälte sie ein Schmerz. Als er vorbei war, stieß sie einen Hilferuf aus. Doch wer sollte sie hier hören? Wer sonst wäre so dumm, am Weihnachtsmorgen ins Dartmoor hinauszugehen, wenn der Nebel niederkam?
Vorsichtig richtete sie sich auf, die Hände in den pelzbesetzten Handschuhen fest gegen den Fels gepreßt. Sie begann zu zittern. Der Schweiß trocknete auf ihrer eiskalten Haut, während sie auf die nächste Wehe wartete...

Max lenkte Saladin dem Heimweg zu. Der Nebel wurde immer dichter. Bowden hatte ihn bereits gewarnt, bevor er an diesem Morgen losgeritten war, doch er hatte es vorgezogen, jede Vorsicht außer acht zu lassen. Er mußte einfach ausreiten. Er wollte fort sein, bevor Warren und Barbara von Meavy House zu ihnen heraufgekommen waren und mit ihrem augenfälligen Unglück den Tag wie eine düstere Wolke verhüllten. Warum hatten sie je geheiratet?
Max war erschöpft. Letzten Abend hatte er an der Mitternachtsmesse in Buckfast teilgenommen und war anschließend die lan-

gen, beschwerlichen Meilen durch das Moor nach Hause geritten. Doch fühlte er in seinem Herzen eine solch gehobene Stimmung, daß er die Müdigkeit nicht bemerkt hatte, bis er heute morgen aufgewacht war – in der Erwartung der kleinen Ärgernisse, die der Tag mit sich bringen würde; die Mißbilligung seiner Eltern und den mit lauter Stimme vorgetragenen Tadel Julias.

»St. Alphège ist dir wohl nicht mehr gut genug, wie, Max? Deine Familie zählt nicht mehr, jetzt, wo du deine neuen katholischen Freunde hast.«

Er hatte versucht, es zu erklären. Etwas von der Aufregung mitzuteilen, die er fühlte, wenn er daran dachte, daß man in knapp zwei Wochen, am 7. Januar 1907, den Grundstein zur neuen Abtei legen würde. Auf den Grundmauern der einstigen Abtei von König Cnut und dem späteren Gebäude der Normannen. Ein Akt des Glaubens und der Treue würde Gestalt annehmen: als eine Huldigung an jene Menschen, die Verfolgung ertragen hatten, und als ein Monument für den Triumph des Geistes... Max seufzte. Es war zwecklos. Er konnte nicht erwarten, daß seine Familie seine Gefühle teilte. Er beugte sich vorwärts und tätschelte Saladins glänzenden Hals.

»Nach Hause, Junge. Zurück zur Abbey.«

Im nächsten Augenblick wurden Pferd und Reiter von einem Schrei zum Stehen gebracht, der den Nebel zerriß wie das Klagen einer Todesfee. Und tatsächlich, dachte Max, hatte es fast wie die Stimme einer Frau geklungen. Minuten verstrichen, und nichts rührte sich. Saladin schlug ungeduldig mit dem Schwanz, und Max gestattete ihm, weiterzutraben. Er entschied, daß er sich getäuscht haben müsse.

Da war es wieder! Es *war* der Schrei einer Frau; und mehr noch – sie befand sich in höchster Not.

»Hallo!« schrie er und legte dabei die Hände trichterförmig um den Mund. »Rufen Sie weiter! Hallo! Ich finde Sie!«

»Ich bin hier«, kam die schwache Antwort. »Bitte, helfen Sie mir.«

Die Stimme klang nahe. Max stieg ab und band Saladin am

Stumpf einer Eiche fest. Dann begann er den Nebel vor sich zu durchsuchen.
»Reden Sie weiter. Es ist wichtig, daß ich Sie hören kann.«
Ein Keuchen war zu hören, darauf ein unterdrücktes Schluchzen, das mittendrin abbrach. Dann hatte Max die Frau erreicht. Er erkannte Emily Read. Doch er hatte Zweifel, daß auch sie ihn erkannte außer als jemanden, der helfen konnte. Sie fiel ihm in die Arme.
»Muß... mich unterstellen«, keuchte sie. »Das Baby...«
»Oh, du mein Gott!« rief er aus. Plötzlich hatte er die Situation erfaßt und die Bedeutung jener Schreie, die er gehört hatte, verstanden. Seine Gedanken jagten wild durcheinander. Die Abbey war die nächstgelegene Zuflucht, und die war zwei Meilen entfernt. Das würde sie nicht mehr schaffen. Er zog seine Jacke aus und legte sie ihr um die Schultern.
Auf einmal fiel ihm die verlassene kleine Hütte ein, die nur wenige Meter entfernt sein mußte. Sie bestand nur aus vier Granitwänden und einem Dach. In jenen Zeiten, als die Hunnicutts noch ihre Schafe entlang der Felsschlucht weiden ließen, hatte Max' Urgroßvater sie einst als einfache Behelfsunterkunft für seine Schäfer errichtet. Würde er sie in dem Nebel finden können? Lieber Gott, das mußte ihm gelingen!
»Können Sie gehen, Mrs. Read?« fragte Max. »Stützen Sie sich auf mich. Es gibt hier in der Nähe eine kleine Hütte. Es ist nicht weit. Wir werden gleich dasein.«
Max wunderte sich selbst über die Festigkeit seiner Stimme und die ruhige Zuversicht, die er ausstrahlte. Was, in Gottes Namen, konnte er bloß tun, selbst wenn sie diese erbärmliche Hütte fänden? Was wußte er schon davon, wie man Kinder zur Welt bringt?
Er war doch dabeigewesen, wenn Stuten ihre Fohlen geworfen hatten. Beim Menschen konnte es nicht allzu anders verlaufen. Aber er hatte kein Wasser. Sonderbar, wie das Überleben der menschlichen Rasse davon abhängig war.
Emily stolperte und stöhnte. »Ich muß mich hinlegen«, sagte sie.

Sie waren im Kreis gegangen. Niemals würde er die Hütte rechtzeitig finden können.
Der Nebel lichtete sich kurz, und sie sahen die Mauern der Behelfshütte mit einem weit offenen schwarzen Loch als Türöffnung. Max hob Emily hoch und trug sie wie eine Braut über die Türschwelle.
Glücklicherweise war der Eingang nicht allzu breit. Außer ein paar Mistelzweigen war nichts hereingeweht worden. In einer Ecke hatte man Reisig und vertrocknete Blätter übereinandergeschichtet. Max breitete seinen Mantel über den kleinen, feuchtkalten Haufen und bettete Emily darauf, so sanft er konnte. Dann tastete er in seiner Westentasche nach seinem Taschenmesser und den Streichhölzern, die er für gewöhnlich bei sich trug.
Ein Feuer zu machen mit nichts als einer Handvoll von der feuchten Streu war schwieriger, als er sich vorgestellt hatte. Aber mit viel Geduld konnte er schließlich dem durchweichten Stapel ein paar Flammen entlocken; genug, um die Klinge seines Messers zu sterilisieren. Hustend vor Rauch, sah er sich dann um, ob er etwas fände, mit dem er die Nabelschnur abbinden könnte, wenn es soweit war.
Emilys Unterrock war am Rand mit einer breiten weißen Lochstickerei eingefaßt, durch die sich ein blaues Band zog. Max trennte den Unterrock auf und begann, die nützliche weiße Baumwolle in Streifen zu reißen. Das blaue Band zog er heraus und durchbiß es mit den Zähnen in zwei Teile. Danach blieb ihm nichts anderes übrig, als abzuwarten und zu beten, daß Ellis bald einen Suchtrupp aussenden möge. Das übrige war Emilys Angelegenheit.
Diese konnte inzwischen kaum noch etwas anderes wahrnehmen als den alles verzehrenden Schmerz. Er kauerte in der Ecke der Hütte wie ein widerliches wildes Tier, das bereit war, sich auf sie zu stürzen und sie zu verschlingen. Durch die Geräuschwellen, die rotglühend und unbarmherzig in ihrem Kopf hämmerten, hörte sie eine Stimme sagen: »Gut, pressen Sie weiter so.« Wie dumm; es hörte sich an wie ein Mann.

War es Tag oder Nacht? Sie konnte es nicht sagen und wußte auch nicht, wo sie sich befand. Winzige Lichter, wie Krokusknospen, zerplatzten unter ihren Lidern. Starr vor Schrecken öffnete sie rasch die Augen und sah zu ihrer Beruhigung die Funken eines Feuers prasseln. Sie mußte zu Hause sein, in ihrem Bett...

Plötzlich schrie sie auf: Ein rauher Ton entrang sich ihrer ausgetrockneten Kehle und zerriß die Stille. Als der Schrei erstorben war, erklang wie ein jämmerliches Echo das dünne Wimmern eines neugeborenen Kindes. Eingewickelt in Max Hunnicutts Weste und lauthals schreiend, wurde Emily wenige Minuten später ihr zweiter Sohn in die Arme gelegt.

Teil III

1909–1911

12

Rohan Edward Read stand an der Fensterbrüstung draußen vor dem Schulzimmer und preßte sein Gesicht durch einen Spalt zwischen den Pfeilern. Er war noch nicht groß genug, um über die Brüstung hinwegsehen zu können. In wenigen Wochen würde er drei Jahre alt werden, doch er war klein für sein Alter. Sein Geburtstag fiel auf Heiligabend; er war am gleichen Tag wie das Jesuskind geboren – ein Umstand, der ihn mit großem Stolz erfüllte.

Er hörte unter sich Schritte auf dem Kies knirschen und sah hinab. Es war Emily. Er machte sich nicht viel aus seiner Mutter. Ihre Angewohnheit, ihn hochzuheben und zu herzen, war ihm unangenehm. Aus dem gleichen Grunde mochte er auch Louise, seine Halbschwester, nicht leiden. Sein Vater war ihm lieber, da der auf Distanz blieb und mit seinem jüngsten Sohn so wenig wie möglich zu tun haben wollte. Rohans Halbbrüder waren erwachsen. Whitefield und Dorset sah er nur von Zeit zu Zeit, wenn sie von einem Ort, den sie ›Universität‹ nannten, nach Hause kamen. Wesley und John arbeiteten bei Papa mit, und es blieb nur noch James. James war Rohans Leitstern, die Sonne seines Lebens.

Rohan verehrte seinen Bruder mit einer stillen Leidenschaft, von der nur James selbst etwas wußte. Die Liebe war gegenseitig; der geringe Altersunterschied von kaum vierzehn Monaten ließ die beiden Kinder zu engen Vertrauten werden. Der einzige Punkt, in dem die beiden Brüder verschiedener Meinung waren, betraf das Verhältnis zu ihrer Mutter. James mochte Emily gern und konnte die Abneigung seines Bruders nicht verstehen.

Emilys jüngster Sohn war für sie ein Rätsel, und sie fühlte sich nicht in der Lage, mit ihm zurechtzukommen. Er widersetzte sich ihr ständig und hätte bestraft werden müssen. Doch sie brachte es nicht fertig, ihn zu züchtigen. Sie hegte ein tiefverwurzeltes Schuldgefühl, wann immer sie an seine schreckliche Geburt erinnert wurde. Daß Rohan hinkte, war allein ihre Schuld. Ellis wurde nicht müde, ihr dies vorzuhalten, wenn er überhaupt noch mit ihr sprach.

In den drei Jahren seit Rohans Geburt war ihr Eheleben gänzlich erloschen. Ellis' Abscheu vor dem, was sich am Heiligabend ereignet hatte, übertraf sogar noch seinen Ärger. Innerhalb der Mauern von High Tor war es verboten, Max Hunnicutt auch nur zu erwähnen. Die gleiche Abneigung empfand Ellis seinem Sohn gegenüber. Von Anfang an hatte er sich geweigert, irgendein Interesse für ihn zu zeigen.

»Nenne ihn, wie du willst«, hatte er zu Emily mit einem Schaudern gesagt, als die Taufe besprochen werden mußte. »Sieh nur zu, daß er mir nicht unter die Augen kommt.«

Für ihre Kinder, die Dienstboten und die übrige Welt bewahrten Emily und Ellis den äußeren Schein. Noch immer teilten sie dasselbe Bett miteinander, obwohl jeder so weit wie möglich an den äußeren Rand gerückt einschlief. Vor anderen sprachen sie miteinander wie vernunftbegabte menschliche Wesen. Doch waren sie allein, äußerten sie nicht mehr, als unbedingt notwendig war. Nicht einmal Rose oder Peter bemerkten während ihrer unregelmäßigen Besuche auf High Tor, daß etwas nicht stimmte. Nur John ahnte, daß nicht alles so harmonisch war, wie es den Anschein hatte. Aber er war dabeigewesen, als sein Vater an jenem verhängnisvollen Heiligabend Emily gefunden hatte. Für die anderen waren die näheren Umstände von Rohans Geburt bemäntelt worden; verschleiert durch das, was ungesagt blieb.

»Rohan, mein Liebling, komm bitte rein«, schmeichelte Emily. »Wenn du kommst, dann gibt dir die Mami eins deiner Lieblingsbonbons.«

Rohan zögerte. Emily bewahrte stets eine Tüte mit seinen bevorzugten Fruchtbonbons im Schrank des Klassenzimmers auf. Er lauschte angestrengt, ob aus der Ferne das Brummen eines Autos zu vernehmen sei. Aber es war schon dunkel, und man konnte bloß den fernen Schrei einer Eule hören. Enttäuscht zuckte Rohan mit den dünnen kleinen Schultern und löste sich

von der Brüstung. Langsam schob er sich an den Gittern des offenen Fensters zurück. Als seine Mutter ihn hereintragen wollte, machte er sich ungehalten frei.
»Laß Rohan!« rief er aus und stampfte mit dem Fuß auf, sobald er sicher auf dem Boden stand. »Kann allein hereinkommen!«
Emily sah auf das kleine, spitze Gesichtchen herab, das vor Wut weiß und verzerrt war. Während der ganzen Jahre hatte sie sich so sehr bemüht, ihre sträfliche Torheit an Rohan wiedergutzumachen. Ihn dafür zu entschädigen, daß ein Bein ein wenig kürzer war als das andere, weil er so unsachgemäß zur Welt gebracht worden war. Aber Rohan verschmähte jegliche Zuneigung, insbesondere die seiner Mutter. Warum mochte er sie so wenig?
Das Gesichtchen, das zu ihr hochstarrte, war das von Ellis: blaß, mit dem gleichen störrischen Zug um die Lippen, derselben Kühle in den hellen blauen Augen. Wenn überhaupt möglich, so waren Rohans Augen noch heller und kühler als die seines Vaters. Sie besaßen nicht jenes hinter dem Eis flackernde Feuer, durch das Emily einmal angezogen worden war. Auch Rohans Haar war noch blonder: weniger rötlich, fast weiß.
Die Tür öffnete sich, und Louise betrat das Schulzimmer. Mit ihren achtzehn Jahren war sie zu einem unscheinbaren, knochigen Mädchen herangewachsen. Ihr Gesicht war mit Sommersprossen bedeckt, die sie haßte und verzweifelt loszuwerden versuchte. Jedes Markenhautwasser und jedes Hausmittel, das in den Frauenzeitschriften empfohlen wurde, fand unweigerlich seinen Weg auf ihr Gesicht. Was die ganze Sache noch schlimmer machte, war, daß Chrissie, eine pralle und verlockende Siebzehnjährige, nur sehr wenige Sommersprossen besaß; und diese wenigen schienen ihre Schönheit noch zu steigern. Es war seltsam, dachte Emily, wie das Wesen der beiden Mädchen im Gegensatz zu ihrer äußerlichen Erscheinung stand. Louise war die sanfte und mütterliche, Chrissie eine scharfzüngige Xanthippe.
»Hast du ihn gefunden?« fragte Louise. Als sie ihn erblickte, stürzte sie sich auf Rohan und gab im Flüsterton kleine gurrende Lockrufe von sich.
»Er war auf der Fensterbrüstung. Er ist ein sehr ungezogener

Junge.« Emily bemerkte, daß Louise sich bereits umgezogen hatte, und fragte deshalb: »Würde es dir etwas ausmachen, ihn zu Bett zu bringen? Sonst schaffe ich es nicht mehr, rechtzeitig fertig zu sein, bis dein Vater und Mr. Shepherd kommen. Ich hoffe, Mrs. Shapley hat daran gedacht, daß Edwin kein Lammfleisch mag.«

Louise gehorchte nur allzu gern und trug den widerstrebenden Rohan eine Treppe tiefer in das Schlafzimmer, das er mit James teilte. Emily eilte davon; sie wußte, wie verärgert Ellis sein würde, wenn sie nicht rechtzeitig zum Empfang für seinen Gast bereitstünde. Denn Edwin Shepherd war kürzlich zum Geschäftspartner der sich ausweitenden Wessex Stores aufgestiegen.

Emily mochte Edwin Shepherd nicht; sie mißtraute ihm und beklagte seinen wachsenden Einfluß auf Ellis. Und was schwerer wog: Sie wußte, daß auch John ihn nicht mochte.

Als sie sich später alle am Abendbrottisch versammelt hatten, beobachtete Emily ihren Gast. Was sie sah, bestärkte sie nur in ihrer schlechten Meinung. Auf Grund übergroßer Liebenswürdigkeit und Ehrerbietung war es Edwin gelungen, sich im Alter von neunundzwanzig Jahren zum Geschäftspartner hochzuarbeiten. Sein braunes Haar hielt er mit Pomade geglättet, und die blauen Augen blickten eulenhaft hinter einer Hornbrille hervor. Dennoch sah er gut genug aus, um die Aufmerksamkeit sowohl von Louise als auch von Chrissie zu erregen. Doch offenkundig hatte Edwin nur Augen für Chrissie. Arme Louise, dachte Emily.

»Ich glaube, Sie begehen einen Fehler, Edwin«, sagte John gerade, als er seiner Stiefmutter die Platte mit kaltem Rinderbraten hinüberreichte. »Es ist jetzt an der Zeit, ein Fundament für die Wessex zu schaffen, und nicht, sich auszuweiten.«

»Mein lieber John!« Edwin Shepherd lächelte geringschätzig. »Ohne Ihnen zu nahe treten zu wollen, möchte ich Ihnen doch versichern, daß Sie die Lage nicht falscher beurteilen könnten. Denken Sie an Sainsbury's. Denken Sie an Lipton's. Denken Sie an Home and Colonial. Der Markt ist vorhanden, er wartet geradezu auf uns; natürlich nicht hier im Süden und Westen Englands, dafür aber im Norden und im Osten.«

»Und ich behaupte immer noch, daß wir uns übernehmen werden«, argumentierte John. »Wir verfügen nicht über das Kapital, um uns in solchem Maße ausbreiten zu können. Wir sollten uns darauf konzentrieren, unser Lebensmittelangebot zu vergrößern und den Kundendienst für unsere angestammte Kundschaft zu verbessern, statt uns darum zu bemühen, so weit über Birmingham hinauszugelangen. Die Eßgewohnheiten des Nordens unterscheiden sich von denen des Südens, und das würde von uns Marktforschung in einem Umfang verlangen, den wir uns zum gegenwärtigen Zeitpunkt nicht leisten können.«

Selten hatte man John so heftig erlebt. Wie hübsch er aussah, wenn ihm der Ärger ein wenig Farbe ins Gesicht trieb und die Augen funkeln ließ. Viel zu lange war er blaß und ruhig geblieben.

Seit sich der Riß zwischen Emily und Ellis zu einem Abgrund geöffnet hatte, war ihre heimliche Leidenschaft für John noch größer geworden. In ihrer romantischen Vorstellung besaß der Sohn alles, was dem Vater fehlte. Seine Unerreichbarkeit, die Aura des Einsamen, die ihn umgab, ließ ihn in ihren Augen um so attraktiver erscheinen. Als er in diesem Sommer Oxford endgültig verlassen hatte, hoffte Emily, an ihren Stiefsohn näher heranrücken zu können; aber John blieb so ausweichend und unzugänglich wie immer. Es war, als ob er auf irgend etwas wartete – oder auf irgend jemand.

Er war in das Geschäft eingetreten und vom allerersten Tag an beunruhigt gewesen über den Einfluß, den Edwin Shepherd auf seinen Vater ausübte.

»Warum hast du die Familie nicht vor dem, was vor sich ging, gewarnt?« hatte er wütend seinen Bruder gefragt.

»Ich weiß nicht, wovon du redest«, hatte Wesley erstaunt geantwortet. »Wovor hätte ich denn jemanden warnen sollen?«

John hatte sich nicht weiter beschwert. Er hätte wissen müssen, daß Wesley nicht in der Lage war zu sehen, was sich vor seiner Nase abspielte.

»Vater...«, begann John erregt, doch Ellis hob die Hand.
»Jetzt reicht's, John!« Ellis' Stimme klang schroff. »Ich möchte nicht, daß zu Hause übers Geschäft geredet wird. Iß dein Abendbrot. Wir feiern heute Edwins Partnerschaft und heißen ihn sozusagen in unserer Familie willkommen.« Ellis' Blick glitt von Edwin zu Chrissie hinüber, die sich auf der gegenüberliegenden Tischseite verlegen zurechtsetzte. Er lächelte und griff zu Messer und Gabel. »Wesley, bitte sei so gut und reiche mir den Senf. Louise, die Meerrettichsauce... Nun Edwin, Sie haben mir erzählt, daß Sie Laienprediger geworden sind. Herrlich! Herrlich! Ich wünschte, ich könnte das von einem meiner Kinder sagen. Aber da scheint keiner eine besondere Neigung zu besitzen. Vielleicht werden wir einmal das Glück haben, Sie in unserer kleinen Kapelle im Dorf hören zu können.«

Martin Hunstrete blickte sorgfältig durch den ganzen Stall und versicherte sich, daß alles in Ordnung war. Dann erteilte er dem Stallburschen einige letzte Anweisungen und begab sich leise pfeifend über die Pferdekoppel auf den Weg zum Haus und zum Abendessen.
Neuerdings aß er mit der Familie zusammen. Silas hatte darauf bestanden. Max war oft nicht zu Hause, und Silas fand die Gesellschaft von Frau und Tochter öde. Er war lieber mit Männern zusammen; und Martin mochte er gern.
In den letzten drei Jahren hatte sich Martins Geschick grundlegend verändert. Inzwischen war er Stallknecht auf Ashridge Abbey. Als Alfred Bowden sie vor zwölf Monaten verlassen hatte, um eine Arbeit in der Nähe von London anzunehmen, hatte man ihn ganz selbstverständlich zum Nachfolger bestimmt. Doch um diese Stellung hatte Martin schwer kämpfen müssen. Das gute Verhältnis zu Silas aufrechtzuerhalten war nicht immer einfach gewesen, besonders wenn Silas seine Gichtanfälle gehabt hatte; und es war noch schwerer gewesen, wenn er sich der stillen, aber stets vorhandenen Feindschaft von Max Hunnicutt gegenübersah.
Martin wußte nicht genau, weshalb Max ihn nicht mochte. Max

würde eines Tages Herr über Ashridge Abbey sein. Was würde dann aus Martin Hunstrete werden?
Als er darüber nachdachte, fand er eine einfache Lösung. Er würde Julia heiraten. Damit würde er aus sich ein rechtschaffenes Familienmitglied machen. Martin zweifelte weder daran, daß Julia ihn nehmen würde, noch, daß ihre Eltern nicht dankbar sein würden, ihre Tochter doch noch unter die Haube gebracht zu haben.
Und Martin täuschte sich nicht. Julia war zunächst erstaunt, sich als Gegenstand seiner Verehrung wiederzufinden. Doch dann, als sie sich überzeugt hatte, daß sie aufrichtig gemeint war, war sie hocherfreut. Anders als Max hatte sie von Anfang an Gefallen an Martin gefunden. Sie hatten miteinander über Pferde geredet; sie besaßen die gleiche praktische Lebenseinstellung, die gleiche Art, die Dinge beim Namen zu nennen.
Martin betrat das Haus durch die Hintertür. Er ging durch den mit Steinplatten ausgelegten Korridor zur Dienstbotentreppe und von dort aus zu seinem Zimmer im zweiten Stock. Wenn seine Unterredung mit Silas heute abend günstig verlief, würde er bald ein Stockwerk tiefer in Julias Zimmer schlafen können. Er hatte nicht die Absicht, Ashridge zu verlassen, wenn er verheiratet war. Mit einiger Zuversicht konnte er sich darauf verlassen, daß auch Julia dies nicht vorhatte.
Martin zog die Arbeitskleidung, der noch der Stallgeruch anhaftete, aus und wickelte sich in seinen Morgenmantel. Er fröstelte. Selbst für Januar war es sehr kalt. In den Unterkünften der Dienstboten durfte man nur dann das Kaminfeuer anzünden, wenn einer von ihnen krank war. Ausgerüstet mit Handtuch und Seife, ging Martin ins Badezimmer.
Julias Ehemann ... Um sich den Platz auf Ashridge Abbey zu sichern, den auf High Tor einnehmen zu können er gehofft hatte, mußte er eben Julia Hunnicutt heiraten. Nicht, daß sie die Frau gewesen wäre, von der er geträumt hätte. Oft sah er Chrissie Read im Dorf und dachte stets, wieviel lieber er sie zur Frau genommen hätte. Nun ja, in seiner Lage konnte er nicht noch Ansprüche stellen; wenn es auch Opfer von ihm verlangte, Julia zu

heiraten, so brachte es ihm doch das zusätzliche Vergnügen, daß Ellis Read sich darüber fürchterlich ärgern würde.
Eine halbe Stunde später klopfte Martin in seinem guten dunklen Anzug an die Tür des Arbeitszimmers. Für gewöhnlich pflegte man dort Silas in der letzten Viertelstunde vor dem Abendessen anzutreffen.

»Vater hat Julia die Erlaubnis erteilt, Hunstrete zu heiraten. Er muß den Verstand verloren haben!« Ärgerlich schritt Max im Wohnzimmer seines Bruders auf und ab.
»Nichts auszusetzen an Hunstrete. Ich habe ihn immer für einen ziemlich anständigen Burschen gehalten.«
Warren lümmelte sich noch tiefer in seinen Sessel hinein und goß sich einen weiteren Whisky ein. Er wünschte, Max würde nicht einfach so in Meavy House hineinplatzen wie jetzt eben. Er hatte genügend eigene Sorgen, ohne sich noch darum kümmern zu müssen, was auf der Abbey vor sich ging.
»Nicht ganz unsere Schicht, das gebe ich zu«, fuhr er fort, während er seinen Whisky in einem Zug ausleerte. »Aber schließlich, wie soll ich es sagen – Julia! Ich kann mir nicht vorstellen, daß der alte Herr je daran geglaubt hat, sie sich eines Tages vom Hals schaffen zu können. Ich nehme an, die Hunstretes besitzen kein Geld. Aber Julia hat ja genug. Sie verfügt über das ganze Vermögen, das ihr die alte Tante Flavia Hunnicutt hinterlassen hat.«
Max betrachtete seinen Bruder verächtlich. Warren wurde feist. Sein Gesicht hatte jenes verschwommene Aussehen bekommen, das durch übermäßiges Trinken hervorgerufen wird. Es ähnelte einer Skizze, die einer mit achtloser Hand hingeschmiert hatte.
»Natürlich«, fügte Warren hinzu, als sein Bruder nichts sagte, »*könnte* sie der Bursche auch wegen ihres Geldes heiraten.«
»Oh, ich unterstelle ihm nicht, ein Mitgiftjäger zu sein«, antwortete Max ruhig. »Er hat ehrgeizigere Pläne. Jetzt, wo er schon einen Fuß zwischen die Türangel von Ashridge geklemmt hat, möchte er dafür sorgen, daß er beide Beine unter den Tisch strecken kann.«

»Soweit mir bekannt ist, tut er das schon seit geraumer Zeit«, brummte Warren.
»Es ist jedoch ein Riesenunterschied, ob er das als bezahlter Angestellter oder als Schwiegersohn macht. Beunruhigt dich dieser Unterschied überhaupt nicht?«
»Sollte er?« Warren verschüttete Whisky über seinem Hemd und unternahm fluchend den schwachen Versuch, die Flüssigkeit mit seinem Taschentuch aufzusaugen. »Im übrigen gibt es bei mir zu Hause genügend Beunruhigung. Wo ist Barbara, hm? Kannst du mir das verraten? Sie müßte hier sein und sich um mich kümmern, aber sie tut es nicht. Treibt sich stundenlang Gott weiß wo rum. Die Dienstboten werden aufsässig, und das Haus wird nicht mehr ständig in Ordnung gehalten. Was kannst du auch anderes erwarten, wenn die Herrin nie zu Hause ist? Und wenn sie da ist, schließt sie sich in ihr Zimmer ein. Ich danke dem Himmel für Mrs. Prossers Etablissement in Exeter, das kann ich dir flüstern. Das ist für mich die einzige Möglichkeit, zu einem anständigen Fick zu kommen.«
Max zuckte zusammen und sagte: »Mußt du so ordinär sein?«
Die Tür öffnete sich, und Barbara trat ein. Ihre Gestalt hatte etwas Verstörtes an sich, das Max entsetzte. Normalerweise sah er sie nur bei feierlichen Anlässen und hatte nie zuvor Meavy House unangemeldet einen Besuch abgestattet. Das verwahrloste Aussehen seiner Schwägerin machte ihn betroffen. Ihre Schuhe waren nicht geputzt, und auf dem Rock waren deutliche Schmutzflecken zu erkennen. Das Haar hatte sie irgendwie zu einem unordentlichen Knoten im Nacken zusammengefaßt. Sie wirkte wie eine Frau, die jedes Interesse an ihrem Aussehen verloren hatte.
Bevor Max etwas sagen konnte, fragte Warren: »Wo hast du dich rumgetrieben, du dumme Kuh?« Seine Hand schwankte unsicher, als er das Whiskyglas zu den Lippen führte.
Barbara gab keine Antwort. Sie brach in Tränen aus und verließ fluchtartig das Zimmer.

13

»Ich habe Edwin Shepherd eingeladen, das Wochenende bei uns zu verbringen«, verkündete Ellis, als er sich vom Frühstückstisch erhob. »Emily, setze bitte Mrs. Shapley davon in Kenntnis und achte darauf, daß ein Zimmer hergerichtet wird.«

Emily verdrehte innerlich die Augen, als sie ihren Tee in kleinen Schlückchen trank. Sie mochte Edwin Shepherd nicht besonders. Na gut! Zumindest Chrissie und Louise würden sich freuen; und vielleicht würde einmal eine Unterhaltung zustande kommen, die nicht unvermeidlich beim Tod des Königs endete.

Chrissie und Louise gesellten sich zu Emily an den Frühstückstisch, als ihr Vater und ihre Brüder das Haus verließen. Offensichtlich hatte man ihnen von der Einladung erzählt, denn beide vermochten ihre Aufregung nur mühsam zu unterdrücken. Bei Chrissie war das verständlich, dachte Emily. Wahrscheinlich hatte sich Edwin Shepherd um eine Einladung für dieses Wochenende bemüht, um ihrer jüngeren Stieftochter einen Heiratsantrag machen zu können. Aber warum sehnte Louise seinen Besuch so augenfällig herbei? Edwin hatte nie einen Hehl daraus gemacht, daß er ihrer Schwester den Vorzug gab...

Der Gedanke an eine bevorstehende Verlobung erinnerte Emily an Martin Hunstrete. Seine Verlobung mit Julia Hunnicutt hatte wochenlang den Dorfklatsch beschäftigt. Erst der Tod des Königs hatte für ein anderes Gesprächsthema gesorgt. Ellis hatte sich jeglicher Äußerung enthalten. Doch seine vor Ärger zusammengepreßten Lippen erfüllten Emily mit bösen Ahnungen. Es war ein weiteres Übel, für das er ihr die Verantwortung in die Schuhe schob.

»Ich werde heute abend das weiße Seidenkleid tragen«, sagte Chrissie, Emilys Gedanken unterbrechend. »Ich muß Mrs. Shapley noch um eine paar trockene Brotkrumen bitten, damit ich es ein wenig auffrischen kann.«

»Und ich werde mir mein blaues Popelinekleid heraushängen«, entgegnete Emily. »Ich habe es gestern mit einer Fullererdelösung gereinigt, und es riecht noch nach Benzin und Salmiak-

geist. Hast du schon entschieden, was du heute abend anziehen wirst, Louise?«
»Nein, noch nicht.«
Louises Antwort erschien Emily merkwürdig abweisend, und sie betrachtete ihre ältere Stieftochter neugierig. Chrissie mochte eine barsche Antwort geben – »Das Mächen wird sich noch um Kopf und Kragen reden«, bemerkte Mrs. Shapley ohne Unterlaß –, doch Louise war ruhig und liebenswürdig. Emily dachte an so manche Gelegenheit zurück, wo Louise ihre schlagfertigere Schwester heftig getadelt hatte. Na ja, im Grunde war das nicht ihr Problem. Als sie das Frühstück beendet hatten, stand Emily auf und ging in die Küche hinunter, um der Haushälterin zu sagen, daß zum Wochenende ein zusätzliches Gedeck einzuplanen sei.
Als jedoch Louise zum Abendbrot in ihrem eigenen weißen Seidenkleid erschien, das Chrissies aufs Haar glich, war Emily verblüfft. Emily und Ellis hatten den Mädchen die Kleider zu Weihnachten geschenkt und sie gerade wegen ihrer Ähnlichkeit ausgewählt, damit es zwischen den beiden Schwestern keine Mißhelligkeiten gab.
»Du hast mir versprochen, du würdest es nicht anziehen«, hörte Emily Chrissie zischeln, als Louise ihren Platz einnahm. »Du hast es versprochen.«
»Dann habe ich meine Meinung eben geändert«, war die unerschütterliche Antwort.
Ellis wartete darauf, das Gebet sprechen zu können, und runzelte wegen seiner Töchter tadelnd die Stirn.
»Für das, was wir empfangen werden, möge uns der Herr die rechte Dankbarkeit schenken. Amen.«
Jeder murmelte ein ›Amen‹ und setzte sich hin. Jenny Ryder und Rhoda Bennett trugen die Suppe herein. Mrs. Shapley, die alle Fühler ausgefahren hatte, spürte, daß eine bedeutsame Situation sich abzuzeichnen begann. An diesem Abend bestand das Essen aus drei Gängen.
Nach einiger Zeit war das Mahl abgeschlossen, und sie zogen sich alle ins Gesellschaftszimmer zurück. Dunkelheit brach ein,

und eine warme, nach Flieder duftende Dämmerung senkte sich über den Garten hinter den großen Erkerfenstern.
»Christina, mein Liebes!« Ellis lächelte gütig. »Warum zeigst du unserem Gast nicht ein wenig den Garten? Es ist sehr mild für diese Jahreszeit.«
Chrissie ließ sich das nicht zweimal sagen, und auch Edwin Shepherd nicht. Emily hätte Johns mißbilligenden Blick auffangen müssen, wäre sie nicht damit beschäftigt gewesen, ihre ältere Stieftochter zu beobachten, die plötzlich sehr munter wurde. Wenige Augenblicke nachdem Edwin und ihre Schwester das Zimmer verlassen hatten, entschuldigte sich auch Louise. Es hatte beinahe den Anschein, dachte Emily überrascht, als ob sie genau auf diese Gelegenheit gewartet hätte. Doch wozu brauchte sie eine Gelegenheit?
In der Zwischenzeit war Louise die Treppen hoch in das Zimmer ihrer Schwester gerannt. Sie ergriff den Seidenschal mit dem Paisley-Muster, den Chrissie bei Edwin Shepherds letztem Besuch getragen hatte, und eilte wieder die Treppen hinunter. Sie hielt den Schal hinter dem Rücken versteckt, öffnete die Vordertür und blickte hinaus. Edwin und ihre Schwester standen dicht beieinander an der Haupttreppe, die zum terrassenförmig angelegten Garten hinabführte.
»Lieber Gott«, bat sie, »laß ihn nicht schon um ihre Hand angehalten haben.« Dann rief sie mit lauter Stimme: »Chrissie! Emily sagt, du sollst dir einen Schal holen. Sie möchte nicht, daß du dich erkältest.«
Louise drehte sich um, ohne eine Antwort ihrer Schwester abzuwarten. Sie nahm an, Chrissie würde sich nicht Edwins gute Meinung verscherzen wollen, indem sie ihre Ansichten über die Anordnungen ihrer Stiefmutter kundtat. Sie durchquerte die Halle, eilte einen Flur entlang und stahl sich durch eine Seitentür in den Garten davon. Dort hielt sie sich nahe am Haus, bis sie das andere Ende der Terrasse erreicht hatte. Leichtfüßig lief sie eine Treppe hinunter, die sie zum zweiten Pfad in dem terrassenförmigen Garten führte. Dort blieb sie stehen und schöpfte Atem. Sie blickte hinauf und sah Edwin allein herumstehen, geduldig

auf Chrissies Rückkehr wartend. Louise lächelte frohlockend. Ihr Trick, die Schwester aus dem Weg zu räumen, hatte funktioniert. Sie legte sich den Paisley-Schal um die Schultern und zog sich in den Schatten eines Lorbeerbaumes zurück.
»Edwin!« rief sie. »Ich bin hier unten.« Sie winkte mit dem Arm.
Edwin wandte sich um und spähte durch die Dämmerung. Das einzige, was er einigermaßen deutlich erkennen konnte, war das weiße Kleid. Deutlich überrascht, zögerte er einen Augenblick, kam dann die Haupttreppe hinunter und ging ihr über den Gartenweg entgegen.
»Du warst aber schnell«, sagte er bewundernd. »Aber warum hast du...«
Weiter kam er nicht. Zwei schlanke Arme umfingen ihn, und sein Gesicht wurde mit Küssen bedeckt. Ein weicher Körper preßte sich so dicht an ihn heran, daß er jeden seiner biegsamen Umrisse spüren konnte. Eine Hand begann, ihn zwischen den Schenkeln zu streicheln... In diesem Augenblick erkannte er, daß es nicht Chrissie war.
Louise? Louise! Aber wer hätte gedacht, daß sie so sein könnte? Er hatte ihre Schwester mit dem Schmollmund, den üppigen Brüsten und den heimlichen Blicken, die sie ihm unter ihren Augenwimpern hervor zusandte, für die sinnlichere von beiden gehalten. Doch bis jetzt war Edwin stets entschlossen zurückgewiesen worden, wenn er auch nur den Versuch gewagt hatte, Christina einen Kuß zu geben. Sie hatte eine sehr hohe Meinung von sich, die junge Dame. Es war ihr gelungen, ihn davon zu überzeugen, daß sie ihm, sollte sie sich dazu herablassen, ihn zu heiraten, damit eine große Ehre erweisen würde. Edwin empfand auf einmal Gefühle, von denen er in seinem keuschen und reinen Leben bisher nicht einmal gewußt hatte, daß es sie überhaupt gab. Schon vor langer Zeit hatte er für sich beschlossen, daß es taktisch klug wäre, eine von Ellis' Töchtern zu heiraten, wenn sie ihn nähme. Natürlich hatte er sich zu der hübscheren von beiden hingezogen gefühlt. Er hatte sich darauf eingestellt, Chrissies scharfe Zunge und launisches Wesen in Kauf nehmen

zu müssen. Die ruhige und zurückhaltende Louise war in seinen Überlegungen überhaupt nicht vorgekommen. Er hatte sie kaum zur Kenntnis genommen und nicht im geringsten geahnt, daß sie sich etwas aus ihm machte.

Als ihre Lippen die seinen fanden, umschlangen seine Arme ihre Taille. Ihre Zunge erkundete seinen Mund. Nie gekannte Gefühle bemächtigten sich seiner. Riskante Gefühle. Er wollte mit Louise schlafen. Jetzt gleich.

Sie flüsterte ihm ins Ohr: »Unten am Ende des Gartens gibt es ein leerstehendes Gewächshaus. Schnell! Gib mir deine Hand!«

»Du hast Louise dazu angestiftet! Du, du, du!« Emily schaute in Chrissies Augen, die rot vom Weinen und von den schlaflosen Nächten waren. Zum ersten Mal, so weit sie denken konnte, empfand sie Mitleid für die jüngere Stieftochter.

So freundlich wie möglich sagte sie: »Glaub mir, Chrissie, ich hab' davon nichts gewußt. Ich hatte nicht die leiseste Idee, was Louise vorhatte. Ich war genauso überrascht wie alle anderen, als Mr. Shepherd deinen Vater um die Hand deiner Schwester bat. Ich war der Meinung, er sei hinter dir her.«

»Er war! Er *war!*« heulte Chrissie und stampfte mit dem Fuß auf.

Sie konnte nun wenigstens ihrer Wut und ihrem Kummer freien Lauf lassen. Solange Edwin Shepherd im Haus gewesen war, hatte sie es geschafft, ihre Gefühle zu verbergen. Dann war das fürchterlich lange Wochenende endlich vorüber gewesen. Die Männer waren an diesem Montagmorgen zu früher Stunde nach Lustleigh aufgebrochen. Ellis war über die Entwicklung der Dinge hocherfreut gewesen. Er hatte Edwin mit einer seiner Töchter verheiraten wollen, und Louise war diejenige, die er lieber mochte.

Die Urheberin allen Verdrusses hatte sich in ihr Zimmer eingeschlossen, sobald die Männer das Haus verlassen hatten. Sie wartete erst einmal ab, bis sich der erste Sturm von Chrissies Zorn gelegt hatte, und schob Emily feige die Aufgabe zu, mit Chrissie fertig zu werden.

Emily war darauf eingestellt gewesen, Chrissie Verständnis und eine Schulter, an der sie sich ausweinen konnte, anzubieten. Sie war der Meinung, daß Louise niederträchtig und hinterhältig gehandelt habe, und würde nicht zögern, ihr das auch zu sagen. Doch in der Liebe war alles erlaubt, und Emily konnte nicht umhin, die rücksichtslose Entschlossenheit, mit der Louise ihren Plan in die Tat umgesetzt hatte, zu bewundern.

»Chrissie, Liebes«, sagte sie, »wenn Edwin dich wirklich geliebt hätte, wäre seine Zuneigung nicht so schnell zu deiner Schwester übergewechselt. Wenn du meine Meinung hören willst, kannst du froh sein, daß du ihn los bist.«

»Ich will deine Meinung aber nicht hören«, zischte Chrissie. »Ich will überhaupt niemandes Meinung hören. Das werde ich dir und Louise nie verzeihen, nie!«

»Ich sagte dir bereits...«, hob Emily an, doch sie wurde unterbrochen.

»Und was haben sie in dieser einen Stunde gemacht, als sie verschwunden waren. Geredet, sagten sie. Geredet – daß ich nicht lache! Meine eigene Schwester ist um keinen Deut besser als eine Hure.«

Emily wußte nicht, was sie ihr antworten sollte. Was Edwins und Louises Verschwinden anbetraf, hegte sie den gleichen Verdacht. Natürlich hatte sie ihn nicht laut geäußert. »Du hast noch viele Eisen im Feuer«, versuchte sie zu trösten. »Du bist hübsch genug, um ein Dutzend Edwin Shepherds zu verlocken. Louise«, fügte sie besänftigend hinzu, »hat wahrscheinlich gefühlt, daß er ihre einzige Gelegenheit war.«

»Es ist mir gleich, was sie gefühlt hat! Er gehörte mir! Bei all seinen Besuchen hier hat er nur mich angesehen. Er wollte mich! Mich! Er war für mich bestimmt!«

»Und das ist es, was dich wirklich daran stört, nicht wahr?« fragte Emily langsam. »Der Umstand, daß Louise ihn dir weggenommen hat. Chrissie, dein Herz ist nicht gebrochen. Du benimmst dich wie ein verwöhntes Kind. Du hattest dir etwas in den Kopf gesetzt, und jetzt stellst du fest, daß du es nicht bekommen kannst.«

»So würdest du es sehen!« fauchte Chrissie. Ihre Augen funkelten auf einmal grün vor Gehässigkeit. »Weil du gar nicht weißt, was Liebe ist, oder, meine liebe Emily? Du hast Vater wegen seines Geldes geheiratet, wegen dieses Hauses und wegen seiner gesellschaftlichen Stellung. Du hast dich hier hineingedrängt, wo dich niemand hat haben wollen, und hast geglaubt, du könntest uns alle mit deinem Charme einwickeln. Nun, mich nicht! Und Wesley auch nicht. Wir hatten dich von Anfang an durchschaut.« Chrissies Stimme war zu einem Kreischen angeschwollen. »Louise war zu dumm, um dich zu durchschauen. White und Dorset waren noch kleine Jungen. Die haben nichts verstanden. Aber Wes und ich haben dich gehaßt! Immer! Und glaubst du, ich weiß nicht, was jetzt vor sich geht? Glaubst du, ich habe nicht bemerkt, auf welche Weise du John anschaust?« Chrissie hatte sich vorgebeugt und schluchzte hysterisch. Ihre Hände schossen hervor, und sie begann, Emily mit einer Heftigkeit zu schütteln, die ihre Stiefmutter erschreckte. »Du würdest ihn gerne haben, nicht? Gerade so wie Edwin und Louise. Deshalb weiß ich auch, daß du sie angestiftet hast. Du bist eine Schlampe, und sie ist es auch!«

Jemand packte Chrissie von hinten, wirbelte sie herum und schlug ihr heftig ins Gesicht. Verdutzt starrte sie John an, der im Morgenrock vor ihr stand.

»Was . . . was machst du denn hier? Warum bist du nicht mit den anderen zur Arbeit gegangen?«

»Ich habe mich in der Nacht nicht wohl gefühlt. Und weil Vater wegen der Verlobung so gut gelaunt ist, hat er ausnahmsweise erlaubt, daß ich zu Hause bleiben kann. Und daran habe ich gut getan«, fügte John grimmig hinzu, »sei es auch nur, um dich daran zu hindern, etwas zu sagen, was du vielleicht bedauern könntest. Man kann dich im ganzen Haus hören. Ich werde nicht eher zurück ins Bett gehen, bis du dich bei Emily entschuldigt hast.«

Chrissie, die ihre Hände gegen ihre brennenden Wangen preßte, betrachtete ihren Bruder bösartig.

»Entschuldigen? Bei ihr? Wofür?«

»Für all die Dinge, die du ihr gesagt hast, und besonders für die letzte geschmacklose Anspielung.«
Chrissie lachte auf. »Geschmacklos oder nicht, es ist nun einmal wahr. Frag sie doch! Frage unsere liebe Stiefmutter, was sie für dich fühlt. Du bist ein Narr. Diese Frau würde mit dir in dieser Minute ins Bett steigen, wenn du es wolltest.« Bevor John noch irgend etwas sagen oder tun konnte, war Chrissie aus dem Zimmer gerannt.
Emily schloß die Augen. Die Knie waren ihr weich, und ihr Herz klopfte rauh. Tränen brannten unter ihren Augenlidern.
»Es tut mir leid«, hörte sie John sagen. »Es war unverzeihlich von Chrissie, so etwas zu sagen. Doch sie hat einen Schock erlebt. Wenn sie sich ein wenig beruhigt hat, werde ich dafür sorgen, daß sie sich bei dir entschuldigt.«
Emily öffnete ihre Augen. Auf ihren Wimpern glitzerten Tränen. »Wir sollten uns nicht länger verstellen, John«, bat sie matt. »Vielleicht ist es ganz gut, daß Chrissie davon angefangen hat. Du mußt doch wissen, was ich für dich empfinde, so wie ich weiß, was du für mich empfindest.«
»Ich... ich verstehe nicht ganz.« John starrte sie an, als ob sie den Verstand verloren hätte.
»Oh, John. Tu nicht so, als ob du nicht wüßtest, wovon ich rede. Ich bin die ganze Zeit über in dich verliebt gewesen, seit jenem Silvesterball bei den Hunnicutts vor all den Jahren.« Sie stand auf, stellte sich neben ihn und legte ihre Arme um seinen Hals. »Und ich bin mir immer sicher gewesen, daß auch du mich liebgehabt hast.«
John nahm ihre Arme von seinem Nacken. »Hör damit auf, Emily! Dich liebgehabt? Ich habe dich immer gern gemocht, wenn du das meinst. Aber nur als die Frau meines Vaters.«
Emily stockte der Atem in der Kehle. Er machte Ausflüchte! Dazu fühlte er sich verpflichtet! Seine Treue Ellis gegenüber ließ nicht zu, daß er die Wahrheit eingestand.
»John, hör zu«, sagte sie heftig. »Dein Vater und ich schlafen nicht mehr miteinander. Nicht mehr so wie Mann und Frau. Wir tun es nicht mehr seit Rohans Geburt. Und davor...«

»Sei still!« Emily zuckte zurück. Noch nie hatte John in solch einem Ton mit ihr gesprochen. »Ich will davon nichts wissen. Es geht mich nichts an.«
Emily war unfähig, ihren Ohren zu trauen. Sie war so sicher gewesen, daß er sie liebte. Er war immer so freundlich gewesen, hatte sie immer gegen Ellis verteidigt, wenn der ungerecht zu ihr gewesen war. War das alles nur reine Herzensgüte gewesen? Sie konnte sich nicht so getäuscht haben, da war sie sicher!
»Emily!« Johns Stimme klang freundlicher. Er faßte sie bei der Hand, zog sie herab und setzte sich mit ihr auf das blaue Brokatsofa. Er sah krank aus. Auf seiner Oberlippe hatten sich Schweißtröpfchen gebildet. »Emily, Liebes, du bist durcheinander. Dieses ganze Wochenende war dazu angetan, uns alle aus der Fassung zu bringen. Kein Wunder, daß du nicht mehr weißt, was du sagst.«
»Aber ich weiß es doch.« Emily sprach in stiller Verzweiflung. »Ich liebe dich. Ich habe dich seit Jahren geliebt, und ich war davon überzeugt, daß du das gleiche für mich empfindest.«
»Dann hast du dich geirrt. Du bist die Frau meines Vaters. Glaubst du, ich würde ihn in solch einer Weise hintergehen?«
»Ich verlange nicht von dir, daß du ihn hintergehst.« Sie klammerte sich an den letzten Strohhalm. »Nur, daß du die Wahrheit gestehst, daß du mich liebst.«
John erhob sich. Seine Augen waren kalt. »Ich liebe dich nicht, Emily. Ich habe dich niemals geliebt, nicht so, wie du denkst. Der bloße Gedanke daran ist mir zuwider.« Er holte tief Luft und fuhr grausam fort: »In dieser Hinsicht besitzt du für mich nicht die geringste Anziehungskraft. Du bist zu hart, zu unabhängig, zu selbstsüchtig. Es war dein selbstsüchtiger Wunsch, dich theatralisch aufzubauen, der dazu führte, daß Rohan unter diesen Umständen geboren wurde. Dank dir, seiner Mutter, dem Menschen, der am meisten um sein Wohlergehen besorgt sein müßte, wird er immer hinken müssen. Meinen Vater, nehme ich an, hast du aus dem einen egoistischen Grund geheiratet: Du wolltest von zu Hause wegkommen. Du bist als Kind verwöhnt und verhätschelt worden, und du möchtest als Frau weiterhin

verwöhnt und verhätschelt werden. Wie Chrissie möchtest du, daß dich jeder unwiderstehlich findet.«
»Nicht jeder«, flüsterte sie. »Nur du.«
»Du lebst in der romantischen Welt deiner Vorstellungen, Emily. Es wird Zeit, daß du erwachsen wirst.« Mit diesem letzten Seitenhieb verließ John das Zimmer.
Emily saß da, schaute auf die geschlossene Tür und war unfähig, das Geschehene in sich aufzunehmen. Der Traum, den sie gehegt hatte und der sie so lange aufrechterhalten hatte, war in tausend Stücke zerschlagen. Und mehr noch: John hatte sie völlig unnötig verletzt. Er hatte ihr Dinge gesagt, die sie selbst längst wußte, einzig aus dem Grunde, ihren Stolz zu demütigen. Er hatte ihr absichtlich weh tun wollen.
Sie zitterte. Wenn sie jetzt versuchte aufzustehen, würden ihre Beine sie nicht tragen können. Ihre Wangen brannten, und die Haut um die Augen spannte sich. Sie konnte nicht glauben, daß John, ausgerechnet John, der immer so besorgt um die verletzbaren Gefühle anderer Menschen war, ihr solche Dinge gesagt hatte.
Nach einer Weile hatte das Zittern in ihren Beinen aufgehört, und sie verspürte eine erste Woge von Ärger in sich. In diesem Augenblick haßte sie John, wie sie Chrissie, Ellis und Wesley haßte. Wie sie alle Reads haßte.

14

Max stellte die Flamme der Lampe kleiner und legte sich ins Bett, Caroline in seine Arme ziehend. Seit fast drei Wochen hatte er sie nicht mehr gesehen und fühlte sich an diesem Abend aufs neue von ihrer Schönheit berührt. Dieses Gefühl hatte er schon seit längerem nicht mehr gehabt. Er stand in Gefahr, sie als selbstverständlich hinzunehmen.
Seine Hand glitt über ihre seidige Haut, und er dachte, wie weich und fest ihr Fleisch noch war, obwohl sie mindestens fünfunddreißig Jahre alt sein mußte. Ihr Alter und der Umstand, daß

Max jünger war, blieben Carolines wunder Punkt. Max wagte nie, offen darauf anzuspielen.

Er bedeckte sie mit seinem Körper und glitt geschmeidig zwischen ihre Beine. Er hatte sich vorgenommen, für eine Nacht zu sorgen, die sie so schnell nicht vergessen würden ... Im angrenzenden Schlafraum begann das Baby, ihr zweites Kind, zu wimmern. Sofort stieß Caroline ihn beiseite und sprang aus dem Bett. Sie tastete nach ihren Hausschuhen und dem spitzenbesetzten Nachtgewand.

»Philippa«, bemerkte sie unnötigerweise. »Irgend etwas fehlt ihr. Sie ist in den letzten Nächten so unruhig gewesen.«

»Warum kann sich nicht Cissie um sie kümmern?« fragte Max ärgerlich.

»Sie hat ihren freien Abend heute. Sie ist nach Babbacombe gefahren, um ihre Mutter zu besuchen.«

Als Caroline wieder zurückkam, fragte Max sie gereizt: »Warum machst du das eigentlich alles selbst? Die Hausarbeit und das Kochen? Du kümmerst dich um die Kinder und hast nur Cissie Spry als Hilfe. Das ist so ... so ...«

»Gewöhnlich?« schleuderte Caroline ihm entgegen. Sie hielt Philippa an ihrer Schulter aufgerichtet. »Möchtest du das damit sagen? Aber ich bin gewöhnlich. Ich gehöre zum gemeinen Volk, Max. Ich bin es nicht gewohnt, bedient zu werden.«

»Du wirst dich bei deinem Ehemann daran gewöhnt haben.«

»In den drei Jahren unserer Ehe hat mich Fernley so auf Trab gehalten, daß ich gar nicht die Zeit hatte, das richtig zu bemerken. Die feine Dame zu spielen finde ich langweilig«, antwortete sie. »Außerdem möchte ich keine zweite Mrs. Drummond einstellen müssen. Und es ist schwer, gute Hausangestellte zu finden, die bereit sind, in dieser Art Haushalt zu arbeiten.«

Caroline machte eine Pause und wartete angespannt, aber Max sagte nichts dazu. Es war schon lange her, seit er zum letzten Mal von Heirat gesprochen hatte. Jetzt, wo die Einsamkeit ihren Stolz aufgezehrt hatte, wäre sie bereit gewesen, ohne jede Bedingung darin einzuwilligen. Aber es war zu spät. Sie hatte ihn schließlich davon überzeugt, daß es sinnlos war, sie zu fragen.

Doch war das wirklich der einzige Grund für sein Schweigen? Max besuchte sie nicht mehr so oft, wie er es früher zu tun pflegte; und wenn er kam, so hatte sie den Eindruck, daß es mehr der Kinder willen als ihretwegen geschah. Gab es eine andere Frau? In Max' Benehmen gab es nichts, was darauf hingedeutet hätte. Doch sie hatte niemals richtig zu sagen gewußt, was in seinem Kopf vor sich ging.
Ihre Interessen lagen weit auseinander. Seine Liebe zur Musik, seine Leidenschaft für die Geschichte und seine tiefe Ergebenheit in die katholische Glaubenslehre brachten in ihr keine verwandte Saite zum Klingen. Nachts wachte sie manchmal auf, und die Angst, sie könnten sich auseinanderleben, trieb ihr den kalten Schweiß auf die Stirn. Ihr verbissener Jessup-Stolz hielt sie jedoch davon ab, sich ändern zu wollen, nur um ihn halten zu können.
Was sie miteinander verband, war neben den Kindern die tiefe sinnliche Natur ihrer Beziehung. Von Anfang an hatte sie eine Art Hörigkeit zwischen ihnen entstehen lassen. Caroline begnügte sich damit. Aber war auch Max damit zufrieden? Er hatte einmal in seiner halb lachenden, halb ernsten Art zu ihr gesagt: »Weißt du, der Geist möchte genauso angeregt werden wie der Körper.«

»Ich halte es für dumm und gleichzeitig moralisch verwerflich«, sagte John matt, »unsere feste Kundschaft im Süden und Westen opfern zu wollen, um unser mißlingendes Experiment im Norden abzustützen. Ich habe von Anfang an gesagt, daß das nicht funktionieren würde. Die Eßgewohnheiten im nördlichen England unterscheiden sich ziemlich stark von den unsrigen. Außerdem ist unser Unternehmen für eine Ausweitung dieser Art nicht groß genug.«
Der Sitzungssaal im Hauptsitz der Wessex Stores wirkte mit seinem großen, glänzenden Tisch aus massivem Mahagoni, seinen schlammfarbenen Polstermöbeln und seiner grünen Tapete selbst an den sonnigsten Tagen düster und trostlos. Heute ließ ihn der Novemberregen, der auf die kleine Stadt Newton Abbot

einpeitschte und die engen Straßen in Schluchten aus glänzendem Stein verwandelte, noch dunkler erscheinen, als er ohnehin schon war.

Den Platz am Kopfende des Tisches hatte Ellis inne, den Blick auf das Bild seines Großvaters gerichtet. Wesley und John saßen zu seiner Rechten, und sein neuerworbener Schwiegersohn, Edwin Shepherd, saß zu seiner Linken. Die beiden übrigen Partner saßen auf derselben Seite wie Edwin. Der alte Treeves, der fast schon im Pensionsalter war und gelegentlich einnickte, und William Harrison, der stets einer Meinung mit Ellis war. Irgendwie, dachte John, war diese Sitzordnung geradezu symbolisch.

»Wir haben einige unserer Geschäfte im Süden und Westen nur deshalb geschlossen«, entgegnete Edwin abwehrend, »weil wir es uns bei unserer gegenwärtigen Ausdehnung nicht leisten können, totes Holz mit uns herumzuschleppen. Wir müssen in diesen Bereichen ein wenig abbauen, um in anderen Bereichen aufbauen zu können.«

John pochte auf ein Papier, das vor ihm lag. Es war ein Bogen Kanzleipapier, wo genau in der Mitte der Berichtsliste Diagramme übersichtlich eingezeichnet waren. Miss Fairbrother, Ellis' Sekretärin, arbeitete sehr sauber.

»Diese Diagramme«, sagte er, »zeigen ziemlich deutlich, daß unser Aufschwung im Norden äußerst schleppend ist. Die Gewinne sind viel geringer, als wir für die ersten sechs Monate erwartet hatten. Zwei unserer Geschäfte stehen kurz vor der Schließung. Gentlemen...« John blickte sie alle der Reihe nach an. Er wußte um die Aussichtslosigkeit seines Bemühens. Doch sein Gewissen stachelte ihn an, einen letzten Versuch zu unternehmen. »...ich bitte Sie dringend. Lassen Sie uns dieses Verlustgeschäft beenden und unsere Anstrengungen wieder auf den Süden und Westen konzentrieren, wo man uns kennt und uns vertraut und wo wir glänzende Aussichten haben. Wenn wir unseren gegenwärtigen Kurs weiterverfolgen, werden wir nicht nur im Norden scheitern, sondern auch in unserem angestammten Gebiet Kundschaft an Lipton's, Sainsbury's und Home and Colonial verlieren. Ich befürchte sehr, daß das jetzt schon der Fall ist.«

John sank in seinen Stuhl zurück. Er wußte, daß er keinen Erfolg haben würde. Sein Vater stand zu sehr unter dem Einfluß von Edwin Shepherd; zu leicht ließ er sich von dessen unrealistischen Zukunftsvisionen beeindrucken. Jetzt, wo Edwin zur Familie gehörte, besaß er mehr Macht denn je.
Ellis' Stimme rief John in die Gegenwart zurück. Mit kalten Worten tadelte er ihn für sein mangelndes Vertrauen in die Gesellschaft und hielt ihm Edwin als ein leuchtendes Beispiel an Mut und Risikofreude entgegen. John jedoch, der dies schon alles auswendig kannte, ließ sich von den Argumenten, die für eine Ausweitung sprachen, nicht überzeugen. Er war tief beunruhigt und sah die Schwierigkeiten bereits auf sich zukommen. Darüber hinaus hatte er genug eigene Sorgen.
Das Leben auf High Tor war für ihn sehr bedrückend geworden. Seit jenem Tag, als Chrissie so aus der Rolle gefallen war und Emily dazu gebracht hatte, ihm ihre Liebe zu gestehen, hatte John gewußt, wie schwer es für ihn sein würde, dort weiterhin zu leben. Weiterhin zu leben, ohne Emily wissen zu lassen, daß er gelogen hatte, daß er sie vermutlich noch viel mehr liebte als sie ihn. Ihr Gesicht an diesem schrecklichen Tag, ihr Schmerz und ihre Verletztheit hatten ihn fast verzagen lassen. Er war dicht davor gewesen, Emily seine Lüge einzugestehen und sie zu drängen, mit ihm fortzugehen. Er hatte sich gezwungen, fest an seinen Vater und an Barbara zu denken, um nicht beiden ein Unrecht anzutun.
Das war wirklich lustig, dachte er, und legte das Kanzleiblatt wieder sorgfältig in die Mitte der Berichtsliste zurück. Wie konnte er einer Frau, die mit einem anderen Mann verheiratet war, ein Unrecht antun? Und wenn er in seiner Liebe zu Emily einen Betrug an seinem Vater sah, warum erblickte er nicht in seiner fortgesetzten Freundschaft mit Barbara ein Unrecht an Warren Hunnicutt? Müde überlegte er, daß wohl in jeder Beziehung ein großer Anteil an Heuchelei enthalten war.
Ellis verlangte von der Versammlung ein Vertrauensvotum, um das Zutrauen in das Nordprojekt wiederherzustellen. Wie zu erwarten waren vier dafür; nur John war dagegen.

Die Sitzung wurde aufgehoben, und John ging eine Etage tiefer in sein Büro zurück. Seine Gedanken kreisten immer noch um Barbara und Emily. Er wußte nicht genau zu sagen, wann er sich in seine Stiefmutter verliebt hatte. Diese Erkenntnis war ihm nur langsam zu Bewußtsein gekommen. Als ihm allmählich klarwurde, was in ihm vorging, hatte er sich schon Barbara verpflichtet. Deren spätere Hochzeit mit Warren Hunnicutt hatte ihn in keiner Weise von diesem Band befreit. Außerdem liebte John auf seine eigene, zurückhaltende Art Ellis zu sehr, um ihn mit Emily zu betrügen.

John setzte sich nieder, zog ein Bündel von Rechnungen und Frachtbriefen heran und starrte sie an, ohne sie richtig zu sehen. Die schrecklichen Dinge, die er Emily an jenem Tag gesagt hatte, nagten immer noch an seinem Gewissen. Nun, es war seine Absicht gewesen, sie so weit zu bringen, daß sie ihn nicht mehr mochte. Deshalb war es völlig sinnlos, sich jetzt dafür zu bemitleiden, daß er Erfolg gehabt hatte. Wenn er schon nicht aufhören konnte, sie zu lieben, so konnte er wenigstens ihre Liebe zu ihm abtöten.

Er mußte all seine Gedanken und Kraft auf Barbara richten. Er hatte so eine Ahnung, daß der Tag, an dem sie seine Hilfe brauchen würde, nicht mehr weit war.

Es war ein kalter Novembertag, doch Emily war zu aufgeregt, um das zu bemerken. Sie stand im Begriff, ihre Unabhängigkeit in einer großen Geste zu beweisen, mit der sie Ellis die Stirn bieten und ihre Verachtung für die übrige Familie demonstrieren würde.

Im Haus war kein Laut zu hören. James und Rohan saßen mit Miss Brewer und Rhoda Bennett im Schulzimmer; Dorset und Whitefield hatten ihr letztes Jahr in Oxford. Ellis, Wesley und John waren wie immer im Büro; Louise und Edwin hatten sich in einem Vorort von Newton Abbot ein Haus gekauft. Chrissie war ausgegangen. Niemand wußte oder schien sich dafür zu interessieren, was Emily mit ihrer Zeit anfing.

Sie ging in die Küche hinunter. »Mrs. Shapley, ich werde zum

Abendessen nicht zu Hause sein. In einer halben Stunde werde ich ausgehen. Wann ich zurück sein werde, weiß ich noch nicht.«
»Sehr angenehm, Mrs. Read.« Mrs. Shapley wußte ihre Neugier kaum zu verbergen. »Falls – hmh – falls jemand nach Ihnen fragen sollte, wo, soll ich sagen, sind Sie hingegangen?«
Emily antwortete so gleichgültig, wie sie nur konnte. »Ich gehe auf das Hochzeitsfest meines Cousins Martin. Ich habe eine Einladung erhalten und mich nun doch entschlossen, sie anzunehmen. Darauf kommt es jetzt schließlich auch nicht mehr an.«
Mit diesen Worten verließ sie die Küche. Sie wußte genau, daß Mrs. Shapley und Jenny Ryder jetzt große Augen machten und ihr hinterherstarrten.
Wieder in ihrem Zimmer angelangt, zog sie ihr taubengraues Kostüm hervor, das sie bei Louises Hochzeit getragen hatte. Der Rock war der Mode entsprechend eng geschnitten, aber er schnürte sie nicht ein: So etwas war für das Landleben ungeeignet. Die Frauen mußten hier erheblich weitere Strecken zu Fuß bewältigen als in der Stadt. Gleichzeitig mit der schlanken Silhouette waren riesige Hüte modern geworden. Mit einem Dutzend Hutnadeln befestigte Emily eine Kreation aus grauem Filz und roten Federn, die dem Hut D'Artagnans nachempfunden worden war, auf ihrem Kopf. Sie dankte ihrem Schicksal, daß es nicht windig war.
Dann zog sie ein Paar grauer Lederhandschuhe an und nahm ihre rote Ledertasche. Sie drehte sich ein letztes Mal vor dem Spiegel, um sich zu vergewissern, daß sie genauso gut aussah, wie sie sich fühlte.
Sie ging in die Küche zurück. Dort fand sie inzwischen neben Mrs. Shapley und Jenny Ryder auch Mary Craddock vor, der gleichfalls vor Staunen der Mund offenstand. Vielleicht bildete sie es sich nur ein, aber etwas in ihren Mienen erinnerte sie an den Pöbel in Rom, der darauf wartete, daß man die Christen den Löwen zum Fraß vorwarf.
»Ich werde zu Fuß nach St. Alphège gehen. Ich nehme an, von der Abbey wird mich jemand nach Hause bringen.«

»Dann gehen Sie – dann gehen Sie also auch zum Empfang, Mrs. Read?« fragte die Haushälterin mit schreckerfüllter Stimme. Das würde vielleicht einen Krach geben, dachte sie, wenn der Herr des Hauses davon erführe.
»Selbstverständlich werde ich zu dem Empfang gehen«, antwortete Emily. »Ich sagte Ihnen ja, ich bin eingeladen.«

»Wenigstens hat sie soviel Anstand besessen, nicht noch ihren verfluchten Ehemann mitzubringen!«
Böse starrte Silas Hunnicutt über den Rand seines Weinglases auf den grauen Hut mit seinem hübschen Federbusch.
»Geht nicht. War nicht eingeladen«, antwortete Sarah. Ihr Crêpekleid in spanischem Veilchenblau ließ sie königlich, doch altmodisch aussehen.
»Nun, ich bin sehr froh, daß sie gekommen ist«, tadelte die Braut ihren Vater. Kräftig schmatzend vertilgte sie das *filet de sole à l'Adelphi*. Gutes Essen, dachte Silas bitter, war bei Julia die reinste Verschwendung. »Ist doch schön für Martin, daß auch jemand von seiner Seite dabei ist. An seinem Hochzeitstag braucht man seine eigenen Verwandten und Bekannten um sich. Du freust dich, daß sie gekommen ist, nicht wahr, mein Lieber?«
Solcherart um Zustimmung gebeten, lächelte der Bräutigam bestätigend.
Martin war so erstaunt gewesen wie alle anderen, Emily in der Kirche zu sehen. Sie hatte die Einladung nicht beantwortet, die Hunnicutts hatten auch nicht ernsthaft damit gerechnet. Tatsächlich hatte Silas zuerst laut und lange Einspruch dagegen erhoben, die Einladung überhaupt zu verschicken. Julia war jedoch unnachgiebig geblieben.
»Es ist die einzige Blutsverwandte, die Martin einladen kann. Der arme Kerl wird nur von Hunnicutts umgeben sein.« Sie versagte es sich hinzuzufügen: Und nicht alle sind ihm wohlgesinnt. Doch der Blick, den sie Max zusandte, sprach deutlich aus, was sie dachte.
Während der gesamten Hochzeitszeremonie hatte Max Mutmaßungen darüber angestellt, welche Gründe Emily wohl zu ihrem

Erscheinen bewogen haben mochten. Der Verdacht lag nahe, daß sie sich mit ihrem Mann gestritten hatte und es ihm auf diese Weise heimzahlen wollte.
Emily hatte zunächst über ihre eigene Tollkühnheit staunen müssen, nicht nur zu Martins Hochzeit zu erscheinen, sondern dies auch noch ohne Begleitung zu tun. Inzwischen hatte sie jedoch Gefallen daran gefunden. Als sie ihr Seezungenfilet aufgegessen hatte, lehnte sie sich zurück und sah sich um.
Der Empfang fand im rückwärts gelegenen Gesellschaftszimmer der Abbey statt. Es war ein langgezogener, eindrucksvoller Raum mit Fenstern auf beiden Seiten und einem riesigen elisabethanischen Kamin, der fast eine ganze Wand einnahm. Über einer der Türen erblickte sie Fragmente eines normannischen Gewölbes, das noch aus seiner Ursprungszeit erhalten war. Ihre romantische Seele blühte auf. Es gab nichts auf High Tor, was mit dem zu vergleichen gewesen wäre. Über den Raum hinweg begegnete sie den Augen von Max Hunnicutt. Er saß am Haupttisch, in der Nähe seiner Schwester und seines neuen Schwagers. Der Gedanke, daß Martin nun ein Schwager von Max Hunnicutt war, hatte etwas Merkwürdiges. Nach dem Gesicht zu urteilen, mit dem Max Hunnicutt an der Tafel saß, schien auch er diese Vorstellung merkwürdig zu finden. Davon war Emily überzeugt.
Ihr Blick wechselte die Richtung. Es hatte sie eine große Portion Mut gekostet, Max Hunnicutt wieder gegenüberzustehen. Sie konnte ihn nicht anschauen, ohne an die Umstände zu denken, unter denen sie sich das letzte Mal begegnet waren. Dies war die einzige Überlegung gewesen, die sie fast von ihrem Besuch abgehalten hätte. Das Mißfallen, das sie bei anderen mit ihrem Verhalten erregen könnte, hatte sie noch nie gestört. Während der harten Lehrjahre in der Gemeinde ihres Vaters war sie dagegen immun geworden.
Sie sah, wie Martin seine Hand hob, um ihr zu zeigen, daß er sie bemerkt hatte, und winkte unauffällig zurück.
Dann fiel ihr Blick auf Warren Hunnicutt, der aufgedunsen und selbstzufrieden an der Tafel thronte. Sein Kopfhaar lichtete sich

bereits. Wie alt mochte er sein? Nicht älter als achtundzwanzig, zwei Jahre jünger als Max. Doch er hätte eher sein Vater als sein Bruder sein können. Emily hätte Warrens Frau bedauert, wenn es nicht gerade Barbara Clyde gewesen wäre.
Wie die schon aussah, dachte Emily verächtlich. Schlampig, langweilig und erbärmlich!
Der nächste Gang wurde aufgetragen: Hühnerbrust, dazu Spargel, in Butter geschwenkt. Emily leckte sich die Lippen. Das, entschied sie, war das wirkliche Leben.

15

Als das Essen und die Reden schließlich ein Ende gefunden hatten, standen die Gäste auf und schlenderten durch den Raum. Emily sah, wie Martin auf sie zusteuerte. Zu ihrer Überraschung begrüßte er sie voller Herzlichkeit.
»Cousine Emily!« Er drückte ihre Hand und strahlte über das ganze Gesicht. »Ich wollte dir sagen, wie sehr ich mich freue, dich zu sehen.«
Emily stellte fest, daß sie nicht mehr ganz sicher auf den Beinen war. Ihre Methodistenerziehung hatte sie jedes Glas Wein verschmähen lassen, bis es an der Zeit war, auf das Wohl von Braut und Bräutigam zu trinken. Da hatte auch sie ein Glas Champagner genommen, denn es wäre flegelhaft gewesen, dies nicht zu tun. Nach dem ersten Glas gab es keinen Grund, nicht ein zweites zu nehmen. Jetzt allerdings wünschte sie, sie hätte es bleiben lassen. Nach all dem guten Essen, das sie so gierig verschlungen hatte, war ihr der Champagner wie das Tüpfelchen auf dem i vorgekommen. Zu ihrem Entsetzen fühlte sie deutlich, daß ihr übel wurde. Martins Gesicht erschien ihr in seinen Umrissen ganz verschwommen.
»Ein wenig frische Luft, Mrs. Read?« hörte sie eine Stimme hinter sich fragen. Es war Max Hunnicutt, sie erkannte ihn sofort.
Ohne ihre Zustimmung abzuwarten, faßte er sie beim Ellbogen und lotste sie durch die Gruppen schwatzender Menschen. Sie

durchquerten das angrenzende Eßzimmer und betraten durch weit geöffnete Glastüren den Garten.
Der Novembernachmittag neigte sich bereits seinem frühzeitigen Ende zu, und Schnee lag in der Luft. Doch Emily war froh, ihre heißen Wangen kühlen und ihren unruhigen Magen beschwichtigen zu können.
»Geht's besser?« fragte Max nach einer kleinen Weile.
»Ja, danke.« Steif fügte sie hinzu: »Sie scheinen immer zur Stelle zu sein, um mich vor den Folgen meiner eigenen Dummheit zu bewahren, Mr. Hunnicutt.«
Eine verlegene Pause entstand, in der keiner wußte, was er sagen sollte. Emilys Kopf schmerzte, und sie hatte das unsinnige Gefühl, ihr eleganter Hut mit seinen flammenden Federn würde immer schwerer.
»Wir sollten vielleicht hineingehen«, schlug Max vor. »Sie könnten sich erkälten nach der Hitze im Haus.«
»Ich würde gerne noch ein wenig hierbleiben, wenn es Ihnen nichts ausmacht.«
»Dann lassen Sie mich einen Mantel holen. Meine Mutter hat einige im Schrank in der Empfangshalle hängen. Ich werde Ihnen einen davon besorgen.«
Und damit war er hinter den Glastüren verschwunden. Aufgesogen von der lärmenden, schwatzenden Menge, die sich nun ins Eßzimmer hinüberbegeben hatte. Glücklich, allein zu sein, lehnte Emily sich gegen einen Baum. Sie blickte auf den Wintergarten, einen jener Anbauten, die Ashridge Abbey sein verschachteltes, unsymmetrisches Aussehen gaben. Die Tür öffnete sich, und jemand kam aus dem Wintergarten auf sie zu. Emily erkannte Barbara Hunnicutt.
Sie hatte etwas Verstohlenes, geradezu Verzweifeltes an sich, das auf einmal Emilys Mitgefühl weckte. Sie wußte, was es hieß, von allen Seiten Feindseligkeit zu erfahren.
»Mrs. Read.« Barbara sprach zögernd und blickte sich dabei über die Schulter um.
»Kann ich etwas für Sie tun?« ermunterte sie Emily, als Barbara sich nicht entschließen konnte, weiterzusprechen.

»Ich... ja, das heißt... nein, ich...« Die herausgestammelten Worte stockten und erstarben ganz. Barbara hielt unglücklich die Hände ineinander verflochten. Über einem blauen, enganliegenden Kleid trug sie einen dicken Mantel mit einem Pelzkragen. Scheinbar gab es nichts, was ihr gut stand. Sie sah darin aus wie ein kleines Mädchen, das die Kleider seiner Mutter trägt.
Barbara hatte sich zu einem Entschluß durchgerungen. Sie öffnete ihre Satinhandtasche, die mit langen, klimpernden Glasperlen eingefaßt war, zog einen Briefumschlag hervor und hielt ihn Emily entgegen.
»Nehmen Sie ihn bitte. Rasch! Bevor es jemand sieht.«
»Aber was ist damit? Für wen ist er bestimmt?«
»Für John«, sagte Barbara mit tränenerstickter Stimme. »Bitte geben Sie ihm den Brief und sagen Sie ihm, er sei von mir.« Sie drehte sich um und rannte zum Wintergarten zurück, als ob sie Angst davor hatte, daß ihre Abwesenheit bemerkt werden könnte. Emily steckte den Umschlag in ihre kleine Tasche.
»Haben Sie eben mit Barbara gesprochen?« fragte Max. Er stand auf einmal mit Sarahs Seehundfellmantel hinter ihr und legte ihn ihr um die Schultern. Der Mantel roch stark nach Mottenkugeln.
»Ja. Sie... sie wollte mich sprechen.«
Sollte Max Emilys gezwungenen Ton bemerkt haben, so ließ er es sich jedenfalls nicht anmerken. Nach einer Pause forschte er: »Wie geht es Ihrem kleinen Jungen, Rohan?«
»Er... hinkt leicht. Der Arzt sagt, das eine Bein würde immer ein wenig kürzer bleiben als das andere.« Emily spielte mit dem Schloß ihrer Handtasche. Wieder entstand peinliches Schweigen, bis Emily fortfuhr: »Ich glaube, ich habe Ihnen noch nicht einmal richtig gedankt für das, was Sie an diesem Tag getan haben.«
»Sie haben mir einen sehr liebenswürdigen Brief gesandt, sobald sie dazu in der Lage waren.«
Emily starrte auf das Blumenbeet vor sich, auf dem noch einige späte Chrysanthemen blühten. Gärten wirkten im Winter so bedrückend leblos.

Max betrachtete Emilys Profil: die gerade kleine Nase, den weichen Mund mit seiner vollen Unterlippe, die sanfte Linie ihrer Wange, die stolze, trotzige Kopfhaltung. Sie strahlte eine Kraft aus, die auch in Eigensinn umschlagen konnte – Max stellte sich vor, daß das häufiger passierte. Aber sie war auch verletzlich, denn sie würde immer alleine kämpfen müssen, während den Zaghaften, Ängstlichen geholfen wurde. Max verspürte in sich den überwältigenden Wunsch, sie zu beschützen. Er dachte daran, wie er sie im Foyer von Covent Garden zum ersten Mal gesehen hatte: voller Erregung und begierig darauf, das Leben kennenzulernen. Es war der gleiche Abend, an dem er Caroline kennengelernt hatte.

»Ich sollte jetzt lieber gehen. Meine Familie wird auf mich warten. Ich bin nicht... ich bin nicht so ganz auf dem Posten, Mr. Hunnicutt. Glauben Sie, es könnte mich jemand nach Hause bringen?«

»Ich selbst werde Sie nach Hause bringen«, antwortete Max zuvorkommend. »Ich werde mein Auto holen, und Sie können in der Zeit im Haus nach ihrem Mantel suchen. Ich werde dann vor dem Haus auf Sie warten.«

Er hatte sie wie ein kleines Kind in ihr Zimmer eingesperrt! Wie verletzend, wie demütigend, wie unerträglich für sie! Aber Ellis besaß den Schlüssel, und Emily konnte nichts dagegen tun.

Als sie von der Hochzeit heimgekommen war, hatte er schon dagesessen und auf sie gewartet. Wenigstens wußte er nicht, daß Max sie nach Hause gefahren hatte, denn er hatte nicht danach gefragt. Max hatte sie bereits vor dem großen Tor abgesetzt und war dann mit seinem neuen Vierzylinder aus Belgien leise tukkernd den Wallabrook Hill wieder hinuntergefahren. Doch das hatte Ellis nicht daran gehindert, einen Streit vom Zaun zu brechen und in einen seiner seltenen Tobsuchtsanfälle zu verfallen, die um so bösartiger waren, weil er ihnen kaum freien Lauf ließ. Er hatte sie geschlagen. Vor Chrissie, Wes und John hatte er sie geohrfeigt und dann wie ein Schulmädchen auf ihr Zimmer geschickt.

Natürlich hatte Mrs. Shapley ihm erzählt, wohin sie gegangen war. Obschon Emily damit gerechnet hatte, Ellis wütend vorzufinden, hatte sie doch nicht erwartet, daß er derartig außer sich geraten würde.

»Ein doppelter Verrat«, tobte er, und an seinem mageren Hals traten die Adern als dicke Stränge hervor. »Nicht nur, daß es die Hochzeit eines Mitgliedes *dieser* Familie ist, sondern auch noch die deines Cousins, dessen Namen ich in meinem Haus nie mehr zu hören wünschte! Zwei meiner Feinde, die sich gegen mich verbündet haben, und meine Frau besucht ihre Hochzeit!« Eine weiße, verzerrte Linie zog sich um Ellis' Mund.

Emily war zwar eingeschüchtert, doch sie hielt ihm stand.

»Ellis, du übertreibst maßlos«, sagte sie, »wenn du sie deine ›Feinde‹ nennst. Es stimmt, die Hunnicutts sind vielleicht nicht gerade deine Freunde, aber...«

In diesem Moment ohrfeigte Ellis sie – zwei heftige Schläge rechts und links. Chrissie kicherte auf. Solange sie lebte, würde Emily sich an dieses Kichern erinnern.

»Ich übertreibe maßlos?« schrie Ellis. »Wenn dieser Mensch, dieser Silas Hunnicutt...«, er konnte kaum den Namen hervorbringen, »meine Mutter des Mordes bezichtigt hat? Wenn die gesamte Familie, solange ich zurückdenken kann, an meinem Untergang arbeitet? Wenn deine Halsstarrigkeit, deine himmelschreiende Dummheit Max Hunnicutt dazu getrieben haben... getrieben haben...«

»Unserem Sohn das Leben zu retten?«

Es war das erste Mal, daß einer von ihnen öffentlich auf jenes Ereignis angespielt hatte, und das Blut schoß in Ellis' blasses Gesicht. Emily fürchtete, er würde einen Schlaganfall bekommen. Sie unterdrückte ihren Impuls, möglichst schnell fortzulaufen, sondern ging mit soviel Würde, wie sie nur aufbringen konnte, an der kleinen Gruppe vorbei und weiter zum Treppenabsatz. Vor John blieb sie kurz stehen, gerade lange genug, um ihm Barbaras Briefchen in die Hand zu drücken. Er wollte etwas sagen, doch Emily beachtete ihn nicht weiter und ging die Treppe hinauf.

Als sie im Schlafzimmer angelangt war, schaute sie nach dem Türschlüssel, aber er steckte nicht im Schloß. Einen Augenblick später hörte sie, wie er von außen herumgedreht wurde und wie Ellis sagte: »Du wirst so lange da drin bleiben, Emily, bis ich willens bin, dich rauszulassen. Heute nacht werde ich in einem unserer Gästezimmer schlafen.«
Da ließ sie ihren Tränen freien Lauf. All ihre aufgestauten Gefühle fanden in einem hysterischen Weinkrampf Erleichterung. Der graue Hut mit seinem herausfordernden Federbusch lag zerdrückt unter ihr auf dem Bett.
Schließlich zog sie sich aus, kroch ins Bett und ließ sich dankbar gegen die Kissen sinken.
Sie mußte eingenickt gewesen sein, denn sie hatte nicht gehört, wie der Schlüssel im Schlüsselloch umgedreht wurde. Erst als sie davon aufwachte, daß sich jemand auf ihr Bett setzte, bemerkte sie, daß Ellis hereingekommen war.
Sie fühlte Furcht in sich hochsteigen, als sie ihn erkannte. Doch es gelang ihr, die Angst zu bewältigen und still liegenzubleiben. Sie starrte ihm ins Gesicht, in die Dunkelheit seiner Augenhöhlen. Sie sahen aus wie zwei Löcher, die man in ein weißes Blatt Papier gerissen hatte.
»E-Ellis.« Ihre Stimme war nicht mehr als ein Krächzen, und es bedeutete eine ungeheure Anstrengung, ihn anzulächeln. Er beugte sich über sie. Seine hellen Augen brannten in seinem Gesicht.
»Es tut mir leid, daß ich dich geschlagen habe«, sagte er. »Aber du darfst so etwas nicht tun, Emily. Wirklich nicht. Ich bin dein Mann. Du schuldest mir Gehorsam.« Seine Stimme senkte sich zu einem Flüstern herab. »Vielleicht ist es mein Fehler. Ich habe dich in letzter Zeit vernachlässigt. Ich bin dir kein richtiger Ehemann mehr gewesen. Nach all dem, was mit Rohan geschehen war.« Sein Blick, der eindringlich auf ihr Gesicht gerichtet gewesen war, wich ihr aus. Er konnte ihr nicht länger in die Augen sehen. Dennoch ergriff er ihre Hand und fuhr fort: »Ich habe entschieden, daß es ein Ende haben muß, dieses Nebeneinanderherleben.« Er stand auf und begann, sich auszuziehen.

Er hatte tatsächlich vor, mit ihr zu schlafen! Emilys ganzer Körper verkrampfte sich vor Ablehnung. Bis zu diesem Augenblick war ihr nicht bewußt gewesen, wie sehr sie jeden Gedanken daran verabscheute; wie wenig sie im letzten Jahr Ellis' Aufmerksamkeiten vermißt hatte.

John stand an der Gartenmauer von Meavy House. Alles war ruhig. Frost glitzerte, und der Himmel war mit Sternen übersät. Direkt über seinem Kopf leuchtete ein Stern heller als alle anderen – wie aus einer Weihnachtsgeschichte. Aus der Ferne strahlten die hell erleuchteten Fenster des Pfarrhauses einladend über die dunkler werdenden Wiesen herüber. Die Church Lane hallte von knirschenden Schritten und fröhlichen Grußworten wider. Die Dorfbewohner waren auf dem Weg nach St. Alphège, um den Weihnachtsgottesdienst zu besuchen. Aus der entgegengesetzten Richtung konnte man den Chor in der Methodistenkirche auf der Hauptstraße singen hören.
John stampfte mit den Füßen auf und hauchte seine Finger an, die trotz Handschuhen eiskalt waren. Würde Barbara diesmal tatsächlich kommen? Hatte sie schließlich doch noch den Mut gefunden, Warren zu verlassen? Weniger um sein Gedächtnis aufzufrischen, als um etwas zu tun zu haben, zog John ihr Briefchen aus der Tasche und las es erneut.

»Dieses Leben halte ich nicht länger aus. Ich bin eine Gefangene in meiner eigenen Wohnung. Wenn Warren nicht bei mir sein kann, setzt er Miß Timmins, diese verhaßte Kreatur, die er mir ins Haus geschleppt hat, auf mich an, damit sie mir hinterherspioniert. Du hast mir versprochen, du wärst immer da, wenn ich dich brauche. Ich muß hier herauskommen. Langsam verliere ich den Verstand.«

Es war jenes Briefchen, das ihm Emily zugesteckt hatte, als sie von Martins Hochzeit heimgekommen war. John hatte zunächst Barbaras Behauptung, sie werde ständig überwacht, für eine ihrer endlosen Rechtfertigungen dafür gehalten, daß sie nichts unternahm. Doch während der letzten sechs Wochen war ihm klargeworden, daß er ihr Unrecht getan hatte. Wenn er anrief, antwortete ihm entweder Warrens Stimme oder die der neuen Haushälterin. Er traute sich nicht, ihr einen Brief zu schicken, denn Barbara hatte ihm versichert, daß Warren all ihre Post öffnete. Wenn sie das Haus verließ, wurde sie entweder begleitet, oder es folgte ihr jemand aus einiger Entfernung.

Wie ernst Barbaras Lage jedoch wirklich war, erkannte John erst, als Mrs. Shapley ihm den Dorfklatsch weitergab. Man erzähle sich, so plauderte sie aus, daß Barbara in ein Heim nahe Plymouth gebracht werden solle.

»Man sagt, sie sei ein bißchen verdreht im Kopf«, verkündete ihm Mrs. Shapley mit der selbstzufriedenen Begeisterung desjenigen, der weiß, daß er der erste ist, der von einem pikanten skandalösen Leckerbissen erfahren hat. »Sie ist nicht ganz richtig in ihrem Oberstübchen. Spricht mit sich selbst, schließt sich in Schränke ein – und so was. Man sagt, Mr. Warren Hunnicutt müsse sie ständig beobachten lassen. Er befürchte, sie würde sich sonst etwas antun. Manche behaupten, er denke daran, sie in ein Heim in Plympton zu schicken. Wenigstens nennen sie es so. Für mich hört es sich mehr nach einer Irrenanstalt an.«

Auch wenn man die Übertreibungen einer der berüchtigtsten Klatschbasen von Ashcombe nicht allzu wörtlich nehmen durfte, so war John doch beunruhigt. In jedem Dorfklatsch war immer noch ein Körnchen Wahrheit gewesen. Er rief weiterhin in Meavy House an. Manchmal hängte er, wenn abgehoben wurde, einfach ein, manchmal erfand er mit verstellter Stimme schwache Entschuldigungen – bis vor zwei Tagen durch irgendein Wunder Barbara selbst am Telephon gewesen war.

John hatte kein Wort zuviel verloren. »Heiligabend werde ich ab elf Uhr in den Feldern hinter dem Haus stehen. Ich werde bis zwei Uhr auf dich warten.«

Dann hatte er eingehängt. Das war sein letzter Versuch, so sagte er sich, Barbara aus Warrens Gewalt zu befreien. Wenn sie heute abend nicht käme, würde er sich nicht mehr weiter bemühen.

Er lehnte sich mit dem Rücken gegen einen Baum und wartete.

Auf halbem Treppenabsatz blieb Barbara stehen und lauschte angestrengt. Die Tür zum Gesellschaftszimmer war halb angelehnt; ein Lichtstreifen fiel in den Schatten der Empfangshalle. Sie konnte Silas hören, wie er sich über die Politik ausließ, Max' Lachen und einen Schwall abgehackter Sätze von Sarah. Julia forderte Martin auf, ihr nachzuschenken.

Aus einer Eingebung heraus – vielleicht der einzigen in ihrem ganzen Leben – hatte Barbara vorgeschlagen, die Familie möge den Heiligabend in Meavy House verbringen. Wer würde ihr schon zutrauen fortzulaufen, wenn sie Gäste im Haus hatte? Außerdem hatte sie damit einer entsprechenden Einladung Sarahs vorbeugen können.

Barbara war ein wenig von Schuldgefühlen geplagt, wenn sie daran dachte, wie erfreut Warren ihren Vorschlag aufgenommen hatte.

»Siehst du, so mag ich's gern«, hatte er gebrummt. »Endlich benimmst du dich wie eine Ehefrau.«

Barbaras Gewissensbisse waren jedoch nur von kurzer Dauer. Sie würde es Warren nie verzeihen, Miss Timmins als Haushälterin eingesetzt zu haben. Nein, nicht als Haushälterin, als Gefangenenwärterin! Denn genau das war sie.

Die Tür zum Gesellschaftsraum wurde weiter aufgezogen, und Warren rief die Treppen hinauf: »Barbara! Was zum Teufel treibst du da oben? Man braucht doch keinen ganzen Abend, um ein Taschentuch zu holen!«

Rasch zog Barbara sich in den Schatten zurück und schlich auf Zehenspitzen die letzten vier Stufen bis zum obersten Treppenabsatz hoch. Warren brauchte nicht unbedingt zu sehen, daß sie einen Mantel anhatte und ihren kleinen Koffer trug. »Ich komme gleich«, rief sie zurück. »Einen kleinen Augenblick noch.«

»Beeil dich! Du hast Gäste!«

Warren ging ins Gesellschaftszimmer zurück und schloß die Tür.

Barbara konnte ihr Glück kaum fassen. Sie stieg die Treppen hinunter und öffnete die Tür aus grünem Fries, die zu den

Dienstbotenunterkünften führte. Ihr Herz klopfte so heftig, daß sie glaubte, sie müsse umkommen. Nach den Vorbereitungen für den frühen Abend lagen Küche und Spülküche nun verlassen da. Aber aus dem Zimmer der Haushälterin schien Licht unter der Tür hervor. Dem Stimmengewirr nach zu schließen, feierte Miss Timmins offensichtlich ihr eigenes Weihnachtsfest. Das Schwatzen und Lachen ließ vermuten, daß die beiden Hausmädchen und der Chauffeur sich blendend unterhielten. Barbara schlich an der Tür vorbei. Trotz des Lärms wagte sie kaum zu atmen. Rasch reckte sie sich in die Höhe und beugte sich hinunter, um die Riegel oben und unten an der Tür zur Seite zu schieben. Sie ergriff den Koffer und war draußen im eisig kalten Garten. Sie stürmte den Gartenweg zwischen den winterlich kahlen Beeten hinunter und riß das Tor auf.
John war da, wie er versprochen hatte. Sie hatte es getan! Endlich war sie frei! Nie wieder würde sie zu Warren oder nach Meavy House zurückkehren!

Dorset und Whitefield waren damit beschäftigt, den Weihnachtsbaum in der Bibliothek zu schmücken. Emily schaute ihnen von ihrem Couchplatz aus zu.
Sie lehnte sich zurück und schloß die Augen. An einem Abend, der vor Kälte klirrte, genoß sie die Wärme des Kaminfeuers. Irgend etwas beunruhigte Ellis, da war sie sicher. Doch er würde ihr nicht sagen wollen, was es war. Jetzt, da sie wieder miteinander schliefen, gestaltete sich ihre Beziehung ein wenig unkomplizierter. Doch Emily hätte lieber die eisige Atmosphäre der früheren Tage ertragen als Ellis' Umarmungen. Sie befürchtete, wieder schwanger zu sein, und war von der Aussicht, neun Monate lang körperlichen Beschwerden ausgesetzt zu sein, nicht gerade begeistert. Sie hätte sich von Gott eine andere Möglichkeit der Fortpflanzung gewünscht.
Die goldene Uhr auf dem Kaminsims schlug halb zwölf. Es war spät. Sie fragte sich, wo John sein mochte. Sobald sie das Abendessen beendet hatten, war er verschwunden. Chrissie hatte zu Louise bemerkt, sie habe John aus dem Haus gehen sehen.

Zumindest, dachte Emily, konnte man dankbar sein, daß Chrissie mit ihrer Schwester redete; auch wenn sie nur Gemeinplätze miteinander austauschten und einfache Gespräche über das Wetter führten. Da Louise und Edwin Weihnachten auf High Tor verbrachten, hätte Chrissies fortgesetztes Schweigen einen Schatten auf das ganze Fest geworfen.
Ellis und Edwin betraten die Bibliothek, gefolgt von Wesley. In seiner üblichen trägen Art bummelte er durch das Zimmer und ließ sich neben seine Stiefmutter fallen.
»Politik! Politik!«, murmelte er halblaut und verdrehte die Augen in Richtung seines Vaters und seines Schwagers. »Zwei allgemeine Wahlen in einem Jahr. Zwei liberale Siege in einer Reihe, das hält doch kein Mensch aus. Ich auf jeden Fall nicht. Ich bin zu Tode gelangweilt.« Damit gähnte er und schloß die Augen.
Emily lachte. Sie und ihr ältester Stiefsohn hatten keinen besseren Kontakt zueinander als vor acht Jahren, als sie nach High Tor gekommen war. Doch Wesley hatte den Dreh heraus, sie bei manchen Gelegenheiten zum Lachen zu bringen. Ob er wußte, was Ellis beunruhigte? Sie bezweifelte es. Wesleys einziges Interesse galt ihm selbst – so war es schon immer gewesen. Er war zu faul, um sich noch um andere Menschen zu sorgen.
Louise, die am Ecktisch Geschenke eingewickelt hatte, ging zu Edwin hinüber und hängte sich liebevoll an seinen Arm. Chrissie, die in einem Sessel am Fenster saß, widmete sich mit betonter Aufmerksamkeit ihrem Buch.
Ellis blickte auf die Uhr. »Zeit, daß wir alle zu Bett gehen«, sagte er. Seine Augen huschten schnell zu Emily hinüber, die so tat, als merkte sie nichts. »Sonst kommen wir morgen früh nicht rechtzeitig hoch, um in die Kirche zu gehen.« Er sah sich um und maß alle Anwesenden. »Wo ist John?« fragte er unwirsch.
Die Tür zur Bibliothek öffnete sich, und John trat ein. Den Mantelkragen hatte er noch bis zum Kinn hochgeschlagen. Hinter ihm stand eine Frau, die sich bemühte, in den Schatten des Flurs zurückzuweichen. Es dauerte mindestens zehn Sekunden, bis Emily in ihr Barbara Hunnicutt erkannte.

John nahm Barbara bei der Hand und schob sie sanft, aber entschlossen nach vorne.
»Ihr alle wißt, wer sie ist«, sagte er mit einem Anflug von Trotz in der Stimme. »Barbara hat ihren Mann verlassen, und ich habe ihr dabei geholfen. Wenn ihr etwas dagegen habt, daß sie so lange hierbleibt, bis Warren Hunnicutt einer Scheidung zustimmt, hätten wir beide dafür Verständnis und würden uns anders einrichten. Ich hoffe jedoch sehr, daß sie hierbleiben darf. Denn wir beabsichtigen zu heiraten, sobald uns dies möglich sein wird.«

16

Es war der heißeste Sommer, so weit man zurückdenken konnte.
Es war so heiß, daß Mrs. Shapley nicht in der Lage war, mehr als nur ein flüchtiges Interesse an den Berichten über die Krönungsfeierlichkeiten in London aufzubringen; oder an der Amtseinsetzung des Prince of Wales in Caernarvon.
Es war so heiß, daß die sonst trägen Engländer plötzlich ein stürmisches Temperament entwickelten, das jedem Südländer, sei er Italiener, Spanier oder Franzose, zur Ehre gereicht hätte.
Es war so heiß, daß die Mona Lisa aus dem Louvre in Paris gestohlen werden konnte, direkt unter der Nase der hitzebetäubten Wärter.
Es war so heiß, daß Emily, schon fast im neunten Monat schwanger, nachts nicht schlafen konnte und tagsüber ziellos durchs Haus wanderte, über alles gleichermaßen verärgert.
Besonders verärgert war sie über Barbara Hunnicutt, deren fortwährende Anwesenheit sie ständig an Johns Liebe zu ihr erinnerte. Nie konnte Emily Barbara anschauen, ohne an den Tag denken zu müssen, als John sie verächtlich zurückgewiesen und sie verletzt hatte. Alle Männer waren Heuchler, entschied Emily geringschätzig. An keinen von ihnen würde sie noch weitere Zeit verschwenden wollen.
Sie betete, daß ihr Kind bald zur Welt komme, damit sie dieses

unerträgliche Extragewicht und die leidige Magenverstimmung, die sie bei jeder Schwangerschaft geplagt hatte, loswerden könnte. Übelkeit, Schwächegefühl und Rückenschmerzen konnte sie aushalten, aber nicht diese Verzerrung von Geschmack und Geruch.

Wenigstens an diesem Sonntagabend gehörte High Tor ihr ganz allein. Ellis, Chrissie und die Jungen – sie nannte sie immer noch ›die Jungen‹, obgleich Constances Söhne inzwischen alle erwachsen waren – waren zum Abendgottesdienst in die Kirche gegangen. Barbara hatte sich in ihrem Zimmer hingelegt, sie litt an einem ihrer nervösen Migräneanfälle. James und Rohan waren zu Bett gebracht worden. Emily bezweifelte allerdings stark, daß sie schon eingeschlafen waren. Die meisten Dienstboten waren ebenfalls zur Kirche gegangen. Emily hatte Müdigkeit vorgeschützt. Sobald sie allein war, hatte sie sich nach draußen begeben, um den ersten kühleren Luftzug des Tages genießen zu können.

Träge bewegte sie sich durch den Küchengarten mit seinen sauberen Gemüsereihen, der von einer Mauer umgeben war. Sie ging alle Stufen bis zum hinteren Ende hinunter und passierte das kleine Eisentor, das in die Mauer eingelassen war. Aprikosen reiften an weit ausladenden Bäumen in der Sonne heran.

»Emily.«

Johns Stimme riß sie aus ihren Träumen. Sie wandte sich um und entdeckte, daß er dicht neben ihr stand. Das Herz begann ihr zu klopfen.

»Ich dachte, du wärst mit den anderen zur Kirche gegangen«, sagte sie ungnädig. Seit jenem schrecklichen Morgen im vergangenen Jahr waren sie zum ersten Mal wieder alleine zusammen.

»Das hatte ich auch vor, aber Barbaras Kopfschmerzen waren schlimmer geworden, und da dachte ich, ich sollte lieber bei ihr bleiben. Jetzt ist sie endlich eingeschlafen«, fügte er erleichtert hinzu.

»Bist du hierhergekommen, um mir zu sagen, daß es Barbara besser geht? Ich danke dir für diese Auskunft, John. Aber ich hatte mir darüber nicht allzu viele Sorgen gemacht.« Sie benahm

sich kindisch, aber sie konnte nicht anders. Seine Worte hatten eine offene Wunde in ihr zurückgelassen.
»Emily, ich wollte dir nur sagen...«
Emily hatte sich so schnell weggedreht, daß ihr für einen Augenblick schwindelig wurde. Johns Hand schob sich stützend unter ihren Ellbogen. Gereizt stieß Emily sie zur Seite.
»Es interessiert mich nicht, was du mir sagen willst. Weder jetzt noch in Zukunft. Du hast deine Meinung über mich sehr deutlich zum Ausdruck gebracht. In Anbetracht deines eigenen Verhaltens wundert es mich, daß du mir überhaupt noch in die Augen sehen kannst. Aber genau darum geht es dir, nicht wahr? Du möchtest mir erklären, warum bei dir alles so ganz anders ist. Warum es bei dir völlig in Ordnung ist, wenn du die Frau eines andern Mannes verführst...«
»Ich habe Barbara nicht verführt!«
»... während es bei mir solch ein Unrecht war, dir meine Liebe zu gestehen. Nun, das braucht dich nicht länger zu beunruhigen, John. Was immer ich an Liebe für dich empfunden habe, hast du mit Stumpf und Stiel ausgerottet! Wie du siehst, schlafen dein Vater und ich wieder zusammen wie Mann und Frau. Das sollte deinem braven Sohnesherz eine Freude sein! John, geh zurück zu Barbara. Geh zu ihr und halte ihre Hand.« Emilys Stimme war in hysterischer Weise laut geworden. »Es machte mir nicht das geringste aus, wenn ich dich nie wiedersähe!«
Blindlings eilte sie mit tränenüberströmtem Gesicht zu dem Tor in der alten Steinmauer. Einen bittersüßen Augenblick lang glaubte sie, er würde ihr folgen. Aber als sie sich am Schloß des kleinen schmiedeeisernen Tores zu schaffen machte, blickte sie verstohlen über die Schulter zurück und sah, daß John immer noch da stand, wo sie ihn zurückgelassen hatte: neben der Bank, die ganz am Ende des Kiesweges aufgestellt worden war. Es kam ihr nicht in den Sinn, daß sein Schweigen dem eines Tieres glich, das seine Wunden leckt. Sie sah nur, daß er ihr nicht nachgekommen war, sie nicht gezwungen hatte, ihm zuzuhören. Er verschmähte sie auch weiterhin – so wie sie ihn verschmähte!

»Der Herr segne dich und behüte dich. Der Herr lasse sein Angesicht leuchten über dir und sei dir gnädig. Im Namen des Vaters und des Sohnes und des Heiligen Geistes. Amen.«
»Amen«, schallte es aus der Gemeinde wider.
Einen Augenblick lang herrschte tiefes Schweigen. Dann hoben sich die Köpfe, man räusperte sich, und plötzlich begannen alle gleichzeitig zu sprechen. Eilig ging der Geistliche von der Kanzel zum Ausgang, um so viele Hände wie möglich schütteln zu können.
Es dauerte stets noch eine Weile, bis alle die Kirche verlassen hatten. In allen Teilen des Gebäudes standen kleine Menschengrüppchen zusammen, tauschten Neuigkeiten aus, lauschten dem jüngsten Gerücht und trafen letzte Verabredungen für Zusammenkünfte in der folgenden Woche. Whitefield und Dorset wurden von einer Menge Freunde begrüßt. Chrissie wurde von Miss Thompson mit Beschlag belegt, die eine zusätzliche Hilfskraft für ihre Sonntagsschule brauchte. Ellis war unterdessen stehengeblieben, um mit dem alten Thomas Ching aus Cornwall den Rücktritt der Regierung Bill zu besprechen.
Nur Wesley stand, gegen einen Türpfosten gelehnt, abseits, ein höhnisches Grinsen auf dem verdrossenen Gesicht.
»Dorry! Whit!«
Wie Raubvögel fielen die Tapper-Schwestern über Dorset und Whitefield her. »Stimmt es, daß ihr jetzt endgültig zu Hause bleibt? Dorry, herzlichen Glückwunsch. Papa sagte, du hättest deinen Abschluß mit doppelter Auszeichnung gemacht. Was immer das auch heißen mag. Whit, du siehst besser aus denn je.«
»Ich gehe jetzt«, sagte Wesley gelangweilt. Wenn die beiden Tapper-Mädchen seine Brüder in ihren Klauen hielten, konnte es eine halbe Stunde oder länger dauern, bis irgend jemand daran dachte, sich auf den Heimweg zu machen.
Whitefield und Dorset, eifrig mit ihren Begleiterinnen beschäftigt, nickten ihm nur flüchtig zu.
Wesley bahnte sich seinen Weg durch die Menschen, die sich immer noch am Portal in Gruppen zusammendrängten. Die aus-

gestreckte Hand des Geistlichen übersah er. Es war zu heiß, verdammt noch mal, um höflich zu sein.
Er schlenderte die Hauptstraße entlang und fluchte leise vor sich hin: über die Hitze, über seinen engen Hemdkragen, über seinen warmen Sonntagsanzug. Sein Hut fühlte sich an wie ein Eisenband, das sich allmählich immer enger um den Kopf schließt. Wie in einer Folter aus dem Mittelalter, die den Menschen die Augäpfel aus den Augenhöhlen getrieben hatte. Normalerweise hätte Wesley mit den vorübergehenden Mädchen geliebäugelt, die mit ihren leichten Sommerkleidern und großen Strohhüten so hübsch aussahen, als hätte man sie gemalt. An diesem Abend jedoch fühlte er sich selbst dafür zu unbehaglich.
Mit einem kurzen Seitenblick spähte er zu Meavy House hinüber, das hinter einem grüngestrichenen Gitter und einer Fülle von Bäumen und Sträuchern ein wenig abseits von der Straße lag. An der quadratischen georgianischen Fassade waren alle Fensterläden verschlossen: Warren Hunnicutt war auf die Abbey zurückgezogen. John war ein Narr! Er würde Barbara Hunnicutt niemals heiraten können. Warren würde sich nie von ihr scheiden lassen. Früher oder später würden Ellis und Emily es leid sein, sie mit freier Unterkunft und Verpflegung zu versorgen.
Selbst der Wunsch seines Vaters nach Vergeltung würde eine Grenze haben, folgerte Wesley. Was wollte John dann anfangen?
Wesley sprach brummig mit sich selbst. Gott sei Dank war dies nicht sein Problem. John hatte sich selbst sein Bett bereitet und mußte jetzt auch darin schlafen – oder gerade nicht, so wie die Dinge standen! Großer Gott. Er würde sich für sich selbst schämen, wenn es ihm nicht gelänge, eine ansehnlichere Frau zu finden als die flachbrüstige, weinerliche Barbara Hunnicutt.
Wesley näherte sich gerade der Ecke, wo die Church Lane die Hauptstraße kreuzte, als jemand aus dem Ashcombe Inn herausgetorkelt kam. Wesley beachtete ihn nicht weiter und wäre zum Wallabrook Hill hochgegangen, hätte ihn nicht Warren Hunnicutts Stimme plötzlich zum Stehenbleiben genötigt.
»Read! Wo ist dieser Hurensohn von deinem Bruder?«

Wesley blieb stehen und schaute über die Schulter zurück. Er stellte fest, daß Warrens Gesicht gerötet und sein Gang ein wenig unsicher war, als er die Straße überquerte. Warren war nicht so betrunken, daß er nicht mehr wußte, was er tat. Doch offenkundig betrunken genug, um einen öffentlichen Streit anzufangen.

Wesley wollte nach Hause gehen. Ihm war heiß; er fühlte sich erschöpft und angeödet. So schnauzte er, gleichgültig, ob ihn jemand hören konnte, Warren an: »Blödmann, verschwinde!«

»Verschwinden, hm?« Warren hatte sich vor ihm aufgebaut und packte ihn am Revers. »Meine Frau ist es, die verschwunden ist. Mit deinem Scheißbruder!«

»Laß mein Jackett los.«

»Wo ist meine Frau? Ihr Saukerle haltet sie gegen ihren Willen fest.«

»Sei nicht so dumm! Welche Frau, die noch ganz bei Trost ist, würde freiwillig zu dir zurückkommen?«

»Sie hat mich geliebt!« schrie Warren. Allmählich begannen die Passanten, sie anzustarren. »Sie hat es getan, das kann ich dir versichern! Bis dein Bruder auf der Bildfläche erschien. Ihr Methodisten seid alle die gleichen Arschlöcher! Jeder einzelne von euch ist ein Heuchler. Ihr mit eurem frommen, sittenstrengen Getue. Trinkt nicht. Flucht nicht. Am Sonntag dreimal in die Kirche... Aber klammheimlich greift ihr dann den Frauen unter die Röcke. Oder den Männern in die Hose. Einem Hurensohn wie dir würde ich alles zutrauen!«

»Also, jetzt hör mal«, begann Wesley. Langsam fühlte er den Ärger in sich hochsteigen.

»Du bist nicht verheiratet, stimmt's, Wesley?« fuhr Warren fort. Er schwankte leicht auf seinen Fußballen hin und her.

»Was möchtest du denn damit andeuten?«

»Nimm es, wie du willst. Wenn dir der Handschuh paßt, zieh ihn an. Aber warne bloß deinen Bruder John, daß er sich hüten soll, mir über den Weg zu laufen. Das ist alles!« Damit wandte sich Warren ab, stolperte über den Bordstein und fiel vornüber, mit dem Gesicht nach unten, auf die Straße.

Wesley brüllte vor Lachen. Dann dachte er an die versteckten Andeutungen, die Warren soeben gemacht hatte, und wurde wieder wütend. Bösartig trat er ihm in die Rippen.
Warren schaffte es, von selbst wieder hochzukommen; er schüttelte den Kopf, damit ihm klarer würde.
»Sei vorsichtig«, höhnte Wesley, »er könnte dir runterfallen. Es ist gefährlich, wenn man dort, wo der Verstand sein sollte, nur einen hohlen Kürbis sitzen hat.«
»Warum hast du...« Warrens Gebrüll war in der ganzen Straße zu hören. Mißbilligend drehte man die Köpfe nach den beiden um und schaute, wer da die Sonntagsruhe störte.
Beide Männer waren jedoch zu sehr miteinander beschäftigt, um sich noch um andere Menschen zu kümmern. Beleidigungen wurden nicht länger hingenommen. Warrens Faust landete seitlich auf Wesleys Kinnbacken und ließ ihn taumeln. Doch Wesley fand schnell sein Gleichgewicht wieder und schwang seine Linke, die geradewegs in den Mund seines Angreifers hineinkrachte.
Blut floß aus Warrens zerschlagener Lippe. Weil er betrunken war, zeigte er viel langsamere Reaktionen als Wesley. Statt sich vor einem weiteren Angriff zu schützen, hob er seine Hand, um den Blutstrom zu stillen. Sofort schlug Wesley erneut zu. Innerhalb weniger Minuten lag Warren zum zweiten Mal auf der Straße.
Der Whiskyrausch und der Schlag auf den Kopf, den er beim Hinfallen erlitten hatte, verwirrten ihn. Er wußte nicht mehr, wo er sich befand oder was mit ihm geschehen war. Er spürte nur noch die sengende, blinde Wut, die ihn erfüllte. Als er sich hochgerappelt hatte, umschloß seine Hand halb einen Ziegelstein. Verschwommen hatte er sich daran erinnert, ihn im Rinnstein liegen gesehen zu haben.
Er hörte, wie jemand gellend aufschrie, doch er fühlte sich davon nicht betroffen. Alles, was er wahrnahm, war das grinsende Gesicht Wesley Reads. Dieses Grinsen würde er ein für allemal wegwischen. Er hob den Arm und schmetterte den Ziegelstein direkt zwischen diese spöttischen Augen.

Wesley stieß einen gewaltigen Schrei aus und fiel hintenüber. Ohne daß er wußte, wie er dort hingekommen wäre, kniete Warren auf einmal neben ihm und schlug seinem Feind den Ziegelstein wieder und wieder ins Gesicht – das Gesicht jedoch gab es längst nicht mehr: es war nur noch eine breiige Masse von Fleisch, gesplitterten Knochen und Blut... Menschen kreischten. Langsam begann der Lärm in Warrens Hirn vorzudringen. Allmählich klärte sich sein Verstand.
Er sah hinab auf das, was er angerichtet hatte. Das konnte er nicht getan haben. Das war unmöglich! Ein plötzliches und furchtbares Zittern überkam ihn. Gesichter starrten ihn an, entsetzt und schweigend. Eine Stimme sagte: »Wir holen besser Ellis Read. Er ist noch in der Kirche.« Eine andere Stimme fügte hinzu: »Wir holen besser auch die Polizei.«
Warren stand auf und bewegte sich mit rückwärts gerichteten Schritten vorsichtig aus dem Kreis. Den blutbeschmierten Ziegelstein warf er in die Gosse zurück. Niemand rührte sich, um ihn aufzuhalten. Er wußte nicht, wie barbarisch er aussah, mit Wesleys Blut, das ihm an Haut und Kleidern klebte. Er konnte immer noch nicht fassen, was geschehen war.
Er begann zu laufen. Die Hauptstraße entlang und den Judwell Hill hinauf. Seine Körperfülle und Trunkenheit ließen ihn keuchen. Seitenstechen quälte ihn, und er hielt eine Hand in die Seite gepreßt. Seine Kehle war ausgetrocknet wie die Sahara, seine Füße waren schwer wie Blei. Doch er wußte genau, wohin er rannte: dahin, wohin er immer gerannt war, wenn er in irgendwelche Schwierigkeiten geraten war. Er lief heim nach Ashridge; zu seiner Familie; zu Silas, zu Sarah und zu Max. Sie würden ihn vor den Folgen seiner Tat schützen. So, wie sie es immer getan hatten.

Teil IV

1914–1918

17

»Mußten wir uns ausgerechnet hier verabreden?« beschwerte sich Warren mürrisch. »Warum hier? Du weißt, wie ich diese alten Gemäuer hasse.«
Max lächelte schwach. »Wenn man dich reden hört, könnte man meinen, Fontainebleau sei eine baufällige Hütte. Beeindruckt dich all die Pracht denn überhaupt nicht?«
Warren schüttelte den Kopf, so, als ob ihm das Sprechen eine zu große Anstrengung bedeutet hätte. Er fuchtelte die ganze Zeit fahrig mit den Händen herum, und in einer Ecke seines Auges zuckte ihm unaufhörlich ein Nerv.
Max hatte seinen Bruder seit fast zwei Jahren nicht mehr gesehen und war bedrückt, wie Warren sich verändert hatte. Sein Fleisch hing ihm lose von den Knochen herab, und seine Haut zeigte eine graue, ungesunde Färbung. Das, was ihm von seinem Haar noch geblieben war, war beinahe weiß. Warren war zweiunddreißig Jahre alt, doch man hätte ihn leicht für fünfzig halten können. Er besaß den gehetzten Ausdruck eines Menschen, der immer auf der Hut sein muß; eines Menschen, der viel zu sehr in Schrecken versetzt ist, als daß er in seiner Wachsamkeit einen Augenblick nachlassen könnte.
»Bist du dir sicher, daß dir niemand gefolgt ist?« fragte Warren.
Nun schüttelte Max den Kopf. »Ich glaube nicht. Ich habe keinen Zweifel, daß mich die Pariser Polizei seit meiner Ankunft am Freitag beschattet hat. Als ich Paris heute morgen verließ, war mir ein kleiner Mann mit einem Schnurrbärtchen auf den Fersen. Doch es gelang mir, ihn abzuschütteln. Schau nicht so verschreckt.« Max legte beruhigend seine Hand auf Warrens. Die Hand seines Bruders war heiß und trocken. »Ich war allein, als ich nach Fontainebleau herausfuhr.« Er zog seine Hand wieder zurück und langte in seine Jackentasche. »Hier ist das Geld.

Dreitausend Pfund in Francs. Das wird dir eine Zeitlang weiterhelfen.«
Warren machte keine Anstalten, das Päckchen zu nehmen, das ihm Max entgegenhielt. Dumpf starrte er über den Karpfenteich hinweg auf den Pavillon des Kaisers.
»Max, ich möchte nach Hause.«
Max biß sich auf die Lippen. Nach einem Augenblick des Schweigens sagte er freundlich: »Du weißt genauso gut wie ich, daß das nicht geht. Dann könntest du gleich deinen Kopf in die Schlinge des Henkers stecken.« Er berührte seinen Bruder leicht am Arm. »Laß uns hineingehen. Wir sollten immer in Bewegung bleiben. Wir wollen uns nicht verdächtig machen. Denke daran, wir sind zwei Touristen.«
»Wenn ich mich in Frankreich verstecken kann, kann ich mich auch in England verstecken«, beharrte Warren eigensinnig. »Ich habe genug von diesem fremden Essen und der französischen Sprache, die mir tagtäglich in die Ohren geschnattert wird. Seit fast drei Jahren bin ich hier, Max, und ich werde krank davon. Krank und erschöpft.«
»Warren, du kannst nicht nach England zurückkehren. Du mußt den Tatsachen ins Auge sehen. Anders bist du nicht zu schützen. In dem Augenblick, wo du deinen Fuß auf englischen Boden setzt, wird man dich wegen des Mordes an Wesley Read verhaften.«
»Ich könnte mich verkleiden«, schlug Warren vor. »Einen gefälschten Paß bekommt man leicht genug, wenn man das nötige Geld besitzt. Da kenn ich mich aus. All meine französischen Papiere sind gefälscht. Und zu Hause braucht man keine Papiere. Hier drüben zu leben bringt mich um, Max.«
»Das hättest du dir überlegen müssen«, entgegnete sein Bruder grimmig, »bevor du Wesley Read getötet hast. Du hast verdammtes Glück, daß du noch am Leben bist. Wenn du dich vor Gericht verantworten müßtest, hättest du mit all den Zeugen gegen dich nicht die geringste Chance. Anstatt herumzuwinseln, solltest du lieber deinem Schicksal danken, daß es Vater und Martin Hunstrete gelungen ist, dich außer Landes zu bringen.

Wenn Martin nicht diesen Mann in Plymouth gekannt hätte...« Er brach ab und überließ den Rest Warrens Vorstellungsvermögen.
Max war an diesem schrecklichen Sonntag nicht zu Hause gewesen. Er hatte Caroline und die Kinder in Torquay besucht und von den Ereignissen in Ashcombe erst am folgenden Morgen erfahren, als er zur Abbey zurückkehrte und die Polizei das Haus durchsuchte.
Seine Mutter und seine Schwester hatten bleich, aber gefaßt, die Versicherung von Ellis und Martin bekräftigt, Warren sei nicht mehr zur Abbey zurückgekommen. Sie hätten ihn nicht mehr gesehen, behaupteten sie, seit er das Haus frühzeitig am vorhergehenden Abend verlassen hatte. Der Mord hatte sie schockiert, erschreckt und entsetzt, doch sie hielten unnachgiebig daran fest, zu Warren seit jener Tat keinen Kontakt gehabt zu haben.
Die Dienstboten waren ebenso standhaft gewesen. Kein noch so geschicktes Kreuzverhör der Polizei konnte sie in ihrer Aussage erschüttern: Mr. Warren hatte man seit Sonntagabend so gegen halb sechs nicht mehr gesehen. Das Dorf schloß seine Reihen, wie man es bei Schwierigkeiten seit Jahrhunderten tat. Es war eine instinktive Stammesreaktion – so alt wie die Hügel –, um den Fremden zu überlisten. Zeugen, die unter den ersten Nachwirkungen des entsetzlichen Vorfalls noch bestätigt hatten, sie hätten Warren den Judwell Hill in Richtung Abbey hinauflaufen sehen, wurden plötzlich von Zweifeln heimgesucht oder von Gedächtnisschwund gequält. In drei Tagen intensiver Nachforschung war es der Polizei aus Exeter nicht gelungen, auch nur das geringste in Erfahrung zu bringen.
Max war dankbar dafür gewesen, daß er nicht zu Hause gewesen und deshalb auch nicht gezwungen war, zu lügen oder gar bei einer Gerichtsverhandlung einen Meineid abzulegen.
Es war makaber, aber das Aufsehen, das der Fall in der Öffentlichkeit erregt hatte, schadete den Reads weitaus mehr als den Hunnicutts. Die Anwälte der Hunnicutts entwarfen, so gut sie nur konnten, das Bild des verlassenen Ehemannes, dem man die Frau fortgelockt hatte. Die Zeitungen stürzten sich auf die Ge-

schichte; was man andernfalls für einen ziemlich schäbigen Mord gehalten hätte, entwickelte sich wegen des menschlichen Dramas, das dahinter stand, zu einem aufsehenerregenden Fall. Daß das Opfer zudem der älteste Sohn und Erbe des Besitzers der Wessex Stores war, tat ein übriges, um das Interesse noch zu steigern.

Besonders die Protestanten empfanden es als Schande, daß ein wohlbekanntes Mitglied ihrer Methodistenkirche dem Treiben seines Sohnes in einer Angelegenheit Vorschub geleistet hatte, die die Zeitungen als »ehebrecherische Verbindung« bezeichneten. Der Umstand, daß Barbara Hunnicutt unter Ellis' Dach gelebt hatte, sprach gegen ihn. Ein Rückgang des geschäftlichen Erfolges war die Folge. Zu einer Zeit, wo sich die Gesellschaft wegen ihrer Versuche, ihr Absatzgebiet auszuweiten, in einem bedenklichen Zustand befand, fielen die Wessex-Aktien in dramatischer Weise. Das Allerschlimmste jedoch war, daß eine gewisse Anzahl von Kunden sich zurückgezogen hatte – selbst im Süden und Westen.

»Was ist eigentlich aus Barbara geworden?« fragte Warren nach einer Weile. Gleichgültig betrachtete er die reichverzierte Pracht der Säulenhalle Heinrichs des Zweiten. »Lebt sie noch auf High Tor?«

»Sie ist zur Leat Farm zurückgegangen. Ich habe sie vor ein oder zwei Monaten in Princetown getroffen. Sie ist zutiefst unglücklich, hatte ich den Eindruck.«

»Dazu hat sie auch verdammten Grund«, grunzte Warren bösartig. »Das ist der einzige Gedanke, der mich davon abhält, mit allem Schluß zu machen. Das Wissen, daß sie in dem Augenblick, in dem ich tot bin, sofort John Read heiraten würde.«

Max war bestürzt. »Warren, um Himmels willen. Sag doch nicht so etwas!«

»Warum nicht? Wozu lebe ich denn noch?« Warren fuhr herum und blickte seinen Bruder scharf an. »Max, richte Vater von mir aus, daß ich nach Hause kommen will. Lange halte ich es hier nicht mehr aus.«

»Gräßlicher Ort, dieses Europa«, sagte Mrs. Shapley. »Mich würde niemand dazu bewegen können, den Kanal zu überqueren. Nicht für tausend Pfund.«
Emily war damit beschäftigt, die Bestände im Vorratsschrank zu kontrollieren. Doch die Bemerkung der Haushälterin verlangte so überdeutlich nach einer Antwort, daß sie einhielt und fragte: »Was ist denn los?«
»Man hat den Erzherzog Franz Soundso von Österreich ermordet. In so einem Ort, der Sara-... Sarajeevo heißt.«
»Ich glaube, das spricht man Sarajevo aus, Mrs. Shapley. Sind das alle eingemachten Himbeeren, die wir noch haben?«
»Für den Biskuitauflauf zu Weihnachten haben wir doch zwei ganze Gläser gebraucht.«
Sobald sie konnte, entschlüpfte Emily in den Garten. Sie ging um das Haus zur Vorderseite herum, wo sie sich an das Gitter lehnte und auf den terrassenförmigen Garten starrte. Sie schaute auf das Tal, hinter dem sich die Hügel erhoben, und die wilden Moorebenen, die daran angrenzten. Der Sommer war sehr heiß und trocken; so wie vor drei Jahren, als Wesley ermordet wurde.
Während der letzten drei Jahre war der Rückgang im Geschäftserfolg der Wessex Stores nicht länger zu verheimlichen gewesen. Ellis wurde seine Sorgen nicht mehr los und redete mit John vor der ganzen Familie pausenlos über die Zukunft des Geschäfts. Mehr denn je plädierte John dafür, sich aus dem Norden zurückzuziehen und dafür die Anstrengungen im Westen und Süden zu verdoppeln, um die verlorene Kundschaft zurückzugewinnen. Ellis allerdings beharrte mit Edwin Shepherds Unterstützung darauf, daß das Projekt im Norden Englands ihre einzige Hoffnung bedeute. Whitefield und Dorset, die inzwischen als Junioren dem Verwaltungsrat angehörten, verhielten sich abwartend und sagten gar nichts.
Emily fragte sich, wie schlimm es um die Dinge wirklich stand. Ellis verriet ihr gegenüber kein Wort.
Früher hätte sie sich an John wenden können, doch jetzt mieden sie einander. Wie gerne hätte sie gewußt, was vor sich ging. Ge-

stern abend hatte sie John und Ellis nach dem Abendessen in der Bibliothek über die Aufnahme eines Darlehens reden hören.
»Willst du damit sagen, daß du High Tor verpfänden willst?« hatte John wütend gefragt. »Du setzt lieber High Tor aufs Spiel als zuzugeben, daß du und Edwin euch geirrt habt.«
Das Wort »verpfänden« erschreckte Emily. Sie war dazu erzogen worden, jegliche Schulden oder Darlehen mit Argwohn zu betrachten. Der Gedanke, daß High Tor Ellis nicht mehr gehören könnte, verunsicherte sie zutiefst in ihrem Bedürfnis nach Sicherheit. Als sie dann gemeinsam im Bett lagen, hatte sie versucht, dieses Thema anzusprechen, doch Ellis hatte sich auf die andere Seite gedreht und war eingeschlafen.
Der Ruf »Mama!« unterbrach sie in ihren trüben Gedanken. Harriet kam die Gartenterrassen heraufgekeucht. Ihre dicken kleinen Beinchen mit den Grübchenknien nahmen jede Stufe mit einer Entschlossenheit in Angriff, als handle es sich um den Mount Everest. Das pausbäckige Gesicht war rosig vor Anstrengung. Ihre Schürze war zerrissen, und um ihren Mund konnte man verräterische Saftspuren erkennen. Sie hatte der Aufmerksamkeit Rhoda Bennetts entkommen können und war geradewegs ihrem Mekka zugestrebt – den Erdbeerfeldern ganz hinten im Garten.
In ihrem Temperament war Harriet mit ihren Brüdern in keiner Weise zu vergleichen; sie hatte nichts von den Reads an sich, wie Emily erleichtert zu bemerken pflegte. Sie war drall und rund wie eine Kugel. Sie liebte jeden, und jeder liebte sie. Selbst Ellis war ihrem Liebreiz nicht gewachsen.
Das Ärgerliche daran war, dachte Emily, während sie ihre Tochter mit ausgestreckten Armen heraufstapfen sah, daß Harriet niemandem den Vorzug gab. Ihre Mutter bedeutete ihr soviel oder sowenig wie jeder andere auch.
»Ich bin undankbar«, dachte Emily, als sie sich hinunterbeugte und Harriet in ihre Arme schloß. Um sich nicht zu verraten, versteckte Harriet ihre kleinen Finger, an denen noch der Erdbeersaft klebte. »Wenigstens eines meiner Kinder hat mich gern. Warum kann ich damit denn nicht zufrieden sein?«

»Guten Tag, Christina.«
Martin Hunstrete blieb mitten auf der Hauptstraße in Exeter stehen und zog seinen Hut.
Chrissie machte ein finsteres Gesicht und versuchte, sich an ihm vorbeizudrängen. Doch Martin griff mit einer Hand nach ihrem Arm.
»Laß mich los«, sagte sie mit leiser, zornbebender Stimme, sorgfältig darauf bedacht, kein öffentliches Aufsehen zu erregen. »Wir haben uns nichts mehr zu sagen. Du bist jetzt ein Hunnicutt.«
»Ich bin mit einer verheiratet. Das ist ein Unterschied. Du und ich, wir können doch deshalb Freunde bleiben? Komm, laß mich dich zum Tee bei Deller's einladen.«
»Weshalb?«
Martin lächelte und ließ seinen ganzen Charme spielen. »Nur um zu zeigen, daß ich nichts gegen dich habe. Außerdem habe ich jungen attraktiven Damen noch nie widerstehen können.«
Chrissie zögerte. Schmeicheleien verfehlten bei ihr nie ihre Wirkung. Und Martin Hunstrete war ein gutaussehender Mann. Überdies fühlte Chrissie sich sehr gelangweilt. Sie war für einen Tag nach Exeter gefahren, um ein paar Einkäufe zu tätigen, doch sie hatte nichts Passendes gefunden. Sie hatte noch anderthalb Stunden Zeit, bis ihr Zug fuhr, und deshalb daran gedacht, Teetrinken zu gehen. Doch es wäre erheblich unterhaltsamer, dies in Begleitung von Martin Hunstrete zu tun. Er hatte schon recht: ein richtiger Hunnicutt war er nicht.
»Wi-ir...«, begann sie, doch ließ er sie nicht ausreden.
»Dann also abgemacht. Hier, nimm meinen Arm. Deinem Gang nach zu urteilen, mußt du müde sein.«
Sobald sie sich an einem Ecktisch in Deller's Café niedergelassen hatten, bestellte Martin routiniert süße Brötchen, Sahne und Marmelade zum Tee. Chrissie maß ihren Begleiter mit neugierigen Blicken. Warum hatte sie nie zuvor bemerkt, welche Stärke von ihm ausging? Wie lockig sein Haar war? Wie stark und vertrauenswürdig er aussah? Warum hatte sie das Urteil ihres Vaters über Martins Charakter nie in Zweifel gezogen?

Martin legte seine Hand auf die ihre. Rasch zog Chrissie sie in die Sicherheit ihres Schoßes zurück und sagte nüchtern: »Du bist ein verheirateter Mann.«
»Ja«, antwortete er bitter. »Dein Vater und meine liebe Cousine Emily haben mir kaum eine andere Wahl gelassen, als sie mich wegen einer Handvoll Lügen so unerbittlich verstießen.«
»Waren es denn wirklich Lügen?«
»Das schwöre ich dir.«
Dies äußerte er mit solcher Überzeugung, daß es stimmen mußte. Man hatte ihn schlecht behandelt. Ihre Hand glitt wieder auf den Tisch zurück, wo sie, nur wenige Zentimeter von seiner entfernt, liegen blieb.
»Du... hast doch nicht mit dafür gesorgt, daß Warren Hunnicutt entkommen konnte, oder?« fragte sie, nachdem sie einen Augenblick geschwiegen hatten. »Wenn du daran beteiligt warst, dann möchte ich nämlich nichts mit dir zu tun haben.«
»Ich habe da nicht mitgemacht, darauf gebe ich dir mein Wort«, antwortete Martin sanft. »Das haben mein Schwiegervater und Max miteinander bewerkstelligt.«
Einen Augenblick lang zweifelte Chrissie, ob sie ihm Glauben schenken sollte. Doch dann unterdrückte sie ihre Bedenken. Seit Jahren hatte sie niemand mehr mit solch unverhohlener Bewunderung betrachtet wie Martin.
Die Bedienung erschien mit dem Teegeschirr. Chrissie suchte Martins Augen und lächelte ihn an.

18

»Du bist sicher, daß deine Informationen richtig sind?« fragte Silas. »Und, Himmel noch mal, mäßige deinen Schritt, Junge. Ich bin nicht mehr so jung wie früher.«
Martin verlangsamte seinen Schritt und glich sein Tempo dem seines Schwiegervaters an, der an diesem Morgen sein Alter deutlich zu spüren bekam. Er konnte sich inzwischen nur noch mit Hilfe eines Stockes fortbewegen. Sein graues Haar und der

Bart, dessen Spitzen sich auseinanderbogen, waren spärlicher geworden. Sein Verstand jedoch war klar wie eh und je.
»Da bin ich mir ganz sicher, Vater«, antwortete Martin. »Das, was Chrissie Read hat einfließen lassen, stimmt mit dem überein, was wir bereits wußten.«
»Daß die Wessex Stores in ernsthaften finanziellen Schwierigkeiten stecken?«
»Ja. Der Versuch, den Markt im Norden Englands zu erobern, ist gescheitert. Dazu kommt noch die ungünstige Presse wegen Barbara. Ellis Read hat versucht, einen Kredit aufzunehmen, doch die Bank hat ihm das Darlehen verweigert. Sie sind zu gerissen, um ihr gutes Geld in solch ein windiges Unternehmen zu stecken.«
»Und Chrissie Read glaubt, ihr Vater sei bereit, auch ein privates Darlehen anzunehmen und High Tor als zusätzliche Sicherheit anzubieten?«
»Alles, was Chrissie weiß, sind Bruchstücke aus Unterhaltungen, die sie zufällig aufgeschnappt hat. Aber sie ist nicht dumm. Außerdem stimmt es, wie ich schon sagte, mit dem überein, was wir selbst bereits wissen.«
»Wie ist es dir überhaupt gelungen, so viel herauszubekommen?« wollte Silas mißtrauisch wissen.
Martin lächelte. »Halte es meinem verhängnisvollen Charme zugute, Vater.« Als er Silas die Stirn runzeln sah, fügte er rasch hinzu: »Ich habe das arme Mädchen lediglich zum Tee eingeladen, darauf gebe ich dir mein Wort. Wir sind uns rein zufällig begegnet. Sie war nach Exeter zum Einkaufen gefahren, und ich hatte dort etwas Geschäftliches zu erledigen. Ich hielt es für eine günstige Gelegenheit, die ich sogleich ergriff. Es hätte mir genausogut passieren können, daß sie von alldem nichts gewußt hätte.«
Silas brummte: »Dann ist es ja gut. Doch wenn du jemals mich – oder Julia – hintergehen solltest, mache ich Strumpfbänder aus deinen Därmen.«
»Das würde ich nie tun, Vater. Du solltest mich besser kennen.«

Martin lächelte und schob seinen Arm unter Silas' Ellbogen. »Das wird ein heißer Tag werden. Laß uns lieber im Haus weiterreden, wo es kühl ist.«

Ellis saß hinter seinem gewaltigen Schreibtisch aus Walnußholz, dessen Schreibfläche mit Leder bezogen war, und schaute John böse an. Er sah alt und abgehärmt aus. »Brauchst du nicht mehr anzuklopfen, bevor du mein Büro betrittst?« fragte er. »Daß du mein Sohn bist, gibt dir nicht das Recht, in dieser ungenierten Art und Weise mit mir umzugehen. Bei der Arbeit wirst du mir den Respekt erweisen, den mir auch die übrigen Angestellten zollen.«

Der schneidende Ton seines Vaters trug nicht gerade dazu bei, John zu besänftigen. Ebensowenig der Anblick Edwins, der neben dem Schreibtisch saß.

»Ist es wahr?« fragte John.

»Ist was wahr?«

»Daß du High Tor an irgendeine Kreditgesellschaft oder so was verpfändet hast?« Als Ellis, von der Frage offensichtlich aus der Fassung gebracht, zögerte, beugte John sich vor und stützte sich mit den Händen auf der Schreibtischplatte ab. »Ist das wahr, Vater? Es handelt sich um mein Erbe, mit dem du im Wahrheitsfalle spielst.«

Edwin kicherte gehässig. »Du hast nicht lange gebraucht, um in Wesleys Fußstapfen zu treten. Du denkst nur an dich.«

Ellis' Augen waren schmal wie Schlitze. »Wer High Tor erben wird, John, ist noch nicht festgelegt. Vergiß das nicht. Ich kann es hinterlassen, wem immer ich will.«

»Du wirst es überhaupt keinem hinterlassen«, entgegnete John. Er bemühte sich, seinen Zorn in den Griff zu bekommen. »Es wird eines Tages mit allem Drum und Dran deinen neuen Gönnern gehören, falls du dich nicht endlich aus Nordengland zurückziehst.« Mit bleichem Gesicht und brennenden Augen fuhr er seinen Schwager an: »Das ist dein Werk, Edwin! Der ganze Plan stammt von dir, von Anfang an. Schon vor Jahren habe ich dir gesagt, daß das nicht hinhauen wird. Aber hättest du je auf mich gehört? Nein! Selbst jetzt, wo sich unser Unternehmen dem Bankrott gegenübersieht, würdest du niemals zugeben, daß du dich geirrt hast. Du wagst es nicht, denn dann würdest du dein Gesicht verlieren!«

Krachend sauste Ellis' Faust auf den Tisch nieder und ließ Tintenlöscher und Schreibtischgarnitur aufhüpfen.

»Du kannst hier nicht einfach hereinkommen, John, und dich aufführen, als gehörte dir bereits das Geschäft. Ich kann es ebensogut Whitefield oder Dorset vermachen.«

»Auf jeden Fall«, fuhr John fort, bevor Ellis weiterreden konnte, »wird die ganze Frage, wer welches Erbe erhält, sich bald erübrigt haben. Wir haben ständig größere Ausgaben als Einnahmen, besonders im Norden... Wenn ich meinen Standpunkt einmal darlegen darf: Wir waren stolz darauf, das Unternehmen zu sein, das die besten Pasteten von ganz Cornwall verkauft. Nur das frischeste Fleisch, die besten Kartoffeln und Zwiebeln. Unsere Füllung ist unschlagbar. Aber landeinwärts kocht man die Zutaten vorher und mahlt sie fein wie Staub.«

»Dann werden wir die Leute umerziehen«, warf Edwin ein.

»Wir werden es nicht, das ist der springende Punkt. Wenn sie etwas nicht mögen, dann kaufen es die Leute nicht. Und die aus dem Norden mögen unsere traditionellen *Oggies* eben nicht.«

John erkannte, daß er sich den beiden Männern nicht begreiflich machen konnte, und ließ dieses Argument mit einem resignierten Seufzer fallen. »Dieser Krieg«, fuhr er fort, »trägt auch nicht dazu bei, unsere Lage zu verbessern. Die Menschen leben in Furcht und sind verwirrt, weil alles so schnell gegangen ist. Und Menschen, die sich ängstigen, neigen dazu, ihr Geld festzuhalten.«

»Weihnachten ist der Krieg vorbei«, schnauzte ihn Ellis an. »Das sagt jeder.«

»Dann irrt sich jeder. Vater, liest du keine Zeitung? Jeden Tag verlieren wir bei Ypern Tausende von Männern. Der Preuße ist nicht an einem Tag zu überwältigen.«

»Aber der Krieg wird unsere Rettung sein«, widersprach Edwin. »Wir können mit Regierungsaufträgen rechnen.«

»Dazu müssen wir erst einmal unsere Konkurrenz unterbieten! Bildest du dir ernsthaft ein, daß wir es in unserer gegenwärtigen finanziellen Situation mit Sainsbury's oder Lipton's aufnehmen könnten?«

»Unsere Kreditgeber scheinen es zu glauben!« führte Ellis triumphierend ins Feld. Es war ein grauer Novembertag, dessen Dämmerlicht das Zimmer erfüllte. Als schwacher Lichtstreif fiel es durch die hohen Fenster, deren Vorhänge noch nicht zugezogen waren. Die Gaslampen waren noch nicht angezündet. »Sie sind dazu bereit, eine beträchtliche Menge Geld in dieses Unternehmen zu stecken. Und sie gehen davon aus, daß wir es ihnen mitsamt Zinsen in wenigen Jahren zurückgezahlt haben werden. Sie sind davon überzeugt, daß die Wessex Stores eine der größten Lebensmittel-Einzelhandels-Ketten im Land werden können.«

»Und wer sind diese Menschenfreunde?« fragte John grimmig.

»Ein neues Unternehmen, das sich Aliss-Kredit-Gesellschaft nennt.«

»Und sie haben High Tor als Pfand genommen?«

»Herrschaftszeiten noch einmal!« Ellis konnte nur mühsam seinen Ärger zurückhalten. Seine Finger umspannten die Schreibtischplatte von beiden Seiten so hart, daß die Knöchel weiß hervortraten. »Wie oft soll ich dir noch sagen, daß es dazu nicht kommen wird? Unser Unternehmen hat eine Pechsträhne gehabt, das ist alles. Die Schwierigkeiten im Norden sind die üblichen Kinderkrankheiten gewesen; und das öffentliche Interesse, das dem Tod deines Bruders folgte, hat sich größtenteils gegen uns gerichtet. Zum Teil war das meine eigene Dummheit. Niemals hätte ich erlauben dürfen, daß diese Frau unter meinem Dach wohnt. Von deiner eigenen Schuld, die dich verstummen lassen müßte, wenn schon nichts anderes es vermag, will ich gar nicht erst reden.«

Ohne dazu aufgefordert zu sein, ließ sich John auf den Stuhl sinken, der auf der anderen Seite des Schreibtisches seinem Vater gegenüber stand. Er fühlte sich gedemütigt, niedergeschlagen, geistig und körperlich erschöpft. Sein Leben war ein einziges

Durcheinander. Die eine Frau liebte er, der anderen war er verbunden, und sich selbst hielt er indirekt für den Tod seines Bruders verantwortlich. Er dachte daran, wie er Barbara einmal gesagt hatte, wenn sein Vater ihr nicht erlauben würde, auf High Tor zu bleiben, und Warren sich nicht scheiden ließe, dann würden sie einfach fortgehen, irgendwohin, und dort miteinander leben. Aber nach dem Mord an Wesley war John nicht mehr fähig gewesen, dieses Versprechen einzulösen. Dieses sinnlose, viehische Töten und Warrens anschließende Flucht hatten eine Schuld auf John geladen, die er manchmal fast nicht mehr ertragen konnte. Zu diesem Vergehen konnte er seiner Familie nicht noch den Kummer bereiten, mit einer Frau zusammenzuleben, die noch einem anderen gehörte.

Er ballte die Fäuste in seinem Schoß und versuchte, sich auf das Problem, das vor ihm lag, zu konzentrieren.

Die Aliss-Kredit-Gesellschaft. Aliss... Aliss – irgend etwas in der Anordnung der Buchstaben störte ihn, als ob sie einen verborgenen Sinn enthielten. Doch er war erschöpft; sein Geist war ausgebrannt. Schwerfällig erhob er sich, entschuldigte sich und ging hinaus, ohne das Rätsel gelöst zu haben.

Ruhig ritt Max die Felsschlucht entlang.

Dies war der erste wirklich schöne Tag seit Weihnachten, und er hatte ihn dazu genutzt, sich ein wenig Bewegung zu verschaffen und die winterliche Schwermut abzuschütteln. Die letzten Monate waren unangenehm gewesen. Ein strenger Frost hatte geherrscht, und es war zu schweren Regenfällen gekommen. Die meisten Menschen hatten sich in ihre Häuser eingeschlossen. Die Neuigkeiten waren ebenfalls nicht angenehm gewesen. Man schätzte, daß sich die Verluste bei Ypern auf fünfzigtausend Mann beliefen. Dover war bombardiert worden. Deutsche Schiffe hatten Hartlepool und Scarborough mit Granaten beschossen. Das Schiff Ihrer Majestät, die HMS *Formidable*, hatte man torpediert. Bisher gab es noch keine Wehrpflicht, doch dieses Thema wurde bereits gründlich in den Zeitungen erörtert. Max wußte, daß es nur eine Frage der Zeit war, bis er sich frei-

willig melden würde. Plötzlich wußte er, daß dieser Galopp durch sein geliebtes Moor ein Abschied war. Er schaute zum Himmel hinauf, wo sich die Wolken zusammenballten: zu Drachen, Gebirgen und Burgen, geschnitten in Ebenholz und Feuer gegen den Hintergrund der ersterbenden Sonnenstrahlen. Auf einmal hatte er es eilig, nach Hause zu kommen. Er kürzte seinem Pferd die Zügel, stieß ihm die Hacken in die Flanken und setzte zu einem flotten Trab an, der ihn zur Abbey brachte.
Silas erwartete ihn in der Halle, einen Brief in der Hand. Ein Blick auf das Gesicht seines Vaters verriet ihm sofort, daß etwas geschehen sein mußte.
»Warren ist tot.« Silas hielt ihm den schlecht beschrifteten Briefumschlag entgegen. »Genau vor Weihnachten. Dies ist von seiner Pensionswirtin, dieser Frau Serrière.«
Max nahm den Brief; doch er war nur wenig erschüttert. Insgeheim hatte er damit gerechnet, besonders seit diesem Tag auf Fontainebleau im letzten Mai.
»Woran ist er gestorben?«
»Diese dumme Kuh scheint es nicht zu wissen. Mein Französisch ist nicht gut genug, doch selbst deine Mutter hatte Mühe, die Schrift zu entziffern. Die Frau ist total ungebildet. Ihre einzige Sorge gilt der Entschädigung für ihre Unkosten beim Begräbnis. Ich werde nach Frankreich schreiben und um mehr Einzelheiten bitten. Wenigstens den Namen des Arztes hat sie uns genannt, der Warren behandelt hat.«
Max, dessen Augen den Bogen mit der fast unleserlichen Schrift überflogen hatten, sagte: »Ja. Hier steht er. Sieht aus wie Bouvier.«
»Dasselbe hat deine Mutter gesagt. Laß uns bloß darum beten, daß die Preußen nicht eher in Paris eindringen, bis ich meinen Brief abgeschickt und eine Antwort darauf erhalten habe. Morgen früh werde ich nach Exeter fahren und mich mit den Anwälten besprechen. Der alte Chapman soll diesen Bouvier aufspüren. Verdammt noch mal, dazu wird er schließlich bezahlt. Außerdem könnte es zu Verwicklungen kommen. Warren hat schließlich unter falschem Namen dort gelebt.« Er unterbrach

sich, als Max zur Tür ging. »Wohin, zum Teufel, gehst du? Du bist doch eben erst hereingekommen?«
Die Augen rot vor Weinen, kam Julia aus dem vorderen Gesellschaftszimmer. Sie hatte Warren aufrichtig gerngehabt; ein wenig war er immer ein Unglücksrabe geblieben, genau wie sie. Der vom Glück Begünstigte war Max mit seinem guten Aussehen und seiner angenehmen Art.
»Kann ich mir deinen Wagen leihen?« fragte Max seine Schwester. »Meiner hat einen platten Reifen.«
Julia runzelte die Stirn. »Natürlich. Aber weshalb, um alles in der Welt?«
»Ich will nach High Tor fahren. Man muß John Read benachrichtigen, daß Warren tot ist.«
Für einen Augenblick schauten ihn sein Vater und seine Schwester verblüfft an, bevor sie gemeinsam in ein Protestgeschrei ausbrachen.
»Begib dich bloß nicht in die Nähe dieses verdammten Bastards!« schrie Silas gellend und pochte dabei mit dem Stock auf den Boden.
»Judas!« flüsterte Julia, vernichtende Verachtung in der Stimme. »John Read ist schuld an Warrens Tod.«
»Er hat ein Recht darauf zu erfahren, daß er Barbara jetzt heiraten kann«, antwortete Max fest. »Ihr beide scheint zu vergessen, daß Warren Wesley Read ermordet hat.«
»Er ist dazu getrieben worden, ein Umstand, den *du* zu vergessen scheinst«, brüllte Silas.
»So sehr kann man nicht gereizt werden, daß man einen Grund hätte, jemanden zu ermorden«, antwortete Max bitter.
Silas sah aus, als ob ihn gleich der Schlag träfe. Sarah, die aus dem Arbeitszimmer an der anderen Seite der Halle hervorgekommen war, erfaßte die Situation mit einem Blick. Sie lotste ihren Mann in einen Stuhl und sprach über seinen Kopf hinweg zu Max.
»Geh, wenn du gehen mußt. Du hast natürlich recht. John Read hat ein Recht, es zu erfahren. Barbara liebt ihn. Er muß tun, was er für richtig hält.«

»Mutter...«, begann Julia vorwurfsvoll, aber Sarah bedeutete ihr mit einer Handbewegung zu schweigen.
»Das geht dich nichts an, Julia. Nur Vater und mich. Max hat meinen Segen.«
Silas schluckte. Er versuchte zu sprechen, doch die Worte blieben ihm im Halse stecken. Sein Herz tat eigentümliche Bewegungen. Es schlug ihm in seiner Brust, als ob es ein Eigenleben führte.
Max blieb stehen, die Hand auf die Klinke der Vordertür gelegt. Manchmal fühlte er, daß er in steter Auseinandersetzung mit seinem Vater lebte. Ihre Gedanken und Ideale waren so weit voneinander entfernt. Max wußte, daß er beiden Eltern eine große Enttäuschung war. Er hatte nie geheiratet, lebte mit Caroline zusammen und zeugte Enkelkinder, deren Existenz Sarah und Silas niemals würden zur Kenntnis nehmen können. Das jedenfalls war vorbei. Inzwischen besuchte er das ruhige Haus nahe Meadfoot Beach nur noch der Kinder wegen. Silas hatte irgendwie gemerkt, daß die Affäre vorüber war, und hatte sich darüber gefreut. Jetzt widersetzte sich Max ihm aufs neue.
Er zuckte resigniert mit den Schultern. Wenigstens seine Mutter hatte Verständnis für ihn. Max öffnete die Tür und schritt in die Januardämmerung hinaus.

19

John und Barbara heirateten am 9. Mai 1915, zwei Tage nach dem Untergang der *Lusitania*. Die bescheidene, ruhige Trauung wurde im Standesamt von Exeter vollzogen. Der Bräutigam trug Khaki; zwei Monate zuvor hatte John sich freiwillig zum Königlichen Fliegerkorps der Armee gemeldet.
Von der Familie der Braut war niemand zugegen. Weder Sam Clyde noch seine neue Frau wollten noch etwas mit Barbara zu tun haben, nachdem diese ihre Absicht, John Read zu heiraten, kundgetan hatte. Als dieser Plan bekannt wurde, waren beide froh, sie aus dem Haus zu haben. Nachdem Barbara durch den

Skandal um den Mord an Wesley von High Tor vertrieben worden war, hatte Sam sie nur deshalb auf der Leat Farm aufgenommen, weil er dies für seine Christenpflicht gehalten hatte. An einem kalten Januarabend vor fünf Monaten war John persönlich bei ihnen erschienen und hatte Barbara die Nachricht vom Tod ihres Mannes überbracht.

»Sobald wir können, werden wir heiraten«, hatte er gesagt und sie sanft auf die Stirn geküßt. »Zunächst muß die Polizei in Paris seinen Tod offiziell bestätigen. In Kriegszeiten kann so etwas eine Weile dauern.«

Damals hatte er seinen Entschluß, Soldat zu werden, nicht erwähnt. Als er es ihr schließlich sagte, weinte Barbara und machte ihm Vorwürfe.

»Man wird dich töten«, hatte sie geklagt.

»Nicht, bevor ich dich geheiratet habe«, war seine lachende Antwort gewesen. »Bis dahin werde ich meine Ausbildung nämlich noch nicht beendet haben.«

Und so war es auch. Er war noch in Sussex, in der Nähe von Hastings, stationiert. Er hatte Urlaub erhalten und war am vorausgehenden Abend angekommen.

Die Uniform steht ihm gut, dachte Emily bitter, als sie das Standesamt verließen und von dem fahlen Licht eines regnerischen Mainachmittages umfangen wurden. Zusammen mit Ellis setzte sie sich in den zweiten Wagen, der sie in einem kleinen Konvoi zu einer winzigen alkoholfreien Gaststätte direkt hinter der Hauptstraße geleiten würde. John und Barbara würden dort die Nacht verbringen, bevor sie zu zweitägigen Flitterwochen nach Ilfracombe aufbrächen.

Emily richtete ihren Blick auf Ellis. Er zählte noch keine fünfzig, doch während der letzten Jahre war er rasch gealtert. Sein Haar war grau und dünn geworden. Die vormalige rotblonde Farbe konnte man nur noch erahnen. Die Haut war zerfurcht und von Runzeln durchzogen. Die plötzlichen Wutanfälle, die ihm, wie sie jetzt feststellte, eine gewisse Vitalität verliehen hatten, gab es nicht mehr. Manchmal fragte Emily sich, ob sie nicht schon neben einem Gespenst lebte. Ihr Verdacht, daß das Geschäft in ernsthaften Schwierigkeiten stecke, hatte sich noch verstärkt; doch da Ellis es nach wie vor ablehnte, seine Angelegenheiten mit ihr zu besprechen, besaß sie keine Möglichkeit, in Erfahrung zu bringen, wie ernst es um die Dinge tatsächlich stand. Gelegentlich hatte sie versucht, ihn zu einem Arztbesuch zu bewegen – doch ohne jeden Erfolg.

»Mir fehlt nichts«, hatte er eigensinnig beharrt.

Johns Entscheidung, sich freiwillig zur Armee zu melden, hatte Ellis mit einer Gleichgültigkeit hingenommen, die echt oder auch gespielt sein konnte; Emily war sich nicht sicher. Er und John hatten einander in jenen Tagen nur noch wenig zu sagen gehabt. Da war es unmöglich, ihre wahren Gefühle zu beurteilen. Anders war es bei Whitefield und Dorset gewesen. Von dem Augenblick an, wo der Krieg erklärt worden war, hatten beide darauf gebrannt, sich zur Armee zu melden. Ellis jedoch hatte dies gänzlich verboten.

»Ihr verrichtet eine wichtige Arbeit auf dem Zivilsektor«, hatte er ihnen rundheraus gesagt. »Zu Kriegszeiten ist Nahrung sogar eine noch lebenswichtigere Ware.«

Doch bei John hatte er keine Einwände erhoben.

Das Hinterzimmer des Hotels, das den Gesellschaften vorbehalten war, wirkte stickig und roch nach gekochtem Kohl.

Barbara klammerte sich an Johns Arm, als ob sie befürchtete, er könnte sich in Luft auflösen. Ein Glanz lag auf ihrem Gesicht, ein inneres Strahlen, das sie beinahe hübsch erscheinen ließ. Emily hätte nicht geglaubt, daß Barbara je so gut aussehen könnte.

Die Braut hatte ein beiges Kostüm gewählt und trug dazu eine kornblumenblaue Bluse und einen gleichfarbenen Hut. Dieses Blau ließ in unerwarteter Weise ihre Augen stärker hervortreten, die plötzlich lebendig und funkelnd erschienen. Als Barbara sich mit Edwin und Louise unterhielt, war sie ausgesprochen lebhaft. John lächelte auf sie herab, und etwas wie Stolz spiegelte sich in seinem Gesicht.

Emily war es gelungen, sich von ihrer Schwiegertochter langsam in Richtung Tür zu entfernen. Sie hatte das Gefühl, nicht länger herumstehen zu können; eingesperrt in diesen abscheulichen kleinen Raum mit seiner fleckigen Tapete, seinen schmutzigen, rot ausgepolsterten Plüschstühlen und seinen goldumrahmten Bildern, die vor Fliegendreck starrten. Rasch sah sie sich um, um sicherzugehen, daß niemand sie beobachtete, dann schlüpfte sie unauffällig nach draußen.

Im Durchgang war es kühl, denn die Haustür stand offen. Es hatte zu regnen aufgehört. Hinter einer Wolke sah man die Sonne hervorkommen. Eine Zeitlang würde sie wohl niemand vermissen, und die frische Luft würde ihren Kopf klären helfen und sie entspannter werden lassen. Geschwind entfernte sie sich aus dem Hotel und schritt tüchtig aus, bis sie vor einer Kirche stand. Sie ließ sich auf einer Bank nieder und betrachtete müßig die Blumenbeete.

»Emily.«

Rasch wandte sie sich um und sah mit der Empfindung eines *déjà vu* John neben sich stehen. Es war wie damals, an jenem Abend im Rosengarten; der Abend, an dem Wesley getötet wurde. Und doch gab es einen gewaltigen Unterschied. John war jetzt verheiratet.

»Ich habe dich hinausschlüpfen sehen«, sagte er.

Emily krümmte die Schultern. »Bist du nicht ein bißchen ungeschickt?« fragte sie. »Zwangsläufig wird man deine Abwesenheit bemerken, und dann werden sie auch mich vermissen. Und wir haben uns nichts zu sagen, John. Schon seit sehr langer Zeit nicht mehr.«

»Ich habe bereits einmal versucht, mich dafür bei dir zu entschuldigen...«

»Deine Entschuldigung brauche ich nicht; ich wünsche sie auch nicht. Weder damals noch jetzt.«

Wieder wandte sie sich ab und betrachtete die Zwillingstürme der Kathedrale.

John zögerte. Er starrte auf ihren Nacken, in dem die Flechten ihres blonden Haares ineinander verschlungen und zu einem schweren Knoten hochgesteckt waren.

Warum war er ihr gefolgt? Was konnte er Emily eingestehen,

ohne Barbara zu hintergehen? All die Jahre über hatte er sein Schweigen gewahrt. Warum also wollte er es jetzt brechen, gerade in dem Augenblick, in dem Barbara endlich seine Frau geworden war?
Doch der Krieg hatte alles verändert. Der Tod war nicht länger eine vage Gestalt, die man dann und wann flüchtig in der Ferne erblickte, verschwommen und ohne Bedrohung. Der Tod lauerte jetzt an jeder Ecke und wartete nur darauf, zuschlagen zu können. Genau in dieser Stunde tobte ein weiterer Kampf um Ypern, wo allein im letzten Jahr fünfzigtausend Mann in der ersten Schlacht um die belgische Stadt gestorben waren. John war von dem Gedanken erfüllt, daß seine eigene Zeit bald abgelaufen sein würde. Verzweifelt wünschte er sich, mit Emily wieder gut Freund zu sein.
Doch die steife, unbeugsame Linie ihres Rückens entmutigte ihn. Vielleicht war es am Ende besser, alles so zu lassen, wie es war. Warum sie jetzt noch mit der Wahrheit belasten?
Er beugte sich vornüber, schob die schweren Haarflechten beiseite und küßte Emily sanft auf den Nacken. Ihre Haut schmeckte frisch und ein wenig salzig. Sie verströmte einen kräftigen, kostbaren Moschusduft. Eine Sekunde lang umspannte seine Hand ihre Schulter.
»Viel Glück, Emily, mein Liebes«, flüsterte er.

Max hockte neben seinen Männern in den Schützengraben gekauert. Die ohrenbetäubende Bombardierung der letzten Wochen ließ Körper und Seele immer noch taumeln.
Seit dem 24. Juni hatten englische Gewehre die feindlichen Schützengräben an der Somme befeuert. Heute morgen, am 1. Juli 1916, hatte man dem Gewehrfeuer Einhalt geboten. In weniger als einer Stunde würden sie zum »Sturmangriff« übergehen.
Während der letzten zwölf Monate hatte dieses Wort für die britischen Tommies in Frankreich eine besondere Bedeutung erhalten, die sie niemals würden vergessen können. Eine Bedeutung, die für immer mit Schlamm, Stacheldraht, sinnlosem Gemetzel

und dem süßen Verwesungsgestank des Todes verbunden war. Seit einem Jahr schon hatten die Alliierten keine rechten Erfolge erzielen können. Der Osteraufstand in Dublin, die Gefangennahme und Hinrichtung der Krankenschwester Edith Cavell, der Tod Lord Kitcheners, der auf dem Meer ertrunken war, die beispiellose Katastrophe bei Gallipoli – all das hatte die moralische Stärke Englands untergraben. Die Truppenmoral war völlig zerstört.

»Vernichtende, todbringende Gewehre! Sie sind unbesiegbar!« Max' Sergeant schob den Klumpen Kautabak in die andere Mundhälfte. Er war Berufssoldat und hatte den Waffendienst im Sudan und in Südafrika kennengelernt. Aber dies war zweifellos die schlimmste Art zu kämpfen, die er je erfahren hatte. Monat für Monat schlug man sich wegen ein paar Quadratmetern blutdurchtränkten Bodens mit dem Feind herum, bis einen schließlich der Mut verließ. Bei Waterloo, dachte er, vor hundert Jahren, hatten sie wenigstens mehr Stil gehabt.

Der Militärdiensterlaß, demzufolge alle Männer zwischen achtzehn und einundvierzig Jahren zwangsweise einzuberufen waren, wurde im Mai 1916 eingeführt. Dorset und Whitefield hatten die Zwangseinschreibung jedoch nicht mehr abgewartet. Beide hatten sich gegen Ende des vorausgegangenen Jahres freiwillig gemeldet.

Ellis war sehr bekümmert gewesen. Als Folge davon blieb seine Gesundheit den ganzen Winter hindurch angegriffen. Die Erkältung, die er sich im Herbst zugezogen hatte, entwickelte sich zu einem beständigen Husten. Vergebens beschwor ihn Emily, zu Hause zu bleiben und ihn auszuheilen. Er schnauzte sie nur gereizt an.

»Glaubst du, ich habe nichts Besseres zu tun, als hier herumzulungern und mich verhätscheln zu lassen? Besonders jetzt, wo Whit und Dorset mich im Stich gelassen haben!«

Emily bemühte sich nach Kräften, ihm mit Vernunftgründen zu begegnen, doch Ellis war für Vernunft nicht mehr zugänglich. Kummer, Erschöpfung und das ständige Gefühl, krank zu sein, hatten ihn noch schwieriger als bisher werden lassen. Trotz der Zwangseinschreibung bezichtigte er seine Söhne auch weiterhin der »Flucht«.

»Inzwischen wären beide so oder so in der Armee gelandet«, legte ihm Emily eines Abends, als ihre Geduld zu zerreißen drohte, beim Essen dar. Warum hatte Ellis kein Vertrauen zu ihr? Sagte ihr nicht, wo die Probleme wirklich lagen?

Sie saßen nur noch zu zweit am Tisch. Chrissie besuchte Edwin und Louise. Alle Düfte des Sommers erfüllten draußen die Dämmerung, und das Tirilieren eines Vogels perlte durch die Stille. Der Krieg schien unwirklich, Millionen Meilen von ihnen entfernt zu sein. Und doch befanden sich Whitefield und Dorset – vielleicht gerade in diesem Augenblick – im Kampf an der Somme...

»Rede in einem anderen Ton mit mir, Emily«, rügte Ellis sie ruhig. »Ich möchte nicht, daß du so mit mir sprichst.«

»Aber es ist die Wahrheit«, beharrte Emily. »Es ist albern, zu behaupten, Dorry und Whit hätten dich im Stich gelassen.«

Geräuschvoll ließ Ellis Messer und Gabel fallen. Emily bemerkte, daß seine Hände zitterten.

»Sie haben mich hängenlassen!« bellte er und ließ beide Fäuste auf den Tisch krachen. Seine Stimme verwandelte sich in ein dünnes, quäkendes Gewinsel. »Meine Kinder lieben mich nicht. Meine Frau liebt mich nicht. Meine Mutter hat mich niemals wirklich geliebt. Es gibt nur zwei Menschen, die mich je aufrichtig geliebt haben, und die sind beide tot.« Jetzt schrie er und schlug mit seinen Fäusten in kurzen Abständen auf die Armlehnen seines Stuhls. Tränen liefen ihm die blutleeren Wangen entlang. Wie versteinert starrte Emily ihn an. »Constance hat mich geliebt. Edward hat mich geliebt. Und beide sind sie tot! Beide tot! Jeder, der mich liebt, stirbt. Das ist meine Strafe! Wesley ist tot. Ich glaube... ich glaube, er ist im Krieg gefallen.« Ellis, der sich erhoben hatte, schwankte wie ein Betrunkener hin und her. »Whit und Dorry werden auch sterben, du wirst es erleben!« Selbst in ihrem Entsetzen registrierte Emily, daß er John nicht genannt hatte. »Sie werden sterben. Du wirst sterben. Ich werde sterben.« Ellis' Stimme hatte sich zu einem Flüstern verändert. Er war in seinen Stuhl zurückgefallen, schaute Emily durchtrieben an und kicherte. »Silas Hunnicutt wird sterben. Ich hoffe, er wird in der Hölle schmoren.«

Ellis war schweißgebadet. Emily erkannte, daß er im Fieberwahn phantasierte. Sie rannte zur Klingelschnur und läutete heftig nach Mrs. Shapley. Zusammen mit der Haushälterin gelang es ihr irgendwie, Ellis die Treppe hinaufzuschaffen.

»Ich werde den Arzt anrufen«, sagte Emily.

Der Doktor stellte einen schweren Grippeanfall fest und verordnete eine Bettruhe von mindestens vierzehn Tagen. Nach einer Woche stand Ellis jedoch wieder auf und kehrte trotz inständiger Bitten Emilys an seine Arbeit zurück.

»Jetzt können wir es ihm nicht sagen«, erklärte Emily. »Nicht, bevor es ihm wieder besser geht.«

Sie schaute auf und begegnete dem Blick des Arztes, der voller Mitgefühl war. Der »junge« Doktor Merridew – man nannte ihn so, weil er der Sohn des »alten« Doktor Merridew war, obgleich er inzwischen mindestens 55 Jahre alt war – setzte sich neben sie auf das Sofa in der Bibliothek und tätschelte ihre Hand.

»Emily, meine Liebe. Es wäre unklug, Hoffnungen zu hegen, das wissen Sie. Ellis ist sehr, sehr krank. Durch seinen Leichtsinn hat sich die Bronchitis zu einer Rippenfellentzündung entwikkelt. Und er besitzt nicht die Widerstandskraft, damit fertig zu werden. Zu lange hat er seine Gesundheit vernachlässigt.«

»Aber diese Nachrichten«, Emily raschelte mit den Telegrammen, die in ihrem Schoß lagen, »werden seinen Tod nur noch beschleunigen. Whit und Dorset beide an einem Tag gestorben.«

»Ellis hat ein Recht, dies zu erfahren.« Doktor Merridew seufzte. »Die Zeitungen berichten, daß wir allein am ersten Tag neunzehntausend Mann verloren haben. Das Blutbad an der Somme ist entsetzlich. All diese Schießerei für nichts! Die Deutschen hatten ihre Schützengräben viel zu tief gegraben, als daß unsere Granaten sie hätten treffen können. Haben Sie Ihre Stieftochter und deren Gatten benachrichtigt?«

»Louise und Edwin sind bereits hier. Ich versuche gerade, Kontakt zu John aufzunehmen. Seine Frau weiß Bescheid.«

Der »junge« Doktor Merridew schüttelte mißbilligend den Kopf. »Mrs. John hätte man nicht beunruhigen sollen. Sie ist im fünften Monat schwanger und trägt Zwillinge aus. Mit ihrer Gesundheit steht es nicht zum besten.«

»Sie hat sich entschlossen, in diese Familie einzuheiraten«, entgegnete Emily giftig, »also muß sie auch bereit sein, deren Lasten mitzutragen.«

Dieser ganze Wirbel, bloß weil Barbara Zwillinge bekam! Emily konnte das nicht ertragen. Sie blickte wieder auf die Telegramme. Ein Gefühl der Ohnmacht ließ sie laut ausrufen: »Oh, welch eine sinnlose Verschwendung von Leben!«

Ihr Kummer überraschte sie. Sie hätte nicht behaupten wollen, daß Dorset und Whitefield ihr allzuviel bedeutet hätten. Doch man konnte nicht vierzehn Jahre mit jemandem zusammenleben, ohne eine gewisse Zuneigung zu ihm zu entwickeln.

Louise betrat mit roten und verschwollenen Augen die Bibliothek. Seit zwei Stunden, seitdem sie die Telegramme empfangen hatten, weinte sie.

»Emily«, sagte sie, »ich glaube, du solltest kommen. Es geht um Vater – sein Zustand scheint sich zu verschlechtern. Oh! Doktor Merridew! Ich wußte nicht, daß Sie hier sind. Bitte gehen Sie rasch hinauf!«

Der Arzt erhob sich und drängte sich an Louise vorbei. Emily hörte, wie er die Treppen hinaufrannte, immer zwei Stufen auf einmal nehmend. Sie stand auf und hielt die Telegramme umklammert.

»Rasch, Emily!« wiederholte Louise und folgte dem Doktor.

Doch Emily blieb wie angewurzelt stehen. »Ellis stirbt.« Laut sprach sie diese Worte in die Stille des Zimmers hinein. Teilnahmslos starrten die Reihen ledergebundener Bücher aus ihren Regalen auf sie hernieder. Emily versuchte, sich eine Zukunft ohne Ellis vorzustellen. In Anbetracht ihres Altersunterschiedes war es nur natürlich, daß er als erster sterben würde. Aber doch nicht so bald. Bald würde High Tor John gehören...

Sie riß sich zusammen. Sie konnte nicht hier unten herumtrödeln, während Ellis vielleicht gerade im Sterben lag. Eilig verließ sie die Bibliothek und stieg die Treppe hinauf. Das Zimmer, das sie mit Ellis teilte, war abgedunkelt. Man hatte zum Schutz gegen die heiße Julisonne die Vorhänge vorgezogen. Der stechende Geruch von Wundbalsam erfüllte die Luft. Auf einem Tisch nahe dem Bett stand ein Dampfkessel, der von einem Spirituslicht gewärmt wurde. Die Flamme flackerte und glühte, und aus der Kesselöffnung wurde ständig Dampf hervorgestoßen. Die Krankenschwester, die Doktor Merridew vor einigen Tagen aus Exeter herbeigeholt hatte, stand von Zeit zu Zeit auf und goß Wasser im Kessel nach.

Ellis war bei Bewußtsein, doch seine gesamte Aufmerksamkeit konzentrierte sich darauf, atmen zu können. Jedesmal, wenn er die Luft einsog, war ihm, als ob ihn ein Messer durchführe. Am Fußende des Bettes hatten sich Edwin, Louise und Chrissie entlang dem Messinggitter aufgestellt. Als Emily das Zimmer betrat, folgte ihr Rhoda Bennett, die James, Rohan und Harriet brachte.

»Nachdem du nicht hier warst, habe ich mir die Freiheit erlaubt, nach ihnen zu schicken«, setzte Chrissie sie in Kenntnis.

Emily beachtete sie nicht weiter und stellte sich dicht neben Ellis. Ehrerbietig machte die Krankenschwester ihr Platz. Emily ergriff seine Hand und bemühte sich, aufrichtige Trauer zu empfinden und nicht nur dieses panische Gefühl des Verlassenwerdens. James und Rohan, ja sogar die kleine Harriet weinten. Warum bloß fehlte ihr jeder Schmerz?

»Hat man es ihm gesagt?« fragte sie Doktor Merridew. Doch der schüttelte den Kopf.

»Dazu war keine Zeit. Das Ende ist viel schneller herbeigekommen, als ich erwartet hatte.«

Ellis hielt die Augen geschlossen. Plötzlich öffnete er sie zukkend. Er wollte etwas sagen. Emily beugte sich dicht über ihn. Mit übermenschlicher Anstrengung hob sich Ellis von den Kissen und stieß keuchend ein Wort hervor, von dem sie glaubte, es sei ihr Name. Dann fiel er zurück. Der Unterkiefer fiel herab, die

Augen starrten geradeaus, und ein Todesröcheln entrang sich seiner Kehle.

Sehr viel später erst dämmerte Emily die Wahrheit. Der Doktor hatte sich endgültig verabschiedet, und die Krankenschwester war in der oberen Etage damit beschäftigt, Ellis aufzubahren. Die übrige Familie hatte sich schweigend im Gesellschaftszimmer versammelt.

Es war nicht ihr Name gewesen, den Ellis mit seinem ersterbenden Atem hervorgebracht hatte. Es war der Name seines längst verstorbenen Halbbruders Edward.

20

»Was hältst du da in der Hand?« fragte Silas, als sein Schwiegersohn am Frühstückstisch Platz nahm.

Martin grinste. Er öffnete die Faust, um zwei kleine weiße Federn vorzuzeigen.

»Ein paar Mädchen aus dem Dorf haben sie mir in die Hand gedrückt.« Als Erklärung fügte er hinzu: »Boadicea hat ein Hufeisen verloren. Ich habe sie selbst zum Schmied hinuntergebracht. Cheevers sitzt jetzt ganz schön in der Klemme, wo beide Stallburschen eingezogen worden sind.«

»Weiße Federn?« Julia war empört. »Du hast diesen boshaften Geschöpfen hoffentlich erzählt, daß man dich nicht nehmen wollte.«

»Ich habe keine Lust, mich damit zu rühmen, daß ich Plattfüße habe«, versetzte ihr Gatte trocken.

»Plattfüße sind keine Schande«, brummte Silas. Nach einer kleinen Pause fragte er forschend: »Ist heute nicht die Beerdigung?«

Martin schluckte den Bissen, den er gerade im Mund hielt, hinunter, bevor er antwortete: »Um elf Uhr in der Methodistenkirche.«

Mrs. Brownlow kam herein und brachte frischen Toast und heißen Kaffee.

»Da ist ein Gentleman, Sir, der Sie sprechen möchte«, wandte sie sich an Silas. »Ich sagte ihm, daß er sehr ungelegen komme, weil Sie gerade frühstücken. Doch er antwortete, es sei dringend und er wolle warten. Da habe ich ihn ins Arbeitszimmer geführt. Ich hoffe, daß das richtig war, Sir?«
»Um wen handelt es sich? Hat er seinen Namen genannt?«
»Ein Mr. Edwin Shepherd, Sir.« Der ausdruckslose Ton der Haushälterin verriet in keiner Weise, daß sie vor Neugier beinah platzte. »Der Gentleman, der die älteste Tochter von Mr. Read geheiratet hat.«
»Ja, ja! Ich weiß, wer er ist.« Silas ließ Messer und Gabel fallen und grinste zufrieden in die verblüfften Gesichter seiner Familie. »Nun, Mr. Shepherd wird an der Beerdigung teilnehmen wollen. Da kümmere ich mich am besten gleich um ihn.«

Emily war heiß und stickig zumute in ihrem schwarzen Kleid. Überdeutlich registrierte sie, daß ihre Augen sich nicht mit Tränen füllten. Louise und Chrissie hatten den ganzen Vormittag über geweint; die fünfjährige Harriet war pflichtschuldigst dem Beispiel ihrer Halbschwestern gefolgt. Auch James und Rohan kämpften mit den Tränen. Der Himmel allein mochte wissen, weshalb, dachte Emily erbost. Ellis und seine Söhne aus zweiter Ehe waren einander nie sehr nahegestanden.
Barbara hatte sich von der allgemeinen düsteren Stimmung ebenfalls anstecken lassen und betupfte immer wieder ihre Augen mit einem schwarzumrandeten Taschentuch.
John, der erst am Abend vorher zu einem dreitägigen Kurzurlaub aus Frankreich eingetroffen war, stand hinter ihr und hielt sie um die Schulter. Der Tod seines Vaters und seiner Brüder hatte ihn schwer getroffen. Unter seinen Augen lagen tiefe Schatten.
Er schaute im Gesellschaftszimmer umher. Dann sagte er ruhig: »Wenn wir jetzt soweit sind, werde ich Mrs. Shapley bitten, Mr. Longman hereinzuführen. Emily?«
»Ja . . . ja, natürlich. Mach es so, wie du es für richtig hältst, John. Du bist jetzt der Herr im Haus.«

»Das werden wir erst wissen, wenn wir das Testament eröffnet haben«, antwortete er. Doch als er die Klingelschnur zog, tat er dies mit einer Geste, die Autorität verriet.

Mr. Longman aus der Kanzlei Longman, Deverill und Longman war ein Mann von kleinem Wuchs. Er war ein sehr gepflegter Mann und hatte die Angewohnheit, seine Lippen vorzuschieben, als müßte er ständig jemandem eine schlechte Nachricht übermitteln. Sein Aussehen, das immer ein wenig kummervoll wirkte, wurde für gewöhnlich durch ein verschmitztes Augenzwinkern gemildert; heute jedoch machte Mr. Longman ein ernstes Gesicht. Feierlich schüttelte er der Reihe nach allen die Hand, vergaß dabei auch James und Rohan nicht, und setzte sich dann hinter den kleinen, mit Intarsien verzierten Tisch, den man in die Mitte des Gesellschaftszimmers gestellt hatte. Er öffnete seinen schwarzen Lederkoffer und zog das Testament hervor.

Emily hatte an einem der großen Erkerfenster Platz genommen. Sie wußte nicht, was Ellis' Letzter Wille enthielt, glaubte es sich jedoch vorstellen zu können. Bestimmungen, wie sie und die Kinder versorgt werden sollten. High Tor und das Geschäft würden John hinterlassen sein. Doch war das Testament, wie sich herausstellte, nicht ganz so unkompliziert.

Für Emily war tatsächlich Vorsorge getroffen worden, und zwar in Form einer großzügig bemessenen Jahresrente und der Bedingung, daß High Tor so lange ihr Zuhause bleiben müsse, wie sie darin leben wollte. Emily war gerührt. Solch eine Großzügigkeit von Ellis hatte sie nicht erwartet. Und hatte sie, wie sie sich unbehaglich eingestand, auch nicht verdient.

Chrissie und Louise sollten jede zehntausend Pfund erhalten; für Whitefield und Dorset waren Aktienpakete der Gesellschaft vorgesehen, die jetzt aber wieder an das Hauptvermögen zurückfallen würden. Emily wurde die alleinige Vormundschaft über James, Rohan und Harriet übertragen, solange diese minderjährig waren.

Nachdem die unbedeutenderen Einzelheiten im Vermächtnis abgehandelt worden waren, hielt der Rechtsanwalt inne und räusperte sich. Er schaute im Zimmer umher, bis er seinen Blick schließlich auf John ruhen ließ. Emily überkam das unangenehme Gefühl, daß Mr. Longman mit dem Testament nicht glücklich zu sein schien. Der Grund wurde ihnen rasch ersichtlich.

High Tor und das Geschäft wurden tatsächlich an John als den ältesten Sohn weitervererbt; nicht jedoch an seine Nachkommen. Starb John, so würden Haus und Gesellschaft Ellis' nächstem noch lebenden Sohn oder Enkelsohn zufallen. So wurde John für die Heirat mit Barbara bestraft. Ihrer beider Kinder sollten von ihrem Geburtsrecht ausgeschlossen sein. Nachdem Whitefield und Dorset beide tot waren, war James der nachfolgende Erbe des Vermögens.

»Du Weibsstück! Du hinterhältiges Weibsstück!« Chrissie war hochgesprungen und ließ Emily nicht aus den Augen. »Du hast High Tor stets für dich und deine Kinder haben wollen. Und als Wesley starb, hast du deine Chance genutzt!«

»Genug jetzt, Chrissie«, fuhr John scharf dazwischen. »Wenn du dich nicht besser beherrschen kannst, dann verlasse bitte das Zimmer. Wir alle sind schon durcheinander genug und haben nicht das Bedürfnis, auch noch eine deiner Szenen mitzuerleben.«

»Sie ist nicht durcheinander!« erklärte Chrissie verächtlich. »Du brauchst sie dir bloß anzuschauen! Sie hat gezielt darauf hingearbeitet. Dieser Krieg war ein Geschenk des Himmels für sie.«

Emily bemühte sich, ein ruhiges und unbeteiligtes Aussehen zu wahren. Barbara und Mr. Longman wirkten schockiert, alle anderen schauten ergeben drein. Jedoch erregte der Ausdruck in Rohans Gesicht Emilys Aufmerksamkeit. Aus seinem schmalen, beinahe blutleeren Gesicht starrten die hellen Augen anklagend zu ihr empor. Der Junge würde doch nicht das, was Chrissie gerade gesagt hatte, glauben wollen?

Doch tief in ihrem Innern wußte Emily, daß er das sehr wohl tun würde und wahrscheinlich auch tat. Er war jetzt fast zehn Jahre alt, bald würde er James ins Internat in der Nähe von London folgen. Die Beziehung zu seiner Mutter war schwierig wie eh und je. Emily war es nicht gelungen, näher an ihn heranzukommen.

Noch immer empfand sie Schuldgefühle, wenn er hinkend ein Zimmer betrat; noch immer überschüttete sie ihn mit ihrer Zuneigung, um das, was sie ihm angetan hatte, wiedergutzumachen; noch immer weigerte sie sich, seine Zurückgezogenheit als einen wesentlichen Bestandteil seiner Persönlichkeit hinzunehmen.
Die einzigen Menschen, für die er eine gewisse Vorliebe zu hegen schien, waren – von James einmal abgesehen – seine Großeltern Rose und Peter. Jedesmal, wenn sie auf High Tor zu Besuch weilten, wanderte er mit seinem Großvater meilenweit um das Dorf herum und erörterte mit ihm ernsthaft die Religion und die Theologie. Er legte dabei einen Eifer an den Tag, den man ihm in seinem Alter nicht zutraute. »Mein kleiner Heiliger« pflegte Peter ihn zu nennen; ein Spitzname, der Emily regelmäßig erregt aus dem Zimmer stürmen ließ.
Rose gegenüber legte Rohan eine Zärtlichkeit an den Tag, die sonst nur James und gelegentlich Harriet vorbehalten war. Er war tief enttäuscht gewesen, daß weder Großmutter noch Großvater am Begräbnis teilnahmen, und zeigte sich beunruhigt, als Emily ihm den Grund nannte: Großmutter ging es gesundheitlich nicht gut. Daß er in der Nähe seiner Großeltern leben würde, hatte ihn mit dem Gedanken versöhnt, bald von zu Hause fortgehen zu müssen, um die fremde Schule zu besuchen. Außerdem verabscheute er das Moor und dieses Haus. »Sei ruhig, Chrissie!« befahl John, der nicht so leicht zu beeindrucken war wie die andern. »Mr. Longman ist noch nicht fertig.«
Der Anwalt lächelte ihn dankbar an. Er hustete, fuhr sich mit der Hand über das tadellos frisierte, kräftig pomadisierte Haar und sagte: »Das, was ich Ihnen noch mitteilen muß, wird nicht sehr angenehm für Sie sein, fürchte ich. Deshalb möchte ich jeden einzelnen von Ihnen um Aufmerksamkeit bitten.«
Emily fragte sich, was jetzt kommen würde. Das Testament hatte schon hinreichend für Aufregung gesorgt. Wie hatte Ellis bloß so nachtragend gegenüber John und Barbara sein können?
Mr. Longman räusperte sich erneut. »Mrs. Read, ich weiß nicht, inwieweit Sie mit den geschäftlichen Angelegenheiten Ihres

Mannes vertraut waren. Doch für Sie, Mr. Read, oder für Sie, Mr. Shepherd, wird das, was ich Ihnen sagen muß, kaum eine Überraschung darstellen... Die Wahrheit ist, daß die Wessex Stores sich am Rande des Bankrotts befinden. Zum gegenwärtigen Zeitpunkt belaufen sich die Schulden des Unternehmens auf viele tausend Pfund. Um die Forderungen einiger der drängendsten Gläubiger befriedigen und die Eroberung des nördlichen Marktes vorantreiben zu können, hat der verstorbene Mr. Read dieses Haus verpfändet. Die Verträge sind im Besitz der Aliss-Kredit-Gesellschaft. Oder besser gesagt, sie *waren* in deren Besitz, denn die Gesellschaft hat sich jetzt aufgelöst. Einer der Partner hat die übrigen ausbezahlt und ist jetzt alleiniger Besitzer des Pfandscheins über High Tor.« Die Augen des Anwalts huschten von einem versteinerten Gesicht zum nächsten. Er holte tief Luft. »Ich habe die unangenehme Pflicht, Ihnen mitzuteilen, daß Silas Hunnicutt dieser Partner ist.«
»Nein!« Obgleich ihre Lippen starr vor Angst waren, war es Emily, die zuerst sprach. Sie drückte das aus, was alle im Raum empfanden. Erregt war sie von ihrem Sitz hochgesprungen. »Das ist nicht wahr!«
»Dieser Narr! Dieser verdammte Narr!« stöhnte John, der sonst nie fluchte. Er hatte seinen Kopf auf die Hände gestützt. »Die Aliss-Kredit-Gesellschaft. Ich hätte es wissen müssen. Aliss – ein Anagramm für Silas. Ich habe es gewußt, irgend etwas an diesem Namen stimmte nicht.« Er hob den Kopf und schaute wütend seinen Schwager an. »Das ist alles dein Werk, Edwin! Ich hoffe, du bist jetzt zufrieden.«
»Laß Eddie in Ruhe«, schritt Louise ein. Sie hatte sich schützend vor ihren Mann gestellt, so wie die Henne das Küken behütet. »Vater hat ihm vertraut. Das ist mehr, als du von dir sagen könntest.«
»Wohin ihn das gebracht hat, siehst du ja«, brüllte John.
Emily fragte sachlich: »Wieviel müssen wir aufbringen, um diesen Pfandschein auszulösen?«
Der Anwalt beschäftigte sich umständlich mit seinen Papieren, wobei er mit der Zunge gegen die Zähne schnalzte.

»Nun?« fragte Emily rauh.
»Fünfzigtausend Pfund.«
Emily fühlte sich einer Ohnmacht nahe. »Wie... wie hoch sind unsere Chancen, eine derartige Summe zurückzuzahlen?«
Mr. Longman vermied es, ihr in die Augen zu blicken. »Bei der gegenwärtigen Geschäftslage nicht sehr hoch. Jedenfalls nicht für die allernächste Zukunft. Noch dazu, wo Mr. Read im aktiven Dienst...« Der Anwalt zuckte mit den Schultern und ließ den Satz unvollendet im Raume stehen.
»John, du mußt um einen verlängerten Urlaub bitten«, sagte Emily mit einer Lebendigkeit, die von dem, was sie wirklich fühlte, weit entfernt war. Doch alle andern schienen zu betäubt zu sein, um einen Vorschlag unterbreiten zu können. »Du mußt umgehend an deinen befehlshabenden Offizier schreiben. Es wird doch vermutlich Sonderregelungen für dringende Familienangelegenheiten geben?« Sie wandte sich wieder dem Anwalt zu und zwang sich dabei, besonnen zu bleiben und die panische Angst, die in ihrer Brust hochsteigen wollte, niederzuhalten. »Mr. Longman, wieviel Zeit wird uns Mr. Hunnicutt gewähren, um diese Schuld zurückzuzahlen?«
»Die Verfallserklärung beläuft sich auf sechs Monate.« Sechs Monate! Selbst unter der Voraussetzung, daß John Urlaub erhielte: Würde es ihm gelingen, das Geschäft innerhalb so kurzer Zeit wieder in Schwung zu bringen?
Plötzlich wurden sie von Edwin unterbrochen, der sich langsam erhoben hatte. Er war jetzt sechsunddreißig. Dem Einberufungsbefehl hatte er sich entziehen können, weil er so kurzsichtig war und eine schwache Lunge hatte. Mit seinen blauen Augen blickte er abwehrend hinter seiner Hornbrille hervor. Das pomadeschimmernde braune Haar hatte er fast so akkurat wie der Anwalt frisiert. »Mr. Hunnicutt«, verkündete er nervös, »ist bereit, die Zahlungsfrist aufzuschieben unter der Voraussetzung, daß man *mir* die alleinige Geschäftsführung überträgt. Wenn wir diese Bedingung erfüllen, ist er dazu bereit, uns mindestens zwölf weitere Monate Aufschub zu gewähren, bis er die Hypothek verfallen läßt.«

Alle schwiegen, aufs äußerste überrascht. Schließlich fragte Mr. Longman: »Mr. Shepherd, dürfte ich Sie bitten, uns die Gründe zu nennen, die Sie zu dieser Aussage bewegen?«
»Ich habe Mr. Hunnicutt heute morgen vor dem Begräbnis einen Besuch abgestattet.«
»Du hast *gewußt*, daß Silas Hunnicutt hinter der Aliss-Kredit-Gesellschaft steckte?« brachte John ungläubig flüsternd hervor. »Du hast es gewußt und meinem Vater kein Wort davon gesagt?« Seine Stimme war ein heiseres, angespanntes Wispern.
Wieder stand Louise auf und stellte sich neben ihren Ehemann. Selbst Chrissie starrte Edwin an, als wenn er gerade unter einem Stein hervorgekrochen wäre.
»Nicht von Anfang an«, sagte Edwin und hatte immerhin soviel Anstand, rot zu werden. »Ich habe es sogar eine sehr lange Zeit nicht gewußt, genaugenommen. Aber eines Tages, es ist noch nicht lange her, hatte ich, genau wie du jetzt, den Einfall, daß Aliss für Silas steht; bloß, daß die Buchstaben vertauscht wurden.«
»Du ›hattest den Einfall‹, ach ja!« Mit geballten Fäusten ging John auf seinen Schwager zu. Seine Uniform gab ihm einen psychologischen Vorteil, so daß Edwin sich instinktiv in seinen Stuhl zurücksinken ließ.
»Warum hattest du den Einfall?« fragte Emily, die allmählich Johns Gedankengängen zu folgen begann.
»Ich... ich weiß nicht, warum.« Edwin blinzelte erregt. »Warum lösen sich plötzlich Dinge wie von selbst, ohne einen ersichtlichen Grund?«
»Oh, es gab einen Grund, soviel steht fest.« John tat einen weiteren Schritt nach vorn. Mr. Longman hatte sich halb hinter seinem Tisch erhoben und war dann wieder zurückgesunken. Was auch immer jetzt geschähe, er würde es nicht beeinflussen können; damit hatte er sich abgefunden. »Der Grund«, fuhr John mit gedämpfter Heftigkeit fort, »war der, daß niemand besser als du gewußt hat, in welchem finanziellen Zustand sich die Gesellschaft befindet. Anders als mein Vater, den du mit getürkten Zahlen und leeren Hoffnungen all die Jahre hinters Licht geführt

hast, konntest du nicht verstehen, warum die Aliss-Kredit-Gesellschaft ihr Geld in ein Geschäft stecken wollte, das so schlecht lief und dessen Aktien ständig an Wert verloren. Was mochten wohl ihre Beweggründe sein? Natürlich mußte High Tor unbedingt als zusätzliche Sicherheit eingesetzt werden. Sind dir da die Augen geöffnet worden? Regte sich bei dir der Verdacht, daß vielleicht das Haus selbst der wahre Beweggrund für diesen Schachzug sein könnte? Hattest du da den Einfall, Edwin, daß Aliss ein Anagramm von Silas ist?«

Tödliches Schweigen beherrschte den Raum. Emilys Herz schlug so heftig, daß sie glaubte, daran ersticken zu müssen. Wie im Traum sah sie, wie Louise sich umdrehte und ihren Mann anschaute.

»Ist das wahr?« Louise war kaum in der Lage, die Worte hervorzubringen, so heftig zitterte ihre Stimme. »Du hast es gewußt und hast niemanden von uns gewarnt, nicht einmal Vater?«

»Ich... ich wollte ihn nicht mehr als nötig beunruhigen«, antwortete Edwin lahm. »Dein Vater, mein Liebes, kränkelte bereits seit geraumer Zeit. Schon bevor er endgültig diese Rippenfellentzündung bekam.«

»Du meinst wohl«, schaltete sich Emily verächtlich ein, »du konntest nicht zugeben, daß es deine schlechten Ratschläge waren, die die Gesellschaft überhaupt in das ganze Durcheinander gestürzt haben.«

»Du hast meinen Vater ruiniert!« Mit schriller Stimme ging nun auch Chrissie auf den unglücklichen Edwin los.

Zu ihrem eigenen Erstaunen bemerkte Emily, daß sie sich gedrängt fühlte, ihrem Schwiegersohn beizustehen. Ihr Gerechtigkeitssinn ließ es nicht zu, daß man auf einmal Edwin alle Schuld in die Schuhe schieben wollte.

»Deinen Vater, Chrissie, hat niemand anders ruiniert als er selbst. Niemand hat ihn gezwungen, Edwins Ratschläge anzunehmen oder sich so unumschränkt auf ihn zu verlassen, wie er es getan hat. Der Himmel ist mein Zeuge, daß ich oft genug gehört habe, wie John versucht hat, Ellis wieder zur Vernunft zu bringen. Dein Vater war sich selbst der schlimmste Feind. Nicht

Edwin. Nicht Silas Hunnicutt. Im Grunde hat Ellis nie das Geschäft oder die Verantwortung dafür übernehmen wollen. Das ist der Grund, weshalb ihn der Tod seines Halbbruders ständig verfolgt hat.«

Es war schon seltsam, wie sie auf einmal, jetzt, wo er tot war, Ellis zu verstehen begann. Solange er lebte, hatte sie nicht erkennen können, was es zu bedeuten hatte, daß er im Schlaf von Edward redete, sich aber weigerte, über ihn zu sprechen, sobald er wach war. Sie hatte sich allen möglichen romantischen Phantasien hingegeben, hauptsächlich aber der Vorstellung, daß Edward Read tatsächlich ermordet worden und Ellis ein Zeuge dieser Tat gewesen war. Nun wurde ihr klar, daß die Besessenheit von dem Tod seines Halbbruders daher kam, daß er sich betrogen gefühlt hatte. Edward hatte ihn im Stich gelassen. Er hatte ihn mit einer Aufgabe zurückgelassen, der er nicht gewachsen war. Sein Erbe war ihm eine unerträgliche Last gewesen.

In dringlichem Tonfall redete Mr. Longman auf John ein. »Ich glaube, Mr. Read, wir sollten diese Bedingung, die uns Mr. Hunnicutt gestellt hat, ernsthaft in Erwägung ziehen. Wenn er willens ist, uns mehr Zeit zu gewähren, um die Schulden zurückzuzahlen, könnten wir vielleicht aus dem Trümmerhaufen noch einiges retten.«

»Mit meinem Schwager als Geschäftsführer?«

»Gewiß, wenn dies Mr. Hunnicutts Bedingung ist. Er scheint in Mr. Shepherds Fähigkeiten, das Geschäft retten zu können, ein beträchtliches Vertrauen zu setzen. Offenbar sieht er da noch eine Chance, wie er sein Geld zurückbekommen könnte.«

»Silas Hunnicutt möchte sein Geld nicht zurückhaben«, erklärte John müde. »Er möchte erleben, wie die Reads Ashcombe verlassen müssen. Er möchte für einen Tod Rache üben, der einunddreißig Jahre zurückliegt und von dem er sich eingeredet hat, daß es ein Mord war. Er möchte dieses Haus haben, damit er es dem Erdboden gleichmachen kann. Er glaubt nicht daran, daß mein Schwager den Wessex Stores die Rettung bringt. Im Gegenteil. Silas Hunnicutt ist sich sicher, daß unser Unternehmen mit Edwin an der Spitze sang- und klanglos untergehen wird.«

21

Die Schlacht an der Somme endete in einem Schneesturm. Max konnte sich noch an die verschneiten Wintermorgen seiner Jugend erinnern: das blendende Weiß, das sich als dichte Decke über alles gelegt hatte; hier und da von letzten Heidelbeersaftspuren beschmutzt. Die Äste der Bäume hoben sich mit ihrer weißen Borte wie schwankendes Zuckerwerk gegen den bedeckten Himmel ab. Und über allem lag die eigentümliche Lautlosigkeit eines Wintermorgens auf dem Lande. Er dachte an sein unsinniges Verlangen, in diese unverdorbene Frische hinauszustapfen; der wilde Drang, all diesen unberührten Schnee zu vernichten, als sei er eine Beleidigung für das Auge, eine Herausforderung zur Zerstörung.
Wo er sich jetzt befand, gab es keinen Anlaß für diesen Wunsch. Der Schnee war nicht weiß, sondern braun an diesem Novembermorgen. Die Stiefel der Männer und die Ketten jener neuen britischen Ungeheuer, die man Panzer nannte, hatten ihn in schmutzigen Schneematsch verwandelt. Max war von Entsetzen erfüllt gewesen, als er diese Panzer erblickt hatte; die mußten den Feind das Fürchten lehren. Doch die Alliierten hatten bereits über vierhunderttausend Mann verloren.
Der träge Soldat Barnes, Max' Offiziersbursche, war in den winzigen hinteren Salon des verlassenen Gutshauses eingetreten und stellte eine Feldkanne mit heißem Kakao auf den angeschlagenen Tisch. Einst war er der ganze Stolz der Frau des Gutsherrn gewesen, mit einer liebevoll polierten Oberfläche, die wie ein Spiegel geglänzt hatte. Jetzt hatte ihn das Regenwasser, das durch ein Loch im Dach hereintropfte, schmutzig und durchlöchert werden lassen. Die Spitzenvorhänge, die die Fenster eingerahmt hatten, hingen als verdreckte Streifen herab, die sich leise im Zugwind, der durch eine zerschlagene Fensterscheibe kam, hin- und herbewegten. Der kleine Teppich, der den Boden bedeckte, war voller Matsch- und Schneeflecken.
»Sind die Männer alle gut untergebracht?« fragte Max.
»So gut wie möglich, Sir. Die Quartiere sind ein bißchen eng,

aber das stört keinen. Die meisten von ihnen würden auch auf einer Wäscheleine einschlafen.« Soldat Barnes zog aus der Tasche seines Waffenrocks zwei Briefumschläge hervor und reichte sie Max. »Wenigstens ist etwas Post durchgekommen, Sir. Sie muß uns seit Monaten hinterhergeschickt worden sein. Die zwei sind für Sie.«

»Danke. Ruhen auch Sie sich ein wenig aus; Sie sehen aus, als ob Sie es gebrauchen könnten.«

»Danke, Sir. Gute Nacht, Sir.«

Max nahm einen Schluck von seinem Kakao und drehte mit der andern Hand die Briefe um: auf einem war Carolines Schrift, auf dem andern die seines Vaters. Carolines Brief öffnete er zuerst. Er handelte größtenteils von ihr und Philippa. Beiden ging es gut, und sie freuten sich auf Irwin, der über die Sommerferien nach Hause kommen würde.

Es war ein unzusammenhängender Brief, voll von Rechtschreibfehlern und grammatikalischen Verwechslungen. Er erinnerte ihn deutlich daran, daß Caroline nie irgendeine konventionelle Erziehung zuteil geworden war. Von Liebe war in keinem Satz mehr die Rede. Doch hinter den zusammenhanglosen Sätzen und den gewundenen Ausdrücken spürte Max eine aufrichtige Sorge um seine Sicherheit. Ihre Beziehung zueinander hatte sich in den letzten Jahren abgekühlt. Doch der Rückzug war nicht nur von ihm ausgegangen. Bei seinen kurzen Besuchen in Torquay während des Heimaturlaubs war Caroline oft zu müde gewesen, um ihn noch zu lieben.

Max wandte sich dem Brief seines Vaters zu und riß den Umschlag auf. Die ersten paar Seiten überflog er bloß, nahm mehr mit den Augen als mit dem Verstand die häuslichen Neuigkeiten wahr. Julias Stute, Boadicea, hatte ein Hufeisen verloren; seine Mutter hatte sich erkältet; Silas selbst wurde von der Gicht geplagt. Nichts, was er nicht schon ein dutzendmal zuvor gelesen hätte. Die Ansichten seines Vaters zur Kriegführung füllten die dritte und vierte Briefseite. Max hatte bereits die fünfte Seite halb zu Ende gelesen, als seine Aufmerksamkeit wachgerüttelt wurde.

Ellis Read war gestorben. Eine Verkühlung der Brust, die sich erst in eine Bronchitis und dann in eine Rippenfellentzündung verwandelte, hatte ihn hinweggerafft. Emily Read war jetzt Witwe...

Mit zitternder Hand ließ Max das Blatt des Briefbogens sinken. Emily Read war frei. Lieber Gott! Wie konnte er so etwas denken? Ellis Read war erst wenige Monate tot, und schon dachte er über eine Heirat mit dessen Witwe nach!

Er faltete alle Blätter der Briefe zusammen und steckte sie in ihre jeweiligen Umschläge. Dann ergriff er seinen Stock und seinen Hut und ging hinaus, um seinen nächtlichen Kontrollgang zu machen.

Im großen Hauptsaal des Gutshofes lagen die erschöpften Männer in Reihen angeordnet. Anstelle eines Kissens hatten sie sich ihre Tornister unter den Kopf geschoben. Man hatte sie nach all den Wochen im Schützengraben noch nicht entlaust. So kratzte sich, selbst im Schlaf, einer der Männer gelegentlich oder bewegte sich unruhig hin und her, wenn er von einer dieser Kreaturen gebissen wurde. Ein alles durchdringender Geruch hing in der Luft, der Max so vertraut war, daß er ihn kaum wahrnahm: eine Mischung aus getrocknetem Urin, verwesendem Fleisch und faulendem Gemüse. Als er zum ersten Mal mit dem Geruch der Schützengräben in Berührung gekommen war, hatte er sich heftig übergeben müssen. Inzwischen war er zu einem Bestandteil des gesamten Alptraums geworden.

Max sah nach, was von seiner Kompanie übriggeblieben war. Kaum mehr als zwei Dutzend Männer. Die Verluste waren entsetzlich gewesen. Niemand hätte beschreiben können, welche Hölle sie alle durchlitten hatten.

Sergeant Brown trat vor und salutierte. »Männer alle zu Bett, Sir.«

Max nickte. »Wieviel Wachposten sind aufgestellt?«

»Vier, Sir. Zwei an der Nordseite des Hauses, um den Wald im Auge zu behalten. Man weiß von feindlichen Heckenschützen, Sir, die ziemlich tief in unsere Linien eingedrungen sind, wenn sie eine natürliche Deckung benutzen konnten.«

»Aber sicher nicht so weit hinter die Linie, Sergeant?«
»Da möchte ich nichts riskieren, Sir. Es gibt Geschichten über einen einzelnen Preußen, der mehr als eine Meile hinter unsere Linien vorgedrungen sei. Vielleicht sind es nur Gerüchte, Sir, aber ich bin lieber vorsichtig.«
»Sehr gut, Sergeant. Ich gehe jetzt mal eben meine Runde drehen.«
»Sir!« Sergeant Brown salutierte schneidig. Er war ein riesiger Mann mit einem Walroßschnauzer und einem roten Haarschopf. Selbst im Schlamm der Schützengräben gelang es ihm stets, ein makelloses Aussehen zu bewahren. Er schloß sich Max an, als dieser die Tür des Gutshauses öffnete.
Der Schnee hatte zu schmelzen begonnen. Doch er lag noch wie ein schmutziges Vlies in den Senkungen und Bodenspalten. Die Mondsichel war von den Zweigen eines Baumes umfangen, der zu einem Gebüsch gehörte, das an der Nordseite des Hauses die Ecken säumte. Im Westen erstreckte sich ein bleierner Himmel; ein eisiger Wind fuhr ihnen rauh über die Haut.
Sie fanden die vier Männer, die zum Wachposten abkommandiert worden waren, elend und zitternd vor; doch sie erfüllten hellwach und achtsam ihren Dienst. Max hatte für jeden ein ermunterndes Wort, wofür sie ihm dankbar zu sein schienen. Sergeant Brown hätte ihm erzählen können, wie viele Offiziere es gab, die an einem solch eisigen Winterabend wie heute noch nicht einmal den Gedanken in Erwägung gezogen hätten, nach draußen zu gehen.
Max erwiderte den Gruß des vierten Mannes und fragte: »Alles in Ordnung, Masters?« Max legte darauf Wert, jeden Mann mit seinem Namen anzureden.
»Bis jetzt alles ruhig, Sir. Vor einem Augenblick glaubte ich, ich hätte eine leichte Bewegung gesehen. Dort drüben. Rechts von diesen Bäumen.«
Er hatte gerade zu Ende gesprochen, als ein krachender Gewehrschuß die Stille der Nacht zerriß. Max spürte in seinem linken Knie einen brennenden Schmerz, dann krümmte er sich und fiel zu Boden.

Emily saß in der Bibliothek und versuchte, einen Brief an Rose und Peter zu schreiben, in dem sie ihnen erläutern wollte, in welchem Zustand sich Ellis' Geschäfte befanden, ohne sie allzusehr zu beunruhigen. Seit Monaten schon hatte sie das vor sich hergeschoben.

Noch immer nicht hatte sich Emily an den Gedanken gewöhnen können, daß Ellis nicht mehr war. Jeden Abend so gegen halb acht merkte sie, wie sie auf die Uhr schaute, darauf wartete, seinen Schlüssel in der Haustür zu hören und seine Stimme, die dem einen oder andern der Dienstboten etwas zurief, wenn er zur Tür hereinkam.

Emily legte den Federhalter nieder. Sie würde den Brief morgen schreiben. Sie fühlte sich benommen, und es wollte ihr nichts einfallen. Nach dieser langen Zeit käme es auf einen weiteren Tag auch nicht mehr an. Sie schaute zu den hohen Fenstern hinaus, die den Blick auf die Zufahrt, die um das Haus lief, freigaben. In genau diesem Augenblick sah sie den Jungen, der die Telegramme brachte, vorbeiradeln.

Ein Telegramm! Ihre Hände umklammerten die Tischkanten, und ihr Herz begann zu pochen. Sie dachte an jenen schrecklichen Morgen im Juli, als der gleiche Telegrammjunge die Nachricht von Whitefields und Dorsets Tod gebracht hatte. Jetzt war nur noch John übrig!

Sie hörte, wie die Glocke geläutet wurde und sich die Tür von Mrs. Shapleys Zimmer öffnete und wieder schloß. Es gab sonst niemanden mehr, der die Haustür hätte öffnen können; nach und nach hatten die Mädchen sie alle wegen besser bezahlter und aufregenderer Arbeit in den Fabriken und bei den Straßenbahnen verlassen. Die Haushälterin ging an der halb geöffneten Bibliothekstür vorbei, als die Türglocke zum zweiten Mal läutete. Ungeduldig war daran gezogen worden.

»Lieber Gott, bitte laß es nicht John sein!« betete Emily laut vor sich hin. Sie wäre am liebsten aufgesprungen und in die Halle hinausgerannt, um festzustellen, was passiert war. Doch wenn es die Nachricht war, die sie befürchtete, würde das Telegramm an Barbara gerichtet sein.

Ein langes Schweigen trat ein. Jeder Nerv in Emilys Körper spannte sich in panischem Entsetzen an. Sie hatte geglaubt, sie wäre über ihre Verliebtheit in John längst hinweg gewesen; nun wußte sie, daß sie sich getäuscht hatte.
»Emily!« Barbara stand in der Tür. Sie zitterte so heftig, daß die Türklinke unter ihrer Hand zu klappern begann. Ihre Schwangerschaft war bereits eine Woche über der Zeit, und die kittelähnliche Kombination, die Barbara trug, konnte ihren Umfang nur noch schlecht verbergen. Ihre Knöchel und Handgelenke waren geschwollen.
»John ist tot«, murmelte Emily. Sie mußte ihre Lippen zwingen, diese Worte auszusprechen. Sie stand auf und hielt sich an der Rückenlehne des Stuhls fest.
»Nein – nicht tot.« Barbara begann zu weinen.
»Verwundet also? Schwer verwundet?« Was machte das schon, solange er noch am Leben war?
Barbara schüttelte den Kopf.
»Dann sag mir um Himmels willen«, schrie Emily, keuchend vor Erleichterung, »was los ist!«
»Er ist krank. Ernsthaft erkrankt, wie im Telegramm steht. In einem Lazarett in der Nähe von Slough. Sie wollen, daß ich sofort hinkomme.«
Wieder sank Emilys Zuversicht. Nachdem die Hoffnung in ihr einen Augenblick lang hatte aufwallen können, war die erneute Verzweiflung mehr, als sie ertragen konnte. Sie entriß Barbaras kraftloser Hand den Brief, als ob sie seinen Inhalt anders auslegen könnte, wenn sie ihn selber las.
Doch die Botschaft konnte nicht mißverstanden werden. John war gefährlich erkrankt. Es wurde empfohlen, daß Barbara sofort zu ihm käme.
»Wie soll ich das bewerkstelligen?« klagte Barbara, die sich erschöpft auf Emilys verlassenen Stuhl niederließ. »In diesem Zustand kann ich nicht fort. Doktor Merridew sagt, die Babys könnten jeden Augenblick zur Welt kommen.«
»Nein, natürlich kannst du nicht gehen.« Emily zwang sich, ruhig und vernünftig nachzudenken. »Ich werde gehen. Mrs.

Shapley kann bei der Bahnstation anrufen und die Abfahrtszeiten der Züge erfragen, während ich mich umziehe und den Koffer packe. Mach dir keine Sorgen, Barbara. Ich werde mich um alles kümmern.«

Trotz ihrer Angst und Sorge fühlte Emily sich plötzlich aufgeheitert. Wenigstens gab es etwas zu tun; und nur sie konnte es erledigen. Sie dachte daran, wie gleichförmig ihr Leben an Ellis' Seite verlaufen war. Wie selten hatte sie Ashcombe und High Tor verlassen – und dann war sie nicht viel weiter als bis Torquay gefahren. Als sie die Treppen hinaufrannte, spürte sie ein überwältigendes Gefühl von Freiheit in sich. Nie zuvor in ihrem Leben hatte sie selbst eine Entscheidung von solcher Tragweite getroffen. Stets hatte sie jemand um Erlaubnis fragen müssen: erst ihre Eltern, später Ellis. Nun stand sie im Begriff, ganz allein eine Zugreise zu unternehmen. Sie war dreißig Jahre alt, und sie fühlte sich wie ein Schulmädchen.

Dann dachte Emily an John, und ihre gehobene Stimmung verblaßte. Sie schlug den Handkoffer zu und schloß ihn ab. Den schwarzen Filzhut mit seiner Borte aus Zobelfell stülpte sie irgendwie über und hängte den Mantel über den Arm. Dann ging sie hinunter und rief nach Mrs. Shapley wegen der Abfahrtszeiten.

Die Reise von Exeter nach Paddington, wo Emily in den Zug nach Slough umsteigen mußte, war kalt gewesen und hatte lang gedauert. Zweimal hatte man den Zug auf ein Nebengleis gelenkt; dort mußte er dann über eine Stunde warten, während Züge, die die dringend benötigten Männer an die Westfront fuhren, an ihnen vorbeiratterten.

Am nächsten Morgen gegen zehn Uhr hatte Emily schließlich ihr Ziel erreicht. Man hatte das Lazarett in einem ehemaligen Privathaushalt eingerichtet, der, nur ein paar Schritte von der Oxford Road entfernt, in einem Park mit vielen Bäumen gelegen war. Ein hinfälliger Einspänner, der von einem Pony gezogen wurde, fuhr regelmäßig zwischen dem Bahnhof und dem Lazarett hin und her. Der alte Fahrer setzte Emily vor den Toren ab und zeigte ihr den Kiesweg, der zum Haus führte. Emily bedankte sich und gab ihm ein Trinkgeld. Sie fühlte sich verlegen und befangen dabei. Nie zuvor hatte sie solche Dinge selbst erledigen müssen.

Drinnen im Haus war es schwierig, jemanden zu finden, der ihr Aufmerksamkeit schenken wollte. Krankenschwestern und Mädchen, die sich freiwillig gemeldet hatten und nun Hilfsdienste versahen, eilten mit ihren gestärkten Häubchen und raschelnden Schürzen an ihr vorbei, ohne ihr einen Blick zu gönnen.

Schließlich blieb eine Schwester mitten auf der Treppe stehen und fragte sie kurz angebunden: »Wer sind Sie? Was wünschen Sie?«

Emily zog aus ihrer Handtasche das Telegramm hervor. »Ich möchte Captain Read besuchen.«

Die Schwester warf einen Blick auf das Telegramm, und ihre Gesichtszüge wurden freundlicher.

»Mrs. Read?«

»Ja. Das heißt, ich bin zwar Mrs. Read, aber nicht die Frau von Captain Read, ich bin seine Stiefmutter.«

Die Schwester betrachtete sie mißtrauisch. Sie schätzte wohl ziemlich genau, daß Emily nicht viel älter als John sein konnte.

»Wo ist seine Frau?«

»Sie erwartet Zwillinge, die jeden Augenblick zur Welt kommen können. Tatsächlich sind sie schon überfällig. Der Doktor hat ihr strengstens untersagt, die anstrengende Reise von Devon hierher anzutreten.«

Im Grunde war dies nicht einmal gelogen: Doktor Merridew, hätte er davon gewußt, würde ihr zweifelsohne die Reise verboten haben. Emily richtete sich auf und sagte fest entschlossen: »Als seine Stiefmutter möchte ich Captain Read sehen. Im Telegramm steht, er sei gefährlich erkrankt.«

Irgend etwas in ihrem Benehmen überzeugte die Schwester offensichtlich davon, daß Emily die Wahrheit sprach. »Ich werde Sie zur Oberin bringen«, gab die Frau widerwillig nach.

Die Oberin, eine kleine, rundliche Frau, empfing sie in ihrem

Büro. Das winzige Zimmer lag direkt neben der Eingangshalle und war früher einmal die Toilette im Erdgeschoß gewesen.
»Setzen Sie sich, meine Liebe«, sagte sie ruhig. Die Krankenschwester hatte sie einander vorgestellt und war dann wieder gegangen. »Ich fürchte, ich habe sehr schlechte Nachrichten für Sie.« Sie legte eine Pause ein und spielte mit dem Bleistift, der auf der Berichtsliste ihres Schreibtisches lag.
Emily saß wartend auf dem Stuhl; halb ahnte sie, was kommen würde, und ihr Herz überschlug sich fast vor Angst. In stummer Qual starrte sie die freundliche, teilnahmsvolle Frau ihr gegenüber an.
So schonend wie möglich fuhr die Oberin fort: »Captain Read ist in den frühen Morgenstunden, gegen zwei Uhr, verschieden. Wir konnten nichts mehr für ihn tun. Er litt an einer Bauchfellentzündung. Vor einer Woche hatte man Captain Read in Frankreich in ein Lazarett seines Standortes eingewiesen, weil er über Magenschmerzen geklagt hatte. Man glaubte, es sei die Ruhr. Unser medizinisches Personal dort drüben ist hoffnungslos überarbeitet; Sie dürfen ihnen die falsche Diagnose nicht zum Vorwurf machen. Als sich sein Zustand nicht besserte, schickte man ihn in die Heimat zurück; doch als er endlich bei uns eintraf, war es bereits zu spät.«
Emily gab keine Antwort. Sie konnte keinen anderen Gedanken fassen, als daß John tot war. Auf einmal war ihr, als hätte es die letzten Jahre der Entfremdung nicht gegeben. Sie dachte nur noch an seine Freundlichkeit, an seine Sanftheit, an seine Güte. Nun würde sie niemals erfahren können, was er wirklich für sie empfunden hatte. Zweimal hatte er sich bemüht, ihren Streit beizulegen. Doch sie hatte sich geweigert, ihn auch nur anzuhören.
»Möchten Sie ihn sehen?« fragte die Oberin mitfühlend.
»Ich... Ja. Ja, bitte. Wenn es nicht allzusehr stört.«
Die Oberin stand auf. »Warten Sie hier. Ich werde dafür sorgen, daß Ihnen eine der Freiwilligen eine Tasse Tee bringt. Sie sehen erschöpft aus. Ich nehme an, Sie sind seit Stunden unterwegs gewesen?«

Emily nickte bloß. Ein plötzlicher Schüttelfrost hatte sie ergriffen. Die Oberin hastete hinaus und ließ die Tür dabei halb offen. Sie war so in Eile, daß sie den Offizier auf Krücken nicht bemerkte, der jetzt herübergehumpelt kam und sich in den offenen Türrahmen lehnte.

»Mrs. Read?« fragte er vorsichtig.

Zunächst hörte Emily, die völlig in ihren Kummer versunken war, gar nicht, daß man ihren Namen rief. Doch als er noch einmal genannt wurde, blickte sie hoch und sah Max Hunnicutt. Sie war viel zu unglücklich, um überrascht zu sein. Außerdem schien es seine besondere Gewohnheit zu sein, immer dann in ihrem Leben zur Stelle zu sein, wenn es ihr am schlechtesten erging. Seine Verwundung nahm sie mit genausoviel Interesse zur Kenntnis, wie sie für einen verletzten Hund aufgebracht hätte. Sie fragte ihn noch nicht einmal, was ihm zugestoßen oder wie er hierhergekommen sei.

»John ist gestorben«, teilte sie ihm starr mit. »Ich mußte anstelle von Barbara kommen. Sie erwartet Zwillinge.« Heftig fügte sie hinzu: »Außerdem wollte ich ihn sehen.«

Max sagte kein Wort, sondern kam nur hereingehumpelt. Er stützte sich gegen das Schreibpult der Oberin, legte eine der Krücken nieder und reichte ihr die freie Hand. Emily nahm sie zwischen beide Hände und klammerte sich daran, als wäre sie ihr Rettungsanker. Dann drückte sie ihre Wange dagegen und weinte herzzerreißend.

22

Barbara brachte zwei Mädchen zur Welt, die ordnungsgemäß noch vor Weihnachten 1916 auf die Namen Roberta und Elizabeth getauft wurden. Gemäß den Verfügungen in Ellis' Testament fiel nun aller Besitz an James. Emily als sein Vormund würde ihn bis zu seiner Volljährigkeit verwalten.

»Du weißt, daß du und die Kinder hier willkommen sind«, sagte sie steif zu Barbara. Sie fragte sich jedoch, wie lange High Tor wohl noch ihr eigenes Zuhause bleiben mochte. Die Bilanz der Wessex Stores war unverändert schlecht. Erneut hatte Silas Hunnicutt damit gedroht, die Hypothek für verfallen zu erklären; und erneut hatte er es, wie durch ein Wunder, nicht wahr gemacht.

»Nein. Nein danke, Emily, meine Liebe«, antwortete Barbara. »Ich werde auf die Leat Farm zurückkehren. Jetzt, wo mein Vater krank ist, wird meine Stiefmutter froh sein, wenn ich ihr bei der Pflege behilflich bin.« Sie unterließ es, hinzuzufügen, daß sie ein Leben auf High Tor ohne John nicht ertragen konnte. Auch war sie sich Emilys Feindseligkeit allzu schmerzlich bewußt.

Auf eine merkwürdige Art hatte Johns Tod Barbara stark werden lassen. Zum ersten Mal in ihrem Leben war sie ganz allein für zwei andere Menschen verantwortlich: die beiden kleinen Bündel menschlichen Lebens, die in all ihren Bedürfnissen so völlig von ihr abhängig waren. Außerdem dachte sie immer daran, daß diese beiden Menschlein das einzige waren, was ihr von John geblieben war. Gewissermaßen sein Vermächtnis. Vernachlässigte sie ihre Töchter, so vernachlässigte sie John, der ihr als einziger in ihrem Leben wirkliches Glück geschenkt hatte. Kurz nach Neujahr 1917 kehrte sie auf die Leat Farm und zu ihrem kränkelnden Vater zurück.

»Die wären wir los«, sagte Mrs. Shapley, die den Haushalt ohne eine weitere Hilfskraft führen mußte. »Drei Mäuler weniger zu stopfen.«

»So etwas dürfen Sie nicht sagen!« schalt Chrissie sie ärgerlich. »Roberta und Elizabeth sind Reads. Ihr Platz ist auf High Tor. Hier ist es inzwischen wie in einem Mausoleum.«

Emily mußte ihr insgeheim recht geben, obschon sie froh war, daß Barbara und die Kinder ausgezogen waren. Zusammen mit Chrissie, Mrs. Shapley und dem alten William Bickham, dem Gärtner, der jeden Tag aus dem Dorf heraufkam, geisterten sie durch das Haus wie vier Erbsen in einem Topf, der einst für zwanzig gedacht war. Ellis, Wesley, John, Whitefield und Dorset: sie alle waren tot; Louise war verheiratet; James und Rohan waren fort im Internat; Harriet weilte bei ihren Großeltern zu Besuch; die Dienstboten, die einst beinahe ein Dutzend gezählt hatten, waren in alle Winde zerstreut; es war, als habe jemand einen Zauberstab geschwungen und alle plötzlich verschwinden lassen.

Ein Besuch von Mr. Longman trug dazu bei, sie noch mehr zu bedrücken. Die Finanzen des Unternehmens, so warnte er, seien nach wie vor in einem bedenklichen Zustand.

»Gibt es denn gar nichts, was ich tun könnte?« fragte sie.

Der Anwalt verzog das Gesicht. »Entlassen Sie Mr. Shepherd. Aber nachdem Mr. Hunnicutt darauf besteht, daß er in der Geschäftsleitung bleibt, und die Verlängerung der Schuldenfrist davon abhängig macht, fürchte ich, daß dies unmöglich ist.«

Mr. Longman teilte Johns Ansicht, daß Silas Hunnicutt eher erleben würde, wie die Wessex Stores zugrunde gingen, als daß er sein Geld zurück erhielte; daß er Edwin Shepherds Unfähigkeit benutzte, um eben dieses Ende herbeizuführen. Doch hätte er diese Empfindungen in Worte kleiden wollen, hätte er Silas Hunnicutt einen gewissenlosen Schurken nennen müssen. Und so weit wollte der Anwalt denn doch nicht gehen. Immerhin machte er Emily den Vorschlag, sie könnte eventuell Max Hunnicutt aufsuchen, der, soviel er wußte, Genesungsurlaub hatte und zu Hause war.

»Max Hunnicutt? Aber warum?« fragte Emily befremdet.

Der Anwalt räusperte sich. »Ähem – man könnte vielleicht Captain Hunnicutt dazu bewegen, seinen Einfluß bei seinem Vater geltend zu machen. Er könnte Mr. Hunnicutt überreden, die Bedingung, daß Mr. Shepherd weiterhin beschäftigt bleiben muß, fallenzulassen.«

Seit jenem Tag in dem Lazarett in Slough hatten Emily und Max einander nicht mehr gesehen. Durch den Dorfklatsch hatte sie erfahren, daß seine Verwundung einen sehr langen Erholungsurlaub hatte notwendig werden lassen. Silvester würde er zu Hause auf Ashridge verbringen. Sie rief sich die zahlreichen Beispiele seiner Freundlichkeit ins Gedächtnis. Doch sie zögerte, ihn um eine Gefälligkeit zu bitten. Und gleich solch eine Gefäl-

ligkeit. Der Gedanke daran behagte ihr gar nicht. Es wäre so leicht, sie zurückzuweisen.
Nach einer schlaflosen Nacht entschied sie jedoch, daß Mr. Longman recht hatte. Das war die einzige Möglichkeit, die sie hatte. Noch vor dem Frühstück rief sie in der Abbey an. Eine kurze und steife Unterhaltung mit Mrs. Brownlow enthüllte, daß Max sich inzwischen auf dem Wege der Besserung befand und im Begriffe stand, nach Frankreich zurückzukehren. Er hielt sich nicht mehr zu Hause auf, sondern war nach Torquay gefahren. Stockend fragte Emily nach seiner Adresse. Nie zuvor hatte sich jemand nach Max' Aufenthaltsort in Torquay erkundigt. Mrs. Brownlow war so erstaunt, daß sie mit der Adresse herausplatzte, bevor sie auch nur nachdenken konnte. Emily bedankte sich aufs höflichste und legte den Hörer auf.
Mit einer Droschke fuhr sie zu diesem Haus nahe Meadfoot Beach und feilschte dort zunächst einmal mit dem Fahrer um den Fahrpreis. Das machte ihr Spaß. In den letzten paar Monaten hatte sie gelernt, allein zurechtzukommen.
Daß Caroline Ormerod selbst die Tür öffnen würde, hatte Emily nicht erwartet. Dienstpersonal war knapp, das war richtig; doch war es den meisten Leuten gelungen, wenigstens einen älteren Dienstboten im Haus zu halten. Caroline trug eine Schürze und hielt einen Wischlappen in der Hand. Das dunkle Haar klebte ihr in Locken, die feucht vor Schweiß waren, an der Stirn.
Es war offensichtlich, daß sie sich an Emily erinnerte, auch wenn sie sich seit beinahe fünfzehn Jahren nicht mehr begegnet waren. Ebenso offensichtlich war, daß sie sich über Emilys Eindringen ärgerte; besonders in diesem Augenblick, wo es mit ihrem Aussehen nicht gerade zum besten stand. Das war eine typisch weibliche Reaktion, die Emily vollkommen verstand. Es bereitete ihr ein gewisses boshaftes Vergnügen, Caroline in einer solchen Situation erwischt zu haben.
»Ich bin gekommen, um Captain Hunnicutt zu sprechen«, begann sie zögernd. »Captain Max Hunnicutt.«
»Und wie kommen Sie auf die Idee, daß Sie ihn hier finden könnten?« Carolines Stimme hatte einen trotzigen Klang.

»Dies ist die Adresse, die man mir genannt hat.«
»Oh.« Caroline schien verblüfft zu sein. Entschlossen sagte sie: »Er ist nicht da.«
»Aber...«
»Ich habe Captain Hunnicut seit über einem Jahr nicht mehr gesehen«, unterbrach Caroline sie wütend.
Wenn man von dem vorhergehenden Abend absah, dann war dies nur allzu wahr, tröstete sie sich. Es war nur eine kleine Notlüge.
Da kam ein kleines Mädchen von etwa sieben Jahren herausgerannt und griff nach Carolines Rock. Die großen, glänzenden braunen Augen musterten Emily neugierig. Dunkles Haar umgab den wohlgeformten Kopf in dichten Löckchen. Beinahe gleichzeitig rief aus dem Inneren des Hauses eine Männerstimme: »Pippa! Wo bist du?« Max Hunnicutt war aus einem Zimmer links von der Empfangshalle herausgetreten.
»Pip, mein Liebling«, begann er, »warum bist du nicht...« Plötzlich hatte er Emily bemerkt und unterbrach sich. Dies war die einzige Gelegenheit, wo sie ihn jemals die Fassung verlieren sah. Auf seinem Gesicht zeichneten sich deutlich Verwirrung und Verlegenheit ab. »Mrs. Read! Was... was kann ich für Sie tun?« In seiner Stimme klang etwas an, so eine gewisse Zärtlichkeit, wie Caroline sie nie vernommen hatte. Nicht einmal in den ersten Tagen ihrer Bekanntschaft. Sie wandte den Kopf und sah ihn an. Max, der ihre Anwesenheit vergessen zu haben schien, hinkte zur Tür und reichte Emily die Hand. Sein Gesichtsausdruck gab den Ton in seiner Stimme wieder. Es schien ihn nicht zu interessieren, wie Emily hierhergekommen war. Er freute sich einfach, sie zu sehen. Mehr als Max schien sich Emily der Peinlichkeit ihrer Begegnung bewußt zu sein.
»Könnte... wäre es möglich, Sie... Sie für einen kurzen Augenblick zu sprechen?« Ihre neu errungene Gelassenheit war verschwunden, und sie verhaspelte sich wie ein Schulmädchen.
»Selbstverständlich. Pippa, mein Liebling, geh zur Seite und laß die Dame eintreten.«
»Es tut mir leid.« Emily trat wieder einen Schritt zurück. »Ich

hätte nicht kommen sollen. Das war dumm von mir. Bitte verzeihen Sie mir.«
»Da gibt es nichts zu verzeihen«, sagte Max. »Bitte treten Sie doch näher und sagen Sie mir, was ich für Sie tun kann.«
Emily war unschlüssig. Doch dann entschied sie, daß es dumm wäre, jetzt nicht mit Max zu reden, wo sie schon die ganze Fahrt hierher unternommen hatte. So folgte sie ihm in den vorderen Salon, wo ein kleines Kaminfeuer brannte. Kohle zu bekommen wurde zunehmend schwieriger, und es war sogar von Rationierung die Rede. Emily setzte sich auf eine Couch, die ein Muster von roten und grünen Apfelzweigen hatte, faltete die Hände in den Schoß.
Plötzlich wußte sie nicht mehr, was sie sagen sollte. Gut ausgesehen hatte Max schon immer. Die vergangenen Jahre hatten seine eher finsteren Gesichtszüge weicher werden lassen. Er war reifer geworden. Entweder seine Reife oder der Krieg hatten ihm eine Aura von ruhiger Autorität verliehen. Wahrscheinlich hatte beides eine Rolle gespielt. Er war ein Mann, auf den man sich verlassen konnte, dachte sie dankbar; jemand, der imstande war, die Last eines anderen zu tragen.
Max seinerseits sah sich einer Frau von einunddreißig Jahren gegenüber, die noch immer schlank und elegant war. Noch immer verriet ihr Gesicht die gleiche scharfe, wenn auch nicht ausgereifte Intelligenz, die ihm damals, an jenem weit zurückliegenden Abend in Covent Garden, gleich an ihr aufgefallen war. Ihr älterer Gatte, der Frauen mit Verstand nicht zu schätzen wußte, hatte sie zu sehr wie ein Kind behandelt, so vermutete er. Max hingegen bewunderte Emilys Geist und wünschte sich, er könne ihr helfen, ihn weiterzuentwickeln. Er war in sie verliebt und glaubte, dies schon immer gewesen zu sein.
Er nahm in dem Lehnstuhl Emily gegenüber Platz und lächelte sie an. »Und nun, Mrs. Read«, sagte er liebenswürdig, »verraten Sie mir, weshalb Sie gekommen sind.«

Silas fühlte sich nicht wohl. Sarah hatte darauf bestanden, daß er im Bett liegen blieb, doch nach ein oder zwei Stunden langweilte er sich furchtbar. Sein Herz, jenes Organ, das ihm so zu schaffen machte, hatte sich wieder beruhigt und schlug völlig normal. Auch die Schmerzen im Oberarm und in der Brust hatten nachgelassen. Er sehnte sich danach, aufstehen zu können und etwas zu tun zu haben.

Mit Abscheu schmiß er die Morgenzeitung fort. Die Dinge entwickelten sich vom Schlimmen zum Schlimmsten.

Julia betrat das Schlafzimmer. In der Hand hielt sie ein Tablett, auf dem ein Glas mit einem Gebräu stand, dessen bloßer Anblick bereits ekelerregend war.

»Mutter sagt, du sollst deine Medizin einnehmen. Und keine falschen Tricks«, sagte sie in ihrer unverblümten Art. Mit einem Klappern stellte sie das Tablett auf dem Nachttisch ab. »Vater, komm her! Jetzt wollen wir mal dafür sorgen, daß sie durch das kleine rote Gäßchen rinnt. Dann bekommst du auch einen Schokoladenbonbon von deiner Lieblingssorte.«

»Julia«, sagte Silas gefährlich ruhig. »Hör auf, mich wie ein verdammtes Kind zu behandeln!«

Sie wandte die Augen von ihm ab und beschäftigte sich damit, die Gegenstände auf dem kleinen Tischchen zu ordnen – Bücher, Zeitschriften, Gläser und Medizin. Für einen kurzen Augenblick sah Silas ihr schweigend zu, bevor er sie unvermittelt fragte: »Warum, zum Teufel, habt ihr eigentlich kein Kind?«

»Wir haben es versucht«, war die diplomatisch-zurückhaltende Antwort.

»Nicht eifrig genug, wie es scheint.«

»Oh, was das betrifft...«, Julia zuckte mit den Schultern. »Ich nehme an, ich kann wahrscheinlich keine bekommen.«

»Du kannst es nicht? Oder liegt es an Martin?«

»An keinem von uns«, antwortete sie ungeduldig. Sie hatte keine Lust, ihrem Vater einzugestehen, daß Martin sie inzwischen kaum noch in den Arm nahm. Die Hälfte der Zeit war er noch nicht einmal zu Hause, wenn sie zu Bett ging. Gegen zwei oder drei Uhr morgens kam er dann in ihr Zimmer und glitt neben sie ins Bett, während sie so tat, als ob sie schlief. Sie hatte nicht die leiseste Ahnung, wo er gewesen war, und wollte es auch

gar nicht wissen. Und das allerletzte, was sie wollte, war, daß Silas sich da einmischte.
In diesem Augenblick betrat Martin selbst das Schlafzimmer. Beim Anblick seiner Frau blieb er linkisch im Türrahmen stehen.
»Guten Morgen, Vater. Mutter sagte mir, daß es dir heute nicht gut geht.«
»Dieses verdammte Weib übertreibt mal wieder«, antwortete Silas unwirsch. Sein Blick wanderte von Martin zu Julia, die plötzlich noch eifriger damit beschäftigt war, den Wirrwarr auf dem Nachttisch in Ordnung zu bringen. »Wir haben gerade über Kinder gesprochen«, sagte er boshaft. »Über die, die ihr nicht bekommen habt.«
»Vater, das ist unsere Angelegenheit«, fuhr ihn Julia eine Spur zu hastig an. Es war eindeutig, daß sie etwas zu verteidigen hatte.
Martins Augen zuckten; jetzt war er auf der Hut. Er lächelte und ergriff eine der rastlosen Hände seiner Frau. »Wir haben es versucht, Vater. Glaub mir.«
»Warum sprichst du von der Vergangenheit?« fragte Silas barsch.
Martin hätte sich im stillen auf die Zunge beißen mögen. »Das war nur so dahergeredet, Sir. Wir versuchen es immer noch und haben vor, es auch in Zukunft zu tun.«
»Ich finde diese Unterhaltung in höchstem Maße grob«, erklärte Julia wütend und zog ihre Hand zurück. »Wenn du alles hast, was du brauchst, Vater, werde ich jetzt gehen. Mutter und ich werden im Dorf bei unserem Erste-Hilfe-Kurs erwartet.«
Durch diese Worte abgelenkt, brach Silas in schallendes Gelächter aus. »Du glaubst doch nicht etwa, daß die Zeppelins ihre Bomben über Ashcombe abwerfen werden?« Er wischte sich die Augen trocken. »Selbst wenn wir einmal davon ausgehen, daß sie überhaupt so weit vordringen könnten, dann wären nicht einmal die Deutschen so dumm, ihre Zeit mit uns zu verschwenden.«
»Auf jeden Fall ist es gut, für alles gerüstet zu sein«, entgegnete

Julia finster. »Wir sehen uns dann, wenn Mutter und ich wieder zurück sind.« Und damit verließ sie das Zimmer.
Martin starrte auf die geschlossene Tür. Julia wurde mit jedem Tag unansehnlicher, dachte er geringschätzig. Chrissie Read, die war genau das, was er sich unter einer hübschen Frau vorstellte. Im letzten Jahr hatte er sich ein-, zweimal mit ihr getroffen. Ein wenig scharfzüngig war sie vielleicht; aber andererseits gefiel es ihm. Dadurch hatte er immer einen Grund, mit ihr Streit anzufangen. Ihre Auseinandersetzungen machten ihm Spaß. Besonders die Art, wie sie stets zu ihm zurückgekrochen kam und ihn um Verzeihung bat. So etwas würde Julia nie tun, nicht einmal, wenn sie wüßte, daß sie im Unrecht war. Martin genoß das Gefühl, Macht über einen anderen Menschen zu haben.
»Vater, ich fahre heute morgen nach Exeter. Ich bin gekommen, um dich zu fragen, ob ich etwas für dich erledigen könnte.«
Silas schüttelte den Kopf. Hatte er richtig gehandelt, als er Julia diesen Martin Hunstrete heiraten ließ? Max, so fiel ihm ein, hatte die Verbindung aufs heftigste mißbilligt.
»Danke, nein.« Scharf fügte er hinzu: »Sieh zu, daß du meinem Mädchen ein paar Kinder machst. Die hat sie dringend nötig!«
Martin lächelte glatt. »Auch mir geht es so, Vater. Du kannst dich darauf verlassen, daß ich – ähem – mein Bestes tun werde. Es muß nicht an mir liegen, wenn es uns nicht gelingt, dich zum Großvater zu machen.«
»Genug Zeit hattet ihr ja wohl. Mehr als sechs Jahre.«
»Manchmal dauert so etwas eben ein bißchen länger. Ich habe Julia den Vorschlag gemacht, daß wir gemeinsam Doktor Merridew aufsuchen sollten. Aber du weißt doch, wie prüde sie sein kann.« Martin lächelte erneut. »Nun, Vater, wenn du wirklich nichts willst, dann mach' ich mich jetzt auf den Weg.«
Silas musterte seinen Schwiegersohn vom Kopf bis zu den Zehenspitzen. Er besah sich den gut geschnittenen Anzug, die goldene Uhrkette, die teuren Schuhe. Doch all das würde aus Martin niemals den Gentleman machen, der er so gerne sein wollte. Selbst die mühsam kultivierte Aussprache, deren Akzent längst nicht mehr seine Herkunft erkennen ließ, hatte das schnarrende

›r‹, wie man es in Devonshire sprach, nicht völlig ausmerzen können. Genausowenig konnten seine Kleider den Hochstapler, der sich darunter versteckte, verbergen.
Verdammt noch mal. Max hatte recht gehabt, gestand Silas sich ein, als sich die Schlafzimmertür hinter Martin geschlossen hatte. Max hatte die lästige Angewohnheit, stets im Recht zu sein. Silas sank in seine Kissen zurück. Sein Groll wurde größer. Er grollte seinem Körper, er grollte Max wegen seiner Rechtschaffenheit, Martin wegen seiner Habgier, Julia wegen ihrer Dummheit, Sarah, Mrs. Brownlow – er grollte der ganzen Welt. Doch vor allem grollte er John Read dafür, daß er gestorben war. Welchen Spaß machte es noch, seine Blutrache fortzusetzen, wo seine einzigen Feinde ein Kind und eine Frau waren?
»Verflixt und zugenäht!« schimpfte er laut vor sich hin. Er griff nach seinem Spazierstock, der gegen das Bett gelehnt war, und stieß damit heftig auf den Boden. Himmel, Arsch und Zwirn! Warum kam denn keiner? »Wo stecken denn alle?« schrie er gellend.
»Im Krieg«, sagte grimmig Max' Stimme. Silas fuhr herum und sah zur Tür. Da stand Max in seiner Uniform. Obwohl er es nicht wollte, war Silas stolz auf ihn.
»Daß ich dich noch einmal zu Gesicht bekäme, hätte ich auch nicht erwartet«, erklärte er bärbeißig. »Ich dachte, du würdest dich direkt von Torquay aus zu deiner Einheit zurückmelden. Du hattest dich doch vorgestern verabschiedet.«
Max trat an das Bett und sah auf seinen Vater hinab. Er zögerte. Er hatte nicht damit gerechnet, den alten Mann krank im Bett vorzufinden.
»Ich bin zurückgekommen, weil ich mit dir reden möchte«, antwortete er. »Emily Read hat mich gestern besucht.«
Silas atmete schwer und brach dann in lautes Gelächter aus. »Dem Niggerweib hat das sicher nicht gepaßt, hm?«
Das Lachen bestärkte Max in seinem Entschluß. Wenn der alte Teufel gesund genug war, um Caroline zu beleidigen, dann war er auch kräftig genug, um sich ein paar ungeschminkte Wahrheiten sagen zu lassen.

»Emily Read hat mich aufgesucht und mich gebeten, meinen Einfluß bei dir geltend zu machen. Du bestehst darauf, daß du die Hypothek auf High Tor nur dann nicht verfallen läßt, solange man Edwin Shepherd unumschränkt die Leitung der Wessex Stores überläßt. Vater, worauf willst du hinaus? Der Mann ist ein absoluter Dummkopf, und das weißt du. Er ist völlig ungeeignet.«

»Natürlich weiß ich das«, frohlockte Silas und schob sein Kinn vor. Der Bart mit seinen auseinandergedrechselten Spitzen war inzwischen vollständig weiß. In diesem Augenblick sah er satanischer aus denn je. »Lieber Gott, Max! Das brauche ich dir doch wohl mit keinem einzigen Wort auseinanderzusetzen. Das Geld interessiert mich keinen Pfifferling.«

»Genau das habe ich vermutet. Du möchtest das Unternehmen zugrunde richten und gleichzeitig High Tor bekommen. Doch was wird aus Emily Read und ihren Kindern? Möchtest du sie ebenfalls vernichten?«

Silas zuckte mit den Schultern. »Es ist mir egal, was aus ihnen wird. Ich möchte alles zerstören, was Edgar und Ellis Read je aufgebaut haben. Das Geschäft werde ich lahmlegen und dieses gräßliche Haus dem Erdboden gleichmachen. Ich möchte erleben, wie die Reads im Dartmoor von der Bildfläche verschwinden!«

Inzwischen saß Silas hoch aufgerichtet im Bett. Sein Gesicht war puterrot, und seine Arme ruderten durch die Luft, während er sich in seinen Zorn hineinsteigerte.

Max war genauso wütend; zu wütend, um noch an den Gesundheitszustand seines Vaters zu denken. Er beugte sich vornüber und packte Silas hinten am Nachthemd.

»Du wirst diese Klausel mit Edwin Shepherd zurücknehmen, hörst du?«

Silas begann zu lachen. »Du willst mich dazu zwingen, nehme ich an?«

»Wenn nötig, ja.«

»Und wie stellst du dir das vor?« Silas schäumte vor Wut. Nie zuvor hatte Max ihm in dieser Weise die Stirn geboten. Mit

einemmal konnte Silas kaum atmen. Der Schmerz war wieder da und lag wie ein Mühlstein auf seiner Brust. Ihm war, als würden seine Lungen langsam zerdrückt. Schwer wie Blei hingen die Arme an ihm herab. Er versuchte, etwas zu sagen, Max mitzuteilen, wie schlecht er sich fühlte. Doch sein Sehvermögen spielte ihm einen Streich, und Max war nicht mehr da.
Eigentlich war gar nichts mehr da, nicht einmal der Schmerz. Silas hatte das angenehme Gefühl zu schweben. Ein helles, weißes Licht blendete seine Augen...
Max über ihm hörte auf herumzuschreien und starrte in das wächserne Gesicht, das bereits in die Anonymität des Todes hinüberglitt. Er lockerte den Griff. Leblos sackte Silas' schlaffer Körper gegen die Kissen. In wachsender Angst und von Entsetzen ergriffen schlug Max seine Hände vors Gesicht.
»Oh, mein Gott«, flüsterte er. »Was habe ich getan?«

23

Kurz nachdem Silas Hunnicutt gestorben war, traten die Vereinigten Staaten in den Krieg ein. Jedermann hoffte, dies würde der Anfang vom Ende sein. Jetzt, wo sich das mächtige Amerika auf die Seite der Alliierten geschlagen hatte, meinte man, die Waagschale würde sich zu Deutschlands Ungunsten senken.
Der Krieg jedoch dauerte unverändert an: als eine Sackgasse im Schlamm Flanderns. Kent wurde bombardiert; London wurde bombardiert; die Russen schafften ihre Monarchie ab und errichteten an deren Stelle eine Republik. Dann, im November, ergriffen die Bolschewiken die Macht und nahmen Verhandlungen über einen Separatfrieden mit den Deutschen auf.
Emily fragte sich, wo Max Hunnicutt sein mochte. Er hatte ihr einen Brief geschrieben, in dem er sie davon in Kenntnis setzte, daß er jetzt die Übertragungsurkunde von High Tor besaß. Er entließ sie aus der Klausel, von der sein Vater die Rückzahlung abhängig gemacht hatte, und erweiterte die Zahlungsfrist für die Schulden auf unbegrenzte Zeit.

»Mit anderen Worten, meine Liebe, wir können nun endlich Ihren Schwiegersohn entlassen«, hatte Mr. Longman jubelnd zu ihr gesagt.
Auf einmal zögerte Emily jedoch, Edwin zu kündigen. Sie wußte nicht, wie man ein Unternehmen zu leiten hatte. Zusätzlich mußte sie auch an ihre ältere Stieftochter denken. Von den Gerüchten über Edwins drohende Entlassung beunruhigt, hatte Louise ihr einen Besuch auf High Tor abgestattet.
»Er ist ein guter Mann«, beteuerte sie Emily tränenreich. »In seinem Herzen will er für das Unternehmen nur das Beste.«
»Mr. Longman scheint anderer Meinung zu sein.«
»Mr. Longman! Was weiß der schon?« Louise drohte hysterisch zu werden. »Vater hat ihm blind vertraut. Ebenso Silas Hunnicutt. Hätte er sonst darauf bestanden, daß Edwin in der Geschäftsführung bleibt?«
Emily brachte es nicht übers Herz, Louise die Wahrheit zu sagen. Vage äußerte sie: »Dein Vater ist kein besonders umsichtiger Geschäftsmann gewesen, mein Liebes. Wäre er es gewesen, dann würde das Unternehmen jetzt nicht in solchen Schwierigkeiten stecken.«
»Aber was soll aus uns werden, wenn du Edwin entläßt?« wollte Louise wissen und brach in ein lautes Schluchzen aus.
Emily fühlte sich hin- und hergerissen. Sie besprach sich mit den andern Teilhabern und fand sie unterschiedlicher Meinung.
»Ich weiß einfach nicht, was jetzt das Klügste wäre«, klagte sie in ihrer Unsicherheit Chrissie ihr Leid.
»Jetzt gehört alles deinem Sohn«, hatte Chrissie gehässig entgegnet. »Es ist nicht besonders klug, mich um Rat zu fragen. Ich bringe dir nicht das geringste Mitgefühl entgegen.«
So mußte Mr. Longman konsterniert feststellen, daß man Edwin Shepherd gestattete, in der Leitung zu bleiben, während die Wessex Stores von Katastrophe zu Katastrophe taumelten.
Ende Oktober waren Emily und Harriet zu einem Besuch bei Rose und Peter in Woolwich aufgebrochen. Das war ein Bezirk Londons, der Emily traurig stimmte; trotz der Wiesen ringsumher und des nahegelegenen Shooter's Hill.

Das Pfarrhaus lag an einer engen Seitenstraße der High Street, der Hauptverkehrsstraße, und bot einen Ausblick auf den Fluß. Doch was die Aussicht betraf, war Emily verwöhnt. Sie sehnte sich zurück nach High Tor mit seinen endlosen Weiten und den Felsen, die sich gegen den Horizont abzeichneten. Sie wollte die wilden, romantisch zerklüfteten Klippen und die zarten, fedrigen Wölkchen wiedersehen. Der Lärm Londons machte sie nervös.

James und Rohan jedoch, die die Hälfte der Schulferien bei ihren Großeltern verlebt hatten, bewunderten London, wie Emily überrascht feststellen mußte.

»Im Dartmoor ist es so langweilig«, erklärte ihr James auf dem Heimweg vom Britischen Museum. »Mama, warum verkaufen wir High Tor nicht einfach und kaufen uns ein Haus in London?«

»O ja, das machen wir!« stimmte Harriet mit ein. »Ich bin so gerne hier.«

Emily war entsetzt. Zwar hatte sie immer gewußt, daß Rohan das Moor haßte, doch war sie schockiert davon, daß auch Harriet und James dort nicht leben wollten.

»Es versteht sich doch wohl von selbst, daß wir High Tor nicht verkaufen können«, rief sie aus. »Es ist unser Zuhause.«

»Es ist James' Zuhause«, verbesserte Rohan sie mit seiner kühlen kleinen Stimme. »Wenn er will, kann er es verkaufen.«

Wachsam betrachtete Emily ihren jüngeren Sohn. Sie hatte den Eindruck, daß das Internat ihn noch verschlossener hatte werden lassen. Sie fragte sich, ob es richtig gewesen war, ihn in diesem zarten Alter bereits von zu Hause wegzugeben.

Ruhig erwiderte sie: »Sicher gehört das Haus James. Aber bevor er nicht volljährig ist, kann er es nicht verkaufen. Bis dahin muß er sich von mir leiten lassen.«

Als die Kinder an diesem Abend im Bett lagen und Emily sich mit Peter und Rose vor das Kaminfeuer gesetzt hatte, fragte ihre Mutter: »Was mag Ellis wohl dazu gebracht haben, High Tor so völlig aufzugeben?«

Emily zuckte mit den Schultern. »Wer weiß, was in Ellis' Kopf vorging? Jedenfalls habe ich es nie sicher gewußt. Wesleys Tod war ein entsetzlicher Schock für ihn. Zweifelsohne hat er John und Barbara dafür verantwortlich gemacht.«

Peter nickte. »Warum hast du eigentlich Edwin Shepherd noch nicht entlassen?« erkundigte er sich. »Nachdem du zu Max Hunnicutt gegangen bist und ihn gebeten hast, sich für dich bei seinem Vater zu verwenden, scheinst du nichts weiter unternommen zu haben. Silas Hunnicutt ist tot, und die Klausel ist aufgehoben. Du bist James' gesetzlicher Vormund, mein liebes Kind. Solange er nicht volljährig ist, trägst du die Verantwortung.«

»Aber von geschäftlichen Dingen verstehe ich doch nichts, Vater«, wehrte Emily ab. »Ich habe wirklich keine Ahnung, was für uns jetzt das Klügste wäre.«

»Hat Ellis denn niemanden bestimmt, der dir zur Seite stehen könnte?« fragte Rose entgeistert.

»Darüber haben wir doch schon gesprochen, Mama. Als Ellis das Testament aufsetzte, standen noch John, Whit und Dorry zwischen James und dem Erbe. Ich bin zwar auch der Meinung, daß Ellis mit Kriegsbeginn die Möglichkeit ihres vorzeitigen Todes hätte in Betracht ziehen müssen. Doch da war er schon nicht mehr in der Lage, sich mit Katastrophen auseinanderzusetzen, die möglicherweise einmal stattfinden würden. Damals war er schon damit überfordert, gegen die wirklichen anzukämpfen.«

»Emily, meine Liebe, du mußt jetzt stark sein«, sagte Rose und tätschelte ihre Hand. »Du mußt Edwin Shepherd entlassen und jemanden einstellen, der imstande ist, das Vermögen des Unternehmens wieder einzubringen. Du hast es an Entschiedenheit fehlen lassen. Die Hypothek muß zurückgezahlt werden. Ein Hunnicutt auf High Tor! Allein die Vorstellung ist undenkbar!«

Emily seufzte. »Edwin ist Louises Mann.«

Rose zog ihre Hand zurück und sah ihr mißbilligend ins Gesicht. »Und High Tor und die Wessex Stores sind das Erbe meines Enkelsohnes«, entgegnete sie.

Martin wälzte sich herum und stieß das zerknitterte Bettuch fort. Er drehte seinen Kopf auf dem Kissen herum und lächelte die Frau an, die neben ihm lag.
»Es ist schön, wieder auf High Tor zu sein«, sagte er.
Unter ihren mandelförmigen Augenlidern sah man Chrissies Augen aufleuchten. »Du hättest längst kommen können. Daran hat dich nichts gehindert«, antwortete sie.
»Im Gegenteil«, antwortete er, »ich bin von allem und jedem gehindert worden: deinem Vater, deinen Brüdern, deiner Stiefmutter. Wo steckt meine liebe Cousine eigentlich, nebenbei bemerkt?«
»Sie ist in London und besucht ihre Eltern.«
»Ah! Die hochgeschätzte Rose und Peter. Aber um noch einmal darauf zurückzukommen: Ich bin bisher nicht eingeladen worden. Und ich bezweifle sehr, daß du mich heute eingeladen hättest, wenn nicht Mrs. Shapley ihren freien Nachmittag gehabt hätte.«
Chrissie verzog den Mund. »Glaubst du wirklich, daß ich mich vor dieser alten Klatschbase fürchte?« Sie rollte sich auf den Bauch und verfolgte mit ihrem Zeigefinger eine Spur zwischen den dunklen Haaren auf seiner Brust. Boshaft drehte sie ein Haarbüschel zwischen ihren Fingern: »Tu doch nicht so, als ob du es gewagt hättest, hierherzukommen, solange dein Schwiegervater noch am Leben war, Martin Hunstrete.«
Er grinste, und zur Vergeltung zog er sie heftig an einer Haarsträhne. Er zog immer fester, bis sie aufschrie.
»Da kannst du recht haben. Herr im Himmel! Wie mich diese beiden Frauen langweilen! Julias Hirn ist genauso leer wie ihr häßliches Puddinggesicht. Und Sarah ist absolut unfähig, mehr als drei Worte auf einmal aneinanderzureihen.«
»Dann warst du also froh, daß wir uns wieder getroffen haben?« fragte Chrissie und fuhr sich mit ihrer kleinen, rosigen Zunge herausfordernd über die Lippen. Sie hob ein Bein und legte es über seinen Oberschenkel, während sie sich an ihm rieb.
Als Chrissie vor sechs Wochen an der Felsschlucht entlang spazierengegangen war, war sie Martin begegnet. Seit jenem Tag in

Exeter, noch vor dem Krieg, waren sie sich zum ersten Mal wieder allein gegenübergestanden. Beiden war es in den Sinn gekommen, daß sie ihre Freundschaft jetzt frei von allen Rücksichtnahmen ausleben konnten. Silas war tot. Ellis war tot. Max war weit weg in Frankreich. Es gab niemanden mehr, der sie noch ernsthaft bedrohen konnte.

Von da ab hatten sie begonnen, sich regelmäßig zu treffen. Chrissie war schon immer der Meinung gewesen, daß Martin ein aufregender Mann war. Seine animalische Kraft und die unterschwellige Brutalität, die er ausstrahlte, brachten einen verwandten Ton tief in ihr zum Klingen. Chrissie liebte ihn nicht, doch sie verehrte ihn voller Leidenschaft. In mancher Beziehung waren sie einander sehr ähnlich.

Emily starrte auf die Eisblumen, die sich an der Fensterscheibe ihres Schlafzimmers gebildet hatten. Tränen brannten ihr in den Augen. Morgen war Heiligabend, Rohans Geburtstag. Es war der elfte Jahrestag jenes Ereignisses, dessen Erinnerung inzwischen nicht mehr ganz so quälend für sie war. Die Zeit und Emilys Abstand dazu hatten sie schwächer werden lassen. Rohan würde das Fest bei seinen Großeltern in London begehen und war nur erleichtert, daß er seine Mutter nicht zu Gesicht bekam.

Die Abneigung ihres Sohnes verletzte Emily immer noch, auch wenn sie sich inzwischen daran gewöhnt hatte. Im übrigen hatte sie sich in diesen Tagen um anderes zu sorgen als um Rohans Feindseligkeit. Martin Hunstrete zum Beispiel. Emily war davon überzeugt, daß er sich heimlich mit Chrissie traf. Entweder auf Ashridge Abbey oder auf High Tor, obwohl Emily sich derartige Besuche in ihrem Haus verbeten hatte. Sie war sich sicher, ihn einmal flüchtig gesehen zu haben, als er durch die hohe Buchsbaumhecke schlüpfte, die vom Rosengarten bis zur Terrasse heranreichte. An einem andern Tag hatte sie entdeckt, daß eine Nebentür unverschlossen geblieben war. Jetzt, wo sie nur noch als drei Frauen allein im Haus lebten, war dies ungewöhnlich. Chrissie verschwand zuweilen stundenlang. Wenn sie dann wieder nach Hause kam, war sie erhitzt und aufgeregt, oder sie schnurrte wie eine Katze vor Zufriedenheit. Wie sollte Emily allein mit der ganzen Situation fertig werden, wenn sie nicht einmal bei ihrer Stieftochter genügend Autorität besaß? Was Martin anbetraf, so hatte sie sich vor ihrem Cousin stets eher gefürchtet; wenngleich sie auch keinen Grund dafür hätte angeben können.

Außerdem war da noch das drängende Problem mit Edwin. Emily hatte ihn noch immer nicht entlassen, und das Geschäft näherte sich immer mehr der endgültigen Katastrophe.

Morgen würden er und Louise zum Weihnachtsessen nach High Tor kommen: der jämmerliche kleine Versuch eines Familientreffens: ein schwacher Abglanz der Herrlichkeit früherer Tage. Emily nahm diesen Besuch zum Vorwand, Edwins Entlassung erneut hinauszuschieben. Doch sobald Weihnachten vorüber war – das wußte sie –, würde sie das Unvermeidliche in Angriff nehmen müssen. Dies würde einen weiteren Einbruch im Familienleben nach sich ziehen. Diesmal zwischen ihr und Louise. Doch hatte sie keine Wahl. Sie mußte an James denken.

Jeden Abend bedachte sie Max Hunnicutt in ihrem Gebet. In den zehn Monaten seit dem Tod seines Vaters hatte er die Rückzahlung der Schulden nie wieder erwähnt. Dennoch blieb die Tatsache bestehen, daß sich die Urkunde über High Tor im Besitz eines Hunnicutt befand und daß der Schuldenberg mit jedem Tag größer wurde. Sie mußte dafür sorgen, daß das Geschäft wieder in Schwung kam, so oder so.

Emily stieg die Treppe hinunter. Im ganzen Haus war es eiskalt. Um Brennstoff zu sparen, wurde das Feuer erst nach dem Mittagessen entfacht, und dann auch nur in einem Zimmer. Es ging nicht nur darum, daß die Kohle rationiert war; vielmehr war Sparsamkeit jetzt in allen Lebensbereichen notwendig. Und sie hatte nichts mehr gehaßt als Sparsamkeit!

Quer durch die Empfangshalle ging sie ins Frühstückszimmer, das derzeit von ihr und Chrissie für nahezu jeden Anlaß benutzt wurde. Der alte William Bickham hatte einen kleinen, erbärmlichen Weihnachtsbaum dagelassen, der in einem Eimer voll Erde eingepflanzt worden war. Schon jetzt nadelte er. Auf dem Tisch daneben lagen die Schachteln mit dem Christbaumschmuck, die Emily schon frühzeitig vom Dachboden heruntergeholt hatte. Verzweifelt betrachtete sie Baum und Schmuck. Sie dachte an die Weihnachtsfeste vergangener Jahre, wo die Bibliothek stets von einem riesigen Baum verschönt worden war. Ein zweiter, kleinerer – wenn auch um etliches größer als dieses armselige Gebilde – hatte in der Halle gestanden.

»Solange ich die Dinge besitze, weiß ich sie nie richtig zu schätzen«, schalt Emily sich streng. »Das ist wohl mein Gewohnheitslaster.«

In ihren Kummer versunken, nahm sie nur am Rande wahr, daß jemand an der Tür geläutet hatte. Aus ihrer Dienstbotenwohnung war Mrs. Shapley durch die Halle gelaufen, um die Tür zu öffnen.

Emily zog aus ihrer Rocktasche ein Taschentuch hervor, um sich die Nase zu putzen. Wer auch immer sie besuchen mochte, er durfte sie nicht in solch einem verräterischen Zustand vorfinden. Sie betupfte sich die Augen und öffnete, obwohl ihr kalt war, das Fenster, um ihre geröteten Wangen zu kühlen. Vielleicht war es jemand für Chrissie. Verzweifelt hoffte sie, daß der Besuch nicht ihr galt.

Einen Augenblick später steckte Mrs. Shapley ihren Kopf durch die Tür.

»Da möchte Sie jemand sprechen«, verkündete sie mit einem Anflug von Mißbilligung in ihrer Stimme. »Ich hab' ihn in die Bibliothek geführt. Er kann genauso frieren wie wir alle. Daß er überhaupt hierherkommt. Der hat vielleicht Humor!«

»Wer ist es denn, Mrs. Shapley?« fragte Emily ungeduldig.

Die Haushälterin rümpfte die Nase. »Es ist Max Hunnicutt. Ausgerechnet der.«

24

Max Hunnicutt!

Emily hatte noch nicht einmal gewußt, daß er auf Urlaub zu Hause war. Im Dorf war davon nicht die Rede gewesen. Ihre Zuversicht verließ sie vollends. Sein Besuch auf High Tor konnte nur eines bedeuten: Er war gekommen, um sie davon in Kenntnis zu setzen, daß er nun die Hypothek als verfallen betrachtete.

Emily zwang sich, aufzustehen und in die Bibliothek hinüberzugehen.

»Captain Hunnicutt«, sagte Emily und schritt mit ausgestreckter Hand auf ihn zu.

Schuldbewußt blickte er von dem Buch hoch, das er sich aus dem Regal genommen hatte. Er war dünner geworden seit ihrer letzten Begegnung. In seinen Augen lag der gleiche erschöpfte Ausdruck, den sie schon so oft in den Gesichtern der Männer bemerkt hatte, die von der Westfront zurückkehrten.

Max legte das Buch weg und ergriff ihre Hand. Emily schaute auf eine lange, grobe Narbe, die über seinen Handrücken lief. Max bemerkte diesen Blick und lächelte: »Das Vermächtnis, das die Somme für mich hatte«, sagte er. »Ich habe in einem Ihrer Bücher geblättert. Bitte entschuldigen Sie.«

»Wahrscheinlich werden es ohnehin bald Ihre Bücher sein«, antwortete sie verbitterter, als sie eigentlich beabsichtigt hatte.

Er suchte ihre Augen. »Ach, Sie denken, ich sei deshalb gekommen. Sie glauben, ich würde Sie in den Schnee hinausjagen wollen wie der Schurke in einem altmodischen Melodram.« Sein Lächeln wurde breiter. »Geben Sie es zu! Genau das denken Sie. Stimmt's?«

»Das wäre nur die logische Erklärung für Ihren Besuch«, entgegnete Emily. »Was sonst sollte Sie nach High Tor führen?«

Plötzlich schien er die Sprache verloren zu haben, und Emily war bestürzt. Verwirrung gehörte nicht zu den Gefühlen, die sie dem unerschütterlichen Max Hunnicutt je zugetraut hätte. Ihr Mißtrauen wuchs.

»Sollen wir ins Frühstückszimmer hinübergehen?« schlug sie vor. »Dort brennt ein Feuer im Kamin.«
»Nein! Warten Sie!«
Emily hatte sich bereits halb umgewandt, um ihm vorauszugehen. Erstaunt von der Dringlichkeit in seiner Stimme blieb sie stehen. »Ich... verstehe nicht ganz!«
»Bitte warten Sie!« Er trat auf sie zu. »Es tut mir leid, daß ich Sie erschreckt habe, aber ich muß mit Ihnen reden... Emily.« Schüchtern sprach er ihren Namen aus; so, als ob er eine Abfuhr erwartete. »Emily, ich möchte Sie heiraten. Ich möchte Sie fragen, ob Sie mir die Ehre erweisen wollen, meine Frau zu werden.«
Seine Worte ergaben für sie keinen Sinn. Über seine Schulter hinweg sah sie, daß es zu schneien angefangen hatte: wolkenleichte zarte Flocken, die sich auf Gras und Bäumen niederließen und an den Fensterscheiben der Glastüren kleben blieben, bevor sie sich in Wasser auflösten und langsam hinuntersickerten. Unsicher betrachtete Emily Max Hunnicutt. Hatte sie ihn richtig verstanden? Hatte er sie wirklich gefragt, ob sie seine Frau werden wolle?
»*Möchten* Sie mich heiraten, Emily?« wiederholte er.
Ihr Humor kam ihr zu Hilfe. »Ich weiß es nicht. Sie müssen mir noch etwas Zeit lassen. Sie müssen zugeben, daß es etwas plötzlich kommt.«
Max stimmte in ihr Lachen ein, und die Spannung zwischen ihnen ließ ein wenig nach.
»Ich hätte Sie nicht einfach ohne vorherige Warnung überfallen sollen«, entschuldigte er sich. »Aber die Zeit drängt. Ich habe nur einen Urlaub von zehn Tagen. Der Gedanke ist für mich nicht neu, müssen Sie wissen. Ich habe ihn schon sehr lange Zeit mit mir herumgetragen.« Am liebsten hätte er hinzugefügt: »Ich bin seit langem in Sie verliebt.« Doch Stolz und Vorsicht hinderten ihn daran. Er würde nicht so dumm sein und alle seine Karten aufdecken. Er fuhr fort: »Wie Sie wissen, wäre es nicht das erste Mal, daß ein Hunnicutt eine Read heiratete. Meine Tante hat den Vater Ihres verstorbenen Gatten geehelicht.« Ihr

Schweigen ließ ihn nervös werden. »Natürlich erwarte ich nicht, daß Sie mir auf der Stelle eine Antwort geben. Aber versprechen Sie mir, daß Sie darüber nachdenken werden? Bitte ziehen Sie meinen Vorschlag ernsthaft in Erwägung.«
Emily sagte: »Ich würde niemals katholisch werden.«
»Das würde ich auch nicht von Ihnen erwarten.«
Immer noch ganz schwindelig im Kopf, fragte sie: »Und was würde aus den Kindern?« Anschließend errötete sie heftig, da es klang, als ob sie bereits einverstanden wäre.
»Ich glaube, dieses Problem werden wir auch später noch lösen können. So weit hatte ich noch gar nicht vorausgedacht. Für ... für den Fall, daß Sie mir die Ehre erweisen, meinen Antrag anzunehmen, habe ich eine Sondergenehmigung. Ich habe sie mir in London geholt, bevor ich nach Hause gekommen bin.«
Abrupt fragte Emily: »Und was ist mit Mrs. Ormerod?«
»Zwischen uns ist alles aus. In dieser Hinsicht brauchen Sie sich keine Sorgen zu machen. Natürlich sind da die Kinder. Ich trage die Verantwortung für sie. Und außerdem liebe ich sie. Sie werden natürlich weiterhin bei ihrer Mutter leben. Doch ich muß die Möglichkeit haben, sie zu sehen, wann immer ich will.«
Emily war langsam zu sich gekommen, und sie konnte wieder klar denken. Sie erwog für sich die Vor- und Nachteile, die Max' erstaunlicher Vorschlag mit sich brachte.
»Ich habe keine Lust, High Tor zu verlassen«, erklärte sie ihm. »Dies ist mein Zuhause, und ich kann wohl kaum meine unverheiratete Stieftochter ganz alleine hier zurücklassen. Warum, um Himmels willen, stehen wir eigentlich so herum? Bitte setzen Sie sich.«
Sie nahmen zu beiden Seiten eines kleinen Tischchens Platz. Auf dem Tisch stand ein Steingutgefäß, das mit Stechginster- und Mistelzweigen gefüllt war. Emily dachte nicht mehr daran, daß ihr kalt war.
»Ich habe von Ihnen nicht verlangt, daß Sie High Tor verlassen«, entgegnete Max, »eher, daß ich mit Ihnen hier auf Ashridge lebe. Wenigstens für das nächste Jahr, bis sich meine Mutter und meine Schwester an den Gedanken gewöhnt haben, daß wir mit-

einander verheiratet sind. Ich will ganz ehrlich zu Ihnen sein. Sie werden von unserer Heirat nicht begeistert sein; genausowenig wie Ihre Familie, nehme ich an. Und bis sich meine Mutter und Julia mit dem Gedanken vertraut gemacht haben, wäre es besser, Sie lebten von ihnen getrennt. Darüber hinaus vertrage ich mich mit Ihrem Cousin nicht besonders. Vermutlich liegt es an mir; doch seit dem Tode meines Vaters fühle ich mich auf Ashridge nicht mehr richtig heimisch.«

Emily fühlte sich geschmeichelt. Max Hunnicutt war der erste Mann in ihrem Leben, der dazu bereit war, ihre Wünsche über seine eigenen zu stellen. Der Vorwand, den er gebracht hatte, vermochte sie nicht wirklich zu täuschen. Er würde auf High Tor leben wollen, um ihr einen Gefallen zu tun.

»Selbstverständlich«, fügte er rasch hinzu, »müßte ich auch ein Auge darauf haben, was in der Abbey vor sich geht. Vorausgesetzt, ich überlebe überhaupt diesen Krieg.«

Eine kleine Wolke schien sich zwischen sie zu schieben. Um sie zu verscheuchen, bemerkte Emily nüchtern: »Das scheint mir ein äußerst vernünftiges Übereinkommen zu sein. Und... und was ist mit der Urkunde über dieses Haus?«

Um Max' Lippen zuckte es. Emily besaß eine starke geschäftstüchtige Ader, die er, entgegen aller Erwartung, ganz reizend fand. Sie bestätigte seine Vermutung, daß Emily sich immer selbst um ihr Recht hatte bemühen müssen. Nie hatte jemand sie so gern gehabt – nicht einmal ihre Eltern –, daß er dieser Zuneigung ein Opfer gebracht hätte. Vielleicht war er hoffnungslos romantisch, aber er hatte sich vorgenommen, das alles anders anzugehen.

»Die Urkunde könnte mein Hochzeitsgeschenk für Sie sein«, antwortete er. Es hatte aufgehört zu schneien. Der Schnee taute bereits wieder und verwandelte sich in eine schmutzige graue Fläche. Emily starrte in den kalten, winterlich kahlen Garten hinaus, ohne etwas wahrzunehmen.

Sie war einsam, sie fürchtete sich vor der Zukunft, sie wünschte sich jemanden, an dessen Schulter sie sich anlehnen konnte. Sie brauchte jemanden, der sie in geschäftlichen Dingen beriet; jemanden, der genügend Autorität besaß, um die Affäre zwischen Martin und Chrissie zu beenden; jemanden, auf dessen Rat und Sachverstand sie sich verlassen konnte. Wenn sie auf die vergangenen fünfzehn Jahre zurückblickte, wie sie es damals im Lazarett getan hatte, dann wurde ihr klar, daß Max Hunnicutt in allen entscheidenden Augenblicken ihres Lebens zur Stelle gewesen war. In der schlimmsten Krise ihres Lebens, Rohans Geburt, war er für sie dagewesen. Dies war eine Erfahrung, die sie zwangsläufig miteinander verband. Emily war nicht in Max verliebt, doch nach John würde sie sich nie wieder in jemanden verlieben.

Plötzlich merkte sie, daß Max sich erhoben hatte. Er griff gerade nach Stock und Hut. Mrs. Shapley hatte versäumt, ihm beides abzunehmen.

»Ich werde jetzt gehen«, sagte er ruhig. »Ich möchte Ihre Entscheidung in keiner Weise beeinflussen.« Seine Hand fuhr in die Innentasche seines Uniformrocks und zog einen langen, lederfarbenen Umschlag hervor, den er auf den Tisch legte. »Als ich sagte, die Urkunde dieses Hauses würde mein Hochzeitsgeschenk für Sie, habe ich nur Spaß gemacht. Die Schuld ist hiermit erlassen, ganz gleich, wie Ihre Entscheidung ausfallen wird.«

Während er sprach, näherte er sich der Tür. So, als ob er Emilys Dankbarkeit fürchtete.

Unfähig, an solche Großzügigkeit zu glauben, hob sie den Umschlag auf und drehte ihn in den Händen. Freiwillig hatte er ihr zurückgegeben, was vielleicht der wirkungsvollste Beweggrund zu seinen Gunsten hätte sein können. Doch vielleicht war dies eine viel geschicktere List, als es zunächst den Anschein hatte, schoß es Emily durch den Kopf. Aber dann warf sie einen Blick auf sein Gesicht und sprach ihn von jeglicher Berechnung frei. Er hatte ihr die Urkunde zu ihrem Heim – James' Heim – zurückgegeben, weil sein Ehrgefühl es ihm niemals gestattet hätte, sie in dieser Entscheidung zu beeinflussen.

Er hielt schon die Türklinke in der Hand, als sie ihm hinterherrief: »Max!« Wie fremd und allzu vertraut ihr sein Vorname

klang. Doch unter den gegebenen Umständen konnte sie ihn wohl kaum mit Captain Hunnicutt anreden.
Max blieb stehen. Er versuchte, die Hoffnung in seinen Augen nicht sichtbar werden zu lassen.
Zitternd lächelte ihm Emily entgegen: »Ich wäre glücklich, Sie heiraten zu dürfen«, sagte sie. Zu ihrer Überraschung stellte sie fest, daß sie es wirklich so meinte.

Noch bevor das Jahr 1917 zu Ende ging, wurden Max und Emily Hunnicutt mit einer Sondergenehmigung getraut. Max' restlichen Urlaub nutzten sie zu kurzen Flitterwochen in Salcombe. Erst einen Tag vor der Hochzeit setzten sie alle von ihrem Entschluß, heiraten zu wollen, in Kenntnis. Beinahe das ganze Weihnachtsfest brachte Emily damit zu, beruhigende und abwiegelnde Briefe an ihre Eltern und Kinder zu verfassen. Sie versuchte, ihnen die Gründe darzulegen, die sie dazu bewogen hatten, Max' Antrag anzunehmen. Am Ende schickte sie ihnen jedoch kaum mehr als eine dürftige Anzeige. Sie war mit Recht der Meinung, sie müsse ihnen allen persönlich gegenüberstehen, damit sie ihre Beweggründe richtig verständlich machen könnte. Ein geschriebenes Wort konnte so leicht falsch ausgelegt werden.
Chrissie und Mrs. Shapley nahmen die Nachricht mit Entsetzen entgegen. Wobei letztere mehr von der Befürchtung, sie könne ihre Stellung verlieren, geplagt wurde, als von einer tiefer gehenden moralischen Entrüstung. Nachdem sie diesbezüglich beruhigt worden war, entschied die Haushälterin für sich, daß diese Heirat wahrscheinlich gar nicht einmal so schlecht wäre. High Tor brauchte einen Mann. Chrissie andererseits wurde im Gesicht weiß vor Wut.
»Wenn Max Hunnicutt je auch nur einen Fuß in dieses Haus setzt, gehe ich«, fauchte sie Emily an. »Ich werde zu Louise und Edwin nach Newton Abbot ziehen.«
Nach der Trauung, bei der zwei Fremde als Trauzeugen fungierten, fuhren Emily und Max in seinem Buick nach Salcombe. Max war es gelungen, ein wenig Benzin anzusparen. Als sie über

den steilen Hügel in das Dorf hineinfuhren, neigte sich der Wintertag bereits seinem Ende zu. Für die Dauer ihres Aufenthalts hatte Max ein Haus mieten können, das ihnen einen Ausblick auf die Flußmündung gab. Sogar eine Frau, die ihnen den Haushalt führte, hatte er aufgetrieben.
»Du bist aber fleißig gewesen«, lobte ihn Emily mit einem nervösen Lachen. Sie spähte von ihrem Schlafzimmerfenster aus auf die Fischerboote, die an ihren Vertäuungen hin- und herpendelten. Jetzt, wo sie mit Max alleine war, fühlte sie sich unsinnigerweise schüchtern und verlegen. Es war lächerlich, so sagte sie sich, daß eine Witwe von einunddreißig Jahren derartige Gefühle hegte. Schließlich hatte sie Max ihren Körper schon einmal anvertraut gehabt. Max war bei Rohans Geburt dabeigewesen. Doch diese Erinnerung ließ sie um so verlegener werden. Sie konnte es nicht fassen, daß die Ereignisse des heutigen Tages tatsächlich stattgefunden haben sollten. Emily drehte an ihrem neuen goldenen Ehering. Sie konnte doch nicht wirklich Mrs. Maxwell Hunnicutt sein!
Aber sie war es. Sie hatte den Sohn von Ellis' größtem Feind geheiratet. Nun, zumindest würde es das Ende dieser albernen Familienfehde bedeuten. Während sie sich jedoch vom Fenster wegdrehte und damit begann, ihre Koffer auszupacken, beschlich sie das seltsame Gefühl, daß mit ihrer Heirat lediglich ein altes Kapitel abgeschlossen worden war und ein neues begann.

Nach den Flitterwochen begleitete Max sie nicht mehr nach High Tor zurück, sondern fuhr geradewegs in seine Kaserne, um sich zum Dienst zurückzumelden. Emily winkte ihm auf dem Bahnhof von Exeter noch hinterher, und zwanzig Stunden später war er wieder in Frankreich. Den Buick hatten sie bei einem Freund, der hier lebte, unterstellen können.
»Eines Tages, wenn dieser ganze Wirbel vorüber ist, muß ich dir unbedingt das Autofahren beibringen«, hatte er ihr gesagt und dabei ihre kalten Wangen geküßt. Auf dem ganzen Bahnsteig standen ringsumher andere Ehemänner mit ihren Frauen oder Liebespaare, die niedergeschlagen voneinander Abschied nah-

men. Emily wünschte, sie würde weinen können, aber die Tränen waren ihr noch niemals leicht gekommen, nicht einmal als Kind.

Als ob er ihre Gedanken erraten hätte, lächelte Max sie an. »Tu's nicht«, sagte er und zwickte sanft ihre Nase. »Ich hasse weinerliche Frauen. Es tut mir leid, daß ich dich jetzt verlassen muß und du mit allem allein zurechtkommen mußt.«

»Verglichen mit dem, was dich erwartet, stellt das keine allzu große Härte für mich dar.«

Max gab keine Antwort. Seine Augen schienen die ihren zu suchen, nach etwas zu forschen, auf eine bestimmte Erwiderung zu hoffen. Dann wandte er sich ab, als ob er enttäuscht wäre. Emily reckte sich in die Höhe und küßte ihn aufs Ohr.

Die Flitterwochen waren für sie wie eine Offenbarung gewesen. Auch wenn sie immer geahnt hatte, daß körperliche Liebe ein Vergnügen sein konnte – mehr als die eheliche Pflichterfüllung, die sie mit Ellis erlebt hatte –, so war sie doch nicht auf eine solch überwältigende Erfahrung gefaßt gewesen. Ellis war immer rasch und ungeschickt gewesen; ihrer Behaglichkeit oder gar Befriedigung hatte er nie auch nur einen Gedanken gegönnt. Max war anders: sanft, zärtlich und rücksichtsvoll. Bereitwillig und geduldig lehrte er sie all die kleinen Kunstgriffe, die die Liebe von dem gewöhnlichen Ritual, das nicht viel besser war als die Paarung zwischen zwei Tieren, zur Kunst erhoben. Nach der erzwungenen Enthaltsamkeit all der Jahre war Emily gierig wie ein Kind nach Süßigkeiten und hätte am liebsten die gesamten vier Tage im Bett verbracht.

Am Morgen des zweiten Tages sagte Max jedoch unvermittelt: »Ich bin keine Maschine«, stand auf und ging ins Badezimmer. Einzig seine erhöhte Aufmerksamkeit ließ später darauf schließen, daß er seine plötzliche Unhöflichkeit bedauerte.

Während der vier Tage, die sie in Salcombe und seiner Umgebung verbrachten, entdeckte Emily, daß es auch dann, wenn sie nicht im Bett lagen und sich liebten, schön war, mit Max zusammen zu sein. Sie genoß seine männliche Gesellschaft in einer Weise, die sie zuletzt in jenem Sommer auf High Tor erlebt

hatte, als John mit ihr spazierengegangen und über das Moor geritten war.
John... Einmal hatte die Erinnerung an ihn sie in genau dem Augenblick heimgesucht, als sie sich Max hingab. Dieses Gefühl hatte sie, so glaubte sie, ziemlich gut verbergen können; Max hatte von ihrem zeitweiligen Gefühlsumschwung nichts bemerkt. Er hatte sich nichts anmerken lassen und auch nicht davon gesprochen. Bis zu jenem Augenblick, als sie voneinander Abschied nahmen und er sich aus dem offenen Zugfenster herauslehnte. Der Bahnwärter hatte bereits gepfiffen; seine kleine grüne Flagge hatte sich als Farbtupfer gegen den eintönigen Bahnhofshintergrund abgehoben. Leise setzte sich der Zug in Bewegung. Max faßte Emily fester bei der Hand und drückte ihre Finger.
»Vergiß mich nicht, Emily. Ich mag keine Konkurrenz, weder von den Lebenden noch von den Toten.«
Sie hatte nicht mehr die Zeit gehabt zu antworten, geschweige denn so zu tun, als wüßte sie nicht, was er meinte. Der immer schneller werdende Zug riß ihre Hände auseinander, und Emily blieb mit den anderen Frauen auf dem Bahnsteig zurück.
Als Max' Zug schließlich ganz in der Ferne entschwunden war, begab Emily sich auf ihren eigenen Bahnsteig. Sie wurde von einer Frau mit zwei Kindern überholt. Emily registrierte undeutlich, daß die Frau sich nach ihr umdrehte und sie anstarrte. Sie bestiegen den gleichen Zug wie Emily, nahmen jedoch ein anderes Abteil.
Viel später erst, als sie in Newton Abbot umgestiegen war und die vertraute Strecke nach Lustleigh entlangtuckerte, begriff Emily entsetzt, daß diese Frau Caroline Ormerod gewesen war und der Junge und das Mädchen seine Kinder.

Als Emily hungrig und frierend in dem verblassenden winterlichen Zwielicht zu Hause ankam, warteten da schon die Briefe auf sie. Es war das erste, was ihr als ein weißlich verschwommener Eindruck auf dem Tisch in der Halle in die Augen fiel. Emily nahm sie in die Hand. Während sie noch so dastand, die Briefe in

den Händen hin- und herdrehend, kam Mrs. Shapley herbeigestürzt.
»Sie sehen ganz steifgefroren aus. Ich werde Ihnen eine schöne Tasse Tee zubereiten. Das Wasser kocht schon fast. Außerdem habe ich Ihnen im Frühstückszimmer Feuer gemacht. Da gehen Sie jetzt hinein und wärmen sich auf, und ich werde Ihnen gleich den Tee servieren.«
Emily schaute hoch. »Wie bitte? O ja, vielen Dank, Mrs. Shapley. Das wäre sehr schön. Ist Miß Chrissie da?«
»Ist sie es denn überhaupt noch?« brummte die Haushälterin. »Sie behauptet, sie ginge zu Veranstaltungen vom Roten Kreuz oder würde in einer dieser Kantinen aushelfen. Und manchmal tut sie das vielleicht sogar. Wo sie die restliche Zeit verbringt, nun, da haben Sie die gleichen Vermutungen wie ich.« Mrs. Shapley nickte Emily finster zu und verschwand wieder in ihr Küchenreich.
Emily überließ ihre Koffer sich selbst und ging in das Frühstückszimmer, wo im Kamin das erwähnte Feuer loderte und knisterte. Sie setzte sich in einen Lehnstuhl und schob einen gefältelten Ofenschirm aus hellblauer Seide davor, um ihr Gesicht vor der brennenden Hitze zu schützen. Es waren vier Briefe: einer von ihren Eltern und je einer von James, Harriet und Rohan.
Zunächst öffnete Emily den, der die Handschrift ihrer Mutter trug. Es war ein Brief, der mehr Sorge als Ärger verriet, voller versteckter Tadel und Beunruhigung, die hauptsächlich Max' katholischem Glaubensbekenntnis galten. Rose und Peter zeigten sich über Emilys zweite Ehe deutlich bestürzt. Dazu verletzt, weil sie nicht um Rat gefragt worden waren.
Die Briefe von Harriet und James waren beinahe identisch. Offensichtlich hatte Rose sie ihnen diktiert. In steifen Sätzen wünschten sie ihrer Mutter und ihrem neuen Stiefvater alles Gute und hofften, beide bald besuchen zu können. Die üblichen guten Wünsche für Max' weiteres Wohlergehen schlossen sich an.
Zuletzt öffnete Emily den Brief von Rohan. Sie hatte erwartet,

daß er so ähnlich wie die anderen beiden lauten würde. Doch konnte sie auf den ersten Blick erkennen, daß dieses Sendschreiben nichts mit Rose zu tun hatte. Die Worte waren unordentlich hingekrakelt, so, als ob sie in heftiger Eile geschrieben worden waren. Das Blatt war mit Tintenklecksen übersät – immer dort, wo die Feder zu heftig auf das Papier aufgedrückt worden war. Der Brief enthielt keine Überschrift, keine Anrede und keinen Gruß. Er bestand lediglich aus drei hingekritzelten Zeilen.

»Du hast den Feind meines Papas geheiratet. Ich hasse dich. Ich hoffe, ihr werdet beide sterben. Nie wieder werde ich nach Hause kommen.«

Teil V

1927–1931

25

Anerkennend drehten einige Männer den Kopf, um die schlanke Person zu betrachten, die gerade vor dem Hotel Savoy aus dem Taxi stieg. Die wohlgeformten Beine in den hellen Seidenstrümpfen wurden von einem äußerst kurzen perlgrauen Rock auf das günstigste zur Geltung gebracht. Die passende Jacke war nur lose umgehängt und ließ eine flotte weiße Bluse aus gekräuseltem Crêpe-de-Chine sehen. Der hübsche Kopf war schmal und modisch jungenhaft frisiert. Erst wenn man sich das Gesicht genauer ansah, wurde deutlich, daß die Dame nicht mehr in der Blüte ihrer Jugend stand. Ein Gentleman mit schwarzem Homburg und Gamaschen mit Perlenknöpfen schätzte sie auf Mitte dreißig.

Tatsächlich war Emily Hunnicutt in diesem Juni, 1927, beinahe einundvierzig Jahre alt. Sie bezahlte das Taxi und schwebte ins Savoy, den Gruß des Portiers erwidernd. Die Zeiten, wo Emily Schüchternheit gezeigt hatte, wenn sie solche berühmten Eingänge durchschritt, waren schon lange vorbei.

»Geschäftsessen, Mrs. Hunnicutt?« murmelte der Portier.

»Nein, heute nicht«, antwortete sie fröhlich. »Heute bin ich mit meinem ältesten Sohn verabredet. Das ist der, der bei den Wessex Stores in Wirklichkeit das Sagen hat«, fügte sie hinzu und hob dabei ihre reizvoll geschwungenen Augenbrauen.

Der Portier lachte herzlich. Jedermann wußte, daß die einzig maßgebliche Person, die hinter der wohlbekannten Kette von Lebensmittelgeschäften stand, Emily Hunnicutt war. Zwar gab es einige, die behaupteten, daß die Dame ohne den geschäftlichen Scharfsinn und das Geld ihres zweiten Mannes nicht das geworden wäre, was sie heute war, doch nie war es dem Portier zu Ohren gekommen, daß ihre Söhne in irgendeiner Weise mit beteiligt wären. Noch immer in sich hinein lachend, kehrte er auf seinen Posten zurück.

Emily begab sich in den Grill Room und fragte nach Mr. Reads Tisch. Als sie sich ihm näherte, erhob sich James, um sie zu begrüßen.

»Mama«, sagte er und küßte sie gehorsam auf die Wange.

James war jetzt zweiundzwanzig Jahre alt. Er war hochgewachsen und dünn und hatte das gleiche blonde Haar und die gleichen hellen Augen, die alle drei Kinder aus ihrer Ehe mit Ellis besaßen. Er war noch nicht lange aus Oxford zurück und noch von einem leicht akademischen Flair umgeben.

Emily ließ sich an dem Tisch nieder und forschte: »Rohan ist also nicht mitgekommen?«

»Du hast mit ihm doch nicht wirklich gerechnet, nicht wahr, Mama?«

»Nein, eigentlich nicht.« Emily zog ihre weißen Glacéhandschuhe aus und legte sie neben die Handtasche.

»Wie geht es eurer Großmutter?« wollte sie wissen.

»Sie ist ganz vergnügt, obwohl sie Großvater noch immer sehr vermißt. Sein Tod ist ein schlimmer Schock für sie gewesen. Sie hat eine Weile gebraucht, bis sie sich davon erholt hatte. Aber jetzt geht es ihr wieder gut, und sie bewundert das weitläufige Haus, das du für uns in West Kensington gekauft hast. Das war sehr nett von dir«, fügte James scheu hinzu.

Emily betrachtete ihn voller Erbitterung. »James, wie oft soll ich dir noch klarmachen, daß es *dein* Geld ist und *dein* Geschäft. Wenn du dafür auch nur ein bißchen Interesse zeigen würdest! Außerdem«, fuhr sie verbittert fort, »wenn du, Rohan und Harriet es schon vorzieht, bei eurer Großmutter in London zu leben, dann ist ja wohl das mindeste, was ich für euch tun kann, dafür zu sorgen, daß ihr es bequem habt und euch nicht ständig gegenseitig auf die Füße tretet.« Emily beugte sich vor und nahm seine Hand: »James, ich wünschte, du würdest deinen rechtmäßigen Platz im Geschäft einnehmen.«

Er seufzte: »Mir fehlt jegliche Begabung dazu, Mama. Da bin ich wie Papa. Ich würde nur eine Menge Unheil anrichten, genau wie er. Und was würde aus dir? Die Wessex Stores sind zu deinem Lebensinhalt geworden. Wenn du dich ständig meinen

Wünschen zu fügen hättest, würde dir das wohl kaum gefallen. Nein, nein! Ich bleibe viel besser ein stiller Teilhaber, oder wie das heißt.« Freundlich machte er sich über sich selbst lustig. »Von dem Geld zu leben ist das einzige, wozu ich tauge.«
Das konnte Emily nicht bestreiten. Mehr noch, er hatte recht: Es würde sie sehr hart treffen, auf einmal die zweite Geige spielen zu müssen. Der Ober erschien mit ihrem geräucherten Lachs, und so wechselten sie das Thema.
»Geht es Rohan und Harriet gut?«
»Sehr gut, danke. Ro ist mit seinem Theologiestudium restlos zufrieden, was ja auch zu erwarten war. Und was Harry betrifft, so hat sie nichts anderes im Kopf als das Heiraten.«
»Aber sie ist doch erst sechzehn«, wandte Emily ein. Dann fiel ihr ein, daß auch sie ›erst sechzehn‹ gewesen war, als sie Ellis geheiratet hatte.
James zuckte mit den Schultern. »Sie wird heiraten, bevor sie zwanzig ist. Darauf kannst du dich verlassen.« Er zögerte. »Wie geht es Peter und Charlotte und... und... deinem Mann?«
Emily ließ die Gabel sinken. »James, um Himmels willen! Warum mußt du von Max ständig so sprechen, als ob er ein Fremder wäre?«
»Für uns ist er ein Fremder, Mama.«
»Nun, wessen Fehler ist das wohl? Glaubst du denn, es gefällt einem von uns, daß du und Ro und Harriet bei eurer Großmutter in London lebt? Weiß der Himmel, wir beide haben euch oft genug eingeladen, nach Hause zu kommen.«
»Aber High Tor ist kein Zuhause, Mama. Jedenfalls nicht für uns. Jetzt nicht mehr. Wir sind gerne in London. Kannst du das nicht verstehen?« Emily schüttelte den Kopf. »Nun, so ist es eben. Das ist etwas, das du hinnehmen mußt. Wir mögen weder High Tor noch... das andere.«
»Noch Max, meinst du wohl. Ihr seid alle drei sehr undankbar, finde ich.« Emilys Stimme klang erregt. »Wenn Max nicht gewesen wäre, dann besäßen wir jetzt kaum ein Vermögen, das du, dein edler Bruder und Harriet verschwenden könnt. Glaubst du, ich hätte das Geschäft aus dem erbärmlichen Zustand, in dem es

sich nach dem Krieg befand, allein wieder hochbringen können? Anfangs hatte ich von nichts Ahnung. Ich habe mich in allem auf Max verlassen müssen. Der einzige Rat, den ich nicht befolgt habe, war der, den Hauptsitz des Unternehmens nach London zu verlegen. Und zwar deshalb, weil ich mich nicht an den Gedanken gewöhnen konnte, High Tor verlassen zu müssen. Es waren *seine* Führung, *seine* finanzielle Unterstützung, die die Wessex Stores davor bewahrten, bankrott zu gehen. Er hat sich mit Edwin auseinandergesetzt und ihn entlassen, weil ich dazu nicht stark genug war.«

»Und hat ihn damit in den Selbstmord getrieben«, erinnerte James sie stirnrunzelnd.

»Mein Gott!« Emily bemerkte, daß sie von einigen Leuten angestarrt wurde, und beeilte sich, ihre Stimme zu senken. »Du weißt genauso gut wie ich, daß wir bei Kontrolle der Geschäftsbücher feststellen mußten, daß Edwin seit Jahren Firmengelder veruntreut hatte. Sein Selbstmord hatte mit Max nichts zu tun. Der Grund lag darin, daß man ihm auf die Schliche gekommen und er nicht stark genug war, die Konsequenzen zu tragen.«

James schaute unbehaglich drein. »Mama, ich wünschte, du würdest nicht immer in dieser Weise schwören. Das hast du früher nicht getan.«

»Schwören?« fragte Emily verdutzt. Dann kam ihr die Erleuchtung. »Lieber Himmel, James! Jeder Mensch sagt manchmal ›Mein Gott‹.«

»Die Methodisten nicht«, antwortete er stur.

»Ach so.« Emily schob ihren Lachs, den sie noch nicht zu Ende gegessen hatte, beiseite. »Dies ist wieder etwas, was man Max ankreiden kann. Vermutlich ist es sein verderblicher katholischer Einfluß.«

»Nein, ich habe damit nicht sagen wollen ...« James unterbrach sich, froh darüber, daß sich der Kellner in ihrer Nähe zeigte. »Wie möchtest du dein Steak haben, Mama?«

»Medium. Und dazu einen kleinen grünen Salat. Möchtest du keinen Wein bestellen?«

Das entsetzte Gesicht ihres Sohnes erinnerte Emily daran, wie

weit sie sich in den letzten Jahren von der streng abstinenten Erziehung ihrer Jugend entfernt hatte. Sie fand sich mit Mineralwasser ab.
Als sich der Kellner wieder entfernt hatte, sagte sie knapp: »Ich wünschte, du würdest dich einmal darum bemühen, deine dumme Feindseligkeit gegen Max abzubauen.«
James schwieg einen Augenblick, dann antwortete er: »Tut mir leid. Ich habe nie gewußt, daß dir das so viel bedeutet. Ich habe niemals geglaubt, daß du ihn gern hast.«
Emily war erstaunt. »Selbstverständlich habe ich ihn gern. Ich bin Max außerordentlich dankbar, wenn nicht mehr.«
James spielte mit seinem Messer. »Genau das meine ich. Niemals sprichst du von ihm so... nun, so, als ob du in ihn verliebt wärst.«
»Liebe und Zuneigung sind nicht das gleiche«, stieß Emily hervor. Der Ober servierte das Steak, aus dem der Fleischsaft rosig auf den Teller sickerte. »Warum wolltest du mich sehen?« fragte Emily.
James rückte auf seinem Stuhl unruhig hin und her. »Ich wußte, daß du in die Stadt kämst, um an diesem Treffen wegen der Fusion oder Übernahme oder was auch immer...«
»Wir bemühen uns um die Henbury-Stores-Kette. Es ist nur ein kleines Unternehmen mit etwa dreißig bis vierzig Läden. Aber die sind an strategisch wichtigen Punkten im Süden und Westen gelegen und...«
»Ja, genau.« Offensichtlich wünschte James von Einzelheiten verschont zu bleiben. »Deshalb dachte ich... dachten wir... also Mama, die Sache ist die, daß es etwas gibt, von dem Rohan und ich der Meinung sind, wir müßten es dich wissen lassen.«
Argwöhnisch faßte Emily ihren ältesten Sohn näher ins Auge. »Rohan hat also seine Hand dabei im Spiel, habe ich recht? Und was bist du? Sein Unterhändler? Nur zu. Ich höre.«
Plötzlich war James umständlich damit beschäftigt, das Fleisch auf seinem Teller zu zerschneiden. Seine Augen klebten förmlich an dem Teller.
»Ro war derjenige, der sie gesehen hat.«

»Wen gesehen hat? James, um Himmels willen. Hör auf, wie die Katze um den heißen Brei herumzustreichen!«

»Deinen Ma...«, mit einer heldenhaften Anstrengung verbesserte er sich: »Max und... und Mrs. Ormerod. Vor ein paar Wochen, so gegen Ende Mai. Ro hatte sich Lindbergh anschauen wollen.« Verzweifelt häufelte sich James noch mehr Salat auf seinen Teller, ohne jedoch davon zu essen. »Wie du weißt, ist Lindbergh von Frankreich herübergekommen, und jeder wollte ihn sehen. Also, die beiden – Max und Mrs. Ormerod, meine ich – waren in der Menge.«

Emily hatte es den Atem verschlagen. Doch sie hatte ihre Gesichtszüge soweit in der Gewalt, daß sie nach außen hin gleichmütig tun konnte. Max hatte Ende Mai ein paar Tage in London verbracht, von einer Begegnung mit Caroline Ormerod aber nichts erwähnt.

War es Zufall gewesen? Sicher hatte er sie nicht mit nach London genommen! Diese Affäre war seit Jahren vorüber. Natürlich besuchte er die Kinder. Regelmäßig fuhr er nach Torquay, aber wenn man ihm glauben durfte, für gewöhnlich dann, wenn Caroline nicht zu Hause war. Gelegentlich hielten sich Irwin und Philippa gemeinsam mit ihrem Vater auf der Abbey auf. Aber das war, soweit Emily wußte, auch schon alles.

»Ist Rohan sich sicher, daß es Mrs. Ormerod war?« wollte sie beiläufig wissen. Emily nahm einen Schluck Wasser. Jetzt wünschte sie, es wäre ein stärkeres Getränk.

»O ja, ziemlich sicher. Er sagt, sie hätten sehr... freundschaftlich verbunden gewirkt. Mrs. Ormerod hatte sich bei deinem Mann eingehakt.«

»Und Rohan war der Meinung, das müßte man mir sagen?«

»Wir haben darüber geredet. Wir waren beide der Meinung...«

»Oh, verschone mich mit der Gewissenserforschung, die zweifelsohne eure Unterhaltung begleitet haben wird! Sicherlich wird Rohan zu der Überzeugung gelangt sein, daß nur die sofortige Enthüllung der Tatsachen seine Seele noch retten kann! Die Schmutzarbeit hat er allerdings dir überlassen.«

James seufzte und kaute auf seinem Steak herum. »Daß du es so aufnehmen würdest, habe ich schon befürchtet.«
»Was hast du erwartet?« fragte Emily ärgerlich. »Soll ich vielleicht auf die Knie fallen und dir dafür danken, daß du mir meinen Seelenfrieden genommen hast? So naiv wirst du doch wohl nicht gewesen sein!«
»Was... was wirst du jetzt tun?« fragte James nach einer Pause scheu.
»Tun? Nichts! Ich werde es Max gegenüber noch nicht einmal erwähnen.« In diesem letzten Punkt war sie allerdings nicht so sicher. Fröhlich fuhr sie fort: »Dieses Steak ist hervorragend, obwohl es mir scheint, daß dir deines nicht so sehr schmeckt. Ich möchte nur einen Kaffee, keinen Nachtisch. Bevor sich dieser Fimmel für die jungenhafte Silhouette nicht gelegt hat, traue ich mich einfach nicht, zu fett zu werden.«
Sie lehnte sich in ihrem Stuhl zurück und zog, als James seinen Teller zur Seite schob, aus ihrer Handtasche ein goldenes Zigarettenetui hervor. Mit einem passenden goldenen Feuerzeug, das ihr Monogramm trug, zündete sie sich eine Zigarette an. Das mißbilligende Stirnrunzeln ihres Sohnes übersah sie dabei. In Wirklichkeit rauchte sie selten und tat es jetzt nur, um ihn herauszufordern.
James sah sie vorwurfsvoll an, sagte aber bloß: »Wie geht es Peter und Charlotte? Als ich dich vorhin fragte, hattest du mir nicht geantwortet.«
Emilys Gesicht entspannte sich bei der Erinnerung an ihren jüngsten Sohn. Sie mochte beide Kinder, die sie zusammen mit Max hatte; doch Peter, der den Namen ihres Vaters trug, besaß den größten Platz in ihrem Herzen.
Anfang Oktober 1918 geboren, war Peter nun beinahe neun Jahre alt. Von Anfang an hatten er und seine Mutter eine ganz besondere Beziehung zueinander entwickelt; eine Beziehung, die auf gegenseitigem Verständnis und Achtung beruhte. Auch wenn Peter mit seinem dunklen Haar und seinen leuchtend blauen Augen äußerlich ganz nach seinem Vater geraten war, hatte er doch nur sehr wenig mit Max gemein. Mit seinem ei-

genwilligen, hartnäckigen Charakter war er hauptsächlich das Kind seiner Mutter.
Sowohl Peter als auch seine Schwester, die zwei Jahre jünger war, wurden im römisch-katholischen Glauben erzogen, was Emily ihren Eltern und ihren Kindern aus erster Ehe noch mehr entfremdete. Einst hätte sie das beunruhigt. Inzwischen wurden jedoch all ihre Gedanken und Kräfte von dem Unternehmen aufgesogen.
Ihr feiner Instinkt für die Geschäftswelt und ihre Fähigkeit, sich darin zu behaupten, hatte sie, wie alle andern, in höchstes Erstaunen versetzt. Anfangs hatte sie sich notwendigerweise den Ratschlägen von Max gefügt; sie hatte ihn sogar, als das Unternehmen wieder zahlungsfähig war, angefleht, sie nicht im Stich zu lassen. In diesem Punkt jedoch hatte Max nicht nachgegeben.
»Nein, Emily. James und Rohan verübeln mir ohnehin schon genug. Ich möchte ihr Ressentiment gegen mich nicht noch dadurch verstärken, daß ich meine Nase mehr als unbedingt nötig in ihre Angelegenheiten stecke. Außerdem besitzt du für den Handel einen guten Instinkt. Wenn sich deine Nerven erst einmal ein wenig erholt haben, wirst du Gefallen daran finden. Warte nur ab, du wirst sehen, daß ich recht habe.«
Und er behielt recht. Die Jahre glitten dahin, und Emily wurde mehr und mehr von dem Unternehmen in Anspruch genommen. Unter Max' Ägide hatten die Wessex Stores all ihre Besitzungen im Norden Englands verkauft und sich auf ihr ursprüngliches Gebiet im Süden und Westen zurückgezogen. Inzwischen dachte man von einer hinreichend stabilen finanziellen Ausgangsposition aus erneut an eine Expansion.
Emily rührte in ihrem Kaffee. Die ungewohnte Zigarette verursachte ihr ein Würgen. Erstaunt stellte sie fest, wie eifersüchtig sie war. Wie konnte sie denn nur wegen eines Mannes eifersüchtig sein, den sie gar nicht liebte?
Das war keine Eifersucht, entschied sie. Vielmehr schlechtes Gewissen, weil sie dem Geschäft zuliebe ihre persönlichen Beziehungen so vernachlässigt hatte. Der Verdacht, daß sie Max ausgenutzt hatte, war nicht so ganz von der Hand zu weisen.

Sie hatte ihm zwei Kinder geboren – die Geburt des zweiten, Charlotte, hatte für das Geschäft große Unannehmlichkeiten mit sich gebracht –, und sie sahen sich fast jeden Abend, wenn sie nach High Tor zurückkehrte. Schade war nur, daß sie so oft müde oder geistesabwesend war, aber schließlich war auch er häufig zurückhaltend und mit seinen Gedanken ganz woanders. Manch herrliche Zeit hatten sie miteinander verbracht, und das taten sie noch heute, wenn Arbeit und Umstände es erlaubten. Trotzdem konnte sich Emily von einer gewissen Schuld nicht ganz freisprechen. Schließlich hätte sie, als James alt genug war, darauf bestehen können, daß er das Geschäft übernahm, und sich geziemend zurückziehen können. Aber was hätte das für einen Zweck gehabt, wenn James so offenkundig jede Eignung für eine Geschäftskarriere vermissen ließ? Und wenn es ihr selbst so viel Spaß machte?

Emily trank ihren Kaffee und drückte die Zigarette aus. Nicht alle ihre persönlichen Beziehungen hatten sich als ein Fehlschlag erwiesen. Peter verehrte sie nicht weniger, als sie in ihn vernarrt war. Bei John jedoch hatte sie alles verpfuscht; später auch bei Barbara und den Zwillingen. Glücklicherweise traf sie Barbara nicht allzu oft. Kurz nach Kriegsende war Sam Clyde gestorben und hatte Barbara die Leat Farm hinterlassen. Barbara betrieb sie mit einer Tüchtigkeit, die sie völlig von jenem unselbständigen Mädchen unterschied, das Warren Hunnicutt geheiratet hatte und mit John durchgebrannt war. Es hatte den Anschein, als wäre auch sie sich ihrer Kraftreserven bewußt geworden. Doch es ärgerte Emily über die Maßen, wenn die Leute sie miteinander auf eine Stufe stellten.

Emily bedeutete dem Kellner, daß sie zahlen wollte. »Ich muß gehen«, sagte sie zu James. »Bevor ich heute abend den Zug nehme, muß ich noch eine Menge erledigen. Nein, nein«, insistierte sie, als er den halbherzigen Versuch unternahm, die Rechnung zu begleichen. »Überlaß das mir. Es ist sowieso dein Geld, wie ich dir ständig versichere.«

»Zahle ich dir denn kein Gehalt?« legte James lächelnd Widerspruch ein.

»Ein dickes«, bestätigte sie ihm. Unvernünftigerweise ärgerte es sie, daß er den Umstand, daß es sein Geld war, so selbstverständlich hinnahm. Sie ergriff ihre Handtasche und die Handschuhe. »So. Es war schön, dich zu sehen, Liebling. Grüße deine Großmutter und Harriet herzlich von mir. Und Rohan natürlich.« Sie beugte sich zu ihm hinunter und küßte ihn. »Doch jetzt muß ich los. Laß du dir ruhig Zeit. Du weißt, daß Max und ich uns freuen würden, einen von euch auf High Tor zu empfangen.«
James lächelte, doch er vermied es, ihr in die Augen zu schauen. »Ja. Ja natürlich, Mama. Und du denkst über das, was ich dir erzählt habe, nach. Ja?«
»Worüber soll ich nachdenken?«
»Über... deinen Mann.«
»Ach, das meinst du!« Sie behielt weiterhin das strahlende Lächeln auf ihren Lippen, und es gelang ihr, mit den Schultern zu zucken. »An der ganzen Sache ist nichts dran, mein Lieber. Das versichere ich dir. Nur eines der üblichen Treffen. Sicher war irgendwas mit Philippa oder Irwin. Max hatte Lindbergh unbedingt sehen wollen, und Caroline vielleicht auch. So haben sie gleich die Gelegenheit wahrgenommen, sich zu sehen.«

26

Eine etwas unmelodische Version von *Ain't That a Grand and Glorious Feeling!* summend, kam Martin Hunstrete die Treppen heruntergelaufen. Dieses Lied, das augenblicklich überall zu hören war, spiegelte an diesem schönen Junimorgen haargenau seine Gefühle wider: Er fühlte sich großartig und prächtig.
Er war jetzt zweiundvierzig Jahre alt, und sein lockiges Haar wurde langsam grau. Er hatte ein wenig Gewicht zugelegt; wie er frohlockend feststellte, allerdings nicht so viel wie die meisten Männer in seinem Alter. Er hielt sich durch Reiten und Laufen fit. An seinem muskulösen Körper gab es kein Gramm überflüssiges Fleisch. Dank Max' verlängerten Aufenthalten in dem Haus am andern Ende der Felsschlucht war Martin der eigentli-

che Herr auf Ashridge Abbey. Besonders jetzt, wo Sarah durch eine Arthritis ans Bett gefesselt war. So hatte ihm die Heirat seiner Cousine und seines Schwagers am Ende doch noch einen Vorteil eingebracht.

Zunächst war er, genau wie Julia und ihre Mutter, zutiefst entsetzt gewesen, als er die Nachricht vernommen hatte. Nicht, weil er der Meinung war, daß die Erinnerung an Silas damit befleckt würde, sondern weil er seine eigene Position auf der Abbey dadurch bedroht sah. Max war ihm schon immer feindselig gegenübergestanden. Und Emilys unzuverlässige Freundschaft hatte sich, seit sie von seiner Verbindung zu Chrissie wußte, in offene Ablehnung verwandelt. Sie hatte Max natürlich eingeweiht. Dieser hatte ihn in einem Brief, den er ihm bald nach seinen Flitterwochen von Frankreich aus geschrieben hatte, sehr deutlich darauf hingewiesen, daß seine zukünftige Anwesenheit auf Ashridge einzig und allein von der Beendigung dieser Affäre abhänge. Julias Glück, so hatte Max mit größter Deutlichkeit hinzugefügt, sei von allerhöchster Wichtigkeit für ihn. Zwar war Martin rasend wütend gewesen, doch auch sehr eingeschüchtert. So war er Chrissie aus dem Wege gegangen und hatte darüber hinaus seiner Frau erneute Aufmerksamkeit geschenkt.

Als Folge davon hatte Sarah Hunstrete am Armistice Day 1918, dem Tag des Waffenstillstands, zwei Monate nach ihrem Cousin Peter das Licht der Welt erblickt. Sie pflegten sie Sally zu nennen, um sie von ihrer Großmutter zu unterscheiden.

Die Entdeckung, daß sein Schwager beabsichtigte, hauptsächlich auf High Tor zu leben, gab Martin das Gefühl, das ein Mensch erlebt, wenn seine Hinrichtung noch einmal aufgehoben wird. Damals hatte er erkannt, daß die Hochzeit von Max und Emily für ihn Glück im Unglück bedeutete.

Jahre später bemerkte er, daß Sally für ihn den gleichen Zweck erfüllen konnte. Er hatte nur wenig mit seiner Tochter gemein, die andererseits auch den wilden Hunnicutts in keiner Weise nachschlug. In der Tat zerbrachen sich beide Eltern oft den Kopf, wie sie es bloß zuwege gebracht hatten, ein so frommes, kluges und zurückhaltendes Kind zu zeugen.

Peter war seiner Cousine zutiefst ergeben. Er mochte sie lieber als seine eigene Schwester. Sallys scheues und tief religiöses Wesen schien er als die passende Ergänzung zu seiner eigenen Unbeständigkeit zu betrachten.
Diese Zuneigung hatte schließlich in Martin die Hoffnung auf eine mögliche Heirat aufkeimen lassen. In den nächsten zehn Jahren war natürlich nicht daran zu denken, doch konnte man mit großer Wahrscheinlichkeit annehmen, daß Sally eines Tages Herrin auf Ashridge Abbey sein würde. Auch wenn Peter noch nicht zum Erben bestimmt war, so würde das Testament doch zu seinen Gunsten lauten; sicherlich würde Max es niemals dem illegitimen Irwin hinterlassen. Wenn Sally erst einmal mit ihrem Cousin verheiratet war, würde sich Martin um seine alten Tage nicht mehr zu sorgen brauchen. Auf diese Weise würde er doch noch seine Nische im Leben finden, diese Sicherheit, der er, wie es manchmal schien, immer nur hinterherjagen konnte. Sally war ein gutes Kind und eine gehorsame Tochter.
Martin wäre überrascht gewesen, hätte er gewußt, wie sehr ihn sein einziges Kind verabscheute. Sobald sie ihren Vater die Treppe herunterkommen sah, fühlte Sally, wie sich ihr Magen zusammenkrampfte. Sie besaß keine Erklärung dafür, nicht einmal vor sich selbst. Sie haßte Martins falsche Freundlichkeit, wenn er so tat, als ob er alles von ihr wüßte; sie haßte die Art, in der er sich über sie lustig machte und sie hänselte, weil sie sonntags wirklich gerne zur Kirche ging. Doch nichts von all dem konnte im Grunde eine überzeugende Erklärung dafür liefern, warum ihre Haut zu prickeln begann, sobald Martin sie berührte. Aber sie verstand es geschickt, ihre Gefühle zu verbergen, und lächelte, so gut sie nur konnte – auch wenn ihre Lippen ganz steif waren.
»Du bist früh auf, Miß«, sagte Martin. »Schon gefrühstückt?«
»Ja, danke. Ich habe zusammen mit Mummy gegessen. Ich warte gerade auf Peter. Wir wollen bis nach Widdecombe reiten. Ich möchte gerne die Kirche sehen.«
Ihr Vater lachte. Doch unterließ er seine üblichen ironischen Bemerkungen.

Martin zwickte sie am Kinn und verschwand zu einem späten Frühstück im Frühstückszimmer. Sally strich sich das Haar zurecht und hielt dabei die Augen auf die Haustür geheftet.
Peter kam zu spät. Er hatte ihr hoch und heilig versprochen, um neun Uhr auf der Abbey zu sein; doch als er endlich erschien, war es beinahe Viertel vor zehn. Zwar bemühte er sich nicht um eine Entschuldigung, doch er gab ihr eine flüchtige Erklärung.
»Mutter ist gestern abend erst sehr spät aus London zurückgekehrt. Ich bin wachgeblieben, um noch mit ihr zu reden. Deshalb habe ich heute morgen verschlafen. Komm, mach ein bißchen Tempo! Bist du soweit?«
Es war bezeichnend für Sally, mit keinem Wort zu erwähnen, daß sie bereits seit einer Dreiviertelstunde fertig war. Statt dessen folgte sie ihrem Cousin sanftmütig nach draußen, wo der Stallknecht bereits darauf wartete, ihr auf das Pony zu helfen.
Peter befand sich in Begleitung seines Hauslehrers, Mr. Faversham. Der war ein dünner, müde aussehender Mann aus Max' ehemaligem Regiment. Bei Passchendaele war er verwundet worden. Vor dem Krieg war er Lehrer an einer privaten Vorschule für Jungen gewesen. Doch der Zustand seiner Nerven, die vom Krieg sehr mitgenommen waren, hätte eine Rückkehr in den Schuldienst nicht mehr erlaubt. Er hatte sich an Max um Hilfe gewandt und war daraufhin eingestellt worden, um Peter so lange zu unterrichten, bis dieser alt genug sein würde, um ins Internat zu gehen.
Noch vor Mittag erreichten sie Widdecombe-in-the-Moor und veranstalteten zunächst einmal ein Picknick. Dann begaben sie sich zur Kirche.
»Möchtest du mit hereinkommen?« fragte Sally ihren Cousin. »Mummy sagt, du wärst römisch-katholisch.«
Peter hob die Schultern in die Höhe. »Vielleicht war das eine göttliche Fügung oder so was«, antwortete er ungenau. »Aber Mutter ist nicht katholisch, und Großvater Culverhayes war sogar Geistlicher bei den Methodisten. Jedenfalls glaube ich so-

wieso nicht richtig an Gott«, fügte er hinzu, mehr, um Sally einen Schock zu versetzen, als aus brennender Überzeugung. Es klang so groß und erwachsen. Er war ziemlich zufrieden mit sich, daß ihm das eingefallen war. »Ich möchte mal wissen, was dir daran gefällt, an solch alten Orten herumzutrödeln. Für ein Mädchen ist das eine ganz schön langweilige Beschäftigung.«
»Ich möchte den Türknauf mit den drei Hasenköpfen sehen, von dem Onkel Max mir erzählt hat. Ein Ohr jedes Hasen bildet die Seite eines Dreiecks. Onkel Max sagt, das sei das Symbol für die Alch... Alchi...«
»Alchimistengilde«, kam ihr Mr. Faversham kummervoll zu Hilfe. »In Verbindung mit der Zinngewinnung«, fügte er hinzu.
Höflich bedankte sich Sally bei dem Hauslehrer und wandte sich erneut ihrem Cousin zu. »Wenn du nicht magst, brauchst du nicht mitzukommen.«
»Gut, dann bleibe ich hier. Ich sehe keinen Sinn darin, einen schönen sonnigen Nachmittag in einer düsteren alten Kirche namens St. Pancras zu vergeuden.« Peter steckte voller Verachtung. »Ich habe immer geglaubt, St. Pancras sei eine Zugstation! Sie begleiten am besten meine Cousine durch die Kirche, Faversham. Ihnen wird das gefallen.«
»*Mister* Faversham«, verbesserte ihn der Lehrer ohne große Hoffnung, irgendeinen tieferen Eindruck zu hinterlassen. »Sehr schön, Master Peter. Ich werde Miß Sally Gesellschaft leisten unter der Bedingung, daß du hier in der Nähe bleibst und nicht auf eigene Faust fortreitest. In diesem Falle würde ich mich verpflichtet fühlen, dies deinem Vater zu berichten. Hier gibt es eine alte Brunnenkammer, die du dir ansehen kannst. Zu Hause wirst du mir dazu eine Beschreibung von zweihundert Wörtern verfassen. Also, Miß Sally, wenn du jetzt soweit bist...«
Hinter dem Rücken seines Privatlehrers schnitt Peter eine Grimasse und kehrte widerwillig zu Fuß zurück ins Dorf. Zum Teufel, wenn er nach irgendeiner alten Brunnenkammer Ausschau halten würde. Selbst wenn er wüßte, was das überhaupt war.

Voller Groll betrachtete er den hohen granitenen Kirchturm und ließ dann seinen Blick über das hochgelegene, zerklüftete Moor wandern, durch das sich der East Webburn sein Bett gegraben hatte. Er liebte diese Landschaft. Nirgends auf der Welt war es so schön wie im Dartmoor.
Er legte sich ins Gras, zog die Knie an und hielt die Arme weit ausgebreitet. Durch die Zähne hindurch pfiff er *Ramona* und wünschte bloß, daß Sally und Mr. Faversham sich beeilten. Bald darauf fielen ihm die Augen zu.
»Du siehst vielleicht lustig aus«, sagte dicht an seinem Ohr eine Stimme.
Peter öffnete die Augen und sah über sich das Gesicht eines Mädchens, das auf ihn herunterstarrte. Peter setzte sich auf und fuhr herum.
Er hielt das Mädchen für ein wenig älter als er selbst; zehn vielleicht, oder elf. Doch sie war klein für ihr Alter. Sie hatte rötlichblondes Haar, helle blaue Augen, und ihre Nase war mit Sommersprossen übersät. Das Auffallendste an ihr war ihre Lebenskraft. Sie strahlte Wärme und gute Laune aus. Sie leuchtet richtig, dachte Peter, der nicht wußte, wie er diese Eigenschaft beschreiben sollte.
»Hallo«, sagte das Mädchen. »Wie heißt du? Bist du hier aus der Gegend?«
»Nein. Nur auf Besuch. Und du?«
»Ich auch nicht. Ich bin mit meiner Mutter und meiner Schwester zu Besuch. Elizabeth und ich sind Zwillinge. Bist du alleine hier?«
Peter schüttelte seinen Kopf. »Leider nicht. Meine Cousine und mein Lehrer sind in der Kirche. Sally – das ist meine Cousine – schaut sich gerne verstaubte alte Häuser an. Ich heiße Peter Hunnicutt. Und du?«
»Roberta Read, aber jeder nennt mich Bobbie.«
Peter runzelte die Stirn. »Read? Meine Halbbrüder und -schwestern heißen Read. High Tor, wo ich wohne, gehört in Wirklichkeit meinem Halbbruder James. Er lebt allerdings lieber in London.«

»Ich glaube nicht, daß das Verwandte sind«, sagte Roberta gleichgültig. »Read ist ein häufiger Name. Ich habe niemals gehört, daß Mummy von irgendwelchen Verwandten außer den Clydes gesprochen hätte.«

Mit abschätzenden Blicken betrachteten sie einander. Sie ist ein hübsches Mädchen, dachte Peter; hübscher als Sally. Er hatte Sally sehr gern und würde niemals zulassen, daß jemand sie neckte. Doch seine Zuneigung war mehr beschützender Natur. Roberta war anders. Mit einem Mädchen wie ihr würde er Freundschaft schließen können.

»Möchtest du dir Llewellyn anschauen?« fragte er.

»Wer ist Llewellyn?«

»Mein walisisches Reitpferd. Die sind etwas kleiner. Da drüben, das ist er. Der Haselnußbraune. Der Kastanienbraune gehört meiner Cousine. Kannst du reiten?«

Roberta nickte. »Aber heute nicht. Wir sind in Mummys neuem Auto hierhergefahren. Es ist ein Morris.«

Sie fütterten Llewellyn mit einigen Zuckerstückchen, die Peter in der Tasche aufbewahrt hatte, und sorgten dafür, daß auch Sallys Owen Glendower nicht zu kurz kam.

Doch dann verlor auch diese Beschäftigung ihren Reiz. »Ich soll hier in der Nähe bleiben und auf die anderen warten«, vertraute ihm Roberta an. »Sie besuchen eine Freundin von Lizzi.« Müßig stieß sie den Fuß gegen das Gras. »Es ist sehr langweilig, findest du nicht auch? Zu warten, meine ich.«

»Extrem langweilig«, bestätigte Peter, sich dabei des Wortschatzes seiner Mutter bedienend. »Warum machen wir nicht einen kleinen Ritt? Du kannst dir Owen Glendower ausleihen. Sally wird nichts dagegen haben.«

Sehnsüchtig blickte Roberta auf das Pferdchen. In ihren hellen blauen Augen war unvermittelt Interesse aufgeflackert.

»Zum Reiten bin ich falsch angezogen«, sagte sie und schaute an ihrem blauen Matrosenkleid, den weißen kurzen Söckchen und den braunen, eng geknöpften Schuhen hinunter. Sie kicherte. »Aber das ist mir egal. Bist du dir sicher, daß deine Cousine nichts dagegen haben wird?«

»Natürlich hat sie nichts dagegen«, rief Peter aus. Sallys Einverständnis setzte er unbekümmert voraus.
»Wenn das so ist. Also gut«, entgegnete Roberta. »Wohin sollen wir reiten?«
»Irgendwohin«, schmunzelte Peter, während sie bereits aufstiegen. »Komm! Wir reiten um die Wette! Los!«

»Bist du dir darüber im klaren, daß du sehr ungezogen gewesen bist?« fragte Emily. Sie hatte am Fußende von Peters Bett Platz genommen. »Abgesehen davon, daß deine Abwesenheit den armen Mr. Faversham beunruhigt hat, stand es dir in keiner Weise zu, Sallys Pferd ohne ihr Einverständnis zu verleihen. Peter, ich bin äußerst böse mit dir, da hilft auch kein Unschuldsblick. Diesmal kannst du mich nicht um den kleinen Finger wickeln. Wer ist das Mädchen, mit dem du ausgebüchst bist, überhaupt? Kenne ich sie?«
Peter wackelte unter der Bettdecke mit seinen Zehen und schenkte seiner Mutter – sofern das möglich war – ein noch gewinnenderes Lächeln. Was für ein Geschrei und Getue die Erwachsenen um rein gar nichts machen konnten. Sally hatte sich gar nicht einmal so aufgeregt – jedenfalls nicht sehr! Diesen ganzen Stunk hatten vielmehr Faversham, der alte Dummkopf, und Robertas Mutter angezettelt. Mrs. Read hatte damit gedroht, sich bei Max und Emily zu beschweren. Als sie allerdings herausgefunden hatte, um wen es sich dabei handelte, hatte sie eiligst den Rückzug angetreten, dachte Peter mit einem zufriedenen Grinsen.
»Peter!« rief Emily mit scharfer Stimme. »Du hast wahrhaftig keinen Grund, so selbstgefällig dreinzuschauen. Hör auf, so dämlich zu grinsen, und beantworte meine Frage. Wer war das Mädchen? Oder hast du dir nicht einmal die Mühe gemacht, ihren Namen zu erfahren?«
»Warum willst du das wissen?«
»Wenn ich dir eine Frage stelle, dann beantworte sie gefälligst«, fuhr Emily ihn an, machte jedoch die ganze Wirkung wieder zunichte, indem sie hinzufügte: »Ich denke, ich werde mich bei ih-

rer Mutter für die Dummheiten, zu denen du ihre Tochter verleitet hast, entschuldigen müssen.«

Peters Grinsen wurde breiter. »Bei Bobbie gab es nichts zu verleiten. Sie hat sich wie ein kämpfender Hahn auf alles gestürzt.«

»Bobbie?«

»Ihr eigentlicher Name ist Roberta. Roberta Read. Sie wohnt auf der Leat Farm, in der Nähe von Princetown.«

Emily stand auf. Ihr Herz schlug mit einer Heftigkeit, die geradezu lächerlich war. Das Kind mußte eine von Johns Zwillingstöchtern sein.

»Bobbie ist große Klasse«, äußerte Peter, der ihren Unmut spürte. »Du würdest sie mögen. Können wir sie nicht mal für einen Tag zu uns einladen?«

»Auf gar keinen Fall.« Emilys Stimme klang schroffer, als sie eigentlich beabsichtigt hatte. Peter machte große Augen vor Überraschung. So beeilte sie sich fortzufahren: »Liebling, du weißt doch gar nichts von ihr. Außerdem hast du hier genug Freunde. Es gibt keinen Grund, warum du dir noch fremde dazuholen mußt.« Sie zermarterte sich das Gehirn nach einem überzeugenderen Grund. »Bald wirst du ins Internat fortmüssen. Ich möchte nicht, daß du ganz allein übers Moor nach Princetown reitest. Und es ist zu weit, um den armen Mr. Faversham dorthin zu zerren. Das ist mir ernst, Peter. Ich erwarte von dir, daß du diese Freundschaft aufgibst. Jetzt muß ich nach unten gehen und zu Abend essen. Dank dir und all der Aufregung habe ich noch keinen Bissen zu essen bekommen, und ich sterbe vor Hunger.« Sie gab ihm einen Kuß. »Denk daran, was ich dir gesagt habe! Ich wünsche, daß du dich mit dieser Bobbie, oder wie immer sie heißen mag, nicht mehr triffst.«

»Nein, Mummy.« Mit unschuldigen blauen Augen sah Peter zu ihr hoch, schlang die Arme um ihren Hals und küßte heftig zurück.

»Versprochen?«

»Versprochen!«

Von der Türschwelle aus hauchte sie ihm einen letzten Kuß zu

und ging dann in das Gesellschaftszimmer hinunter, wo Max, an einem Sherry nippend, auf sie wartete. Müde ließ sich Emily in den nächstbesten Lehnstuhl sinken.
»Ich habe ihm gehörig die Leviten gelesen«, sagte sie. »Ich glaube nicht, daß er das noch mal machen wird.« Aus Gründen, die sie selbst am besten kannte, wollte sie Max die Identität von Peters neuer Freundin nicht enthüllen.
Glücklicherweise schien es ihn auch nicht zu interessieren. Statt dessen fragte er: »Hast du Charlotte gute Nacht gesagt?«
»Was? Oh, nein. Das habe ich vergessen. Ach, mein Lieber, wie schrecklich von mir. Aber ich bin zu müde, um noch mal hinaufzugehen. Heute nachmittag hatte ich Verwaltungsratsitzung. Und jetzt dieses ganze Tamtam wegen Peter. Nach dem Essen werde ich hochgehen und nach ihr sehen.«
»Bis dahin wird sie wahrscheinlich eingeschlafen sein.«
»In dem Fall werde ich morgen früh als allererstes zu ihr gehen. Bevor ich das Haus verlasse. Ich bin sicher, sie wird mich verstehen.«
Mit einem Klirren stellte Max sein Glas ab. »Meine Liebe, sie ist sieben Jahre alt. Du kannst von einem Kind in dem Alter nicht verlangen, daß sie Verständnis dafür hat, was ihre Mutter anbelangt, nur die zweitbeste zu sein.«
Das Blut schoß Emily in die Wangen. »Max, was du sagst, ist absolut widerlich! Natürlich ist Charlotte nicht die zweitbeste. Ich liebe sie genauso wie Peter.«
»Dann verhalte dich auch so.« Schärfe klang in Max' Stimme an.
Emily wußte sehr genau, daß sie im Unrecht war. Doch sie hatte einen anstrengenden Tag hinter sich und war nicht in der Stimmung, sich von Max kritisieren zu lassen. Sie schenkte sich etwas zu trinken ein und ging dann zum Gegenangriff über.
»Das mußt du gerade sagen.«
»Was meinst du damit?«
»Ich meine damit, daß du ein bißchen viel Zeit mit Irwin und Philippa verbringst. Gut, Irwin nicht. Mit einem Mann von zweiundzwanzig Jahren kann man nicht soviel Zeit verbringen,

das gebe ich zu. Aber ständig besuchst du Philippa in Torquay oder holst sie dir auf die Abbey. Vielleicht ist sie, genau genommen, gar nicht der eigentliche Anziehungspunkt.«
»Wenn du etwas sagen möchtest, Emily, dann sag es offen heraus.« Max rieb sich mit dem Handrücken die Stirn. »Sticheleien sind so zeitraubend.«
»Nun gut, wenn du es wirklich wissen willst. Ich glaube, daß du nach Torquay fährst, um Caroline zu besuchen. Rohan hat dich Ende Mai in London mit ihr gesehen. Komm mir jetzt nicht damit, daß sei nur ein zufälliges Treffen gewesen, denn das würde ich dir nicht glauben.«
»Das ist sehr gescheit von dir.« Max nahm sein Glas wieder in die Hand. »Es war kein Zufall.«
Emily, die mit einem solchen Schuldbekenntnis gar nicht ernsthaft gerechnet hatte, war verblüfft.
»Du gibst es zu? Du hast die Stirn, hier zu sitzen und es zuzugeben?«
»Ich dachte, es würde dir gefallen festzustellen, daß du wie immer recht hast, mein Liebes«, entgegnete Max in seinem allerhöflichsten Tonfall. »Daran hast du dich schließlich gewöhnt.«
Emily geriet in Wut. »Zweifellos schläfst du auch mit ihr«, zischte sie. »Alte Gewohnheiten lassen sich nur schwer ablegen. Und sie muß eine besonders alte Gewohnheit sein! Nun, inzwischen bist du mein Mann. Vergiß das nicht.«
Max schaute sie an. Er wirkte auf eine Weise überrascht, die sie nicht ganz begreifen konnte. Sie hatte damit gerechnet, daß er jetzt rasend vor Zorn sein müßte. Doch das war nicht der Fall.
»Eifersüchtig, Emily?« fragte er sanft.
»Nein, natürlich nicht! Es ist nur so, daß ... daß es niemand gerne mag, wenn man ihn wie einen Narren dastehen läßt. Das ist alles.«
»Ach so.« Seine Augen wurden undurchdringlich, als ob sich eine Wand davorgeschoben hätte, und er leerte sein Sherryglas mit einem einzigen Zug.

27

»Bist du sicher, daß du dich nicht einsam fühlen wirst, so ganz allein?« fragte Philippa.

Caroline mußte über die Besorgtheit ihrer Tochter lächeln. »Hör auf, dir Gedanken über mich zu machen, mein Liebling. Fahre mit deinem Vater nach London und habe deinen Spaß. Achtzehn bist du nur einmal.«

»Ich finde es ganz schön rücksichtslos von Irwin, sich wegen der Olympischen Spiele nach Amsterdam abzusetzen. Schon seit Monaten wußte er, daß Papa und ich diese Reise planten.«

»Irwin ist dreiundzwanzig und sein eigener Herr«, legte Caroline lachend dar. »Und ich bin ... nun, egal, was ich bin, jedenfalls alt genug, um auf mich selbst aufpassen zu können. Pippa, ich wünschte, du würdest unter den Sonnenschirm kommen. Diese Hitze trocknet die Haut ungemein aus.«

Philippa setzte sich auf und schüttelte den Sand aus ihren Haaren. »Mama! Sei doch nicht so altmodisch. Wir haben 1928. Alle Welt nimmt heutzutage ein Sonnenbad.« Den ursprünglichen Zankapfel zwischen ihnen wieder aufgreifend, fuhr sie fort: »Ich glaube schon, daß du dich ohne mich sehr einsam fühlen wirst. Das Haus ist für eine einzige Person viel zu groß.«

»Ich bleibe da nicht«, entgegnete Caroline. Ich werde für ein, zwei Tage nach Plymouth fahren. Ich bin dort schon seit Jahren nicht mehr gewesen. Wirklich dumm von mir, wenn man bedenkt, wie nahe es liegt.«

»Vielleicht bist du dort nicht glücklich gewesen. Oder im Gegenteil: Vielleicht bist du dort zu glücklich gewesen.«

»Sehr tiefsinnig. Komm, es wird Zeit, daß wir gehen. Wenn dein Vater dich morgen früh um neun Uhr abholen kommt, wirst du noch heute abend packen müssen.«

Philippa begann, sich Schuh' und Strümpfe anzuziehen. Die Zusicherung ihrer Mutter, sie werde nicht einsam sein, hatte sie sehr erleichtert. Denn diese Woche in London hatte sie sich sehnlich herbeigewünscht. Sie wollte ihn einmal ganz für sich allein haben.

Schon immer war Max Philippa nähergestanden als Irwin. Als er vor vielen Jahren Emily Read heiratete, hatte ihr das einen schweren Schlag versetzt. Bis dahin hatte sie in der festen Überzeugung gelebt, ihr Vater und ihre Mutter würden eines Tages wieder ein Paar sein. Philippa hatte immer gewußt, daß diese Verbindung illegal war; daß die Leute über sie flüsterten, wenn sie glaubten, sie hörte es nicht.
Lange Zeit hatte sie sich geweigert, mit Max überhaupt noch ein Wort zu wechseln. Damit hatte sie Max und sich selbst noch mehr Schmerzen zugefügt. Als sie dann älter wurde, gab sie Emily die Schuld an allem. Ihr Vater war von einer berechnenden Frau eingefangen worden und würde es eines Tages merken.
Während Philippa langsam heranwuchs, begriff sie, daß das Leben zu vielschichtig war, um ihm mit den Schwarz-Weiß-Schema ihrer Kindheit gerecht werden zu können. Dennoch war sie auch mit achtzehn noch so weit vor der wirklichen Welt geschützt worden, daß sie weiterhin die Hoffnung nährte, ihre Eltern würden sich eines Tages wieder versöhnen. In ihren Tagträumen malte sie sich aus, daß sie diejenige wäre, die ihre Eltern wieder zusammenbrächte. Als Max ihr dann, als Geschenk zu ihrem achtzehnten Geburtstag, vorgeschlagen hatte, mit ihm eine Woche in London zu verbringen, hatte sie mit beiden Händen zugegriffen. Das wäre ihre große Chance, mit ihrem Vater einmal in aller Deutlichkeit zu reden. Ihrer Mutter hatte sie von dieser Absicht nichts erzählt.
Philippa sprang hoch und schüttelte sich den Sand aus dem Rock.
»Ich bin soweit. Da ist dieser italienische Eisverkäufer wieder. Ich hole mir nur noch rasch eine Tüte Eis, bevor wir gehen.«

Emily öffnete die Tür zu dem Schlafzimmer, das sie einst mit Ellis geteilt hatte, und sah Max seine Koffer packen. Säuberlich übereinandergestapelt lagen Hemden und Socken auf dem Bett und warteten darauf, verstaut zu werden. Von der Bilderleiste hingen, frisch gedämpft und gebügelt, zwei Anzüge herab. Einen Augenblick lang war Emily verdutzt. Doch dann fiel ihr ein, daß Max morgen für eine Woche mit Philippa nach London fahren würde.

Sie riß sich den Hut vom Kopf, warf ihn auf einen Stuhl und fuhr sich mit den Fingern durch das kurze blonde Haar. Die Uhr auf dem Nachttischchen sagte ihr, daß es beinahe neun war.

»Tut mir leid, Liebling, daß ich so spät dran bin«, sagte sie und küßte ihn auf die Wange. »Du hast hoffentlich nicht mit dem Abendessen auf mich gewartet.«

»Oh, nein«, antwortete Max ruhig. »Inzwischen habe ich mich daran gewöhnt, alleine zu essen.«

Unter ihren halb geschlossenen Lidern streifte ihn Emily mit einem raschen Blick. In diesen Tagen wußte sie nie, woran sie bei Max war.

»Liebling, werde nicht schwierig«, bat sie. Sie ging zum Frisiertisch hinüber und setzte sich auf den kleinen, mit rosa Brokat überzogenen Hocker. Sie ergriff die Bürste mit dem silbernen Rücken und strich sich damit durch das Haar.

»Schau«, sagte Emily zu Max' Abbild in dem goldumrahmten Spiegel, »es tut mir wirklich leid, daß ich so spät komme. Besonders, wo es für eine Woche lang dein letzter Abend zu Hause ist. Aber es ließ sich nicht vermeiden. Van Beeren hat mich aus Den Haag angerufen, und danach hat mich wieder der junge Foley aus der Abteilung für Rechnungswesen sprechen wollen. Das ist ein ganz aufgeweckter Bursche. Der wird es noch weit bringen. Das war der, der diesen Einfall hatte, der uns eine Menge Geld gespart hat. Wenigstens …«

»Emily«, unterbrach sie Max. Er kam auf sie zu, stellte sich hinter sie und legte die Hände auf ihre Schultern. »Ist dir noch niemals der Gedanke gekommen, daß auch ich gerne mit dir reden würde?«

»Doch, natürlich.« Emily drehte sich auf dem Hocker zu ihm um und sah mit zerknirschtem Gesicht zu ihm hoch. »Aber was soll ich denn tun, Max?«

»Du kannst das Unternehmen James übergeben, dem es jetzt gehört. Solange er noch nicht volljährig war, habe ich nichts gesagt. Im Gegenteil, ich fand es ganz richtig, daß du für deinen Sohn bestens vorsorgen wolltest. Doch deine Verpflichtungen ihm gegenüber hast du mehr als erfüllt. James ist jetzt dank deiner unermüdlichen Anstrengungen ein wohlhabender Mann und kann die Leitung eines blühenden, gesunden Geschäftes übernehmen.«

»Ohne dich hätte ich das alle nie geschafft«, widersprach ihm Emily mit warmer Stimme. Doch Max hob seine Hand.

»Das ist nicht der entscheidende Punkt, mein Liebes. Es wird höchste Zeit, daß James endlich die Wessex Stores übernimmt.«

»Aber er will es doch nicht! Für das Kaufmännische hat er nicht die geringste Begabung. Das sagt er selbst.«

»Hat er es denn je versucht?«

»Nein, aber...«

»Wie will er es dann wissen? Vielleicht würde er dabei, genau wie du, seine Fähigkeiten erst entdecken können. Wenn nicht, dann soll er es eben verkaufen, den Gewinn gut anlegen und davon leben. Doch die Verantwortung liegt auf keinen Fall mehr bei dir.«

»Das Geschäft verkaufen!« Emily war entsetzt. Ihr war, als hätte Max ihr vorgeschlagen, eins der Kinder zu ermorden. »Das kann nicht dein Ernst sein!«

»Es ist mein voller Ernst. Ich möchte meine Frau zurückhaben. Ich möchte, daß du dir Zeit für mich nimmst.«

»Aber wir haben doch jede Menge Zeit füreinander. Jedenfalls... eine ganz beträchtliche. Max, du mußt fair bleiben. Du kannst nicht plötzlich von mir verlangen, daß ich... daß ich...«

»Mich entscheide?« Er nahm die Hände von ihren Schultern. Emily stand auf und begann, unruhig durch den Raum zu wandern.

»Was soll das heißen?« schleuderte sie ihm entgegen. »Willst du mir ein Ultimatum stellen?«

»Jetzt noch nicht«, antwortete er ruhig. »Doch eines Tages, in nicht allzu ferner Zukunft, könnte ich das vielleicht tun.«

Philippa stocherte in dem Essen auf ihrem Teller herum. Sie wußte kaum, was sie aß. Soeben hatte sie sich mit Max das Musical *Showboat* angesehen, und nun saßen sie in ihrem Hotel und nahmen noch ein spätes Abendessen zu sich. Philippa hatte erwartet, geradewegs ins Bett geschickt zu werden, doch statt dessen hatte Max dieses Essen vorgeschlagen. So saß sie nun also mit dem einen Menschen, den sie vor allen andern am meisten verehrte, im Speisesaal. Sie trug ein elegantes, azaleenfarbenes Seidenkleid – ein Geschenk von Max – und aß Spargel in Sahnesoße mit Weißwein.
Der Kellner näherte sich ihnen mit gezücktem Stift, bereit, ihre Bestellung für das Dessert entgegenzunehmen. Max schob seinen Teller zur Seite.
»Für mich nichts mehr, danke. Nein, keinen Kaffee. Pippa, Liebes, ich bin sehr müde. Wenn du mich jetzt entschuldigen würdest, dann gehe ich, glaube ich, ins Bett. Aber es gibt keinen Grund, weshalb du nicht dein Essen in Ruhe beenden solltest. Einen *pêche Melba* für die junge Dame, bitte.«
Max gab dem Kellner ein großzügiges Trinkgeld, drückte seiner Tochter leichthin einen Kuß ins Haar und war verschwunden.
Aufgebracht starrte Philippa auf die Speisesaaltür, die noch leise hin- und herschwang. Sie ergriff Abendtasche und Cape.
»Bitte machen Sie sich mit dem *pêche Melba* keine Mühe«, sagte sie zu dem Kellner. »Inzwischen mag ich ihn nicht mehr.«
An der Rezeption nahm sie ihren Zimmerschlüssel in Empfang und stieg die mit einem roten Teppich ausgelegte Treppe empor. Oben angelangt, ging sie, statt an der Palmengruppe vorbei links in den Flur einzubiegen, geradeaus weiter, wo das Zimmer von Max lag. Neben seiner Zimmertür befand sich ein Fenster mit hohem Bogen, das den Blick auf den Portman Square freigab. Das Fenster war geöffnet. Von der Baker Street drang Stimmengemurmel zu ihr herauf und, weiter entfernt, das Summen des spätabendlichen Verkehrs, der vom Oxford Circus zum Marble Arch strömte.
Vor Max' Tür blieb Philippa zögernd stehen. Sie war sich nicht sicher, ob dieser Augenblick so sehr dazu geeignet war, mit ihm

aneinanderzugeraten. Aber sie hatte nur noch zwei Tage, bevor sie mit ihrem Vater wieder nach Devon zurückkehren würde. Vielleicht würde sich bis dahin keine weitere Möglichkeit mehr ergeben. Energisch klopfte sie an die Tür.
Max war noch nicht ausgezogen. Allerdings hatte er Smokingjacke und Fliege abgelegt. Tatsächlich sah er äußerst müde aus. Für einen Augenblick bereute Philippa, ihn gestört zu haben. Doch dann sagte sie entschlossen: »Ich muß mit dir reden, Papa.«
»Hat das nicht bis morgen Zeit?«
»Ich habe schon die ganze Woche darauf gewartet«, entgegnete Philippa und schob ihr Kinn in einer Weise vor, die Max an Silas erinnerte. »Jedesmal, wenn ich versucht habe, ernsthaft mit dir zu reden, bist du mir ausgewichen. Aber ich muß dir etwas sagen, und ich werde es dir sagen. Wenn du die Tür vor mir verschließt, werde ich die ganze Nacht davorstehen und warten, bis du mich hereinläßt. Papa, es ist mir ernst damit.«
»In diesem Fall solltest du lieber hereinkommen.« Max hielt ihr die Tür weiter auf. »Doch bitte, Pippa, mach es so kurz wie möglich.«
»Ich möchte, daß du zu uns zurückkommst, zu Mama, zu Irwin und zu mir. Ich möchte, daß wir wieder eine Familie sind.«
Max war völlig fassungslos.
»Was meinst du damit, daß ich zu euch zurückkommen soll? Um Himmels willen, Pippa, ich bin doch mit jemand anderem verheiratet!«
Philippa biß sich auf die Lippen. Sie hatte Entschuldigungen erwartet, Ausflüchte, Bedenken; aber nicht diesen kaltschnäuzigen Zorn. Das brachte sie aus der Fassung, doch kämpfte sie entschlossen weiter.
»Du gehörst zu uns. Du liebst Emily Read nicht.«
»Was weißt du schon von Liebe?« schleuderte er ihr entgegen. »Du bist doch noch ein Kind. Das ist etwas, das dich nichts angeht. Philippa! Hat deine Mutter dich dazu angestiftet?«
»Nein, natürlich nicht! Sie weiß überhaupt nichts davon. Da gebe ich dir mein Wort.«

»Um so weniger ist deine Einmischung gerechtfertigt. Hast du wirklich die Vorstellung, ich würde meine Frau und die Kinder im Stich lassen, selbst wenn ich sie nicht liebte? Für wen hältst du mich eigentlich?«

»Für jemand, der seine Geliebte und die Kinder durchaus im Stich läßt!« griff sie ihn an. Es bedurfte ihrer ganzen Selbstbeherrschung, nicht in Tränen auszubrechen.

»Ich habe deine Mutter mehr als einmal gebeten, mich zu heiraten. Sie hat immer abgelehnt.« Max fühlte sich zur Verteidigung gezwungen. Eine Rolle, die ihm sehr mißfiel. »Sie kann sich wohl kaum darüber beklagen, daß ich dann schließlich jemand anderen geheiratet habe.«

Philippa zögerte. »Das hat sie mir nie gesagt«, entgegnete sie.

»Nein? Nun, das hätte auch nicht viel an der Sache geändert. Ich bin niemals in deine Mutter verliebt gewesen. Nicht einmal am Anfang.« Max hatte das Gefühl, sein Kopf sei völlig konfus. Er dachte nicht darüber nach, welche mögliche Wirkung seine Worte haben könnten. Dieses eine Mal war es soviel einfacher, die Wahrheit zu sagen.

Ihm wurde bewußt, daß Philippa ihn entsetzt anstarrte.

»Du bist nie in Mama verliebt gewesen?« fragte sie. Sie hatte sich erhoben und zur Tür vorgeschoben. »Und was ist mit Irwin und mir? Wie sind wir zustande gekommen? Kinder der Liebe? Das ist ein Witz, nicht? Nein, komm mir nicht näher! Wenn du das tust, dann schrei' ich laut.«

Zu spät erkannte Max, welchen Schaden seine unüberlegten Worte angerichtet hatten. Er war hochgeschnellt, bestrebt, sich zu korrigieren, sofern dies noch möglich war. Doch Philippa hielt beide Arme ausgestreckt, um ihn abzuwehren. »Ich mache jetzt einen Spaziergang, irgendwohin. Ich möchte jetzt allein sein.«

»Pippa, Liebling, das geht nicht! Es ist zu spät. Pippa, es tut mir leid...«

Doch Philippa hatte das Zimmer schon verlassen. Er hörte im Flur ihre Schritte. Ihm kam nicht einmal der Gedanke, noch seinen Mantel zu nehmen, sondern er rannte ihr nur hinterher.

»Pippa!« rief er.
Am Treppenabsatz blieb sie stehen und blickte über die Schulter zurück. Max sah, wie ihr die Tränen über das Gesicht strömten.
»Pippa!« rief Max noch einmal und stürzte auf sie zu.
»Laß mich in Ruhe!« schrie sie.
Später konnte Max niemals ganz genau sagen, was dann als nächstes geschehen war. In ihrem Bestreben, ihm nur ja zu entkommen, mußte sie sich mit dem Schuhabsatz in der Schleppe dieses albernen Rocks verfangen haben. Er sah, wie sie die Arme auseinanderriß, und hörte ihr ängstliches Wimmern, bevor sie kopfüber die Treppe hinunterstürzte...
Ein paar Sekunden lang war Max wie versteinert vor Entsetzen. Als er endlich die Treppe erreichte, hatte sich um Philippas leblose Gestalt unten auf dem Boden bereits eine kleine Menschenmenge angesammelt. Ein Mann hielt ihr Handgelenk, um ihren Puls zu fühlen. Voll Mitgefühl schaute er hoch und begegnete Max' Blick.
»Ich bin Arzt«, sagte der Mann. »Das ist, denke ich, ihre...«
»Meine Tochter«, brachte Max krächzend hervor. Ein Teil seines Bewußtseins fragte sich, wer das gesprochen haben mochte.
Sanft legte der Arzt Philippas Arm zurück. »Ich fürchte, sie ist tot«, sagte er. »Sie hat sich den Hals gebrochen.«

28

›In den zwei Jahren seit Philippas Tod‹, dachte Emily, ›hat er sich gewaltig verändert.‹
Auch wenn sie sich noch so sehr bemühte, sie konnte den Gedanken einfach nicht loswerden, daß Max auf eine unbestimmte Weise ihr die Schuld an Philippas Tod gab. Völliger Unsinn, gewiß, doch hatte er seitdem aufgehört, sich noch länger um sie zu bemühen. Jeder ging seiner eigenen Wege. Zwar sprachen sie noch wie vorher miteinander, und sie empfanden gemeinsam die gleiche tiefe Anteilnahme für Charlotte und Peter, doch fanden sie an der Gesellschaft des anderen kein Vergnügen mehr. Sie

hatten aufgehört, wie früher miteinander zu lachen. Max schien sich ausschließlich der Religion verschrieben zu haben. Sein Katholizismus wurde noch ausgeprägter. Einzig im Bett erlebte Emily noch ein schwaches Abbild dessen, wie Max früher gewesen war; jener Max, den sie nie genügend geschätzt hatte.
Emily räkelte sich genüßlich in der Sonne. Dieser herrliche Samstagnachmittag im August, so hatte sie entschieden, sollte nicht der Arbeit geopfert werden.
Neben ihr, in dem anderen Liegestuhl, ruhte Max, den Panamahut schräg über die Augen geschoben. Emily sagte zu ihm: »Und du bist dir absolut sicher, daß du nicht zu Harriets Hochzeit mit nach London kommen möchtest?«
»Nein, mein Liebes. Sie ist deine Tochter; deine und die von Ellis.«
»Das ist kein Grund.«
»Das ist ein vollkommen triftiger Grund, und du weißt es auch. Die ganzen zwölf Jahre über haben Harriet und ihre Brüder ihre Abneigung gegen mich und ihren Groll über unsere Heirat in wenig schmeichelhafter Weise deutlich gezeigt. Außerdem mache ich mir nichts aus London, wie du weißt.«
»Oh, Max, das ist doch albern! Bloß wegen dem, was dort vorgefallen ist, kannst du doch nicht...«
»Ich möchte nicht weiter darüber reden, falls es dir nichts ausmacht.« Seine Stimme wurde weicher. »Doch dir und den Kindern wünsche ich viel Spaß.«
»Du hast nichts dagegen, daß Peter und Charlotte mitkommen?«
»Ich weiß gar nicht, wie du darauf kommst. Schließlich sind sie Harriets Halbgeschwister. Hast du über den jungen Mann, den sie heiraten möchte, noch etwas herausbekommen?«
Emily schnitt ein Gesicht. »Selbstverständlich; ich habe Nachforschungen angestellt. Aber es hätte nicht den geringsten Zweck, Einwände zu erheben, wenn Mutter, James und Rohan ihn für gut befunden haben.«
»Hast du Einwände?« Max hatte leichthin gesprochen; so, als ob ihn die Antwort nicht wirklich interessierte.

»Er scheint außergewöhnlich langweilig und anständig zu sein. Er hat mit Rohan zusammen an der Theologischen Akademie studiert und ist jetzt Geistlicher, wie Ro. Und die Geistlichen der Methodisten führen ein hartes, schlecht bezahltes, undankbares Leben. Sie sind ständig auf dem Sprung. Nie haben sie eine feste Wohnung, dic ihnen selbst gehören würde. Ich weiß, wovon ich rede. Ich habe das kennengelernt. Für die Kinder ist es noch schwerer zu ertragen.«
»Wenn Harriet es sich so wünscht...« murmelte Max.
»Wenn man ihren begeisterten Briefen glauben darf, ist es genau das. Obwohl ich mich frage, ob man jemals genau weiß, was man wirklich will. Besonders mit neunzehn Jahren.«
Max antwortete nicht, und Emily blickte auf das Tal, das sich vor ihren Augen erstreckte.
Dann fragte sie ihn: »Was wirst du anfangen, während wir alle in London sind?«
Früher hätte er sie mit einem »Du machst dir Sorgen?« geneckt. Doch das war lange vorbei. »Ich werde auf der Abbey wohnen«, antwortete er. »Ich bin schon seit einem Monat nicht mehr drüben gewesen.«
»Wir müssen Sally bald mal wieder zum Tee einladen«, murmelte Emily eingedenk ihrer familiären Verpflichtungen. »Sie und Peter scheinen nicht mehr so eng befreundet zu sein wie früher. Allerdings war das zu erwarten, denke ich. Jetzt, wo er während der Schulzeit im Internat ist.« Höflich fügte sie hinzu: »Deiner Mutter geht es gut, hoffe ich.« Es hatte sie immer geärgert, daß Sarah Hunnicutt sich weigerte, sie zu empfangen; obwohl sie die Umstände, die die Abneigung ihrer Schwiegermutter gefördert hatten, sehr wohl verstand.
»Es geht ihr so gut, wie man es in diesem Alter erwarten kann«, entgegnete Max unverbindlich. »Sie wird sich freuen, wenn sie Julia und mich ein paar Tage lang ganz für sich alleine haben wird.«
Emily zog die Augenbrauen in die Höhe. »Sind Martin und Sally denn nicht da?«
Max schob sich den Panamahut aus dem Gesicht und warf ihr ei-

nen neugierigen Blick zu. »Weißt du denn nicht, daß sie zu Harriets Hochzeit eingeladen sind?«
Mit einem Ruck hatte Emily sich aufgerichtet. »Harriet hat Martin und Sally gebeten, an ihrer Hochzeit teilzunehmen?«
»Wenn ich Julia richtig verstanden habe, dann ist dieser Vorschlag von Rohan gekommen. Er ist der Ansicht, daß sie zur Familie gehören und dabeisein sollten. Stört es dich?«
»Nein... das heißt, nein, ich glaube nicht. Auf jeden Fall geht es mich auch nicht allzuviel an. Mutter hat die Einladungen ausgeschickt.«
Peter kam um die Hausecke gebogen. Ein Strumpf war auf den Knöchel gerutscht, im Ärmel seines Hemdes klaffte ein frischer Riß, und die Schnalle seines Hosengürtels war fast abgerissen. Sein Gesicht war verschmutzt, und das Haar schien seit dem Morgen keinen Kamm mehr gesehen zu haben. Hinter ihm kamen Charlotte und ein anderes Mädchen hergetrottet, das Emily nicht kannte. Sie nahm an, es sei eine Freundin ihrer Tochter. Erst als Peter, vor Besorgnis ein wenig stotternd, sagte: »Mummy, das ist B-Bobbie Read«, begriff Emily, um wen es sich bei diesem Kind handelte.
Natürlich hätte sie es wissen müssen. Diese Augen, die ihr so besorgt aus dem schmalen Gesicht entgegenstarrten, waren Johns; genauso wie das rotblonde Haar und die Sommersprossen. Mittlerweile mußten die Zwillinge fast vierzehn sein. Doch wegen ihrer zierlichen Gestalt hätte man Roberta eher auf Peters Alter geschätzt.
Max hatte sich bei den Worten seines Sohnes langsam erhoben. Emily bemühte sich, einen klaren Kopf zu behalten und die Erinnerung an John, die die Gegenwart seiner Tochter heraufbeschworen hatte, zu verdrängen. Währenddessen hatte Max Roberta seine Hand entgegengestreckt und freundlich gesagt: »Wie geht es dir? Ich habe einst beide Eltern von dir gekannt. Du hast große Ähnlichkeit mit deinem Vater.«
Sofort lächelte ihn Roberta ungezwungen an. »Das sagt jeder. Wie geht es Ihnen, Sir? Das also ist High Tor. Peter hat mir schon viel davon erzählt.«

»Dann seht ihr euch also ziemlich häufig?« fragte Emily und gab ihr ebenfalls die Hand.
»Ziemlich selten. In den Ferien, wissen Sie. Aber sonst treffen wir uns immer in Widdecombe. Wir leben weiter oberhalb. Mehr in der Nähe von Princetown.«
»Ja, ich weiß. Die Leat Farm.« Wäre Emily nicht so ärgerlich darüber gewesen, daß Peter sich ihren Verboten widersetzt hatte, so hätte sie sein bestürzter Gesichtsausdruck in höchstem Maße erheitert. Es lag auf der Hand, daß er mit der Ehrlichkeit seiner Begleiterin nicht gerechnet hatte. Welche Geschichte über irgendein zufälliges Treffen er sich auch ausgedacht haben mochte, Robertas Wahrheitsliebe hatte sie nun zunichte gemacht.
»Kann Bobbie zum Tee bleiben?« fragte Charlotte, die offensichtlich nicht merkte, daß etwas schiefgelaufen war. »Wir haben sie im Dorf getroffen. Sie ist den ganzen Weg hierher allein zu Fuß gekommen.«
»Zu Fuß? An einem so heißen Tag wie heute? Das sind ja Meilen!« Max war ungläubig. »Mein liebes Kind, was hat dich bloß dazu gebracht?«
»Oh!« Roberta zuckte mit den Schultern. »Ich habe mich mit meiner Schwester gestritten, und Mutter hat sich auf ihre Seite gestellt.« Die hellen blauen Augen zwinkerten schelmisch: »Sie wissen, wie das ist: Ich mußte mich einfach absetzen.«
Instinktiv hatte sie sich an Max gewendet. Und hatte damit, dachte Emily, natürlich vollkommen recht. Als Einzelkind hatte Emily Probleme dieser Art niemals kennengelernt.
Max lachte. Roberta hatte ihn mit ihrem Charme und ihrer Treuherzigkeit für sich eingenommen. Peter und Charlotte lächelten ebenfalls breit. Nur Emily fühlte sich von der allgemeinen Fröhlichkeit ausgeschlossen.
Roberta blieb zum Tee. Es hätte ein peinliches Mahl werden können, hätte sie nicht ohne jede Verlegenheit drauflosgeschwatzt und damit Max und schließlich auch Emily bestrickt. Wie hatten der zurückhaltende John und die scheue Barbara bloß ein solch lebhaftes Kind hervorbringen können?

Doch Emily ärgerte sich immer noch über Peter. Nachdem Max sich verabschiedet hatte, um Roberta nach Hause zu fahren, schloß sie sich ins Frühstückszimmer ein. Doch obwohl sie versuchte, sich auf ihre Arbeit zu konzentrieren, gelang es ihr nicht.

Emily vermochte kaum zu glauben, daß sie wieder in der Kapelle in der Green Street saß. Es sah noch genauso aus, wie sie es in Erinnerung gehabt hatte, abgesehen davon, daß alles ein wenig schäbiger, ein wenig düsterer geworden war. Rose und Harriet hatten sich nach Kräften bemüht, den Ort mit unzähligen Blumensträußen aufzuhellen. Doch selbst die begannen in der Augusthitze dahinzuwelken.

Am Abend zuvor war Emily mit den Kindern in dem Haus in West Kensington angekommen.

Nun saßen sie in der vorderen Bankreihe der Kirche und warteten auf die Ankunft der Braut. Emily hatte sehr wohl bemerkt, daß Martin sich direkt hinter sie gesetzt hatte. Sie selbst war von Peter und Rohan an der einen Seite und von Charlotte und ihrer Mutter an der anderen Seite umgeben. Rohan war jetzt dreiundzwanzig, doch sein Gesicht war immer noch mild und vom Leben unberührt. Noch immer hätte man ihn für einen kleinen Heiligen halten können, wie sein Großvater ihn zu nennen pflegte. Allerdings war da auch ein heftiges Gefühl, das hinter dem gelassenen Äußeren glühte. Jedesmal, wenn er in ihre Richtung blickte, spürte Emily seine Feindschaft wie einen Schwefelhauch.

Rohan haßte sie. Das war die einzige klare Botschaft, die zu übermitteln er imstande war.

Überraschenderweise hegten jedoch weder James noch Rohan noch Harriet den geringsten Groll gegen Peter. Sie zeigten unumwunden, daß sie weder ihm noch Charlotte die Schuld an der Untreue ihrer Mutter in die Schuhe schieben wollten, und hatten um beide Kinder einen großen Wirbel veranstaltet. Natürlich waren die beiden für so viel Aufmerksamkeit empfänglich gewesen. Obwohl seit ihrer Ankunft in London erst 16 Stunden

vergangen waren, behandelte Peter Rohan bereits wie einen alten Freund, den er lange nicht mehr gesehen hatte. Während sie der Kirchenorganist mit einer schlechten Wiedergabe von Händels *Entry of the Queen of Sheba* zu erfreuen suchte, flüsterte Peter ihm etwas zu. Und Rohan hatte, ganz schmeichelhafte Aufmerksamkeit, seinen Kopf dem Halbbruder zugeneigt. Charlotte war damit beschäftigt, ihrer Großmutter die anstehenden Kirchenlieder aus Roses Gesangbuch herauszusuchen.
Plötzlich fühlte sich Emily isoliert. Sie sagte sich, daß es ihr nichts ausmache; daß sie sich darüber freue, wenn sich Peter und Charlotte mit ihren älteren Halbgeschwistern so gut verstünden. Trotzig schaute sie umher.
Die meisten Gesichter waren ihr unbekannt. Doch dann und wann glitt ihr eines aus der Vergangenheit entgegen, um ihr einen unangenehmen Stoß zu versetzen und sie daran zu erinnern, daß auch sie in die Jahre gekommen war. Sie war vierundvierzig und stand auf der Schwelle zum mittleren Lebensabschnitt, wo die Welt für eine Frau ein wenig grau zu werden beginnt, wo der Verstand ein wenig nachläßt.
Ohne vorherige Ankündigung setzte der Organist zum Brautmarsch aus *Lohengrin* an, und die Gemeinde erhob sich eiligst von den Bänken. Mit fünfzehn Minuten Verspätung war Harriet schließlich erschienen. Als sich Emily halb zur Tür drehte, die an der Rückseite der Kirche lag, um einen ersten Blick auf die Braut werfen zu können, sah sie Louise und Chrissie. Louises Augen waren auf Harriet gerichtet. Doch Chrissie blickte Emily geradewegs ins Gesicht. Ihr Gesicht war eine einzige Maske aus Haß.

29

»Du bist mit Louise und Chrissie zusammen angereist, nehme ich an«, beschuldigte Emily ihren Cousin. Martin lächelte.
»Rohan hat mich gefragt, ob ich mich nicht mit ihnen in Newton Abbot treffen wolle. Er war der Meinung, es wäre angenehmer für sie, in Gesellschaft zu reisen.«

Boshaft grub Emily ihre Gabel in den Schinken und Salat auf ihrem Teller. »Rohan scheint sich ja bei dieser Hochzeit um alles gekümmert zu haben.«

Martins Lächeln wurde breiter. »Harriet hat seinen Freund geheiratet.«

Martin stand dicht neben Emily. Es handelte sich bei diesem Empfang um eine ganz zwanglose Angelegenheit mit einem kalten Büffet, das Rose und Harriet zuvor eigenhändig vorbereitet hatten: nicht unbedingt das, was Emily bei ihrer älteren Tochter für angemessen erachtet hätte.

»Wenn ich dir schon kein Hochzeitsfrühstück im Claridge's geben darf, dann will ich euch wenigstens einen Speiselieferanten zur Verfügung stellen«, hatte sie ihnen einige Monate vor dem Hochzeitstermin geschrieben. »Ich kenne ein ausgezeichnetes Geschäft.«

Aber Harriet hatte all ihre Angebote zurückgewiesen. »Mutter, wir wollen unsere Hochzeit ganz anders feiern«, hatte sie ihr durchs Telefon auseinandergesetzt. »In einem piekfeinen Hotel oder mit gemieteten Kellnern, die uns die ganze Zeit umkreisen, würden sich unsere Freunde gar nicht wohl fühlen. Alles soll ganz einfach und möglichst wenig förmlich werden. Anders wollten Eustace und ich es nicht haben.«

Man begann, Reden auf das junge Paar zu halten, und Roses Dienstmädchen ging umher und servierte allen ein Glas Champagner. Emily entschuldigte sich bei Martin und stellte sich neben Harriet. Martin lehnte sich gegen die Wand. Verächtlich stellte er fest, daß man ihnen Champagner in Sherrygläsern ausgeschenkt hatte. Emilys Rede versprach einige Erheiterung. Sie würde sich darum bemühen zu verbergen, daß sie auf eine schon peinliche Weise rein gar nichts von ihrer Tochter wußte.

Unauffällig bewegte er sich zur Tür. Mit ein bißchen Glück würde er sich in den Garten schleichen können, wo er ungestört seinen Whisky trinken könnte. Niemand würde ihn vermissen. Nicht einmal Sally.

Doch da hatte er sich getäuscht. Kaum hatte er hinter einem wild wuchernden Hortensienbusch ein abgelegenes Fleckchen ent-

deckt, als eine Stimme hinter ihm sagte: »Ich habe dich hinausschlüpfen sehen, Martin. Du verstehst es gut, alten Freunden aus dem Weg zu gehen.«
Es war Chrissie. Der ungewohnte Champagner hatte ihr Gesicht gerötet, und die Augen blitzten vor Zorn. Mit ihren achtunddreißig Jahren war sie immer noch allein. Sie war eine hübsche Frau mit einer spitzen Zunge und einer gewaltigen Portion Unzufriedenheit. Louise, dünn und unscheinbar, war es, der es gelungen war, sich einen Mann zu angeln; die ihren Witwenschleier wie das Gewand eines Märtyrers trug; die in ihrem ganz persönlichen Schrein ihren kleinen Schatz an Erinnerungen aufbewahrte. Die hübsche kleine Chrissie hingegen, einst das begehrteste Mädchen in Ashcombe, war bloß die unverheiratete Gesellschafterin ihrer Schwester.
»Chrissie, du bist ungerecht«, entgegnete Martin, »habe ich nicht mein Bestes getan, um euch auf der ganzen Fahrt im Zug zu unterhalten?«
»Davon rede ich nicht!« Chrissie warf ihren Kopf zurück, auf dem ein leuchtend gelber Satinhut mit Federschmuck verwegen festgesteckt war. Wie ihre gesamte Kleidung war er zu jugendlich und überladen für ihr Alter. »Ich meine«, fuhr sie fort, »als Max Hunnicutt damals dem kleinen, ungezogenen Jungen verboten hat, sich mit mir zu treffen, da hat der kleine, ungezogene Junge demütig gehorcht. Nicht, daß ich Max Hunnicutt einen Vorwurf machen wollte. Der hat bloß die Anweisungen meiner lieben Stiefmama befolgt. Aber dir, Martin, werfe ich vor, daß du Emily diesen Triumph gegönnt hast.«
Martin hatte sich ins Gras gesetzt und streckte Chrissie die Hand entgegen. »Ich geb's zu«, gestand er, »ich war feige, ein Hasenfuß, alles, was du willst. Dafür entschuldige ich mich. Laß uns die verlorene Zeit wiedergutmachen.«
Chrissie starrte ihn an. Die Vorwürfe waren vergessen. »Das ... das ist nicht dein Ernst! Du meinst doch nicht ... jetzt und hier?«
»Warum nicht? Vom Haus kann uns niemand hier sehen. Wir sind durch diese Hortensien geschützt. Niemand wird uns ver-

missen. Keiner von uns ist nun gerade der strahlende Mittelpunkt dieses Festes.«
Chrissie kicherte – sie brauchte wirklich jemand, der ihr die Zügel anlegte, dachte Martin –, zögerte erst und ließ sich dann neben ihn fallen.
»Also gut«, sagte sie. »Wenn du es auch willst: Ich hab' nichts dagegen.«

Der Silvesterball des Jahres 1930 war der erste auf Ashridge Abbey, an dem Emily seit jenem unheilvollen Maskenball wieder teilnahm, auf dem sie vor achtundzwanzig Jahren mit John und Wesley als ungeladener Gast erschienen war.
Max' Vorschlag, diese alte Sitte, die mit Kriegsbeginn ein Ende gefunden hatte, wieder aufleben zu lassen, hing teilweise mit dem Tod seiner Mutter zusammen. Emily war völlig überrascht. Doch sie war durchaus einverstanden damit. Es gab eine große Zahl einflußreicher Kunden und Geschäftskollegen, denen sie Eindruck machen wollte. Obgleich sie regelmäßig, entweder in London oder gelegentlich auf High Tor, Gesellschaften für sie gab, wußte sie doch genau, daß die Abbey ein weitaus eindrucksvollerer Rahmen wäre. Allein ihr Alter verlieh ihr eine Würde, die High Tor nicht aufbieten konnte.
Max entschied sich für einen Kostümball.
»Aber nur historische Gestalten«, sagte er. »Das wird würdiger sein und erspart uns den Anblick von Menschen, die als Warm-Wasser-Flaschen oder Charlie Chaplin verkleidet durch die Abbey hüpfen.«
Gegen Ende November besprachen sie die Gästeliste. Max hatte in einem Geschäft in Exeter die Einladungskarten bestellt – elegante Goldbuchstaben auf cremefarbenem Untergrund – und bat Emily, ihm mitzuteilen, wem sie eine Einladung zuschicken wollte. Emily hatte eine Liste aufgestellt und sie ihm an diesem Morgen, bevor sie zur Arbeit gegangen war, auf den Schreibtisch gelegt.
Der Abend war eisig kalt. Der Wind, der vom Moor her wehte, brachte einen Hauch verfrühten Schnees mit sich. Die engen

Landstraßen um High Tor waren tückisch vereist. Dolman, der Chauffeur, mußte zweimal anhalten und den Straßenverlauf vor ihnen auskundschaften. Es war schon nach neun Uhr, als Emily glücklich den Schlüssel in die Haustür steckte.
Fullerton, der Butler, kam ihr entgegen, um ihr den schweren Pelz von den Schultern zu nehmen.
»Ein scheußlicher Abend, Madam.«
»Danke schön, Fullerton. Das kann man wohl sagen. Die Straßen, die durchs Moor führen, sind sehr schlecht befahrbar.«
»Mrs. Parsons hat Ihnen das Essen warm gehalten, Madam. Mr. Hunnicutt ist gerade dabei, seine Mahlzeit zu beenden.«
»In diesem Fall mache ich mir nicht mehr die Mühe, mich umzuziehen. In fünf Minuten bin ich soweit.«
Emily hielt Wort und gesellte sich fünf Minuten später zu Max an den Tisch. Fullerton brachte die Suppe.
»Das tut gut«, seufzte Emily, als ihr die heiße Flüssigkeit die erstarrten Glieder wärmte. »Hoffentlich beginnt es nicht schon jetzt zu schneien. Ich möchte nicht schon vor Weihnachten in der Ebene um Newton Abbot eingesperrt sein. Es gibt hier zu Hause immer noch solch einen Schwung an Angelegenheiten zu erledigen. Ich muß herausbekommen, wann Peters Schulferien beginnen.«
Max reagierte kaum. Doch das fiel ihr zunächst gar nicht auf. Sie hatte die Mahlzeit beendet und Fullerton, der sich aufmerksam im Hintergrund gehalten hatte, hatte ihr den Kaffee serviert und sich zurückgezogen. Da erst kam ihr Max' Schweigen zu Bewußtsein.
»Stimmt irgend etwas nicht?« fragte sie.
Max schob ihr die Gästeliste herüber. »Ich wünsche mir, daß dieser Ball ein Fest für die Familie und für Freunde wird, Emily. Ich will nicht, daß du alle deine Geschäftspartner dazu einlädst.«
»Aber...«
»Kein Aber!« Er schlug mit der Faust auf den Tisch, daß die Kaffeetassen in die Höhe hüpften. Schon seit Jahren hatte sie nicht mehr solch einen Gefühlsausbruch bei ihm erlebt. »Ich möchte nicht, daß der erste Silvesterball, den wir seit 1914 auf der Abbey

erleben, zu einer öffentlichen Werbeveranstaltung für die Wessex Stores umgewandelt wird. Dieser Ball ist für Peter, Charlotte und Sally; damit die neue Generation der Hunnicutts wenigstens noch einen Abglanz der vergangenen Herrlichkeit kennenlernen kann, bevor uns die Besteuerung endgültig zum Krüppel macht.«

»Es tut mir leid, Max. Ich habe nicht gewußt, was dieser Ball für dich bedeutet. Es wäre eine prächtige Gelegenheit gewesen, Van Veeren, Lord Marksbury und die andern alle zu empfangen. Aber wenn du sie wirklich nicht dabeihaben willst, dann vergessen wir das Ganze. Die Einladungen sind noch nicht verschickt worden. Es ist also noch kein Schaden entstanden.«

Max schien verblüfft zu sein. »Das... das ist dein Ernst?«

»Ja. Warum überrascht dich das so?«

Max lächelte schief. »Ich habe keine Ahnung. Wahrscheinlich, weil ich nicht damit gerechnet habe, daß du dich so bereitwillig meiner Meinung anschließen würdest. Ich habe dir Unrecht getan, mein Liebes. Verzeih mir. Und verzeih mir, daß ich geschrieen habe.«

»Du schreist nie. Wer *kommt* denn nun zu deinem besonderen Ball, wenn wir schon davon reden?«

»Unserem Ball«, verbesserte er sie. »Wie ich dir schon sagte: Familienangehörige und Freunde. Ich dachte, du würdest vielleicht Louise und Chrissie einladen wollen.«

Emily verzog das Gesicht. »Sie würden nicht kommen. Ich hoffe, ich kann James und Mutter überreden, uns zu Weihnachten einen Besuch abzustatten, so daß die beiden vielleicht zu dem Fest dableiben. Aber du hast mir noch gar nicht gesagt, wen *du* einladen willst.«

»So viele Leute aus dem Dorf, wie kommen wollen. Ich frage mich, ob wir nicht Barbara und die Mädchen dazubitten sollten.«

Emily trank den Kaffee aus. »Tu, was du für richtig hältst«, sagte sie unvermittelt, während sie sich vom Tisch erhob. »Ich muß zusehen, daß ich ins Bett komme. Ich hatte einen ziemlich hektischen Tag.«

Max war ebenfalls aufgestanden. Doch anstatt höflich darauf zu warten, daß sie den Raum verließ, kam er um den Tisch herum und nahm sie in die Arme.

»Hättest du was dagegen, wenn ich heute abend bei dir schlafe?« fragte er.

Ein seltsames Zittern überkam Emily. Bevor sie wußte, was sie tat, hatte sie sich emporgereckt und ihn geküßt. Sie spürte, wie seine Zunge ihren Mund erkundete, und den heftigen drängenden Druck seines Körpers. Er begann, ihr Kleid hinten aufzuknöpfen. Sekunden später raschelte es zu ihren Füßen. Er wirbelte sie herum und verschloß, ohne sie dabei aus den Armen zu verlieren, die Tür zum Eßzimmer. Höschen und Unterhemd folgten dem Kleid, dann schob Max sie sanft nach hinten, auf den halb abgeräumten Eßtisch.

Am nächsten Sonntag fiel Emily der Stoß Einladungen in die Hände. Max war zur Messe nach Newton Abbot gefahren und hatte Charlotte mitgenommen. Doch Emily hatte sich an diesem Tag entschlossen, nicht in die Kirche zu gehen. Normalerweise genoß sie den Spaziergang ins Dorf. Aber heute war es außergewöhnlich kalt, und der Kirchgang war für sie lediglich eine Gewohnheit geworden. Zudem mußte sie wirklich einen Blick auf die Arbeit werfen, die sie sich mit nach Hause genommen hatte...

Zum Henker mit der Arbeit! Sie konnte sich nicht daran erinnern, je zuvor solche Gedanken gehegt zu haben. Doch in den letzten drei Tagen, seit Max sie auf dem Eßzimmertisch geliebt hatte, schien sie wie auf Wolken zu wandeln. Es war so herrlich, so unerwartet, so völlig hingebungsvoll gewesen! Sie hatte sich wie eine ganz andere Frau dabei gefühlt: wollüstig und sinnlich.

Was sollte sie also mit der freien Zeit, die sie sich ergattert hatte, anfangen? Früher wäre sie in die Küche gegangen, um ein Schwätzchen mit Mrs. Shapley zu halten. Doch Mrs. Parsons, die neue Haushälterin, war nicht allzu gesprächig. Auf einmal wußte sie es: Weihnachten! Sie würde die Liste mit den Weihnachtsgeschenken durchgehen. Max hatte gesagt, sie läge in seinem Schreibtisch.

Sie begab sich in die Bibliothek. Max hatte seinen Schreibtisch unverschlossen gelassen. Emily hob den Deckel hoch. In einer Ecke des Schubfachs sah sie den Stapel Einladungskarten liegen, einige schon beschriftet, andere noch leer. Emily holte den gesamten Stoß hervor und begann, ihn durchzublättern.

Es gab nur wenige Namen, die sie nicht kannte: Doktor Merridew, der Sohn vom ›jungen‹ Doktor Merridew, und seine Frau; die Coles, die Chings, Bill Tyacke und seine Familie – Mrs. Tyacke war eine der Tapper-Schwestern –; Jake Hunnicutts Zwillingssöhne, John und Jocelyn; der alte Joss Hunnicutt und Barbaras Tante Jennifer, beide inzwischen in den Achtzigern; die Rogersons und die Pencarrows; Reverend George Hildebrand von St. Alphège... Es hatte den Anschein, daß Max wirklich keinen, der in seinen Augen irgendeinen Anspruch besaß, vergessen hatte. Emily lächelte in sich hinein. Sie fragte sich, was so manch einer von ihnen zu der Forderung, im Kostüm zu erscheinen, wohl sagen würde. Auch eine Einladung an Barbara steckte mitten im Stapel. Doch Emily vermutete, daß Barbara ablehnen würde.

Die Einladung an Caroline kam ganz zum Schluß. Zunächst war ihr der Name gar nicht aufgefallen. Emily hatte bereits die Einladungen ins Schubfach zurückgelegt, als ihr der Name zu Bewußtsein kam. Mrs. Caroline Ormerod? Sicherlich nicht! Sie mußte sich geirrt haben.

Mit zitternden Händen nahm sie den Stapel Karten hoch, ließ in ihrer Aufregung die Hälfte davon auf den Boden fallen. Wie weißes und goldenes Konfetti lagen sie auf dem blauen Teppich verstreut. Doch Emily beachtete sie nicht, sondern starrte auf die Einladung in ihren bebenden Fingern: ›*Mr. und Mrs. Maxwell Hunnicutt bitten Mrs. Caroline Ormerod um das Vernügen, an ihrer Gesellschaft teilnehmen zu wollen...*‹ Ärger stieg in ihr hoch. Sie war so wütend, daß sie nach Luft schnappen mußte. Sie fuhr sich mit der Hand an die Kehle, als ob sie keine Luft mehr bekäme.

Wie konnte er es wagen! Wie konnte Max es wagen, diese Frau zu ihrem Silvesterball einzuladen, nachdem er ihre eigene Gästeliste dermaßen beschränkt hatte? Dieser Heuchler! Was hatte er noch zu ihr gesagt? ›Dieser Ball muß eine Veranstaltung für Familienangehörige und Freunde sein‹ – und er hatte seine ehemalige Geliebte dazugebeten! Emily dachte daran, wie er sie am Donnerstagabend geliebt hatte, und hätte laut schreien mögen. Alles, was sie sich vorstellen konnte, war, wie Max mit Caroline zusammen war. Und in eben diesem Augenblick kam er zur Tür herein.

»Wir haben die Kirche vorzeitig verlassen«, erklärte er und lächelte sie dabei an. »Die Straßen sind so schlecht, und man kommt derartig langsam voran, daß ich mich entschloß, die Kirche mit Charlotte zu verlassen, bevor der Gottesdienst beendet war. Mrs. Parsons haßt es, wenn wir sonntags zu spät zum Essen kommen.« Ihm fielen die verstreuten Einladungen in die Augen, und er bückte sich, um sie aufzuheben. »Wolltest du dich vergewissern, daß ich niemanden vergessen habe?«

»Ursprünglich wollte ich mir die Liste mit den Weihnachtsgeschenken anschauen.« Emily brachte kaum ein Wort hervor. »Doch dann entdeckte ich dies hier.« Damit hielt sie ihm den Abschnitt der Einladungskarte entgegen, auf dem Carolines Name stand.

Bestürzt nahm Max die Karte in die Hand und richtete sich langsam auf. Die anderen Einladungen entglitten unbeachtet seinen Fingern. Für einen Augenblick herrschte völliges Schweigen.

»Emily, mein Liebes«, sagte er schließlich, »es tut mir leid. Ich hätte dir sagen sollen, daß ich beabsichtigte, Caroline auf den Ball einzuladen.« Seine Augen suchten die ihren, um Verständnis und Vergebung bittend. »Weißt du, sie ist jetzt ganz allein. Seit . . . seit Philippas Tod hat sie niemanden mehr. Irwin ist verheiratet und lebt in Cornwall, und so fühle ich mich in gewisser Weise für sie verantwortlich.« Er bemerkte Emilys versteinertes Schweigen und fuhr mit wachsender Verzweiflung fort: »Ich glaube, was Caroline anbetrifft, funktioniert mein Gewissen nicht ganz richtig. Auch wenn ich niemals behauptet habe, sie zu

lieben, hätte ich sie anders behandeln müssen. Und wenn ich nicht diesen Streit mit Pippa gehabt hätte, wäre sie heute wahrscheinlich noch am Leben.«
Seine Besorgnis um Caroline goß jedoch nur Öl in die Flammen.
»So ist das! Du hast also vor, mich zum Gelächter all deiner Freunde zu machen, indem du Frau und Geliebte unter dem gleichen Dach beherbergst. Und das, nachdem du mir verboten hast, die Leute einzuladen, die ich dabeihaben wollte!«
»Ach, das ist es! Das ist es, was dich in Wirklichkeit ärgert. Nicht die Furcht, lächerlich gemacht zu werden, denn das wäre nicht der Fall. Jedermann, der mich kennt, weiß genau, daß ich vor Jahren mit Caroline Ormerod gebrochen habe. Du bist die Frau, die ich geheiratet habe.«
»Nur, weil du nicht den stolzen Namen der Hunnicutts damit besudeln konntest, sie zu heiraten!« Emily war zu verletzt und wütend, um noch zu wissen, was sie sagte. »Weil du dich nicht dazu überwinden konntest, deine Niggerbastarde anzuerkennen!«
Im gleichen Augenblick, in dem sie es gesagt hatte, verabscheute sie sich dafür; verachtete sich heftiger dafür, als Max es je tun konnte. Sie wandte sich ab. Ihr war elend, und sie mußte sich an einer Ecke des Schreibtisches festhalten. Sie fragte sich, ob Max sie schlagen würde. Das, dachte sie, hätte sie auch verdient. Er machte eine Bewegung auf sie zu. Doch plötzlich öffnete sich die Tür zur Bibliothek, und Peter kam herein, schmutzig und zerzaust. Er sah aus, als ob er in den letzten Nächten nicht allzu gut geschlafen hatte. Seine Eltern starrten ihn verblüfft an. Beinahe so, als könnten sie ihren Augen nicht glauben.
»Was... bist du zu Hause? Warum bist du nicht in der Schule?« brachte Emily nach einer kleinen Weile stotternd hervor. Ihre Gedanken kreisten noch um den Streit mit Max.
Peter schob die Unterlippe vor. In dem, was er sagte, richtete er sich mehr an seinen Vater als an sie.
»Ich bin aus der Schule ausgerissen«, verkündete er streitlustig. »Ich hasse alles dort. Ich hasse die Brüder. Ich will nicht mehr Katholik sein. Ich will Methodist werden, wie Mummy.«

30

Nicht ohne Bitternis dachte Caroline Ormerod daran, daß sie sich zum ersten Mal in der Abbey befand.
Während sie die Halle durchquerte, um sich von ihren Gastgebern willkommen heißen zu lassen, fragte sie sich, warum sie überhaupt gekommen war.
Von dem Schock, den Philippas Tod bei ihr ausgelöst hatte, hatte sie sich niemals richtig erholen können. Auch hatte sie niemals aufgehört, Max die Schuld daran zu geben. Sie wußte, daß sie ungerecht war, und versuchte deshalb, ihre Gefühle zu verbergen, wenn sie miteinander zu tun hatten. Eigentlich war sie nur gekommen, weil Max so sehr darauf gedrängt hatte. Sie war schon drauf und dran gewesen, die offizielle Einladung abzulehnen. Doch folgten dann ein persönlicher Brief und zwei Telefonanrufe, in denen er sie um ihr Erscheinen bat. Da Max sie nie zuvor um etwas gebeten hatte, wurde sie natürlich neugierig. Irgend etwas sehr Schlimmes mußte zwischen ihm und Emily vorgefallen sein.
Auf der Abbey sah sich Caroline mit einem Blick in ihrem Verdacht bestätigt.
»Mrs. Caroline Ormerod«, verkündete Fullerton, der Butler.
»Caroline, ich danke dir, daß du gekommen bist.« Max' Stimme hatte einen warmen Klang. Der Griff, mit dem er ihre Hand umfaßte, war mehr ein Klammern als ein Händeschütteln.
Emilys Willkommensgruß hätte einen Eskimo erstarren lassen. Sie berührte kaum Carolines Finger und wandte sich sofort mit erzwungener Fröhlichkeit den nächsten beiden Gästen zu.
Hastig flüsterte Max ihr zu: »Bevor du heute abend gehst, muß ich unbedingt noch mit dir sprechen.«
Caroline war bestürzt. Als sie dem Bediensteten die Treppen hinauf folgte, warf sie einen Blick über die Schulter zurück. Max und Emily standen weit voneinander entfernt; so, als ob sie auch nicht die geringfügigste Berührung des andern hätten ertragen können.

Gegen elf Uhr pochte Emilys Kopf vor Schmerz, und ihre Füße fühlten sich an, als ob jeder Tölpel aus der Grafschaft darauf herumgetrampelt hätte.
Die Scheune war brechend voll. Es sah so aus, als ob jeder, der eine Einladung erhalten hatte, auch gekommen war. Die Wiederbelebung des berühmten Hunnicutts-Balles hatte allgemein eine freudige Erregung hervorgerufen.
Emily fühlte sich schwindlig im Kopf und jeglicher Kraft beraubt. Ihr Verhältnis zu Max hatte sich seit jenem schrecklichen Tag, an dem sie miteinander gestritten hatten, zusehends verschlechtert. Der ursprüngliche Grund ihrer Meinungsverschiedenheit war zwar nicht vergessen, aber in der noch viel schärferen Auseinandersetzung untergegangen, die sich wegen Peter erhoben hatte.
Zunächst hatten weder Emily noch Max ihn ernst genommen. Beide waren der Meinung gewesen, es müsse wohl in der Schule etwas vorgefallen sein, was sich in absehbarer Zeit wieder einrenken ließe. Erst im kalten Licht des folgenden Tages, als Max mit dem Schuldirektor telefoniert hatte, wurde ihnen klar, daß Peter die Wahrheit gesagt hatte.
»Katholizismus ist Teufelswerk«, setzte er seinen Vater salbungsvoll in Kenntnis. »Das weiß ich von Rohan. Auf Harriets Hochzeit habe ich mich lange mit ihm unterhalten.«
Zu einem anderen Zeitpunkt hätte Max eine nachsichtigere Haltung zu der ganzen Angelegenheit eingenommen und mit seinem Sohn darüber gesprochen. Doch er war nicht in der Stimmung, die Dinge nüchtern zu betrachten. Er wandte sich an Emily.
»Da steckst ja wohl du dahinter!« beschuldigte er sie aufgebracht. »Hinter meinem Rücken hast du den Jungen auf deine Seite gebracht!«
»Ich würde mich niemals dazu erniedrigen, etwas hinter deinem Rücken zu tun!« hatte sie verächtlich erklärt. »Allerdings muß ich dir sagen, wenn wir jetzt schon davon reden, daß ich niemals besonders glücklich darüber gewesen bin, daß meine Kinder als Katholiken erzogen werden.«

Max machte auf dem Absatz kehrt und verließ das Zimmer. Am gleichen Tag noch teilte er ihr etwas später mit eiskalter Stimme mit: »Ich hatte die Absicht, gleich nach dem Weihnachtsfest auf die Abbey überzusiedeln, um sicherzustellen, daß alles rechtzeitig zum Ball vorbereitet ist. So wie die Dinge liegen, werde ich noch heute dort einziehen.«

Sie hatten ein klägliches Weihnachtsfest. Charlotte war vorwurfsvoll und voller Tränen, Peter blieb trotzig und verdrossen. Emily war gezwungen, auf einige wichtige Einladungen zu Abendessen und Festen zu verzichten, um die Kinder nicht sich selbst zu überlassen. Mehr noch: Sie vermißte Max' Gegenwart mehr, als sie für möglich gehalten hätte; und nicht nur deshalb, weil sie in ihren geschäftlichen Verpflichtungen eingeschränkt wurde.

Martin bahnte sich seinen Weg durch die Menge und nahm neben Emily Platz. Das letzte, was sich Emily in diesem Augenblick wünschte, war ein Beisammensein mit ihrem Cousin. Wenig ermutigend sagte sie: »Guten Abend, Martin. Julia ist dort drüben, falls du sie suchst.«

»Ich weiß, wo Julia steht, danke. Ich möchte mit dir sprechen, Emily. Du übertreibst ein wenig, nicht?«

»Was willst du damit sagen?«

Martin blickte finster drein. »Ich will damit sagen, daß du, wenn du dich weiter so benimmst, vor dem Scheidungsrichter enden wirst, und diese Frau da«, meinte Martin mit einem Blick in Carolines Richtung, »wird bei Max Einzug halten. Auf so eine Gelegenheit wartet die schon seit Jahren.«

»Max ist da anderer Meinung«, entgegnete Emily kalt. Eine solche Einmischung in ihre ureigensten Angelegenheiten konnte sie nicht hinnehmen. Ihre Abneigung gegen Martin wurde stärker.

Ihr Cousin zuckte mit den Schultern. »Wenn du ihm das glaubst... Du spielst mit dem Feuer, Emily. Du treibst ihn in ihre Arme zurück. Und jetzt diese religiöse Geschichte mit Peter! Gib dem Jungen eine Ohrfeige und schlage all den Unsinn aus ihm heraus.«

»Was geht dich das eigentlich an?« fragte Emily ihn wütend. Martin beugte sich vor und packte sie am Handgelenk. Den Lärm und das Gedränge um sie herum bemerkten sie nicht mehr.
»Das will ich dir genau sagen: Ich möchte nicht, daß Max für immer auf die Abbey zurückkehrt. Er mag mich nicht, und das beruht durchaus auf Gegenseitigkeit. Das ist der eine Grund. Der andere ist der, daß ich auf eine Hochzeit zwischen Sally und Peter hoffe. Und ich möchte nicht, daß er mir in bezug auf die Abbey das Konzept verdirbt. Ich möchte, daß eines Tages mein Mädchen hier die Herrin ist.«
»Dieses möchtest du, jenes möchtest du nicht – jemanden, der so selbstsüchtig ist wie du, habe ich in meinem ganzen Leben noch nicht kennengelernt. Weißt du, Martin«, schloß sie bösartig, »manchmal frage ich mich, ob du noch ganz bei Trost bist.« Damit stand sie auf; er wollte sie festhalten, doch sie entriß ihr Handgelenk seinem Griff.

Emily hatte sich in die Stille der Abteiruinen zurückgezogen. Sie zitterte von Kopf bis Fuß. Dic Begegnung mit Martin hatte sie aus der Fassung gebracht.
Die Vermutung ihres Cousins, Max könnte sich von ihr scheiden lassen, war ganz sicherlich falsch; dazu war er ein zu guter Katholik. Doch wäre er fähig, sie zu verlassen? Für einen Augenblick wurde sie von Panik befallen. Doch dann sagte sie sich, daß sie albern sei. Der Streit würde vorübergehen wie schon so viele andere. Max' Groll dauerte nie allzu lange an.
Das Orchester setzte mit *Beyond the Blue Horizon* ein. Helles Licht drang durch die offenen Scheunentüren; jemand kam herausgetaumelt und übergab sich in das Gras.
Emily faßte einen Entschluß. Sie würde diesen Abend hinter sich bringen und sich dann wieder mit Max versöhnen. Zunächst einmal würde sie aber ihre gereizten Nerven beruhigen, indem sie jetzt ins Haus ging und Peter und Charlotte gute Nacht sagte.
Die Kinder schliefen an diesem Abend in der Abbey. Sie hatten hier ihre Zimmer, die immer für sie bereit standen, auch wenn

sie nur selten blieben. Peter mochte die Abbey nicht und machte keinen Hehl daraus. Er gab High Tor den Vorzug.
Als sich Emily dem Zimmer, in dem Peter schlief, näherte, hörte sie Stimmen in dem Schlafzimmer gegenüber. Ein Lichtspalt verriet, daß die Tür nur angelehnt war. Wer mochte dort drin sein zu dieser späten Stunde? Ein Gästepaar, das das Haus erkunden wollte? Lautlos huschte sie mit ihren weichen Lederschuhen über den Teppich.
Deutlich sagte die Stimme einer Frau, die Emily mit einem Schock als die von Caroline Ormerod erkannte: »Ist das dein Ernst, Max?«
»Ja, das ist es«, antwortete Max' Stimme. »Bis jetzt allerdings noch nicht mit letzter Sicherheit. Auf jeden Fall wollte ich, daß du weißt, was in meinem Kopf vorgeht.«
Caroline sagte etwas, das Emily nicht verstehen konnte, und fügte dann hinzu: »Das ist ein sehr schwerwiegender Schritt, Max.«
»Ich weiß«, kam die Antwort. »Aus diesem Grunde möchte ich mir auch mit der Entscheidung Zeit lassen und sie wohl überlegen.«
Caroline wollte gerade ein weiteres Argument vortragen. Doch dazu ließ ihr Emily keine Gelegenheit. Sie stieß die Schlafzimmertür auf und stand ihnen plötzlich gegenüber.
Was sie auch immer erwartet haben mochte: Die Haltung der beiden hatte nichts Verräterisches an sich. Caroline hatte ihren steifen Kopfschmuck abgelegt und saß in einem Sessel nahe dem Kamin, wo ein kleines Feuer brannte. Max saß auf dem Bettrand, ein Bein, das in einer Kniebundhose steckte, untergeschlagen. Heute abend sah er besonders gut aus. Ihr schuldbewußtes Aussehen machte deutlich, daß sie Geheimnisse miteinander ausgetauscht hatten. Emily fühlte sich so verletzt und betrogen, als ob sie die beiden miteinander im Bett erwischt hätte.
»Wie kannst du es wagen!« schrie sie Max an. »Wie kannst du es wagen, dich mit deiner Geliebten davonzuschleichen und mir die Unterhaltung deiner verdammten Gäste aufzuhalsen! Du hast sie alle eingeladen. Ich durfte die Leute, die ich dabeihaben woll-

ten, nicht dazubitten. Anstatt dort unten bei ihnen zu sein, stiehlst du dich mit dieser . . . dieser Hure davon!« Unvermittelt war ihr Zorn verraucht. Weiß im Gesicht, starrte sie die beiden an. »Ihr habt euch gegenseitig verdient«, sagte sie mit kalter, gepreßter Stimme. »Und ich könnte keinem von euch beiden etwas Schlimmeres sagen.«
»Meinst du das wirklich, Emily?« fragte Max.
Sie wandte den Kopf ab. Mühsam hielt sie die Tränen zurück, die sie zur Närrin zu machen drohten.
»Ja«, antwortete sie.
Für einen Augenblick herrschte Schweigen. Dann blickte Max auf die Uhr neben dem Bett und sagte in einem Ton, der keinerlei Gefühlsregung verriet: »Es ist beinahe Mitternacht. Ich muß in die Scheune zurück. Unsere Gäste werden es merkwürdig finden, wenn ich nicht bei ihnen bin, um das neue Jahr zu begrüßen. Caroline, würdest du mich begleiten?«

Am nächsten Morgen kehrte Emily mit Peter und Charlotte nach High Tor zurück. Max kam nicht mit.
»Ich möchte für ein paar Tage auf der Abbey bleiben«, sagte er, »um über einiges nachzudenken.«
Aus den paar Tagen wurden Wochen und dann Monate. Emily sorgte dafür, daß Peter auf eine Tagesschule in Newton Abbot kam. Doch zunächst hatte sie dies telefonisch mit Max klären wollen.
»Tu, was dir beliebt, mein Liebes«, hatte er gesagt. »Die Kinder unterliegen jetzt deiner Verantwortung.«
Sie stürzte sich in die Arbeit. Das war ein wirksames Gegenmittel gegen den Aufruhr widerstreitender Gefühle, der in ihr tobte. Sie suchte sich selbst davon zu überzeugen, daß sie Max niemals geliebt hatte; daß es keinen Unterschied für sie bedeutete, ob er bei ihr lebte oder nicht. Doch all ihre Stunden auf High Tor, in denen sie nicht gerade schlief, verbrachte sie damit, auf das Schrillen des Telefons zu warten oder nach dem Brummen von Max' Wagen in der Auffahrt zu lauschen. Sie wußte nicht, was sie wollte.

Und dann, Anfang März, erhielt sie einen Brief. Er war kurz und enthielt nur das Nötigste. Max schrieb, daß er sich als Katholik zwar nicht von ihr scheiden lassen könne, doch wolle er nicht mehr nach High Tor zurückkehren. Er hatte Mrs. Ormerod eingeladen, ihm auf der Abbey Gesellschaft zu leisten. Seinen Anwalt hatte er damit beauftragt, sein Testament neu zu entwerfen. Da Ashridge ein unveräußerliches Erbgut war, hatte er die Absicht, es nach seinem Tode Irwin zu hinterlassen.

Teil vi

1932–1939

31

Auch Max befand sich in der gewaltigen Menschenmenge, die sich am 25. August 1932 rund um die alte Abtei, Buckfast Abbey, drängte, um den feierlichen Eröffnungsgottesdienst zu hören, der über Lautsprecher nach draußen übertragen wurde. Gleichzeitig sendete der BBC dieses Ereignis in alle Welt.
Am Abend zuvor war Max in Buckfast eingetroffen; rechtzeitig genug, um der Prozession der aus Rom entsandten Kardinäle beizuwohnen. Das Städtchen war mit Fahnen und Flaggen geschmückt und platzte vor Besuchern aus allen Nähten. In gehobener Stimmung fuhr er im Laufe des folgenden Tages durch das flimmernde Moor nach Hause. Doch diese Stimmung verblaßte, je mehr er sich Ashcombe näherte. Der Gedanke an sein Zuhause bedrückte ihn. Wer, außer Caroline und Martin Hunstrete, würde dort auf ihn warten? Nicht einmal Julia war da. Sie war mit Sally für ein paar Tage nach London gefahren.
An einer Stelle am Straßenrand, wo die Zufahrt zu einem Feld einen natürlichen Rastplatz bildete, parkte Max sein Auto und zündete sich seine Pfeife an. Er rauchte viel in letzter Zeit: Wie er meinte, beruhigte das seine Nerven. Nahe dem Gatter grasten zwei Moorland-Ponies, und durch den dichter werdenden Nebel konnte man die verstreut liegenden Nebengebäude einer Farm erkennen. Es war ruhig und friedlich. Max lehnte sich mit dem Kopf auf die Rückenlehne des Fahrersitzes und stieß eine Rauchwolke hervor.
Nach der Aufregung der letzten zwei Tage war es nur natürlich, daß jetzt solch ein Gefühlsumschwung einsetzte. Nichtsdestoweniger ließ sich seine niedergedrückte Stimmung damit nicht restlos erklären. Es war nun schon über ein Jahr her, daß Caroline ihr Haus in Torquay verkauft und die Abbey zu ihrem Wohnsitz gemacht hatte; ein weiterer Hunnicutt-Skandal, der die Nachbarn entsetzte und zugleich unterhielt.

Doch entgegen der landläufigen Meinung hatten sie ihre alte Beziehung nie wieder aufblühen lassen. Sie führte ihm das Haus und brachte ihm Verständnis und Kameradschaftlichkeit entgegen. Doch das war alles. Philippas Geist stand beständig zwischen ihnen. Philippas Geist, dachte Max, und seine Liebe zu Emily.

Erneut stieß er eine Rauchwolke hervor. Der Kreis hatte sich geschlossen, überlegte er. Nun war er derjenige, der liebte und dessen Stolz verlangte, daß er gleichermaßen wiedergeliebt wurde. Auf einmal verstand er, weshalb Caroline sich stets geweigert hatte, ihn zu heiraten.

Emily sah er inzwischen nur noch selten. Seine Entscheidung, die Abbey Irwin zu hinterlassen – gefällt in der Hitze des Augenblicks – entfremdete sie ihm wie sonst nichts auf der Welt. Ihr glühender mütterlicher Stolz war durch diese Tat zutiefst getroffen worden. Sie hatte ihm einen Brief geschrieben, in dem sie ihm sagte, daß sie ihm nie verzeihen werde. Wie Peter darüber dachte, wußte Max nicht; doch er hatte den Eindruck, daß Besitz seinem jüngeren Sohn nur wenig bedeutete. Tatsächlich schien es auch sonst nur wenige Dinge zu geben, die seinen Sohn berührten. Er war aus der katholischen Kirche ausgetreten, doch besuchte er jetzt weder die Methodistenkirche noch die der Anglikaner. Religion interessierte ihn nicht.

Plötzlich fühlte Max sich zutiefst erschöpft. Jeder Knochen in seinem Körper schmerzte, und seine Muskeln waren verspannt bis zum Krampf. Er hatte nur noch den Wunsch, nach Hause zu fahren und sich in sein einsames Bett fallen zu lassen. Er steckte den Schlüssel in die Zündung und ließ den Motor an.

Langsam spazierte Caroline durch Plymouth, am Hoe entlang. Weit draußen auf dem Meer, hinter Drake's Island, hatte die Abendsonne den Himmel in ein rotes Licht getaucht. Max würde sich inzwischen auf dem Heimweg von Buckfast befinden und damit rechnen, sie auf der Abbey vorzufinden. Ohne großes Interesse fragte sie sich, was er wohl dazu sagen würde, wenn er entdeckte, daß sie nicht zu Hause war.

Sie fühlte nichts mehr für ihn. Nicht einmal das Wissen, daß Irwin Ashridge erben würde, vermochte sie noch aufzurütteln. Er tat ihr leid, das war alles. Sie konnte sich inzwischen nicht mehr vorstellen, wie es war, in ihn verliebt zu sein. Alle Liebe war mit Philippa gestorben.

Als er sie darum gebeten hatte, zu ihm auf die Abbey zu ziehen, hatte sie zugestimmt, weil sie des Alleinseins müde gewesen war. Sie hatte sich in Torquay und in dem Haus am Meadfoot Beach nicht mehr wohl gefühlt. Die Eintönigkeit ihres Daseins hatte sie fast krank gemacht.

Als Max gestern morgen nach Buckfast aufbrach, wußte Caroline, daß es ihr unmöglich sein würde, nahezu zwei ganze Tage ausschließlich in Martins Gesellschaft zu verleben. Wären Julia und Sally dagewesen, wäre es nicht ganz so schlimm gewesen; zumindest Sally bemühte sich, freundlich zu sein. Doch die beiden waren nach London gefahren, weil Julia, die seit kurzem an Unterleibsschmerzen litt, einen Spezialisten in der Harley Street aufsuchen wollte. Martin hatte sich geweigert, seine Frau zu begleiten, da Kranksein ihn langweilte, wie er sagte. Also hatte Caroline spontan den Entschluß gefaßt, Plymouth einen Besuch abzustatten.

Bei der Zitadelle bog Caroline in die Madeira Road ein. Sie achtete kaum auf den Weg und wäre beinahe mit einer Frau zusammengestoßen, die einen kleinen Jungen in einem Kinderwagen vor sich her schob.

»Oh, entschuldigen Sie bitte!« keuchte Caroline und zog ihren Fuß unter den Rädern hervor. Sie lächelte auf das Kind, einen kränklich aussehenden, etwa einjährigen Jungen, herab.

»Machen Sie doch die Augen auf!« schnauzte die andere Frau sie an. Überdruß und Enttäuschung schwangen in ihrer Stimme mit. Caroline schätzte sie auf Ende Dreißig oder Anfang Vierzig. Als Mutter eines solch kleinen Kindes war sie schon recht alt. Doch sie war seine Mutter, daran konnte es keinen Zweifel geben. Die Ähnlichkeit zwischen ihnen war unverkennbar. Beide hatten sie helles, rotblondes Haar und strahlend blaue Augen. Caroline entschuldigte sich noch einmal und ging dann weiter die Straße hinunter. Sie zerbrach sich den Kopf, wo sie das Gesicht der Frau bloß gesehen hatte. Eine Aufnahme ... eine Aufnahme in Sallys Schlafzimmer ... Harriet Reads Hochzeit! Natürlich! Das war es.

»Oh, das ist Christina Read«, hatte Sally Caroline bereitwillig erklärt, als diese gefragt hatte, wer denn die Dame mit dem furchterregenden Blumenhut sei. »Eine der Stieftöchter von Cousine Emily. Sie lebte bei ihrer verwitweten Schwester in Newton Abbot. Doch vergangenes Jahr ist sie ziemlich plötzlich ausgezogen. Kein Mensch weiß, warum.«

Aber Caroline kannte den Grund. Sie schürzte die Lippen zu einem leisen Pfiff. Wenn sie nicht alles täuschte, hatte Emily Reads jüngere Stieftochter nie geheiratet. Wer also, fragte Caroline sich, mochte der Vater dieses Kindes sein?

»Entschuldigen Sie, Ma'am!« Atemlos erklang hinter ihr die Stimme eines Mannes. »Entschuldigen Sie, aber Sie haben dort oben, am Anfang der Straße, Ihr Halstuch verloren. Sie gehen ziemlich schnell. Ich mußte laufen, um Sie noch einzuholen.«

Überrascht wandte Caroline sich um. Sie war sich nicht sicher, ob die Bemerkung ihr gegolten hatte. Dann erblickte sie das hellviolette Seidentuch, das er ihr entgegenhielt, damit sie es näher in Augenschein nehmen konnte.

»Guter Gott, ja. Das ist mein Halstuch. Ich habe noch nicht einmal gemerkt, daß es weg war. Haben Sie vielen herzlichen Dank.«

Ihr Wohltäter gluckste vor Lachen. »Sie waren ganz schön in Gedanken versunken, wie man so sagt.«

Er war ein kleiner, gedrungener Mann, ungefähr in ihrem Alter. Aber er war mindestens einen halben Kopf kleiner als sie. Er hatte ein rundes, wettergegerbtes Gesicht, dickes graues Haar und den Ansatz zu einem Bauch. Das Beste an ihm war ein Paar riesiger gutmütiger blauer Augen. Er strahlte Freundlichkeit und gute Laune aus.

Caroline murmelte nochmals ihren Dank, nahm das Tuch und steckte es in ihre Handtasche.

»Sie sind Amerikaner«, sagte sie.

»Das stimmt, Ma'am. Ich heiße Henry Pickersgill und stamme aus Seattle. Doch jetzt lebe ich in Plymouth. Ähem – dürfte ich Sie ein Stück begleiten, Ma'am? Die Barbican entlang?«
Caroline zögerte. Doch Henry Pickersgill gefiel ihr, und sie war einsam. Gott, wie einsam sie war!
»Ja, gerne«, sagte sie. Als sie weitergingen, schwiegen sie einen Augenblick lang verlegen. Dann fragte sie: »Was hat Sie dazu bewogen, hierherzuziehen, Mr.... Pickersgill? Ich heiße übrigens Caroline Ormerod. Mrs. Caroline Ormerod.« Bei dieser Auskunft machte er ein langes Gesicht und sah dabei so drollig aus, daß sie lachen mußte und eilig hinzufügte: »Ich bin seit mehr als dreißig Jahren verwitwet.«
»Ich bin Junggeselle geblieben«, entgegnete ihr Begleiter und strahlte wieder. »Ich habe mich hier niedergelassen, Ma'am, weil es mir hier gefällt. Vor etwa zehn Jahren bin ich nach England gekommen, um nach meinen Vorfahren zu forschen. Die Pickersgills stammen aus Farnham in Surrey. Dorthin bin ich zuerst gegangen; hab' mehr als elf Monate da gelebt. Doch einer meiner Urgroßonkel war während der Napoleonischen Kriege Gefangener in einem Gefängnis im Dartmoor gewesen. Nach allem, was man hört, muß er ein ziemliches Original gewesen sein. Hat mehr als einmal versucht auszubrechen. Obwohl man ihn immer wieder eingefangen hat. So bin ich nach Devon gekommen, und ich schätze, man kann sagen, daß ich mich in diese Stadt geradezu verliebt habe.« Er lächelte, in Erinnerungen schwelgend. »Sie sind auch aus dieser Gegend, Mrs. Ormerod?«
»Ich bin im Dartmoor zur Welt gekommen«, antwortete Caroline gedankenvoll. Die untergehende Sonne tauchte den entfernten Hügel des Mount Batten in ein goldenes Licht. Als sie ihren Weg fortsetzten, bot Henry Pickersgill ihr galant seinen Arm an. Caroline nahm ihn und sagte dabei: »Wie merkwürdig, daß Ihr Urgroßonkel ein Kriegsgefangener im Dartmoor gewesen sein soll. Mr. Pickersgill, ich möchte Ihnen eine Geschichte erzählen.«

Der Zug hatte Verspätung. Auf die Hitzewelle dieses Septembers fluchend, ließ sich Martin auf die harte Bahnsteigbank fallen und streckte die Beine lang aus. Er hatte nicht die Absicht gehabt, Julia und Sally bei ihrer Rückkehr aus London vom Zug abzuholen, aber Max hatte ihn praktisch dazu gezwungen.
»Ich nehme an, du wirst heute nachmittag nach Newton Abbot fahren wollen«, hatte er beim Frühstück in diesem unterkühlten knappen Tonfall gesagt, den er stets für seinen Schwager bereithielt. »Da kannst du für mich einen Brief im Büro der Wessex Stores abgeben. Ich möchte ganz sicher sein, daß Emily ihn heute noch erhält.«
In Martin hatte es ohnmächtig gebrodelt. Nach all der Zeit behandelte Max ihn immer noch wie einen Laufburschen. Vermutlich hielt er ihn auch dafür. Unbemerkt von Max hatte er unter dem Tisch die Fäuste zusammengeballt. Roter Nebel hatte sich vor seinen Augen gebildet, und in seinen Ohren hatte ein Dröhnen eingesetzt. Er hatte sich zu einem Lächeln gezwungen und gesagt: »Natürlich nehme ich ihn für dich mit.«
Ein Gepäckträger, der unter der Last von vier kostspieligen Gepäckstücken taumelte, ging an ihm vorbei. Er erinnerte Martin daran, daß seine Cousine Emily auf Reisen war – ›Amsterdam, und dann geht's weiter nach Bordeaux‹ hatte ihm die tüchtige Sekretärin ausgerichtet. Max' Botschaft – was auch immer es sein mochte –, die er so dringend befördert wissen wollte, würde also warten müssen. Martin grinste in sich hinein. Er hatte stets seine Freude daran, wenn Max Unangenehmes widerfuhr.
Auf dem gegenüberliegenden Bahnsteig kam ein Nahverkehrszug hereingedampft. Eine Wolke aus Dunst und Rußflocken verdunkelte den Bahnsteig. Der beißende Rauch kratzte ihm in der Kehle, und Martin mußte husten. Mit dem Taschentuch schnippte er die schwarzen Stäubchen von seiner Hose. Martin verabscheute Bahnhöfe.
Dann fiel ihm Chrissie ein, und er erschauderte. Was für ein Schlamassel nach einem kurzen Augenblick zweifelhaften Vergnügens auf Harriets Hochzeit. Wer hätte damit gerechnet, daß Chrissie in ihrem Alter noch schwanger werden könnte? Früher

hatte er aufgepaßt, aber da war sie noch jünger gewesen. Es war ihre Schuld! Als Frau hätte sie wissen müssen, daß sie noch empfängnisfähig war. Er fragte sich, ob ihn das blöde Weibsstück wohl bewußt hereingelegt hatte. Er hatte nach Kräften versucht, sich aus der Verantwortung herauszuwinden, doch Chrissie hatte ihm mit Enthüllung gedroht.

»Emily und Max wissen beide, daß ich früher deine Geliebte gewesen bin. Sie können sich den Zeitraum zwischen der Geburt des Kindes und Harriets Hochzeit ausrechnen. Du hättest nicht die geringste Chance, die Vaterschaft zu leugnen, Martin Hunstrete! Und überhaupt, es *ist* deins. Weshalb soll ich dich dann nicht zahlen lassen?«

Es war nur ein Glück, daß Julia niemals danach fragte, wieviel Martin ausgab. Silas und Sarah hatten beide großzügigst für ihre einzige Tochter gesorgt. Und solange Julia genügend Geld für ihre geliebten Pferde hatte, kümmerte sie sich nicht weiter darum. In Gelddingen hatte sie die Sorglosigkeit ihrer Mutter geerbt.

Das Signal sprang um, und die Weichen klickten ein. In der Ferne sah man schon den Rauch sich in der Luft kräuseln. Fünf Minuten später entließ der Zug aus London mit aufkrachenden Waggontüren seine Fahrgäste auf den Bahnsteig.

Sally und Julia stiegen als letzte aus. Sally blickte sich nach einem Gepäckträger um. Sie war nicht darauf gefaßt gewesen, ihren Vater zu sehen, und machte ein überraschtes Gesicht, als er ihr auf die Schulter tippte.

»Nun, mein Lieber«, sagte Julia, »das ist ja ein ganz unerwartetes Vergnügen.«

Dieses Mal war ihre Ironie reine Verschwendung – so entsetzt war Martin über das Aussehen seiner Frau. Sie schien in diesen anderthalb Wochen, in denen sie fort war, in dramatischer Weise an Gewicht verloren zu haben. Ihre Wangen waren eingefallen, und die Haut war grau und glänzte ungesund. Eine dünne Schweißschicht glitzerte auf ihren Wangenknochen. Hatte sie, bevor sie nach London ging, schon so ungesund ausgesehen, und er hatte es bloß nicht bemerkt? Eine kalte Hand schien in Mar-

tins Magengrube zu fahren. Julia durfte nichts geschehen. Sie war seine Lebensader, sie garantierte ihm den Verbleib auf der Abbey. Er rief einen Gepäckträger herbei.
»Draußen steht das Auto«, sagte er.
Während Martin das Gepäck im Kofferraum des Morris verstaute, blieben Julia und Sally sehr still. Auch während sie aus Newton Abbot hinaus zur Bovey Tracey Road fuhren, sagten sie kein Wort. Ihr Schweigen beunruhigte ihn in zunehmendem Maße. Als sie sich schließlich dem Hawkmoor und der Abzweigung nach Ashcombe näherten, parkte er das Auto auf dem Grasstreifen und fragte mit erzwungener Heiterkeit: »Nun, was hat die Untersuchung bei dem Spezialisten ergeben? Nichts Ernsthaftes, nehme ich an?«
Sally wollte schon antworten, doch hinderte Julia sie mit einem Handzeichen daran. Dann wandte sie sich ab, um aus dem Autofenster auf die Umgebung hinauszustarren. Sie tat es mit beinahe hungrigem Blick, dachte Martin. Julia hatte sich niemals sehr für die Landschaft interessiert, und Martins Unbehaglichkeit wurde größer. Nach einer sehr langen Weile, wie ihm schien, sagte sie ruhig: »Es ist Krebs. Sie haben mir sechs Monate gegeben. Ein Jahr höchstens. Es wird kein Vergnügen sein – für keinen von uns.«

Emily las den Brief, der nun schon mehrere Wochen alt war, und fluchte leise in sich hinein.
Die Wessex Stores expandierten in den Weinhandel. Ihre Reise nach Bordeaux hatte sehr viel länger gedauert als ursprünglich beabsichtigt. Sie fragte ihre Sekretärin, Marjorie Ferris: »Mr. Hunnicutt hat nicht wieder versucht, Kontakt zu mir aufzunehmen?«
Die Sekretärin schüttelte den Kopf. »Nein, ich fürchte nicht. Dem Gentleman, der das Schreiben überbrachte, habe ich gesagt, Sie würden in wenigen Tagen zurück sein. Keine schlechten Nachrichten, hoffe ich?«
»Nein.«
Das Schreiben war sehr kurz:

»Meine liebe Emily.
So kann es nicht weitergehen.
Ich würde dich gerne besuchen.
Bitte, rufe mich an. Wie immer, Max.«

Erbittert pochte Emily auf ihre Schreibtischplatte. Das sah Max ähnlich: Über ein Jahr lang ließ er nichts von sich hören, und dann kam ein überhebliches Vier-Zeilen-Geschreibsel, das ein Dritter überbrachte.

»Es tut mir leid«, entschuldigte sich Marjorie Ferris, »aber ich konnte nicht wissen, daß Sie so lange wegbleiben würden. Und jedesmal, wenn Sie anriefen, habe ich es leider zu erwähnen vergessen. Es gab immer soviel anderes zu besprechen.«

»Oh, ich mache Ihnen keinen Vorwurf«, versicherte ihr Emily. Sie überlegte einen Augenblick und fügte dann hinzu: »Bitte besorgen Sie mir eine Telefonverbindung zur Ashridge Abbey. Die Nummer steht im gelben Notizbuch.«

Emily zitterte; sie war sich nicht sicher, ob es aus Aufregung oder Besorgnis geschah. Was hatte Max' plötzliche Annäherung zu bedeuten? Wollte er sich mit ihr versöhnen? Und was wollte sie?

Marjorie Ferris reichte ihr den Hörer hinüber. »Mrs. Swanage ist am Telefon, die Haushälterin.«

Um die Hand ruhig zu halten, umschloß Emily die Hörmuschel mit festem Griff. Doch das leichte Zittern in ihrer Stimme war nicht zu unterdrücken.

»Bitte, ich möchte gerne Mr. Hunnicutt sprechen.« Sekunden später knallte sie den Hörer auf die Telefongabel zurück und zerriß den kurzen Brief von Max.

»Das wäre damit erledigt«, sagte sie zu ihrer überraschten Sekretärin und lächelte strahlend. »Er ist mit seiner Schwester nach Zürich gefahren und wird sich dort einige Monate aufhalten. Mrs. Swanage weiß nicht, wann er zurückkehren wird, und eine Nachricht hat er offensichtlich nicht hinterlassen.«

32

Julia Hunstrete starb im Sommer 1933. Max hatte darauf bestanden, daß sie sich in einer Schweizer Klinik behandeln ließ. Dies brachte ihr jedoch keine Heilung mehr, sondern verlängerte ihr Leben lediglich für ein paar kurze Monate.

An dem Begräbnis nahm Emily nicht teil. Sie hatte zu Max keinen weiteren Kontakt mehr gehabt und wußte nicht, daß die Übergabe des Briefchens und die Diagnose des Spezialisten, mit der Julia aus London zurückgekehrt war, in gewisser Weise miteinander verbunden waren. In dem Aufruhr dieses Abends hatte Martin nicht mehr daran gedacht, seinem Schwager zu erzählen, daß Emily auf Reisen war; und Max hatte einfach angenommen, daß sie es wohl vorzog, seinen Brief nicht zur Kenntnis zu nehmen. Wenn sie das so haben wollte, dann mußte es eben so bleiben. Außerdem war er wegen seiner Schwester viel zu sehr in Aufregung geraten, um sich noch für etwas anderes zu interessieren. Julia wurde auf dem Friedhof in Ashcombe begraben. Die meisten Dorfbewohner hatten sich auf dem kleinen Stückchen Land versammelt, um ihr die letzte Ehre zu erweisen. Auf ihre gutmütig-derbe, anspruchslose Art war Julia recht beliebt gewesen. Während Martin zusah, wie der Sarg ins Grab gesenkt wurde, fühlte er sich zunehmend von Panik ergriffen. Ohne Julia würde er bloß Sallys wegen auf der Abbey bleiben dürfen. Und Sally war bereits fünfzehn.

Das Testament war ein weiterer Schock. Julia hatte das meiste Geld Sally vermacht. Max und Martin sollten es gemeinsam treuhänderisch für sie verwalten. Martin hatte sie eine Geldsumme hinterlassen, die so bemessen war, daß sie ihm ein angemessenes jährliches Einkommen sicherte – vorausgesetzt, daß Max ihn weiterhin auf der Abbey wohnen ließ. Julia hatte die Abneigung, die Max ihrem Ehemann entgegenbrachte, stets unterschätzt.

Martin versuchte jetzt, ihm möglichst aus dem Wege zu gehen, und verließ das Haus, sooft er konnte. Auf einem dieser Ausflüge nach Plymouth sah er im Herbst Caroline mit Henry

Pickersgill. Er achtete sorgfältig darauf, von ihnen nicht gesehen zu werden, und so bemerkten sie ihn auch nicht. Martin jedoch bewahrte das, was er gesehen hatte, in allen Einzelheiten in seinem Gedächtnis auf. In der Zukunft könnte es ihm vielleicht von Nutzen sein. Es könnte, so dachte er, zu einer wirkungsvollen Waffe in seinem Kampf ums Überleben werden.

Gedankenverloren starrte Caroline auf ihr Ebenbild, dem sie vor dem Schlafzimmerspiegel gegenübersaß. Heute abend mußte sie Max eingestehen, daß sie die Abbey für immer verlassen würde.

Sie fürchtete sich davor, ihm weh tun zu müssen. Doch sie konnte nicht länger die Augen davor verschließen, daß sie sich in Henry Pickersgill verliebt hatte. ›Verliebt‹ war vielleicht ein wenig übertrieben. Jedenfalls mochte sie ihren kleinen Amerikaner sehr gern, und es machte sie glücklich, mit ihm beisammen zu sein. Sie besaßen den gleichen bodenständigen Humor und teilten miteinander das Vergnügen an einfachen Dingen: Sie liebten kitschige Romantikfilme aus Hollywood; an warmen Sommernachmittagen planschten sie zusammen im Meer herum; sie hatten ihre Freude daran, miteinander Whist oder Rommé zu spielen. Doch das Wichtigste von allem war die Vergangenheit, die sie miteinander verband. Wenn es auch nicht ihre eigene war, so verlieh sie ihnen doch ein starkes Zusammengehörigkeitsgefühl.

Bereits zwei Wochen nachdem sie sich kennengelernt hatten, hatte Henry Pickersgill um ihre Hand angehalten. Caroline hatte ihm nichts verschwiegen: Er wußte von Max, Irwin und Philippa. Er kannte die ganze Geschichte ihres Lebens, und es bekümmerte ihn nicht.

»Solange du nicht in diesen Hunnicutt-Burschen verliebt bist«, hatte er gesagt, »was, zum Teufel, interessiert mich da das übrige?«

Irgendwie brachte es Caroline jedoch nicht fertig, Max zu verlassen. Seit über einem Jahr rettete sie sich in Ausflüchte, machte Henry damit traurig und sich selbst unglücklich. Doch hatte

Henry ihr niemals einen Vorwurf gemacht. Er konnte sich sehr gut vorstellen, daß es schwierig sein mußte, eine Beziehung, die seit mehr als einunddreißig Jahren bestand, aufzugeben. Vergangenen Sonntag jedoch, als sie am Hoe entlangspazierten, hatte er ihre Hand gedrückt und gesagt: »Wenn du mich nicht haben willst, Carrie, dann werde ich in die Staaten zurückkehren, denke ich. Ohne dich wäre es hier nicht mehr das gleiche.«
Das war ein Ultimatum gewesen. Er hatte es freundlich, aber fest entschlossen hervorgebracht. Sie hatte verstanden. Sie mußte sich darüber klarwerden, wen sie lieber wollte – ihn oder Max. Plötzlich war es ihr ganz leicht ums Herz geworden. Es war, als hätte ihr nach Monaten der Unentschlossenheit jemand eine Tür geöffnet und den Weg gezeigt.
»Dienstag morgen werde ich nach Ashcombe fahren«, sagte sie. »Abends werde ich Max alles erzählen, und am Mittwoch bin ich wieder hier. Dann bleibe ich für immer.«
Alles, was sie jetzt zu tun hatte, war, hinunterzugehen und Max die Neuigkeiten zu eröffnen. Caroline war sich nicht sicher, ob ihr das leicht- oder schwerfallen würde. Das würde von Max abhängen.
Caroline stieg die Treppen hinunter. Bald würde man zu Abend essen. Zu dieser Tageszeit konnte man Max für gewöhnlich im vorderen Gesellschaftszimmer antreffen, wo er die Abendzeitung las. Fast immer saß er alleine dort. Doch an diesem Abend leisteten ihm zu Carolines Ärger Martin und Sally Gesellschaft. Es schien so, als ob sie sich wegen einer Geldsumme, die Sally haben wollte, gestritten hatten.
»Wenn Sally das Geld jetzt haben möchte, sehe ich keinen Grund, weshalb sie es nicht bekommen soll«, widersprach Martin gerade erregt.
»Der Grund liegt darin, daß ich nicht glaube, daß Sally ganz ehrlich gewesen ist«, entgegnete Max. »Sally, bitte entschuldige, wenn ich dir ein Unrecht tue, aber ich kann mir wirklich nicht vorstellen, daß du das Geld brauchst, um dem jungen Joss Hunnicutt ein Pferd abzukaufen. Woher soll plötzlich dieses Interesse für Pferde kommen? Das paßt so gar nicht zu dir.«

Sally wurde rot, sagte jedoch kein Wort. Sie warf Martin einen beinahe verstohlenen Blick zu. Den Blick mißverstehend, bemerkte ihr Onkel daraufhin kühl: »Ach, das ist es! Es handelt sich um etwas, das du haben möchtest, Martin. Etwas, das du gerne mit Sallys Geld bezahlen möchtest, vorausgesetzt, sie kann mich herumkriegen.«

»Nein, verdammt noch mal! Darum geht es ganz und gar nicht!« Die Befriedigung gerechtfertigter Empörung sprach aus Martins Stimme, wenn er auch wußte, daß Max allen Grund hatte, ihm zu mißtrauen. Vor zwei Monaten hatte er die widerstrebende Sally so weit eingeschüchtert, daß sie um Geld bat, mit dem Martin seine Wettschulden bezahlen konnte. Max hatte nachträglich den Betrug entdeckt und war überaus wütend gewesen.

»Es ist nicht für Daddy, Onkel Max«, sagte Sally unglücklich. »Aber du hast trotzdem recht: Ich brauche das Geld nicht, um ein Pferd von Joss zu kaufen. Du hast doch sicher gehört, daß man Rohan in eine Gemeinde nach Devonport versetzt hat? Nun, er sammelt jetzt Geld für die Methodisten-Seemanns-Mission, und ich habe ihm versprochen, ihn mit einer kräftigen Spende zu unterstützen.«

Martins Zorn galt nicht länger seinem Schwager, sondern seiner Tochter. »Du triffst dich mit Rohan Read?« fragte er.

»Wir haben uns ein paarmal in Plymouth gesehen. Nicht allzu häufig. Er ist erst seit sechs Monaten in Devonport.«

Max' Stirnrunzeln war verflogen, und er lächelte schief. »Warum, um alles in der Welt, hast du uns denn nicht die Wahrheit erzählt, Sally, mein Kind? Auch wenn ich nicht damit einverstanden wäre, daß du dein Geld verschwendest, brauchst du dich nicht dafür zu schämen, daß du anderen Menschen helfen willst. Zumindest ist es etwas, worüber sich reden läßt.«

»O nein, das ist es nicht!« rief Martin wutentbrannt aus.

Sally verzog das Gesicht. »Genau deshalb wollte ich nicht sagen, wofür ich das Geld wirklich brauche. Ich wußte, daß Daddy niemals seine Zustimmung geben würde. Doch ich dachte mir, ihr *beide* würdet mich ein Pferd von Joss kaufen lassen. Später hätte ich dann alles eingestanden.«

»Also, für so ein verrücktes Projekt wie dieses bekommst du ganz bestimmt kein Geld«, brummte Martin. »Ich werde nicht zulassen, daß du das Vermögen deiner Mutter verplemperst.«
Max sah seinen Schwager verächtlich an. »Willst du etwa behaupten, Sallys Geld sei nicht verplempert worden, wenn es für deine Spielschulden verschwendet wurde?« Max holte tief Luft. »Martin, du widerst mich an.«
»Ach, wirklich?« Es begann in Martins Ohren zu dröhnen, und er konnte kleine rote Punkte vor seinen Augen tanzen sehen. »Ausgerechnet du mußt mir das sagen, wo du seit Jahren mit dieser Niggerhure zusammen lebst, die hier rumsteht und jedes Wort mithört. Und wann wirst du dieses Haus diesem Niggerbastard vermachen? Du Heuchler! Aber auch dir hat man Hörner aufgesetzt! Dein Niggerweib betrügt dich mit einem fetten kleinen Wichtigtuer aus Plymouth! O ja, Max! Wie gefällt dir der Gedanke, mit einem aufgeblasenen kleinen Fettwanst hintergangen zu werden, der einen dicken Bauch und nicht mehr allzu viele Haare auf dem Kopf hat? Es ist erniedrigend, nicht wahr?« Er wandte sich Caroline zu. »Und du versuche nicht, es zu leugnen. Ich habe euch miteinander gesehen. Ihr habt geschmust und Händchen gehalten. Es sah geschmacklos aus, in eurem Alter.«
Ruhig fragte Max: »Ist das wahr, Caroline?«
Caroline trat näher hinzu. »Ja, das ist wahr. Henry Pickersgill und ich haben vor zu heiraten. Ich hatte die Absicht, dir heute abend von ihm zu erzählen, doch Martin hat mir diese Mühe abgenommen. Gleich morgen früh werde ich nach Plymouth zurückfahren, und ich werde nie mehr wiederkommen. Wenn du dich einmal an den Gedanken gewöhnt hast, mein Lieber, dann wird es dir nicht mehr sehr viel ausmachen, glaube ich. Schon seit sehr langer Zeit bedeuten wir uns nicht viel. Es tut mir nur leid, daß ich im letzten Jahr nicht völlig aufrichtig zu dir gewesen bin. Aber erst wollte ich mir bei Henry meiner Sache ganz sicher sein.«
»Und du bist dir jetzt sicher, Caroline? Du verdienst einen Mann, der dich schätzt und liebt.«

»Henry wird beides tun. Ich weiß ziemlich sicher, Max, daß er genau das ist, was ich haben möchte. Ich wäre schon früher gegangen. Doch konnte ich mich nach Julias Tod nicht mit dem Gedanken abfinden, dich mit ihm da allein zu lassen.« Verächtlich nickte sie in Martins Richtung. Martin bemerkte es kaum. Zu sehr war er damit beschäftigt, diesen Glückstreffer in sich aufzunehmen und zu überlegen, wie er das Ganze am besten zu seinem Vorteil ausnutzen könnte. Wenn Caroline nicht mehr da wäre und er seinen Schwager für sich alleine hätte, wäre es ihm vielleicht möglich, Max zu bewegen, sein Testament neu zu überdenken. Vielleicht würde er sich sogar wieder mit Emily versöhnen.

Doch jäh wurde sein rosiges Zukunftsbild von Caroline zerstört.

»Nun, da sich Martin solche Mühe gegeben hat, dich über meine Privatangelegenheiten in Kenntnis zu setzen, halte ich es für mein gutes Recht, bei ihm das gleiche zu tun.« Martin hatte den Fehler begangen, Henry Pickersgill zu beleidigen. In diesem Punkt kannte Caroline kein Pardon. »In Plymouth gibt es eine Frau, die in der Nähe von Henry's Shop eine Wohnung gemietet hat. Sie nennt sich Mrs. Read. Aber als ich sie zum ersten Mal sah, erkannte ich sie sogleich anhand einer Photographie in Sallys Schlafzimmer wieder. Es ist Chrissie Read. Und sie gibt sich für eine verheiratete Frau aus, weil sie einen kleinen Sohn hat. Er ist ungefähr zwei Jahre alt und heißt Martin. Nun kann ich mich natürlich in der Vermutung, daß du, Martin, der Vater des Kindes bist, täuschen. Aber irgendwie glaube ich, daß ich recht habe. Besonders, nachdem ›Mrs.‹ Read kürzlich jedem, der es hören wollte, verkündet hat, daß sie sich bald ›wieder verheiraten‹ werde. Einen Gentleman, sagt sie, mit dem sie schon seit langem in allen Ehren befreundet sei. Er lebe im Dartmoor und sei vor kurzem Witwer geworden. Max, wenn du mich jetzt entschuldigen würdest. Ich glaube, ich werde das Abendessen ausfallen lassen. Ich habe zu packen und bin überhaupt nicht hungrig. Wir sehen uns dann morgen früh vor meiner Abreise.«

33

»Willst du mir wirklich und wahrhaftig einreden, daß Max die beiden aus der Abbey hinausgeworfen hat? Das glaube ich nicht, Rohan.« Seide raschelte, als Emily ein Bein über das andere schlug. »Martin vielleicht, wenn man bedenkt, daß Julia noch am Leben gewesen sein muß, als Chrissies Kind gezeugt wurde. Aber Sally würde Max niemals aus der Abbey weisen.«
In dem trüben Dämmerlicht des winterlichen Nachmittags wirkte Rohans Gesicht bleicher denn je. Beinahe über Nacht war der Herbst verschwunden. Ein kalter Regenschauer prasselte gegen die Fenster von High Tor. Im Garten wütete ein stürmischer Wind und fegte die Blätter zu Dutzenden von den Bäumen.
Chrissie hatte also ein uneheliches Kind von Martin, und Max hatte ihren Cousin aus der Abbey hinausgeworfen. Hätte sie letztere Nachricht auch nur für einen Augenblick geglaubt, so hätte sie höchstens einen Jubelschrei ausgestoßen. Doch ganz gleich, was Max für seinen Schwager empfinden mochte, würde er doch niemals Sally weh tun wollen.
»Sally«, antwortete Rohan kalt, »hatte selbstverständlich den Wunsch, bei ihrem Vater und ihrer zukünftigen Stiefmutter zu bleiben.« Ganz wie Ellis fuhr er sich mit der Hand über das pomadisierte rotblonde Haar. Seine Stirn lichtete sich bereits, obgleich er erst 27 Jahre alt war.
Emily hatte sich elegant in ihren tiefen Sessel zurückgelehnt. Jetzt stellte sie ihre Beine wieder nebeneinander und setzte sich aufrecht hin.
»Zukünftige Stiefmutter!« rief sie aus. »Willst du damit sagen, daß Martin die Absicht hat, Chrissie zu heiraten?«
Rohans fast farblose Augen gaben kein Gefühl preis. »Warum überrascht dich das? Er möchte aus Christina eine ehrenhafte Frau machen und den kleinen Martin als seinen Sohn anerkennen.«
»Grundgütiger Himmel!« Emily sah, wie sich Rohans Augenbrauen mißbilligend zusammenzogen, und es überkam sie der Wunsch, ihm einen weiteren Stich zu versetzen. »Kein Wunder,

daß Max von ihm verlangt hat, die Abbey zu verlassen. Es wäre für ihn wohl kaum zu ertragen gewesen, wenn diese ältliche Nutte in die Fußstapfen seiner Schwester tritt und die große Dame spielt. Nun, mich geht's im Grunde ja nichts an.«
»Mutter, ich fürchte doch.« Rohan räusperte sich. Es war offensichtlich, daß er diesen Augenblick genoß. »James und ich sind übereingekommen, daß Martin und Sally ... und Christina natürlich ... hier ihr Zuhause finden müssen.« Unwillkürlich krampften sich Emilys Hände zusammen. Sie traute ihren Ohren nicht.
»*Hier?*« Dann, mit einem kriegerischen Funkeln in den Augen, sagte sie bestimmt: »O nein! Das lasse ich nicht zu.«
»In dieser Angelegenheit kannst du nicht bestimmen«, beschied Rohan sie sanft. »Dieses Haus gehört James und nicht dir. Und James hat seine Entscheidung bereits getroffen. Martin und Sally werden übermorgen die Abbey verlassen und unverzüglich hierherkommen. Nächste Woche werden Christina und Klein Martin hier eintreffen. Ich wäre dir dankbar, Mutter, wenn du die entsprechenden Zimmer für sie herrichten lassen würdest. Die Hochzeit ist für den Samstag vor Weihnachten geplant. Hier in der Dorfkirche.«
Emily saß in der Falle und wußte es. Es war so gefährlich leicht zu vergessen, daß ihr High Tor nicht wirklich gehörte. Genauso, wie sie sich zuweilen gewaltsam ins Gedächtnis zurückrufen mußte, daß ihr auch das Geschäft nicht gehörte. Doch der Gedanke, daß Martin und Chrissie in ihr Leben, das sie für sich, Peter und Charlotte eingerichtet hatte, eindringen würden, war ihr absolut widerwärtig.
»Warum können sie sich kein eigenes Zuhause suchen?« fragte sie.
»Dies *ist* Christinas Zuhause«, erinnerte Rohan sie nüchtern. »Schon bevor du hierhergekommen bist, war es ihr Zuhause, Mutter. Und sie würde noch hier leben, wenn du und dieser Mann sie nicht vertrieben hättet.«
»Wir haben sie nicht vertrieben! Sie hat es vorgezogen, auszuziehen und bei Louise zu leben.«

Ein anderer Gedanke durchfuhr Emily. »Max«, sagte sie. »Er lebt jetzt ganz allein.«
Rohan wandte ihr halb das Gesicht zu. Seine dünnen Lippen verzogen sich zu einem Lächeln.
»Dein Gatte ist verreist. Vor drei Tagen hat er die Abbey verlassen. Du brauchst dir also keine Hoffnungen zu machen, daß du seine Hilfe in Anspruch nehmen könntest. Mutter, meiner Meinung nach ist dein Streit mit diesem Mann – ganz gleich, worum es ging – das Beste, was passieren konnte.«
Emily überhörte den letzten Satz und fragte: »Verreist? Verreist wohin?«
Rohan zuckte mit den Schultern. »Das weiß kein Mensch, wie Sally sagt. Er hat sich einfach für unbestimmte Zeit auf Reisen begeben und ist nur über seine Bank erreichbar. Doch ist es seinem Bankdirektor nicht gestattet, den Aufenthaltsort ohne Hunnicutts ausdrückliche Erlaubnis preiszugeben. Sobald Sally und ihr Vater übermorgen die Abbey verlassen, wird man sie verschließen. Mr. und Mrs. Swanage werden als Verwalter bleiben. Alle anderen Dienstboten sind entlassen worden. Anstelle einer fristgerechten Kündigung haben sie einen Monatslohn erhalten.«

Er war wieder auf High Tor. Jener Ort, von dem er einst, vor langer Zeit, gehofft hatte, daß er sein Zuhause werden würde. Statt dessen hatte er sich dann sein Leben auf der Abbey eingerichtet, beinahe fünfundzwanzig Jahre lang. »Ein Vierteljahrhundert!« dachte Martin, während er am Morgen nach seiner Ankunft langsam aus dem Bett stieg und zum Fenster hinübertrottete. Man hatte ihm, vermutlich auf Rohans Betreiben, das große Doppelzimmer gegeben, das am Treppenhaus lag, dem Zimmer von Emily genau gegenüber. Sally war in eines der kleinen rückwärtigen Schlafzimmer verbannt worden. Denn die anderen einigermaßen großen Zimmer waren bereits von Peter und Charlotte besetzt. Es schien ihr nichts auszumachen. Martins Angebot, er wolle versuchen, einen ihrer Cousins zu vertreiben, hatte sie rasch abgelehnt.

»Vater, um Himmels willen. Denke daran, daß wir hier die Fremden sind. Tante Emily kann sich unmöglich darüber freuen, daß wir hier eingezogen sind. Also verhalte dich bitte zunächst einmal vorsichtig.«

Martin zog die Vorhänge zurück und schaute hinaus. Er sah über das Tal hinweg in einen weiß-goldenen Morgen mit Sonnenlicht und Frost. In der Ferne sah man das Hochmoor als einen dunstigen grauen Schatten, ganz in einen gelbbraunen, leuchtenden Nebel eingehüllt. Ein Glitzern war überall: Es funkelte von den Zweigen und Gräsern, die mit Rauhreif überzogen waren, bis zur vereisten Auffahrt hin. Aus den Augenwinkeln konnte Martin beobachten, wie sich das Sonnenlicht in dem Pferdegeschirr brach, als Sally ihr Pferd aus dem Stall führte. Peter war an ihrer Seite. Er saß auf einem eleganten grauen Pferd mit rötlichen Sprenkeln. Der gefrorene Kies knirschte unter den rutschenden Hufen, und die beiden jungen Menschen lachten vergnügt auf.

Frierend legte sich Martin ins Bett zurück. Im selben Moment klopfte eines der Dienstmädchen an die Tür und brachte ihm den Morgentee.

Nachdem das Mädchen wieder gegangen war, lehnte sich Martin in die zusammengeballten Kissen zurück und schlürfte langsam seinen Tee. Er hatte die Abbey widerwillig verlassen; allzu lange war sie sein Zuhause, ein Teil seines Lebens gewesen. Und wenn dieses schwarze Weibsstück Max nicht alles ausgetratscht hätte...

Doch im Grunde war es einerlei. Selbst wenn Caroline den Mund gehalten hätte: Chrissie würde niemals geschwiegen haben. Früher oder später hätte Max es ohnehin herausgefunden. Seit jenem Tag, da sie von Julias Krankheit erfuhr, hatte Chrissie Hochzeitspläne geschmiedet.

»Der Leute willen«, hatte sie gesagt, »lasse ich dir, wenn deine Frau gestorben ist, noch ein Jahr Zeit. Dann wirst du aus mir eine ehrenhafte Frau machen, ob dir das paßt oder nicht.«

Nicht einmal diese Gnadenfrist wurde ihm noch gewährt, wie sich bald herausstellen sollte. Rohan und James hatten untereinander seine Hochzeit beschlossen. Er haßte die beiden mit ihrer

Frömmigkeit und ihren Ich-bin-ja-so-tugendhaft-Sprüchen. Selbst Max verabscheute er nicht so sehr wie diese beiden. Hätte er bloß geahnt, daß Sally schnurstracks nach Devonport gefahren wäre, um Rohan zu treffen, dann hätte er es schon zu verhindern gewußt. Aber irgendwann hätte auch Chrissie höchstwahrscheinlich ihren Halbbrüdern ihre Lage geschildert. Chrissie war eine Xanthippe. Und das würde sich niemals ändern.

An einem Sonntagnachmittag, einen Tag nach der Hochzeit von Chrissie und Martin, fand Emily sich vor den Toren der Abbey wieder.

So weit hatte sie ursprünglich gar nicht gehen wollen. Zuerst hatte sie überhaupt nicht spazierengehen wollen, denn es war kalt und stürmisch in dieser Vorweihnachtszeit. Der Wunsch, allein zu sein, hatte sie schließlich aus dem Haus getrieben. Sie hatte sich zunächst im Frühstückszimmer eingeschlossen und zu arbeiten versucht. Doch es war ihr nicht möglich gewesen, sich zu konzentrieren. Das Haus war voller Menschen, und es gab jede Menge ungewohnter Geräusche. Der kleine Martin hatte geschrien, wie so oft; er war ein kränkliches Kind und übellaunig wie seine Mutter. Sally, Peter und Charlotte hatten Sallys Grammophon, das sie von der Abbey mitgebracht hatte, spielen lassen, und die Melodien von Henry Halls Tanzorchester waren durch die Bibliothek geschwebt. Aus dem ersten Stock war Martins Stimme zu ihr heruntergedrungen, gefolgt von Chrissies schrillen Klängen. Die Jungvermählten, die noch nicht einmal seit vierundzwanzig Stunden ein Paar waren, hatten sich bereits in den Haaren gelegen.

Eine Zeitlang hatte Emily sich bemüht, den Lärm zu überhören. Doch je mehr sie sich vor Augen geführt hatte, daß dieser Einbruch in ihr Privatleben kein zeitweiliges Ferienarrangement, sondern auf Dauer geplant war, desto heftigere Kopfschmerzen hatte sie verspürt.

In Gedanken versunken, hatte Emily bereits mehr als eine halbe Meile zurückgelegt, bevor sie bemerkte, daß sie die Schlucht entlangwanderte. Sie mußte dabei an jenes Weihnachtsfest vor sie-

benundzwanzig Jahren zurückdenken, wo sie sich ebenfalls aus dem Haus geflüchtet und in einer Schäferhütte Rohan zur Welt gebracht hatte. Nur Max hatte ihr dabei geholfen.
Der Gedanke an Max erfüllte sie mit einer grenzenlosen Einsamkeit. Wo war er gewesen, als sie ihn gebraucht hatte? Wo war sie gewesen, als er sie gebraucht hatte? Erwachsen zu werden war immer ein schmerzlicher Prozeß. Doch er war um so schwieriger, wenn man die größte Zeit seines Lebens ein verwöhntes, zügelloses Kind gewesen war. Wie hatte sie je glauben können, daß das, was sie für John empfand, mehr als eine jugendliche Schwärmerei gewesen war? In ihren Gefühlen für Ellis hatte sie lediglich die kindliche Zuneigung, die sie den Eltern entgegengebracht hatte, übertragen. Sie hatte den einen Elfenbeinturm mit dem andern vertauscht. Es war nicht der romantisch abenteuerliche Pfad gewesen, den zu beschreiten sie geglaubt hatte. Erst Max hatte ihr Liebe, Kameradschaft und Verständnis gegeben. Sie hatte sich diese Gefühle zunutze gemacht und sie dann leichtfertig zur Seite gedrängt.
Auf einmal fühlte sie sich gelöst. Die kalte Luft, der stechende Wind und die wilde Weite ringsumher vermittelten ihr eine Freiheit ohnegleichen. Warum bloß verbrachte sie ihr Leben in stickigen Büroräumen, Restaurants und Zugabteilen? Selbst wenn sie mit dem Schiff zum Kontinent übersetzte, zog sie es vor, in dem verräucherten, schlecht gelüfteten Salon zu bleiben, statt hinauf aufs Deck zu gehen. Der Grund für ihr Verhalten war einfach: Es gefiel ihr. In der überwiegend männlichen Welt des Handels mußte sie ihren ganzen Scharfsinn ausspielen, um zu beweisen, daß sie jedem Vertreter des anderen Geschlechts gewachsen war. Die Alles-oder-nichts-Atmosphäre des Geschäftslebens ließ sie aufblühen.
Aber auch dies hier liebte sie. Sie liebte das Dartmoor mit einer Leidenschaft, die ihr nur selten zu Bewußtsein kam, aber dafür um so tiefer war. Dieser anderen Seite in ihrem Wesen hatte sie seit Ellis' Tod entschieden zu wenig Aufmerksamkeit geschenkt. Und genau diese Arbeitswut hatte Max in die Flucht geschlagen. In dem Augenblick, als sie ihre Liebe zu ihm entdeckt hatte.

Wo mochte er sein? Was mochte er tun? Wäre sie skrupellos und durchtrieben genug, so würde es ihr vermutlich gelingen, Kontakt zu ihm aufzunehmen. Sie bräuchte nur seinen Bankdirektor davon zu überzeugen, daß sie ihn dringend sprechen und er nach Hause kommen müßte. Doch das würde sie niemals tun. Allzuviel hatte er ihr schon geben müssen: Jetzt stand es ihr nicht zu, seinen Frieden zu stören. Er würde heimkommen, wenn es für ihn richtig war; wenn er sich die Rückkehr wünschte und sie gerne sehen wollte. Er war gleichermaßen vor ihr wie vor dem Netz, das Caroline und Martin gesponnen hatten, weggerannt. In seine Einsamkeit einzudringen wäre unverzeihlich.
Als sie endlich wieder den Wallabrook Hill erklommen hatte und die Tore zu High Tor aufstieß, war es beinahe finster. Der Spaziergang hatte ihr gutgetan. Sie fühlte sich ruhiger und hatte wieder mehr Vertrauen in die Zukunft.
Ein heller Schatten lief ihr, die Abkürzung über den Rasen nehmend, entgegen. Es war Charlotte. Sie trug keinen Mantel, sondern kam in ihrem beigen Sergekleid, das sie sonntags zumeist trug.
»Was ist los, Liebling?« fragte Emily. Den Kummer ihrer Tochter fühlte sie mehr, als daß sie ihn sah.
Charlotte schlang beide Arme um den Hals ihrer Mutter. Emily spürte, daß sie weinte.
»Vor einer halben Stunde hat James aus London angerufen. Großmutter Culverhayes ist gestorben.«

34

»Laß uns jetzt um Himmels willen gehen, James«, bat Emily. »Für heute habe ich vom Lärm und den vielen Menschen genug.«
James nickte zustimmend und bahnte sich gemeinsam mit seiner Mutter den Weg zur Horse Guards Road, wo er das Auto abgestellt hatte. Mit einem Seufzer der Erleichterung ließ Emily sich vorne auf den Beifahrersitz des Austin sinken.

»Ich hätte nie damit gerechnet, daß sich das Silberjubiläum zu so etwas entwickeln würde«, bemerkte sie, während James hinter dem Lenkrad Platz nahm. »Und König George auch nicht, nach dem Gesicht, das er gemacht hat. Ich glaube, er und die Königin waren von dem enthusiastischen Empfang, den ihnen die Menge bereitet hat, überrascht.«

»Und gerührt«, sagte James und ließ den Wagen an. »Einmal schien Königin Mary den Tränen nahe zu sein.«

Emily stimmte ihm bei und fügte hinzu: »Ich weiß nicht, wie es den beiden jetzt geht, aber ich bin erschöpft.«

Sie war dieser Tage, Anfang Mai 1935, nach London gekommen, um an einer Aktionärsversammlung im *Dorchester* teilzunehmen. Dann war sie gleich geblieben, um die Feierlichkeiten zum Jubiläum mitzuerleben. Es wäre dumm gewesen, sich das entgehen zu lassen. Besonders jetzt, wo James alleine lebte, von dem älteren Ehepaar, das für ihn sorgte, einmal abgesehen.

Eine Viertelstunde später fiel die Tür des riesigen Hauses in West Kensington hinter Emily ins Schloß. Die Stille, die sich über die verlassenen Räume legte, traf sie erneut. Vielleicht war es auch nur der Gegensatz zu dem Lärm und dem Gedränge draußen auf den Straßen. Doch heute kam ihr das verwinkelte alte Gebäude unerträglich düster vor. Das war kein Haus für einen Mann von dreißig Jahren. Als sie es damals kaufte, war es als Wohnung für fünf Menschen gedacht gewesen. Doch hatten sie einer nach dem andern das Haus verlassen. Solange Rose noch lebte, war da wenigstens noch die Hand einer Frau gewesen, die dem Haus Wärme verliehen hatte. Rose hatte darauf geachtet, daß die Batleys, ein Ehepaar, für alles sorgten.

Achtzehn Monate nach ihrem Tod sah man jedoch überall Anzeichen von Verwahrlosung.

Spontan machte Emily den Vorschlag: »James, warum verkaufst du dieses Haus nicht und ziehst zu uns nach High Tor, wo du hingehörst?«

James schenkte ihr sein träges Lächeln. »So, wie die Dinge stehen, gibt es da doch schon genug unwillkommene Bewohner.«

»Aber du wärst nicht unwillkommen.«

»Wäre denn überhaupt Platz?«
»Selbstverständlich! Warum machst du dir solche Gedanken?«
James rührte seinen Tee um. Vergeblich bemühte er sich, den Zucker in der lauwarmen Flüssigkeit aufzulösen.
Er zitterte leicht. »Ich muß zugeben, daß dieses Haus seit Großmamas Tod zu groß für mich geworden ist. So ganz allein habe ich mich hier niemals richtig wohl gefühlt. Ich habe sie an dem Sonntag gefunden, weißt du. Sie ist ganz friedlich, im Schlaf, gestorben.«
»Ja, Lieber, ich weiß. Du hast es mir vergangenes Jahr bei der Beerdigung erzählt.«
»Natürlich. Wie dumm von mir. Das ist auch so ein Punkt. Seitdem ich soviel allein bin, neige ich dazu, Dinge zu vergessen. Und die Zeit gerät aus dem Maß. Es kommt mir vor, als wäre Großmama erst gestern gestorben.«
»Um so mehr solltest du eine Rückkehr nach Hause ernsthaft in Erwägung ziehen.«
»Nicht ›nach Hause‹, Mama. Zu Hause bin ich in London, und ich werde es immer sein. Doch ich verspreche dir, ich werde über deinen Vorschlag sorgfältig nachdenken.«

Zwei Tage später kehrte Emily nach Devon zurück. Sie vertraute darauf, daß in James, ließ man ihm Zeit, das reifen würde, was sie ›den einzigen vernünftigen Entschluß‹ nannte. Spöttisch lächelte sie ihr Spiegelbild im Fenster des Zugabteils an.
›Langsam werde ich alt‹, dachte sie, ›sonst würde ich wohl kaum meine gesamte Nachkommenschaft um mich scharen wollen.‹
Doch um James sorgte sie sich mehr als um die andern Kinder. Alle andern hatten ein Ziel, das sie verfolgten. Rohan und Harriet hatten ihr Leben der Methodistenkirche geweiht. Charlotte, die noch zur Schule ging, war fest entschlossen, die Universität zu besuchen und vielleicht Geschichtslehrerin zu werden – sie hatte von ihrem Vater die Begeisterung für die Vergangenheit geerbt. Dagegen war Peter, angefeuert durch die Geschichte von Amy Johnson, ganz versessen darauf, fliegen zu lernen. Sobald er dazu alt genug war, hatte er vor, in die Royal Air Force, die

Königlich Britische Luftwaffe, einzutreten. Doch in James' Leben hatte es nie irgendeine Richtung gegeben. Emily hatte den Verdacht, daß sie selbst ihn der Richtung beraubt hatte. Daß sie ihn, um ihrem eigenen Leben Auftrieb zu geben, um seine Identität gebracht hatte.

Der Zug erreichte Newton Abbot zu früh. Emily, die sich schon darauf eingestellt hatte, lange auf den Anschlußzug nach Lustleigh warten zu müssen, war hocherfreut, als sie entdeckte, daß Jack Dolman, der Chauffeur, mit dem Mercedes auf sie wartete. Sie ließ sich auf dem Rücksitz nieder und schloß die Augen. Unterdessen wurde ihr Gepäck im Kofferraum verstaut.

»Wie waren die Feierlichkeiten im Dorf?« wollte sie wissen. »Ich hoffe doch, daß es Ihnen und der ganzen Dienerschaft gelungen ist, rechtzeitig frei zu bekommen, so wie ich es angeordnet hatte?«

»Ja, danke, Madam.« Der Weg zum Moor hinauf wurde steiler, und Dolman legte einen anderen Gang ein. »Jeder ist hingegangen. In der Kirchenhalle wurde zum Tee gebeten, und später am Abend gab es ein Feuerwerk. Und wie ist es in der Stadt zugegangen, Madam?«

»Sehr überfüllt«, war die lakonische Antwort. »Hat Klein Martin seine Freude gehabt?« Trotz ihrer ursprünglichen Abneigung hatte Emily Chrissies Sohn inzwischen ins Herz geschlossen.

»Ja, sehr, Madam.«

»Hat man ihm erlaubt, zum Feuerwerk aufzubleiben?« Sie wußte, wie besorgt Martin um die Gesundheit seines kleinen Sohnes sein konnte.

»Wir alle haben es uns von der Terrasse aus angesehen, Madam. Unglücklicherweise hat sich die Erkältung, die sich der junge Master Martin noch vor Ihrer Abfahrt geholt hatte, noch ein wenig verschlechtert. Es hat sich auf die Brust gelegt. Mr. Hunstrete war deshalb der Meinung, daß Master Martin nicht aufbleiben sollte.«

»Mrs. Hunstrete hat die Besorgnis meines Cousins nicht geteilt, nehme ich an?«

Sanft brummte der Wagen über die engen, von üppigem Strauchwerk gesäumten Straßen. Dolman widmete sich dem Motor mit der gleichen Aufmerksamkeit, die eine Mutter ihrem einzigen Kind entgegenbringt.

»Nein, Madam. Mrs. Hunstrete war der Meinung, bei solch einer Gelegenheit... Außerdem hat Master Martin ziemlich herumgetobt, als man ihm sagte, daß er das Feuerwerk möglicherweise nicht sehen dürfe.«

Emily grinste. Wie alle Bewohner High Tors hatte sie bereits Gelegenheit gehabt, die Lungenstärke kennenzulernen, die Klein Martin entwickeln konnte, wenn ihm etwas versagt wurde.

»Also hat man ihm erlaubt aufzubleiben, und das hat Mr. Hunstrete nicht gefallen«, zog sie kühn den Schluß. Vermutlich hatten sich Martin und Chrissie deshalb gestritten. Das war bei den beiden an der Tagesordnung.

Bedächtig nahm Dolman eine Kurve in einer noch engeren Straße. Hecken begrenzten sie, die von einem Schleier knospenden Grüns umhüllt waren. Hier und da leuchtete das Weiß einer verfrühten Lichtnelke aus dem grünenden Rasen.

»Nein, Madam. Das hat ihm ganz und gar nicht gefallen. Um so weniger, als sich die Erkältung des Jungen in den letzten zwei Tagen ganz erheblich verschlimmert hat.«

»Ein Bronchialkatarrh. Den kriegen alle Kinder.«

»Ich fürchte, Madam, es ist ein bißchen mehr. Der Junge wurde krank, und als er heute morgen aufwachte, fieberte er stark. Mrs. Parsons sagte mir, man überlege, ob man nicht den Doktor rufen solle.«

Eine Woche später starb Klein Martin an einer beidseitigen Lungenentzündung. Der Begräbnisgottesdienst fand in der Methodistenkapelle statt. Anschließend wurde der kleine Körper auf dem Dorffriedhof begraben.

Emily, die zusammen mit Martin und Chrissie nach High Tor zurückfuhr, war von dem tiefen Schmerz, der ihre Stieftochter erfaßt hatte, überrascht – gleichzeitig schämte sie sich dieser

Überraschung. Sie hatte nicht erkannt, daß Chrissie, versteckt hinter ihrem scharfzüngigen Äußeren, sehr an ihrem Kind gehangen hatte.
Bei Martin, der mit versteinertem Gesicht schwieg, war das etwas ganz anderes. Sosehr sie sich auch bemühte, Emily konnte ihrem Cousin die Trauer um seinen Sohn nicht recht glauben. Es schien sich eher um ein Gefühl, das sich auf ihn selbst bezog, zu handeln: um eine angestaute Wut, durchsetzt mit Furcht. Wovor Martin sich fürchten mußte, konnte Emily sich allerdings nicht vorstellen.
Während des darauffolgenden Essens saß Martin dem gleichermaßen schweigsamen Rohan am Tisch gegenüber. Rohan war frühmorgens aus Devonport angereist gekommen. Er wechselte sowohl mit Chrissie als auch mit Martin kaum ein Wort. Tatsächlich kümmerte er sich um niemanden, mit Ausnahme von Peter und Sally.
Martin blickte auf seine Tochter, die weiter unten am Tisch saß. Sie hatte mit Peter wieder dicke Freundschaft geschlossen. Immer steckten die beiden zusammen. Sie ritten stundenlang ins Moor hinaus, und kein Mensch wußte um ihr Ziel.
Martin zweifelte nicht daran, daß die beiden eines Tages heiraten würden. In ein, zwei Jahren vielleicht. Möglicherweise noch bevor sie die Zwanzig erreicht hätten. Peters Entschluß, der Royal Air Force beizutreten, sobald er achtzehn geworden war, bedeutete, daß er High Tor bald verlassen würde. Vielleicht würde Sally mit ihm gehen. Sollte es dazu kommen, dann bräuchten sich er und Chrissie keine allzu großen Hoffnungen zu machen, weiterhin hier leben zu dürfen, mutmaßte Martin. Emily würde sie nur zu gern wieder ausziehen sehen, und es wäre kaum anzunehmen, daß Rohan sich noch große Sorgen um sie machen würde. Was James anbetraf, hatte es den Anschein, daß er wieder nach High Tor zurückkehren und dort leben wollte. Martins zwanghafte Unsicherheit ließ ihn völlig übersehen, daß James ein viel zu freundlicher Mensch war, als daß er jemandem den Schutz seines Daches verweigert hätte. Er schloß von Rohan auf James; und Rohan war beinhart.

Alles war Chrissies Schuld! Er hatte sie zur Vorsicht gemahnt und ihr auseinandergesetzt, daß ihnen der Junge, zumindest für die nächsten zwölf bis fünfzehn Jahre, die Garantie bot, auf High Tor bleiben zu können. Doch sie hatte seine Warnungen in den Wind geschlagen. Wegen eines dämlichen Feuerwerks hatte sie die Gesundheit des Kindes aufs Spiel gesetzt, und das hatte sie nun davon. Jetzt besaß sie noch die Frechheit, die trauernde Mutter zu spielen, die das Essen verweigerte und von Weinkrämpfen geschüttelt wurde. Er sah die mitfühlenden Blicke, die ihr alle zuwarfen. Selbst Emily konnte sich Chrissies Kummer nicht verschließen.
Sally erhob sich vom Tisch und schlug Charlotte vor, gemeinsam mit ihr nach oben zu gehen. Peter und Emily verließen ebenfalls das Zimmer. Ohne ein Wort zu verlieren, nahm Rohan in einem Sessel nahe dem Fenster Platz, griff sich ein Buch und schlug es auf. Chrissie brach in geräuschvolles Schluchzen aus und stürzte aus dem Zimmer.
»Du solltest ihr besser hinterhergehen«, bemerkte Rohan kühl in Martins Richtung. »Sie ist in einer Stimmung, in der sie etwas Unüberlegtes tun könnte.«
Für Sekunden starrte Martin ihn an, einen rebellischen Ausdruck im Gesicht. Dann zuckte er mit den Schultern und folgte Chrissie. Sie stand in der Halle und war damit beschäftigt, sich ihren Mantel anzuziehen. Das strenge Schwarz ließ sie verhärmt aussehen: keine Spur mehr davon, daß sie einst das hübscheste Mädchen in Ashcombe gewesen war.
»Wo willst du hin?« forschte er.
»Ich werde den Rat meiner lieben Stiefmutter befolgen und einen Spaziergang entlang der Felsschlucht machen. Bis zum Tee werde ich noch nicht zurück sein.«
»Ich begleite dich«, sagte Martin und griff nach seinem Spazierstock, den er neuerdings zu benutzen pflegte. Eines seiner Knie machte ihm Ärger.
»Ich will dich nicht dabeihaben. Laß mich allein.« Chrissie drängte sich an ihm vorbei zur Haustür.
Martin zögerte. Er hatte große Lust, sie alleine losziehen zu las-

sen. Doch gerade heute würde es einen schlechten Eindruck machen, wenn er sie sich selbst überließ. Schließlich war er ihr Mann. Langsam folgte er ihr.
Nach einiger Zeit hatte er sie eingeholt. Sie hatte schon ein beträchtliches Stück Weges zurückgelegt. Dort, wo sie stand, ragte ein Felsblock heraus. Er bezeichnete die Stelle, wo der Abhang zum Talgrund am steilsten war. Hier fiel der Steilhang fast senkrecht in die Tiefe. Es war ein steiniger, zerklüfteter Ort mit Geröll ringsumher. Chrissie hatte sich gegen den Fels gelehnt und ließ ihren Blick über das Tal schweifen. Als sie Martin näher kommen hörte, wandte sie ihm den Kopf zu.
»Ich habe dir bereits gesagt, daß ich dich nicht sehen möchte!«
»Rohan meint, dein Zustand sei nicht so günstig, daß man dich allein lassen sollte. Du brauchst Gesellschaft.«
»Aber nicht die deine. Du hast dir nie etwas aus dem kleinen Martin gemacht.«
»Chrissie, du wist allmählich hysterisch. Hör auf damit. Ich bin der Vater des Jungen. Selbstverständlich habe ich ihn gern gehabt.«
»Du hast überhaupt niemanden gern. Seit dem Tag unserer Hochzeit hast du mich nicht mehr angerührt.«
Er überhörte diese offenkundige Kampfansage. »Du hast dir alles selbst eingebrockt, meine Liebe. Statt dem Jungen nachzugeben und ihn für das Feuerwerk aufbleiben zu lassen, hättest du auf mich hören und ihn zu Bett bringen sollen. Dann hätte er sich keine Lungenentzündung geholt. Du hast eine große Dummheit begangen, Chrissie. Ich habe dich gewarnt und dir gesagt, daß der Junge für uns der Schlüssel zu High Tor ist.«
»Das ist alles, was er dir bedeutet hat, nicht wahr?« klagte sie ihn an. Sie löste sich von dem Felsen. »Das einzige, woran du denken kannst, ist, deine eigene nichtswürdige Haut zu retten! Nun, ich werde dir etwas sagen, Martin. Du hast mich nicht mehr gern, aber ich dich auch nicht. Ich habe dich nur geheiratet, um dem Jungen deinen verdammten Namen zu geben. Jetzt, wo er gestorben ist, werde ich dich verlassen. Ich werde bei Louise wohnen. Die braucht mich wenigstens, jetzt, wo die Arthritis sie ans

Bett gefesselt hat. Ich kann etwas für sie tun und bin nicht nur das fünfte Rad am Wagen; nicht jemand, dessen sie sich schämen müßte. Ich werde dich verlassen, Martin! Verstehst du mich?«
Er verstand nur zu gut. Doch nicht sein Stolz war verletzt, wie Chrissie flüchtig gehofft hatte. Unter anderen Umständen wäre er froh gewesen, sie endlich los zu sein. Aber wenn Chrissie High Tor verließ, hatten sich damit seine eigenen Chancen, dort bleiben zu können, wesentlich verschlechtert. Was ihm einst auf der Abbey widerfahren war, konnte ihm auch ein zweites Mal passieren. Drohend rückten die Umrisse einer freudlosen Hinterhofwohnung in Plymouth oder Exeter näher. Und alles nur wegen dieses dummen Weibs, das er so verabscheute!
Das Dröhnen in seinen Ohren setzte ein, und er fühlte, wie ihm der Schweiß in Bächen den Körper hinunterrann. Er konnte kaum noch atmen. Ein roter Nebel ließ alles, was er sah, verschwimmen. Undeutlich bemerkte er noch, wie sich Chrissies Mund zu einem erstarrten Schrei geöffnet hatte, während er mit seinem Stock ausschlug und versuchte, sie nach rückwärts zu treiben, dem Abgrund zu.

An diesem Maiabend war es noch einmal kalt geworden, und Emily war froh, daß im Frühstückszimmer ein Feuer brannte. Es war beinahe schon elf Uhr, und jedermann schien zu Bett gegangen zu sein. Emily konnte aus irgendeinem Grunde nicht müde werden. Es war ein schrecklicher Tag gewesen, und sie war erleichtert, daß er fast vorüber war.
Rohan war bald nach dem Mittagessen abgereist.
»Ich muß nach Hause«, hatte er gesagt und ihr keusch die Wange zum Kuß dargeboten. »Bevor ich meinen Anschlußzug in Newton Abbot nehme, möchte ich noch bei Louise vorbeischauen.«
Sally hatte ihn zum Bahnhof in Lustleigh begleitet.
Kurz nach Abfahrt der beiden war Chrissie zurückgekehrt. Sie war ganz weiß im Gesicht und sah arg mitgenommen aus. Eine halbe Stunde später war Martin nach Hause gekommen. Emily hatte aus ihrem Verhalten den Schluß gezogen, daß die beiden sich gestritten haben mußten. Dies war ihr von Mrs. Parsons be-

stätigt worden, die ihre Herrin nach dem Abendessen diskret davon in Kenntnis setzte, daß Mrs. Hunstrete in ein anderes Schlafzimmer gezogen sei.
Emily dachte gerade darüber nach, als die Tür aufging und Chrissie hereintrat. Sie trug ein leuchtend rosa Nachthemd, das viel zu eng für sie war. Der Satin spannte sich über die vollen Hüften, und aus der naturfarbenen Spitze, die das Mieder einfaßte, ragten plump die Schultern hervor.
»Chrissie!« Emily war überrascht. »Ist etwas nicht in Ordnung?«
»Ich bin nur gekommen, um dir mitzuteilen, daß ich morgen früh abreisen werde. Ich werde nach Newton Abbot fahren und bei Louise bleiben.«
»Ferien von High Tor. Das ist vernünftig. Es wird dir guttun.«
Chrissies Augen glitzerten im Feuerschein. »Keine Ferien, Emily. Ich gehe für immer. Ich verlasse Martin.«
»Oh, Chrissie, jetzt warte doch einen Augenblick!« Emily sprang hoch und lief quer durchs Zimmer zu ihrer Stieftochter hin. Sie legte ihr eine Hand auf den Arm. »Zur Zeit muß es dir ja zwangsläufig schlecht gehen, wegen... wegen des Jungen. Ich weiß, daß Martin dir Vorwürfe macht. Aber doch nur, weil er so außer sich ist. In einer Woche vielleicht werdet ihr beide anders darüber denken. Handle nicht überstürzt. Tu nichts, was du hinterher bedauern könntest.«
Chrissie schüttelte Emilys Hand ab. Ihr Gesicht hatte einen gehässigen Ausdruck angenommen. »Das werde ich niemals bereuen. Und tu nicht so, als ob es dir leid täte. Das einzige, was du bedauerst, ist, daß Martin nicht mit mir geht. Nun, du kannst ja immer noch James dazu überreden, ihn vor die Tür zu setzen.« Sie wandte sich ab, blieb dann aber stehen. Als sie sich umblickte, lächelte sie. »Was immer du auch tust, Emily, sei nicht zu nachsichtig gegenüber Martin. Zeig es ihm. Laß ihn deutlich spüren, daß er hier nur Sallys wegen geduldet ist; daß er beim ersten kleinen Schnitzer, den er sich erlaubt, gehen muß.« Wieder war dieses Glitzern in ihren Augen, das Emily aus einem Grund, den sie nicht zu benennen wußte, schaudern machte.

»Leb wohl, Emily, meine Liebe. Ich kann nicht sagen, daß es ein Vergnügen war, dich kennengelernt zu haben. Das war es ganz bestimmt nicht. Trotzdem, denke daran, was ich dir über Martin gesagt habe. Betrachte es als ein Abschiedsgeschenk.« Leise öffnete sie die Tür und zog sie hinter sich zu.

35

»Hier also ist das Zentrum des Bienenvolks«, bemerkte James lächelnd. »Wo die Bienenkönigin hofhält.«
»James!« Emily, die gerade mitten im Diktat war, sprang hinter ihrem Schreibtisch hervor und streckte ihm beide Hände entgegen. »Was für eine schöne Überraschung! Marjorie, darf ich Sie mit Ihrem wirklichen Chef bekannt machen? Mein ältester Sohn James. Liebling, dies ist meine Sekretärin und rechte Hand, Marjorie Ferris.«
Die beiden schüttelten sich die Hand. Dann suchte Marjorie Schreibblock und Bleistift zusammen.
»Ich werde jetzt die Briefe tippen, die Sie mir diktiert haben, Mrs. Hunnicutt. Die andern können wir später zu Ende bringen! Möchten Sie Tee?«
»Das wäre sehr schön. Danke, Marjorie.« Hinter der adretten Gestalt der Sekretärin fiel die Tür ins Schloß, und Emily deutete auf den grünen ledernen Armsessel, der ihrem Schreibtisch gegenüberstand. »Also! Wie ich bereits sagte, James, dies ist wirklich eine Überraschung. Seit beinahe zwei Jahren lebst du auf High Tor, und heute kommst du zum ersten Mal im Büro vorbei.«
James setzte sich nieder und schlug die Beine, die in eleganten Hosen steckten, übereinander. Noch immer, dachte seine Mutter, sah er so aus, als ob er im Begriff wäre, die Bond Street entlangzubummeln. Er hatte so gar nichts von einem Landjunker an sich.
»Ich habe Louise und Chrissie einen Besuch abgestattet«, erklärte er. »Ich fürchte, Louises Zustand verschlechtert sich.

Chrissie jedoch scheint ganz zufrieden damit zu sein, sie pflegen zu können. In gewisser Weise betrachtet sie Louise wohl als einen Ersatz für ihr Kind.«
»Es freut mich, daß Chrissie glücklich ist. Oder zumindest ihre innere Ruhe gefunden hat. Glücklichsein entspricht nicht ihrem Naturell. Aber du hast sie schon öfter besucht, ohne hier vorbeigekommen zu sein. Darf ich wissen, weshalb du heute von deinen Grundsätzen abgewichen bist?«
Marjorie Ferris klopfte an die Tür und betrat mit einem Tablett den Raum, das sie vor Emily abstellte. Über den Tisch hinweg lächelte sie James zu. »Werden Sie zu den Krönungsfeierlichkeiten nach London fahren, Mr. Read?«
»Das glaube ich nicht. Dort wird so ein Gedränge herrschen. Ich kann mir vorstellen, daß es noch schlimmer sein wird als beim Silberjubiläum vor zwei Jahren. Und das war schon schlimm genug, nicht wahr, Mama?«
»Das war es in der Tat«, stimmte Emily mit Nachdruck bei. James verzog das Gesicht in gespieltem Abscheu. Marjorie Ferris lachte und verschwand wieder in ihr Vorzimmer.
Emily schenkte den Tee ein und reichte ihrem Sohn eine Tasse hinüber.
»Warum also bist du gekommen?« fragte sie erneut. »Ich kann mir nicht vorstellen, daß du dich plötzlich für das Geschäft interessieren solltest.«
James schüttelte den Kopf. »Ich wollte mit dir reden, Mama.«
»Ich fühle mich geschmeichelt. Aber kannst du das denn nicht zu Hause?«
»Ich wollte sichergehen, daß uns niemand hören kann – wirklich niemand.«
Emily zog die Augenbrauen in die Höhe. »Wen meinst du denn damit? Martin? Sally? Peter? Nein, Charlotte auf keinen Fall: Die kriegt ja ihre Nase nie aus den Büchern. Ich bezweifle sehr, daß sie die Trompete zum Jüngsten Gericht hören würde.«
James zögerte einen Augenblick, bevor er sagte: »Martin hat mir den Vorschlag gemacht, mein Testament zu ändern. Ich solle doch High Tor und meine Anteile an der Gesellschaft statt Ro-

han Peter hinterlassen. Nein! Nein, sage nichts, bevor du nicht alles gehört hast. Der Vorschlag kam nicht so unverblümt, wie es sich jetzt anhört. Vor zwei Monaten ist der Gedanke zum ersten Mal ganz zufällig im Gespräch aufgetaucht. Martin hat beiläufig erwähnt, daß er es für eine Schande hält, daß Peter niemals wird High Tor erben können. Er war der Meinung, daß Peter um sein Erbe in Ashridge betrogen worden ist und daß er... nun, und daß er sein Leben lang auf High Tor gelebt hat und es liebt. Das ist mehr, als du von Rohan oder mir sagen könntest. Und Ro hat ohnehin sein Leben in der Gemeinde. Er würde das Geschäft wahrscheinlich verkaufen und vielleicht auch das Haus loswerden wollen.
Ich muß gestehen, Martins Worte haben mir zu denken gegeben. Vor ein paar Abenden, als du bis in die Nacht hinein gearbeitet hast, saßen wir beide allein in der Bibliothek. Da fragte ich ihn, ob er wirklich der Ansicht sei, daß ich mein Testament ändern sollte. Da hat er mir rundheraus gesagt, daß genau dies seine Meinung sei. Deshalb möchte ich gerne wissen, wie du darüber denkst. Wäre es unfair Rohan gegenüber?«
»Ich... ich weiß nicht, was ich dazu sagen soll«, antwortete Emily nervös. »Ich glaube nicht, daß ich die Richtige bin, die dir in diesem Fall einen Rat erteilen kann. Du verlangst von mir, eine Wahl zwischen dem einen und dem anderen Sohn zu treffen. Das ist für eine Mutter unmöglich.« James schenkte ihr einen vieldeutigen Blick, der ihr das Blut in die Wangen trieb. Sie fühlte sich sehr unbehaglich. »Nun gut. Vielleicht mag ich Peter ein kleines bißchen lieber als Rohan. Dies abzustreiten wäre eine Lüge. Aber das macht es mir nur noch unmöglicher, dir einen Rat zu geben. Es wäre höchst unfair Rohan gegenüber.«
»Aha!« James trank in kleinen Schlucken seinen Tee. »Das heißt, daß du es gerne sähest, wenn ich mein Testament zu Peters Gunsten änderte. Das ist keine Schande für dich, Mama, unter den gegebenen Umständen.«
»Du legst mir da Worte in den Mund«, protestierte Emily unglücklich. »Mein lieber James, das ist eine Entscheidung, die du ganz allein treffen mußt.«

Er setzte Tasse und Untertasse auf dem Schreibtisch ab. »Ich weiß, Mama. Am liebsten würde ich Ro alles hinterlassen . . . «

»Also dann . . . «

»Aber ich muß zugeben, daß dieser Wunsch eine Ungerechtigkeit enthält. Ich möchte Ro alles hinterlassen, weil er mein Bruder, Peter jedoch nur mein Halbbruder ist. Die alte Geschichte, daß Blut dicker ist als Wasser, nehme ich an. Was mich betrifft, so scheint dem eine gewisse Logik und Ordnung zugrunde zu liegen. Aber tief in meinem Herzen weiß ich, daß Rohan für das Haus und das Geschäft genausowenig übrig hat wie ich. Genau wie bei mir liegt seine geistige Heimat in London. Es ist für uns beide mit so vielen Erinnerungen verbunden.« James seufzte wehmütig. »Ich wünschte, High Tor wäre ein unveräußerliches Erbgut, dann wäre das ganze Problem aus der Welt.«

»Du bist so schwer«, wehrte sich Roberta lachend. Sie verlagerte ihr Gewicht etwas, so daß sie sich mit dem Rücken ein wenig bequemer gegen den Baumstamm lehnen konnte. Sie rupfte einen Grashalm aus und kitzelte damit die Nase ihres Begleiters. »Der wohlbekannte Müßiggänger Peter Hunnicutt!«

Peter lag träge ausgestreckt mit dem Kopf in Robertas Schoß. Er grinste zu ihr empor. »Nicht mehr sehr lange«, sagte er. »Ich trete nur so lange auf der Stelle, bis ich mich zur Royal Air Force melden kann.«

»Wenn sie dich überhaupt haben wollen. Erst vor ein paar Tagen habe ich in der *Times* gelesen, daß man weniger Rekruten anwerben will.«

»Ja, das stimmt. Weil Mum mir das vorgeschlagen hat, nehme ich Flugstunden und erwerbe die Pilotenlizenz schon vorher. Andernfalls hätte ich mich letztes Jahr gleich nach meinem achtzehnten Geburtstag eingeschrieben.« Er setzte sich unvermittelt auf und umfaßte seine Knie. Seine Augen glänzten vor Erregung. »Es wird einen Krieg geben, Bobs. Das spüre ich in den Knochen. Und der Luftkrieg wird die Kampftechnik der Zukunft sein. Bald werden sie alle Piloten brauchen, die sie bloß kriegen können.«

»Glaubst du wirklich? Glaubst du, sie würden auch Frauen nehmen?« fragte sie mit einer Begeisterung, die seiner nicht nachstand.
Peter drehte sich um, schaute sie an, und sein Grinsen wurde breiter. So ein Mädchen wie Roberta gab's nur einmal. Jedes andere weibliche Wesen in seiner Bekanntschaft, seine Mutter eingeschlossen, war entsetzt, wenn er die Möglichkeit eines Krieges auch nur andeutete. Aber für Roberta lag darin das Versprechen eines Abenteuers: Erlösung aus dem Einerlei des Alltags.
»Ich sehe keinen Grund, warum nicht«, sagte er. »Frauen haben schon im letzten Krieg eine bedeutende Rolle gespielt. Im nächsten werden sie zwangsläufig einen größeren Anteil übernehmen müssen.« Peter schaute umher. »Wohlgemerkt, ich werde all das hier vermissen.« Er machte mit seinem Arm eine umfassende Bewegung. »Aber alles wird noch dasein und auf mich warten, wenn ich wieder zurück bin. Diese Siedlung dort unten stammt noch aus der Bronzezeit, wußtest du das? Diesen Ort wird nichts so schnell verändern können.«
Sie befanden sich auf der Hochebene um Gidleigh. Es war der zwölfte Mai, der Nachmittag des Krönungstages. Sie waren mit Peters Kleinwagen, einem Ford, den Emily ihm zum achtzehnten Geburtstag geschenkt hatte, hierhergefahren. Der Boden war noch feucht vom Morgenregen. Für einen kurzen Augenblick war die Sonne hinter den Wolken hervorgekommen und hatte das dünne grüne Gras mit goldenen Strahlen überzogen. Peter lehnte sich zurück und ließ seinen Kopf auf Robertas Schulter ruhen. So saßen sie eine Weile in einträchtigem Schweigen.
Nach einem Augenblick der Stille fragte Roberta: »Von deinem Vater hat niemand was gehört, nehme ich an?«
Peter schüttelte den Kopf. »Nein. Soweit ich weiß, ist er immer noch auf Reisen.« Er stieß ein Lachen aus, das in der Mitte abbrach. »Was macht das schon? Wir sind ohne ihn viel besser dran.«
Roberta schlang den Arm um Peters Hals. »Ich glaube nicht, daß du wirklich so denkst. Ich glaube, er fehlt dir.«

Peter langte mit der Hand hoch und bedeckte damit die ihre. »Du bist eine kluge kleine Alleswisserin, nicht? Als ich jung war, haßte ich ihn. Er stand für Katholizismus und Pflichterfüllung und all die Dinge, die ich am meisten verabscheute. Und ich war Mutter blind ergeben. In gewisser Weise bin ich es noch. Zumindest mag ich sie äußerst gern. Doch ich bin jetzt älter und sehe auch ihre Schwächen. Ich sehe ein, daß man nicht immer nur Vater die Schuld geben konnte, wenn sie miteinander stritten. Mutter kann sehr dickköpfig sein. Wäre sie es nicht, hätte sie das alles nie erreichen können.«

Wieder entstand eine Pause, während sie mit den Augen der Flugbahn eines Kuckucks folgten. Dann kicherte Roberta los. »Was Sally und Rohan wohl gerade tun? Ein heimliches Stelldichein scheint bei einem so gesetzten Paar so völlig fehl am Platze. Und warum müssen wir uns heimlich treffen?«

»Wenn ich sage, daß ich mich mit dir treffe, dann hat Sally kein Alibi mehr.«

»Warum erzählt sie ihrem Vater nicht einfach die Wahrheit?«

»Weil Onkel Martin meinen Halbbruder nicht mag und Theater machen würde.«

Roberta schnitt ein Gesicht. »Er kann vielleicht Theater machen, doch wir haben 1937. Sally ist achtzehn Jahre alt. Selbst wenn er über einen Kerker verfügte, würde sie dein Onkel wohl kaum auf High Tor einsperren können.«

»Das wohl kaum, aber Sally ist nicht so mutig wie du, mein Liebling. Sie wüßte nicht, wie sie sich gegen ihren Vater zur Wehr setzen sollte. Außerdem glaube ich, daß sie das auch gar nicht will. Die geheimen Treffen mit Rohan wären nur halb so schön, wenn sie dabei nicht auch Onkel Martin täuschen könnte.« Peter schloß seine Augen und war bald eingeschlafen. Die einzigen Stunden, in denen er wirklichen Frieden fand, waren die, die er bei Roberta verbrachte.

In Interlaken saß Max auf der Hotelterrasse und schaute zu dem weißen Jungfraumassiv hinauf, daß die Stadt und die umgebenden Berge beherrschte.

Er war zu einem Nomaden geworden, dachte er, der die ganze Welt bereist hatte. Ohne Wurzeln schlagen zu können, trieb er dahin.
In den letzten vier Jahren war er von Stadt zu Stadt gereist, von Hotel zu Hotel. Tage, Wochen, Monate lösten einander ab, während das Leben sinnlos an ihm vorübereilte.
Während er auf den Gong wartete, der ihn zum Essen rufen würde, nahm er einen Schluck von seinem Brandy Soda. Ein weiteres vorzügliches Essen würde ihn erwarten, das ihm genauso schal erscheinen würde wie all die anderen vorzüglichen Speisen, die nun zu seiner Alltagskost geworden waren. Wenn Vortrefflichkeit zur Gewohnheit wurde, ermattete sie den Gaumen. Manchmal, wenn er aus seinem tranceähnlichen Zustand herausgerissen wurde, sehnte er sich nach einer verbrannten Scheibe Toast, nach einer Tasse kalten Tees und nach einem von Emilys Soufflés, die immer in sich zusammengefallen waren...

Aber er durfte nicht an Emily denken. Er hatte sich dazu gezwungen, dies niemals zu tun; auch nicht an Peter und Charlotte. Dann und wann hörte er etwas von Irwin. Mit Ausnahme seines Bankdirektors war dies die einzige Person, zu der er Kontakt hielt. Aber Irwin wußte nichts von dem, was sich auf High Tor abspielte. Er hatte sich inzwischen von seiner Frau getrennt, doch lebte er immer noch in Cornwall. Wenn er Nachricht von Caroline erhielt, gab er sie an Max weiter. Allem Anschein nach war sie mit ihrem Ehemann glücklich.
Niemals hätte Max Caroline bitten dürfen, mit ihm auf der Abbey zu leben; das war ein Fehler gewesen. Er hatte es einzig deshalb getan, um Emily zu verletzen... Aber er durfte nicht an Emily denken. Das war die goldene Regel, die niemals gebrochen werden durfte. Doch er konnte nicht verhindern, daß sich ihr Gesicht zuweilen in seine Träume drängte. Rings um den Thuner See leuchteten die Lichter auf. Morgen würde er nach Grindelwald fahren – oder vielleicht übermorgen. Es gab keinen Grund zur Eile. Er hatte Zeit im Überfluß.

»Weißt du, ich war der Meinung, ich sollte dich besuchen und es dir persönlich sagen.« James schlug die Beine übereinander, um sie gleich darauf wieder nebeneinanderzustellen. Er blickte sich in dem kleinen Wohnzimmer des Pfarrhauses von Devonport um. Er betrachtete den fadenscheinigen grünen Teppich, die Reihen abgegriffener Bücher, die häßlichen Polstermöbel in Braun und Orange – er betrachtete alles, nur seinen Bruder nicht. »Vor zwei Tagen bin ich in die Stadt gefahren, um meinen Anwalt zu sehen.«

Rohan schwieg für einen Augenblick. Von draußen prasselte der Regen düster gegen die halb geöffneten Fenster und verwandelte den sommerlichen Staub in kleine Schlammbäche, die den Rinnstein entlangliefen. Ein leises Kettenklirren drang zu ihnen herein, als sich die Fähre in Richtung Torpoint, ans andere Ufer des Tamar in Bewegung setzte. Im Zimmer selbst blieb jedoch alles still. Bis sich Rohan – James schien es eine Ewigkeit – schließlich räusperte.

»James, ich danke dir, daß du es mich hast wissen lassen.« Rohan blickte hoch und schenkte ihm eines seiner seltenen zögernden Lächeln. In seinem ganzen Leben gab es nur zwei Menschen, die er liebte: Sally und seinen Bruder.

Als James seinem Blick begegnete, bewegte er sich unbehaglich. »Ich hatte die Befürchtung ... ich meine, ich wußte nicht ... das heißt ...« Der Schwall durcheinandergestotterter Worte verlor sich schließlich und brach ab.

»Du hattest die Befürchtung, ich würde die Fassung verlieren. Nun, in diesem Punkt kann ich deinem Herzen Ruhe geben. Mir ist niemals der Gedanke gekommen, daß ich High Tor erben könnte. Zum einen, weil ich immer darauf hoffte, du würdest heiraten und Kinder haben. Zum anderen, weil ich den Gedanken an deinen Tod niemals auch nur in Erwägung gezogen habe. Was man von Cousin Martin nicht gerade behaupten kann, wie es scheint. Und das bringt mich auf den Punkt, um den es mir in Wirklichkeit geht. Wenn dieses neue Abkommen, alles Peter zu hinterlassen, dein tatsächlicher Wunsch ist, James, dann ist alles gut. Sollten dich aber Mutter oder Martin in irgendeiner Bezie-

hung unter Druck gesetzt haben, dann möchte ich dich dringend bitten, es dir noch einmal zu überlegen. Hinterlaß es dem Tierschutzverein, Dr. Barnado's – wem auch immer du willst. Aber hüte dich, irgendeinem ruchlosen Plan zum Opfer zu fallen, den einer von diesem Pärchen zu seinem Vorteil ausgeheckt hat.«
James machte ein unglückliches Gesicht. »Mutter hat damit absolut nichts zu tun«, antwortete er. »Ich wünschte mir, Ro, du würdest dich bemühen, deine Abneigung gegen sie zu überwinden.«
Auf der Straße wurden Schritte hörbar, dann läutete jemand an der Hausglocke. Rohans Haushälterin rief aus der Küche: »Bemühen Sie sich nicht, Reverend! Ich geh' schon hin!«
Die beiden Männer hörten, wie sie zur Haustür schlurfte. Gedämpfte Unterhaltung drang zu ihnen herein, ein Lachen. Dann flog die Wohnzimmertür auf, und Sally trat ein. Sie bemerkte James nicht. Geradewegs ging sie auf Rohan zu und gab ihm einen Kuß.
»Hallo, Liebling«, sagte sie.
James starrte die beiden an. Vor Erstaunen wäre ihm fast der Unterkiefer heruntergefallen. Wie jedermann auf High Tor wußte er, daß Sally zusammen mit Peter für einen Tag nach Exeter gefahren war. Was also tat sie hier in Devonport, über vierzig Meilen entfernt? Und warum nannte sie seinen Bruder ›Liebling‹?
Rohan warf einen vorsichtigen Blick auf James und nickte in seine Richtung. Sally wandte sich um und rief aus: »Ach du liebes bißchen! Eines Tages mußte so etwas ja passieren! Das habe ich kommen sehen. Du erzählst doch Vater nichts davon, daß du mich hier gesehen hast, nicht wahr, James? Bitte, *bitte* sag, daß du es nicht tust! *Lieber* James!«
Sie lief quer durch das Zimmer zu seinem Stuhl und küßte ihn auf die Stirn. Flehend sah sie zu ihm herab. Rohan hatte sich unterdessen erhoben.
»Ich denke, wir sollten es dir lieber sagen«, erklärte er seinem Bruder zögernd. »Sobald Sally einundzwanzig ist, werden wir heiraten. Bis dahin, glaubt Sally, sei es besser, wenn wir die

ganze Angelegenheit vor ihrem Vater verheimlichen. Wie du dir vorstellen kannst, bin ich über den Lauf der Dinge nicht gerade glücklich, aber ich achte Sallys Wünsche. Deshalb möchte ich dich bitten, James, alles für dich zu behalten.«

»Ja... ja, natürlich.« James war erheitert. Rohan wollte Sally heiraten, deren Mutter eine Hunnicutt gewesen war? Da mußte er schon sehr von ihr betört sein.

Doch James brauchte nur einen Blick auf das Paar zu werfen, um zu sehen, daß sie bis über beide Ohren ineinander verliebt waren. James bezweifelte stark, ob Rohan die Ausreden kannte, mit deren Hilfe Sally von High Tor entwischte. Doch es war nicht seine Sache, seinen Bruder aufzuklären.

36

»Ich halte es für dumm, für mehr als dumm, den Jungen noch dabei zu unterstützen, wenn er in die Royal Air Force will.« Martins Stimme hatte einen heftigen Klang.

Er hatte neben dem Kaminfeuer, das im Gesellschaftszimmer brannte, Platz genommen. Die Beine hatte er der Glut entgegengestreckt, ohne darauf zu achten, daß er damit James die ganze Wärme nahm. Es war ein Abend im Januar. Die blauen Samtvorhänge waren bereits zugezogen, und auf dem kleinen Tischchen neben seinem Ellbogen stand ein Whisky Soda. Emilys Anordnungen entsprechend, hatte man in den Räumen noch kein Licht entzündet.

»Ich liebe den Feuerschein«, sagte sie.

Diesmal war sie rechtzeitig zum Abendessen zu Hause erschienen. Sie war fest entschlossen, in dieser letzten Woche vor Peters Abreise nach Catterick ihn soviel wie möglich zu sehen. Marjorie Ferris war bereits vorgewarnt worden: Jeden Abend Punkt fünf Uhr würde Emily das Büro verlassen. Das ganze Weihnachtsfest über hatte die Aussicht auf Peters bevorstehende Abreise heimlich an ihr genagt und ihre Schwermut noch vertieft. Ihre Sehnsucht nach Max wurde immer größer. Es bedurfte all ihrer Willenskraft, nicht unter irgendeinem Vorwand Kontakt zu ihm aufzunehmen. Doch sie wußte, daß er aus freien Stücken wieder nach Hause finden mußte, wenn er nicht das Gefühl bekommen sollte, genötigt worden zu sein.

Emily gab sich innerlich einen Stoß und setzte sich in ihrem Sessel wieder gerade. »Entschuldige, Martin«, bat sie, »hast du etwas gesagt? Ich muß für einen Augenblick eingenickt sein. Wo stecken eigentlich die Kinder, nebenbei bemerkt?«

»Peter und Sally sitzen im Frühstückszimmer und hören sich so ein neues Programm an, das *Bandwaggon* heißt. Charlotte wird sich wahrscheinlich mit einem Buch irgendwohin verkrümelt haben.« Martin nahm einen kleinen Schluck von seinem Whisky. Die steile Falte zwischen seinen Augenbrauen verriet seine schlechte Laune. »Ich sagte gerade, daß ich es ziemlich dumm von dir finde, Peter noch darin zu unterstützen, der Royal Air Force beizutreten. Es gibt eine Menge Leute, die sagen, daß es bald zum Krieg kommen wird. Willst du den Jungen in den Tod schicken?«

»Er ist kein Junge mehr«, wandte Emily ein. »Ich habe nicht die Absicht, meine Kinder zu zwingen, bei mir zu bleiben, wenn sie das nicht wollen, Martin. Und wenn es einen Krieg gibt – obwohl ich persönlich diese Gerüchte für reine Bangemacherei halte –, dann wird die Regierung diesmal nicht erst zwei Jahre warten, bevor sie die Wehrpflicht einführt. Dann wird Peter gehen *müssen*. So gesehen halte ich es für besser, wenn er dann wenigstens bei einer Waffengattung seiner eigenen Wahl ist, wo er sich wohl fühlt.«

»Wo er die größten Aussichten hat, getötet zu werden«, entgegnete Martin wütend. »Und müssen wir hier eigentlich in dieser Höhlenfinsternis sitzen?«

»Ja. Ich mag es so. James auch.«

»Also ich nicht.« Mit einem Zug trank Martin seinen Whisky. »Ich setze mich jetzt in die Bibliothek und lese.« Martin ging hinaus. Mit übertriebener Heftigkeit zog er die Tür hinter sich zu.

»Warum ist er so aufgebracht?« fragte James. Er seufzte vor

Wohlbehagen, als die Wärme des Feuers endlich seine Knochen durchdrang. »Er muß Peter sehr gern haben.«
»Das ist es nicht«, antwortete Emily. »Er ärgert sich, daß Peter fortgeht, ohne sich bei Sally endgültig erklärt zu haben. Ich glaube, Martin hegte die Hoffnung, daß sich die beiden zu Weihnachten verloben könnten.«
James, der soeben einen Schluck von seinem Gin Tonic genommen hatte, verschluckte sich. »Was meinst du mit ›verloben‹?« forschte er, sobald er sich wieder erholt hatte.
»Soweit ich weiß, hat dieses Wort nur eine Bedeutung«, lächelte Emily. »Ist dir niemals aufgefallen, wie gern Peter und Sally sich mögen?«
»Nein... nein, nicht in diesem Sinne. Ihre Zuneigung ist zweifellos vorhanden, aber mehr wie zwischen Bruder und Schwester.«
Emily starrte auf die Höhlen und Paläste, die sich tief in der Glut formten. Die Asche, die sich am Rand eines Holzscheites gebildet hatte, zitterte und fiel dann ab. Ein Regen grauer Flocken breitete sich über die Feuerstelle und blieb dort verstreut liegen.
»Es gab eine Zeit, da hätte ich dir zugestimmt. Da hatte Peter Sally fast vollständig aufgegeben, um mit Johns Tochter Roberta zusammen zu sein. Eine von Barbaras Zwillingen von der Leat Farm – deine Halbnichte, nehme ich an. Ich glaube, du hast weder sie noch ihre Schwester kennengelernt. Vor einigen Jahren hatte sie mit Peter dickste Freundschaft geschlossen. Doch vor vier Jahren, als Sally bei uns einzog, wurden die beiden wieder unzertrennlich. Du weißt selbst, daß sie ständig zusammenhängen.«
»Ja, aber... Ist Martin der gleichen Meinung?«
»Selbstverständlich. Er teilt diese Meinung nicht nur, sondern diese Beziehung ist sein größter Wunsch.« Plötzlich sah Emily schuldbewußt aus. »Ich hätte dir das, glaube ich, vorher erzählen müssen, James. Der Grund, aus dem Martin dich zu einer Testamentsänderung bewegen wollte, war nicht so selbstlos, wie du vielleicht annimmst. Als er einmal ein wenig betrunken war, hat

er mir erzählt, daß er sich immer eine Heirat zwischen Sally und Peter gewünscht habe, damit Sally die Herrin auf der Abbey würde. Als Max sein Testament änderte, muß es das Totengeläut für Martins Hoffnungen gewesen sein. Nachdem du hier eingezogen bist, hat er vermutlich eine zweite Chance gewittert. Wenn Sally nicht den Erben von Ashridge Abbey heiraten konnte, dann vielleicht den von High Tor. Schau mich nicht so an, James. Ich weiß, ich hätte es dir sagen müssen. Es tut mir leid.«

»Wenn das, was du von Martin sagst, stimmt, dann finde ich das ziemlich traurig. In gewisser Hinsicht sogar tragisch.«

»Verschwende keine Sympathien an Martin«, riet ihm seine Mutter schroff. »Er würde es dir nicht danken. Mehr noch, er verdient sie nicht. Ich habe Martin immer für jemanden gehalten, der sehr gut in der Lage ist, für sich selbst zu sorgen. Und jetzt, James, mein Lieber, möchte ich übers Geschäft reden. Endlich haben wir für die Wessex-Weinläden ein Angebot erhalten, das ich für sehr brauchbar halte. Diese Weinläden waren eine meiner weniger guten Ideen; ich werde froh sein, wenn ich sie los bin. Niemand wird gerne ständig an seine Fehler erinnert.«

Martin öffnete die Augen und überlegte, welcher Tag wohl war. Samstag? Nein. Und Freitag auch nicht. Natürlich, es war Donnerstag. Donnerstag, der 6. Januar 1938. Und es regnete. Er hörte, wie es draußen am Fenster von der Dachrinne tropfte. Martin warf einen Blick auf den Wecker neben dem Bett. Halb neun. Heute morgen war Freda mit dem Tee spät dran.

Da klopfte es an die Schlafzimmertür, und Freda kam mit einem Tablett herein. Sie platzte förmlich vor Neuigkeiten. »Oh, Sir«, rief sie aus, setzte das Tablett ab und dachte keine Sekunde an ihr übliches ›Guten Morgen‹. »Auf der Buckland Abbey ist ein schreckliches Feuer ausgebrochen, nach allem, was man hört.«

»Buckfast?« brummte Martin, während er sich im Bett aufrichtete.

»Nein, Sir. Buck*land* Abbey. Wo früher Sir Francis Drake gewohnt hat, wissen Sie. Drüben, in Yelverton. Eine Freundin von Mrs. Parsons hat vor einer halben Stunde angerufen. Sie sagt, es sei schrecklich schlimm, Sir. Zuerst dachten sie, es sei nur ein Kamin in Flammen geraten, aber es ist der ganze Westflügel, sagt die Freundin von Mrs. Parsons.«

»Der neue Besitzer wohnt noch nicht lange dort, nicht?«

»Es ist noch kein Jahr her, schätze ich, daß die alte Lady Seaton gestorben ist. So, wie es aussieht, ist Captain Meyrick im Augenblick gar nicht da. Seine Frau und seine Söhne sind erst spätabends nach Hause gekommen. Oh, Sir, denken Sie...«

»Vor zehn Uhr morgens denke ich nie«, unterbrach sie Martin träge.

Die Tür ging auf, und Sally trat ein. »Hat man es dir schon erzählt, Vater? Buckland Abbey steht in Flammen.«

»Freda hat's mir gerade gesagt. Danke, Freda, Sie können gehen.«

Das Mädchen machte einen Knicks und griff nach dem leeren Tablett. Auf der Türschwelle begegnete sie Peter.

»Onkel Martin, hast du schon davon gehört?«

»Ich nehme an, es wird niemanden in diesem Haus geben, der nicht davon gehört hätte.« Martins Blick fiel auf Charlotte, die sich zu den anderen gesellt hatte und, noch im Nachthemd, draußen vor der Tür herumtanzte. »Bitte sage mir nicht, daß Buckland Abbey brennt«, bat er sie, »denn das weiß ich bereits.«

»Glaubst du, sie haben Drakes Trommel rechtzeitig retten können?« fragte Sally. »Vielleicht ist sie verbrannt, und wir werden irgendein entsetzliches nationales Unglück erleiden, so wie es uns ergehen wird, wenn die Raben den Tower je verlassen sollten.«

»Mach dir darüber keine Sorgen«, klang vom Treppenabsatz Emilys Stimme munter zu ihnen herüber. »Wenn sie auch sonst nichts gerettet haben: Das haben sie bestimmt in Sicherheit gebracht. Das Feuer ist vielleicht auch nicht ganz so bedrohlich, wie wir jetzt annehmen. Unglücksfälle dieser Art werden immer größer, je mehr man über sie spricht. Warum fahrt ihr nicht alle hinüber und überzeugt euch selbst? Vielleicht könntet ihr euch sogar ein wenig nützlich machen.« Emily küßte Peter und Charlotte und winkte durch die offene Tür Sally und Martin zu. »Jetzt muß ich mich beeilen. Ich habe einen schrecklich arbeitsreichen Tag vor mir.«

Fort war sie. Man hörte sie die Treppe hinunterlaufen und die Halle durchqueren. Als die Haustür hinter ihr ins Schloß fiel, blickte Peter Sally und Charlotte an.

»Was ist?« fragte er. »Sollen wir fahren?«

»Von mir aus«, stimmte seine Schwester zu. »Ich habe heute sowieso nichts vor. Wie steht's mit dir Sally?«

»Nein, ich habe auch nichts vor.« Sally warf einen Blick auf das Bett. »Vater, du kommst sicher nicht mit, oder?«

»Davor bewahre mich der Himmel!« Martin lehnte sich gegen die Kissen zurück und schloß seine Augen. »Würde es euch etwas ausmachen, mein Zimmer zu verlassen? Ich möchte mich gerne anziehen.«

Es war schon nach zehn Uhr, als Martin endlich ins Frühstückszimmer hinunterging. Mrs. Parsons räsonierte in ihrer Küche laut über die Rücksichtslosigkeit gewisser Herrschaften, die sich aufführten, als seien sie hier die Herren, und in Wirklichkeit nur die armen Verwandten waren, aus reiner Barmherzigkeit geduldet. Vorne im Haus war alles ruhig. Nur James war noch da; er saß im Frühstückszimmer und las in der *Times*.

»Sie sind alle fort, ja?« forschte Martin. Fullerton kam mit einer Kanne frischen Kaffees und einer Schüssel aufgewärmter Hafergrütze zur Tür herein. »Peter, Charlotte und Sally«, fügte er hinzu, als James flüchtig in seine Richtung blickte. »Sind sie zur Buckland Abbey rübergefahren?«

»O . . . ja, ich glaube schon. Auf jeden Fall sagten sie Mrs. Parsons, sie wären zum Mittagessen nicht da.« James ließ die *Times* sinken und starrte Martin eine Weile ausdrucksvoll an, was dieser für eine reichlich zermürbende Unart hielt. Als Fullerton schließlich Schinken und Eier gebracht und das Zimmer wieder verlassen hatte, faltete James seine Zeitung zusammen und setzte sich mit an den Tisch. »Martin, ich möchte mit dir reden«, sagte er.

»Rede nur zu«, forderte Martin ihn auf und nahm sich von dem Brot.
»Es geht um mein Testament. Du weißt doch, daß ich es vor einigen Monaten zu Peters Gunsten geändert habe? Nun...« James spielte geistesabwesend mit dem Gewürzständer. »Es ist so, daß ich mich dazu entschlossen habe, es wieder rückgängig zu machen und Rohan zu meinem Erben zu bestimmen.«
Martin hörte auf zu essen und ließ Messer und Gabel fallen. »Warum, zum Teufel?« fragte er.
James zuckte bei dieser Gotteslästerung zusammen. Er haßte Szenen, doch er war dafür gerüstet, sie durchzustehen. »Ich bin mir nicht sicher, ob du das Recht hast, mir solche Fragen zu stellen«, sagte er, »aber trotzdem will ich sie dir beantworten. Ich habe Grund, zu glauben – Grund, ernsthaft anzunehmen –, daß Rohan sich eines Tages verheiraten möchte.« Martin schnaubte ungläubig, doch James beachtete ihn nicht weiter. »Ich kann dir nicht sagen, wie ich darauf komme, ohne ein Geheimnis zu verraten; ohne ein Versprechen zu brechen.« Er sah Martin eindringlich an. »Aber es ist das beste so! Glaube mir. Mir ist die Entscheidung nicht leichtgefallen. Mit der neuen Vereinbarung bin ich nie recht glücklich gewesen. Und da Peter noch nichts davon weiß, so wird er auch nicht enttäuscht sein. Aber nach dem Gespräch, das ich gestern abend mit Mutter hatte, bin ich mir sicher, daß ich eine falsche Entscheidung getroffen hatte.«
»Emily?« Martin schob seinen Teller beiseite. Das Essen war kaum berührt. »Was hat sie denn gesagt? Sie wird nicht wollen, daß du dein Testament wieder änderst und ihrem kostbaren Baby sein Erbe wegnimmst, dafür lege ich meine Hand ins Feuer! Aber diese Frau hat eine seltsame Begabung, ins Fettnäpfchen zu treten; jemanden auf die Palme zu bringen. Das hat sie mit Max gemacht, und jetzt macht sie es mit dir. James, höre um Gottes willen nicht auf deine Mutter! Sie besitzt nicht das geringste Taktgefühl, verdammt noch mal.«
»Das ist kein Grund zu fluchen«, antwortete James kalt. Dann fuhr er fort: »Ich glaube, du hast recht. Mutter wird sehr verstimmt sein, denke ich, wenn sie erfährt, daß ich mein Testa-

ment wieder geändert habe. Doch ich habe die ganze Nacht darüber nachgedacht – ich habe kaum ein Auge zugemacht –, und ich bin davon überzeugt, daß es so richtig ist. Ich hätte mich niemals darauf einlassen sollen, überhaupt eine Änderung vorzunehmen. Aber es ist so am allerbesten, bitte, *bitte* glaub es mir, Martin.« Er langte mit der Hand über den Tisch und drückte den Arm des alten Mannes. Er hoffte, sein Cousin würde auch so verstehen, was er ihm damit sagen wollte, ohne daß er sein Versprechen an Sally brechen müßte.

Einen Moment lang beschlich James das merkwürdige Gefühl, Martin würde ihn am liebsten schlagen wollen; dann lachte Martin, zog den Teller wieder heran und setzte sein Frühstück fort.

»Mach, was du willst, James«, sagte er. »Mich geht das Ganze nichts an. Ich finde bloß, daß Peter dabei ziemlich unfair behandelt wird, das ist alles. Auf jeden Fall ist es deine Sache, und du mußt tun, was du für richtig hältst. Wann willst du denn in die Stadt gehen, um deinen Anwalt zu sprechen? Du könntest dabei etwas für mich erledigen.«

»Je eher, desto besser. Ich werde morgen hineinfahren, bevor Mutter sich allzusehr in ihren Ärger hineinsteigern kann.« James lächelte Martin an. »Die Zukunft wird beweisen, daß ich richtig gehandelt habe. Warte nur ab.«

Martin gab keine Antwort und beendete schweigsam sein Frühstück. James schenkte sich derweil eine Tasse Kaffee ein und überlegte, was er mit dem restlichen Tag anfangen sollte. Daß er sich von seiner Mutter hatte überreden lassen, nach High Tor zurückzukehren, war ebenfalls ein Fehler gewesen. Ihm fehlten der Lärm und Betrieb Londons, die Konzerthallen und die Theater...

Plötzlich wurde ihm bewußt, daß Martin mit ihm sprach. »En-Entschuldige bitte«, stotterte er. »Es tut mir sehr leid, doch ich fürchte, ich habe nicht zugehört.«

Martin wischte sich mit der Serviette den Mund. »Ich habe nur bemerkt, daß der Regen nachgelassen hat. Ich wollte dich fragen, ob du Lust zu einem Spaziergang hättest.«

»Nun, ich bin kein großer Spaziergänger, wie du weißt.«
»Oh, ich habe mir nichts Anstrengendes vorgestellt. Nur ein kleiner Rundgang den Hügelgrat entlang, um sich Appetit fürs Mittagessen zu holen.«
James blickte ängstlich aus dem Fenster. »Es sieht mir ziemlich nach Nebel aus.«
»Puh! Überhaupt nicht«, versicherte ihm Martin. »Einen richtigen Dartmoor-Nebel kann man immer im voraus erkennen.«
»Ich hatte daran gedacht, ein paar Briefe zu schreiben.«
»Das kannst du noch heute nachmittag erledigen. Ein Spaziergang wird dir guttun. Geh hinauf und hole deinen Mantel. In der Zeit esse ich meinen Marmeladentoast auf.«
»Also gut.« James lächelte schwach. Eigentlich hatte er gar keine Lust. Doch es war ihm stets schwergefallen, sich solchem Druck zu widersetzen.
Als er fünf Minuten später die Treppe herunterkam, wartete Martin bereits auf ihn. Er hatte sich den schweren Regenmantel und die stabilen Schuhe, die er im Garderobenschrank aufbewahrte, angezogen. Vorne im Haus rührte sich nichts. »Wir nehmen einen Seitenausgang«, sagte Martin, während er durch den Flur vorausging, »und dann die Abkürzung über den Rasen.« An der Tür blieb er jedoch stehen, die Klinke in der Hand. »Verdammt! Entschuldige James, aber ich habe nicht daran gedacht, Mrs. Parsons Bescheid zu geben, daß ich mit dem Frühstück fertig bin. Wahrscheinlich bin ich ohnehin schon schlecht bei ihr angeschrieben, weil ich immer so spät aufstehe. Hör zu, geh schon mal vor. Ich werde dich dann einholen. Ich bin sowieso schneller als du.« Er öffnete die Tür. »Na, was habe ich dir gesagt? Kaum Nebel. Ich brauche nicht länger als fünf Minuten.«
James zögerte. Lieber wäre er im Warmen geblieben. Aber nachdem Martin weiterhin einladend die Tür aufhielt, trat er vor das Haus und machte sich auf den Weg durch die regengetränkten Wiesen.
Martin schloß die Tür, schlüpfte aus seinem Regenmantel und ließ ihn in eine Ecke fallen. Dann rannte er durch den Flur ins

Frühstückszimmer zurück, wo er das altmodische Sprechrohr in die Hand nahm.

»Oh, Fullerton«, sagte er, als die Stimme des Butlers ihm antwortete. »Sie können jetzt Freda schicken, den Tisch abzuräumen. Ich bin fertig.«

»Sehr schön, Mr. Hunstrete. Danke.«

Bis Freda schließlich durch die Dienstbotentür im rückwärtigen Teil die Empfangshalle betrat, war Martin gemächlich die Treppe hinaufgegangen. Er fühlte sich völlig ruhig, völlig konzentriert. Er schwitzte weder, noch fühlte er sich benommen. Keinerlei Dröhnen war in seinem Kopf, nicht einmal die Kopfschmerzen, die ihn in den letzten zwei, drei Jahren ständig belasteten. Sein Herz klopfte ziemlich heftig, das war richtig, doch mehr aus Erregung. Er wußte genau, was er zu tun hatte. Martin beugte sich über das Treppengeländer.

»Freda!« Freda blickte hoch, und er lächelte. »Ich gehe jetzt in mein Zimmer und schreibe einen wichtigen Brief. Ich möchte für mindestens eine Stunde nicht gestört werden. Danach können Sie mir eine Tasse Kaffee bringen.«

»Sehr schön, Sir.« Sie lächelte vielsagend und zwinkerte ihm zu.

»Mr. Read hat sich zu einem Spaziergang aufgemacht«, fügte er lässig hinzu.

Sobald das Mädchen sicher im Eßzimmer verschwunden und außer Sichtweite war, stieg Martin geschwind die Treppe wieder hinab und verschwand im Dunkel des Flures. Er zog erneut den Regenmantel an, nahm ein Halstuch aus der Tasche und band es um den Hals. Dann trat er vor die Tür, in den Regen hinein.

»Wo willst du mit dem Kaffee hin?« wollte Mrs. Parsons wissen, als sich Freda langsam zur Küchentür schob. Sie hatte gehofft, ungesehen hinausschlüpfen zu können.

»Er ist für Mr. Hunstrete«, antwortete Freda trotzig. »Als ich die Frühstückssachen wegräumte, hat er mich gebeten, ihm in einer Stunde einen Kaffee raufzubringen. Und das ist schon mehr als eine Stunde her.«

Die Haushälterin brummte ungehalten. »Lord Habenichts! Ich möchte wirklich mal gerne wissen, für wen er sich eigentlich hält! Kommt zum Frühstück runter, wenn jeder andere längst fertig ist. Stört mich bei der Arbeit... Nun gut, wenn er den Kaffee haben will, bringst du ihn jetzt besser hoch. Aber bleib nicht gleich den ganzen Tag. Wenn du schon mal dabei bist, dann kannst du auch gleich Mr. Read eine Tasse bringen.«

»Der is' ausgegangen.«

Mrs. Parsons runzelte die Stirn. »Bei dem Wetter? Das sieht ihm gar nicht ähnlich.«

»Er is' aber wirklich gegangen«, bestätigte das Mädchen, das täglich vom Dorf hochkam. »Als ich die Auffahrt raufkam, hab' ich ihn gesehen, wie er gerade übern Rasen ging.«

»War er allein?«

»Ich hab' jedenfalls keinen gesehen.«

»Nun denn!« Die Haushälterin zuckte mit den Schultern. »Sein Bier! Ich für meinen Teil würde an einem Tag wie heute nicht spazierengehen wollen. Ich hoffe nur, daß den jungen Leuten auf der Fahrt nach Buckland nichts passiert.«

»Ich denke, es wird sich lediglich um ein örtlich begrenztes Nebelgebiet handeln«, beruhigte sie Fullerton. Dann schaute er Freda an. »Mädchen, geh zu! In einer Minute wird der Kaffee kaum noch zu genießen sein.«

37

Vor einem der Cafés auf den Champs-Élysées saß Max an einem kleinen Tischchen und betrachtete die Menschen, die auf dem Trottoir vorüberschlenderten. Die modebewußten Pariserinnen zeigten in ihren hellen Sommerkleidern jene schmale, eingezwängte Wespentaille, die die führenden Häuser der *Haute Couture* für diesen Juli 1939 als unerläßlich bestimmt hatten.

Wenn man in die lächelnden, scheinbar sorgenfreien Gesichter blickte, war es schwierig, sich vorzustellen, daß Europa sich für einen weiteren Kampf rüstete; daß die Deutschen die Tschecho-

slowakei besetzt hatten; daß in London Luftschutzbunker gebaut wurden; daß die Italiener in Albanien eingedrungen waren. Wenn diese Dinge überhaupt zur Sprache kamen, zuckten die Franzosen bloß mit der Schulter und sprachen von ihrer Maginot-Linie. Nichts und niemand würde die je überwinden können, behaupteten sie.
Während Max seine langen Beine unter dem kleinen Eisentisch ausstreckte, fiel ihm jener Tag in seinen Flitterwochen ein, als er und Emily nach Slapton gefahren waren, um sich die Kapelle Sir Guy de Brians anzuschauen. Da hatte Emily ihn gefragt: »Wird es denn immer Kriege geben?«
Emily ... Seit wann er wieder ruhig und ohne Bitterkeit an sie zu denken imstande war, hätte Max nicht eindeutig sagen können. Das hatte sich ganz allmählich entwickelt. Die Erinnerung war so langsam in ihm hochgekommen, daß er sie zunächst gar nicht bemerkt hatte. Und dann war er eines Morgens in der Abgeschiedenheit eines Klosters hoch in den Schweizer Bergen, nahe der kleinen Stadt Engelberg, von der Sehnsucht überwältigt worden, sie wiederzusehen.
Doch hatten sich zugleich mit der Sehnsucht ein brennendes Schuldgefühl und Beschämung eingestellt. Mit welchem Recht hatte er sich aus ihrem Leben entfernt? Welches Recht hatte er gehabt, sie allein mit allem fertigwerden zu lassen, so, wie er es getan hatte? Sie hatte ihn nicht geliebt. Nun gut, aber er hatte sie geliebt. Er hätte zumindest den Versuch machen müssen, das Knäuel ihrer Beziehung zu entwirren, statt es einfach ohne ein Wort zu durchtrennen. Sie war keine Katholikin. Das hatte er gewußt, bevor er sie heiratete. Selbst wenn sie tatsächlich Peters Glaubensbild vorsätzlich beeinflußt hätte: Hatte er selbst nicht dasselbe von Peters Kindheit an getan, indem er darauf bestanden hatte, daß der Junge römisch-katholisch erzogen wurde? Hatte nicht die Entdeckung, daß sie im Geschäftsleben genauso tüchtig war wie er, vielleicht noch tüchtiger sogar, seinem männlichen Selbstbewußtsein einen schweren Schlag versetzt? Er hatte sich in sie verliebt, weil er sie für verletzlich und schutzbedürftig gehalten hatte. Als sie dann bewies, daß sie sich zur

Wehr setzen konnte, und bereit war, ihre Aufgaben tatkräftig in Angriff zu nehmen, hatte er sich abscheulich benommen und sie sich allein durchs Leben schlagen lassen.

Als er Anfang vergangenen Jahres in einer englischen Zeitung von James' tragischem Tod gelesen hatte, wäre er beinahe nach England zurückgekehrt. Aber James war nicht sein Sohn. Er hätte die Trauer der Familie nur aufdringlich gestört. Auszurutschen, den Steilhang hinunterzustürzen und langsam an den Verletzungen und dem winterlichen Frost zu sterben war ein bitterer und qualvoller Tod. Max' Gedanken weilten bei Emily. Vielleicht war das der Zeitpunkt gewesen, von dem an seine Gefühle ihr gegenüber milder geworden ...

»Entschuldigen Sie«, sagte eine Frauenstimme in schauderhaft schlechtem Französisch, »ist dieser Platz noch frei? Darf ich mich hinsetzen?«

Max blickte hoch. Neben dem leeren Stuhl ihm gegenüber stand eine nachlässig gekleidete Frau in mittleren Jahren. Sie trug keinen Hut, so daß Max ihr graues Haar sehen konnte. Irgend etwas an ihr kam ihm flüchtig bekannt vor.

»Christina Read!« rief er aus. Beinahe im gleichen Atemzug hatte sie »Max Hunnicutt!« hervorgebracht. Max fügte hinzu: »Der Platz ist frei. Bitte setz dich doch.«

Chrissie zögerte, doch waren alle anderen Stühle besetzt. Widerstrebend ließ sie sich nieder und bestellte bei dem vorübereilenden Kellner einen Kaffee.

»Also«, sagte sie, während sie sich ihre weißen Baumwollhandschuhe von den Händen zog und sie glatt auf ihrem Schoß zusammenfaltete, »das ist vielleicht eine Überraschung, dir nach all den Jahren hier zu begegnen.«

»Wie geht es dir?« forschte Max höflich.

»Mir geht's gut«, antwortete sie. »Ich mache Ferien. Die letzten vier Jahre habe ich mich um meine Schwester Louise gekümmert. Doch vor ein paar Monaten ist sie überraschend gestorben. So dachte ich mir, ich hätte es nun verdient, mir die Welt ein wenig anzuschauen. Dies ist meine erste Auslandsreise.« Freudlos lachte sie auf. »Ich habe mir einen günstigen Zeitpunkt ausgesucht, nicht? So geht es mir immer. Ausgerechnet dann, wenn ein Krieg bevorsteht.« Chrissie faßte Max neugierig ins Auge. »Du wirst jetzt nach England zurückkehren müssen, nehme ich an?«

»Oh, ich denke nicht.« Max hatte nicht die Absicht, etwas preiszugeben. »Ich könnte den Krieg genausogut hinter der Maginot-Linie durchstehen wie hinter dem Kanal. Wenn man den Franzosen Glauben schenken mag, ist die sogar noch unüberwindlicher.« Der Kellner erschien mit dem Kaffee. »Ich darf dich doch einladen?« fragte Max. An den Kellner gewandt, sagte er auf französisch: »Ich möchte für Mademoiselle zahlen.«

»Danke«, sagte sie unfreundlich. Als der Kellner sich entfernt hatte, fügte sie hinzu: »Es heißt inzwischen Madame.« Sie deutete auf ihren Ehering und erklärte mit boshaftem Vergnügen: »Die zweite Mrs. Hunstrete.«

Max wußte selbst nicht genau, warum er sich, um Julias willen, so arg verletzt fühlte. Daß Martin den Wunsch gehabt hatte, seinem Sohn die rechtmäßige Anerkennung zu verschaffen, war nur natürlich. Er lächelte. »Meine Glückwünsche«, sagte er.

Chrissie lachte auf. »Die kannst du behalten. Seit dem Tod des Kindes leben wir nicht mehr zusammen. Ach, das wußtest du nicht? O ja! Es starb an Lungenentzündung, vor vier Jahren. Am Tag nach der Beerdigung habe ich Martin verlassen.«

»Und er...? Ist er immer noch auf...?«

»High Tor? Ja, da lebt er immer noch. Das gehört jetzt deinem Peter. Ich nehme an, das ist ebenfalls etwas, das du nicht weißt.«

Erneut war Max schockiert, obwohl er wußte, daß er dazu kein Recht besaß.

»O ja«, fuhr Chrissie fort, »James hat alles Peter hinterlassen. Dafür hat Emily schon gesorgt, kein Zweifel. Das war der Grund, weshalb sie ihn überredet hat, das Haus in London zu verkaufen und wieder auf High Tor einzuziehen. Sie muß ihn so lange bearbeitet haben, bis er sein Testament geändert hat. Sein plötzlicher Tod war eine glückliche Fügung des Himmels – obwohl ich ihr dafür nicht die Schuld in die Schuhe schieben

möchte.« Chrissie biß sich auf die Lippen, als ob sie etwas Unüberlegtes gesagt hätte. Eilig sprach sie weiter. »Was dein Peter allerdings jetzt mit High Tor anfangen will, wo er sich zur Luftwaffe gemeldet hat, geht über meinen Verstand. Ich kann mir nicht vorstellen, daß er es überhaupt haben wollte. Aber er hat's bekommen, seiner Mutter sei Dank!«
Max holte tief Luft. »Chrissie«, sagte er, »darf ich dich zum Essen einladen? Ich kenne ein kleines Bistro in der Nähe der Madeleine, wo das Essen sehr gut ist.«
»Und als Gegenleistung?« Sie betrachtete ihn mißtrauisch.
»Und als Gegenleistung erzählst du mir, was sich alles auf High Tor ereignet hat.«

»Diesen Wein hätte ich nicht trinken dürfen«, klagte Chrissie ihn an. »Du hättest ihn nicht bestellen dürfen.«
»Tut mir leid«, entgegnete Max. »Ich vergaß, daß du für gewöhnlich nichts trinkst. Doch ein französisches Essen ohne Wein wäre wie Schinken ohne Eier. Du hast ja nur zwei Gläser gehabt.«
»Genug für mich«, antwortete Chrissie, die damit nur feststellte, was offensichtlich war. Sie begann, rührselig zu werden. Max fand, es sei an der Zeit, sie nach Hause zu begleiten. Er hatte in Erfahrung bringen können, daß sie eine kleine *Pension* in der Nähe des Gare du Nord bewohnte.
Er wollte sie loswerden. Er wollte alleine sein, um über alles, was sie ihm gesagt hatte, nachdenken zu können. Er mußte sich Klarheit über seine verwirrten Gefühle verschaffen und zu einem Entschluß kommen, was er als nächstes tun wollte.
Chrissie begann zu plappern. Der Wein hatte ihr die Zunge gelockert.
»Es hätte nicht James treffen sollen. Ich wäre nie auf die Idee gekommen, daß ihm etwas zustoßen könnte. Das konnte ich doch nicht vorhersehen, oder? Damals lebte er noch nicht auf High Tor.« Tränen liefen ihr über die Wangen und lenkten Max' Auge auf das feine Netzwerk geplatzter Äderchen, das unter der bläßlichen Haut zu sehen war. »James mochte ich gern. Ich habe ihn

immer gemocht, schon als kleines Kind. Er war das einzige von *ihren* Kindern, das ich immer gemocht habe.« Sie schniefte laut und wischte sich mit dem Handrücken die Nase. »Daß ihm das passiert, habe ich nicht gewollt.«

Max runzelte die Stirn. Chrissies Worte erregten unwillkürlich seine Aufmerksamkeit. Zunächst ergaben sie für ihn keinen rechten Sinn. Doch in ihrer Stimme klangen dabei soviel Reue und Gehässigkeit gleichzeitig an, daß er förmlich spürte, wie sich ihm die Haare auf der Kopfhaut aufrichteten. Instinktiv wußte er, daß es sich um etwas Wichtiges handelte. Er ergriff die fast leere Weinkaraffe und goß den restlichen Wein in ihr Glas.

»Trink ihn aus«, sagte er. »Darauf kommt es jetzt auch nicht mehr an.«

Moralisch gesehen, war diese List vielleicht verwerflich, doch er mußte herausbekommen, was in ihrem Kopf vor sich ging. Er sah ihr zu, wie sie den Wein trank.

»Was hast du eben gemeint«, fragte er bald darauf, »als du gerade von James gesprochen hast? Was hast du nicht gewollt, das ihm zugestoßen ist?«

Chrissie hatte Schluckauf bekommen. Sie versuchte, seinem Blick zu begegnen, und kniff dabei die Augen halb zu. Als sie redete, tat sie es mit der sorgfältigen Artikulation, die man für gewöhnlich einer Fremdsprache vorbehält.

»Ich wollte nicht, daß es James passierte. Emily... Emily war diejenige, die er erwischen sollte.«

»Wer sollte sie erwischen?« fragte Max. Er unterdrückte sein Verlangen, sie zu schütteln. Er sah sich im Restaurant um, schaute auf all die andern Menschen und wünschte sich, er hätte einen etwas abgelegeneren Tisch gewählt.

Erneut griff Chrissie nach ihrem Glas und schien überrascht, daß es schon leer war. Sie hob es hoch und trank den allerletzten Rest.

»Chrissie, von wem redest du?« fragte Max hartnäckig.

Verschlagen grinste sie ihn an. »Martin. Ich rede natürlich von Martin. Er hat James umgebracht.« Abrupt wechselte ihre Stimmung, und sie begann erneut zu weinen.

Max hielt den Atem an. Als er dann schließlich sprach, erkannte er seine eigene Stimme kaum wieder. »Damit wir uns richtig verstehen: Du beschuldigst Martin, er... er habe James ermordet?« Chrissie nickte. Und nickte stumpfsinnig wie eine aufgezogene Puppe immer weiter. »Chrissie!« rief Max voller Anspannung aus. »Reiß dich zusammen und rede keinen Unsinn.«

»Ich rede keinen Unsinn.« Sie warf ihm einen Blick geballten Abscheus zu. »Dich habe ich immer gehaßt – und sie. Sie am allermeisten. Ich hatte gehofft, Martin würde sie die Gratwand hinunterstoßen, so, wie er es mit mir tun wollte.« Chrissie kicherte. »Aber ich war zu flink für ihn. Ich hab' ihn kommen sehen. Ich wußte, was er vorhatte. Ich hab's geschafft, ihm zu entwischen.«

»Willst du ernsthaft behaupten, daß Martin versucht hat, dich umzubringen? Welchen Grund hätte er, um Himmels willen?«

»Er hat mir die Schuld am Tod unseres kleinen Martin gegeben. Als er eine schlimme Erkältung hatte, habe ich ihn aufbleiben lassen, um sich ein Feuerwerk anzusehen. Da hat er sich eine Lungenentzündung geholt und ist gestorben.«

»Aber das ist kein Grund, daß Martin versuchen sollte, dich umzubringen!«

Chrissie tippte sich vielsagend gegen die Stirn. »Der ist hier oben nicht ganz richtig. Vor der Heirat ist mir das nicht aufgefallen. Aber wenn man mit ihm zusammenlebt...« Sie brach ab, zuckte mit den Schultern und beugte sich vertraulich vor. »Ich glaube nicht, daß sein Vater damals im Gefängnis Sel-Sel-Selbstmord begangen hat, weil er diesen Abel Soundso ermordet hatte. Ich glaub' eher, daß er sich tötete, um Martin zu schützen. Er konnte es auf keinen Prozeß ankommen lassen. Dann hätten sie vielleicht die Wahrheit herausgefunden.«

Max schauderte. Ohne ein Beweismittel ging er davon aus, daß Chrissie recht haben könnte. Irgend etwas hatte ihn an seinem ehemaligen Schwager immer abgestoßen; andere Menschen ebenso. Nicht seinen Vater oder seine Schwester, das war richtig. Aber Silas hatte zeit seines Lebens kein allzu großes Feingefühl besessen, und Julia war nie in der Lage gewesen, das, was sich direkt unter ihrer Nase abspielte, zu erkennen – es sei denn, es hatte etwas mit Pferden zu tun. Außerdem gab es keinen Grund, weshalb Chrissie eine solche Geschichte, daß Martin versucht habe, sie umzubringen, erfunden haben sollte.

»Hast du nie jemandem davon erzählt, daß Martin versucht hat, dich die Gratwand hinunterzustoßen?« fragte Max rauh. »Wenn das stimmt, ist er gefährlich! Verstehst du das nicht?«

Verächtlich entgegnete Chrissie: »Natürlich verstehe ich das. Aber ich habe ganz ehrlich nicht gewollt, daß jemand anderem außer ihr etwas zustößt. Nur Emily!« Den Namen ihrer Stiefmutter sprach sie aus, als müßte sie Gift ausspucken. »Ich wünschte mir, daß er sie umbringen würde. Ich habe ihr gesagt, daß sie mit ihm streng umgehen solle; daß sie ihm nicht erlauben solle, seinen Willen durchzusetzen. Ich hoffte, sie würde ihn dann soweit bringen.«

Max gefror das Blut in den Adern. Diese Frau neben ihm war das Böse in Person. Sie hatte Emily bewußt der Gewalt eines Mannes ausgeliefert, von dem sie wußte, daß er krank war. Und er hatte, wenn man ihren Worten Glauben schenken durfte, bereits ein weiteres Opfer gefunden. Energisch suchte Max sich selbst Einhalt zu gebieten. Ließ er zu, daß sein gesunder Menschenverstand von den romantischen Phantasien einer Frau in mittleren Jahren überwältigt wurde?

»Warum ist denn die Polizei nicht darauf gekommen, daß James ermordet worden ist?« fragte er.

»Es gab kein Motiv.« Chrissie legte einen Finger an die Nase.

»Aber Martin war an diesem Tag mit James den Hügelgrat entlanggewandert?«

»Niemand hat ihn gesehen. Das hat nichts zu sagen. Martin ist schlau wie ein ganzer Waggon voller Affen.«

»Aber die Polizei muß doch zumindest Nachforschungen darüber angestellt haben, wo er gewesen war.«

»Warum sollten sie? Jedenfalls ist eines der Mädchen bei ihm gewesen. Im Bett!« Chrissie machte ein boshaftes Gesicht. »Die hat man dann entlassen, Gott sei Dank.«

Max biß sich auf die Lippe. »Bist du dir sicher, daß du das Ganze nicht übertreibst?«
»Er hat's getan! Er hat's getan, wirklich! Martin hat James ermordet! Das weiß ich so sicher, als wenn ich es mit eigenen Augen gesehen hätte! Man hat die Leiche unten in der Felsschlucht genau unterhalb der Stelle gefunden, an der er damals mich hinabzustoßen versuchte.«
Max' Gedanken befanden sich in völligem Aufruhr. Er versuchte, sich einzureden, daß nichts von dem, was Chrissie ihm gesagt hatte, der Wahrheit entsprach. Aber tief in seinem Inneren wußte er, daß er ihr glaubte. Und über allem stand das Wissen, daß Emily sich in ständiger Gefahr befand.
So schnell er konnte, mußte er nach England zurückkehren. Bevor er Paris verlassen konnte, gab es zwar noch eine Menge dringender Angelegenheiten zu erledigen, aber gegen Ende der Woche konnte er auf der Abbey eintreffen. Heute abend würde er den Swanages ein Telegramm schicken. Mit Abscheu blickte er auf Chrissie, die allmählich einzunicken begann. Er mußte sie in ihrem Hotel abliefern, bevor sie völlig weggetreten war. Max gab dem Kellner ein Zeichen, ihm die Rechnung zu bringen.

»Geheiratet? Was meinst du mit ›geheiratet‹?« Emily ließ einen erheiterten Blick von Peter, der hochgewachsen und trotzig in seiner Pilotenuniform vor ihr stand, zu Roberta gleiten, die sich eng an ihn schmiegte.
Martin konnte sie im Augenblick nicht sehen. Zu Stein erstarrt, saß er reglos hinter ihr.
Als Peter geschrieben hatte, daß er zum Wochenende auf Kurzurlaub kommen würde, war sie noch ganz arglos gewesen. Sie war deshalb um so erstaunter, als dem Taxi, das ihn vom Bahnhof herbrachte, nicht nur ihr Sohn, sondern auch Roberta entstieg. Vollständig verwirrt hatten sie dann die Worte, mit denen Peter sich bei Sally entschuldigt hatte. Sie war Emily vor das Haus gefolgt, um ihn zu begrüßen.
»Tut mir leid, Sal. Ich fürchte, ich habe jetzt deine ganzen Pläne über den Haufen geworfen. Aber wir konnten nicht länger war-

ten. Im Lager ist jeder davon überzeugt, daß der Krieg unmittelbar bevorsteht.«

Emily ging ihnen in den Salon voran, wo der Tee bereitstand. Martin saß an einem Fensterplatz und las H. G. Wells' *The Shape of Things to Come.*

»Das ist ja eine hübsche Überraschung, Roberta«, sagte Emily, so warm sie konnte. Sie hatte sich darauf gefreut, Peter an diesem Abend ganz für sich haben zu können. Jetzt, so mutmaßte sie, würde sie das Mädchen zum Abendessen einladen müssen. »Wo hast du Peter getroffen?«

Da hatte Peter, Robertas Hand fest in der seinen, geantwortet: »Mutter, es tut mir leid, aber ich habe dir nicht ganz die Wahrheit erzählt. Diese beiden Tage sind nur das Ende meines Urlaubs. Ich bin schon seit Dienstag auf der Leat Farm. Gestern haben Bobs und ich in Plymouth geheiratet, mit einer Sondergenehmigung.«

Langsam setzte Emily sich hin und starrte die beiden an. Sie merkte, wie sie etwas sagte, irgendeine Frage stellte, doch hatte sie keine Ahnung, wovon sie eigentlich sprach.

Peter setzte sich auf den leeren Stuhl neben sie und legte ihr den Arm um die Schultern. Fullerton trat ein, den Teewagen vor sich herschiebend. Ihn interessierten weder die veränderte Stimmung im Raum noch das kleine Drama, das sich vor ihm abspielte.

»Soll ich den Teewagen hierlassen, Madam, oder die Tassen und Teller zu den andern Dingen auf den Tisch stellen?«

»Was? Oh ... oh, lassen Sie bitte den Wagen stehen, Fullerton.« Emily wandte sich an Peter. »Aber warum hast du mir nichts gesagt? Ich nehme an«, fügte sie bitter hinzu, »Barbara hat davon gewußt.«

»Nicht ein Wort, das verspreche ich dir. Bis Donnerstag abend. Zuerst mußte ich Bobbie überreden.«

»Du hättest mich anrufen können. Du hättest mir wenigstens sagen können, was du vorhattest, wenn du mich bei der Hochzeit schon nicht dabeihaben wolltest.«

Sie benahm sich ziemlich gereizt und erweckte den Eindruck, mit dieser Heirat nicht einverstanden zu sein. Doch war das gar nicht der Fall. Tatsächlich war sie selbst erstaunt, wie wenig sie dagegen einzuwenden hatte. Sie verspürte eine gewaltige Erleichterung darüber, daß es nicht Sally war. Sie war davon überzeugt gewesen, daß Peter seine Cousine eines Tages heiraten würde, und war immer der Meinung gewesen, daß Sally nicht zu ihm paßte. Sie war zu ruhig für ihn, zu vorsichtig, zu zurückhaltend.

Peter sagte sanft: »Es ging nicht darum, daß wir dich nicht dabeihaben wollten, nicht wahr, Bobbie?« Roberta schüttelte heftig den Kopf. »Es war nur so, daß wir dann so viele Erklärungen hätten abgeben müssen. Keiner von uns beiden wollte eine offizielle Hochzeitsfeier, und wir fürchteten, du würdest versuchen, uns das auszureden. Das hätte für uns nur eine Verzögerung bedeutet. Und ganz tief im Inneren, glaube ich, machten wir uns Sorgen, daß du nicht einverstanden sein könntest. Daß du eine Menge Einwände vorbringen würdest.«

»Ach so.« Emily faßte sich mit der Hand an die Stirn. »Ich gebe zu, ihr beide hattet allen Grund, das anzunehmen, so wie ich mich früher benommen habe, als ihr noch sehr jung gewesen seid. Aber seitdem hat sich eine Menge geändert, und . . . und alles, was ich sagen kann, ist, daß ich mich sehr freue.« Sie stand auf und küßte Roberta. »Herzlich willkommen in unserer Familie, Liebling.« Sie umarmten sich, den Tränen nahe. Plötzlich dachte Emily daran, daß Sally ebenfalls zugegen war. Unvermittelt wandte sie sich ab, um zu sehen, wie das Mädchen diese Neuigkeit aufnahm.

Sallys Gesichtsausdruck war sicherlich ein wenig angespannt, doch schien weder ihr Herz gebrochen zu sein, noch ließ sie es in ihren Glückwünschen an Wärme fehlen. Sie wirkte keineswegs wie jemand, dessen Hoffnungen soeben der Todesstoß versetzt worden war. Emily stieß einen Seufzer der Erleichterung aus, doch war sie überraschter denn je. Sie konnte sich des Gedankens nicht erwehren, daß die drei irgendein geheimes, verstecktes Spiel spielten.

»Laßt uns Tee trinken«, sagte sie fröhlich. »Hinterher können wir über alles reden. Jetzt brauchen wir alle erst mal eine Verschnaufpause.«

»Was in Teufels Namen willst du damit sagen?« erklang angespannt Martins Stimme hinter ihr. Emily hatte ihn vollkommen vergessen. Er war so ruhig gewesen. Unbehaglich fuhr sie herum.

Martin hatte ein weißes Gesicht bekommen. Die Nasenflügel waren ganz schmal und der Mund verzerrt. Mit einem beinahe wilden Blick starrte er auf Peter. Emily begriff, daß ihr Cousin sehr enttäuscht sein mußte, weil seine Pläne mit Sally nicht aufgegangen waren. Doch daß er es so schlecht aufnehmen würde, hatte sie nicht erwartet.

»Was zum Teufel meinst du damit?« wiederholte Martin, als Peter nicht sofort antwortete. »Du hast Sally verführt, und jetzt, praktisch vor dem Altar, läßt du sie sitzen.«

Peter warf einen Blick auf Sally, die sich nervös über die Lippen fuhr. »Martin, da täuschst du dich, fürchte ich. Was mich betrifft, hat es nie jemand anderen als Roberta gegeben. Zwischen Sally und mir ist von Heirat nie die Rede gewesen.«

»Von Heirat nie die Rede gewesen!« Martin zitterte vor Wut. »Wie kannst du es wagen, so etwas zu sagen, wo ihr beiden seit Jahren unzertrennlich seid?«

»Das ist es ja gerade, Sir. Nach außen haben wir sicherlich unzertrennlich gewirkt, aber...« Wieder warf Peter einen flehenden Blick auf Sally, mit dem er um ihren Beistand bat.

»Daddy, ich bin in Peter nicht verliebt«, bestätigte sie. »Ich bin es nie gewesen. Seit Harriets Hochzeit bin ich in Rohan verliebt. Obwohl ich anfangs noch zu jung war, um zu begreifen, was überhaupt vorgefallen war. Wenn Peter mit Bobbie zusammen war, traf ich mich mit Rohan. Ich liebe ihn und habe vor, ihn zu heiraten. An meinem einundzwanzigsten Geburtstag hätte ich es dir gesagt. In ein paar Monaten hättest du also sowieso alles erfahren.«

»Rohan!« entfuhr es Emily, noch bevor Martin etwas sagen konnte. Sie war ebenso überrascht wie er, doch in ihr Erstaunen mischte sich auch Freude. Seit jenem schrecklichen Tag, an dem

James bei diesem verhängnisvollen Unfall starb, waren sie und ihr zweiter Sohn sich nähergekommen. Halb hatte sie damit gerechnet, Rohan würde ihr die Schuld an diesem Unfall geben – in seinem ganzen Leben hatte er ihr an beinahe allem die Schuld gegeben. Doch ihr tiefer Kummer hatte ihn gerührt. Vielleicht, weil er wußte, daß sie beide die einzigen Menschen waren, denen James' Tod wirklich etwas bedeutete. Es hatte ein Band zwischen ihnen entstehen lassen, dem Rohan zum ersten Mal nicht zu entkommen suchte.

»Rohan?« fragte jetzt auch Martin. Sein Gesicht zeigte einen Ausdruck, den Emily nur schwer deuten konnte. Hätte es sich nicht so seltsam angehört, dann hätte sie gesagt, er sähe aus, als ob er in den Höllenschlund hineingeblickt hätte. Er packte Sally an den Schultern. Seine Finger gruben sich so tief in ihr dünnes Fleisch, daß sie laut aufschrie.

»Hör auf, Vater, bitte. Du tust mir weh.« Sie wand sich frei. Schmerz und Zorn verliehen ihr den Mut, ihm die Stirn zu bieten. »Zu Weihnachten werden Rohan und ich heiraten. Und es gibt nichts, was uns daran hindern kann.«

»Dich hindern, du dummes Weibsstück! Nicht für tausend Pfund würde ich dich hindern wollen! Ich bete nur darum, daß du mir niemals wieder unter die Augen kommst!« Martin zitterte so heftig, daß er sich gegen den Tisch abstützen mußte. Seine Stimme bekam einen hysterischen Klang. »Mit deiner idiotischen, kindischen Betrügerei hast du alles kaputt gemacht. Warum zum Teufel hast du mir nicht gesagt, was du vorhattest? Dann wäre es nicht nötig gewesen, daß ich . . . daß ich . . .«

Er rang nach Luft. Emily, die Peters entsetzten Blick auffing, erwartete, daß ihren Cousin gleich der Schlag treffen würde. Ohne genau zu wissen, was jetzt zu tun sei, machte sie einen Schritt auf ihn zu. Der einzige Gedanke, der sie beherrschte, war, daß sie sich zwischen ihn und Sally stellen mußte.

Doch Martin war schneller. Als sie gerade einen Schritt getan hatte, hob er seinen rechten Arm und schlug Sally seitlich gegen den Kopf. Ohne einen Laut fiel das Mädchen vorneüber und schlug auf den Boden.

38

Als Emily am nächsten Morgen das Eßzimmer betrat, um ihr Frühstück einzunehmen, hörte sie gerade noch die letzten Glokkenschläge von St. Alphège. Sie hatte eine unruhige Nacht verbracht und deshalb verschlafen. Den anderen war es scheinbar genauso ergangen. Von Martin abgesehen, der soeben seine Mahlzeit beendete, war noch niemand die Treppe heruntergekommen. Fullerton machte sich ängstlich besorgt in ihrer Nähe zu schaffen. Emily konnte sich lebhaft den Wutanfall vorstellen, den Mrs. Parsons in der Küche austobte.

»Sie können einem der Mädchen sagen, daß es den Tisch abräumen kann, Fullerton«, ordnete sie an. Seit Fredas Entlassung wohnten die beiden Mädchen nicht mehr im Haus. Sie kamen von Montag bis Freitag für täglich acht Stunden zum Arbeiten; am Wochenende blieben sie nur für drei Stunden. »Ich möchte nur einen Kaffee im Frühstückszimmer haben. Ich bin nicht besonders hungrig.«

»Sehr schön, Madam.« Der Butler wandte sich um und wollte gehen, doch dann blieb er zögernd stehen. »Madam, könnte ich wohl heute abend in die Kirche gehen? Ein entfernter Cousin von mir hat mit seinem Chor einen Gastauftritt in St. Alphège. Ich könnte zuerst mit Mrs. Parsons bis zur Methodistenkapelle vorgehen und sie dann hinterher wieder nach Hause begleiten.«

»Ja. Ja, natürlich.« Emily konnte ein leichtes Erstaunen in ihrer Stimme nicht unterdrücken. Irgendwie war ihr bei Fullerton nie der Gedanke an etwaige Familienbande – entfernte oder anderweitige – gekommen. Sie fügte hinzu: »Wann immer Sie in die Kirche gehen möchten, können Sie das ganz nach Belieben tun.«

Fullerton verneigte den Kopf auf seine gewohnt feierliche Art und verließ das Zimmer. Lautlos zog er die Tür hinter sich zu.

»Wie geht es ihr?« fragte Martin unvermittelt.

Emily maß ihn mit kalten Blicken. »Falls du von Sally sprichst: so gut, wie man es unter diesen Umständen erwarten kann, was sie keinesfalls dir zu verdanken hat. Glücklicherweise ist sie mehr aus Schreck in Ohnmacht gefallen als von dem Schlag, den du ihr versetzt hast. Doch was du in Wirklichkeit wolltest, war jedem klar, der dir ins Gesicht gesehen hat. Du hast sie verletzen wollen, und zwar schwer verletzen wollen! Allein der Umstand, daß sie sich bewegte, hat sie davor bewahrt, bewußtlos geschlagen zu werden – oder vielleicht sogar getötet.«

»Ich... ich wußte nicht, was ich tat. Ich war so wütend.« Erneut flackerte Zorn in Martins Augen auf. Er schob den Stuhl zurück und erhob sich vom Tisch. »Dieser dämliche, hinterhältige kleine Dummkopf. Warum, in Himmels Namen, konnte sie mir nicht sagen, was sie vorhatte? Warum ließ sie mich in dem Glauben, daß sie Peter heiraten wollte, während sie die ganze Zeit über... während sie die ganze verdammte Zeit über...«

»Hör auf, so herumzuschreien, Martin!« unterbrach Emily seine Wortflut. »Unter meinem eigenen Dach möchte ich nicht angeschrieen werden.«

»Unter dem Dach deines Sohnes«, entgegnete er gehässig.

»Sehr richtig, unter dem Dach meines Sohnes.« Emily lachte. »Da bist du ganz schön reingelegt worden, nicht wahr, Martin? Und das von deiner eigenen Tochter. Weil du glaubtest, Sally würde Peter heiraten, hast du James überredet, sein Testament zu ändern. Dabei würde sie, hättest du alles auf sich beruhen lassen...«

»Halt das Maul, du Weibsstück!« schnauzte Martin sie an und stürzte aus dem Zimmer.

»Mutter, ist alles in Ordnung?« Es war Peter. Er hatte die lauten Stimmen gehört und war heruntergekommen, um nachzuschauen, ob seine Mutter seinen Beistand brauchte.

Emily gab ihm einen Guten-Morgen-Kuß. »Natürlich ist alles in Ordnung. Martin macht mir keine Angst. Ich wollte gerade ins Frühstückszimmer gehen, um dort meinen Kaffee zu trinken. Komm mit und trinke auch welchen.« Sie wandte sich an das Mädchen, das hereingekommen war, um den Tisch abzuräumen. »Bitte sagen Sie Mr. Fullerton, er möchte den Kaffee mit zwei Tassen servieren.«

Peter folgte seiner Mutter ins Frühstückszimmer, das immer noch im Schatten lag. Draußen vor dem geöffneten Fenster fiel die Sonnenglut prall auf den Kiesweg. Eine leichte Brise wehte den modrigen Geruch von Stechginster herein. Eines der Mädchen betrat das Zimmer. Sie trug ein Tablett mit Kaffeegeschirr. Bevor sie den Raum verlassen konnte, streckte Peter seine Hand aus und hielt sie zurück.

»Würden Sie bitte Mrs. Parsons sagen, daß meine Frau, Miss Sally und ich direkt nach dem Mittagessen abreisen werden? Wir kommen dann nicht mehr zurück.«

Neugierig nickte das Mädchen. Die Haushälterin hatte sie bereits davon unterrichtet, daß ›irgend etwas im Busch‹ war. Geräuschlos schlüpfte sie aus dem Raum.

»Abreisen? Aber du wolltest doch bis heute abend bleiben?« erhob Emily Einspruch. »Du hast gesagt, wenn du den letzten Zug nehmen würdest, wärst du morgen früh noch vor neun Uhr im Lager zurück. Und Roberta wollte noch die Nacht über hierbleiben.«

»Ich weiß.« Schuldbewußt rührte Peter seinen Kaffee um. »Mutter, die Sache ist die, daß Sally nicht mehr länger bei ihrem Vater auf High Tor bleiben möchte. Vor ein paar Stunden, als du noch im Bett lagst, habe ich mit Rohan telefoniert. Er sagte, Sally könne auf der Stelle zu ihm kommen. Aber sie ist noch arg mitgenommen, so daß Bobs und ich ihr angeboten haben, sie hinzubringen. Ich habe ein Taxi bestellt, das uns nach Newton Abbot fährt. Von dort aus nehmen wir dann den Nachmittagszug. Auf dem Bahnhof in North Road wird uns Rohan in Empfang nehmen und Sally nach Devonport bringen. Bis sie verheiratet sind, kann sich seine Haushälterin um sie kümmern. Bobs und ich hofften, daß du dafür Verständnis haben würdest.«

Emily seufzte. »Ich habe doch kaum etwas von dir zu sehen bekommen. Dabei gibt es soviel zu besprechen, und nichts davon ist gesagt worden. Unter diesen Umständen aber habe ich klarerweise Verständnis. Es ist für Sally und Martin das beste, wenn sie unverzüglich voneinander getrennt werden. Es tut mir so schrecklich leid, daß es überhaupt dazu kommen mußte.«

»Dich trifft keine Schuld«, sagte Peter warm. Er nahm einen Schluck von seinem Kaffee, bevor er ruhig fortfuhr: »Mutter, Bobs und ich haben letzte Nacht im Bett alles einmal durchgesprochen. Und wir wären beide erheblich glücklicher, wenn du Onkel Martin vor die Tür setzen würdest. Er steht nicht mittellos da. Tante Julia hat ihn wohlversorgt zurückgelassen. Er muß nicht auf deine Kosten leben. Wenn du magst, werde ich ihm, bevor ich abreise, seinen Marschbefehl erteilen.«

»Danke, Liebling. Doch ich bin absolut in der Lage, mit Martin fertig zu werden. Mach dir keine Sorgen. Ich bin fest entschlossen, ihn des Hauses zu verweisen. Ich hatte mich nur Sally zuliebe mit ihm abgefunden. Heute abend, wenn Fullerton und Mrs. Parsons in der Kirche sind, werde ich es ihm sagen. Sollte es dann zu einer unerfreulichen Szene kommen, wird uns wenigstens keiner hören können. Und nun wollen wir Martin für eine Weile vergessen. Sage mir, wie Barbara die Nachricht aufgenommen hat, daß aus ihrer Tochter eine Hunnicutt geworden ist. Eine Zeitlang ist sie selbst eine gewesen, wie du weißt. Es klingt merkwürdig, aber wenn die Dinge anders gelaufen wären, würde sie jetzt deine angeheiratete Tante sein und nicht deine Schwiegermutter. Hätte sie John nicht geheiratet, dann gäb's überhaupt keine Zwillinge.«

Peter schauderte. »So etwas darfst du nicht einmal denken. Neben dir hat Bobbie den größten Einfluß auf mein Leben gehabt. Gleich vom ersten Tag an, wo ich ihr in Widdecombe begegnet bin. Das war, als wir zusammen fortgelaufen waren, um ein Stück auszureiten. Weißt du noch, wie ärgerlich du und Vater damals wart? Von Vater hast du immer noch nichts gehört, nehme ich an?« Emily schüttelte den Kopf. Peter beugte sich zu ihr vor. »Mutter, Liebste, warum brichst du nicht dein selbstauferlegtes Schweigen und fragst die Bank, wie du zu ihm Kontakt aufnehmen kannst? Jetzt, wo es ganz nach einem Krieg aussieht, wird er sowieso zurückkommen müssen.«

Bevor Emily eine Antwort geben konnte, klopfte es an die Tür und Fullerton trat ein. Während sie sich mit Peter unterhalten hatte, hatte sie undeutlich das Telefon klingeln hören.

»Ein Anruf für mich, Fullerton?«
»Eine Mitteilung vom Dorfpolizisten, Madam. Er hat Nachricht erhalten, daß ein Sträfling aus dem Gefängnis ausgebrochen ist. Die Gefängnisaufsicht glaubt zwar nicht, daß der Mann bis hierher gelangen könnte, aber die Polizei warnt vorsichtshalber alle abseits gelegenen Gutshöfe und Grundstücke.«
»Danke, Fullerton. Ist der Mann gefährlich? Hat Constable Tovey etwas darüber gesagt?«
»Man hat ihn wegen versuchten Mordes zu fünfzehn Jahren Gefängnis verurteilt, Madam. Doch der Constable ist nicht der Meinung, daß Grund zu übertriebenem Alarm besteht.«
»Ach so. Nun, sagen Sie es bitte auch Mr. Hunstrete und den andern, ja?« Emily wandte sich an ihren Sohn. »Im Moor ist schon seit Jahren kein entlaufener Sträfling mehr gewesen. Constable Tovey hat ganz recht: So weit kommen sie nie. Aber die Vorstellung, daß es eines Tages einer vielleicht doch schaffen könnte, sorgt immer für ein wenig Aufregung. Und nun zu deinem Vater…«

»Oh, Sir! Sie haben mich mittendrin erwischt! So rasch haben wir Sie noch gar nicht erwartet. Oh, Sir, es ist wunderschön, Sie wiederzusehen. Wunderschön! Willkommen daheim!«
»Danke, Mrs. Swanage, es macht Freude, wieder zu Hause zu sein. Ich bin viel zu lange fort gewesen.«
Max nahm die mehlbestäubte Hand der Haushälterin – die sie hastig an der Schürze abgewischt hatte – in beide Hände. Dann beugte er sich vor und küßte sie auf die Wange. Mrs. Swanage wurde rot vor Freude.
»Ich werde Swanage rufen, damit er Ihre Koffer holt«, sagte sie. »Er muß hier irgendwo stecken. Wie ich schon sagte, Sir, wir haben Sie für später erwartet.«
»Ich bin über Paddington gefahren. Auf diese Weise ist es mir gelungen, einen früheren Zug zu erwischen. Und nun möchte ich mir erst einmal alles richtig anschauen, bevor ich ein Bad nehme und esse.«
»Oh, Herr, Sir! Wo habe ich bloß meine Gedanken, daß ich Sie

hier in der Halle einfach stehenlasse? Fürs Essen habe ich eine hübsche Schweinekeule in Vorbereitung, Sir, mit Füllung und Apfelsauce. Danach gibt's Pflaumenkuchen mit Sahne. Nach all den Jahren, wo Sie nur diesen ausländischen Mist vorgesetzt bekamen, wird es Ihnen guttun, ein anständiges englisches Essen in den Magen zu kriegen. Ich habe Ihr Zimmer für Sie sauber gemacht, Sir, und eines von den Badezimmern. Im Erdgeschoß habe ich das vordere Gesellschaftszimmer und das Arbeitszimmer aufgeschlossen. Doch einen von den anderen Räumen herzurichten, habe ich ohne fremde Hilfe leider nicht geschafft, Sir. Wir haben Ihr Telegramm erst vorgestern erhalten. War das eine Überraschung! Sie hätten mich mit einer Feder umwerfen können. Ich mußte mich erst einmal hinsetzen; Swanage wird's Ihnen bestätigen. Ich hatte ganz weiche Knie, jawohl.«
»Es tut mir leid, daß ich Sie so aus der Fassung gebracht habe, Mrs. Swanage«, entschuldigte sich Max auf dem Weg zum Arbeitszimmer. »Das erste, worum wir uns am Montag, also morgen, kümmern werden, ist die Beschaffung von mehr Dienstpersonal.«
Die Haushälterin schob zweifelnd ihre Lippen vor. »Sie werden es vermutlich nicht leicht haben, Sir, wenn Sie einen Hausgehilfen einstellen wollen. Seit dem Ersten dieses Monats werden die Männer von der Regierung einberufen. Die Mädchen stürmen alle los, um die Stellen der Männer zu besetzen. Besserer Lohn, Sir, wissen Sie.«
Max runzelte die Stirn. »Zwangsaushebung? Schon?«
»O ja, Sir. Alle sprechen von nichts anderem als vom Krieg. Und hier ist Swanage, Sir.« Ärgerlich wandte sich Mrs. Swanage an ihren Mann. »Wo hast du denn gesteckt? Mr. Hunnicutt ist nach Hause gekommen, und du bist noch nicht einmal da, um ihn zu begrüßen. Trage diese Koffer in sein Schlafzimmer hinauf.«
»Ich werde zunächst einmal nach High Tor gehen«, sagte Max. »Wäre es möglich, das Essen eine Stunde später zu servieren?«
»Ja, Sir, natürlich.« Mrs. Swanage strahlte. »Das kommt mir sehr zustatten. Schweinefleisch bekommt es immer gut, wenn man es langsam gar werden läßt. Doch wir haben kein Auto, Sir,

keine Pferde, gar nichts. Wie wollen Sie denn dorthin gelangen?«
Max lachte. »Ich habe doch Beine, Mrs. Swanage. Ich werde die Gratwand entlanggehen.«
»Aber wenn Mrs. Hunnicutt gar nicht weiß, daß Sie kommen, Sir, wird sie vielleicht außer Haus sein. Sie könnte Sonntagabend vielleicht zur Kirche gehen.«
»Wenn sie ausgegangen ist, dann werde ich auf sie warten.« Max steckte eine Hand in seine Manteltasche und zog einen Schlüsselbund hervor. Rasch sortierte er sie auseinander und hielt einen bestimmten schließlich in die Höhe. »Ich besitze noch meinen Schlüssel für den Vordereingang. Ist das nicht sonderbar? Ich habe ihn in all den Jahren mit mir herumgetragen.«
Mrs. Swanage äußerte sich dazu nicht weiter. Die ehelichen Schwierigkeiten ihres Dienstherren gingen sie nichts an. Auf jeden Fall wäre niemand glücklicher als sie, wenn dieser Entschluß, High Tor einen Besuch abzustatten, bedeutete, daß Mr. Hunnicutt und seine Frau wieder zusammenleben wollten.

Martin legte gerade den Telefonhörer auf die Gabel, als Emily die Treppe herunterkam. »Wer war das?« fragte sie.
»Constable Tovey. Der entlaufene Sträfling ist am Nachmittag ungefähr zwei Meilen vor dem Dorf gesehen worden. Tovey rät, Türen und Fenster geschlossen zu halten.«
»In dieser Hitze?«
»Er hält es für ratsam.«
»Also gut. Ich werde Fullerton Bescheid geben, daß er sich darum kümmert.«
»Fullerton ist zur Kirche gegangen. Er sagte, du hättest ihm die Erlaubnis erteilt. Vor zehn Minuten hat er mit Mrs. Parsons das Haus verlassen.«
»Natürlich. Das habe ich ganz vergessen. Dann werde ich es besser selbst erledigen, denke ich.«
»Das kann ich doch tun«, bot Martin sich an.
»Gut. Würdest du dich dann anschließend zu mir ins Gesellschaftszimmer setzen? Ich muß dir etwas sagen.«

Er warf ihr einen Blick zu. Sein Gesicht hatte einen sonderbaren Ausdruck angenommen, wie es Emily schien. Doch seine Antwort war ganz normal. »Ich werde nicht lange brauchen.«
Ungefähr zwanzig Minuten später betrat er den Raum. »Alles erledigt«, sagte er.
»Danke.« Mühsam brachte Emily ein Lächeln zustande und schlug die Beine übereinander. Sie trug ein Baumwollkleid in ihrem geliebten Hellgrau, das ein Muster aus Kornblumen und riesigen scharlachroten Mohnblüten hatte.
Sie hatte in einem Lehnstuhl auf der einen Seite des leeren Kamins Platz genommen. Martin ließ sich auf dem anderen nieder, ihr gegenüber. Er zog die Augenbrauen in die Höhe. »Was wolltest du mir denn sagen?« fragte er.
Emily räusperte sich und faltete die Hände auf dem Schoß. »Du hast Sallys Abreise sehr gelassen aufgenommen«, begann sie. Doch ihr Cousin unterbrach sie.
»Mir blieb keine andere Wahl. Sie ist fast einundzwanzig. Ich hätte sie ja wohl kaum mit brutaler Gewalt zurückhalten können. Noch dazu, wo Peter so offensichtlich darauf erpicht war, einen Kinnhaken bei mir zu landen.«
»Ja... also Martin, die Sache ist die: Jetzt, wo Sally fort ist, möchte ich... möchte ich...« Das Gespräch erwies sich als schwieriger, als sie gedacht hatte. Erneut räusperte sie sich. »Es gibt keinen Grund, lange drum herumzureden. Ich möchte gerne, daß du High Tor verläßt.« Sie beeilte sich fortzufahren: »Bei dem Krieg, der uns bevorsteht, weiß ich nicht, was alles geschehen kann. Fullerton wird vielleicht einberufen. Er ist noch nicht so alt. Und wenn Mrs. Parsons geht, wäre es nicht richtig, wenn wir beide hier alleine bleiben.«
»Mrs. Parsons denkt daran, uns zu verlassen?« forschte Martin höflich. Nichts deutete darauf hin, daß er aus der Fassung geraten wäre. Es war eher Emily, die zunehmend nervös wurde.
»Ich... eh... Nein, sie...«
»Sie hat eine Andeutung gemacht, daß sie es tun könnte?«
»Nicht direkt, aber...«
»Du möchtest mich gerne loswerden. Ist es das?«

»Das kann man so nicht sagen.« Emily geriet immer mehr in Verlegenheit. Dann dachte sie: ›Los altes Mädchen! Du bist mit erheblich einschüchternderen Männern als Martin Hunstrete fertiggeworden. Du wirst dich doch nicht vor deinem eigenen Cousin fürchten! Um Himmels willen, sag ihm die Wahrheit.‹ Laut antwortete sie kühl: »Ja, du hast recht, ich möchte dich loswerden. Besonders gern habe ich dich nie gemocht, und seit diesem Wochenende haben meine Gefühle eine noch viel eindeutigere Richtung angenommen. Es geht nicht mehr nur darum, daß ich dich nicht besonders mag; vielmehr empfinde ich inzwischen eine ausgesprochene *Abneigung* gegen dich. Ich möchte, daß du fortgehst. Ich wäre dir dankbar, wenn du so bald wie möglich deine Vorkehrungen treffen würdest.«
»Und wenn ich mich weigere?«
Emily war verblüfft. Auf diese Frage war sie nicht gefaßt gewesen und wurde dadurch völlig aus dem Konzept gebracht. »Was... was meinst du damit?«
»Ich habe dich gefragt, was du zu tun gedenkst, wenn ich mich weigere zu gehen. Die Polizei rufen und mich mit Gewalt vertreiben? Das würde einen äußerst hübschen Skandal geben. Dem Geschäft könnte das eine Menge Schaden zufügen.«
Emily war froh darüber, daß er sie zornig machte. Es brachte sie dazu, klarer zu denken. Außerdem bedeutete es für sie, daß sie das, was sie tun mußte, ohne Gewissensbisse hinter sich bringen konnte.
»Nein, die Polizei werde ich nicht rufen«, sagte sie. »Ich werde dir das Leben hier einfach so unbequem wie möglich gestalten. Mrs. Parsons und Fullerton werden die Anweisung erhalten, nichts mehr für dich zu tun. Sie werden außerdem die Anweisung erhalten, kein Wort mehr mit dir zu wechseln. Nachdem ich ihre Gehälter zahle, bin ich mir sicher, daß sie gehorchen werden. Ich denke, ein paar Monate ohne Essen und verhältnismäßig ausgeschlossen werden dich dazu bringen, deine Haltung zu ändern. Meinst du nicht auch?«
Martin lächelte und seufzte. »Ja, wahrscheinlich würden sie das«, stimmte er zu. Er erhob sich. Die Hände in die Hosenta-

schen geschoben, stand er da und blickte auf sie herab. »Es tut mir leid, Emily«, sagte er.

»Leid? Was tut dir leid?«

»Daß ich dich umbringen muß. Ich habe dich immer gern gemocht, weißt du. Ganz gleich, was du für mich empfunden hast. Auch James habe ich gern gemocht. Es hat mir sehr leid getan, ihn beseitigen zu müssen. Doch er hatte die Absicht, sein Testament erneut zugunsten Rohans zu ändern. Wenn ich damals nur gewußt hätte, was ich heute weiß, hätte ich ihn leben lassen können. Ich hätte ihm besser zuhören sollen. Während des ganzen Frühstücks hat er mir an jenem Morgen unaufhörlich versichert, daß es so für alle das beste sei. Wenn ich ihn bloß verstanden hätte! Schon damals habe ich die Notwendigkeit seines Todes bedauert. Jetzt, wo ich weiß, daß es gar nicht notwendig, nicht einmal wünschenswert war, tue ich es noch viel mehr«. Er fügte bösartig hinzu: »Das war nicht wie bei Abel Tucker. Der hat verdient, was er bekommen hat!«

»Martin! Wovon redest du?« fragte Emily. Aber das Schlimme war, daß sie wußte, wovon er sprach. Während eine Hälfte ihres Gehirns sich darum bemühte, normal zu bleiben, den Zeiger zurückzudrehen auf jenen Moment, wo sie noch zurechnungsfähig gewesen war, wurde die andere Hälfte bereits von einer schleichenden eisigen Lähmung ihres Verstandes ergriffen. Selbst der Name Abel Tucker, den sie längst schon vergessen hatte, drängte sich ihr wieder auf als der Name des Mannes, für dessen Mörder man Jethro Hunstrete gehalten hatte. »Rede keinen Unsinn!« ermahnte sie ihren Cousin. »Wenn du mir aus einer Art Rache heraus Angst einjagen möchtest, wirst du damit keinen Erfolg haben.« Keinen Erfolg? Sie war so entsetzt, daß sie kaum sprechen konnte.

»Ich versuche nicht, dir Angst einzujagen«, antwortete Martin und nahm die Hände aus den Taschen. In der einen baumelte eine dünne Kordelschnur. Riesengroß stand er vor ihr. »Es tut mir wirklich leid, Emily, aber es wird nicht lange dauern.«

»Damit wirst du nicht durchkommen«, krächzte sie. Der Blick seiner Augen hatte sie völlig hypnotisiert. »Sie werden zwangsläufig darauf kommen, daß du es warst. Man wird dich hängen.«

Er lächelte und schüttelte den Kopf. »Ich bin doch nicht blöd, meine Liebe. Ich würde es nicht tun, wenn ich nicht ein Alibi hätte. Du hast leider den entlaufenen Häftling vergessen. Man hat ihn wegen versuchten Mordes verurteilt. Hinterher werde ich dafür sorgen, daß alles so aussieht, als ob jemand eingebrochen hätte; jemand, der durch dich gestört wurde und der dich umgebracht hat.«

Hinterher... nachdem er sie erwürgt hatte... Emily öffnete den Mund und schrie.

Das unerwartete Geräusch ließ Martin für einen Augenblick aus der Fassung geraten. Er trat einen Schritt zurück. Das war Emilys Chance, um auf die Füße zu kommen, indem sie sich von den Sessellehnen mit beiden Armen vorwärtsstieß. Bevor er sich erholt hatte, war sie schon an der anderen Seite des Zimmers und machte sich ungeschickt an der Türklinke zu schaffen. Sie lief in die Halle hinaus, aus der kein Laut zu hören war.

Mit einem schauerlichen Gebrüll enttäuschter Wut kam Martin aus dem Zimmer gestürzt und stellte sich zwischen sie und die Ausgangstür. Emily stürzte zur Treppe hin. Bliebe sie im Erdgeschoß, dann säße sie in der Falle.

Sie saß trotzdem in der Falle! Als sie, nach Luft keuchend und eine Hand in die Seite gepreßt, den Treppenabsatz erreichte, erkannte sie, daß der Fluchtweg, den ihr der breite Treppenaufgang zu verheißen schien, eine Täuschung war. Selbst wenn es ihr gelingen sollte, sich in einem der Schlafzimmer einzuschließen – Martin wäre stark genug, die Tür aufzubrechen.

Er folgte ihr auf dem Fuße. In ihrem Nacken konnte sie seinen Atem spüren. Mit ausgestreckter Hand packte er sie an der Schulter und zerriß dabei den dünnen Stoff ihres Kleides. Wieder schrie sie auf und stürmte blindlings den abgedunkelten Gang auf dem vorstehenden Treppenabsatz entlang, der in die Eingangshalle hineinragte. Durch die Pfosten des Treppengeländers konnte sie die rostroten und grünen Fliesen des Fußbodens erkennen.

Von hinten griffen Martins Hände nach ihr und wirbelten sie herum. Mit dem gesamten Gewicht seines Körpers preßte er sie so fest gegen das Geländer, daß es ihr in Taillenhöhe in den Rükken hineingedrückt wurde. Sie hatte das Gefühl, daß ihr gleich das Rückgrat brechen müßte. Die Schnur hatte Martin in seiner Wut verloren; so tastete er mit den Händen nach ihrer Kehle. Emily bog den Kopf zur Seite.
Ihr Cousin stieß einen Fluch aus. Dann plötzlich hatte er ihren Hals zu packen bekommen. Erbarmungslos schlossen sich seine Hände darum und drückten zu. Das Blut dröhnte in Emilys Ohren, und sie glaubte, ihre Augen müßten ihr jeden Moment aus den Höhlen springen. Durch eine Wand aus Entsetzen und Schmerz hörte Emily aus weiter Ferne jemanden rufen.
Unvermittelt lockerten die grausamen Hände ihren Griff. Hustend, würgend, von dem Dröhnen in ihren Ohren beinahe taub, nahm Emily undeutlich wahr, daß zwei Männer neben ihr kämpften. Stumpfsinnig suchte ihr Hirn nach einer Erklärung und kam zu dem Schluß, daß es sich bei dem zweiten Mann um Fullerton handeln mußte. War er schließlich doch nicht zur Kirche gegangen?
Sie wurde von einem heftigen Würgeanfall gepackt. In sich selbst zusammengesunken hockte sie auf dem Fußboden des Treppenabsatzes. Das einzige, was sie sehen konnte, war das ständige Wechseln der Füße, während jeder der Männer erbittert darum kämpfte, die Oberhand zu gewinnen. Gelegentlich war ein Stöhnen oder ein Knacken zu hören, wenn die Handknöchel auf die Knochen krachten. Emily hatte nicht die geringste Ahnung, wer von beiden den Kampf gewinnen würde. Sie fühlte sich zu schwach, um auch nur den Versuch zu unternehmen, sich in Sicherheit zu bringen. Als ihre schwindenden Sinne sich allmählich wieder belebten, wußte sie, daß sie auf irgendeine Weise Hilfe herbeiholen mußte: Sie mußte an das Telefon in der Halle gelangen. Sicherlich wäre Fullerton nicht mehr allzu lange in der Lage, Martin standzuhalten. Wenn doch nur ihr Körper den Befehlen ihres Verstandes gehorchen wollte!
Plötzlich riß sie das Geräusch von splitterndem Holz aus ihrer

Benommenheit. Das Geländer, gegen das sie sich gekauert hatte, gab nach. Das Holz war alt und wahrscheinlich wurmzerfressen. Seitdem man das Haus gebaut hatte, war es nie wieder erneuert worden. Emily warf sich nach hinten, gegen die äußere Mauer von Martins Schlafzimmer; jenem Zimmer, in dem vor langer Zeit die Leiche Edward Reads gelegen hatte. Emily hörte einen entsetzlichen Schrei und sah Martin wild mit den Armen in der Luft rudern, um das Gleichgewicht wiederzuerlangen. Wenige Sekunden lang schwankte er auf der Kante des nun ungeschützten Treppenabsatzes; dann stürzte er kopfüber in die Halle hinab. Er mußte tot sein, das wußte sie: Solch einen Sturz konnte niemand überleben.

Sie schlug die Hände vor das Gesicht und brach in ein hysterisches Schluchzen aus. Arme umfingen sie. Jemand strich ihr besänftigend über das Haar und flüsterte in einem fort Liebkosungen.

»Pst, mein Liebstes, pst«, beschwichtigte sie Max' wohlvertraute Stimme. »Oh, Emily! Mein Liebes, mein Liebes! Verzeih mir. Nun ist alles wieder gut, mein Schatz. Ich bin daheim, wo ich hingehöre. Bei dir. Emily, mein liebster Liebling. Ich bin heimgekommen.«

Epilog

1945

39

Auf dem Weg zur Abbey schritt Emily die Gratwand der Hügelkette entlang. Sie kam von ihrem allwöchentlichen Besuch, den sie dem Altenheim auf High Tor abstattete. Unvermittelt blieb sie stehen und lauschte den Glocken. Nach sechs Jahren des Schweigens hatte der Glöckner von St. Alphège seinen Dienst wieder aufgenommen.

Der Krieg war vorbei. Sie vermochte es kaum zu glauben. Der Krieg in Europa, der Krieg in Japan: beide waren sie zu Ende gegangen. Emily weigerte sich, Max' Bedenken über ein neues Atomzeitalter, das soeben geboren worden sei, zu teilen.

»Wir sollten dankbar sein, daß das Leben von Tausenden von Männern gerettet werden konnte«, hatte sie ihn getadelt. Da war er zu ihr gekommen, hatte die Arme um sie gelegt und sie ganz fest an sich gedrückt. Er wußte, daß sie jetzt an Peter dachte, einen der ›wenigen‹ Glorreichen, die ihr Leben in der Schlacht um England verloren hatten. Für Emily bedeutete es einen zusätzlichen Kummer, daß er kein Kind zurückgelassen hatte. Doch Roberta sah sie häufig. Selbst deren Wiederverheiratung mit einem amerikanischen Flieger, der in der Nähe von Plymouth stationiert war, fand ihre Zustimmung.

»Es ist nicht so, daß ich Peter vergessen hätte oder ihn weniger lieben würde«, hatte ihr Roberta am Abend vor der zweiten Hochzeit erklärt, als beide Frauen bis tief in die Nacht hinein miteinander redeten. »Chuck ist nur so ganz anders, so daß es mir möglich ist, sie beide zu lieben.«

»Das verstehe ich sehr gut«, hatte Emily geantwortet. »Obwohl er mein Stiefsohn war, bin ich einstmals sehr in deinen Vater verliebt gewesen. In einer kleinen Ecke meines Herzens liebe ich ihn immer noch. Aber deshalb kann man nicht sagen, daß ich nicht auch in Max verliebt wäre. Ich liebe ihn zutiefst, seinen Körper und seinen Geist.«

Schon bald würde Roberta nicht mehr dasein; Mrs. Charles Emerson würde in den Staaten ein neues Leben beginnen. »Du und Max müßt uns besuchen kommen«, hatte sie nachdrücklich gebeten. »Mutter hat uns bereits ihren Besuch zugesagt, ebenso Lizzie und Ben. Jetzt, wo du dich zurückgezogen hast, Emily, gibt es keinen Entschuldigungsgrund mehr.«
Emilys Blick glitt über das Dorf hinweg zum Hochmoor und zu den Weiten hinüber, die sich dahinter auftaten. Genau wie Barbara hatte sie sich in den letzten zwölf Monaten zur Ruhe gesetzt. Doch im Grunde hielt Barbara auf der Leat Farm immer noch das Heft in der Hand. Ben, Elizabeths Mann, mochte sich in dem Glauben wiegen, er leite die Farm. Aber Emily und seine Schwiegermutter wußten es beide besser.
Emily andererseits hatte sich vollständig zurückgezogen. Ihr Abschied von Wessex Stores war endgültig gewesen. Vor sechs Monaten war das Geschäft mit Zustimmung der Teilhaber verkauft worden. High Tor hatte Emily 1940, als es nach Peters Tod in ihren Besitz übergegangen war, mittels einer Schenkungsurkunde Rohan und Sally vermacht.
Emily war entsetzt gewesen, als sie entdeckte, daß Peter sie zur Hauptnutznießerin seines Testaments bestimmt hatte. Roberta hatte er praktisch nichts hinterlassen. »Wir beide haben es nicht anders gewollt«, hatte ihr die Schwiegertochter versichert, als Emily ihre Bedenken geltend machte. »Wir hatten uns dazu entschlossen, erst dann Kinder in die Welt zu setzen, wenn der Krieg vorbei wäre. Wir hatten uns darauf eingestellt, daß Peter auch getötet werden könnte. Hätte er überlebt und eine Familie mit mir gegründet, dann wäre das Testament selbstverständlich geändert worden. Aber ohne ihn oder seine Kinder verspürte ich nicht den Wunsch, an ein Haus gekettet zu sein, in dem ich niemals gewohnt habe, oder an ein Geschäft, von dem ich nichts verstehe. Du besitzt also High Tor und Peters Anteile an der Gesellschaft mit meinem höchsten Wohlwollen, Emily, mein Liebling.«
Max hatte dann schließlich vorgeschlagen, das Haus Rohan und Sally zu ihrer beliebigen Verwendung zu übergeben. Auch

Emily hatte bereits mit diesem Gedanken gespielt. Rechtmäßig gesehen war es Rohans Eigentum; James hatte die Absicht gehabt, es ihm zu hinterlassen. Darüber hinaus war Emily froh, es loszuwerden. Nach jenem schrecklichen Abend vor dem Krieg hatte sie sich monatelang geweigert, auch nur einen Fuß hineinzusetzen. Max hatte sie mit auf die Abbey genommen, wo sie seitdem wohnten.

»High Tor ist nie ein wirklich glücklicher Ort gewesen«, sagte sie. »Vielleicht gelingt es Rohan und Sally, das zu ändern.«

Und es war ihnen gelungen. Sie übergaben es den Methodisten, die daraus ein Heim für verarmte alte Menschen machten. Beide weigerten sich, auch nur einen Penny dafür entgegenzunehmen.

»Es ist ein gutes Werk für die Sache Gottes«, hatte Rohan seiner Mutter erklärt, »und das ist mir Lohn genug.«

»Mein Vater hatte recht!« rief Emily verzweifelt aus. »Er pflegte dich seinen kleinen Heiligen zu nennen, und genau das bist du auch. Schade bloß, daß Heilige im allgemeinen so salbungsvoll sind.«

Max und Sally hatten gelacht, aber Rohan war gekränkt gewesen. Das einzige, dachte Emily, was er sich im Laufe seines Lebens nicht hatte erwerben können, war Sinn für Humor. In jeder anderen Beziehung jedoch gab Rohans Verhältnis zu seiner Mutter keinen Anlaß zur Sorge. Dies hatte sie hauptsächlich Sally zu verdanken. Sie hatte die weicheren Gefühle, die ihr Mann allmählich seiner Mutter entgegenbrachte, sorgfältig gepflegt und bestärkt. Dieser Gefühlsumschwung hatte mit James' tragischem Tod seinen Anfang genommen. Die Heirat hatte ihn zusätzlich milder werden lassen. Jetzt, wo er selbst Vater war, hatte sich in vielen Vorstellungen und Ansichten ein weiterer Wechsel vollzogen. In den letzten vier Jahren hatte man ihn nach Schottland versetzt. Doch er schickte regelmäßig Briefe an seine Mutter und seinen Stiefvater, denen er Bilder vom kleinen Ellis und seinem älteren Bruder James beilegte. Wann immer er konnte, kam er mit seiner Familie zu Besuch.

Auch Harriet war mit Eustace und ihren fünf Kindern ein häufi-

ger Gast. Nie war Emily zufriedener, als wenn sie ein paar ihrer Enkelkinder um sich geschart hatte.
Seit dem Tag, an dem sie Ellis geheiratet hatte, war sie immer von Kindern umgeben gewesen. Zu Kriegsbeginn hatte man die Abbey für Evakuierte requiriert und sieben lebhafte junge Londoner bei ihnen einquartiert; Max und Emily hatten jeden Augenblick genossen. Doch nach 1941, als die Bombardierung der Hauptstädte allmählich nachließ, hatten die Eltern ihre Kinder wieder heimgeholt. Lange vor dem D-Day, dem Tag der Befreiung, war es auf der Abbey wieder ruhig geworden.
Emily war deshalb froh gewesen, daß Irwin, den man mit zerschmettertem Knie als Kriegsversehrten aus der Armee entlassen hatte, die Einladung seines Vaters angenommen hatte, bei ihnen auf Ashridge zu wohnen.
»Eines Tages wird es Dir gehören«, hatte Max geschrieben, »und Du solltest es deshalb kennenlernen. Auch Emily schließt sich dieser Bitte an und hofft, daß Du hier bei uns Dein Zuhause finden wirst.«
Vor achtzehn Monaten war Irwin dann bei ihnen eingetroffen. Nicht ohne ein gewisses Beben hatte Emily ihn willkommengeheißen. Dabei hätte sie sich gar keine Sorgen zu machen brauchen: Sie verstanden sich auf Anhieb. Nach wenigen Wochen gehörte er genauso zur Familie wie ihre eigenen Kinder. Seit der Trennung von seiner Frau hatte er nicht wieder geheiratet und wollte es auch nicht mehr tun. »Gebranntes Kind scheut das Feuer«, hatte er erklärt und schien mit seinem selbstgewählten Zölibat ganz zufrieden zu sein. Caroline, die noch vor Kriegsausbruch mit ihrem Mann Henry Pickersgill in die Staaten gegangen war, wurde nicht müde, ihn zu drängen, sich doch bei ihr niederzulassen. Ebenso hartnäckig lehnte Irwin jedesmal ab. Er versicherte Caroline, wie gut es ihm ging und wie glücklich er war. Tatsächlich verließ er die Abbey kaum noch. Die Gesellschaft seines Vaters bereitete ihm das größte Vergnügen, und er freute sich auf Charlottes Heimkehr, die man aus dem Marine-Hilfsdienst entlassen hatte. In den kurzen Begegnungen während ihrer Heimaturlaube hatte sich ganz unerwartet eine enge

Beziehung zwischen Irwin und seiner Halbschwester entwickelt. Jedermann war überrascht gewesen, und die beiden selbst am meisten...

Schließlich hatten die Glocken zu läuten aufgehört. Emily stellte fest, daß sie beinahe schon zu Hause angelangt war. Zu Hause... Max. Eine tiefe Zufriedenheit erfüllte sie.

»Wie geht's den alten Leuten?« fragte Max, als Emily die Bibliothek betrat. Er saß dort und schrieb ein paar Briefe. Irwin hatte sich gemütlich in einen Lehnstuhl gelümmelt und überflog träge die Seiten des *Punch*.

»Sie jammern, doch sie sind quietschvergnügt«, entgegnete Emily. »Ich habe den ganzen Nachmittag lang einer alten Dame von sechzig Jahren vorgelesen.«

»Du bist neunundfünfzig«, machte Max geltend. Irwin blickte auf und lächelte.

»Manche Menschen sind alt, wenn sie vierzig sind«, sagte er, »doch Emily ist wie Peter Pan. Sie wird noch jung sein, wenn sie hundert ist.«

»Irwin, mein Lieber, ich bin so froh, daß du bei uns eingezogen bist«, dankte ihm Emily mit warmer Stimme. »Du hast Verständnis für derartige Dinge.«

Max lachte und warf ihr einen Blick zu.

»Sollen wir vor dem Tee noch einen kleinen Rundgang machen?« schlug Emily vor. »Die Glocken haben wieder zu läuten begonnen. Ich kann sie hören.«

Max hakte sich bei seiner Frau unter. Gemeinsam traten sie in den Sonnenschein eines frühen September.

Hand in Hand schlenderten Max und Emily den Ruinen und der alten Scheune entgegen, beides Zeugen einer Katastrophe, die vielleicht genauso verheerend gewesen war wie diejenige, die sie gerade durchlitten hatten. Sie ließen sich auf der zerstörten Treppe nieder und hielten sich bei den Händen.

»Allmählich werden wir für solche Dinge zu alt«, sagte Emily. »Poussieren ist etwas für die Jungen.«

»Heutzutage«, lächelte Max, »nennt man das flirten, glaube ich. Jedenfalls sind wir innerlich jung geblieben.«

»Das ist ja das Schlimme. Es ist mir einfach unmöglich, mir vorzustellen, daß ich eines Tages tot sein werde. Selbst an jenem entsetzlichen Abend, als Martin seine Hände um meine Kehle gelegt hatte – nein, ist schon gut, ich kann jetzt darüber reden –, selbst da habe ich nicht wirklich glauben können, daß ich sterben sollte. Nicht ich. Nicht Emily Hunnicutt. Der Tod ist etwas, das anderen Menschen widerfährt. Aber das stimmt gar nicht, nicht wahr? Für jeden von uns wird der Tag irgendwann einmal zu Ende gehen.«
Max legte ihr den Arm um die Schultern. »Nicht, wenn du an die Unsterblichkeit des Geistes glaubst. Dann ist der Tod nur ein neuer Anfang. Doch für dieses Leben, diesen Körper; ja, da geht der Tag unvermeidlich seinem Ende zu.« Rasch drückte er ihre Schulter, dann ließ er sie los. »Mein Liebes, du hast ganz recht. Wir sind zu alt, um auf feuchten Steinstufen herumzusitzen.« Er stand auf und streckte ihr seine Hand entgegen. »Ein paar Stunden unseres Tages sind uns noch vergönnt. Wir wollen ihn nicht dadurch verkürzen, daß wir uns eine lebensgefährliche Erkältung holen.« Er half ihr, wieder auf die Füße zu kommen, und küßte sie sanft auf die Stirn. »Bist du glücklich?« fragte er.
Emily legte die Arme um seinen Hals und lächelte. »So glücklich war ich noch nie in meinem Leben. Und du?«
Max nickte. »Es ist schön, daß unser Leben so zu Ende geht, und wir sollten Gott dafür danken. Meine Liebe. Meine einzige Liebe.« Wieder küßte er sie. »Und nun, Mrs. Hunnicutt, gehen wir hinein zum Tee?«